走在路上

叶培建 / 著

北京理工大学出版社
BEIJING INSTITUTE OF TECHNOLOGY PRESS

前　言

人生之路，无论是大人物、名人，还是小人物、凡人，都一样有个头，有个尾，无非是路况不同，情景不一罢了。大人物有许多大事可写，名人有许多趣事可叙，一般人虽没有那么多可圈可点之处，但总有一些经历是可以记录的。不论是谁，把一生的大致经历及时代背景用文字写下来还是很有意思的，也大有益处。我父亲去世较早，加之我和他在一起生活的时间不长，实际上对父亲的许多情况，我是不知道、不清楚的，但在他的遗物中，有一份他于1953年写的带有自传体性质的思想总结，尽管不很长，但从中我了解了他的青少年时代、求学过程、参加革命的经历、家乡及家族的许多事，也知道了更多他生活的那个时代的特征。这对我很有启发，觉得应该把自己的经历写下来，留给后人，留给他人，或许对他们了解自己、了解我所经历的时代是有所帮助的。即便是自写自读，也十分有益。

有了上述想法，就想动笔，但由于工作很忙，只是断断续续写了几节，如怀念杭州、湖州中学的三年、不堪回首的"文化大革命"等。后来，经航天宣传部门的介绍，请一些参加过航天活动采访与报道的同志配合，我打好腹稿后进行口述，她们记录整理，我再修改完善，这样形成了另外几节，如故乡·童年·先人、留学瑞士、奉献等。这些章节记录了我至今的主要经历，我自己姑且称之《路与足迹》。

《路与足迹》的一至六节是在2008年7月一次成文的，后续七、八等节则是每隔几年补充一段，写后一段时并不去修改前面的，以保持所述事情的原貌。从中可以看出有些事还是很有"预见的"，但也有不少事起了较大变化。

走在路上

这些年来,一些媒体也曾关注过我的工作与学习,发表了一些专访和报告类文章。这些文章说的都是我那点儿平凡事,因此不同的文章在内容上难免有些重复。但不同的人在不同的载体写作时,因与我的不同联系也有他们不同的视角,所以尽管有点重复,我还是收集其中一部分在此形成第二篇——《媒海掠影》。

在日常生活和工作中,有时也有写点什么的冲动与欲望,抽空儿会写一些专业论文之外的其他东西,作品很少,更无佳作,但多年下来,也发表过一些文字,选几篇,收集于此,形成第三篇——《笔花拾零》。

针对不同时期,选了一些照片,形成第四篇《照片中的历史》,遗憾的是由于历史条件的限制,老照片甚少。有几张照片是 2017 年 5 月结稿后补的。

这些文字和照片,都是自己编排,谈不上华丽,但是真实,也算是对自己曾经的工作与生活做个阶段性回顾。

二○一七年五月

目 录

第一篇 路与足迹

一、故乡·童年·先人 ·················· 003
  1. 童年的回忆 ·························· 003
  2. 深情思亲人 ·························· 012
  3. 再回故乡 ···························· 017

二、从小学到大学——杭州的回忆 ······ 019
  1. 西湖小学 ···························· 019
  2. 从杭四中到湖州中学 ················ 021
  3. 浙江大学的六年 ···················· 022
  4. 2007 年的同学聚会 ·················· 028

三、在湖州中学的三年 ················ 030
  1. 困难时期的三年 ···················· 030
  2. 长存的友谊 ························ 034

四、不堪回首——"文化大革命"中的一些回忆 ············ 036
  1. 不堪回首的年月 ···················· 036
  2. 永远的悲伤 ························ 043

五、我的留学生活 ···················· 044
  1. 留学准备 ·························· 044
  2. 读一个瑞士的科学博士 ·············· 049

  3. 亲情与友情 ··· 057
  4. 轶事回眸 ··· 064

六、我的工作 ··· 074
  1. 军垦农场斗天地 ··· 074
  2. 计量战线初试刀 ··· 081
  3. 研究室里勇攻关 ··· 082
  4. 计算机与卫星应用 ·· 085
  5. 打造中国"智多星" ·· 087
  6. "嫦娥奔月"应有时 ·· 093
  7. 读书学习求进步 ··· 102
  8. 当选院士担更重 ··· 105
  9. 播撒航天种子忙 ··· 107
  10. 改革开放看外国 ··· 108

七、月球探测稳步前进（2007—2012.4）··· 114
  1. "嫦娥一号"卫星在月球上永生 ··· 114
  2. 新的任务与角色 ··· 115
  3. 走向行星际探测 ··· 117
  4. 其他工作 ··· 118
  5. 欧亚见闻 ··· 120
  6. 眼睛的折磨 ·· 121

八、开始行星际探测（2012.5—2017.5）·· 122
  1. "嫦娥二号"的争论 ··· 122
  2. "嫦娥三号"落月 ·· 124
  3. "嫦娥五号"任务正在进行时 ·· 126
  4. "嫦娥四号"要去月球背面 ··· 127
  5. 火星探测项目正式启动 ·· 128
  6. 青年人才培养 ··· 129
  7. 热心科普活动 ··· 131

8. 严格质量把控 ……………………………………………………………… 131
9. 眼光看得更远些 …………………………………………………………… 131
10. 叶培建星 …………………………………………………………………… 133
11. 其他 ………………………………………………………………………… 134

第二篇　媒海掠影

1. 中国卫星首席专家登台亮相 ……………………………………………… 139
2. 应用卫星　造福人类 ……………………………………………………… 139
3. 叶培建才智尽现皆忠诚 …………………………………………………… 142
4. 道尽才智皆忠诚——卫星专家叶培建 …………………………………… 147
5. 冲刺时刻方显总师本色 …………………………………………………… 152
6. 从"智多星"到"嫦娥" …………………………………………………… 154
7. 打造中国的"智多星" …………………………………………………… 156
8. 矢志航天著风流 …………………………………………………………… 158
9. 矢志航天写辉煌 …………………………………………………………… 161
10. 他常在看湖州地图 ………………………………………………………… 163
11. 绕月卫星总设计师、总指挥叶培建院士访谈 …………………………… 166
12. 1962届的四位高才生 ……………………………………………………… 169
13. 月球探测：话不能说得太满 ……………………………………………… 171
14. 发射场的大忙人 …………………………………………………………… 172
15. 航天科技先锋——叶培建 ………………………………………………… 173
16. 叶培建院士讲述中国航天事业的发展 …………………………………… 174
17. 叶培建：2007"嫦娥"飞天 ……………………………………………… 175
18. 撩开"嫦娥"的面纱 ……………………………………………………… 176
19. 鹏飞银河梦万里 …………………………………………………………… 187
20. 叶培建：问讯"嫦娥"在此时 …………………………………………… 194
21. "嫦娥一号"的质量经 …………………………………………………… 198
22. 叶培建——中国的卫星专家 ……………………………………………… 200

23. 航天院士叶培建：助推"嫦娥"奔月 …………………………… 206
24. 叶培建与"嫦娥"工程 ……………………………………… 215
25. "嫦娥奔月"总指挥、总设计师叶培建 …………………… 219
26. 叶培建：挂帅研制"嫦娥一号"探月卫星 ………………… 221
27. 探月卫星总设计师兼总指挥叶培建 ……………………… 229
28. 泰兴走出"嫦娥"总设计师 ………………………………… 237
29. "嫦娥"奔月最终可能撞月 ………………………………… 241
30. Fulfilling the Hopes of a Nation …………………………… 244
31. 演绎"嫦娥奔月"神话 ……………………………………… 245
32. "嫦娥"总师讲"奔月" ……………………………………… 249
33. 绕月功臣昨载誉归故里 …………………………………… 251
34. 叶培建回湖中讲述中国人的探月故事 …………………… 254
35. 航天科学家的质朴情怀 …………………………………… 256
36. 母亲眼中的"嫦娥"卫星总设计师叶培建 ………………… 259
37. 从扬州走出去的"嫦娥之父" ……………………………… 266
38. 绕月功臣荣归母校　湖中学子放飞梦想 ………………… 269
39. 难忘的聚会 ………………………………………………… 274
40. 遥呼"嫦娥"近月漫步 ……………………………………… 276
41. 巡天遥看一千河 …………………………………………… 280
42. 在苏黎世感受叶培建 ……………………………………… 294
43. 为圆中华民族千年奔月梦 ………………………………… 296
44. 中国具备独立探索火星的能力 …………………………… 302
45. 中国有能力独立进行火星探测 …………………………… 304
46. 仰望星空去探索　脚踏实地干航天 ……………………… 306
47. 叶培建：为了那片深邃的天空 …………………………… 307
48. 爱国敬业航天专家叶培建 ………………………………… 313
49. 家乡变化真大！…………………………………………… 317
50. 叶培建应邀作航天科普报告 ……………………………… 318

51. "嫦娥之父"叶培建 …… 319
52. 化身而为叶培建 …… 326
53. 仰望星空　探索宇宙 …… 328
54. 三院士　泰中行 …… 329
55. 为何探月？中国要去开采资源 …… 330
56. 中国航天器飞向遥远的深空 …… 334
57. 畅想中国梦　实干兴邦国 …… 334
58. 叶培建——"嫦娥"奔月捉刀人 …… 335
59. 心贴祖国　梦圆月球 …… 336
60. 听叶培建讲"嫦娥"奔月 …… 340
61. 航天专家叶培建的"星际穿越" …… 346
62. 深空探测航天器系统创新团队："越是难走的路，越想走一走" …… 347
63. 院士博士互约　古稀学子相聚 …… 352
64. "嫦娥之父"叶培建 …… 354
65. 与"星空巨人"叶培建面对面 …… 355
66. 我市慰问泰兴籍三院士 …… 361
67. "无非穷点，你们是有家的人" …… 363
68. "嫦娥二号"成人造太阳系小行星，2020年回地球附近 …… 365
69. "嫦娥三号"破世界纪录啦！在月工作时间最长的探测器 …… 366
70. 2018年中国创举：中继星"照亮""嫦娥四号"驾临月球背面之路 …… 367
71. 叶培建委员：中国探测器有望2021年到达火星 …… 368
72. 航天"领军人"叶培建和他挂心的中国深空探测军团 …… 369
73. 今日话题：五位航天航空总师详解中国"上天"能力 …… 371
74. 给小朋友签字的卫星专家 …… 374
75. 中国探月"双帅"新使命：2020年"探火" …… 375
76. 叶培建：小行星是深空探测"天然的跳板" …… 378

77. 不忘初心　奋勇前行 ··· 380
78. "叶培建星"闪耀太空 ·· 382
79. "叶培建星"闪耀星空　又一颗小行星以中国科学家命名 ········· 383

第三篇　笔花拾零

1. 谒巴黎公社墙 ·· 387
2. 欧亚随笔 ·· 388
3. 空间技术的发展及其社会影响 ··· 392
4. 卫星与计算机 ·· 413
5. 用成功报效祖国，抓管理打造一流 ·· 415
6. 奋战在国庆日 ·· 418
7. 两个技术归零问题的反思 ·· 420
8. 我怀念杭州，那是我成长的地方、人生的出发地 ················· 423
9. 深切怀念乌崇德同志 ·· 427
10. 质量是"嫦娥一号"的生命 ·· 429
11. 杨嘉墀 ·· 432
12. "嫦娥"奔月应有时 ·· 435
13. 为了最后的胜利 ·· 436
14. 型号会上说"嫦娥"　精彩发言道秘诀 ································ 438
15. 尽心协助张国富同志　努力做好CAE工作 ·························· 441
16. 追求极致　抓质量　"嫦娥一号"谱新篇 ···························· 446
17. 西湖小学的回忆 ·· 455
18. "红色"调研带来的心灵洗礼 ·· 461
19. 背泔水的小姑娘 ·· 463
20. 火星探测任务的若干工程问题 ·· 465
21. 湖中三年 ·· 467
22. 马航搜救，航天科技就在你身边 ·· 470
23. 舞娣 ·· 471

24. "嫦娥一号"卫星技术成就与深空探测展望 …………………… 472
25. 深切怀念良师杨嘉墀先生 …………………………………… 474
26. "嫦娥一号"与四大精神 ……………………………………… 476
27. 我的中国梦 …………………………………………………… 488
28. 眼睛为之一亮 ………………………………………………… 489
29. 嫦娥队伍的诗人情怀 ………………………………………… 491
30. 寄语"嫦娥二号" ……………………………………………… 492
31. 我们有一个共同而自豪的名字：浙大人 …………………… 493
32. 学习与奉献 …………………………………………………… 495
33. 叶培建：留学瑞士 …………………………………………… 501
34. 外婆·李秀河 ………………………………………………… 508
35. 父亲抗战中的教育生涯 ……………………………………… 512
36. 架起太空的桥梁 ……………………………………………… 517

第四篇 照片中的历史

1. 家庭·童年·少年·青年 ……………………………………… 526
2. 学习·工作·生活 ……………………………………………… 536
3. 其他 …………………………………………………………… 564

第一篇
路与足迹

一、故乡·童年·先人

1. 童年的回忆

我于 1945 年 1 月 29 日（农历甲申年腊月十六日）出生于江苏省泰兴市，7 年后（1952 年）我就离开了故乡。有诗云："远游不思归，久客恋异乡。"实则不然。虽然在故乡生活的时间短暂，但我始终怀着真挚而强烈的赤子乡情。我祖辈的血脉在这里流淌生息，我的人生也从这里起航。在我童年的记忆中，在先辈人的回溯中，那些亲切的、鲜活的一幕幕都是以故乡泰兴为背景的。

泰兴历史悠久，自五代南唐升元元年（公元 937 年）始建县治以来历经一千余年。泰兴原属泰州，后又曾划入扬州、通州①辖制。元代时泰兴被擢升为上等县，属扬州路。1914 年泰兴被并入苏常道，1916 年直属江苏省，1922 年泰兴重属泰州行政督察区，次年又改属扬州行政督察区。1949 年以后，泰兴在行政上的归属亦数经沿革，1992 年撤县改设泰兴市。关于泰兴县名的由来，历来说法莫衷一是。有人认为，因泰州是泰兴的母县，"泰兴"乃取"随泰州而兴"之意。也有人认为，五代十国期间，南唐皇帝李昪即位后改海陵县为泰州府，是暗含"国泰民安、兴邦建国"的美好寓意。

泰兴的地理位置优越，它西拥波涛汹涌的长江，滚滚怒涛在这里偃旗息鼓，形成了"黄金水道"。邻近的江阴长江大桥飞渡江面，将泰兴与隔江相望的苏州、常州、无锡、镇江等地区勾连为一体。泰兴腹地开阔，道路四通八达，是会通南北的要津，宁通、宁靖盐高速公路在这里交汇，从泰兴市到上海虹桥机场也仅有 2 个小时的车程。

泰兴地处长江下游丰饶的苏中平原，物产富庶，人杰地灵，历史上人文渊薮。丁文江、丁西林、陆文夫、朱东润、郑肇经……蜚声文坛，享誉学界。第二次国内革命战争时期，泰兴人民为打倒国民党反革命浴血奋战。1940 年陈

---

① 古通州即今江苏省南通市，五代后周改静海郡为通州，以治静海。民国遂废，以南通为县名。

走在路上

毅、粟裕决战泰兴黄桥镇,仅凭七千人的兵力就一举粉碎了十万敌军的顽固进攻。泰兴人民素有深厚的革命传统,他们舍生取义、前仆后继,以"黄桥烧饼"支援前线。解放战争期间,故乡的父老乡亲们积极参加解放军,表现出了不屈不挠的革命精神,苏中"七战七捷"就有两次是在这里。抗美援朝期间,泰兴籍国际主义战士杨根思英勇捐躯,被授予"志愿军特级战斗英雄"的光荣称号。

我就降生在泰兴市胡庄镇海潮村,过去它叫作宣堡区焦荡乡海潮村。古(古溪)马(马甸)干河的支流自西向东潺潺流过,在这里拐弯向北呈"γ"形蜿蜒而去。村民大多数亲水而居,遂形成东西走向的带状村落。我们家的祖宅就坐落在河的拐弯口,坐北向南,前三间,后三间,中间有一个小院,为高祖父时始建。祖宅沧桑古朴,但也安适静谧,也算是周边一带的好房子。祖父母与我们三代同堂,比邻聚居的还有我的伯叔祖父辈(我爷爷的堂兄弟们),四户叶姓人家便属一个垛子。我二叔的儿子叶培君,长我一岁,与我是堂兄弟。

我的祖父叶其光老先生,是家中的独子,是个地道的农民。农事之余,他也曾尝试过开染坊、开榨油坊、开酒坊,从事一些经济活动,但因为经济实力较弱,加之经营不善,最终都没有成功。祖父也是读过一些书的,抗战前还曾出任乡长,也算是我们当地的一位知名人士。1949年后,祖父主要在家务农,过着"晨兴理荒秽,带月荷锄归"的田园生活。虽说上了年岁,他老人家身板倒也健硕,闲暇时常到我们家或叔叔家走动。1973年,年近八旬的祖父还来到北京,在我家小住了一段日子。杖朝之年,祖父身心康健,素慕紫禁城金碧辉煌、气宇轩昂,故宫之行最令他老人家欢喜。但因为坐不惯汽车,在北京,祖父几乎全仗步行。那时我住在颐和园附近,趁我上班的时候,他竟然自己绕着偌大的颐和园走了一大圈。作为孙辈,我也略尽孝心,在北京帮老人家镶了一副假牙,祖父特别高兴。80年代中期祖父仙逝,与我祖母同眠在故乡离祖屋不远的地下。

我祖母姓徐,是附近徐家桥村人氏。她与我的祖父育有四男、两女,是一位典型的农家妇女。祖母勤俭克己,将我父亲他们兄弟姐妹六人抚养成人,一生辛劳朴实,非常热爱劳动。祖母一日日年迈,视力也日渐衰弱,可她仍在不停地劳作。记得 1962 年春节前夕，我与父亲一起回老家，到家已是掌灯时分。刚踏进屋内，我就被眼前的景象触动了——微弱昏黄的煤油灯下，祖母正坐在一只大木桶前，就着那暗淡的火光，眯着近乎看不见的眼睛，摸索着剁猪草——这一幕一直深深印在我的心里。养猪在泰兴农村是最基本的副业，家家户户都会养上几头猪。和其他地方不一样的是，这一带的乡邻们对猪爱护有加，猪圈都是修在屋内而不是修在屋外的，可见在泰兴一带农民的经济生活中猪占有多么重要的地位。

我的父亲叶蓬勃，原名叶荣生，是家中的长子。靠着家中的几亩田产，祖父供我父亲上完了高小。当时高小毕业即可报考师范学校，和现在的学制不同。抗战前，父亲顺利考上了江苏省立黄渡乡村师范学校（今上海市安亭师范学校），这个乡村师范的前身为江苏省立第二师范学校分校，创办于民国十一年，校址位于苏州、上海之间的黄渡老吴淞江南，离我们老家泰兴不远。乡村师范里教师既教又耕，学生既读又耕，勤俭成风，学费也相对较低，能为家庭减轻不少负担，父亲是很乐意去的。

1937 年抗日战争爆发，学校随即解散，父亲便返回了泰兴老家。华北告急，华南告急，中原告急！血气方刚的青年学子万众一心，亿万中华儿女奋起抗敌。父亲也在这一时期接触了共产主义新思想，投入了救国救亡的运动。参加革命后，父亲自己改名为叶蓬勃，秉承教育救国的精神，立志启发民智以图自强，遂返回泰兴老家开展抗日救亡的教育事业。

父亲将学校作为革命的阵地，为了办学在所不惜，甚至变卖了家中的部分田产，为此他没少挨祖父的骂。卖地筹来了资金，父亲又领着大家拆了一座土地庙，在海潮村河南岸盖起了一所抗日学校。作为校长和创办人，父亲全心全意地将自己的革命思想、科学知识都融入所致力的教育事业中，学校的规模很快壮大，培养出了很多抗战英才。时至今日，这所学校依然在为当地源源不断地输送人才。只要一提起荣生校长，泰兴当地的很多人都是知道的。

革命形势蓬勃发展，父亲创办的地方教育事业也是如火如荼地不断壮大。不久后，他正式加入了中国共产党，并担任泰兴县地方民主政府的教育督学，配合正规军转战苏中做了很多工作。1946 年 7 月 13 日，苏中战役的第一仗——

宣堡战役打响。同年8月27日,粟裕、谭震林指挥华中野战军,以不足四分之一的兵力大败国民党,奋力歼敌五万余人,全线七战七捷。抗日战争胜利后不久,华南方面的部队北撤,而国民党反动派趁机向抗日根据地大举进攻。1946年的六七月,我父亲奉命跟随正规军一路向盐城、山东等地北撤。当时战争形势紧迫,我党需要大规模壮大武装队伍,国若不国,家焉能存?父亲积极响应党的号召,从地方政府转入了正规军编制。山河欲裂征马鸣,父亲穿上了军装并担任指导员,开始了浴血奋战,先后参加了孟良崮战役、豫东战役、渡江战役、上海战役等,为解放战争的胜利贡献出了自己的力量。

1950年6月,朝鲜战争爆发,美国公然干涉别国内政,意图窥视我国领土。同年10月,中国毅然做出了抗美援朝、保家卫国的战略决策。父亲加入了志愿军,作为第一批入朝的战士,开赴朝鲜参加了抗美援朝,他在部队一直担任政治工作。我们的父辈保家卫国、擒敌御侮,为救国难舍生忘死的革命精神,是中华民族的骄傲,也撑起了中华民族的脊梁。

说到革命精神,我的母亲虽是巾帼,亦不让须眉,不亚于父亲。我的母亲姓周,名忠秀,原住在泰兴县毓秀乡李秀河村,距海潮村不过20里路。李秀河村离杨根思烈士的老家——羊货郎店村不远,为了纪念这位著名的志愿军特级战斗英雄、国际主义战士,羊货郎店村随之更名为根思乡,而李秀河村今也划归根思乡。母亲和父亲在抗战期间结为革命伴侣,此后一直相濡以沫。母亲虽是家中的独生女,但她长在农家,对广大劳动人民充满了深厚的热爱与同情,很早就接触了共产主义新思想,积极参加革命。1945年我刚出生不久,她就毅然将尚在襁褓中的我送到海潮村祖父母家,重回革命战场奔走救国。1946年,她和父亲奉命随军北撤,从此转战南北与我天各一方,我出生以后有好多年都没再见过母亲。

1948年年底,辽沈、淮海、平津三大战役后解放军在战略上取得了绝对的优势,一举解放了长江以北的广大地区。1949年4月20日,国民党反动政府拒绝签署和平协定,人民解放军的百万雄师奉命渡过长江天堑,彻底摧毁敌人的防线。渡江前,母亲的部队正巧驻扎在离家不远的地方,她便特意请假回来看我。要知道,1946年与母亲分别时我还尚是婴孩,四岁多了再与母亲重逢，我根本不认识她。听母亲后来说，年幼的我当时竟然不让她住家里，还嫌她是当兵的身上有虱子。革命形势严峻、军令如山，虽然依依不舍，但母亲也无法久留，探望了我后便火速返回了部队。紧接着她就又随部队渡江南下，此一别又是很多年。

1946年北撤时，父母本来把我托付给祖父母，但大概一个多月后我就被外祖母接走了。外祖母对我是相当疼爱的，当时她去海潮村探望我，看到我衣衫不整的模样既心疼又不忍，就把我抱回了自己家。我从1946年跟随外祖母来到李秀河村，在这里生活了长达6年的时间。我也是在这里接受启蒙教育的，上了小学一年级。我对泰兴故里的记忆更多是围绕着李秀河村展开的，对这里的一树一木、一人一事都有着深刻而鲜活的记忆。

李秀河村的地域较海潮村更为广阔，东西走向和南北走向各有一条大河，南北向的那条叫两泰官河，从我儿时起，河面上就有小火轮"突突"开行。几十年过去了，拉着河沙、装着水泥的小火轮还是往来如织。东西走向的河与两泰官河相交，原本并不算大，1949年后经过数次拓宽，现如今已经改名为古马干河。

李秀河村就坐落在两河的交叉口上，一座大石桥飞跨两泰官河，河的东西两岸都有人家。石桥两边还算热闹：有肉店、杂货店、药店、烧饼店……一家家门面连成了一个乡村小集镇。沿着石桥到达东岸，是沿着古马干河的小土路街，一排临街而建的民居随即映入眼帘。西边打头的第一户人家姓王，可惜我已经不记得他们家靠什么营生了。第二家也姓王，经营药丸子生意。紧接着第三家便是我外公外婆家，三外公家（我外祖父的弟弟家）和我们比邻而居，中间只隔了黄庆国一家，黄家有一间杂货铺，还代客人加工面条。我还记得1949年初期，乡政府的邮局就设在我三外公家里。他们家的隔壁是一座油坊，油坊旁边住着葛中兴一家。

外祖母家有三间瓦房，北面临街的那间被辟为店面，租给了一位表舅舅经营杂货铺。外祖父外祖母带着我住在杂货铺旁边，另外的一面则住着我的姑奶奶。还记得儿时每天早上都会有个人在我们家店门口叫卖"金刚脐"，"金刚脐"是一种梅花形状的蛋糕，因为状似庙里金刚像的肚脐眼而得了这个诨名。

每逢赶集的时候，我家院子后面还有一个猪市。猪市那里立着一棵高大挺拔的皂角树，春天它树叶茂密、生机盎然，秋天则结满了褐色的皂角，乡村人很喜欢拿皂角洗衣服。

我的外祖父周光林老先生一直失明。外祖父在兄弟三人中排行老大，我二外祖父早年不幸去世了。在我童年的记忆里，外祖父的形象是模糊的，只记得天气晴好的时候他总喜欢坐在猪市那里晒太阳。1955年的寒假我回了一次泰兴，那时我才刚刚十岁，也记不清究竟那时外祖父是刚去世还是离世已有一段日子了，只记得外祖母请了几个和尚回来给他做道场。那些和尚们穿着袈裟，带着《西游记》里唐僧式的帽子，围坐在祭台前念了两天的经。这就是我儿时对外祖父的全部记忆了。后来听母亲讲，那些和尚中有一些是假和尚，充充数而已。

我的外祖母姓李，闺名章英，娘家住在距李秀河村几里地的新庄子，后来才嫁到了李秀河村。因为有店面租出去经营小本生意，多少有些余钱可以贴补家用，外祖母家的生活也就相对宽裕些。由于外祖父丧失了劳动力，家里的几亩田基本上是请人种的，有时外祖母也下到地里干点儿轻活。外祖母相当贤惠能干，家中全靠她一个人里外操持，我从小在她膝下生活，也一直仰仗她的照顾。

1951年我6岁，到了该上学的年纪了，外祖母就送我去李秀河村小学上一年级。后来我查阅了《泰兴县志》才知道，原来我所上的这所学堂历史非常悠久，是泰兴当地兴办得较早的农村小学。我还记得，我的启蒙授业先师中有一位姓杨的先生。

放学以后，我最喜欢到河边玩耍，常常把剩饭装在一只篮子里，再把篮子沉到河里。不一会儿，水里的小鱼小虾就自动进篮了。外祖母说，我家院子后面曾有两株桃树是我小学时代手植的，后来桃树长势很好，枝叶繁茂，亭亭如盖，直到1958年拓宽古马干河的时候它们才被挖掉。

我小的时候，农村的文艺生活还很单调。似乎只有春节的时候，忙碌了一年的乡人们才组织起来举行一些民间活动热闹热闹，主要就是打莲枪、荡花船等具有民俗风味的表演。民间艺人们敲锣打鼓载歌载舞，整个村子都沉浸在欢乐的气氛中。泰兴享有"苏北木偶之乡"的美誉，其杖头木偶与泉州的提线木偶、漳州的布袋木偶齐名。耍木偶的艺人走街串巷表演《穆桂英挂帅》《杨六郎建兵》《刘备招亲》等剧目，特别受孩子们欢迎。儿时偶尔看上一场木偶剧，我都要兴奋好半天；如果有剧团来演出，那就是更了不得的大事了，乡里人称之为"看大戏"。看戏是要出钱买票的，但农村人大多没什么闲钱，拿着些粮食和花生和剧团交换，也就算是交钱买了票。记得有一次，离我家不远的马甸有剧团来演戏，我跟着大人们一起去看戏，那是我小时候第一次也是唯一一次看真人演戏。所谓的剧场其实相当简陋，就是用高粱秆子和布围起来的一片空场地，留下个门供观众进出，外面也有人把守。交了钱，或者交了粮食就可以进去看戏了。

我现在还保留着一张五六岁时和堂兄叶培君的合照，那是我们一起去宣堡镇的照相馆照的。照片上堂兄一身长袍打扮，而我身穿一条背带裤，脚蹬一双绣花鞋，面上颇有愠色。据大人们说，堂兄穿的长袍其实是我的，但照相馆的师傅觉得堂兄的穿戴比较破旧，就把我的长袍脱了下来给堂兄穿上，于是就留下了这帧有趣的小照。那天在宣堡镇上的商店里，我还第一次看到了留声机，听着留声机唱出的乐曲，年幼的我充满了好奇，翻来覆去地琢磨留声机里唱歌的"小人"是怎么钻进去的。

孩提时代虽然天真无忧，但生活的艰辛还是给我留下了难以磨灭的印象。泰兴的耕地那时还属于沙土地，只能种些花生、红薯、小麦等农作物，产量很低。农村的经济非常萧条，即使是好年成，粮食也不够吃一年，而缺粮食的时候就只能吃些红薯和胡萝卜。一旦冬天到来，连红薯、胡萝卜都变得相当缺乏。逢年过节的时候家家户户才会买点儿肉，做点儿馒头、豆腐之类的"奢侈品"。我小时候的馒头还是黄馒头，那时为了提高出面率，总是把麦子磨得很粗，所以馒头做出来便是黄色的，黄馒头里包些萝卜丝儿就成了包子，以前只有过大年才能吃上这样的好东西。农村经济萧索、破败，还经常闹灾荒。平时我家尚算宽裕，但饥荒时也吃不上粮食。饥饿得撑不下去了，我们就吃观音土充饥。观音土又叫高岭土，是一种白色、无味的土，少量吃不致命。但我听母亲说，吃了观音土后很不好消化，无法排泄的痛苦

是难以描述的。

　　尽管在家乡的生活时间很短，可家乡的食品却是我一辈子的眷恋，尤其是摊面饼。摊面饼是家乡最朴实也最诱人的美食：灶里烧上草，等锅热了倒入面糊，就着锅的形状摊出一张圆形的薄饼，最后刷点儿油、撒上一把韭菜，卷起来就大功告成了。金黄的面饼裹着翠绿的韭菜，香飘十里，洋溢着农家朴实无华的温馨。还有就是外地人可能吃不惯的荞麦面扁团——荞麦面里裹上荠菜或者野菜作馅儿，吃起来别有风味。泰兴的扁团类似于包子，是直接下锅煮熟的，直到现在我都非常惦念这些家乡的美食。柳宗元曰："夫美不自美，因人而彰。"而泰兴的乡土小吃对我而言则是"食固然自美，更因乡情而彰。"

　　除了饥饿的记忆，我的小学生活还是值得怀恋的。在李秀河村的村学，我读完了小学一年级。可惜儿时那些一块玩耍的小同窗我已经不记得了，只记得两个小玩伴——黄庆国的儿子黄文俊和葛中兴的儿子葛玉庆，他们既是我的同学又是我们家的邻居。自打走出农村后，我就和他们失去了联系。谁料机缘如此巧合，就在2006年我们重新取得了联系。真是无巧不成书，儿时的邻居黄文俊现在居然在北京，而且仅有咫尺之隔。他所工作和居住的总参气象局就在海淀区白石桥附近，就在我工作的空间技术研究院旁边。黄文俊先是参军，后来上了一所军校，毕业后遂进入总参气象局工作，现在已经退休了。通过他，我还联系上了葛玉庆，他在江西南昌。2006年葛玉庆到北京来，我们三个朋友终于聚首一堂，其乐融融，喜不自胜。

　　人生如白驹过隙，思忖故人，常感往事如烟，苦乐自有因缘。1949年之前，国内斗争局势激烈。泰兴地处宁沪之间，是会通南北的地理和军事重镇，也是共产党和国民党反动派斗争的必争之地。泰兴人民素有光荣的革命传统，泰兴地区很早就有了党组织。在斗争中，许多村民们积极拥护共产党，纷纷投身正义的革命事业。然而在当时的情况下也有一些人加入了国民党。我还记得，两泰官河的大石桥下，河东的第二户人家有个儿子叫王宏民，王家和我们家沾点儿亲戚，也是老邻居，王宏民原先是叫我母亲姑妈的。当年王家比较贫困，外祖母便经常接济他，对他非常好。可惜王宏民十几岁参加了国民党自卫队，后来国民党反动派全线战败，仓皇逃往台湾，他也就跟着离开家乡跑去了台湾。20世纪90年代，他才第一次从台湾回到祖国大陆。沧海桑田，再回泰兴故里早已物是人非，经过打听王宏民得知了我们家的近况，于是就到南京来探望了我的母亲。也许是多年胸中郁积，再加之得知我外祖母已过世，见到母亲后他悲喜交加，号啕大哭。半个世纪的漂泊、半个世纪的隔绝，天涯此时，恐怕月还是故乡的明。

1952年抗美援朝战争取得胜利，那一年我7岁，小学一年级结束。父亲从朝鲜返回祖国，并继续在部队中从事政治工作，他在团里、师里、军里都工作过，表现一贯出色。回国后不久，父母就把我从农村接了出来，我告别了生我养我7年的泰兴老家。

当时正值新中国成立初期，国民党反动派虽然大势已去，但一小撮残余势力仍盘踞在我国的西南、华南、台湾以及一些沿海岛屿做垂死的顽固抵抗。为肃清反革命分子、巩固国防、保家卫国，广大部队指战员必须继续英勇战斗。在这样的情况下，军队任务繁重，流动性也很大。我父亲的部队就曾先后在浙江省宁波、奉化、萧山、湖州以及金华等地驻扎。离开泰兴以后，我就一直随着父母的调动而辗转各地，从此部队到哪里，我就跟着到哪里。1952年夏，父亲把我送到了南京卫岗小学，那是南京军区的一所干部子女学校，我在卫岗小学念完了小学二年级。

三年级的时候，父亲被调往浙江宁波，我就随父亲一起去了浙江。当时杭州刚建了新的部队干部子弟学校——西湖小学，父亲就送我去杭州读小学三年级。部队干部子弟学校是军队为解决干部子女上学难的问题所办的内部学校。孩子在学校寄宿，过的是集体生活，受的是严格的军事化管理，每逢寒暑假才能回家。这样一来既解决了孩子上学难的问题，也打消了父母的后顾之忧，让他们能够安心工作、为国效力。部队干部子弟学校的学生都和我一样来自军人家庭，林彪的女儿林豆豆当时也和我们一个班。父辈们正气凛然、严守纪律的性格也深刻地影响着我们，加之部队学校的环境简单，同学们大多思想单纯、性格直率且富有正气。然而一些成长环境比较优越的孩子们也有难以克服的缺点，那就是生活有些脱离普通工农兵群众，为人处世方法有

时过于简单。从1953年起，我一直在西湖小学读书、生活，直至1957年夏天小学毕业。至今我依然深深地怀念着这段集体生活，和当时的一些好伙伴、好老师保持着联系。

小学毕业后，我顺利考入了杭州四中。1958年夏，父亲调职到湖州，我又随父亲转学到了浙江湖州，并在湖州中学念到高中毕业。中学时代我喜爱文学，外语也很好，最初的志向是报考外语学院，毕业后做一名外交官。但父亲在朝鲜打仗时吃过美国飞机的苦头，深知国家工业落后的现状，所以非常希望我能够学工报效祖国。在父亲的影响下，1962年高考，我报考的就是航空学院，但是当时浙江省把高分的考生都留在了省内，我最终被浙江大学无线电系录取。

2. 深情思亲人

1964年，毛主席号召全国人民向解放军学习，要求地方上大力组建政治部。父亲响应国家的号召，在那一年转业到了南京一家大型军工厂，担任政治部主任。1966年5月16日，中央下达了"5·16通知"，"文化大革命"的热浪一夜间席卷全国。国家局势开始动荡不安，各地群众也不可避免地被卷入纷争的险涛恶浪中，政治斗争不断白热化。1971年的2月，我的父亲叶蓬勃在不明原因的情况下，就被造反派抓走了。在申诉无门的情况下，在经历了80天漫长而痛苦的等待后，我们被告知，父亲"自杀"了！当时的种种情势令我们无法弄清事实的真相，也无法搞清楚在父亲身上究竟发生了什么。父亲从此与我们天人永隔，连骨灰也未留下。

一直到1971年林彪反革命集团垮台以后，国内的政治情势才略有好转。但当时我的母亲尚不能工作，仍然在"学习班"中遭受着不公正的待遇，家庭生活也很惨淡。从光荣的革命之家一夜间沦为"反革命"家庭，沉重的政治压力压得我们抬不起头。但那个动荡的年代真正考验了人们对于真善美的追求，我母亲的性格是异常坚强的，她始终对党和国家抱有坚定不移的信念，相信总有一天父亲的问题是会搞清楚的。

1976年"四人帮"倒台，十年阴霾终得拨云见日。国家政治生活和人民日常生活也逐渐重回正轨，母亲也恢复了在学校的工作，一直到后来离休。党中央回顾历史、总结教训，立即着手纠正了"文化大革命"中造成的冤假错案，大批蒙受不白之冤的干部群众也得到了平反，中国的历史又翻开了辉煌的篇章！1978年，我的父亲叶蓬勃终于也得到了平反，南京的相关单位还为他特别举行了隆重的骨灰安放仪式，把父亲的骨灰盒安放在公墓的纪念堂里。然而令人万分遗憾和痛心的是，父亲的骨灰盒里全无骨灰，仅有他生前的一些纪念品。我从北京赶回南京参加了安放仪式，父亲的音容笑貌不断浮现在我的眼前——他爱国爱党、坚忍不拔的革命精神，他英勇无畏、忠诚严谨的军人品质，他"即之也温"的谦谦君子形象，他"不吐不茹"的铁面无私，父亲一生都彰显着方正的棱角和雄强的气度。我永远也无法忘记他生前对我的训诫。我上大学的时候学的是无线电专业，组装一台收音机是我的夙愿。因为一直不敢跟父亲要钱，我就背着他悄悄给三叔写信要了15块钱。谁知这事竟被父亲知道了，出差到杭州的时候，他特意去了我的学校，严厉地批评了我，责怪我瞒着他向三叔要钱，还让我当着同学们的面做了一次检讨。不仅是对我严厉，父亲对家人一向坚持原则。1967年，毛主席提出"上山下乡"，当时我的弟弟才刚初中二年级，父亲就带头把弟弟从南京送到了江苏高淳插队落户。二叔是父亲的亲弟弟，他们一家一直都在农村，20世纪50年代，以父亲及其战友的能力，轻而易举就能把二叔的子女弄到城市，但他并没有这么做，况且父亲曾做过教师，桃李天下，只要他开口一定能托上关系，但是父亲一直坚持原则，并且坚决不允许我母亲给帮忙，我二叔一家至今仍在农村生活。斯人已逝，可训诫今犹在耳，有纪律、有原则、有正气，这是父亲一生的风骨，也是我镌刻心底的为人准则。

1993年，我无比尊敬和挚爱的外祖母不幸逝世，享年96岁。还记得1952年我离开泰兴老家后不久，外祖母也从泰兴农村来到城市与我和父母一同生活。她一生勤俭辛劳，恩泽几代后人。对母亲，她不仅有哺育之恩，更有救命之恩。1950年母亲随部队渡江作战之后患上了严重的肺病，情况危急，生死悬于一线。当年的医疗条件很差，部队也没钱治疗，应我外祖母的请求，家人把母亲抬回了老家泰兴。外祖母为垂死的母亲求医问药，从没放弃过治疗。

后来外祖母得知,只有昂贵的进口药——链霉素才能救母亲的命,可是不菲的价格对一个普通的农妇来说无疑是天文数字。在这样的危急关头,外祖母大仁大义,当即变卖家产,甚至不顾家族的反对,卖掉了用以维持生计的两亩田中的一亩,换来几支链霉素救活了母亲。母亲病好后又归队,继续从事革命事业,如今离休在宁已有81岁的高龄,身体非常硬朗,经常关心国家大事和航天事业,而这都是托外祖母的恩惠。外祖母对孙辈、曾孙辈也有养育之恩,她不仅抚养我长大,还照顾过我的弟弟妹妹,在七十多岁高龄时还曾来北京照顾我的儿子。

1956年左右,我在杭州读小学。外祖母只身一人从老家前往浙江宁波探望我的父母,其间路过杭州,外祖母就到西湖小学来看我。见到我以后她老人家格外高兴,还大老远地从老家捎了许多花生米给我。长大以后我产生了一个很大的疑问:从泰兴到浙江路途遥远,况且当时交通不便,需要乘汽车、坐轮船、搭火车几番转车才能抵达。外祖母在杭州人生地不熟,竟然还找到了我的学校,真不知道她一位不识字的农村妇女,究竟是如何做到的。但可想而知,如果不是为了去看自己的女儿女婿,去看自己的外孙,谁会有那么大动力呢?

1993年,外祖母去世,我无尽哀痛。为缅怀先人,我与家人在南京觅得青山一处将外祖母和父亲的骨灰比邻安葬。无限悲痛之情发诸笔端,我文不加点地为外祖母及父亲各写了一篇祭文,希望可以告慰他们的在天之灵。附上祭词原文,略尽追思。

周氏李章英骨灰安葬仪式祭词

先外祖母,周氏李章英,江苏泰兴人。一生勤俭辛劳,温良谦让,可谓中国老辈妇女之典范。先是支持母亲参加革命,独立承担家庭重担,又救母亲于重病之中;继而抚育孙、重孙二辈人,操持家务,恩泽三代,功不可没。"大跃进"年代,为支持家乡水利建设,深明大义,毁家拆房,利于集体,传为美谈。我辈能有今日,不敢忘其恩也!

呜呼!先外祖母以96岁之高龄,乘鹤西去。今清明之际,母亲率我等后辈,移骨灰安葬于虎踞龙盘之青山。隔江可望苏北故乡，下山即达生前久居之处，您可安息了！

叶蓬勃骨灰安葬仪式祭词

先父，叶蓬勃，1919年生于江苏泰兴。早年就读师范学校。参加抗日，抵御外侮；解放战争，转战南北；抗美援朝，保家卫国；新中国成立后，为军队建设正规化、现代化，竭尽全力。1964年转业于国防工业战线，鞠躬尽瘁。先父一生为人正直，勤俭朴素，忠于革命，勤于职守，严于律己，家教甚严。不幸于"文化大革命"中，惨遭迫害，英灵归天。承新时期之曙光，沐党的政策之雨露，得于1978年平反昭雪，骨灰安放。今清明之际，怀念先人。母亲率子女，并诸位领导、战友、好友、同事选青山一块，移骨灰于此安放。愿您依钟山之势，傍长江之险，托天地之浩气，得以永久安息！

2001年，南京市政府在距我们家不远的城北幕府山铁石岗兴建了一座新公墓，墓园很宁静也很美丽，加之原先所择的墓址山势陡峭，上山祭扫多有不便，家人就决定将外祖母及父亲的骨灰迁下山来，重新安葬在公墓中。萧萧清明之际，当思敬祭扫先人；每每悼念先人，总会勾起我对故乡泰兴的思念。话旧堪垂泪，思乡数断肠。自幼客居异地，成年后又鲜有机会再回乡，但我与故乡始终是血脉相连的。

1962年高考在即，寒假里我曾得闲回泰兴探望过。那时农村的景况还较惨淡，故乡是萧索、破败的。那一年也正是全国经济最困难的时候，人们普遍吃不饱，甚至是过年也吃不上一顿干饭。因为我们回去，我二叔想尽办法找来了一点儿米。1962年春节，我们在老家的团圆饭就只有些稀粥，但那时候还有很多农村人是连大米粥都喝不上的。我父亲有个学生当时在县里当教育局长，请我们去他家吃饭。饭前他和父亲聊天，客厅的桌子上摆了一盘桃酥，那在当时可真是稀罕物。拿起桃酥我大快朵颐，一下子就连吃了两块，丝毫没有注意到父亲那不满的眼光。事后母亲告诉我，父亲当时很是气愤，恨不得立刻揍我一巴掌。那么困难的年代，物资极度匮乏，桃酥这样的稀罕东西

走在路上

更是金贵,人家摆上客厅根本是充门面用的,竟然就这样被我毫不顾忌地吃掉了两块,怪不得父亲那么生气。

在浙江上学以后,我就与故乡分散两地。但故乡人朴实忠厚,乡里乡邻古道热肠,在萍聚风散、动荡不安的年代里,是故土庇护了我受难的心灵。记得那是1967年,全国局势混乱,派别组织的对立日趋白热,武斗成了家常便饭。我因为不愿参加武斗,便离开学校回泰兴老家生活了两个月。回家的这两个月,我每天都与农民们一同耕地、种菜。那是自1952年我离乡以来在故乡待的时间最长的一段日子。1978年父亲平反昭雪,我再次回到了阔别多年的泰兴,还特意找了一辆面包车,把老家的亲戚全都接到南京参加了父亲的追悼仪式,也算是告慰了父亲对家乡与亲朋的惦念。

兄弟姊妹六人中,父亲排行老大,他和我三叔早年一起参加了革命。三叔随部队战略北撤后转战南北,1949后便把家安在了河南,他先是在洛阳矿山机械厂团委工作(和人民的好干部焦裕禄书记在一起工作)。不久工业支援地方,三叔便调到了河南省地质局。此后除了在"文化大革命"期间到河南南阳工作过一段时间之外,他一直居住在郑州。我的三婶出身名门,她的父亲是日本早稻田大学的毕业生,抗战前曾担任过县长。三婶和她的兄弟很早就抛开了封建家庭的桎梏,接受了共产主义新思想,积极投身革命,现在三叔、三婶和他们的子女都在郑州生活。我的四叔1949年后考上了技校,毕业后被分配到洛阳拖拉机厂,后调到湖北省十堰第二汽车厂,离家万里之遥。在湖北二汽辛勤工作多年后,四叔退休赋闲在家颐养天年。他的小女儿大学毕业后也来到了北京,与我一样加入了航天事业。

我二叔膝下有六个子女,全家人一辈子在田间务农。现在他们仍然留守在泰兴,是我们回老家去的主要落脚点。在家乡的长辈还有我的大姑母和大姑父。我的大姑父是一名小学教师,曾在宣堡小学担任总务主任,现在退休在家。我的大姑母非常勤劳,虽然大姑父有稳定的退休工资,但她至今不辍劳作,还养了不少鸡。

3. 再回故乡

2006年"五一节",适逢我母亲80岁寿辰,她提出想回家乡看看,可以说这也是我们一家人的夙愿。长假期间,我特意与夫人、弟妹等亲人们一起从南京回到了泰兴。屈指一算,自1978年一别,相隔竟已整整28年。二十多年中,家乡的变化真是天翻地覆——泰兴县早已成了泰兴市,城市建设如火如荼,一派欣欣向荣的景象。市内还兴建了一座星级国际大酒店,我们就在这里安顿了下来,酒店的住宿条件和服务都很令人满意。农村生活水平更是一跃千里,奔上了小康。楼房鳞次栉比随处可见,电话、电视,还有液化气早就通进了家家户户。泰兴城修建有直通根思乡的公路,村里的水泥路也是四通八达,特别宽阔平整,汽车可以一直开到家门口。很多农家还添置了摩托车,我还清晰地记得1978年那次回泰兴,当时要借一辆自行车都还很困难。从南京到南通的宁通高速路就从我们村口经过。过去村里人文化教育水平不高,上大学的人更少,只出了我和另外一个大学生。现在小村里也走出了大批高才生,光是我们姓叶本家里头,就有孩子考上了清华大学、复旦大学、扬州大学、合肥工大等高校。回乡三日,亲眼见证了家乡的巨变,母亲和我们都感到了巨大的欣慰。

我们祖上居住的海潮村也是旧貌换新颜。回去以后我们首先祭奠了先人,在我祖父祖母、二叔二婶、三外公三外婆和小姑父小姑母的墓前一一做了追思和祭拜。随后,我们回到了朝思暮想的李秀河村,只可惜外祖母家在李秀河村的祖屋已经没有了。那还是1958年大办人民公社时期,古马干河向南拓宽至祖屋的猪市后面,整个河东一片的房子全都被拆除了,村子往南迁移了不少。我外祖父50年代就已经过世,开河的时候,我外祖母也迁出了农村随父母一起生活,祖宅当时是没有人住的。我父亲是军人,母亲是党员,家里一直有深厚的革命传统。外祖母也非常开明、觉悟很高,积极支持革命工作,听说老家开河搞建设,外祖母觉得是件好事,就把祖屋贡献给了国家,颇有当年赵朴初老先生"任故宅水深千尺,抑又何伤?"的高风。拆迁的时候我们也没有向国家要求任何的补偿。祖宅拆掉了,院子后面亭亭玉立的桃树和

走在路上

皂角树被砍掉了,现如今只能向河中心撒落花瓣,隔着古马干河的潺潺波涛怀念先人和在这里的生活了。"离别家乡岁月多,近来人事半消磨。唯有门前镜湖水,春风不改旧时波。"

外祖父如今长眠河水之下,我们买了一束鲜花撒在河中遥祭外祖父,希望清澈的河水带去我们后辈的追思。母亲和我们还去拜访了我的大姑父大姑母,看望了我的各位堂兄弟、表弟妹等,几十年没见面的亲人们欢聚一堂、其乐融融,端上令人垂涎欲滴的摊面饼、粞子粥……老家的美食还是那样香甜诱人,故乡的风物还是那样绰约。

泰兴县政府的领导得知我们回来非常热情,本来是不愿给他们添麻烦的,但是江苏省广播电视集团的丁群台长是我母亲的朋友,他一直很关心我的进步,对我们此次返乡特别重视,特地从南京跟到了泰兴,并和我有了两次恳切的谈话。泰兴当地电视台也赶来做了两次采访,做了《院士28年重返家乡》的新闻专题报道。根思乡的领导们还亲切地陪同我们进行了活动,但是我在县里一顿饭也没有吃,也没有和任何人见面。

我是烈士故乡的一名游子,杨根思同志舍生忘死的浩然正气永驻家乡人民心间,我再一次拜谒了位于根思乡的杨根思烈士陵园。1950年,杨根思同志所在部队开赴抗美援朝前线,浴血奋战屡立战功。同年11月,他所在的连奉命坚守小高岭阵地,在打退了美军疯狂的集团冲锋后,阵地上仅剩下他一人。为了捍卫阵地的存在,杨根思同志举起炸药包勇猛地发起最后的冲锋——他冲向围攻而来的敌群,毫不犹豫地拉响了炸药包,与敌人同归于尽。虽然半个多世纪过去了,这震撼天地的英雄一幕犹在昨日,那阵地上的隆隆炮响仿佛还在陵园中回荡。低头默哀凭吊,追思革命先烈英勇无畏的精神,令人肃然起敬。而作为根思乡的一员,作为一名科学家,我也正需要有这样的精神才能攻克难关。举目四望,陈毅元帅手书的纪念碑巍然肃穆,镌刻有彭德怀元帅手迹的杨根思烈士塑像庄严伟岸,由我国建坛宗师杨廷宝教授和齐康教授主持修建的陵园建筑典雅大方。今日烈士忠骨眠处,苍松翠柏葱郁高洁,四面绿水环绕,范围也比28年前更广。

现在我和家乡多了一个联系的渠道,那就是通过泰州市科协、泰兴市档案馆和党史办公室，了解一些家乡的信息。老家的变化和发展非常大，我也非常愿意为泰兴的建设出一份力、尽一份心。泰兴市档案馆的几位同志曾来北京找我搜集资料，准备用于档案和展览。2006年9月，喜逢泰州市建市十周年，市委宣传部特别策划了一次高端访谈，对泰州籍的知名人士做了一系列报道。他们也派人来北京对我进行了采访，后来由袁晓庆同志执笔，在《泰州日报》用了整整一个版面对我进行了报道，题目为"中国的卫星专家——叶培建"。

如纳兰词所言："山一程，水一程，身向榆关那畔行，夜深千帐灯。风一更，雪一更，聒碎乡心梦不成，故园无此声。"乡情是永恒的，古往今来，多少游子潸然泪下！无论天涯海角，令我魂牵梦绕的始终是故乡泰兴。沧海桑田，弹指一挥间，故乡日新月异，一日千里。我热爱我的故乡，寄深情于片纸一吐衷肠；我更愿把这滚烫灼热的乡情化为余热，报我乡邦。

二、从小学到大学——杭州的回忆

古人云："江南忆，最忆是杭州。"我虽不是杭州人，却也深感如此。我出生在江苏，但青少年时代几乎全是在浙江生活、学习，在杭州的时间最长，从1953年到1968年，除有四年在湖州外，全在杭州，所以对杭州情有独钟。至今，我虽到过不少国家，国内也去过很多地方，但仍感到除自己的故乡外，杭州，是最值得回忆的地方。

1. 西湖小学

1953年夏至1957年夏，我在杭州一所部队干部子弟学校——西湖小学读完小学三年级至六年级。那时国家刚刚安定，部队的任务仍很繁重，且很多驻扎在海防边疆，为解决他们子女的读书问题，全国办了几所这种学校，我就是从南京的另一所这样的学校——卫岗小学转过来的。学校地处玉皇山脚下的长桥旁边，离西湖不远，出校门向南是玉皇山，向北经南山路可进城，向西则是长桥、净慈寺，向东可以翻过万松林去南星桥。学校是新建

的，条件很好，有礼堂、操场、教室、宿舍、食堂、花园等，甚至还有一个小动物园。小学几年，全是住校，同学们来自各个地方，他们的父亲或母亲都是军人，因而，学校里也充满了军营色彩。我记得老师也有不少来自部队，每个班除配有班主任外，还配有管生活的阿姨。大家过的是集体生活，同一时间洗澡、同一时间换衣服、着统一校服，为防止衣服弄错，还都绣了名字。那几年，大概是我一生中最无忧无虑的几年了。记得教过我们的有语文老师朱寿同和邬思珍、算术老师王志孝、历史老师张克昌、音乐老师方旋、美术老师钮老师、生活老师闻仙云等人。朱老师是我们班主任，他也是从南京卫岗小学过来的，后来去清河坊一所中学教书了。我在"文化大革命"前后及出国留学回来后都曾看过他。"文化大革命"时，有一次外地来了两个同学，我们57班的部分同学还在他家聚会过一次，吃的面条。他现在退休在杭州，身体健康，有时我们通通电话。他夫人邵老师也是我们学校的老师。小学时，我方方面面表现平平：男孩子在一起玩"官兵抓强盗"之类的游戏，只能是最小的喽喽角色；打乒乓球分两拨，总是最后才被"大将"选上；在少先队连"一条杠"也没带过；唯一有点优势的是画画，但也比张潮、王晓明同学差，张潮后来毕业于浙江美术学院，王晓明靠自学成为名家。现在我有时也画几笔，画黑板报、小插图什么的。同学中最有名气的大概就是林彪的女儿林豆豆了，与我同班，她在西湖小学只上过一年，后来好像再无同学与她有过联系，不知她现在可好。小学毕业时，班里同学商量要给学校留点纪念，就集体动手在小动物园旁边修了一条用石子铺成的"百花路"。这一班的同学后来当兵的、上大学的、下乡的、支边的都有，四年的朝夕相处，同吃、同住、同学习、同玩耍，有的后来见过，有的至今不曾再见。虽已隔几十年，但仍时时想起他们。那时，学习非常正规，除上课教室外，音乐课有钢琴室，美术课有画画室。课外活动很丰富，有各种课外兴趣小组。我参加的是美术组，有一次画了一幅画，竟然得到市一级的奖。平时玩儿的花样也很多，滚铁环、打洋片、飞洋片、砸杏核、溜旱冰等，当然玩儿得最多的还是"打仗"，加上学校邻近山坡，男生们住在山坡上的宿舍里，同学们又都是兵家子弟，"仗"打得就更丰富多彩些。学校还常组织远足、野餐和露营，那时学校有一辆军用大卡车，出去就坐这车，在当时也算是很神气、很特殊的了。有一件事印象很深，就是我们在拾麦穗时，几个同学发现了田埂中埋藏的金元宝和银圆，上缴国家后，还得到了表彰。我们平时不回家，放假才回去，那几年的寒暑假，我先后随父亲的部队驻地变化去过萧山、奉化、象山、湖州的三天门和黄芝山等地，天天和战士们亲密接触，所以我一直对军人很有感情，见到穿军装的就感到一种自然的亲近。1955年"八一节"那天，台风骤起，我住在象山的西店，海水涌上来淹没了大片陆地，父亲不在家，我是和警卫员一块逃出来的，第二天乘马车迁到另一地，印象极深刻。转眼间这些日子已过去五十余年了。1987年有一次出差到杭州，由王晓明同学做东，部分同学组织了一次聚会并看望了朱老师。据我所知，晓明是同学中生活最为坎坷的人，完全靠自学成了一名画家和儿童文学作家，如今作品甚多，颇有建树。遗憾的是，如今，我们当年的小学校已不复存在，被改为一所师范学校。

2. 从杭四中到湖州中学

1957年夏，我小学毕业，考入杭州四中——一所质量很好的中学，尤其是它的初中部。当时怕考不上住校生（名额很少），就考的走读生。当时家里在杭州并无亲戚，我就住在父亲的老战友叶伯善伯伯的母亲家里。他当时是我父亲部队的政委，一位四明山来的老革命，后来到军里当部长，后又转业到交通部工作，住在北京，现仍健在。他母亲（我叫她奶奶）当年住在离杭四中不远的番薯巷。直到现在我还记得那个院子、那个楼，奶奶一家对我很好，照顾得也很周到，住了一个学期，第二学期就住校了。一同考上杭四中的有好几个小学同学，分在同一班的有杨肖陵、李金忠等几个人。吃饭的伙食费每月9元，还吃得不错。与我同饭桌的都是高中部的哥哥姐姐们，其中一个个子高高的好像是个华侨，那时华侨学生很稀奇。我只记得当时的班主任是语文老师，姓吴。印象最深的事是苏联发射了世界上第一颗人造地球卫星，大家兴奋得不得了，还有一首歌："红色的卫星在天空飞行，鼓舞着全世界人民的心，……"没想到自己现在也在研制卫星了。我们还下乡采茶，去稻田里捉田鼠，捡麦穗，上城隍山用脸盆抹上肥皂水网蚊子，大轰大嗡地

赶麻雀,捡废钢铁……小学四年加初中一年共五年的杭州生活,使我享受到了人间天堂的幸福。我们曾在湖上划船,用竹竿挂上线到湖边钓虾,去郊区远足、野餐、过夏令营;用每周发的两角钱去吃两分钱一只的萝卜丝油墩子、五分钱一碗的鸡鸭血汤或者一把小核桃;看露天电影《夏伯阳》《牧鹅少年马季》和童话故事幻灯片等;为扩展知识,还去富阳的农场参观拖拉机,去笕桥机场看飞机表演。真正是无忧无虑呵!

1958年夏,父亲所在部队已在湖州郊区建有正式营房,我也随之转学到湖州一中,跳了一级直接念初三。那一年,正值大炼钢铁,我们干了许多今天看来不可想象的事。如炼焦炭,同学们要从船上走跳板抬上百来斤的煤炭上岸(十几岁的大男孩儿呀!),然后用锤子把煤炭敲细成粉末,再用水冲,一个个弄得跟黑人似的。最后把这些粉末状煤炭填入窑中烧制成焦炭。我们昼夜值班,十分辛苦,但产品质量很差。为了制造土炸药支援大炼钢铁,我们几人一组下乡,到猪圈、羊棚、厕所去刮硝,因硝可以用来做炸药。另外,我们还要去农村种地。就这样,我用不到一年的时间读完了两年的课程,有些书是在劳累了一天后,在路灯下读完弄懂的。那时的班主任是王善璋女士,很好的一位几何老师,她现在已近90高龄,仍住在湖州,在报上看到我的消息后,还给我写信鼓励我,我也立即给可敬的老师回了信。初中毕业后,经保送我又在湖州中学读了三年高中,那是生活上极困难的几年。

3. 浙江大学的六年

1962年夏,我考取浙江大学无线电系,从湖州回到了阔别四年的杭州。记得当时是乘汽车去的,在武林门长途汽车站一下车,见到红绿灯,顿时感到来到了大城市(湖州那时还无公共汽车,更无红绿灯)。我当时是到浙大二分部报到的(浙大分三个地方:玉泉本部、文二街二分部、六和塔三分部)。全校一年级新生都在二分部学习,我们是无线电技术专业三班,共有26人,22个男生、4个女生。第一年的学习是紧张而充实的。那年国民经济刚刚有所好转,学生的生活比较艰苦,吃上一顿黄豆炖猪脚就是大餐了。当时年轻,菜又油水少,吃饭自然多,我们班吃干饭的纪录就是我创造的,一顿吃了16

两制的28两,一直无人打破此纪录,恐怕今后也不会有人能破了,到现在同学聚会,仍是一个笑料。记得放寒假时,我用学校发的半斤肉票买了肉带回了湖州,舍不得废掉这份定量配给的美食。浙大的校训是"求是",它是一所教育质量非常好的学校,老师们讲课都非常认真,有水平。一年级时,印象最深的是教化学的李博达教授,他的课讲得有声有色。那时的文娱活动主要是看电影和学生自己演出。二分部离杭州大学不太远,有一次杭州大学放电影《追鱼》(是著名越剧演员王文娟演的),我们不少同学走着去杭州大学看,由于人多,只好在电影屏幕背面看,一切动作都是反的,倒也有趣。多年后,"文化大革命"结束时,许多被禁放的电影重新被拿出来放映,刚从几个"样板戏"中解放出来的人们,感到这些电影好极了,像我们上大学时一样,也常常出现银幕两边都挤满观众的景象。

大学一年级学习的感受和高中是不一样的。大学的学习更多的是培养自己的主动性与积极性,培养每个人的思维能力和良好的学习方法。我当时对"空间"概念有点不适应,所以感到"画法几何"这门课有点弱,经过一段时间的学习和琢磨,有了种豁然开朗的感觉,也就不难了。我们这届学生由于历史的原因,大多数同学在中学学的是俄语,我们班也只有陆大庆、陈康雯、吴根勇和我四个人学的是英语,所以入大学后顺着原语种学习,为我后来的出国学习打下了一个较好的英语基础。

那时的学校,很注重教学实习。我们从一年级升入二年级的接口期间,学校安排我们在校工厂进行了一个月的工厂实习。作为无线电系的学生,我们也经历了车、铣、刨、磨、翻砂等各工种的学习与实践。对于学机械的同学,实习的内容就更多了。我记得自己车工干得还行,翻砂很糟糕,总翻不成型。

二年级时,我们搬到了老和山下、玉泉旁的浙大本部,住九舍,7~8人一间,吃饭和电机系在一个食堂,食堂靠山根,邻近校俱乐部。当时浙江的粮食供应已好转,在全国是最好的省份。在校吃饭,主食管饱,大饭桶就放在食堂中间;菜是一餐一份,排队打取。二年级时,课程也十分紧张,但学习了不少基础知识。教电工的甘明道老师、教数学的梁文海老师的课十分精彩。梁老师上数学课时,总是从第一块黑板写起,不擦一字,课讲完,四块

走在路上

黑板正好写完,且非常工整,真有水平。那一年,逢浙大65周年校庆,每人发了一件短袖翻领衫,就是现在的T恤衫,我们系的图案好像是波浪上面有一个正在发射电波的天线架,是方金炉同学的杰作。还记得有一次团支部活动,我请了正在杭州疗养的父亲的老战友、抗美援朝一级战斗英雄毛张苗来给我们班讲战斗经历,还拍了照片。毛叔叔在抗美援朝的一次战斗中,带领一个连冒着千难万险,穿过重重封锁,穿插到美军后方,直捣敌指挥部,立了大功。毛叔叔和他夫人刘肖竹(一位出身名门的女大学生,在毛叔叔胜利归国后,嫁给了这位英雄)是我很熟悉的长辈,可惜在"文化大革命"中先后去世了,留下了许多遗憾和伤痛。他们有两个儿子,一个叫一江,一个叫小海。一江是打完一江山岛后出生的(解放一江山岛是1955年,这是我军第一次陆海空三军联合作战,一举攻下一江山岛,国民党自知大势已去,就从大陈岛撤退,同时掠走了该岛的人口和财产。浙江全境宣告解放)。

三年级时,我们搬到了三分部。三分部由无线电系和物理系两个系组成。三分部在钱塘江畔,依山而建,所有的房子都掩映在绿树丛中,主建筑为一幢钟楼和几幢西式的楼房。前、后校门出去过一条公路,就是钱塘江,东邻六和塔、钱塘江大桥——一座由茅以升先生设计、中国人自己建造的第一座跨江双层铁路公路两路桥,西接九溪,景色十分美丽。我们常去江边散步,下水游泳,有时摸江里的蚬回来煮着吃。我们班女生和其他班女生一起住在医务室所在楼房的上面,我们22个男生住平三舍,占三个房间。我们房间有:黄光成、李显银、毛克法、胡金荣、方金炉、陈立龙和我共7人,我们7人从大三一直住到1968年分配,共四年。宿舍离食堂较近,每到夏天,天很热,就打了饭回宿舍赤膊吃饭,这样凉快些。水房、厕所都是设在别处,因此洗漱、冲凉等都要克服冬天冷、下雨难的处境。开水房在校园的另一端。我们班有一个保温桶,每天两人一组负责打水,抬回来放在宿舍门口的架子上,大家可就近有开水喝。入大学时,伙食费是每月11元5角,后来在毛主席的倡议下,大学生伙食费增加到14元5角,这对拿助学金的同学来说提高了"收入",但我没有助学金,家里给我的生活费从每月的15元增加到20元。当时,同学们的家庭普遍困难,我们班好像只有四个人没有申请助学金。像我们支书施成水等人，还从助学金中节省钱出来支援家里的生活。有的同学冬天只有一床凉席铺在床上，衣服也是缝缝补补；从三分部进城来回20多里地，也是步行，在饭馆吃一份9分钱的"沃面"（杭州人称阳春面为沃面）就算很破费了。放假时，尽管回家也就是几元钱的路费，但还是有一些同学因经济困难而回不了家，哪像现在的大学生放假还能有机会出远门旅游一番。三年级开始学专业基础课，一些教我们的年轻老师也与我们同住平房宿舍（老师二人一间），因而与老师的关系较以前更亲近些。那时的系主任是何志均老师、专业教研室主任是姚庆栋老师，教我们的有著名天线专家张毓昆先生、青年教师叶秀清、顾维康、陈桂馥、袁长奎等。2005年，我因工作需要，去了一次浙江大学，有机会向各位老师献上一束鲜花，以表谢师之情。之后不久，浙江大学为何老师举办了八十寿辰庆祝会，我也去了贺电。

从三年级到四年级第一学期上半段，整个教学秩序都是正常的，这一阶段的课程有无线电技术基础、电子线路、微波等。学校的文体活动也很丰富，我曾先后参加了两次演出，一次是话剧《第二个春天》（讲述的是我国自行研制导弹快艇的事，其提倡的自力更生、反对崇洋媚外的主题思想至今仍有现实意义）；一次是歌剧《江姐》。当时，《江姐》这个歌剧在全国都很受欢迎，因此学校决定自己排演。这是一次很大的活动，有许多同学参与。当然，依我的文艺才能，只能是跑个小龙套，主要是帮助校方及团委做一些剧组的组织工作。应该说，当时大家的积极性很高，参与程度广泛，排练水平和演出效果也都不错。我清楚地记得，演江姐的是比我们高两级的戴文华和高一级的徐赛秋同学，我们班的李一鸣演游击队长蓝洪顺，徐宝珍、董凤英演女游击队员，陈康雯、方金炉是乐队队员，拉二胡和弹琵琶。演出所需军服是我从部队借来的。那时，我还参加了三分部广播电台工作，电台工作人员都由同学担任。我担任播音员，每周轮值一次，和我搭档的是比我高两届的物理系女生谈恒英——一位文静、写得一手好字的女生，后来在浙大光仪系任教。

1965年11月，全国各地的"四清"运动大范围开展，运动的重点在农村。按照中央的安排，大学生也要参加"四清"。我们到了浙江海宁县（著名的钱塘江潮景观就在该县的盐官镇），大部分同学都在斜桥公社（斜桥榨菜有点名

气)。该公社的辖区沿沪杭线展开,有十几个大队、几万人口。斜桥镇是一个典型的江南镇子,全镇沿河而建,比较富庶。十来个同学与浙江长兴县的地方干部、解放军空军某部、浙江昆剧团的同志混编为一个工作组,驻新农大队。我和方金炉及一位解放军、一个地方干部在一个片上负责三个小队,每个队人很少,仅十来户人家。后因工作需要我与同班的莫飞雄同学对调,到了相邻的一个片上,与陈康雯一起,领队的是一个纺织工厂的女厂长。"四清"时要求我们吃住在贫下中农家中,按规定交房东钱和粮票,按当时的定量每人每天一斤。劳动很辛苦,因此吃饭就多,一斤定量肯定吃不饱,每顿在房东家饭桌上就吃两碗饭,也就半饱,不敢多吃。平时也没什么油水,有时有事去公社办事(工作团团部在那儿),就趁机在那儿的食堂吃一顿,饭仍然是交粮票,可是能吃上猪血烧豆腐,真香啊!一吃就两碗(每碗1角钱)。我们每天都要参加劳动,组织生产队员学习,按"四清"的要求,进行各项运动。工作队队员自身也常常集中学习政策方针,互相批评,以利提高。我在那时,虽然自身也很努力,但按当时的标准,总的说来表现一般。不过和社员们相处得倒是挺好的。第一个房东是桥北队的张姓人家,第二个房东记不清姓什么了,只记得一所颇大的房子孤零零地立在村边的路旁。整个"四清"工作进行到1966年上半年,"文化大革命"爆发,我们于6月份回到学校参加"文化大革命"。"四清"期间除了"四清"的各项工作外,印象最深的就是学习党的好干部焦裕禄同志——河南省兰考县县委书记。

回到杭州,经历了"文化大革命"的风风雨雨。1967年10月,按照中央的部署,学校陆续"复课闹革命"。复课时我们上了天线等课程。从那时起到1968年6月,我们又上了一些课,还做了毕业设计之类的事。那段时间,还去杭州郊区转塘劳动了一阵子,姚庆栋老师也和我们一起去的,帮助农民种地、收稻。杭州后来军管了,军管会的主任是我熟悉的20军58师师长刘锡文叔叔。军管期间,搞了一阵军训,还在学校后山及小操场周围挖了很深的防空洞,男生个个赤膊上阵,挥汗如雨。不知这些洞现在倒塌了还是派其他用场了。"文化大革命"期间,我认识了化工系女生范雨珍,在1970年她毕业后,我们结了婚,她被分到北京房山东风化工厂,到1973年调到北京化工研究院。

1968年7月开始分配工作，我们专业有十几位同学被分到了现在的中国空间技术研究院。王南光、徐宝珍、董凤英、吕隆德、谢松泉和我被分到了北京卫星制造厂，其实按当时的思想，我最想到西北基地去工作，但未能如愿；陈心海、聂登康、方金炉被分到了航天医学研究所；陈康雯被分到了当时的应用地球物理所；余金财、华根土、胡志荣被分到了西安无线电技术研究所。这些同学除有几个后来调回浙江外，几十年来一直工作在一起，其中康雯与宝珍、隆德与凤英还结成了夫妻。近十多年来，同班同学曾举行了几次聚会，这得益于留在杭州的几位同学，每次活动都搞得很好，令人高兴，也使我们这些在北京的人有机会回到杭州，他们是陈焕新、汤宏恩、莫飞雄、李卫东、毛克法、屠守定、吴根勇、李一鸣等人。2005年"五一节"的活动是在雁荡山举行的，全靠在那儿工作的施成水同学的张罗，我因型号任务忙，未能参加，很是遗憾。我们班班风甚好，即使在"文化大革命"中，班里同学也没有伤和气，所以现在每次活动大家都心情愉快，这大概和我们班原来的几个头头善于团结大家有关，老支书施成水、王南光，老班长黄光成、陈焕新都是十分优秀的人。遗憾的是陈立龙同学毕业后去了新疆某基地工作，因积劳成疾，于前几年过早地离开了我们。

从小学到中学、到大学，我在杭州生活学习了这么多年，经历了不少事，从一个小孩成长为大学毕业生，总的来说是愉快的。无论是景、是物、是人、是事，杭州留给我的印象都是美丽的，割舍不下的。有些城市有一块像样的地方就圈起来，称之为公园，且门票不菲，而杭州这样的景色比比皆是，也不售门票，山清水秀，是人们生活的好地方，不愧为"天堂"，确实是"上有天堂，下有苏杭，不到苏杭，活得冤枉"。近几年，因工作去了几次杭州，发现今天的杭州，城市建设日新月异，比当年更加漂亮；西湖小学所在的长桥一带已建成新的连片湖滨公园；河坊街的杭州四中附近也建成了古色古香的仿宋城；浙大更是大步前进，玉泉校区日新月异，紫金港新校区足以与世界一流大学的校园相媲美；环湖的景色，尤其是湖西岸更是如人间天堂……

我怀念杭州，那是我成长的地方、人生的出发之地，只要有机会，我会再去杭州。

4. 2007年的同学聚会

2007年5月,对我来说是个几十年一遇的同学聚会"高峰"。5月21日是我们浙江大学建校110周年,5月20日是我们无线电系(现信息电子工程系)建立50周年。同时,2007年又是我大学毕业40周年、小学毕业50周年的日子。经过小学同学高瑞芳的积极串联与安排,她把小学同学聚会的日子放在5月17日,而我本来就要去参加浙江大学的相关活动,这样一来大大方便了我。17日,我参加了小学同学聚会,18日、19日,参加了大学同班同学聚会,20日上午参加了系庆活动,因21日有重要工作,只好于20日下午返回北京,没能参加21日的校庆活动。

小学同学毕业时有近50人,现天各一方,难以找寻。高瑞芳同学原是我们小学时的大队长,前后几届同学她都熟悉,经她努力,多方打听,再加上汪莲明等人的协助,我们班有20多人联系上了。5月16日下午,上海的高瑞芳、谢北艰、张鲁豫、胡子干,广州的林无生,合肥的何丽芳,北京的我等人都到了杭州,集中在杨肖陵同学在杭州郊区龙坞村的一所别墅里。肖陵兄弟姐妹六人,全毕业于我们的小学,她的先生和女儿一起上阵搞接待,甚为热情。这座别墅是他们兄弟姐妹六人合建的,环境十分幽雅。院子里挂了自制的横幅"五十年后再相聚"。第二天一早,在杭州的同学陆续来到:王晓明、张潮、宋英前、李献文、汪莲明、张可花、马利、李曼妮、常新生、马炳炎。从北京先期回到杭州的金新生和从浙江建德来的翟小村也来了,联系上而因种种原因未能来的有林豆豆、吉步华、侯小敏、刘荣华。令人兴奋的是原来的班主任朱寿同老师、语文老师邬思珍和历史老师张克昌的到来。朱老师、邬老师都显得很健康。张老师身患重病,是由保姆陪同来的,他说再累今天也要来,结果活动了一天,也没感到累,而平时他却总感到乏力。可见人逢喜事精神就是不一样。

上午,大家聚在一起畅谈了分别后50年的经历,几位老师都讲了话,朱老师还即兴赋诗一首以纪念这次聚会。几十年来,大家虽然经历各不相同,但有一点是共同的:同学们都在自己的岗位上为国家做出了贡献。有的当过兵,参加过对越自卫反击战;有的常年在国防战线上默默奉献;有的在教育战线教书育人;有的在医疗战线上救死扶伤。不论贡献大小、职位高低,没有一个人给先辈抹黑。中午在一家农家饭庄聚餐,下午继续畅谈,一边喝着真正的龙井绿茶,一边回忆着童年的诸多趣事,令人十分开心。杨肖陵同学还特意请了一位专业的摄像师,拍了不少照片,并刻制了一张光盘,作为这次活动的纪念。晚餐后,大家纷纷互道珍重,相约过两年后朱老师80寿辰时再相聚,之后便分手了。有趣的是,分手的第二天晚上,展光亚同学从沈阳来浙江,他因不知道这次聚会,错过了头天的50年一聚的机会,甚是遗憾,李曼妮又召集到部分同学与他见了面。关于这次聚会,身为儿童作家的王晓明给了这样的评价:这是他近几年来参加的正气最旺的一次聚会,没有牢骚,没有胡说八道,有的是一种积极向上的心态和做人做事讲正气的氛围。我觉得这与我们大家都是部队子女,出身和所受的教育较为相同有关系。回到北京,根据杭州同学提供的一点线索,知道还有一个同学在北京某国家银行。我找遍了几个国家级银行,最终在国家开发银行找到了王小瑾同学,并见了面。下次聚会又可以多一位了。

5月18日、19日两天,我们浙江大学无线电系62级的同学聚会,全年级三个班80人来了62人,我们是三班,26人来了21人,是最齐的。见到了不少毕业后从未见过的同学,特别是见到了两个从香港回来的华侨同学。两天的时光,(我们三班)主要是在杭州绿树丛中、溪水侧畔的茶舍中度过的,品茶、聊天、就餐,十分惬意。因同班同学近十年来聚会较多,因而相见都不感到变化甚大,不像有的小学同学50年不见,见面时都认不出来了。19日晚是系里聚餐,见到了许多同专业不同年级的校友,我专门去61级聚会处看了当年演江姐的徐赛秋,当年英姿飒爽的姑娘如今已满头白发了,令人唏嘘不已。我夫人当年的好友,我们系半导体专业的李香姣、电真空专业的蒋继红及其先生董尧德、电机系的叶黄忠也分别从上海、贵阳过来见了面,他们现在生活都很好,看得出来都很幸福。真是弹指一挥间,几十年如烟云,一逝而过。

借这次系庆之机,19日应学校邀请在紫金港新校区为在校的同学们做了

一场"中国的航天及其发展"的科普报告,参加者十分踊跃,现场气氛热烈,效果不错。报告后,与浙大倪明江副校长见了一面。20日上午参加了系庆大会,在会上见到了我们系的前辈们:创始人何志均教授及后来任过系主任也教过我们课的张毓昆、姚庆栋等老师。真心祝愿老师们身体健康,我们系再有一个更加辉煌的50年。

三、在湖州中学的三年

1. 困难时期的三年

湖州中学,一所位于杭嘉湖平原、培养了许多优秀人才的名校,钱恂、钱玄同、沈尹默等名师在此执教,茅盾、钱壮飞、胡宗南等人都在此学习过。湖州中学设在湖州市。湖州市地处浙江北部,太湖南岸,位于江、浙、皖三省交会之处,恰恰在沪、宁、杭三角的中心,是一座江南名城。公元前248年,楚王将春申君黄歇封在湖州,在此筑城发展,因水中菰草众多而命名为菰城县,后来也曾得名乌程、吴兴。湖州气候宜人、物产丰富,素有"鱼米之乡、丝绸之府、文化之邦"的美称,自古以来有"苏湖熟,天下足"之说;是中国茶文化、蚕丝文化、湖笔文化的发祥地之一。湖州人才辈出,人文荟萃;山水清远,风景秀丽。正由于这样的特色,才会有"行遍江南清丽地,人生只会住湖州"的古叹及"湖州人文甲天下"的今赞。

在这沃土和深厚文化气息中发展起来的湖州教育事业是很辉煌的。根植于此的湖州中学自然被这历史所感染,继承了这块土地所特有的人文思想和人文精神。我在此就读高中是非常幸运的。

1959年夏天,14岁的我由湖州一中毕业,被保送至湖州中学,开始了高中生活,直至1962年毕业。湖州中学与湖州一中仅隔一条大河——流经湖州市内的南北方向的新开河,河上有一座宋代古桥——潮音桥。湖州中学当时是省重点高中,学生来自杭嘉湖平原的许多县市。我从湖州一中保送入校,所以没有参加中考,但也没闲着,而是和同学一起去乡下支农去了。记得那次劳动主要是踩水车，人伏在一根如单杠似的横架上，双脚踩着水车的踏轮，上下踩动，利用水车的刮板将水从低处提升到位于高处的田中，很累的活。1959年9月，我开始了高中的学习与生活。这三年，我从少年成为青年，是一个人成长的关键时期，所以对我的影响是很大的。四十多年后，回忆起那三年的学生生活，许多往事记忆犹新、历历在目。

刚进校，我的代数、几何课，有点跟不上。这是因为我在"大跃进"的年代，没有读初二，直接由初一跳到初三。尽管初三一年下了不少功夫，自学了不少初二的课，但仍有些缺项，因此在高一时与课程衔接不上。经过几个月的努力，才步入正轨，然后逐渐取得了较好的成绩。高一那年，我加入了共青团。高中三年，有不少老师教过我们，他们都很出色。印象最深的有教数学的钟省身老师，他讲课非常认真、卖力；有教化学的曹秉成老师，他的课讲得非常清楚，有条有理；还有教英语的江沪生老师，我记得她一个人住在"平三"（第三排平房）的一间房里，好像她教书前曾在外交部门工作过，英语讲得很地道。我到现在外语基础很好，无论学英语、学法语都能应用自如，这与她的教学是分不开的。前几年，她已90多岁高龄，仍记得当年教过我这个学生。高一时教英语的是朱润余老师，是我们的班主任。这两位英语老师都是女老师。高三时，来了一个年轻的数学老师——李世楷老师，他非常敬业，我记得他是杭大毕业的，十年前我回湖州中学时见过他；其他有教语文的叶挺老师、教体育的方中矩老师、姜国璋老师，后来的班主任吴从善老师，我也印象很深。

那时学校的领导，我记得有身材高大的沙国华校长，有瘦高的孙书记（他好像是北方人，常给我们做形势报告），还有教导处的蒋老师、管总务的宋老师、团委的潘老师等人。那时我住校，住在"平一"；有一个女老师，叫温颂九，她住在"平一"大宿舍与教室之间的一间小房内，那时她好像受到一些不公正的对待，不能教书，只管管图书什么的，但她对我们这些住校生是很关心的，但不知其后来怎样。

那时的教学活动很活跃，经常有观摩教学，我作为班级学习委员，在外面有人来观摩时，常作为"范例"表演一番。我也参加过学校组织的学习团，乘小火轮去菱湖中学学习过，这对我来说是不小的锻炼。菱湖镇四面环水，

景色秀丽,开发一下,我觉得不比现在的周庄、同里差。镇上好像有两座古桥,相互紧连着,被叫作"一步两片桥"。

按现在的标准,当时的学习环境硬条件太差了,学校内像样的房子就是科学馆和礼堂,科学馆有国民党元老雷震先生题的字,礼堂是国民党政府教育部部长朱家骅奠的基。其他都是日本军营改的教室,很差的房子。教室内,两人一张旧桌子,没有椅子,只有一张长条凳,去礼堂开会时就扛着条凳。晚上上自习后,肚子饿得咕咕叫,只能忍饿睡觉。那些家在湖州的同学,不分刮风下雨,上学、吃饭、回家一律步行,一天四趟穿行于城里,甚至从南到北!

由于历史条件的限制,再加上1959年到1962年正是我国遭受最严重自然灾害的三年,所以我们的生活十分艰苦。我们住的是日本军营的大通铺,一间间房分布在长廊两边,没有门分隔。每间房内相对上下两层铺,共四张大铺,可睡20余人。厕所在房外,冬天天冷,会在过道内放一尿桶。吃饭的食堂是日本军的旧马棚改造的,马棚遗迹十分清楚。那时吃饭是自己每顿买米,一两、二两、三两、四两的都有,小竹筒量米,买好后,放入各自的"容器"内,为什么我不用"碗"这个字呢?因为当时确实有不少同学用的不是碗,有用瓦罐的,也有用钵斗的、缸子的,总之什么都有,只能称之为"容器"。因没有自来水,买了米后就在食堂前的池塘内淘米,再置于蒸笼内蒸,其卫生程度可想而知。洗脸、刷牙在校旁的新开河畔完成,有时正在洗脸,一艘小轮船开过,波浪涌来,杂物漂至面前,虽脏倒也十分有趣。记得那时有一双层轮船,是湖州开往上海的。在当时,它的雄姿和它的航行目的地在我眼中都是很值得向往的。到冬天,河水太冷,学校就烧一大缸热水,每人可分一勺热水用于洗漱。

由于那时物资供应困难,我们还要参加不少劳动,以求生活补充。学校在英士坟那儿种了一片油菜,英士坟是辛亥革命烈士陈英士的坟,离城里几里地。为了浇一次肥,我们要从校内挑一担粪,走湖中大桥、五一大桥送至田地,担重、肚子饿,十分劳累。我们还在郊区道场山开荒若干,种了不少红薯,早出晚归,中午由两个同学从食堂把大家蒸的饭用箩筐抬至山边,由于活重饭少，也就吃个半饱。在学校内空地种过毛豆、南瓜。高三那年，尽管高考在即，由于烧柴紧张，我们还去白雀打柴，这对于现在一心一意备考的高三学子是不可理解的。除了这些"自给"的劳动生产外，春、夏、秋时，还要下乡参加春耕、双抢（抢收、抢种）和三秋，还去湖（州）长（兴）铁路工地的妙西段修铁路。所以仔细想来，三年中真正念书的时间也是很有限的。还有几件事印象很深，但细节已记不清了：有一次食堂门口的池塘抽干了水捉鱼，用餐时每桌有一点鱼，虽无油，但在那时能吃鱼可是一件大乐事；有一个同学参加劳动，在礼堂旁的水塘内捞水草时不幸落水溺死了，当时开了追悼会，不胜悲痛；有一个同学喜欢写日记，大概在日记中记述了艰苦的日子，吃不饱什么的，被人发现了，这在当时就可以看成"思想落后""给新社会抹黑"，乃至被扣上"反动"的帽子，这位同学在遭受一顿批判后，被清理回家了；那时不少人由于缺乏营养，得了浮肿病，好像得病后可得 2 斤黄豆粉作为补品。我因为丢了一次粮票，只能在一段时间内省着吃，每天仅吃七两米，早晨二两、中午三两、晚上二两，顿顿稀粥，时常饥饿。有一次买到一把胡萝卜，洗洗干净，一口气就吃光了。

说到那个年代的饥饿，有一件事记忆犹新。有一回，我的饭票吃完了，要到第三天才有新的饭票，那天一天没饭吃。到了傍晚，我步行到我的一个本家舅舅那儿，他年轻时是我们家乡的武工队长，时任铁道兵某部政治部主任，该部当时驻扎在湖州，离学校步行 30 分钟路程。我想去他那儿找饭吃，度过两天没饭票的日子。谁知到了那里，他公出不在，几天内也不回来。与他同住的副主任，记得姓柳，问我吃过饭没有，我拉不下面子，稍一迟疑，说吃过了，结果可想而知。到了晚上，饿得不行，就把舅舅屋里的一只罐头翻出来吃了，第二天又待了一天，混了两顿饭，直到晚上才回学校，因为下一天就有饭票了。

高二到高三时，形势要求教学结合实际，我们被安排从事一些工业实践活动。我记得我攻过螺丝，还在一个从杭大下放的男老师指导下，办学校的硫酸厂（不敢确定），但记不清是否出产品了。

尽管那时生活艰难，但师生的生活热情不减，团支部也很活跃，我是高

一时入的团。学校常组织各种活动，我记得我们在大街上用流行小调宣传过党的政策；集体看过话剧《为了六十一个阶级兄弟》；组织过多次文艺演出；我的体育是比较差的，但还参加过足球比赛（训练时每天有二两小豆糕的补给），担任后卫；在校际运动会上参加过竞走，等等。总之，日子虽苦，但心情还是愉快的。当然也并非样样顺心，我记得在高二时曾遭受一次挫折，到现在我也不知道什么原因。当时的团支部好像议论着要给我一个处分，我分析是由于我"太傲气"，口无遮拦，说了支部同志学习不好之类的话，后来这个建议中的处分没有被上级团组织批准，也就算了。

经过三年的学习，终于高考在即。我们这一届学生入校时原有400多人，由于参军、返乡等各种原因，到高考时，参加高考的还剩下300来人，最终才考取70多人，但和其他学校相比，这已算多的了。湖州中学是省重点，学生都是来自周边几个县市的好学生，放到今天，高考录取肯定在百分之九十以上。可想而知，那时上大学还是相当不易。1962年的夏天，正是多事之日，台湾的国民党竭力叫嚣反攻大陆，时常派一些"反共救国军"小分队骚扰浙江沿海。我们高考是在校礼堂考的，一人一桌。礼堂外有一棵很大的树，我们在里边考，老师就在外面的树荫下等着，家长是没有一个的，不像现在的"全民高考"。高考时，我们被告知，如果国民党空袭，应如何分散隐蔽，空袭后要回考场再考另一份卷子。那一年的作文题目是"说不怕鬼"，在当时的形势下，"鬼"是指帝国主义、修正主义、蒋介石和国内的"地、富、反、坏、右"。有的同学对题义理解不对，写了什么"吊死鬼、溺水鬼"的，显然就文不对题了。考完后，自己对录取虽有信心，但也着急，自己优先选报的北航等外地学校一直没有发来录取通知书，心中就更着急了，后来，浙江大学的录取通知书到了，才放下心来，也就高兴起来了。记得当时是先得到的消息后拿到的通知书。到了"文化大革命"时才知道，那一年浙江把许多考得好的学生都留在了浙江本省。

2. 长存的友谊

高中三年，经常重组班级，可能是那时形势的需要。高二时不少同学弃笔从戎，去当了铁道兵，我们班有戚正仁、范再楚、李少杰等人；临毕业时，由于国家经济困难，又有不少农村同学被要求返乡，不能参加高考，有姚兴荣、费云正等人。这两批同学中，有不少人学业优秀，但因为国家的需要，失去了深造的机会，但他们后来经过自身的努力，不少人都做出了很大的成绩。高考前，湖州二中又并过来一些人，插至各个班级；高二时，还搞了一阵"电化"教学，就是幻灯之类，大概就是现代多媒体教学的原始方式了。以上这些活动都造成了班级的分分合合，所以同过班的同学很多，也不都全记得清了，但我经历的主线是高一（3）班到高三（6）班，这个班上，不少同学学习很好，如后来考上上海交大的翁启华和施六明、南京大学的沈建平、杭大的张善栋和姜鹤峰、浙医大的蔡少卿、邵温群和陈丽华等人，还有孙惠祥、程科彦、杨丽美等人分别考上北航、浙农大、浙师院等。1962年，是考大学很难考的一年，在三年"大跃进"之后，教育经历了从大膨胀到"充实、巩固、调整、提高"阶段，全国高考录取比例很低，而湖中的考取率在那年相比之下是很高的，我就是那一年考上的浙江大学。同时考上浙大的有很多人，光是和我同在无线电系的就有倪国荣、房振华、陆中海、王才鼎、裘泳锐等人，这些同学在系里表现都很好，学习成绩在班里属上等的，这充分证明了湖州中学的教学非常扎实，所以她的毕业生在哪儿都能学得很好。1962年毕业的校友，现在在北京的有三人，在北京军区工作的杭大毕业生徐正民和在建材行业工作的浙大毕业生徐惠坤及我，在每年春节湖中校友聚会时还都有机会相聚畅谈。倪国荣是中学时代的好友，常去他家里，他父母对我很好。他成绩很优秀，也很能干，由于环境原因，他的才智没有得到最大限度发挥，后来在杭州工作直至退休。他的遗传基因给了儿子倪凯，小伙子高中毕业被保送至浙大，但他不要保送而是自己考上了清华，在清华读完研究生后去了美国，很有才华。姚兴荣回乡务农，后当兵，从乡干事干到县长、市政府副秘书长，工作十分出色。他的女儿在北京读大学，后来工作也在北京。由于我和倪、姚的关系很好，他们的孩子在北京时，我也是尽心呵护、关心。

改革开放以来，和母校的联系逐渐增多，王慧才校长、钟加根书记还来北京看望过我，吴宛如老师常给我寄些材料，在湖州的老同学姚兴荣、余华润、王佐平、杨维舒、倪文达也常有联系,始终感受到一股温情和牵挂。2005年,应母校邀请,回校一次,受到了校领导和同学们的热烈欢迎,十分感动。趁这机会,也与能找到的同班同届的同学们聚会了一次,市政府主管教育的倪玲妹副市长也来看望。经母校组织,在几千人的大会上介绍了中国的航天,大家很爱听,也很受鼓舞。还去白雀参观了湖中的新校区。母校现在的条件大大改善,环境十分优美。2002年,她已过完百年华诞,真诚地希望她在进入第二个一百年时,更加辉煌。

四十余年来,从湖中进入浙大,再进入航天大门,得改革开放之机遇,出国深造,到今天能为国家、为人民做一点事,成为中国科学院的院士、卫星总设计师,正在为实现中国人民几千年的梦想——嫦娥工程而努力工作,所有一切都是建立在湖中学习基础之上的,我用写工程报告的笔来记下上面这些回忆中的事,文采虽不够好,但愿能表达心中对母校的爱意。

四、不堪回首——
"文化大革命"中的一些回忆

1. 不堪回首的年月

"文化大革命"已经过去几十年了,关于这场"史无前例"的运动已有许多文章、回忆、影片、资料来评述它。我写这篇文章不是为了研究与评价,只是把个人经历的一些事写下来,从侧面来记录那个时代。

1966年初夏,全国开始批"三家村""燕山夜话",批"海瑞罢官"。当时,我在浙江大学读四年级,正在农村参加"四清"。大约在6月份回到学校所在地杭州,开始参加"文化大革命"。夏初的一天傍晚,我们从位于六和塔的三分部乘车去玉泉校本部,大操场人山人海,周围有许多警察在维持秩序,等大会开始才知道是省委领导干部来校传达中央的精神,批判北京市委向北大派工作组,斗争矛头指向了刘少奇同志。从那以后,运动一天天热起来。不久,

"大串联"开始,到 8 月份时毛主席在天安门已接见了两次红卫兵,各地的学生都纷纷去北京,希望能见到毛主席。

我们学校于 8 月中旬开始行动,分批去北京。我们系于 8 月下旬的一天从杭州乘火车到上海,再换乘火车去北京。人太多了,平时坐十人的两排位置坐了二十余人,过道里甚至行李架上都是人。火车非正常运行,走得很慢,到天津郊区时是早晨,停了很长时间,我从车窗第一次领略了华北大平原的景色,同时也吃惊地看到了被放养在地里的猪。在我们家乡,养猪是主要的副业,猪是养圈里的,圈建在家中,而北方的猪却在地里跑,我感到非常稀奇。我还看到放猪的小孩手捧圆圆的紫茄子在吃,且不说这茄子和南方的长茄子长得不一样,就是生吃茄子也是第一次看到。到达北京已是清晨,出站时北京的红卫兵在站口查问每个人的成分,只要是地主、资本家出身就不能出站。我们出站后在站前广场等待接待安排,因各地来京人员太多,安排也极其缓慢。过去我有个印象,北京站离天安门不远,出于马上看看天安门的迫切愿望,我和班级负责人打个招呼,乘安排之机一个人去了天安门。走到天安门,抬头仰望城楼,想想那就是毛主席接见群众的地方,看着广场中央飘扬的五星红旗,心中无比激动。激动是激动,等我回到站前广场时我们学校的人已经没有了。好在我还冷静,想既然是接待站统一安排的,就去接待站打听打听吧,被告知浙江大学来的人都安排在了女十中后,接着向路边的人询问女十中怎么走,折腾到新街口女十中已是傍晚,与班里同学会合后心里踏实了。我们住在女十中礼堂里,在地上铺一张席子就是安身之处。女十中负责我们的吃饭问题,早上领了食物出去看大字报,去过清华、北大等学校,这两所高校那时引领"文革"的潮流与动向,那儿大字报中发出的信息是各地大学生"取经"的源泉。外地来的学生,不但看,还抄写大字报,以便回去后转发。在女十中,也看到女十中的女中学生们恶狠狠地用皮带、红缨枪"管教"着他们的老师,有的女老师被剃了阴阳头,心中很不是滋味。在北京待了几天,也没有得到毛主席接见的确切消息,我就背上行李只身一人乘车南下去了韶山。在火车上,阶级斗争气氛也十分浓烈,要报成分,如果是地主、资本家等出身的人就不能坐,理由是人民的列车人民坐,乘车过程中不断有人站出来背诵毛主席语录、

唱语录歌，车厢内的人都要和之，否则就要被批斗。

按当时的流行看法，韶山是红太阳升起的地方，去瞻仰的人很多很多。我是从长沙的一个接待站搭乘一辆卡车去韶山的，同车的有几个北京红卫兵，也是身穿绿军装，腰扎武装带，非常傲气。毛主席故居前前后后到处是人，要排长长的队才能进去看看。在韶山，我第一次得到了一枚小小的黄铜色的毛主席像章，这枚像章和后来的像章比，真是太不起眼了，但那时像章还少、很稀罕、珍贵。后来的像章又多又大、成套成套的，有人为了表忠心，甚至把像章穿在皮肤上。从韶山又出发去了广州，住在中山大学旁的一所荣军疗养院里，里面住着不少为中国革命而致伤致残的荣誉军人。中山大学校园很漂亮，院子里有很多芭蕉树，串联的同学顺便摘园子里的芭蕉吃，我也吃过一小串。在广州去过几所学校看大字报；对广州最深的印象是"粥"，第一次见到在粥里放鱼、放肉、放松花蛋。接着又乘车到武汉，乘船沿长江东下赴上海。在船上也是一人一张席子，一个一个不分男女地排排住在大统舱中，我旁边的人是南京大学的学生，同舱也有几个浙大的同学。船上要住几天，有积极分子组织活动以度时光，无非唱唱革命歌曲、朗诵诗词而已，船到上海后乘车回校。

回到学校，已是成立"红卫兵"的高潮，开始的红卫兵还主要是所谓"红五类"子女参加，我那时也参加了，还担任了三分部的红卫兵支队负责人。因这个组织是"保守"的，不符合当时"造反"的形势要求，很快就完蛋了，前后仅存几个月。当支队负责人没干什么，记得比较重要的一件事是国庆将至，组织大家参加游行训练，并参加了1966年的国庆游行。这大概是杭州"文化大革命"结束前的最后一次国庆游行，省市领导还未被打倒，出席了庆祝活动，站在湖滨的主席台上。当时在北京的影响下，全国都在"破四旧"，红卫兵拿着剪刀剪人的长头发、剪所谓的奇装异服；砸庙宇、毁文物；遣送出身不好的人返乡；刷标语、改路名，闹得沸沸扬扬。坦率而言，当时大学生相对比较理智，破坏行为甚少，对老师、当权派、学术权威也较温和，我们还保护过六和塔，校本部的"红卫兵"还保护过灵隐寺，虽然也参加过一些批斗会，也不像北京学校那样用不人道的手段伤害人。有一天，听说邻近的钱塘江大桥那儿出事了，一个守卫大桥的战士牺牲了，但不知发生了什么事。过后不久，从广播中得知，那是有人故意破坏，在大桥铁路上设置了一根枕木，企图颠覆列车，守卫大桥的战士蔡永祥奋不顾身排除障碍，挽救了一列载满红卫兵的列车和大桥，为人民的生命和财产献出了年轻的生命。他被树为英雄，全国人民都向他学习，我们作为近旁的大学生更不例外，去蔡永祥生前连队参观学习、听取部队领导和他的战友的报告。后来在大桥旁修建了一个"蔡永祥烈士纪念馆"。那个年代，先后涌现出了许多英雄人物和学毛主席著作的标兵模范，记得有为保护市民勇拦惊马而牺牲的刘英俊，在千钧一发之际奋力推出横在铁路口的驮炮军马而献身的欧阳海，在手榴弹即将爆炸时以自己的身体保护战友的王杰，还有学毛选到了"一天不学走下坡，两天不学问题多，三天不学没法活"境界的门合，带领乡亲斗天地、让全村人都住上瓦房而自己仍住草房的王国福，以及"小车不倒只管推"的杨水才等时代俊杰。

毛主席先后大约接见了八次红卫兵，全国的学生先是涌向北京，接着又奔赴各地。随着"大串联"的遍地开花，乘车不要钱，吃饭有人管，又兴起了"徒步大串联"，学习红军走长征路。于是学生们纷纷步行上北京，去井冈山，赴韶山，重走两万五千里，去哪儿的都有，当然都是革命圣地。我们班不少同学组织起来，徒步从杭州走上了井冈山。我们浙大几个江苏泰兴籍的同学，商量徒步向北，经苏北再赴延安。1967年1月，我们从杭州出发，顶着寒风，背着背包，打着红旗，每天沿路在接待站吃米饭青菜、青菜米饭，从杭州到湖州，再乘小船过太湖，行至苏州，沿铁路走到无锡，再到江阴，渡过长江，过靖江到达泰兴。沿途并非简单地走路，还要适当参加劳动，印发毛主席诗词、语录进行散发，学红军走一路、宣传一路。到泰兴以后，在泰兴中学住了几天，与在泰兴的其他学校学生一起参与了一阵当地的活动，本打算春节后再继续北上赴延安。2月份，中央停止"大串联"的文件下达，学生们纷纷返校，我们即乘车回到杭州，全国范围内的"大串联"基本结束。

从1967年春开始，浙江的"文革"形势越来越严峻，各级党政组织逐渐瘫痪，领导干部陆续被打倒，学生组织及社会上各种组织也派系林立，并逐渐形成两大派。驻浙江的部队也分成了两大派，每派群众组织都有部分军队

支持。对立由辩论、争吵发展到上街游行，最后发生武斗，传言还死了人。大概在那年的8月份，杭州的形势对我们这一派很不利，于是头头们组织大家去上海，并准备去北京集体上访。那时支持我们这一派的某单位有很多车，但仍不足以送这么多人去上海，于是用车拉一部分人先走，其他的人步行，等到把第一拨人拉出几十千米后再回来接步行的人向前，这样互换接送，早上从杭州出发，经长途跋涉，到了晚上十点多，把大家送到了上海，住在上海交大的礼堂里。上海的群众也分派，与浙江两派各有联系。当时流言四起，各派都忙于发表对自己有利的领导讲话，攻击对方破坏"文化大革命"。那时，哪一派得到"中央文革小组成员"对自己一派有利的讲话，就像有了尚方宝剑，因此不惜断章取义、各取所用。我们在上海也上街宣传，希望得到上海人民的同情与支持。对方就说我们已陷入孤立，没人支持，饭也没得吃，连贴大字报的糨糊都吃了。后经有关方面做工作，没有去北京而返回了杭州。下了火车，沿途高呼口号，好像我们已得到支持，得胜归来似的，真是很可笑的。

回杭州后，学生们为表示自己与工农打成一片，又各自去工厂、农村"边劳动、边革命"。我们一行几人去杭州郊区瓶窑公社待了几天，那时"文化大革命"的热情已开始减弱。

随着武斗的升级，再加之同学们慢慢失去了原来的那股热情，到9月份，出现了大批同学离校潮。我在那时就离开了学校，同一趟火车有不少人，如苏北靖江的老乡、化工系的郑向阳也一同离校。离开杭州后也不愿回南京家中，那儿两派闹得更凶，就回了苏北老家农村，在那参加劳动：种庄稼、挑粪、收萝卜等，还用很不准的音调教人唱毛主席语录歌。这是我自7岁离开家乡后第一次较长时间地在出生地生活，有一个多月，感觉很亲切。再后来，就是群众组织"大联合"，各省市建立"革命委员会"，全国除台湾外实现一片红，慢慢地有了点秩序。1967年秋，中央号召学生们"复课闹革命"，我们又陆续回到了教室，一边上课一边"闹革命"。由于我们系里的派性并非那么强烈对立，从未武斗过，所以还能比较正常地上课，同学、老师之间基本上也能正常相处，这在当时是很难得的。

到了1968年，在校已达六年，面临毕业，毕业班的同学包括我们62级和那时还未分配的 61 级的同学,那时事实上更关心的是自己毕业后的去向。年初 61 级的学生都离开了学校,到了五六月份,我们 62 级的分配就排上日程。那时的人都非常进步,服从组织,很快就完成了分配工作,我和几个同学被分到新组建的中国空间技术研究院卫星制造厂工作。

  1968 年 9 月中旬的一天,我们一起分到北京卫星制造厂的几个同学乘火车在傍晚时到了北京。天很凉,而我们从南方出发时穿的是衬衫短裤,冷得够呛。经几番打听转车,终于来到了位于中关村的卫星制造厂,已是夜里 11 点了。那阵子厂里也闹得厉害,我们来了后就是学习、唱样板戏、准备国庆活动。那一年的国庆在中关村大操场看了焰火,国庆后不久就集体去了天津郊区的 38 军农场接受再教育。

  农场里有不少学生连,我们是五连,连排以上干部是解放军,学生只能担任副排长、正副班长。我在一排四班,班长是刘志雄,大学同学王南光和我一个班。在农场一直待到 1970 年 2 月,那时的任务就是接受再教育,除艰苦的劳动外,还要遵守许多今天看起来很不可思议的纪律:不准探亲、不准结婚等。劳动主要是自己动手打土坯、盖房子,开垦农田、种水稻,挖河开渠、修水利等。一开始物质生活非常艰苦,但通过自己种菜、养鸭、喂猪、捉鱼,有了不少改善。我们连长是个四川人,叫陈大体,指导员是河南人卢清芳,排长是东北人支印怀,应该说他们虽处于教育人的地位,但对我们这些学生还是不错的。那时劳动量很大,一顿能吃十几个包子,政治生活虽很压抑,但大家相对处于单纯的劳动环境中,精神还不错,每天紧紧张张地,也不准看业务书,因那是"修正主义"的东西。什么时候可以回单位谁也不知道,只知道工农兵不发给你"合格证"你就甭想回去。但到了 1970 年 2 月,突然地说国防工业需要人,几天之内就要回去,于是忙着杀猪宰鸭,准备回程。全连同学除一部分被部队留下外,绝大多数都回到了原单位,这一些人当中,有不少人后来成为中国空间事业的骨干,如李祖洪、顾伯清担任了副院长,郭志诚当了院总工程师,刘志雄、于倾一、黄肆刚、王南光等都担任了厂领导,其他连回来的人也一样,成为单位领导与业务骨干,如徐为民、刘良栋、刘增占、郭亚泽等。

回到北京,"文化大革命"还未结束,由于我们是新分来的人,和前几年本单位的"斗争"没有关系,所以也不参与任何派别的活动,主要就是随着大流学习、工作和参与政治活动。1970年参加了国庆游行,看到了站在天安门城楼上的毛主席和林彪。1971年参加了国庆游行训练,准备国庆游行,后因"林彪事件"而终止。那几年"四人帮"闹腾得厉害,一会儿"反复辟",一会儿"批林批孔",每天工作之外,晚上还要政治学习,反复"斗私批修"。这一阶段,我们只是按要求参加活动而已,基本上已无热情和主动性。

那时,一切文化、艺术、戏剧、电影都纳入"封、资、修"的范畴,全国仅有八个样板戏和后来拍的几部政治斗争色彩非常浓厚的电影。许多单位纷纷自己排演样板戏,当时我们北京卫星制造厂排了《沙家浜》、北京控制工程研究所排了《智取威虎山》。各科室、车间派人参加,我们计量站派我参加演出,凭我的文艺才能只能演"戏"最少的角色——十八个伤病员中的一个,学了一段唱词和一段动作——十八棵青松。演出时仅一句台词,至今,用南方口音说的那句"仨奶奶(沙奶奶)"还会被当时的"新四军战友"取笑。这次演出,和不少车间的年轻师傅相处得很好,像任玉培、张铁钢、范铁牛、张金栋、王冰、潘威等,后来在工作中也曾得到这群"战友"的帮助。

1976年,周总理逝世、"天安门事件"、朱德逝世、唐山大地震、毛主席逝世、"四人帮"倒台,"文化大革命"结束。周总理于1976年1月8日离开了他深爱的人民。记得为了能看到总理的灵车,那天一清早,我就去了长安街,在南池子对面一个邮局门口占了一个位置,在刺骨的寒风中伫立了一天,直到傍晚才等到灵车缓缓而过。十里长街百万市民为总理送行,白花铺满天地的景象永远定格在我的记忆中。

1976年唐山大地震那一天,恰巧我的一个堂妹在北京治病,三婶和另一个堂妹为照顾她,都住在我的筒子楼房间,我们一家三口借宿到旁边的另一间房中。地震发生时,我反应很快,马上带着孩子下了楼,又返回接下三婶她们。接下来的几天,我们都住在户外,三婶她们带着我的孩子离开北京回了郑州。过了最初几天较混乱的日子,单位里组织大家在户外搭棚子,每家可取一张床，男女老少都睡在一个棚下，大家很团结，互相很谦让、很照顾，共同度过了那段特殊而艰难的时日。

经过两年的恢复，到 1978 年，国家就开始迎来了一个新的发展时期。我于这一年考上了研究生，并获得了出国留学资格，开始了新一轮的学习。

2. 永远的悲伤

谈到"文化大革命"，就不得不说到我的父亲及他的遭遇。我父亲叶荣生，后改名叶蓬勃，于 1919 年出生于江苏泰兴一个农民家庭，年轻时上过江苏黄渡师范，抗战时参加了抗日教育工作，颇有成就。1946 年国民党大举进攻苏北，转入正规军，先后参加了不少战役，直至渡长江解放上海，又赴朝参加抗美援朝。回国后一直在部队基层工作，守卫在浙江前沿。他虽不是什么大干部，但也为部队的建设尽了他应尽的职责，立过几次功，得过一些奖章、勋章。1964 年春，在全国大学人民解放军、企业大办政治部的高潮中，他转业到了南京某军工厂——一个在当时很大、很兴旺的国营企业担任政治工作领导。谁知两年后就发生了"文化大革命"，他是知识分子出身，再加上性格内向，处事小心，对运动适应不了。在所谓的"三结合"中被推入"革命委员会"，在党的核心领导小组担任主要领导工作，群众分成两大派，而他作为领导干部又必须表明态度，就不可避免地卷入了那场必定错误的"路线斗争"之中，悲剧不可避免。加之当时江苏省、南京军区某些领导人的错误做法，在江苏伤害了许多干部和群众，江苏在全国也是重灾区了。1971 年 2 月，父亲在开会时突然被宣布隔离审查，被送入所谓的"学习班"，饱受折磨和屈辱，仅 80 来天，就惨死于"学习班"中，到底是怎么死的至今未有明确结论，是一个历史悬案。后来听一位曾与他关押在一起的市委书记说，那时每天都能听到父亲在严刑逼供下的惨叫声，后来就听不到了。到 1978 年父亲得以平反昭雪。由于父亲被迫害致死，在当时的历史条件下，骨灰也未曾留下，现埋在公墓里的仅是一些纪念物而已。

父亲是在那样的政治背景下去世的，给我们全家的打击及影响都极大。我母亲是一位很坚强的老军人，当时她也受到审查，日子相当艰难。她与我

外祖母相依为命,在极端恶劣的政治氛围和十分拮据的经济条件下生活着,在我们几个子女的支持下挺了过来。我母亲从未停止过向有关部门的申诉,但都无济于事,不过那时我们仍相信总有一天会真相大白,相信党和国家不会永远这样让一些坏人无视法制地胡闹。我记得"四人帮"垮台后的一天,我一个人去了父亲生前所在单位,那一天,他们许多领导正在开会,我在会上义正词严地谈了父亲的冤案,希望他们早日为父亲平反,越早越主动。当时他们中有些人还看不到这一点,总想拖下去。我也曾整理了材料,向中组部反映过。随着大形势的好转,父亲的案子虽然在"四人帮"倒台后没有马上平反,但家庭的处境开始好转。到了1978年8月,组织上决定彻底为其平反昭雪,并召开了隆重的追悼会,那一天,来了许多亲属、战友、同事、朋友,我也专门偕家人从北京回南京参加大会,还去泰兴老家接来了农村的亲人。平反大会后,我们将装有父亲遗物的骨灰盒存放在南京市一家公墓的纪念馆内,从此,父亲才得以安息,我们全家才得以安心。1994年清明,在南京晓庄的一处山冈上为父亲修了一座墓,后又迁移到离他生前工作和居住地不远的铁石岗公墓。

"文化大革命"结束了,国家走上了复兴之路,我们一家也一天比一天好。现在老母亲仍健康地生活在南京,弟弟妹妹在各自的岗位上也都干得不错,事业有成,孝顺母亲,这也是给父亲在天之灵一个最大的安慰吧!

五、我的留学生活

1. 留学准备

"文化大革命"十年浩劫,中国教育基本处于停滞状态,"四人帮"倒台后,教育事业百废待兴。邓小平同志复出以后提倡科教兴国,并亲自主持科学教育工作。1977年9月,教育部召开了全国高等学校招生工作会议,决定恢复废止了十年之久的高等院校招生考试,通过统一考试选拔、录取优秀人才。高考恢复了!研究生考试恢复了!这个好消息宛如强劲的东风驱散了整整笼罩十年的阴霾，全国数百万考生欢欣鼓舞奔走相告，盛况空前。

知识分子终于又得报国之门，教育工作终于重回正轨，我的精神也为之一振。1967年我从浙江大学毕业后，1968年即被分配到北京卫星制造厂担任技术员。工作近十年才盼来这样千载难逢的好机遇，我没有片刻的犹豫，当即决定报考研究生。1977年我在常州出差时得知这个消息，返回北京后旋即开始了考研的准备工作。

"文化大革命"前我成绩一直是班上较好的，也想读研究生，这次来之不易的机会我备感珍惜。当时，我们一家三口住在一个12平方米的单间，狭促的空间仅能容纳一张床、一张饭桌以及一台缝纫机。白天工作，我只能"秉烛"夜读。青灯照壁人初睡，尺寸见方的缝纫机台就是我的专用书桌。为了不影响家人休息，每每等到夫人和孩子都熟睡了我才翻开书本。万籁俱寂，伴着昏黄幽渺的灯光苦读，哪有古人"红袖添香夜读书"的诗意？就这样我一边工作，一边复习迎考。

1978年夏季，590万考生浩浩荡荡涌进高等院校入学考试的考场。那一年的录取比例高达29比1，规模和难度都是空前的。但我的机遇比较好，1978年考研我三考三捷，皆是榜上有名。

我首先考的是中国计量科学研究院钱仲泰老师，因为当时我在北京卫星制造厂的计量站工作，主要从事数字仪表的计量工作。考试结束不久，我就接到了计量科学研究院的录取通知书。但当时由于航天系统人才紧缺，上级非常希望我们能够留在本系统，同时航天系统又是军事性质的单位，并不主张我们转投其他单位的研究生，于是我就放弃了这次机会。

航天系统也招收学生、培养自己的人才，我于是又报考了控制工程研究所鲍百容老师的研究生。鲍老师在电子电路等方面很有水平，鲍老师的父亲鲍国宝老先生更了不起——早年留学美国，1949年前后成为我国水电专业的巨擘。鲍百容老师的业务水平很高，为人也很好，我也有幸考上了他的研究生。

那时恰逢1978年，中央大规模地纠正"文化大革命"中造成的冤假错案，为大量无辜蒙冤的人员洗刷冤屈，为大量遭受不平等待遇的共产党员平反，恢复他们的党籍。走出历史的阴影，人民群众重新焕发精神和活力，中国社

会再掀辉煌的历史篇章。同年8月，我父亲沉冤得雪，南京的有关方面要为父亲举办一次平反昭雪大会和骨灰安放仪式。我遂动身前往南京为出席仪式做准备。刚巧这时候又传来了振奋人心的通知：国家允许出国留学，我们可以报考出国研究生了！我立刻托北京的同事报上了名。

当时考取出国留学名额有两种形式：已经在国内取得研究生入学资格的人，可以直接申请攻读国外大学的研究生；而尚未在国内获得研究生入学资格的，则可申请国外大学的进修生。之前备战国内研究生考试的时候，我非常认真地复习了英语，外语底子是非常扎实的。因此这一年的第三考——出国留学考试我也是得心应手、不甚费力。

考试的经过我至今历历在目：当时英语考试分为笔试和口试。笔试的阅读理解题中有一篇科技文，是关于太空高尔夫的，讲了人类到月球上打高尔夫球的趣事儿。当时好多人因为不知"高尔夫"为何物，所以文章读得如在云里雾里。而我平时除了学习专业课，兴趣也很广泛，虽然不会打高尔夫球，但高尔夫球这项运动我是知道的，理解起文章自然驾轻就熟。还记得那篇文章里说，如果把高尔夫球场搬上月球，任何人只需轻轻一推杆就能击出"千万里"的高度。而在地球上，即便是最顶尖的高尔夫球选手，最高纪录也不过一杆数百米，恐怕连老虎伍兹都要望"太空高尔夫"而兴叹呢。而现在我就是研究探月卫星的，而且还成了我国"嫦娥"工程月球探测卫星的总设计师、总指挥，回想起来莫不是一种缘分。

英语口试的内容是阅读文章后回答问题，那篇文章大致是说一个颇为吝啬的人要去美国旅游但又心疼旅费，于是就把自己装进了集装箱，请朋友把自己邮寄到了美国。文章绘声绘色地描述了这个人在集装箱里的生活。老师就这篇文章提问了我一些问题，我也回答得较为流利。9月份公布了成绩，有道是功夫不负有心人，我三度榜上提名。

虽然我已正式取得了留学名额，但在短时间内也不可能马上出国，因为需要通过教育部从中斡旋，联系对口的国家，并确定学习的具体事宜。当时已近10月，国内的研究生院早已经开学了。清人曰："勿谓寸阴短，既过难再获。"这段空当期我不想白白浪费，便到中国科学院研究生院听课。那时候的中科院研究生院位于五道口林业学院的旧址，我一边学习研究生课程，一边不忘强化英语。

当年我对国外的情况知悉不多，是去美国还是去其他国家，一时难以抉择。先师杨嘉墀院士是我国"863"高技术计划的倡导人之一，屠善澄院士是控制工程研究所的老专家，高瞻远瞩的二老所识包宇内而囊四海，对国际形势和动态见解精辟。考虑到当时的实际情况，二老认为中国航天业和美国在诸多方面尚有较大差距，且美国在敏感行业上又有诸多严格的限制，去了也不一定能学到什么，便提议我赴欧洲留学。

我听从了二老的建议，随即上报教育部申请留法。全国和我一样准备去法国、瑞士、比利时等法语国家留学的同志还有很多，为帮助我们突破语言障碍，教育部统一组织了法语集训。全国三所高校——北京语言学院、上海外国语大学和广州外国语大学，在教育部的指示下，分别开办了法语培训班满足我们的学习需求，来自航天部门的同志们都被分配到了广州外国语大学。

1979年2月，我进入广州外国语大学法语系学习，那时法语系不在校本部，在沙河顶镇旁的一座校园内，离黄花岗烈士陵园不远。当时教我们法语的有大李老师、小李老师以及一位来自加拿大的外教。1979年我34岁，学外语已属"高龄"，可我们班更有40多岁的"超龄"同志。虽然我们学外语起步晚，但是勤能补拙，加之大家学习目标明确，进步都很迅速，连老师们也一致反映我们比本科生学得快、学得好。本科生学四年，而我们不到半年就得出国，压力何等巨大！但压力也带来了"弹簧效应"，我的法语进步神速，在全班也是名列前茅的，还担任了班里的学习委员。来自航天二院的女中豪杰马淑雅是我的同学，她的法语也很棒，人送雅号——"录音机"，可见她的语言天赋有多好，当年我们两个在学习上难分伯仲，时常互相较劲儿。

我们在努力提高外语，同时教育部也在积极谋划，牵头联系法国、比利时、瑞士、加拿大等国，为我们办理留学的具体事项。一旦有了对口的国家，我们就可以立即出国，因此当时我们在广州外国语大学并不涉及毕业的问题。1979年8月，教育部为我联系好了相关事宜，并通知我尽快回北京办理相关

手续。返京以后，我领取了出国费用，回了一趟南京，也和亲朋好友们一一告了别，可左等右盼，过了很长时间也未接到正式出国通知。有人善意地替我担忧，揣测可能是什么关系户的子女挤掉了我的名额，但我丝毫没往这方面想。时不我待，总不能就这么干等着消磨时间吧？所以我又回到了中科院研究生院继续学习业务课，同时也转到北京语言学院的法语培训班强化法语。

在北京语言学院给我们上法语课的是一名外教，他和夫人就下榻在友谊宾馆。1980年春的一天，我和同学们一起去友谊宾馆拜访他。那天是我头一次喝到可口可乐，觉得可乐这玩意儿不仅不好喝而且还有一股药味儿。外教房间的墙上挂了一幅表现《红楼梦》故事的画，他便问我画里画的是什么，当时我就已经能用外教听得懂的法语介绍《红楼梦》这样复杂的故事了，外语水平提高之快可见一斑。当年我们学外语可没有现在的条件，别说 mp3、mp4 了，就连最基本的录音机都没有。那会儿王长龙同志家有一部留声机，这部留声机就成了我们学外语的唯一工具。当时我们反复听的、为数不多的几部就是《基础英语》（Essential English）以及《灵格风》（Linguaphone）。这部留声机还是王长龙自购元件动手组装起来的。

过了一段时间，我才得知自己迟迟不能出国的原因，当时我向教育部申请去法国的图鲁兹（Toulouse）。图鲁兹是法国航空航天工业的心脏，协和式客机、空中客车都是在这里生产的。法国国家高等航空与航天学校也位于图鲁兹，是从事航空、航天与空间领域研究的专科大学。法语的"学校"有时被译为"大学校"，是法国最高级别的学府，也是法国人心目中的精英学院。我原本计划申请赴法国国家高等航空与航天学校下属的研究所深造，但法国的航天业也很敏感，得知我们这批人来自中国航天部门，并不愿意接收我们。而在当时的情况下，一旦被一所法国大学拒绝，便很难再被其他法国学校录取了。教育部便搁置了我赴图鲁兹的计划建议我换个国家，查找了一些资料后，我最终决定前往瑞士留学。

瑞士是一个联邦制国家，当时全国拥有 10 所大学，其中 2 所联邦大学，苏黎世联邦高等工业学院（ETHZ）在德语区，洛桑联邦高等工业学院（EPFL）在法语区；另有 8 所州立综合性大学，其中就包括我所心仪的纳沙泰尔大学

(University of Neuchatel in Switzerland)。我申请的是纳沙泰尔大学下属的微技术研究所，白朗地尼（F.Pellandini）教授在那里从事电子方面的科学研究。我给他去了一封信介绍了我的基本情况，他很快就回信了，热情洋溢地欢迎我去纳沙泰尔大学留学。收到这封邀请信以后，我就开始办理出国手续。

2. 读一个瑞士的科学博士

1980年7月，我和其他六位同志一起乘飞机远赴万里之遥的欧洲中南部国家——瑞士。当时飞瑞士的机型是波音707客机，这种小型民用客机只能运载100多人。飞机从北京起飞，途中经停我国的乌鲁木齐、巴基斯坦的卡拉奇以及罗马尼亚首都布加勒斯特，最后飞抵瑞士的第一大城市苏黎世。当飞机从我国西部边陲——新疆喀什上空呼啸而过后，鸟瞰地面，海拔高达4 700米的红其拉甫山清晰可见。这时乘务员用广播告诉我们，红其拉甫山口是中国与巴基斯坦、阿富汗、塔吉克斯坦的交界地，是中国最西的国土，竖立着中国国界碑。沿此国境线南下便是巴基斯坦和印度的国土。红其拉甫山脊在我们的视线中越来越模糊，飞机穿越中国国境线上空的那一刻，我的心情是那样沉闷、那样不舍。当时国家的经济比较困难，教育部只能为我们每人提供1美元的旅途资助。对我们来说，国境线就仿佛生命线。一别三年如此漫长，是游子离开祖国的孤独，是行囊里珍藏的一抔乡土，是烈酒般灼烧的乡愁，也是矢志不渝的赤子情怀。

第一次出国的飞行途中还发生了一个令我终生难忘的有趣故事。我由于素来不爱运动，平衡神经较差。每每乘车、坐飞机，我都感到头晕目眩，非常不适。那天登上飞机坐定后，我便开始迷迷糊糊地打瞌睡。我旁边坐了一位姓袁的男同学，此番和我一道前往瑞士学习。他的邻座则是一位匈牙利姑娘，女孩在中国学习中文，并非前往苏黎世，而是要在罗马尼亚首都布加勒斯特转机。头一次出国我带了两件行李：一件行李已经交由航空公司托运；另一件是绿色的行李包，里面是我最重要的"金银细软"。这只包我随身携带，上了飞机以后就放在头顶的行李架上。到达布加勒斯特后，乘客们纷纷下到地面活动、休息，可再登上飞机回到座位上一看，我就傻眼了——我的行李怎么不见了？！这可真是十万火急，我的头也立刻不疼了。要知道，一旦丢了这件行李，就等于丢掉了我出国所需的全部重要家当——字典、带给导师和外国朋友的礼品、牙膏、牙刷、毛巾、肥皂等基本生活品……当时国内的经济比较困难，出国时恨不得什么都带，甚至三年写信用的信纸和信封我都备齐了。邻座的小袁也赶忙帮我找行李，谁知刚听我描述完行李的特征，他立马后悔不迭，又是自责又是道歉。原来他误把我的行李当成了邻座姑娘的，在布加勒斯特分别时，他还主动拎着那只绿包送匈牙利姑娘下了飞机，因为语言不通，到了海关小袁就折回了飞机上，包也就随手放在姑娘的脚边了。

这下可真是好心办错事，我哭笑不得，他则是懊恼不已。我赶紧跟飞机上的乘务员说明了情况，他们一边安慰我一边用无线电和地面联系，但一番查找之后仍然没能帮我找到行李的下落，我们的航班很快从布加勒斯特起飞了。飞机抵达终点站苏黎世机场后，中国驻瑞士教育参赞刘瑞亭先生和教育处的秘书金仲华先生到机场来迎接我们。我向他们说了飞机上丢行李的事儿，他们还责怪我这么大的人连个包都看不住。

到达苏黎世的当晚，大使馆开车把我们一行送到距瑞士首都伯尔尼不远的一个小镇，在大使馆办的招待所里安顿了下来，飞机的机组人员也和我们住在一起。由于时差，头天晚上大家都睡不着。那时候苏黎世—北京之间的航班每周只有一次，大家便都忙着写信请乘务员带回到北京邮寄，以便节约不菲的邮资。可是我的随身行李一股脑儿都丢了，信纸和信封也都没了，所以情绪挺低落的，颇有些"苍茫去乡国，无事不伤情"的味道。第二天大使馆给每人发了一些教育补助，瑞士的物价很高，但中国大使馆内部的小商店价格相对优惠，大家就用这笔不太丰厚的经费在大使馆里添置了一点必需品，例如字典和录音机。当时我也买了一部录音机，并把离开祖国时的所思所想、丢行李的前前后后，以及刚到国外的感受都记录了下来。这盘我自己录制的磁带和家信被机组人员一起捎回了北京，后来我才知道，每当家人想念我的时候，总要播放这盘录音带聊以慰藉。

我们一行七人在招待所住了三天，有专人向我们介绍了瑞士的风土人情、外事纪律等。第四天，大使馆又把我们送到了位于瑞士西部的城市弗里堡。

当时正值暑假，瑞士的大学都还没有开学，我们去弗里堡的主要任务就是强化法语。

因为丢了行李，到了弗里堡以后，我的生活还是非常不便，甚至连刷牙都没有牙刷，我的心情因此也挺低落。同行的同学们一边帮助我解决问题，一边好言宽慰我。可我们都已经到了弗里堡，还上哪儿去找行李啊？没想到过了一个礼拜，竟然传来了让人难以置信的好消息——我的行李真的失而复得了！原来我的行李在布加勒斯特机场丢失以后，因为无人认领就被扣在了机场海关。例行开箱查看时，海关人员发现了我的中文字典，核对确认了我的报失后，海关方面便将我的包转交给了中国驻当地民航办事处。中国民航的工作人员更是尽心尽责，好一番查证才打听到我的下落，几经辗转，还劳动了中国民航驻瑞士办事处和中国驻瑞士大使馆，才最终将行李安全地送抵弗里堡，递交到了我的手中。我的包虽然被打开了，东西却一样也不少。明珠复得，我的喜悦无以言表；人情纯朴，我内心的感动久久萦绕。

瑞士国土面积较小，约4万平方千米，人口约600万，是一个联邦立宪制国家。瑞士联邦有26个州，尽管各州必须服从联邦管理，但都拥有各自的宪法、政府、议会以及法律，享有很大的自主管理权。26个州中有的历史悠久，有的则是新近加入的。最年轻的汝拉州是1979年才从伯尔尼州分离出来的。瑞士虽小却非常富庶，一直享有"欧洲最富"的美名。可是瑞士人富而不露、富而不奢，生活中都很勤俭朴素，让人肃然起敬。瑞士的湖光山色也很美丽，到处风景如画，被誉为"欧洲的花园"。然而，瑞士不是一天建成的，并不是天生如此。

历史上的瑞士曾经非常贫穷落后。15—19世纪，瑞士男子因为苦于生计，纷纷沦为欧洲各国的雇佣兵。战场上代表不同阵营、兵戎相见的瑞士雇佣兵常常都是同一个村子的。瑞士境内多山、交通闭塞，也没有任何矿产资源，200年前一片穷山恶水。我的老师告诉我，他的祖父母是吃土豆长大的，偶尔才能吃到面粉、面包；他的父母生活也不是富如今日，吃一回鸡肉就是很奢侈的事。"瑞士没有资源，我们有的只是两只手。"这是瑞士人的名言。他们正是依靠自己的勤劳，才把瑞士建成了今日的模样。除此之外，我认为社会

稳定、教育高度发达也是瑞士繁荣的关键因素。反思瑞士的发展史，我们得到启示：一个国家要想跻身于世界前列，必须付出200多年的艰辛。任何国家的发展都要经历一个过程。

瑞士经济获得腾飞，其四大经济支柱功不可没：一是机械工业。瑞士的精密仪表、精密机床等工业非常发达，瑞士手表在中国久负盛名，手表制造业主要集中在我所在的日内瓦、纳沙泰尔一带。二是化学工业。其主要集中在巴塞尔一带。三是瑞士银行业繁荣，首都伯尔尼是瑞士的金融业中心。经过战后的飞速发展，它已经成为仅次于英国伦敦的欧洲第二大金融中心。四是旅游业。也是瑞士国民经济的中流砥柱，每年吸引数以百万计的外国游客，日内瓦素有"国际城"之称。

深处欧洲腹地，瑞士东邻奥地利及列支敦士登，南接意大利，西界法国，北邻德国。瑞士有三种官方语言：伯尔尼、苏黎世和巴塞尔等地讲德语；洛桑、日内瓦、纳沙泰尔等地讲法语；南部卢加诺等地则大多讲意大利语。瑞士联邦的正式文件、电视、电台、报纸等都要采用以上三种语言的文字。东南部还有少数地区通行拉丁罗曼语，在大学里英语当然也很普遍。

我所在的弗里堡州，首府也叫弗里堡，是法语区和德语区的交界处。这个州的居民不论对德语还是法语都是相当熟稔，语言环境得天独厚。我们一行7人以及前几个月到达瑞士的近20名中国学生，在中国驻瑞士大使馆的安排下，到弗里堡大学（University of Fribourg in Switzerland）语言中心接受法语和德语强化训练。

当时的法语训练可分为4个等级，一级最低，四级最高，凭考试成绩评定级别。我是20多人当中唯一通过四级考试的，于是便进入四级班开始了为期三个月的学习。弗里堡大学语言中心属于教会性质的寄宿学校。宿舍条件挺好，单人间非常宽敞，家具一应俱全，而且还配有单独的盥洗室。但平时有神父督促，吃饭有嬷嬷看管，日常学习也很紧张。

大使馆统一替我们交食宿费，每个月还发给每人40法郎的零用钱。周一到周五我们在学校食堂集体就餐，每天的伙食费是10法郎，当然全是西餐。周六和周日可以不用在学校就餐，但退伙的时候只能返还7法郎。即便是这样，中国留学生还是很喜欢周末退伙，因为自己做饭能省下不少钱。瑞士的物价虽高，但同比换算，超市的东西并不是很贵，牛奶、鸡蛋、鸡肉、菠菜等副食品价格相对低廉。我们的集体宿舍有公用厨房，心灵手巧的中国留学生仅用鸡肉、菠菜、米饭、面条等简单的原材料就能变换出很多花样，周末两天才只花五六个法郎，相当经济实惠。而且与国内相比，我们吃得也算是比较丰盛了。

安定下来以后，大伙儿逛了不少地方，有了些新鲜的见闻。弗里堡的街道安静整洁、商品琳琅满目，市民也彬彬有礼，这些景象确实很让初出国门的我们震撼。要在弗里堡学习、生活，开销当然也很大：寄一封信要花1.8法郎，洗一张照片要花70生丁，一个月40法郎的生活费光用来写信都不够，我们便省之又省，往国内写信的时候，一个信封里总要再多套几封信，等信到了中国后再请亲友分发邮寄以节省不菲的邮资。在弗里堡繁华的商场里，我们看到了电视机、冰箱等在国内尚属奢侈品的电器，然而囊中羞涩，每月区区40法郎的微薄津贴，不知要攒多少年才可以搬回一台像样的电器。

弗里堡大学是法语区大学和德语区大学间的桥梁，它的语言中心声名远扬。世界各地的语言生纷至沓来，当然也不乏中国人。记得到达学校的当晚，我刚找到自己的房间安顿下来，突然传来一阵敲门声。"你是从中国来的吗？"门口突然传来一个女孩子的声音，说的竟然是中国话！我疑惑地打开门一看，一个娇小玲珑的女孩儿微笑着，手里还端了只锅，她自我介绍道："我叫谢美华，我是从台湾来的。怕你们第一天吃不惯西餐，我给你们做了一点儿馄饨。"原来她是台湾辅仁大学的留学生，现在弗里堡大学学习法语，在千里之外的瑞士遇到中国同胞，我们都非常激动。后来我又认识了其他几位台湾同学，还发现学校的图书馆里有不少台湾杂志。来自祖国大陆和宝岛的中国人跨越千山万水，在海外齐聚一堂，总有谈不完的话题。但我也发现，由于几十年的隔阂，双方都对彼此知之甚少，甚至在脑中存有一些错误的信息；但同为中国人，我们血脉相连、心灵相通，随着交往的深入，台湾同学们更多了解了大陆，我们也更多了解了台湾。

除了台湾朋友，我还在弗里堡结识了一位特别的瑞士朋友，他的中文名

字叫周铎勉，会讲中文，尤其爱好中国文化，曾在瑞士驻中国大使馆工作过。周铎勉热情地邀请我去他家吃饭，还向我展示了他精心收藏的中文书籍和东方艺术品。1985年我学成归国后，没想到别后的重逢会是在首都北京，而这一次他竟是作为瑞士驻中国大使来的。他再次热情地邀请我和夫人去家里吃饭，诚如杜诗所述："人生不相见，动如参与商。今夕复何夕，共此灯烛光。"

　　三个月的学习时间如白驹过隙，弗里堡良好的语言环境促成了我外语上的飞速进步，也让我对瑞士有了更多了解。1980年10月，我离开了语言中心，前往纳沙泰尔大学正式攻读学位。三个月的时间虽然倏忽即逝，但在弗里堡发生的一幕幕至今镌刻在我的记忆中。

　　20世纪80年代初期，不少柬埔寨难民流亡到了瑞士。有一天，我正在房间看书，有人在外面用法语问："你是中国人吗？"敲门的是两个嬷嬷，后面跟着一名亚裔女子和一个小女孩。两个嬷嬷见我会说法语又是中国人，显得特别高兴。嬷嬷告诉我，她们带来的亚裔女子是柬埔寨难民，她既不会说英语，也不懂法语和柬埔寨语。瑞士的难民营要对难民进行技能培训，让难民学会裁缝、烹饪等手艺，以便离开难民营独立生活时能靠一技之长吃饭。嬷嬷们很关心这个女人的情况，想知道她要学什么技能，可就是苦于无法沟通。我试着用中文和她交流，不料刚一听到中文她就声泪俱下，原来她是柬埔寨华人，中文才是她的母语，柬埔寨语和法语她都听不懂。她的丈夫曾经是柬埔寨官员，但红色高棉打到金边后他们全家就逃了出来，弟弟在逃难的途中与她失散了，她历经千辛万苦带着女儿辗转到了泰国，最后流落到了瑞士。我问她想学什么技能养活自己，她说自己想学裁缝。我当了一回翻译，也目睹了由于战乱而流落海外的华人们的状况，对他们充满了同情。

　　这三个月的生活中也发生了一些小插曲，其中一件轶事还曾为媒体报道过。一次学校午餐甜点供应冰激凌，一位外国学生吃着冰激凌得意地问我："叶，你们中国也有冰激凌吗？"他的话非常刺耳，一下子刺痛了我的民族自尊心。我也不甘示弱，立即用标准的法语回敬了他："两千多年前我们祖先知道用冰保存食物的时候，你们的祖先还没穿衣服呢。"外国同学羞愧地低下了头。

1980 年 10 月，瑞士各大高等院校纷纷开学。我便离开弗里堡，正式来到纳沙泰尔大学微技术研究所学习。纳沙泰尔州位于瑞士的西部，东邻瑞士本土最大的湖泊——纳沙泰尔湖，西靠雄伟的汝拉山脉的肖蒙山，苍山翠湖，景色非常秀美。这个州的经济也非常繁荣，其发达的钟表业是整个瑞士的骄傲。纳沙泰尔大学成立于 1838 年，是瑞士著名的综合性州立大学之一，我国享有盛名的地质学家黄汲清院士，也是纳沙泰尔大学的校友之一，20 世纪 30 年代他曾在此获得了博士学位。纳沙泰尔大学的各幢建筑分布在城市的不同地点，不像国内大学校园那样形成一个全包围的聚落。纳沙泰尔大学本部大楼坐落在城市最主要的街道——三月一号大街上，而文学院、理学院和几处校舍则都散居在不同的地方，我住的公寓是主要的校舍之一，紧邻纳沙泰尔湖畔和我所在的研究所。

进入纳沙泰尔大学微技术研究所以后，我师从白朗地尼教授。但刚一开学，我就遇到了一个棘手的问题——过去纳沙泰尔大学和中国在学术方面缺乏交流，因此并不承认我在国内浙江大学所取得的学士学位。我必须首先通过瑞士的大学资格考试，获得等同证书，然后才能获得攻读博士学位候选人的资格。

信号与系统、电子电路、数字信号三门课是学校指定的必考科目，准备考试期间我还学习了计算机语言、模糊数学等其他科目。曾子曰："士不可不弘毅，任重而道远。"整整 9 个月的时间，我全身心扑在学业上，最终完成了全部科目的考试。瑞士大学评分制为 6 分制，6 分最高，而我得到的平均分是 5.5 分。顺利通过考试后，纳沙泰尔大学给我颁发了一张证书，大意是：中华人民共和国叶培建先生已通过相关考试，他浙江大学的学位是有效的，我们予以承认，并允许其攻读博士学位。从此我便开始了博士生期间的学习，这可以说是我一生之中最勤勉的一段时期。

对我来说，最大的困难首先是语言关。虽然先前曾在弗里堡大学突击过三个月的法语，但我毕竟是初学，要听懂老师的授课内容还是很吃力的。下课以后我总要借老师的讲义复印，通过自学慢慢咀嚼消化。与此同时，我还要不断地自我调适以融入全新的学习环境。虽然我已获得国内的学士学位，但国内外所用的教程毕竟不一样，这也是我学习上的一个障碍。除此之外，

国内外大学的考试形式也不相同,瑞士大学考试以口试为主,笔试反而为辅,考试时最讲求灵活变通,与国内恰恰相反。平日里我舍不得浪费一分一秒的时间,别的学生去酒吧休闲消遣的时候,我依然伏案苦读,为的就是迎头赶上。毕竟天道酬勤,功夫不负有心人,我的外语和专业课水平节节提升。

1982年,当地报纸还特地报道了我的故事,题目就叫"一个北京人看瑞士"。当时外国记者好奇地询问我:"叶,你为什么不去玩,甚至也不去喝咖啡?"我告诉他,中国的经济还比较落后,中华民族复兴任重道远。出国前,时任教育部副部长的高沂同志曾和我们留学生进行恳谈,其间他语重心长地教育我们,让我们算算,每个留学生一个月就要花费几百瑞士法郎,这得需要多少工人、农民辛勤的劳动才能创造出外汇供我们出国留学。高部长的谆谆教诲让我感悟到自己的责任之重,也激励了我的斗志。在纳沙泰尔大学的学习虽艰苦异常,但是男儿不苦不勤不能成业,我亦盟心矢志朝夕自励,反倒觉得虽苦犹甘。后来,中国驻瑞士大使馆也对我进行了采访,并在《人民日报》上发表文章表扬了我和其他几名中国留学生。翌日,中国落地海外的电台节目中也播出了这篇报道。

相关课程的学习不久就结束了,我也即将迈入攻读博士学位的阶段。瑞士的学位制度中不设硕士学位,大学毕业就相当于国内的硕士,接下来便是瑞士的科学博士。短短三年时间的学习并不足以拿到瑞士科学博士学位,但当时国家只为我提供了三年的奖学金。相比之下,当时法国的学制更为灵活变通:大学毕业可获硕士学位,继续深造即可获得法国的科学博士,最高学位则为国家博士,还为外国留学生设立了"大学博士"这一仅需两年就可拿下的学位。为解决现实问题,我便决定用三年时间先做一篇论文,并获得瑞士颁发的相当于法国科学博士等级的证书。当时我在纳沙泰尔大学所做的论文题目是"手写字符和数字的计算机自动识别",所谓字符,包括了英文的大、小写。我用了三年时间做完了论文,顺利获得了等同证书。

获得等同证书后,学校决定安排我进入研究所工作。1983年7月—1985年7月,我在微技术研究所担任助教,同时攻读瑞士的科学博士学位。为了不耽误学业,我只负责半个助教的工作,因此也只领取半份薪水。我在研究所一待又是两年，其间我又着手做了一篇论文——《手写中文的计算机实时自动识别》。

我的论文主要是针对当时计算机输入中文比较烦琐的现状，力图推陈出新简化输入方法。这篇论文里还是有些新东西值得称道的，比方说当时很多计算机识别都受限于笔画的输入顺序，而在我开发的这套软件中，笔画顺序不受限，连笔和不连笔亦不受限。为此，我还得到了国际上一些从事中文研究的学者的赞扬。在我论文的评阅人当中，最重要的人物就是傅京孙（K.S.Fu）先生，傅先生是美国普渡大学（Purdue University）教授，国际模式识别和人工智能方面的顶尖专家。我的论文得到了他较高的评价，至今我还悉心收藏着他写给我的手札。我的另外一位论文评阅人是加拿大协和大学（Concordia University）的孙清夷（Sun.C.Y）教授，他也是国际上中文信息处理的知名专家。除了他们二位，洛桑高工的肯特（M.Kunt）教授、我的导师白朗地尼教授以及实验室主任於格里先生（H.Hugli）也参加了我的论文评审。

1984年夏天，杨嘉墀院士去瑞士的时候，还专程赶到研究所看望了我，关切地询问了我的研究工作。我的论文是在1985年5月完成答辩的，一个月后我按照瑞士的规矩进行了论文的公开陈述（public presentation）。中国驻瑞士大使馆的刘参赞及有关官员特意赶来赴会。会上我就论文进行了公众讲演，会后还举行了酒会，晚上举行了晚宴。刘参赞和很多人也都参加了晚宴。这次晚宴是我和一位同窗——我的阿尔及利亚好朋友穆克德姆（A.Mokedem）一起举行的，所以费用也由我俩共同分担。随后，经校方批准，论文准予印刷出版。至此，我终于获得了瑞士科学博士学位，没有做任何"走与留的思想斗争"，一心归国，于同年8月回国。

3. 亲情与友情

从1980年10月到1985年8月，我先后在纳沙泰尔大学微技术研究所求学、工作，与恩师白朗地尼及各位同窗都结下了深厚的情谊。书生意气，挥斥方遒，那段美好的生活犹在昨日。最令我难忘的人莫过于我的导师白朗地尼教授。老先生是典型的瑞士人，骨子里有一股"君子之交淡如水"的民

族性格。过去老先生是很少请别人去家里吃饭的，但他却经常邀请我和夫人到家里吃饭。受到导师如此的款待，对学生来说真是莫大的荣幸。连瑞士同学都戏称我为"susu"，就是很受宠的意思。

1982年2月，因为恩师鼎力相助，我的夫人也来到瑞士，并在研究所学习进修。研究所为我夫人提供了留学的全部费用，也为我们在生活上排忧解难。但非常遗憾的是，1985年我回国，次年，白朗地尼先生的夫人遭遇车祸不幸去世了，如今只有一双儿女常伴老先生膝下。

和我一批先后取得博士学位的同学穆克德姆、法里纳（A.Farine）毕业后也留在了研究所，他们后来虽曾离开研究所在外工作了一段时间，但现在又都回到了大学工作。我们既是同窗又是同事，相处得非常好。穆克德姆是一位来自阿尔及利亚的青年，用中国人的观点来衡量，穆克德姆的父亲也是一位老革命——他参加了阿尔及利亚反法民族解放斗争，是一位老游击战士。在阿尔及利亚人民争取民族独立的斗争中，中国人民曾给予他们很多物质和道义上的支持，所以穆克德姆对中国人非常友好。他总是说，当年他父亲打游击时吃的罐头、穿的军装都是从中国运来的。穆克德姆在瑞士待得久了，加之交了一位瑞士女朋友，生活习惯也发生了很大改变，阿尔及利亚是禁酒的，可他到了瑞士也学会了喝酒。有一次他父亲来学校，穆克德姆吓得把酒都藏到了我的房间，不敢让父亲看见。

法里纳家经营一座小农庄，即便在富饶的瑞士，一个农民家里培养出一个大学生也不是件容易的事儿。当年，我还去法里纳家里的小农庄住过，体验了瑞士田园牧歌式的生活。

在研究所里，於格里（H.Hugli）是我们几个人的头儿，我们都是他的兵。这位苏黎世高工毕业的博士非常聪明能干，也很傲气。我想在国外发表文章，就请他帮我修正一些英文文法上的偏误，可他却总是按照自己的思路把我的文章改得面目全非。有一次我实在是憋不住了，决定要好好与他"理论"一回。我的一位台湾朋友姓叶，定居在美国，她的先生是位美国人，在田纳西大学任教，中文也很好。于是我把论文用中文和英文写好，寄给朋友，请美国人做个"二传手"先帮我修改妥帖，最后才交给於格里看。不出所料，我的论文又惨遭於格里的好心"肢解"，这时我才告诉於格里论文事先经过了讲英文的美国人的修改，从此以后，他再也不轻易改我的东西了。

1996年，我带团去法国培训。利用培训的间隙，我特意从法国赶到瑞士，重回了纳沙泰尔大学。那是毕业11年后我第一次回母校，我专程去拜访了白朗地尼教授、我的校友和其他一些老朋友。岁月如梭，斗转星移，不变的是我们之间跨越国界、跨越民族的真挚感情。

我的阿尔及利亚老朋友穆克德姆如今在大学的信息中心工作，他早就和当年那位端庄靓丽的女朋友结为连理，并留在了瑞士，还有了三个可爱的孩子。法里纳获得博士学位后曾在工业企业工作了一段时间，之后又重返校园。2005年白朗地尼教授退休，他便取代了白朗地尼先生，晋升为微技术研究所此专业的教授。於格里先前虽然和我有过一段小插曲，但不可否认的是，他在工作中的表现相当出色。我读书的时候所里还只有四位教授，现在研究所新增了一个教授席位，於格里也成为模式识别方面的教授。这样一来，微技术研究所的教授规模增至五名。有一次我在新加坡开会，竟然意外地碰到了这位老朋友。於格里告诉我他也到过中国，还曾在西藏爬过山。前年他偕夫人再次来到北京旅游，我去旅馆看望了他，还略尽地主之谊安排了宴席。再叙当年情、同学情、老友情，我们都是很高兴的。

1997年，我去瑞士洛桑开会，再次回到了母校。这么多老朋友再度重逢，兴奋之情溢于言表。时隔12年，我依然能说一口流利的法语，这让老同学们都颇感惊异。90年代，我们空间技术研究院的教育代表团去瑞士考察，也曾访问了纳沙泰尔大学。据同事们说，纳沙泰尔的人还向他们介绍了我在那里求学的生活。提起这个来自中国、学习很刻苦的叶，很多瑞士人至今是交口称赞的。

经历了20世纪80年代的改革开放和社会转型，90年代以来，中国经济迅猛发展，逐渐成为亚洲冉冉上升的新星。短短十多年内，整个社会面貌和人民生活条件日新月异。躬逢盛世，1997年祖国再兴统一大业，香港回归。相比于1987年，1997年的北京变化是巨大的。但是1996年、1997年我再去瑞士，却发现这个国家表面上还保持着十多年前的面貌。我并不是说瑞士没

有发展变化,而是说一个国家的发展轨迹到达相对高度后反而会趋向相对平缓。

记得1980年10月我才刚到纳沙泰尔大学不久,导师白朗地尼先生有一次问我:"叶,你不是已经结婚了吗?为什么不带你夫人来?"当时我没领会他的意思,只是如实汇报了我的情况。我告诉白朗地尼先生,我是通过考试取得出国留学资格的,而我的夫人并没有参加此次考试。过了一段时间,导师再次关切地询问了我的家庭情况,并表示他愿意为我夫人提供到纳沙泰尔留学的机会,而学校方面也愿意为我夫人提供这样一个位置,让她来做一些研究。听到这个消息我是很高兴的。

通过一段时间的努力与协调,1982年2月,我的夫人终于来到了瑞士。我从苏黎世机场专程将她接回了纳沙泰尔。从此,她便和我在同一个研究所工作,主要任务是学习计算机反汇编语言。我的夫人姓范名雨珍,名字极富诗意。每每外国人问起,我总要告诉他们"雨珍"乃是取"雨中珍珠"之意。我夫人刚来的那一阵子就在大学宿舍里借了一张加床,和我一起凑合住。5月初,在研究所的帮助下,我们找到合适的房子后就搬出了学校。我们租住的这幢房子上下三层,一层被主人租作仓库,二层的房客是一对老夫妻,三层主要被我们租下了,另有两间住了一些年轻学生。二层的老两口对我们这对中国夫妇很放心,外出旅游时就把钥匙交给我们,托我们帮着料理花草。我们租下的套型是一室一厅,客厅宽敞明亮,卧室带有一间储藏室,一个吃饭间兼作厨房和餐厅,外加一个阳台,一个月租金400法郎。我爱人来到研究所以后,学校每个月补助她800法郎生活费。加上国家给我的奖学金,我们的生活也算是衣食无忧。1983年后我又有了半个助教的工资,生活就更不成问题了。

雨珍和我在瑞士共同生活,平日里也是一起学习,各有进步。因为离家不远,每天早晨我俩都是结伴步行去研究所上班。中午我们自己回来做午饭,下午再回所里工作。如果星期天不用加班,我们就利用闲暇时光出去走走。我和雨珍在瑞士度过了一年多的时间,生活是很有规律的。这段日子我也陪她游览了日内瓦、伯尔尼、巴塞尔等地,回国前雨珍也曾一睹巴黎的芳容。

1982年9月，适逢我出国两年期满，国家为我提供了一次回国探亲的机会。而我夫人才刚到瑞士几个月，所以我只身回国探亲，她则继续留在研究所学习。我回到北京后稍做停留，就去南京看望了我的母亲和孩子，又带着孩子赶到雨珍的老家探望了我的岳父、岳母。

此番回国探亲，我还带回了电视机、电冰箱、洗衣机、录音机、手表等当时国内比较稀罕的几大件，除此之外，我还在瑞士买了一台幻灯机，一心想将这项当时颇为先进的技术应用于国内教学。但幻灯机那时尚属禁运品，无奈之下我只能将它暂留海关，休假结束时又带回了瑞士。1982年，与我一批出国的留学人员均告两年期满，陆续获得回国探亲的机会，他们也从国外捎回了电视机、电冰箱等物件，但也在周遭的国人中激起了涟漪。甚至有人揣测：留学生是不是已经在国外过起了奢侈的生活，国家给留学生的补贴是不是太多了？党中央很重视关于公派留学生的舆论，但并没有片面地听取这些不实的议论，而是特派了代表团出国实地考察中国留学生的生活状况。代表团赴北美和欧洲展开了深入细致的调研，也目睹了留学生拿着微薄的津贴是如何勤勉学习、苟简生存的。由于国情的差别和物质的匮乏，中国留学生才硬是从牙缝里省出钱来买下了这些东西，代表们看在眼里也疼在心里，回国后抱着对国家、对留学生负责的态度，他们实事求是地汇报了情况：留学生的补贴不是太多了，而是太少了！如若武断地减少补贴，必将影响学子们的身体健康。调查的结论平息了外界的风波，也维护了留学生的形象。党中央更是春风化雨，及时增加了我们的津贴，让我们更安心求学、多学先进技术以报效祖国的厚爱。

在国内无法长时间逗留，匆匆探望了亲朋，我便又挥别北京返回了瑞士。1983年春节前，我们迎来了来自国内的慰问团，其中就有非常著名的教育学家李燕杰先生。李先生时任北京师范大学的副教授，从事思想政治教育工作。他的时事政治课思维与气氛特别活跃，又充分结合实际，妙趣横生，很受青年学子的欢迎。李先生来到中国驻瑞士大使馆做了一场精彩生动的报告，向留学生们介绍了国内改革开放的巨大成就以及中华民族欣欣向荣的复兴之路，并就当时国内大学生所关注的问题与我们海外留学生进行了对话，至今我还

保留着他做报告时的一张照片。

雨珍来到瑞士后，孩子孤身一人留在国内，与祖母、叔叔等人一起生活，上学和生活存在诸多不便。为了不耽误孩子的学业，1983年5月底我夫人结束了学业返回北京。第二年的2月至6月，我也曾回到国内小居了一段日子。主要因为当时孩子备战中考，正处于十分关键的阶段，而我夫人工作特别繁忙，工作单位又离家太远，再加上身体不好，有心脏病，一人照顾孩子，生活和工作有诸多困难。在征询了导师的意见后，我决定暂时中止在瑞士的学习，专程回来分担家庭重任。孩子顺利考上初中后，我随即又赶赴瑞士继续学业，而往返的费用都是研究所支付的。从这件小事上可以看出，我的导师白朗地尼先生对我还是很关照的。

我夫人范雨珍出生在上海宝山县横沙岛上的一户普通农家。面朝东海背依长江的小岛只有51.24平方千米。从这样一个小小的海岛上走来，在宝山县城读完高中后，雨珍以优异的成绩考上了浙江大学，这其中的艰辛是旁人难以想象的。我和雨珍也是大学同学，我是浙江大学无线电系62级，她是化工系64级。毕业后她被分配到位于北京西南郊房山县的东方红炼油厂所属东风化工厂，后又调至化工部北京化工研究院。夫人在工作上一贯都是很出色的，得到过很多嘉奖。2001年6月，她不幸逝世，离开了我们。斯人已逝，生者长悲。

在瑞士学习生活了几年，我也深刻感受到了瑞士人的真诚和友善，跨越千山万水结交了很多当地朋友。其中特别要提到的是斯图基、比扬茨、弗朗索瓦夫妇。

我的朋友斯图基（Stuki）是一位身材魁梧的铁路工人，热爱中国，也来过中国，他对中国留学生非常友善，经常邀我们去他家做客。"主人何为言少钱？径须沽取对君酌。五花马，千金裘，呼儿将出换美酒。"斯图基待客非常豪爽，颇有些像"瑞士李白"，经常从自己并不丰厚的退休金中拿出钱来请我们参加活动，有时也馈赠我们一些物品。他在铁路部门工作，有时也借工作之便，慷慨奉送几张免费火车票让我们有机会四处走走。

搬出公寓租住后，我还认识了一位意大利朋友——比扬茨（Bianchi）。比扬茨住在我们隔壁一幢楼里，楼前有一大块地皮。他本身是一位皮革工人，平时也帮老板看管这块地。20 世纪，社会主义国家的工人运动一度如火如荼，取得了巨大的成就。比扬茨是真正的工人阶级，在他看来只有实现了社会主义制度才能彻底消除对无产阶级的剥削。比扬茨也毫不掩饰对中国与苏联的向往和热爱，虽然在瑞士工作，但每年意大利全国大选时，他都要特意开车回去为他崇拜的共产党投上一票。朴实的比扬茨非常热爱劳动，在院子里种植了不少瓜果蔬菜，还养了鸡和兔子。收获南瓜的季节里，他总会高兴地邀请我们品尝美味的南瓜汤。

弗朗索瓦（Francois）和高赛特（Cossette）夫妇与我则是因为中国文化结缘的。弗朗索瓦先生是一名政府官员，他的夫人高赛特女士是一位全职太太。中华文明五千年灿烂辉煌，也是我与夫妇二人沟通的桥梁。高赛特对中国文化倾心不已，不仅自己跟我学中文，还给一对双胞胎兄妹都取了中文名字——儿子伊夫中文名叫瑞祥，女儿卡丽娜叫瑞雪。夫妻俩古道热肠，经常邀请纳沙泰尔的中国留学生做客。对中国情有独钟的夫妇俩也多次来过中国。就在去年，他们还来到北京，专程探望在北京读书的伊夫。伊夫在北京学习了两年，曾在胡同里住过，一口京片子，像模像样，还在北京交了韩国女朋友。伊夫管我叫叔叔，我自然不能亏待了他，常请他来我们家吃饭。伊夫最喜欢吃虾，每每大快朵颐、连声称赞"好吃"之余，总笑说虾太贵了，自己舍不得买。

在瑞士时，结交的朋友中有的人还是很有特点的。保罗先生是拉绍德封的一位中学教师，时任瑞中友协主席。他们的友协不同于我们国家的友协：在我们这儿，虽说是民间组织，但是是由国家支持的，有办公地点，有固定的人员等；那儿的友协完全是民间组织，所有成员都是自愿参加，自愿交纳会费，所有活动都是利用自己的业余时间，真是"友谊的使者"。保罗先生对中国十分友好，对毛泽东也十分敬仰。他来过中国，1982 年夏，我回北京探亲时，他也来了北京。我陪他上街买了一些东西，他还特别买了一顶类似解放军戴的黄军帽，别上一枚毛主席像章，很喜欢。在瑞士，他与我们常常碰面，讨论一些事情，有时在一起吃一点简单的饭菜，相处得极其友好。另有一位

先生，记不清名字了，他是个典型的"绿色家园保护者"，曾在山东大学待过几个月，对毛泽东思想很崇拜，也非常欣赏中国的文化，所以在他瑞士的家里，有许多有关毛主席的书、唱片。而家里没有电视、没有冰箱，甚至睡觉也仅睡在床垫上，没有床，目的就是节省能源。他认为，如果全世界的人都像发达国家的人一样消费，那世界资源不就完了吗！他生活俭朴，为人厚道，是大学地质所的老师。我教几个外国人学中文时，就是他帮我借用的其上班楼里的一间教室，因他上班的地质所离我住处很近。

另外，还认识一位年纪很大的日内瓦妇女，可惜名字也忘了。她是个热心的中国文化爱好者、传播者。她在日内瓦开了一家小小的中文书店，仅卖有关中国的中外文书籍，我是偶然路过发现的。她卖书也很有意思，我们可以从那儿拿走几本书回去看，过段时间再把要的书留下，不要的可退回，非常宽松。我常常从她店里拿一批书回来，看一看之后留一部分，退回一部分。既满足了读书的愿望，又不至于花费太多（瑞士书是很贵的）。她开书店不是以赢利为目的，而是以传播中华文化为宗旨。

说到书，想到一个大作家。1982年的一天，去飞机场接人，因去得早就在大厅休息。那时在国外的机场中国人很少，不像现在，在巴黎机场掉下一块房顶还砸到了中国人。我在休息室里见到一位很有风度的老者，一看便知是一位有身份的人，便上去和他攀谈起来，方知老者是华东局的原宣传部长、大作家周而复先生，因我仔细读过老先生的大作《上海的早晨》，老先生又是新四军老干部，而我父亲也是新四军的，所以就有了亲切感和谈话的基础，两人聊了很多，很投机，很尽兴，直到他检票登机回国。

4. 轶事回眸

我的论文——《手写中文的计算机实时自动识别》的主要内容曾有幸在两次国际学术会议上得到介绍和发表。一次是1984年的夏天在加拿大蒙特利尔（Montreal）举办的"第七届国际模式识别大会"，另一次是1985年7月在西班牙的帕尔马的马略加岛（Mallorca）举行的"国际第一届模糊系统大会"。

1984年夏天，"第七届国际模式识别大会"在加拿大蒙特利尔召开。当时正值第 23 届夏季奥运会在美国洛杉矶开幕，1984 年也是中国第一次重返奥运会。刚刚恢复了在联合国奥委会中的合法席位，亿万中国人都期盼着能在洛杉矶一雪前耻，结束零的纪录。7 月 29 日，比赛的第一天，许海峰在男子自选手枪慢射个人项目中勇夺本届奥运会首枚金牌。紧接着，男子举重、女子步枪、女子花剑、女子跳台……中国运动员喜讯频传。"体操王子"李宁更是以无懈可击的完美表现征服了评委和在场的所有观众，单枪匹马夺得三枚金牌。奥运赛场上，响亮的中华人民共和国国歌频频奏起，体育健儿们的突破也改变了世界对中国的认识。

在蒙特利尔，很多华人都守在电视机前时刻关注着中国代表团的比赛状况。我下榻的是一家私人旅馆，老板是新加坡的华裔林女士，林女士还有一位合伙人来自浙江宁波。从这位宁波老板的言谈中，我得知了他的一些情况。他说 1949 年时他家曾被共产党剥夺了财产，出国的时候他曾带着很多误解和怨恨。但不管为什么离开祖国，每每奥运的会场上飘扬起五星红旗，电视里传来雄壮的《义勇军进行曲》，他都还是抑制不住内心的激动，兴奋与欣慰都写在了他的脸上。只要看到祖国的强大，我想任何一个在海外的华人同胞都会抛弃政治观念的不同，都会心潮澎湃、无比自豪。

1984 年在加拿大举办的"第七届国际模式识别大会"闭幕后，我和同窗穆克德姆还一起去了美国。我们从蒙特利尔一路开车到了纽约，但第一次去美国并没留下什么美好的印象。到达的当晚，我们正四处寻找旅馆投宿，竟无意间目睹了一群美国人聚众吸毒。在纽约匆匆停留了一夜，翌日看过自由女神像，我和穆克德姆随即决定返回蒙特利尔。回去的旅途倒是比较惬意的，加拿大的千岛（Thousand Islands, Canada）、宁静而美丽的首都——渥太华（Ottawa）都给我们留下了美丽的回忆。我们参观了渥太华的皇宫，还观看了皇家卫队庄严的换岗仪式。

1985 年参加"国际第一届模糊系统大会"是在西班牙的帕尔马 – 马略加，那是地中海上一个非常美丽的小岛。这个"地中海上的乐园"到处碧海银沙，自然风景非常宜人；岛上日照资源丰富，全年 300 天以上都是艳阳当头。7 月里的日头正劲，晒得人汗涔涔的，我便在旅馆前面的一张凳子上稍事休息。

这时一对年轻夫妻迎面径直走来："你是中国人？"他们显得很兴奋。

我着实惊讶了一番："你们怎么知道的？"

他们指着我脚上的布鞋笑答："看你穿着布鞋就知道了。"

有太阳的地方就有中国人，这句话似乎放之四海而皆准。同样黄皮肤、黑眼睛的我们竟然在西班牙一个小小的岛上巧遇了。素不相识的小夫妻俩再三邀请我去他们家坐一坐，盛情难却。路上他们向我谈起了自己的生活。原来，女孩子是上海人，小伙子来自香港，在上海学习厨艺时结识了这位上海姑娘。两人结婚后便来到了帕尔马－马略加，丈夫在一家经营中餐的饭馆工作，妻子仍然在读书。夫妻俩热情地端上了丰盛的饭菜，虽然只能挤在狭小的陋室进餐，但这家人温馨和睦的氛围令人动容。萍水相逢的夫妻俩向我提出了一个要求，托我回国的时候捎点东西给女方的父母，带东西是次要的，我还担任着"说客"的重任。

女方父母退休前是上海邮电局的高级工程师，现在赋闲在家。对于女儿出国，老两口一直很不放心。虽然能通过电话和信件沟通，但毕竟见不到女儿女婿的面，老人一直忧心忡忡。现在总算有人目睹了小夫妻俩在国外的生活，他们这才提出不情之请，要我务必向老两口转达平安。受人之托，忠人之事。1985年8月，我学成归国，我把他们交办的包一路从西班牙带到了瑞士，从瑞士带回北京，又从北京送到上海，最终亲自交付到二老手中。自打爱女出国，老人第一次真真切切"看"到了女儿女婿的生活状况，虽然只是通过我的眼睛。二老激动地拉着我问这问那，我都是知无不言。"看"到女儿女婿虽然生活艰辛，但却相互扶持，过得美满幸福，老两口终于了却心病，放下了心中的大石头。

读书期间，我原先住在大学宿舍。我们的宿舍楼是十层的高层公寓，地下设有餐厅、活动室等，地上每层有十个房间，每个房间都有独立的卫生间，设施也很完备，并配有专人打扫。每一层楼还设集体厨房和公用客厅，是同学们平日里做饭、吃饭、娱乐和聊天的公共场所。外国同学们大多不下厨，只是偶尔煮点儿咖啡、做点儿快餐。中华美食源远流长，而且中国人素喜烹饪，同时为了节省，中午和晚上我都很少在食堂吃饭，基本上自己开伙。为了方便做饭，我还特意花40法郎添置了一台二手冰箱。每逢周六上午，我就拖着一辆从弃物堆里捡来的小车，上超市去买点烹饪的材料。一开始只能买些牛奶、鸡蛋、鸡肉等最便宜的东西。后来生活条件提高以后，我也能时常改善一下伙食，买些鱼、火腿等。"懒煮意大利面"在留学生中很流行：每天中午我从研究所回来后，就先打开灶头把水煮沸，接着扔进意大利面，然后便可惬意地打开一张当天的《人民日报》。游子在海外最关心的就是祖国的近况，最思念的就是端正的方块字。每张中文报纸我都爱不释手反反复复看上好几遍方才罢休。等我看完了报纸，意大利面也就做好了。热腾腾的面条配上事先做好的西红柿肉酱，或者简单地拌一点蔬菜就能上桌了，好吃还不耽误时间。在外国同学的盛情要求下，我也偶尔露露厨艺，做一些中国菜宴请这帮饕餮客，他们当然是垂涎欲滴，赞不绝口。有一次做了十个菜，法里纳夫妇、穆克德姆和女友及另外几位同事来我这儿大吃了一顿。

我在瑞士留学的时候，黑头发黄皮肤的中国人还是纳沙泰尔市的稀客，大学里只有我、来自上海华东师大的苏衡、来自北京农业大学的辛敏忠，我们三个是这座城市里仅有的三个中国留学生。为了练习外语，我们三个约法三章：一是在宿舍楼里住同一层；二是除非周末一般不见面；三是尽量多说外语。这样的训练方法很有效，成功地戒除了我们对母语的心理依赖，日积月累，法语水平自然更上一层楼。据说现在苏衡在美国，辛敏忠在加拿大。到1985年我回国的时候，先后又有刘文豪、黄康平、胡波、张国庆等人来到纳沙泰尔大学学习。近年来纳沙泰尔大学的中国留学生规模不断壮大，2007年更是多达几十人。后来去到瑞士留学的这批中国同学，有不少人旅居海外，只有我和张国庆至今留在国内，张国庆目前在教育部任职，为我国的教育事业添砖加瓦。

80年代是改革开放方兴未艾的好时代，一批弄潮儿纷纷跨出国门增长见闻。在纳沙泰尔的大街上，我和同学们曾经碰到过很多国内同胞。其中有北京钟表公司委派到瑞士学习手表维修的几位同志以及代表丹东市手表厂到瑞士购买机床的同志们。相逢何必曾相识，我们很快就建立了深厚的友谊。在万里之外的瑞士，听到抑扬顿挫的普通话，看到意气风发的中国人，我们留学生也倍感亲切，少了几分"独在异乡为异客"的孤寂。在瑞士期间，丹东

走在路上

手表厂的付厂长突发心脏病住进了医院,我们组织起来送去温暖,悉心照顾,帮他顺利地渡过了难关,火热滚烫的同胞情感动了厂长。回国后我们也见过面,并且成为朋友。

1981年,中国空间技术研究院的几位同志因卫星研制的需要第一次出访瑞士。为购买光学配件,他们在大使馆的陪同下来到了位于瑞士的最东部、靠近奥地利边境的一家著名光学工厂。抵瑞以后他们便想去纳沙泰尔探望我,但大使馆考虑到安全因素并不赞成,这是第一次国内本单位有人来看我,我也非常激动,遂动身前去东部看望远道而来的他们。瑞士虽然不大,但是我所在的纳沙泰尔位于最西头,乘火车横贯瑞士也绝非易事,这次几乎耗去了我半个月的生活费。久别重逢,我们都很兴奋,也聊起了对瑞士的感受。同事们纷纷赞叹瑞士的国家福利不错,竟然可以免费乘车。听了这话我心中很是纳闷,在瑞士,公交车上的确是不卖票的,但在车站上下车都必须自觉刷卡,即使是购买优惠的套票,也需要在车上打孔后方能乘车。初到瑞士的同志们可能还不熟悉这里的购票制度,没有买票就上了车,幸亏没遇到乘务人员查票。现在大批中国人走向海外,与国外沟通信息、交流文化的渠道也不断增多,大概再也不会发生这样的误会了。

四海华人皆是炎黄子孙,自古都是一家人。有一天,两个素不相识的马来西亚华裔女孩在瑞士的大街上拦住了我们,说她们想吃中餐却找不到中餐馆。那时中餐馆在瑞士尚属凤毛麟角,纳沙泰尔连一家也没有。马来西亚女孩想要我们请她俩吃一顿中国饭,我们留学生很爽快地答应了,还把她们带到大学宿舍,热情地款待了她们,也算是发扬了一把热情好客的民族传统。现在我还存着一张与她们的合照,不知道这两位姑娘现在在马来西亚做什么。

那时也有很多华裔难民从越南和柬埔寨来到瑞士,政府给他们提供每月800法郎的救济金。而中国留学生每个月只有区区600法郎的生活补贴。即便生活清苦,但我们的精神面貌昂扬向上,走到哪里都挺得起腰杆,因为我们有强大的祖国为后盾。80年代中期,著名的纳沙泰尔校友、我国的地质泰斗黄汲清院士曾经到母校访问,我们都参加了欢迎他的宴会。席间,一位教历史的副校长感慨道:"我一眼就能区分出中国留学生和难民,你们的精神面貌明显不同。因为你们有祖国,而他们却好像丧家之犬。"也许他的比喻并不恰当,但"国强才能民强"的道理是不错的。

  每逢春节我们更能感受到一股凝聚力。除夕夜是数亿国人的团圆夜,中国大使馆也把所有中国留学生聚集起来共庆佳节。在招待所里,大家一起看中国电影、吃年夜饭……感受暖暖的情意,也举杯遥祝祖国日益繁荣,那是一年365天中最为幸福的两天时光。

  改革开放伊始,许多观念逐步改变,国内艰苦创业已成洪流,学生打工已不鲜见,国外更是如此,我也积极参与了社会实践。一方面是为增长见识,了解西方的社会,同时也为了挣点儿钱。有几个月,我每星期都有三个晚上在火车站的咖啡馆做兼职。我负责的工作就是在柜台里调制咖啡,有时也兼做冰激凌。每天工作6小时,每小时赚7法郎,外带解决一顿工作餐。挣到的钱虽不多,但总算能把心仪的书本收至囊中。我还曾经在报纸上刊登了教中文的广告,竟然有六位外国女士欣然前来。我授课的报酬是每人每小时5法郎,每星期两个课时,上课除了教一些简单的中文日常会话,我也常向她们宣讲中国的历史、地理与文化,没想到高赛特2006年来北京,这些中文知识还真派上了用场。

  瑞士有许多节日,印象最深的是葡萄节。瑞士盛产葡萄,每年秋季是采摘葡萄的季节,因此,十月份的第一个周末便是大家同庆的葡萄节。以纳沙泰尔为例,这一天,全城沸腾,四镇八村穿着民族服装的人涌向州府,游行的花车队伍连绵不断,跳舞的、唱歌的、奏军乐的鱼贯而行。人们边喝葡萄酒边互相祝贺、嬉闹,到了晚上,全城人都要聚集在大街上载歌载舞,喝酒、吃烤肉、吃烤鸡,喝瑞士特有的豌豆汤……尽情狂欢。第二天一早,满街可见醉卧街头的人。难以想象这样一个保守的民族,在节日里是如此真情显露地狂欢啊!

  瑞士也有许多美食:巧克力、各种奶酪、葡萄酒、甜点心等。其中有一种食品叫"Fondu",类似中国的火锅,不过锅里不是汤,而是烧熔化的一锅奶酪,把面包切成小方块,用叉子叉好伸进锅里粘满奶酪吃。瑞士人称之"美食之极",

而我至今一口不沾,原因并不是觉得不好吃(没尝过),而是奶酪烧化时的那种味道"臭飘百米",实在适应不了。我认为这就类似我们的臭豆腐,闻着臭,吃着香,有许多人爱吃这一口。大概尝一下也会觉得好吃,但始终没敢靠近一步,太难闻了。

我小时候喜欢画古代人,穿盔甲的、拿长枪的、耍大刀的都行。在瑞士时,大约是1981年的春节,我决定替自己创造一点过年的气氛,就做了一条鱼,画了一个门神——秦琼,贴在自己门外。纸是计算机打印纸的反面,长长的正好用,用写白板的颜色笔作画,粗而有力。威武的秦琼手握银锏,十分英勇。外国同学问这是什么人,我告诉他们这是"门口的将军,防止鬼怪的"。他们明白后就有人要我画,我又画了尉迟恭、钟馗给了他们,也让他们多多少少了解一点中国的民俗文化。

在瑞士,留学生是不能做买卖的。但有一次,学校组织大家"买卖"了一回。那是一次过节,同学们在一起聚会,十分热闹。节前,校方告知同学们可以自制一些具有本国、本民族特色的小食品在活动中出售。那天,我们几个中国留学生合作分工,事先准备了肉馅、面粉,包好了不少锅贴。傍晚时分,两个人在楼上厨房中煎锅贴,我和另两位在楼下大厅中叫卖,价格为两个瑞士法郎买5个,由于相比其他如土耳其烤肉、阿拉伯的"古斯古斯"显得物美价廉,我们的"生意"很好。一个晚上下来"收益颇丰",去掉成本,每人"分红"近百元。这次小小的活动,既让同学们尝到了中国美味,又弘扬了中国的美食文化。我们也借机分送了从大使馆拿来的一些宣传品、小礼品等,宣传了中国的精神文化。

在与瑞士人的交往中,我也发现他们对中国有一些误会。很多欧洲人并不了解中国的历史和现状,最典型的就是他们脑海中一直存有一个错误的观念,误认为是共产党占领了西藏。中国是一个统一的多民族国家,西藏自古以来就是中国不可分割的一部分。决不能让祖国经年累月地继续蒙受这样的误会,我必须尽自己的能力澄清这个问题!为此我开办了好几次关于中国西藏问题的讲座,向欧洲友人们详细讲解了西藏的历史和现在。我的不懈努力最终换来了不错的成效。不少参加讲座的人不仅知道了松赞干布与文成公主、金城公主入蕃、五世达赖进京觐见、顺治皇帝敕封五世达赖、金瓶掣签制度等一系列历史事实，也进一步了解了西藏。

读万卷书，也要行万里路。瑞士国土面积约 4.1 万平方千米，南北最大跨度为 220.1 千米，东西之间最大距离为 348.4 千米。无论从哪个方向乘火车穿越瑞士全境，4 个钟头足以到达。瑞士的火车票也非常方便灵活：五天票、八天票、一个月票……不一而足，时限越长，折合下来每天的价格也就越便宜，大大地满足了不同的需要。我利用一些空闲，早出晚归，一天在外全靠背囊中的香肠、面包和水充饥，省下了不少昂贵的食宿费。但对中国人来说，最不方便的恐怕要数办签证了。每次出游，我都要提前办好出国签证。手持一张八天票，我们穷游瑞士；怀揣一张一个月票，我们闯遍了西欧。其中到法国和意大利的两次文化之旅令我回味无穷。

去法国旅行是 1981 年的夏天。上半年的时候，导师曾交给我一个小小的研究课题：数字滤波器。暑假前我圆满地完成了这个项目，并获得了 2 000 法郎的报酬。这笔资金怎么利用？白朗地尼教授希望我趁暑假好好出去玩玩。那就去法国旅游吧！我脑海里一下子就冒出了这个念头，而且我在法国也有很多相熟的同学——学法语的同窗。

我在法国的第一站就是勃艮第省（Bourgogne）的首府、世界闻名的艺术之城、美食之城——第戎（Dijon），那里的芥末最棒。我在这里看望了一位朋友张景昭，紧接着便启程前赴巴黎。好友祝家麟在巴黎上学，我便在他的宿舍里"打尖"。每当回想起我们俩趴在他宿舍地上做饭吃的情形，我都忍俊不禁。祝家麟是北大的毕业生，归国后曾任重庆建筑学院院长，现在已经是重庆大学的党委书记了。

巴黎是无与伦比的文化名城，名胜古迹数不胜数：凡尔赛宫、罗浮宫的艺术珍品震撼人心；圣母院、埃菲尔铁塔建筑美轮美奂；塞纳河两岸风光迤逦……接连数日我到处游览，巴黎的魅力与诗意让我眩晕，巴黎的人文之美与自然之美让我目不暇接。我和巴黎这座城市也似乎有着不解之缘，至今前后去过近十次。但每一次巴黎都留给我不一样的印象，虽然这座城市看起来不那么摩登，但它底蕴丰富，历久弥新，让人满目馨香。

此行我还专程慕名拜访了周恩来总理青年时代在巴黎勤工俭学的旧居。这座位于13区戈德弗鲁瓦街17号的小旅馆只有20多个简陋的客房,总理就住在三层拐角处的16号房间。不足5平方米的斗室,陈设非常简单。20世纪20年代,总理在此留学时,条件非常艰苦,据说三餐只靠面包加白水果腹,有时候甚至连面包也吃不上。现在旅馆的墙面上还悬挂着总理的半身铜像,铜像下面镌刻着"周恩来(1898—1976),1922至1924年他曾在此居住"的字样。后来我多次带团去巴黎学习,每次必定带着年轻人去戈德弗鲁瓦街17号参观学习。

位于巴黎东部的拉雪兹公墓对我来说也有特殊的意义。拉雪兹公墓占地几十公顷,道路纵横交错,墓碑林立,世界政界、军界、科学界、文艺界……百余名人都安睡在此。1981年我第一次去的时候,按图索骥花了很大工夫才找到了巴黎公社墙。这堵高约2米的围墙最为中国人民所熟悉和缅怀,因为它是伟大的巴黎公社社员们浴血奋战、最终流血牺牲的圣地。在墙边献上花圈,深深鞠躬默哀,当年147名斗士高呼"公社万岁!"英勇就义的情景再次浮现在眼前,让人唏嘘感叹、热血沸腾。

1871年3月18日,巴黎公社起义,巴黎人民为推翻资本主义制度建立政权打响了第一枪,这也是世界上第一次无产阶级革命。很多人单纯地认为西方国家最民主,可我们要知道,当年有多少巴黎工人抛头颅洒热血?巴黎公社墙下埋葬了多少仁人志士的英魂?法国一向具有深厚的革命传统,巴黎更是历史的缩影。巴黎公社墙告诉我们,任何国家不经过努力都是无法实现民主的。巴黎公社起义距今已有100余年,百年间风云变幻,中国也经历了伟大的发展过程。从鸦片战争、抗日战争到解放战争,中华民族日益强大。一百年的积淀,一百年的挣扎,可以说没有昨天就没有今天。巴黎公社墙对我触动极大,到这里参观、缅怀革命死难者也是我每次带人去巴黎时都要进行的活动之一。90年代初,我院创办《太空报》,恰逢我又一次从巴黎回来,便写下了一篇《谒巴黎公社墙》,发表在《太空报》上。

图鲁兹是我1981年法国之行的第三站,我在广州外国语大学培训班的同窗——马树雅、万达、梁琨语等那时都在图鲁兹读书,我去看望了这些航天界的学友。我爱人在瑞士留学期间，这帮同学们来瑞士时还去过我们家。瑞士物价很高，我们又都是穷书生，临别时我特意蒸了很多包子给他们路上当干粮。

离开图鲁兹之后，我途经卡卡素纳寻访了当地的古城堡，又游历了马赛（Marseille）、里昂（Lyon），每到一处都是借住在一起学法文的同学那里，最后回到了瑞士。1985年归国后，由于航天工业的关系，我与法国方面也一直保持着友好的关系。我后来还多次去过法国的图鲁兹、戛纳（Gana）、尼斯（Nice）等地出差，这也为我提供了重温法语的机会。

1983年夏天，继法国之旅，我又游历了"文艺复兴的摇篮"——意大利。意大利位于欧洲的南部，包括亚平宁半岛、西西里岛、撒丁岛等岛屿，在北面隔着高耸入云的阿尔卑斯山脉与瑞士接壤。我游览了港口城市热那亚（Genova），感受了哥伦布的遗风，到比萨（Pisa）参观了著名的斜塔。接下来的行程有罗马（Rome）、那不勒斯（Naples）、威尼斯（Venice）、佛罗伦萨（Florence）、米兰（Milan）……我自幼酷嗜文史、仰慕先贤，流连于一座座历史文化名城，感受和触动是巨大的。意大利文艺复兴的力量光照千秋，至今仍有震撼人心的感染力。

在比萨火车站我还巧遇了一对来自上海的母女。看到我是中国人，她们非常热情地主动和我攀谈，可是话到伤心处母女俩又忍不住泪流满面。原来那个女孩子非常向往出国，在缺乏慎重考虑的情况下就嫁给了一个意大利男人，并跟随丈夫出了国。到了意大利，女孩才发现美梦都变成了泡影。丈夫实际上并没有体面的工作，还常常喝得酩酊大醉。而母亲也盲目地跟随女儿前来，母女二人的生活充满了不幸，希望我这个中国同胞帮忙。听了她们的遭遇我觉得非常遗憾，但确实也爱莫能助。

人生天地之间，若白驹过隙，倏忽即逝。五年的留学生活转瞬即逝，收获满满，却也艰苦卓绝，留学期间的这两次游历也算是紧张学业之余一抹难得的亮彩。1985年8月，我离开了瑞士回到深深眷恋的故土，从此也掀开了人生另一节艰苦奋斗、竭力奉献的篇章。

有人问我，留学欧洲最大的收获是什么？我认为是学到了西方科学工作者们严谨的态度。瑞士人惜时如金、讲信重诺、严谨不苟，就像他们生产的手表一样精密运转，分毫不差。相比之下，一些国人做事马马虎虎、说话模棱两可，这样的态度是绝对不可取的。《礼记》有云："谨于言而慎于行。"套用在我今日的工作中，就是精益求精、绝不含糊的治学品格。我觉得在瑞士人、德国人的字典里，压根儿不存在"差不多"这三个字。他们一丝不苟的治学风范至今仍对我有着很大的影响——行就是行，不行就是不行，差一点儿也不行。科学的道路上只有严谨才是真谛，不仅要精益求精，更要至善至美。

六、我的工作

1. 军垦农场斗天地

我于 1962 年考入浙江大学无线电系，学制为五年。1966 年"文化大革命"开始，时代的强音很快波荡到校园。空荡荡的课堂外，大学生们全情激昂地投入"文化大革命"运动，抛下书本聆听着、实践着"文化大革命"的每一个音符。我们也被裹胁在高歌猛进的斗争中，毕业与分配一再延期。

1968 年春天，骚动不安的因素渐渐减弱，我们开始焦灼不安地等待毕业，考虑着自己的去向问题。直到 5 月份，我们终于盼来了即将毕业的确切消息。按照学校的分配规定，每个毕业生都可以填报 5 个志愿。在当时人的观念中，主动请缨去偏远的边疆边防，到祖国最需要的地方、最艰苦的地方才是最光荣的。我也积极地请求扎根边陲，去祖国最需要我的地方。神圣的志愿书上，我一笔一画地写下了我的志向：首先是黄沙弥漫的酒泉发射基地，其次是热浪逼人的新疆某试验基地，三是海滨的某海军试验基地……最后一个才是位于北京的某国防工业单位，只晓得驻地是在北京，其他的我一概不知。

填报甫定，学校不久公布了每个人的单位，而我意外地被分配到了第五个志愿。对当时的我来说，这个结果与意愿差距还是很大的。我立即到学校的"革委会"提出申请，要求去最艰苦的地方，磨炼自我、支持建设。但由于种种原因,我最终还是被分到了北京。我的同班同学吕妙青去了酒泉,而陈立龙去了新疆。

带着这个消息,我回到南京向家人辞行。当时父亲正被关在学习班,我未能和他见面,觉得非常遗憾,也为父亲那时的处境深深担忧。我们无线电系还有其他六七名同学也被派往北京的单位,大家相约9月下旬乘坐同一列火车北上。他们从杭州出发,我在南京半路上车与他们会合。那时南京长江大桥似乎尚未通车,需要搭乘轮渡过江。经过一日的旅程,我们终于抵达北京。

9月份的时候,南京还有些闷热,我只穿着汗衫、短裤就上了火车。可谁知才进桂月,北京早晚已是寒意料峭,加之刚刚下过雨,一下火车我们就冻得瑟缩一团。顶着寒冷的夜风,我们几经转车才到了中关村。到了中关村以后我们四处打听,好不容易才找到了单位的宿舍。

摸到宿舍传达室,我们讲明了来意。看门的师傅得知我们是刚分来的大学生,立刻热情地给我们引路,领着我们去要报到的地方——现在的北京卫星制造厂。晚上11点天很黑,看不清外面的环境。师傅走在前面,我们跟在后面,恍惚只觉得置身于野外。次日天亮,出门一看,我们全都大吃一惊——原来从宿舍到工厂隔着大片农田,要先穿过一条河沟,再越过一个养猪场,然后才能到达我们的厂房。这自然是后话,那天晚上办好报到手续已是半夜,负责接待的人知道我们还没吃饭,忙着替我们张罗,每个人发了两个馒头、一点咸菜。大家真的饿坏了,狼吞虎咽三两口就消灭殆尽了。晚上我们被安排在临时宿舍休息。所谓的"宿舍"其实是一间会议室,里面挤了很多比我们先来报到的人。第二天才知道,他们都是西北工业大学的毕业生。1968年我国成立中国空间技术研究院,而我们这一批大学生便是研究院招收的首批大学毕业生。

翌日,单位里派了两辆车,载我们回火车站取托运的行李。回来以后便给我们安排了正式的宿舍。我的宿舍就在铸造车间里面靠边的一间大房,原来空荡荡的屋里放置了十几张双层床,住了20多人。由于铸造车间远离厂部,走一趟得花30分钟时间。打那以后的一段日子,我们每天都要在宿舍、工厂间往来穿梭,在厂部食堂吃顿饭走回去也就消化得差不多了。

走在路上

刚来的时候有些不适应。我自幼长在"梅子金黄杏子肥""稻米流脂粟米白"的南方,主食以米为主,哪怕是北方人不吃的籼米也是好的。但那时的北京,不仅米少,就连面也不多。每月30斤粮票,除了几斤面票和几斤米票,就是粗粮票,粗粮票只能吃到玉米面粥、窝窝头。米票成了稀罕物,要精打细算,几天才能吃一顿米饭。今后这可怎么办呀?来自南方的同学都有些发愁。"故溪黄稻熟,一夜梦中香。"刚到北京,首先遇到的问题就是吃饭问题。时过境迁,今日人们吃玉米面反又成了营养和时尚了,真是此一时彼一时也。

虽然生活上不太习惯,但总算有喜出望外的事。刚来了一个月我们就补发了三个月的工资,每月工资46元!我长这么大第一次不再靠家里负担,而且还能补贴家用,内心那股激动劲儿就别提了,领到工资后,我立刻给家里寄去了60元钱,而以前都是家里每月给我寄20元生活费。这是我第一次寄钱回家,区区60元的孝心,母亲至今都还牢牢记得。

无线电系除了我们几个分到了北京卫星制造厂,还有其他三名同学被分配在航医所,我们结伴从卫星制造厂赶去看望了他们,同学们还一起登了香山。恰近初秋时节,站在山顶远眺:山上红叶一片片、一团团,芳菲绮丽竟比二月红花更摄人心魄。真可谓"春色能娇物,秋霜更媚人"。

香山赏叶归来,国庆节接踵而至。在当时的政治氛围和文化环境下,各单位都很重视国庆文艺会演。新分来的大学生共五六十人,当时还没下派到各研究室和车间,都属于政工部。我们参加的第一个活动就是参加文艺排演,唱样板戏。我还记得当时演出的剧目有《红灯记》和《沙家浜》选段。

1968年国庆节刚过,根据毛主席的最新指示:"从旧学校培养的学生,多数或大多数是能够同工农结合的……由工农兵给他们以再教育,彻底改造旧思想。"分到空间技术研究院的几百名大学毕业生也响应党的号召,分批踏上了接受工农兵再教育的"征途",开赴天津三十八军农场劳动。三十八军曾经历南征北战,从东北一直打到了海南,是一支有着非凡历史的光荣军队。三十八军农场地处天津郊外,我和同学们坐着大卡车,颠簸数小时才到达位于一片荒野和芦苇荡中的农场。部队的指战员以及先来农场的其他大学生,为我们举行了简单而热闹的欢迎仪式。

分配到空间技术研究院的66届、67届毕业生共几百余人，都被编入大学四连、五连、六连。我们67届的大学生则主要在五连，分三个男生排和一个女生排。我在一排四班。"文化大革命"期间，大学生到农场接受再教育，就是要彻底改造世界观，同工农兵结合。三十八军农场为部队农场，对大学生进行军事化教育，管理相当严格。我们到农场后的第一件事，就是学习那里的纪律。当时颁布了很多条例，我还记得那时的"五不准"——不准回家探亲；不准家人探亲；不准谈恋爱；不准结婚；夫妻不准在同一个连队。我们连原来有一对夫妻，双方父母都是军队高级干部，但也不能违反规定，只能无可奈何地调走一个。

连队里负责管理学生的连长、指导员、各排排长及司务长、通讯员都是解放军。我们五连连长叫陈大体，是个豪爽的四川军人，指导员卢清芳来自河南，一排排长是个英俊的东北汉子，叫支印怀。大学生中也有自己的干部，每排的副排长及各班班长都是直接从学生中产生的。我们一排四班的班长叫刘志雄，是西北工业大学毕业的。

在当时的政治形势下，解放军同志遵照上级指示办事，不可避免地会有较"左"的、不近人情的地方。但坦率地讲，他们看待问题的态度还是客观的，对大学生也很好，给予了我们很多关心和帮助，至今回忆起这段农场生活，我都对这些同志深怀感恩。

大学生里当时已经有了部分党员，为了更好地贯彻毛泽东思想，提高青年学生的政治觉悟，大家纷纷结成了"一对红、一帮一"学习小组。班长刘志雄和我结成了对子，平时负责帮助我。志雄是湖南人，出生贫苦，品学兼优，夫人王彩云是部队的医生，长期在301医院工作，后来，我们两家人成了非常要好的朋友。志雄先后担任卫星制造厂的厂长和长城工业公司的副总裁。我们班的其他同志，后来也都为卫星研制工作做出了很多杰出的贡献。

我们初到农场时，只有一部分土坯房子，人多房少，住房压力急需缓解。我们住的房子是别人替我们盖的，而我们也要为即将来到农场的学生连盖房子。我们到了以后立刻投入了热火朝天的劳动，头等大事就是盖房子。

九层之台，起于垒土。要盖出坚实的房子，打好土坯尤其重要。打土坯是项粗笨的力气活。先从地上挖起土、浇上水，和上草以后再赤着双脚把泥浆踩匀。10月、11月已近孟冬，天津郊外草木摇落，非常寒冷。光着脚每踩一下，冰冷的疼痛都隔着肉锥刺着人心。待踩到七八成干，把泥浆倒入木质的方形模子压紧抹平，土坯就成形了，每块重达40斤。刚脱出的土坯不能直接使用，还得经过太阳的暴晒。期间，全靠人力不断翻动，以确保其彻底干燥。

一摞摞土坯晒干后，我们再抬到盖房子的工地。那时候青年学生的革命热情高涨，劳动中都抢着表现，40斤的土坯往往一抬就是5块，抬4块还觉得脸上无光，连女同学也要抬3块，劳动强度之大可见一斑。活儿累，吃得就多。比如吃菜包子，管他男生女生，纷纷"狮子大开口"。男同学横扫千军，转眼间十来个包子消灭一空，最多的可吃十四个。这还不过瘾，一鼓作气再灌两碗稀粥，方抹抹嘴角心满意足。女同学也是狼吞虎咽，一顿六七个包子不足为奇。

用土坯砌好墙，搭上木头做梁，房子才具雏形。压轴大戏是盖房顶。先砍一些芦苇，编扎成长龙似的芦苇把子；然后上房顶仔细地把芦苇把子码好铺平；最后和些稀泥厚厚地抹上一层，房顶就算大功告成了。所幸北方常年干燥少雨，简陋的土坯房子尚能栖身。屋里砌了两排大炕，面对面睡十来个人。隆冬季节呵气成冰，烧火炕倒也能对付。最怕阴雨连绵的夏天，泥屋顶最经不住雨水的冲刷，真是"床头屋漏无干处，雨脚如麻未断绝"。每次下雨后都要上房补一补。

有了安身立命之所，还得解决温饱问题。自己动手，丰衣足食。青年大学生带着建设新世界的饱满激情，战天斗地投入了火热的劳动生产：割芦苇，开荒地，种水稻……昔日的芦苇荡成了今日的良田。据说我们当年种出来的稻子，价值两块多一斤（当时市价才几分钱）。因为天津郊区是盐碱地，想种水稻必须打深井，用深井的淡水不断冲洗盐碱地，成本非常高。不论刮风下雨，我们每天都下稻田耕作。

冬季农闲的时候，我们还要挖水渠。说实话，春天、夏天才是开土挖地的最佳时节。数九寒天土早就封冻了，猛一镐下去也才打个印子，几下才能弄一小块儿土。但上级领导认为冬练三九、夏练三伏，正是大学生磨炼意志的好时候。我们男女生都是日出而作、日落而息，严冬腊月里也是挥汗如雨，晚上回来都是一头一身的泥泞，疲惫不堪，恨不得倒头就睡。然而，一天的劳动还没结束。晚上烧火炕需要干草，同学们还得轮流分组出去打草。农场的生活单调、艰辛，可同学们懂得苦中作乐，文艺活动还是很活跃的。记得当时连队和学生宣传队常搞些文艺活动，连里演出时我就自编了一出小话剧，专门表扬我们班负责烧火炕的张守诚同学。农场偶尔也放一场电影，算是在艰苦劳动中的一点乐趣。

刚去农场的时候，我们自己连队没有任何经济基础，每餐基本都是米饭或馒头就咸菜，外加一点大白菜。后来，我们积极发展农副业，改善自己的生活。我们买了小猪、小鸭，自己放养，部队连队也送来了小猪。第二年春天，我们还开辟了菜园，种植了瓜果蔬菜。到了夏天，西红柿、黄瓜、豆角都出落得水灵灵的。刚摘的蔬果新鲜脆嫩，还是自己的劳动果实最甜。

当时天津郊区有很多河沟，有些是天然形成的，有些属于人工开挖。有时上游大渠放水，下游就会有很多鱼。每到这时，整个农场的气氛都会欢腾起来。连长亲自带队，大家卷起裤脚、捋起衣袖，集体下河捉鱼。一尾尾鱼儿上蹿下跳，我们也尽情欢笑。农场的生活难得如此轻松、欢快，我们满载而归。有时鱼多到一顿吃不掉，我们就做成鱼干慢慢吃。

田间地头的生活有苦有乐，锻炼了我们的意志和体魄；农场也很重视对我们的政治教育。那时大家深入学习《毛泽东选集》，要求做到"早请示、晚汇报"。每天早上起床后，在班长的带领下在主席像前请示一天的活动安排；晚上劳动结束，在主席像前汇报当天的得失，"斗私批修"。除了《毛泽东选集》，"文化大革命"的各种文件也是那时的必修课。1969年4月"九大"在京召开，我们全连敲着锣鼓在菜地转了好多圈，以示热烈庆祝。

我们还远赴天津市参观学习。天津三条石是中国工人阶级的发源地。1969年9月，我们从农场步行了几十里地，到城里参观了"三条石工人阶级受苦受压迫斗争展览"。我们几百人的队伍风尘仆仆、灰头土脸，加之平日下地劳动穿得也很破败，一路上引得无数市民侧目。老百姓纷纷好奇地犯嘀咕："这批人是从哪儿来的？有点像劳改犯，可怎么看上去还都挺高兴？"在参观

走在路上

回来的路上，我们途经一个村庄，便又在当地接受了贫下中农的再教育，听了"忆苦思甜"教育报告会。当夜，我们一排四班就住在村中的露天"戏台"上，虽然条件简陋，但奔波了一天大伙儿也都酣然入梦。第二天早晨醒来，我们从广播中得知，越南的胡志明主席因严重的心脏病不幸逝世，享年79岁，我清楚地记得那一天是1969年9月3日。

一转眼就到了1969年秋天，驻守三十八军农场的部队调防，大部分连队都随之转移到了河北定县一带。整个农场只有我们五连留守。为了看好农场，我们一排四班又被派到农场西北角一个院子驻扎。我们四班在那里孤零零地生活了几个月，每个月有一次到连队里领口粮和蔬菜的机会。我们每天劳动，轮流做饭。1970年欢度春节，班里领到了年货，其中有四分之一只羊，还带着羊头。因为没人会做羊头，大家就挖了个坑顺手埋了。可过了几天，年货都吃完了，肚子里馋虫直钻，我们忽才想起那个羊头。大家七手八脚又把羊头挖出来，洗干净做成了羊汤，放上大白菜，饱餐了一顿。

自1968年来到农场，我们就一心接受再教育，全心劳动。农场也严禁我们读任何业务书。大概过了一年，这条禁令稍有松动。外语专业的学生可以看一些外语书了，但其他人仍然不允许看业务书。我们在农场到底要干多少年，谁心里都没底。上级领导告诉我们："你们劳动没有年限，工农兵什么时候认为你们合格了，你们什么时候回去工作。"接受再教育仿佛变得遥遥无期，满腔才学却毫无用武之地，大学生的心情普遍很苦闷。

但到1970年2月，情况突然变化，上级部门传来了紧急通知：因为工作需要，全体大学生立即回原单位工作！"忽如一夜春风来，千树万树梨花开。"我们精神大振，青春的激情、报国的热望又一次被点燃，农场里到处欢歌笑语。我们连队那时已经囤积了很多粮食、鸭蛋、鱼干。临行前的那几天，我们放开肚皮大吃大喝，过了几天特别富足的生活。最终，除几个同学被留在部队工作外，绝大多数的同学都返回了各自单位。

1968年10月—1970年2月，我们在农场接受再教育，度过了终生难忘的17个月。这段经历，是特殊时代背景下的产物。然而回溯过往，这段燃情的岁月也磨炼了我们的意志，改变了我们对生活的态度，成了我们一生汲取营养的源泉。

离开部队的时候要对每个人进行评议。实话实说，尽管我认为很努力，但得到的评议是"一般"，而不是"优秀、良好"。从小生活在部队，我养成了一种严谨、公正的做人态度，有话就说，现在也是如此。我了解部队基层干部的思想，对当时一些现象和管理方式有时颇有微词，在那个年代，这样就算不上一个优秀分子。但不论如何，这 17 个月的经历是很值得回味的。

2. 计量战线初试刀

1970 年 2 月，我们 67 届毕业生回到了北京，回到了久别的单位正式开始工作。同一批回来的有六七十名大学生，根据各自的专业和工厂技术需求被分到了各个部门。我被分配到厂里的计量站，属于电学组；王南光、谢松泉和我是大学同班同学，他俩属于无线电组。

你可别小觑了我们这个计量站。虽说是设在北京卫星制造厂，但由于具有先进设备和较高的技术水平，实际上承担着当时国防系统二级站以上的任务。尤其在电学方面，它承担着国防系统一级站的任务。换句话说，这是国防系统电学方面权威最高的计量站。

所谓电学计量就是指对标准电阻、标准电动势、直流标准的电感电容、交流标准电感电容等量值的传递。我刚分去的那会儿，站里还没有数字设备。开始的时候，我是和一位姓郭的师傅合作搞直流电桥的计量。随着数字仪表的迅猛发展，我开始筹建新的项目，开拓新的业务领域——直流和交流数字仪表的计量，成了国防系统数字仪表计量领域的先行者之一。

鉴于当时此领域国内总体很弱，我研究、翻译了大量外文资料，积累了一些知识，又有了几年的实践。1973—1975 年，我还在院内外举办了多期数字仪表学习班。1975 年，应上海方面的邀请，我又赴上海交通大学为上海军工口的同志们举办了数字仪表学习班，培训所用的讲义是我们自己编写的。当时的授课和讲义编写都是在控制工程研究所徐毓秋先生的指导和配合下完成的。在实际研发方面，我也做出了一些业绩，曾帮助哈尔滨无线电七厂等单位研发了数字仪表，在国内产生了一定的影响。致知之途有三，

曰学曰实践，亦曰思。做实践的思考者，亦需做思考的实践者。工作上的实践引发了我更多的思考。我在中国计量科学研究院出版的《计量》杂志上发表了自己最早的几篇论文，主要有《数字电压表的检定》《直流高压电阻箱的检定》等。

1970—1978年，我一直在卫星制造厂从事计量工作。虽然当时我国正在研制卫星，我又在卫星制造厂，但我的工作并不直接接触卫星，我并未进过卫星的总装厂房，所以，我始终没有见过真正完整的卫星。1970年4月，我国第一颗人造地球卫星"东方红一号"成功发射。那时，我们从农场回来不久，发射那天兴奋极了。我记得特别清楚，当时我和同事们爬上2号厂房的房顶，看着"东方红一号"掠过的亮点，听着"东方红"乐曲，心潮澎湃，久久不能平静。

1978年，国家恢复研究生考试，我遂全力以赴准备考研。在卫星制造厂的八年工作和生活中，很多前辈和同事们给予了我关怀和帮助，让我终生充满感激。我的父亲于1971年受迫害而死。在当时的政治背景下，如果领导的思想有一点儿"左"，就会把我清除出单位，然而领导对我从来没有任何政治上的歧视。原党支部书记黎华，是一位参加革命很早的老同志，她在工作中很关心我，在考研的问题上也相当支持我，让我如沐春风。1978年，我顺利地考取了出国留学名额。同年10月份我在北京卫星制造厂计量站的工作基本告一段落，开始了研究生生活。

我曾经工作过的计量站日后几经变迁，20世纪末独立出来成立了新单位——中国空间技术研究院北京东方计量测试研究所。当年两三个人从事的数字仪表业务，现在已经得到了长足的发展和壮大。他们比我们干得更好，完成了不少科研项目，始终在国内保持着较高的科研水平。

3. 研究室里勇攻关

1985年8月，我完成在瑞士的学业后，没做任何滞留便马上回到了北京。回国后，我回到了原研究生单位——控制工程研究所，在第四研究室，专门从事飞行器敏感器的研究工作。我被分在二组，组长方蓉初是清华大学毕业的高才生，非常能干。我国通信卫星的核心部件之一——AOCC（姿轨控中央单元）就是以她为组长的娘子军完成的。后来我担任总师的"中国资源二号"卫星的星敏感器也是在她的参与后才得以顺利研制成功的。刚到室里的时候，国家特拨了我一笔10万元的资金，作为归国留学生的启动资金。利用这笔启动资金，我开始了与模式识别、人工智能等关系密切的陆标敏感器的研究。

陆标敏感器当时在国内尚属空白。在其他同志的帮助下，我建立了一个五维的平台和一套微机图像处理系统，取得了一些初步的成果。与此同时，受室主任王素素同志的委托，我承担起了为室里开发民品项目、拓展科研业务的重任。领命出征，我只身赴辽宁等地实地考察。冬季，北国冰封，寒凝大地。我裹着件军大衣，下火车上大巴，考察了鞍山、抚顺、本溪……跑遍了辽宁省的各大城市。一路奔波下来我也了解了一些跑业务的技巧。我的诀窍是，每到一个城市先找当地的科委，向科委宣传我们单位的技术水平和能力。得到认同以后，我便请科委协助组织宣贯会，邀请当地的企业代表参加座谈。座谈会的效果很好，生产一线的同志们反映了很多实际生产中的难题，我都仔细地记录了下来。通过实地考察，我了解了社会生产的需求。回到北京后，就调研的结果，结合我们的技术所长，我给室里的同仁们做了宣贯和讲解。有了第一手情报，大家的研究也有了较明确的针对性，如此一来，再经有关同志与对口单位几轮洽谈，成功地促成了几个项目的形成，并解决了一些生产中的难题。

与此同时，我开始给控制工程研究所的研究生讲课，主要课程有"信号与系统""模式识别与人工智能"等，授课材料全部是我自编的。

我在第四研究室的一年多，工作兢兢业业，取得了一些成绩，也得到了各方面的赞许。这一时期我加入了党组织。1987年春节前，所领导、党委副书记徐为民同志代表党组织找我谈话，希望我能离开四室，到三室担任领导职务。之前我既没有当过工程组长，也没有当过副主任，就这样直接被擢升为主任。领导给予了我莫大的信任，是对我之前工作的肯定，更是对我之后工作的鞭策。

第三研究室当时是所里的一个大室,核心技术是计算机,既有军品也有民品。军品主要是为卫星的测试研发地面设备;民品主要是在计算机控制、信息处理、自动化系统等方面开展一些项目。我上任后针对试验室条件较差的现状,立刻着手改造了试验室,调整了一些组的业务主方向。同时,也带着几个年轻人进行了火车红外热轴探测系统的研发。通过与四室的精诚合作,我们研制开发了中国第一代火车红外热轴探测系统,为铁路运输安全提供了现代化的保障。这一系统当时在国内属首创,主要是利用红外探测原理来检查火车运行过程中轴的运行状态,特别是温度状态,防止重大事故"热切"的发生。在这个项目中,我和我的学生利用模式识别及人工智能知识对不同轴承进行了类别判断、热模型的建立和信息的传输。我们全体技术人员不畏劳苦,背着仪器跋涉于铁路沿线,随车采集数据、安装红外探头、调试软件等,保证了项目的顺利完工。1989年,"车辆热轴探测系统"获得了部级科技进步一等奖,同时也带来了可喜的经济效益。这一项目上马以来一直是控制工程研究所的拳头名品,当年的第一代如今已经发展到了第四代,并且实现了智能化,产品被我国不少铁路局选用。

依托三室在计算机方面的优势,我积极牵头,精心部署,为"风云二号"气象卫星的地面数据接收处理系统(CDAS站)制定了一个比较合理的方案。"风云二号"是我国自行研制的第一代地球静止轨道气象卫星,我带领大家成功完成了其方案设计。后来我调走了,我们室的其他同志在童凯院士和接任主任龚德荣的带领下,通过艰苦卓绝的努力,在后期 CDAS 站的具体建立和技术攻关方面取得了很多成绩。

我们研究所的前身是中科院自动化研究所,人才济济,群星璀璨。后因国家需要,大部分划出成立了现在的控制工程研究所,一小部分经过重组建立了中科院自动化所。早期旅美归国的老专家杨嘉墀先生、屠善澄先生都曾在所里工作,作为前辈,他们功勋显著,先后当选为院士。而我们三室作为后起之秀,也是人才辈出,吴宏鑫院士当时就在我们室三组工作。吴院士的专长是自适应控制,在航天器的控制理论方面非常有见地。考虑到当时第三组的发展方向,所里要我们试点改革,作为室主任的我也大力支持。第三组遂从我们室独立出来，通过调整与扩充，成立了一个以控制理论为主攻方向的第十三室。这一个研究室后来成为所里的新亮点，培养了不少年轻专家，比如胡军、解永春、齐春子等人，也为航天器控制理论的发展提供了很好的平台。从第三研究室一路走来，在科学的峭壁巉岩上我们各自攀登。2003年，我与吴宏鑫一同当选为科学院院士。

在研究所期间，我招收了自己的首批博士研究生和硕士研究生。现在，他们有的在国内做研究工作，有的在国外工作。我的博士生阚道宏就是其中的佼佼者，他当年的博士论文核心是星图的自动识别，这篇论文是他呕心沥血之作，学术水平和实用性都非常高——尽管我们院所使用的星敏感器已发展了好几代，但其中的星图软件都是以他的博士论文为基础的。

4. 计算机与卫星应用

20世纪80年代，计算机发展势头迅猛，我国计算机应用在各方面也步入热潮。1988年年底，空间技术研究院的院领导找我谈话，希望调我到院里工作。12月，我调任院科学技术委员会常委，并担当院计算机工程副总师，负责协助张国富副院长的工作。张国富副院长兼任院计算机工程总师，他早年曾在英国进修，曾担任控制工程研究所的所长，是一位组织能力、技术水平都很高的领导。

张副院长用人不疑、放手用人，放心地把计算机方面的工作交托给我，给了我独当一面的机遇和可以发挥的舞台。接手工作后，我锐意进取，努力工作，很快就有了明显效果。

当时计算机应用并不普及，为了让计算机走出机房专人管理、摆设大于应用的境地，我便从狠抓"842工程"做起。"842工程"是一个航天信息化工程，当时已经粗具规模，但效果并不理想。我的工作重点是对其进行完善和提高，使它物有所用。从"要我用"变化到"我要用"。通过一段时间的努力，"842工程"成功发挥出实际效用，解决了诸如数据统计、信息报表、资料查询等现实问题，突破了前期应用局限的瓶颈，开始走入"寻常百姓家"。不久，我院又在全航天系统第一个与Internet连接，当时许多领导、专家都挂接在我们

五院的站点上。

理论研究固然体现水平，但作为一个工程研究院，我们不能只限于理论。如何开展计算机辅助设计，如何开展计算机辅助制造工作，这是我与同事们积极探索的新课题。要知道，在那个时候，我们还依赖于手工制图。在引进硬件的基础上，我们从单台工作站到局部网络，再到全院联网，从无到有、从小到大，逐步建立了我院的计算机辅助设计（CAD）、计算机辅助工艺设计（CAPP）、计算机辅助制造（CAM）系统，不断扩大其应用范围，并逐渐形成集同设计与快速制造系统。除此之外，我们还开发了一批具有自主知识产权的软件与数据库，这一切为我国卫星和飞船的设计制造提供了一个良好的平台。

科学技术的进步永无止境，因此要不断搭建人才的阶梯，为今后的创新提供智力保障。围绕我院优势技术领域的建设，通过培训和实践锻炼，这一时期我院培养了大批骨干人才。当年第一批学习CAD的人，如今已经成为总师、厂长、副所长等。看着他们勤奋地工作，超越我们去攀登计算机事业的高峰，我是深感欣慰的。

从1992年下半年起，张副院长不兼总师了，我开始担任总师，直至2003年卸任。十多年担此重担，半刻不敢停歇。我院的计算机应用从设计到制造，从信息流到研制过程的管理，全方位得到了发展，获得了长足的进步，成为我院型号研制上水平、能力建设的重要基础之一。十年磨剑成佳话，青春砥砺出龙泉。中国空间技术研究院的计算机辅助工程和信息化工作，在整个航天系统应是名列前茅的。正因为如此，航天系统计算机工作会曾先后两次在此召开。科技集团公司CAE总师梁思礼院士很早就评价说："中国空间技术研究院计算机工作开展得很好，真正在型号中发挥作用了，是几个院里首先上Internet网的单位。"这期间，通过对理论的研究和实践的总结，我也发表了不少有关信息化和计算机应用方面的文章。

在此期间，我于1991年被任命为院长助理，除继续主管计算机工程方面工作外，还协助韦德森副院长负责卫星应用方面的工作及院领导交办的其他工作。20世纪90年代正是卫星应用发展迅捷的年代，市场前景一片大好。由于在空间技术研究院工作多年，对卫星有所涉猎，而计算机更是我的专长，于是我将这两方面的优势结合起来，面向市场搞卫星应用。

韦德森副院长精力充沛、思维敏捷，精明干练。同时他善于审时度势，极富开拓精神，是一位事事敢为天下先的领导，他当时领导我们院的民品事业。我们在他的领导下，开发了深圳证券交易卫星通信网项目，我作为技术负责人领衔深圳股票 VSAT（非常小口径卫星终端）网的设计。此网通过卫星和计算机系统进行股票交易，相比以往的地面通信，更加迅速、更加安全、更加可靠，股民可以享有更平等的交易权。仅用一年多我们就成功组建了该网，后来它发展成了亚洲最大的 VSAT 网，通过电话与红马甲打交道进行股票交易成为历史。与深交所的成功合作实现了股票交易的卫星广播、双向数据传输，是我国卫星应用领域一次开拓性的进取，为此媒体称我为卫星应用领域"第一个吃螃蟹的人"。

如今深圳股票 VSAT 网已有了更长足的发展，数千个站点遍布全国，取得了巨大的社会效益和经济效益。除此之外，我们还为云南烟草、水利等部门建立了类似的卫星通信网，"深圳股票交易所卫星通信网"还获得了部级科技进步一等奖。

5. 打造中国"智多星"

自1988年年底被调至空间技术研究院后，我一直负责计算机工程、卫星应用方面的工作。1991年任院长助理后，我同时负责院领导交办的其他工作。我始终没能加入空间技术研究的主战场——飞行器的研制之中，只是做一些基础和服务性的工作，因此我内心深感遗憾。

叶培建到底能否胜任飞行器主战场的工作？领导们意见不一。有人认为，叶培建固然念过不少书，但缺乏在飞行器研制方面的实战经验。可老院长闵桂荣院士并不这么看："叶培建知识面广又善于学习，相信他很快就能进入角色！"闵院长信任我，支持我，给予我莫大的肯定和认同。在他的推荐下，我接受了任命，任"中国资源二号"卫星的副总师，转战梦寐以求的飞行器主战场，参与卫星型号的研制。

走在路上

对于这个任命，我的心情是既高兴又复杂。为什么复杂呢？常理来讲，先前我已经是院长助理、科技委常委，属正局级待遇，而型号的副总师只属于副局级待遇，属高职低配，当时很多人不理解我的做法。同时，还有不少同志担心我干不好。可不论别人怎么评论，我已经下定了决心。古人云："艰难困苦，玉汝于成。"我渴望在实践中得到锻炼，渴望干出一点成绩。这次调任在我看来反而是机遇，是领导对我的一次考验，于是我欣然领命。

"中国资源二号"卫星是我国第一代高分辨率传输型对地遥感卫星，主要用于国土普查、城市规划、作物估产、灾害监测和空间科学试验等领域。作为副总师，我主要负责卫星有效载荷的工作。"中国资源二号"的有效载荷主要包括CCD相机、高码速率数传、大容量高速存储器。上任以后，我积极向老专家学习、向第一线同志请教，研制工作很快取得了突破性的进展。同时我大胆创新，提出了一些新的思路和改进试验条件的方案，从而保证了产品的质量和安全。

1995年，"中国资源二号"成功实现了有效载荷的航空校飞。所谓航空校飞，就是把设备装在飞机上，在一定高度、一定速度下模拟卫星飞行。面对几经改装的飞机，不少同志面露难色，顾虑重重。在这样的情况下，我和相机主任设计师乌崇德同志第一批登上了飞机，飞完了第一个架次，证明飞机是安全的。

1996年，我开始担任"中国资源二号"总师，并兼任总指挥一职。"中国资源二号"卫星，有着当时我国对地遥感卫星的最高分辨率、最高传输码速率、最大的存储容量、最高的姿轨控精度等特点，技术难度大、科研管理及技术协调困难多。作为总师、总指挥，我深知肩上担子沉重。

科学研究贵在求新，开创则更定百度。我带领同事们从已有的基础起步，在自主创新中发展，领导与组织同志们逐步解决了工程中一系列攻关技术，并亲自参与解决了相机的噪声测量、高精度星敏感器、力学振动试验条件等方面的技术难题。

"中国资源二号"是我国摆脱原有研制模式、第一个在航天城进行AIT（组装、集成、测试）的卫星项目。作为总师、总指挥，我始终恪守着"八严"的质量管理，在整个研制过程中紧咬技术状态、元器件、软件、产品验收、现场质量、质量归零、质量评审和表格化八个方面，严守质量关不放松。同时我还将电测与总体队伍分开，实现了资源的优化配置，打造了一支专业的测试队伍。为确保卫星的可靠性，我提出，在所有大型试验结束后，留出一段时间进行"卫星长期加电测试"的试验，即卫星进入发射场前要进行可靠性增长试验。在各个阶段发动全员开展"双想"活动，决不放过任何一个细小的漏洞。质量是卫星的生命线，牵一发而动全身。我们每个人都将这句话铭刻在心，因为质量就在我们的手中。

"中国资源二号"研制期间正是中国空间技术研究院进行科研体制改革、机制创新、流程再造之时，在上级及有关部门的支持下，卫星研制也摸索出了一套工程管理的新模式。首先，在设计思想上，"中国资源二号"卫星率先采用了公用平台思想的设计，具有很好的两舱结构，并贯彻了通用化、系列化、组合化设计思想。这一平台已被打造为中国空间技术研究院今后太阳同步轨道卫星的基础平台，具有广泛的应用前景，其姿轨控、电源、星务管理、热控、测控等服务系统可靠性高、功能全、能力强、性能指标均达到或接近国际同类卫星的水平。这一平台能力强，发挥潜力也很大，可以为不同有效载荷的卫星量体裁衣。"中国资源二号"的实践证明，采用公用平台设计，不仅节省了宝贵的资源和时间，保证了质量，也有利于型号研制的小批量生产。

作为总指挥，我精心部署，管理上也有一些创新之处。"中国资源二号"是我院第一个和用户签订合同的项目，成功完成了卫星研制由计划经济向市场经济的转轨。我们研制方与用户直接签订研制合同，根据合同所规定的双方责任和义务、计划和经费、奖励与惩罚等条款运作，有利于明确责任、掌控主动权。这一新颖的管理形式要求对研制人员采取效绩考核的奖励机制，大大活跃和调动了研制人员的责任心和积极性，为"中国资源二号"的研制进度、研制质量保驾护航。在第一颗正样星研制阶段，我们也结合实际情况，在制度上迈出了革新的步伐，采取了型号项目管理制。以"两师"队伍为基础，配合各主要职能人员，组建了型号项目管理办公室，推陈出新，采用现代项目管理思想，提出了"按进度要求，在预算范围之内，满足性能指标"的具体目标。在整体管理、范围管理、进度管理、质量管理、成本管理、采购管理、人力资源管理、沟通管理、风险管理九大领域,群策群力,制定了优良的战略决策。如此一来,全面理清了组织结构,做到了工作有计划,岗位有职责,技术有流程,试验有大纲、有细则,质量保证有章法。同时,矩阵管理模式有利于项目计划、实施和控制,对卫星正样研制起到了重要的组织管理保障作用。

历经几年的精心研发、艰苦努力,以及两次靶场合练,2000 年 9 月 1 日,"中国资源二号"01 星在太原卫星发射中心首发成功,第三天即开始传输图像,发挥作用;于 2003 年获得了国家科技进步一等奖。

有了第一颗星技术攻坚的良好基础,2002 年 10 月 27 日我们又成功发射了"中国资源二号"系列的 02 星,这颗星的性能和技术指标均较 01 星有所改进。2004 年 11 月 6 日,我们又成功地将"中国资源二号"的 03 星送入太空。这几颗卫星在轨运行期间,向地面传输了大量图像,图像清晰,层次丰富,信息量大,受到了用户的高度称赞,也为促进国民经济的发展,推动我国空间遥感卫星平台及有效载荷技术的发展,提高我国参与国际空间市场竞争的能力,立下了汗马功劳。

01 星和 02 星的原设计寿命均为两年,但是直至 2004 年 03 星发射时,它们仍然在健康运行,在轨工作时间远远超过设计寿命。前两发卫星超期服役,无意间也促成了我国同一系列不同时期发射的三颗星同时运行的天作之合,实现了三星组网。三星组网提高了时间分辨率,也让我们有机会摸索和实战演练了一套组网的技术。目前"中国资源二号"03 星仍在太空超期服役。该星性能稳定,在轨工作正常,标志着我国遥感卫星技术日臻成熟。

在这段工作当中,闵桂荣院士作为工程总师,给予了我无私的帮助和支持。还有我们型号的第一任总指挥李祖洪同志,他既是我的领导、同事,也是我的朋友、兄弟,我们的合作非常愉快,结下了深厚的战斗友情。

"中国资源二号"系列三星同辉,整个研发团队呕心沥血、团结协作,做出了常人难以想象的牺牲和付出。它的第一任总师李晔同志及后来先后任职的几位副总师——谭维炽、冯学义、郝修来、蔡伟、曹海翊等同志都做出了重要的贡献,功不可没。"中国资源二号"成功发射了,然而我们的战友乌崇德、方蓉初和杨思中三位同志却因为长期辛劳,过早地离开我们。没有乌崇德同志,我们就没有高清晰的相机;没有方蓉初同志,我们就没有性能优良的星敏感器;没有杨思中同志,我们就没有可靠的供配电系统。我曾经在不同的场合写文章悼念这三位同志。他们为祖国卫星事业献出了生命,永垂青史,英魂常驻我们心间。

在数年的研发中,我们充分发挥老同志的骨干带头作用,充分相信和激励年轻人的能力,培养了自己的人才梯队,大批年轻骨干走向了更加广阔、更加前沿的科学平台。杨克非同志从一个调度成长为富有经验的型号副总指挥;王肜同志从一个调度成长为总体部的科技处长;曹海翊和蔡伟同志也早已担任了型号副总师。他们是航天事业的生力军,也是航天精神的接力者。

"中国资源二号"系列三星顺利升空,这三颗新型对地遥感卫星在国土普查、资源探测、环境调查等诸多领域大显身手,人送美名"智多星"。但这几颗"智多星"在研制和发射过程中却并非一帆风顺,其中也发生了一些鲜为人知、惊心动魄的紧张事件。

2000年第一颗星发射前夕,我带队经铁路护送卫星前往发射场。不料途中突发重大意外——我们的火车在行进中忽遭另一列火车碰撞,一列停在岔线上的列车失控滑下,撞到了我们的列车,恰好撞在了最重要的部位——装载着卫星的包装箱形成了一个凹洞。惊魂甫定,我首先想到的就是卫星的安危,跳下列车直奔那节车而去。站在凹洞前,在炎炎烈日下我冷汗直滴。卫星到底有没有损坏?是继续前往发射场,还是拉着卫星返回?要往前走,就得证明卫星毫发无伤;若往回拉,整个试验箭在弦上,谁来承担这个责任?大家的目光齐刷刷地聚集在我这个领队身上,有如芒刺在背。这一刻,是我一生之中最难下决策的一刻。

然而责任重于泰山,我必须当机立断。首先需要计算包装箱受到了多大的撞击,推算卫星是否受到影响。我和同事们在餐车中经过精密演算、反复测量,认为碰撞力没有超过我们已有的试验测试范围,卫星是安全的。顶着巨大的压力,我下令继续出发。一到发射场,技术人员立刻对卫星进行了检测,

结果也证明了我们的计算是准确无误的,卫星的确安然无恙,我悬着的心也落了地。

2000年9月1日,"中国资源二号"卫星的第一发星顺利升空。发射以后,情况一切正常:卫星准确进入预定太阳同步轨道;卫星飞行姿态稳定;星上电源充足;推进系统工作正常;星内环境满足各系统使用和设计要求。

发射任务圆满完成,大家兴高采烈。我也总算松了口气,沉浸在欢乐的气氛中。随即我便从发射基地赶往飞机场,准备搭乘飞机转往指挥控制中心。正当我乘着汽车在大山里行进时,在指控中心领队的谭维炽副总师突然打来了紧急电话:

"叶总,卫星进入第二圈突然失去姿态,具体原因不明!……"

这一电话犹如五雷轰顶,我的心一下子从天堂掉进了地狱,仿佛整个人重重地摔进了冰窟窿。"这是我挂帅研制的第一颗卫星,难道打上去刚飞了两圈就失败了?"我痛苦地扪心自问。在几年后中央台军事频道的一次采访中,主持人问起我那一刻的心情,我说:"当时我真是恨不得汽车掉进山沟里,让我能有个解脱。"可我也深知作为一位总师、总指挥的责任,危急关头我必须振作起来,天大的担子我也要扛起来。

临危不惧,更需处乱不惊。我首先在车上与有关同志核对卫星能源情况可以支持多久,又马上通过谭维炽副总师安抚现场同志们的情绪,我要求大家沉着冷静、思考问题,姿态突然变化必有一"突发"原因,应集中精力在最短时间内查出这一原因,在卫星再过境时断然处置。在谭总组织下,大家很快冷静下来,群策群力做排查、想对策。当我到达指控中心的时候,问题已经查清了。原来是地面测控中心发出的一条指令不当。对症下药,我们编写了抢救程序。当卫星再一次经过中国上空的时候,我们立刻发出了正确的控制指令。幸运女神也很偏爱我们,在一个平时很易受干扰的地区成功地发出上行指令,卫星随即接收到了正确指令,迅速调整了姿态,一切恢复正常。

"中国资源二号"是我挂帅研制的第一颗星,它半路受撞,第二圈又失去姿态,真可谓九死一生。尽管它历经坎坷,险象环生,也让我们数度魂惊魄散,但它最终化险为夷修成正果。这颗星在太空里遨游了四年零三个月,实际寿命超过原先设计寿命一倍还多，成为中国寿命最长的传输型对地遥感卫星。

火箭和卫星虽不是生物，但也是有灵性的，需要我们的呵护和关爱。我和同事们把心中的挚爱都奉献给了这些卫星。每次发射撤离靶场前，我们都会向火箭和卫星深深地鞠一躬，衷心地祝福它们一路平安。

航天事业是我国综合国力的体现。当运载火箭托举着一颗新星拔地而起，整个中华民族都能感受到那股冲腾向上的力量；当数亿国人瞩目太空，必在和我一同为卫星深深祝福，这便是卫星无形的助推器。党中央几代领导集体更是将发展航天事业作为强国兴邦的一项重大战略决策，倾注了大量心血。在工作中，我有幸受到过江泽民、李鹏、朱镕基、胡锦涛、温家宝等党和国家领导人的接见。领导人的亲切慰问、深情嘱咐是对我们航天工作者的最高奖励，也鞭策着我们不断探索，再铸辉煌。

6. "嫦娥奔月"应有时

自1970年4月24日我国第一颗人造卫星"东方红一号"升空以来，到2001年，中国已成功发射了70多发（艘）应用卫星和飞船。然而深空探测领域却始终没有留下中国人的足迹，奔月还只是梦想。

2001年，由孙家栋院士牵头组织全国各方面力量，展开了对月球探测的工程论证。探月工程是国家长远大计，空间技术研究院作为中国空间技术的主力军责无旁贷鼎力加盟。虽然当时国家尚未立项，但院长徐福祥同志高瞻远瞩，认为中国目前已具备了拓展航天活动领域的基本条件和需求，开展以月球探测为起点的深空探测是必然选择。在徐福祥院长的关心下，院里很快成立项目办公室。同时，院领导希望我能勇挑大梁，担纲月球探测卫星方案论证的技术负责人。

2001年，"中国资源二号"02星正处在紧锣密鼓的研制之中，我担心一己之力无暇兼顾。况且6月份我的夫人刚刚不幸去世，我的心情也非常沉重，但我还是咬紧牙关整装上阵，接过了领导交托的重担。

2001年，我出任该项目办技术和行政负责人，随即展开了月球探测卫星方案可行性的论证。我们必须尽可能地利用已有技术基础，完成奔月探月的必要技术攻关，任务艰巨、起步艰难、工作量大。技术人员夜以继日，一心扑在了方案上。2002年、2003年连续两个春节，大家都没能休息一个完整的假期，没能和家人团聚。方案论证的工作一旦接手，就像一台高速运转的机器停不下来。我带领大家一路披荆斩棘，攻克了一个又一个难题，月球探测卫星的方案越做越深、越做越细，也越做越好。

当时国内好几家单位都提供了月球探测卫星方案。但我院抢占先机，提前一年多就开始了方案的技术论证和方案的深化工作，已经具备了相关的条件。最终通过方案的成熟性、可行性、创新性等方面的平衡，经过遴选，中国空间技术研究院的方案拔得头筹。中国月球探测一期工程最终确定以我们的月球探测卫星方案为主。

2004年2月，中央正式批准月球探测工程立项，我国月球探测工程全面启动。立项以后，我国第一颗月球探测卫星被命名为"嫦娥一号"，我也被任命为"嫦娥一号"卫星的总设计师、总指挥。多年来，我国已经在应用卫星、载人航天方面取得了巨大的成功，可深空探测方面还是一片空白，"嫦娥一号"卫星便是我国航天发展第三个里程碑的开篇之作。此番挂帅，担纲卫星的总设计师、总指挥，我深知肩上的分量。党和国家交托给我的不仅是科研任务，也是一份神圣的历史使命——祖国的深空探测事业需要我们，中华民族奔月的千年梦想在召唤我们。雄关漫道真如铁，而今迈步从头越！

月球是距地球最近的天体，随着近代科学技术进步和航天活动的发展，月球成为人类开展空间探测的首选目标。20世纪七八十年代全球激起探月热潮。美国、苏联共发射了86颗无人月球探测器和9艘载人月球飞船，12名宇航员先后登上了月球。20世纪90年代以来，各国再度打响"月球战"，拉开了以利用月球资源为主要目的的新一轮探月竞赛。日本于1990年发射了"飞天"月球探测器，成为世界上第三个开展探月活动的国家。美国1994年发射了"克莱门汀号"月球探测器，1998年又发射了"月球勘探者"探测器。欧空局提出了月球基地计划，并于2003年9月底发射了月球探测器SMART-1。中国始终密切关注着国际深空探测的最新动向。

中国月球探测工程项目正式立项，标志着中国在人造地球卫星和载人航天技术方面获得斐然成绩，成功地实施月球探测将成为中国航天事业上的第三个里程碑。考虑到当前的国情和技术水平，中国月球探测工程将分为"绕""落""回"三步走。

第一期绕月工程就是研制和发射探月卫星"嫦娥一号"，对月球进行全球性、整体性与综合性的探测，并对月球表面的环境、地貌、地形、地质构造与物理场进行探测。设计寿命为1年的"嫦娥一号"卫星，将携带CCD相机、成像光谱仪、激光高度计、γ和X射线谱仪、微波探测仪、太阳高能粒子探测器、低能离子探测器等多种科学仪器，对月球进行探测，完成四大任务：获取月面的三维影像、分析月面有用元素含量和物质类型的分布特点、探测月球土壤厚度以及检测地月空间环境。其中有的项目是我国科学家的创举。

从工程角度看，"嫦娥一号"将成为我国第一个深空探测器。与现在所有卫星和飞船不同，"嫦娥一号"要从地球奔向约38万多千米外的月球，并绕月飞行一年，必然会遇到过去近地飞行器所未遇见的一系列技术难点。

一是卫星的轨道设计问题。如何选择一条准确、合适的地月转移轨道，并在异常复杂的太空环境下调整、维持和优化轨道，这需要精确的分析求解、建立中途修正的数学模型、研究利用调相轨道扩大发射窗口的能力等。二是测控和数据传输问题。地月距离遥远，测控信号的空间衰减明显增大，而我国目前地面并无大口径天线可以支持。同时，在绕月飞行中，卫星要经历复杂的轨道转移。这些都对测控任务和地面测控系统提出了更高的要求，也对卫星的天线提出了苛刻的技术指标。卫星的制导、导航与控制（GNC）问题也是"嫦娥一号"的技术难点。在历时一年的飞行中，卫星需要经历多次复杂的轨道和姿态机动，信息传输时延大，要求控制精度高、实时性强，在环月运行期间还要保证卫星以不同的姿态飞行。这些都对卫星的制导、导航与控制系统提出了相当高的要求。因此，卫星的GNC系统设计将更加复杂，技术攻关更多，为适应月球环境还要研制新型的紫外敏感器，要综合应用星敏感器、陀螺等设备以应对层出不穷的姿态测量与控制问题。卫星在运行全过程中，由于月球环境的特点，外部热流环境复杂多变，给星上热控系统的设计也增加了很多困难。热控系统需分析研究整个飞行过程中的外热流环境，

采用被动为主、主动为辅的方式。只有充分利用现有成熟技术,并加以创新,才能保证卫星在各种热环境下平安无事。

作为"嫦娥一号"卫星的总设计师、总指挥,我必须在上级的关心、工程两总的指导下,带领大家走好我国航天第三个里程碑的开篇之步,抓质量、促进度、保成功。质量是"嫦娥一号"的生命,也是我们永不停歇、永无满足的追求。除了继承已有的经验,完成型号质量工作中的一系列"规定动作",如几个院长令、复核复算与复查、1+6+2(指质量工作中的九件事)、严格归零、认真评审、关键件及关键项目控制等,我们还自定了一套"加分动作",确保将"嫦娥"万无一失地送到浩渺的"广寒宫"。

首先,我们坚持不断思考,对若干月球探测中的新问题认识再认识。月球探测卫星是我们的第一次,它在轨道设计、GNC、推进、远距离测控、能源、热控、有效载荷的研制、数据的反演、地面验证方法等方面都不同于以往的卫星。尽管我们在方案阶段、初样阶段做了大量的分析工作,但是万事开头难,一些前所未见的问题召唤着我们不断地深化认识。比如在轨道设计方面,尽管先前我们已经做了一轮全国范围内专家"背靠背"的设计复核,且得到了肯定的结论,后来我们又竭诚邀请了三家有能力进行轨道设计的单位共同探讨轨道设计需求,再一次进行多家复核,以确保首发卫星轨道的正确性。在热控方面,我们同样精益求精。由于月球表面热环境十分复杂,除了动用自己的力量深入分析、试验验证,我们也向俄罗斯有关方面请教,通过国际合作,利用外部力量提高了热控设计的正确性。

孟子曰:"大而化之之谓圣。"我们航天科技工作者却应当反其道而行之,尤其要提倡对问题"捕风捉影""亡羊补牢"。千里之堤溃于蚁穴,只有"锱铢必较"才不会让任何隐患漏网。那时,我院型号任务很多,各个型号出现的问题无法面面俱到地及时通报,针对这一现象,我提出在队伍中"捕风捉影",任何细小的迹象都必须"小题大做"。比如,卫星在进行总装后,负责总装的陈向东同志便提出复查发动机的安装情况,因为一个产品如需经两个以上单位定义极性或安装操作就容易产生极性错误。他细致入微、想人所未想,当真揪出了一条重大隐患:流程先后介入的两个单位对坐标的定义恰恰相差了180度,如果这样安装，就正好把所需推力反了个方向，后果不堪设想。工作中我们最鼓励的就是这种敢于和善于"找茬"的精神，即使是听说了其他型号的问题，我们也会"风声鹤唳"映射到自己的型号身上，进行全面的清查和补救。

在"嫦娥一号"卫星研制的过程中，我们进一步加强了数据判读体系的建立。认真判读数据是测试、试验中的一个重要环节和要求。数据有时就像淘气的小精灵，倏忽即逝的一个小问题就可能隐藏着大玄机。为了避免这一情况，我们从一开始就加强了数据判读体系的建立。型号测试工作在王劲榕、张伍等同志的率领下，每日坚持早、晚班会，当天的问题当天尽量清零，遗留的问题则挂账待查。数据判读既要依靠人的力量，又要依靠技术手段来记录、查看数据，更重要的是每日回访数据并生成曲线，通过仔细严格的检查来发掘其中的问题，这样的工作最考验上岗人员对数据判读的责任心。在一次卫星整星加电的测试中，当时测控分系统并未加电，一般情况下上岗人员就会稍微"松懈"一些，然而当班的吴学英同志丝毫没有怠惰，火眼金睛的他一下子就发现了数据的异常：一台不加电的设备出现了遥测值。经排查发现，是由于进口的产品进行了修改，与我们相关的遥测线配置出现了不匹配的地方。通过数据判读，我们能及时地发现问题，这在卫星的整个寿命周期，包括在轨运行中，都是要坚持的。

三人行必有我师，兄弟单位的型号也是我们学习的对象，其他单位的型号出现问题我们也要对应自检，有则改之，无则加勉。朱子曰："曾子以此三者日省其身，有则改之，无则加勉，其自治诚切如此，可谓得为学之本矣。"先贤大儒的反思精神应用于今日的航天科学研究，就是强调不断学习和反思。在"嫦娥一号"研制过程中，针对其他型号遥控单元、应答机八倍频电路、PRC80S 电缆、3DK 管子等问题，我们都一一进行了复查和处理。

按照航天科技集团公司的要求，我们勇于创新，从顶层做好 FMEA（故障模式影响分析），按飞行时序做好产品保证链工作。过去的 FMEA 分析从部件到分系统，再到总体，有相当大的局限性。作为总设计师和总指挥，我在"嫦娥一号"上进行了一次突破和尝试，反其道而行之，从顶层向下做好 FMEA。总体主任设计师饶炜挑起了这根大梁，带领技术人员把整个"嫦娥一号"的飞行过程按时间分解成事件,又把卫星的工作按模块分解,列出了每个事件的相应工作模块。每一个模块都被下派到具体的责任人,进行更深入的 FMEA,从纵向、横向两个方面理清关系、查找可靠性漏洞,制定故障对策。根据院里的精神,我们也向兄弟单位取经,在过去工作的基础上不断进行改进与完善。"嫦娥一号"卫星从发射到建立正常工作状态是所有型号中过程最复杂的,也是时间最长的,因此必须具有创新性和针对性。只有这样才能把 FMEA 和产品保证链的工作落到实处。鲁迅曾说:"不满是向上的车轮。"学习和创新是人类永恒的主题,也是我们航天人终生奋斗的事业。创新无止境,学习无止境,在 FMEA 上我们的追求是"百尺竿头,更进一步"。

奋力拼搏,奋力攀登,我们力求创造出至善至美的"嫦娥",圆中华民族一个瑰丽的千年梦想。质量是卫星的生命,任何问题都不容小觑,必须认真梳理、逐一过筛、严格归零。通过严格的过程控制,确保"嫦娥一号"卫星的质量问题得到很好的管理与控制,有问题就滚动清理、分级归零,确保卫星能以一个较好的基线安全、健康地奔向月宫。

从 2004 年立项以来,我们这个平均年龄不到 30 岁的队伍,仅用了短短三年时间就顺利完成了一个新型号的全部研制工作,这是我们航天器研制工作中的一个奇迹。科学上高瞻远瞩的精神促成了中国空间技术研究院方案的成功,正是因为院领导未雨绸缪积极谋划,事先做了大量有效准备和积累,才能如此迅速、高效地向党和人民交上满意的答卷。从方案阶段的论证到研发与技术攻关,从初样星到正样星,三年来我们针对所有新问题做了许多专项试验,完成了流程中的全部工作,付出了数不清的汗水与泪水。众志成城团结一心,我们不辱使命,"嫦娥一号"在 2007 年 1 月完成全部工作,可以待命发射。党中央、国务院对我们这次出征表示了极大的关怀。1 月 29 日,温家宝总理、曾培炎副总理亲临航天城对我们的工作进行指导检查。在讲话中,温总理说道:"党、国家和人民都关心这次行动,对你们给予很高的期望。你们如果打成了就是给党和国家的一份厚礼。但是你们不要有负担,即使打失败了,也是一次科学试验。"在总理的亲切鼓励下,我们既感到光荣又感到压力巨大。随后几天,我们做好了一切准备,并打算在 2 月初的某一天发出专列。

但就在我们决定出发前的一天,根据上级的通盘考虑和安排,"嫦娥一号"发射日期改成原定的第二发射窗口,即10月发射。

事情来得非常突然,但是整个队伍非常理解上级的意图,迅速进行调整,把工作内容从准备发射平稳过渡到提高产品的可靠性。2—7月,重点做了以下几点工作:一是针对新的发射窗口产生的技术变动进行再次论证;二是对"嫦娥一号"进行了大量的可靠性增长测试,使"嫦娥一号"单机测试时间到达2 000小时,大大提高了产品的可靠性;三是对整个飞控程序进行细化和演练,完善了飞控仿真地面决策支持系统,对于测量船的变更进行了再次的信道补充对接试验。

8月初,我们再次把设备装箱,准备专列。8月13日,地面设备和生活保障箱从北京由专列先行运往西昌。8月17日,82名试验队员由我带队从北京首都机场出发前往西昌。8月18日,我们完成了全部卸车工作。8月19日,装载着"嫦娥一号"的飞机到达西昌。下午5点多,产品抵达西昌卫星发射中心厂房。为此,我写下一首七律来记载这一事件。

起步(七律)
——赴西昌发射中心执行"嫦娥"发射任务有感

一列长龙奔西南,
空中运兵一日还,
伊尔专把卫星送,
三路人马聚凉山。

蓝天白云溪流湍,
厂房塔架掩青山,
协作楼旁射天弓,
嫦娥奔月在此间。

万事开头诸事难,

> 质量安全控制严，
> 计划流程步步走，
> 全体队员意志坚。
>
> 深空探测第一战，
> 我辈重任挑在肩，
> 军民团结大协作，
> 同舟共济谱新篇。

后来在整个发射准备及发射、飞控过程中，我写了五首诗词来记述每一重大事件，虽粗糙却真实。

从8月20日开始，我们进入紧张有序的发射场工作阶段。在技术阵地，我们日夜兼程按照发射场技术阵地测试大纲要求完成了全部测试工作。对测试中发生的质量问题认真进行了归零，对其他型号发生的质量问题进行了反复研究。9月25日，在发射基地"嫦娥一号"卫星完成了由上级和专家组成的委员会的加注暨转场评审会，并于10月8日完成了卫星的加注工作，做到了滴肼不漏。10月11日，卫星顺利完成由技术阵地到发射塔的转场。紧接着，卫星与火箭、发射场系统相互配合，完成了发射前的一系列准备工作。与此同时，飞控试验队也于国庆节后进驻北京飞控指挥中心，完成了飞控准备工作。在此期间，各级领导对远在西昌的"嫦娥一号"试验队表示了极大的关注。尤其是中秋佳节和国庆节期间，很多领导来到基地对我们进行了慰问。我们组织的中秋篝火晚会更是气氛热烈，欢笑满场。

这一阶段，工作虽然紧张，但整个试验队气氛非常好。政治工作、宣传工作、后勤工作都很到位，由第一次参加发射任务的宣传干事王羽潇主编的《嫦娥之声》得到了各级领导的赞扬。由于西昌是少数民族贫困地区，试验队还给当地的贫困孩子们送上了关怀，组织了爱心捐款、捐衣助学活动，看望了在那里教学的年轻志愿者们。

10月之后是工作最为紧张的时刻，我的腰病又犯了，剧烈的疼痛使我不能正常生活，但是我还是坚持工作，每天不离阵地。一些曾经和我一起参加过发射的同志开玩笑说："以前在发射场只要叶总一腰疼，型号就一定能打成，看来'嫦娥一号'也一定能打成！"

万事俱备，只欠东风，发射日终于来临了。10月24日18点05分，我们在连续进行了30多个小时的准备工作后，火箭准时发射，并实现了零窗口发射，且准确入轨。在约一个小时后，得知卫星太阳帆板和定向天线都顺利展开，我的心才踏实了。此时，火箭试验队已经开始放鞭炮庆功。而我们卫星试验队却不敢有丝毫的倦怠，"嫦娥一号"卫星的奔月之旅才刚刚开始。

10月25日，我带领部分试验队员乘专机转场到北京，下飞机后直接进驻北京指控中心。在后来的一个多月中，试验队昼夜值班，完成了卫星调相轨道、奔月轨道和近月制动的控制。11月7日，卫星到达使命轨道，中国人有了自己的第一颗月球探测卫星。由于卫星性能良好，加上测控系统很好的控制，原定的10次变轨只用了8次就完成了预定任务，并且达到很高的精度。

11月20日，当卫星获取的第一幅月球表面图像传回来的时候，很多同志都流下了激动的泪水。11月26日，温家宝总理和其他领导来到航天城主持首幅月球表面图像发布仪式。航天科技集团公司和五院在航天城为试验队举行了隆重的欢迎仪式，场面十分热烈。

在此后的一段时间内，国家各个部门给"嫦娥一号"的研制者们很多荣誉和奖励：五一劳动奖状、五一劳动奖章、三八红旗单位、三八红旗手、有突出贡献的个人等。12月12日，党中央在人民大会堂召开大会庆祝我国首次月球探测工作圆满成功，我在大会上作为科技工作者代表发言。发言中，我对"嫦娥一号"与国外同类航天器进行了比较，结论是"嫦娥一号"与国外的月球探测器相比毫不逊色。总书记在讲话中充分肯定了"嫦娥一号"成功的重大意义，尤其是对建设创新型国家的重大意义。正是这支平均年龄不到35岁的年轻团队创造了中国航天史上的多个第一。这段时间，我们许多同志都应新闻媒体之约，相继出现在中央电视台各套节目、广播电台、主流网站上，报道他们先进事迹的文章也出现在各大报刊上，一大批航天新人出现在大众视野内，起到了很好的宣传效果。

目前,"嫦娥一号"卫星运行良好,正在完成预定的各项科学目标任务。成绩已成为过去,新的任务更加艰巨。承担"嫦娥一号"的研制者们继续为"嫦娥二号"和月球探测二期的工作努力准备。

通过三年多的锻炼,我们也历练了首批深空探测的人才。在学习载人航天精神的基础上,逐渐培养出了自己的文化氛围——探索创新、勇于攻关、甘于奉献、团结协作。由于周期短、任务重,为了在保证质量的前提下确保第一发射窗口,加班加点是我们的家常便饭,有时甚至是几十个小时的"连轴转"。同志们殚精竭虑常年奋战在科研一线,不计报酬、不问付出。有经验的李铁寿总师顾问、孙辉先副总师、黄江川副总师起到了核心作用。一批年轻的技术骨干更是迅速成长,勇挑大梁。副总指挥龙江、副总师孙泽洲,以及总体主任设计师饶炜等一些年轻同志都在"嫦娥一号"卫星的研制过程中做出了突出的贡献,一批"嫦娥"们,像太萍、王劲榕、孙大媛、赵雷、任静、陈岚等也"婷婷而出"。

除了"嫦娥一号"卫星的研制,我们这个团队也在完成月球探测工程二期、三期的论证,为后期的"落"和"回"打下坚实的基础。我虽年逾花甲,尚思有生之年为国家多献力量。这些年轻人生逢盛世,沐浴在大好的机遇下,他们就是未来月球探测的主力军。江山代有才人出,我也坚信他们将做出比我更大的贡献,为盛世奉上更隆重的礼物。

7. 读书学习求进步

1992年我任院长助理时,组织上为了培养和锻炼我,曾把我送到了中共中央党校学习。我参加了中央党校1992年进修二班,进行了为期四个月的学习。在党校学习期间,我比较系统地学习了马列主义、毛泽东思想、邓小平理论,以及哲学的基本原理,理论素养、战略思维和党性修养都得到了不少提高。

毗邻北京西郊颐和园的中共中央党校,花木扶疏,湖光潋滟,校园里景色非常秀美。学校下设各个级别的培训班,负责培训相应级别的领导干部。我所在的1992进修二班由40名同志组成,他们之中既有来自地方的市长、市委书记、海关关长、法官、检察官,也有来自大型公司、企业的厂长、经理,以及来自大型煤矿的矿长，同学们来自全国各地的各条战线，都有着丰富的人生阅历。当年适逢邓小平同志发表具有深远意义的视察南方讲话，改革的春风吹遍了全国。同志们天南海北齐聚一堂学习、研讨，各自结合自己的丰富经历深入探讨了中国的改革开放之路，对我也有很大启发和提高。

　　同学们都是富有实践的领导干部，各有特色和所长，有两位同志特别值得一提。首先是我们党小组的组长——我国南极考察队第一任队长郭昆。他率领着第一支中国南极科考队到达南极，并建立了长城站，实现了零的突破。远赴冰天雪地的南极进行科学考察是一项异常艰辛而伟大的人类活动，没有超越常人的意志和勇气是绝对无法达成的。南极科考精神也非常值得我们航天人学习和借鉴，后来我还诚邀郭昆同志到中国空间技术研究院，为新入院的大学生做了一场专题报道。四川省阿坝藏族羌族自治州州长泽巴足也是我的同学，这位年轻的藏族干部毕业于中央民族学院，哲学功底很好而且年轻有为，而立之年就已经当选了州长，当年红军长征走过的松潘草地和闻名世界的瑰宝——九寨沟都在他的辖区范围之内。在他和同仁的领导下，阿坝藏族羌族自治州的经济建设和人民生活都得到了长足的提高。来自不同战线的同学们几个月来互相学习、互相促进，增长了不少见识。我也开阔了视野，了解了大量航天事业以外的知识，并在工作方法和思想作风上获得了不少领悟。

　　在党校为期四个月的学习中，我也参观了不少地方，还去市场经济发展的示范点——河北白沟进行了实地考察和学习。除了学校组织的集体参观，同学们也各自发挥优势，组织大家参观了北京重型机械厂、北京农工商总公司的养牛场……我们深入一线进行观摩，了解了各行各业的实际生活状况。我当然也向大家介绍了中国航天事业取得的辉煌成就，并组织同学们参观了北京卫星制造厂。

　　中共中央党校是培训领导干部的最高学府，也是党性锻炼的大熔炉。党校毕业以后，很多同志都在行政和管理的道路上取得了长足的发展。党和组织上送我去党校学习，对我寄予了深切的厚望。今后我究竟是从事管理工作，还是继续专业工作？经过深思熟虑，从我自己的经历、性格和处事方式等各

走在路上

方面进行权衡,并征求了好友的意见,我自认为还是从事技术工作好,最终选择了挚爱的专业工作。回到单位不久,我随即兼任了"中国资源二号"卫星的副总师,此后一直安心从事技术工作。

郭沫若将"学之于人"比喻为"相之于盲",他说:"学有缉熙于光明,不藉学之光明,失所搘挂,鲜不中流失柁,而歧路亡羊也。"除了虚心地向老师学习、向他人学习,向书本学习也是我获得智慧的重要途径。从小我就酷爱文史仰慕先贤,做一名舌灿莲花、叱咤风云的外交官是我少年时代的梦想,虽然后来转而在理工科的道路上下求索,但我依旧保留着读书之嗜好。

大学时代生活费少得可怜,但为了藏书我宁愿节衣缩食,攒下了一些价格不菲的书籍,比如介绍二进制的数学书、郑易里的《英文大字典》,以及自学德语用的德文教材。书籍也回馈了我丰富的精神食粮,我最早的计算机知识便是从那本二进制书中得来的。大学里不开设德文课,我就向书本这位好老师讨教,尝试着自学了一些德语,没想到这点儿入门知识恰恰给了我日后在瑞士学习时的帮助,因那儿也说德语。看来天道酬勤,人生的付出绝不会白付出,知识当然更不会白学。

"文化大革命"中"读书无用论"盛行,加之父亲去世后一家人度日维艰,我也忍痛卖过书。有一个月,我实在是无钱维持后段的生活了,在海淀的旧书店,我卖掉了家中的几本藏书、我自己的大学教科书,还有省吃俭用攒下的字典等,一共换得了9块钱,这在当时算是一笔不小的补贴。

改革开放以后,特别是从瑞士归国后,我又开始购置一些自己喜欢的书,家中的藏书渐渐形成了规模,目前已达几百本。平时我既不会打保龄球、打高尔夫,也不会唱卡拉OK,在体育和文艺方面都有所欠缺,读书几乎成了我唯一的休闲。

吾非书蠹砚虫,亦不求汗牛充栋,于书海墨香中泛一叶扁舟垂钓,自当别有一番淋漓的滋味。我对三类书尤其钟情:一是工具书。除了各种字典,《辞海》和十册《简明不列颠百科全书》也是我离不开的良师益友。这两套工具书囊括了海量的知识和信息,平日里读书遇到任何疑惑,我都能从中找到相应的解答。二是古今中外的名人传记。我读过康熙、雍正、李自成等封建帝王将相的传记，也读过毛泽东、周恩来、希拉里，甚至是蒋介石、林彪、张国焘和红色高棉前领导人波尔布特的传记。翻开书本，政坛风云变幻，他们的形象跃然纸上；掩卷沉思，是非功过自有评说，历史正反面的交锋留给了现代人更多的启发与思考。三是历史书，二十四史、抗日战争史、解放战争史、"二战"史……我的阅读兴趣不一而足。以史为鉴让人明智，也教会了我怎样做人，其中最重要的就是对中华民族优良传统的提倡。红旗杂志主编的《中国精神》一书对我的影响尤其大，从远古到现代，作者娓娓道来，用饱含深情的笔触书写了中华民族文化与民族精神的史诗。

从孔子、孟子，到岳飞、史可法、文天祥……古老而伟大的中国精神代代相传、源远流长。中华文明是世界四大文明中最具凝聚力和生命力的，我也特别希望传承到年轻一辈时不要形成断层。有一次我和单位的几个年轻人到上海嘉定出差，离嘉定孔庙不远处就是汇龙潭。我问他们历史上这里曾发生过什么大事，他们不知道，我就告知他们：1644年，清兵入关，强行勒令汉人剃发蓄辫，激起了强烈反抗。1645年，嘉定人民在乡贤侯峒曾、黄淳耀的领导下自发组织乡勇抗清，最终寡不敌众，嘉定城陷落。然而侯峒曾和一些有功名的文人宁为玉碎、不为瓦全，拒不向清兵投降，集体投进了汇龙潭，以死殉国明志，表现了中国文人的民族气节。年轻人不了解这段可歌可泣的民族历史，要是他们多读一读史书，那必定是很有意义的。近年来我用眼太多，看书多了后眼睛很累，遵循医生少用眼的劝告，便不能如往日一般经常看书了。但我也另辟学习之蹊径，不能用眼便收听广播、电视节目。国际台90.5MHz的广播信息既丰富又迅捷，中央教育台的晚间节目《走进科学》《探索与发现》精彩纷呈，坚持收听、收看（看时以听为主）这些节目，我有一种感觉，那就是活到老、学到老。

8. 当选院士担更重

任何人只要热爱祖国、为国效力都会得到国家的认可和嘉奖。"中国科学院院士"是我国设立的科学技术方面的最高学术称号，是科学工作者最高

的荣誉。中国科学院下设6个学部——数学物理学部、化学部、生命科学和医学学部、地学部、信息技术科学部和技术科学部。2003年,因为在"中国资源二号"和其他方面的贡献,我被推荐为院士候选人。通过层层筛选、优中选优,同年我当选为中国科学院院士,成为当时航天系统中最年轻的院士。

在院士评议的过程中,除了集团和院两级组织的大力举荐,孙家栋、闵桂荣、梁思礼三位院士也分别为我撰写了言辞中肯的推荐信,给予了我莫大的关心、支持和帮助。孙家栋、闵桂荣和梁思礼院士皆是航天系统的元老,多年来我追随他们麾下,在航天道路上迈出了坚实的步伐。孙家栋院士现在是我国月球探测工程的工程总师,是我的直接领导;闵桂荣院士任院长时,我任院长助理,后来他又在"中国资源二号"工程中担纲工程总师,领导与关心我长达十余年,我现在仍在他的指导下工作。大名鼎鼎的梁思礼院士是梁启超先生的幼子,导弹控制专家,也是我们航天计算机方面的泰山,时任航天部计算机工程应用方面的负责人。我调至空间技术研究院担任计算机总师后,十年来亦属梁思礼院士统辖。与三位航天泰斗共事,我深感荣幸!得此三位贤明,我国航天事业幸甚!我个人幸甚!

2003年,我首次参选即获准跻身院士之列,我更应当戒骄戒躁,潜心科学研究。因为我深知,与从事基础研究的专家学者不同,工程总师仅凭一己之绵力根本无法完成如此繁复而浩大的工作。尽管我确实为工程做出了很大的贡献,但任何重大的工程成就都凝聚着成千上万人的心血,而我只不过是其中的代表而已。喜获院士殊荣后,院里特意为吴宏鑫和我举办了小型庆祝会。在会上的发言中,我也吐露了肺腑之言——我能进入院士之列,是因为有许多同志跟我共同努力,如若不能正确看待个人与集体的关系,必将摔得头破血流。院士对我来说是荣誉和褒扬,也是一份沉甸甸的责任。当选之后,我定当谨言慎行、实事求是,无愧于人民授予的光荣称号,也更应该多挑重担回馈社会,多出成果报效祖国。

2003年,中国科学院迎来50华诞,每位院士都奉上了一篇自述性的文章,我也写了一篇《学习与奉献》作为小传,概括阐述了自己的主要经历。院士们的这些文章后经上海教育出版社结集出版,取名为《科学的道路》,也算是对科学院成立50周年的一份贺礼和纪念。

9. 播撒航天种子忙

我能跻身院士之列，是和许多老科学家的栽培分不开的，同样，培养科技人才、提携青年才俊也是我在工作中义不容辞的责任。无论是在研究所，还是调至院里工作后，我都带了一批学生。近年来，就只带博士生了，这些年轻的博士生个个都很努力、很出色，走上工作岗位后也都大有作为。比如毕业不久的蔡晓东博士，如今他既是"嫦娥一号"卫星的测试副主任设计师，同时还担当了供配电的技术负责人。石德乐同志是在职博士生，任某研究室主任，他关于月球巡视车的博士论文，为航天产品的研制做出了切实的贡献。除了带学生，我也很注重推出年轻学者。中央电视一套《焦点访谈》节目曾报道和表彰了国有企业的"五好"班子，全国仅两家，航天科技集团党组是其中之一，集团党组指名在"嫦娥"研制队伍中推荐一名年轻干部参加访谈，因此这一期节目中特别报道了我的副总师孙泽洲同志。孙泽洲同志担任副总师时年仅32岁，现在已经锻炼成一位各方面都较出众的技术领头人。看到他们皆成栋梁之材，看到年轻人鹏程展翅，我如食甘饴，内心无比欣慰。

与此同时，应各方面邀请，我还担任了北京航空航天大学的博士生导师，并在南京航空航天大学、厦门大学以及哈尔滨工业大学担任兼职教授。身任中国空间科学学会副理事长、中国宇航学会的理事，我也经常在这些学会的年会上及各种专业会议上做本学科前沿知识的学术报告。

近年来，中国的航天事业蒸蒸日上，全国人民都非常希望能与航天"亲密接触"，一睹卫星、飞船发射升空的雄壮一刻，亲眼见证我国航天事业前进的每一个脚步。因此我也有幸与电视媒体互动，参与了中央电视台一套、四套、九套一些节目的录制。2005年10月12日，"神舟六号"载人飞船在酒泉卫星发射中心发射升空，中央电视台九套法语频道对此进行了实况转播，并邀请我担任演播室的嘉宾，用法语进行航天方面的现场解说。向全世界现场直播这一航天盛事，嘉宾的语言必须非常准确，反应必须非常敏捷，对我来说也是一项巨大的考验。在主持人台学青女士的鼓励与带动下，我们的节目最后

做得相当成功。更有意思的是，节目播出后不久，我就收到了一位久未联系、远居加拿大的同学的来信，原来他是从电视节目中认出了我，这才得知了我的工作单位给我写了这封信。

　　作为一名高科技从业者，积极响应国家科委的号召，我努力推动科普事业。为了让广大人民了解中国的航天技术与成果，我经常在全国各地进行航天科普报告。我曾在北京大学、清华大学、南京航空航天大学、东南大学、浙江大学、重庆大学、成都电子科技大学、吉林大学、中北大学（原华北工学院）、南京理工大学等高等学府巡讲，召唤莘莘学子一起走入浩瀚璀璨的宇宙殿堂。我曾在中共中央党校的大礼堂做过航天知识的演讲报告；曾多次为北京市科委的干部进修班讲过课；还为安徽蚌埠市的五套班子和上千名干部普及了航天知识，全市领导几乎悉数出席。每年我也为我院的新职工入院教育进行航天知识和航天精神的讲演，有机会也为中、小学生上科普教育的公开课……我向不同的对象，用不同深度的语言去宣传中国的航天事业。我用满腔的热情、真实动人的事例去讲述航天人的精神。不论是两三千人济济一堂，还是只有几十人安静聆听，我事先都会认真准备。对航天的宣讲绝非仅限于大城市，我也去过一些条件艰苦的偏远地区，比如屈原和王昭君的故乡——湖北秭归县，这个县是我们中国空间技术研究院对口的扶贫县。担任院长助理期间，我曾专程前往秭归县山区小学看望当地的小学生，并为他们做了生动的航天报告。利用假期，我们还专程邀请老师和学生代表到北京参观，到航天城参观。山西省忻州市岢岚县是国家扶贫开发工作重点县，我带队在那里执行任务时也曾发动试验队的同志们为岢岚县的希望小学募捐钱物，报纸还报道过这件事情。

　　不管走到哪里，我都勉励孩子们为中华之崛起而读书，为航天事业之崛起而读书，号召他们加入航天建设的浩浩大军。因为我坚信，了解航天的人越多，支持航天的人就越多；今天在年轻人心中播下航天的种子，也许明日就会多一位杰出的航天英才。

10. 改革开放看外国

　　多年来，因中国空间技术研究院计算机人才的培训、载人航天中心的建设、卫星的研制，以及各种类型的学术会议、技术考察和商务采购，我曾多次被派遣出国，去过世界上不少国家，美国、加拿大、法国、德国、日本、新加坡、澳大利亚、意大利、俄罗斯……每个国家的国情和民族性格都是特定历史文化的积淀和产物，每个国家都是一幅绚丽纷呈的画卷。除了瑞士，我在其他国家的停留都比较短暂，谈不上什么发言权，但时常第一印象是很有灵感与真实的。在此只以一种较为公允的眼光一窥各国的国情，勾勒它们留给我的最深印象。

我先后去过法国 10 次，到过法国的很多城市。巴黎，她是一座城市，也是历史和文化的缩影。巴黎的街石，道边看似不起眼的小咖啡馆和老房子，都可能潜藏着一段悠久的历史文化轶事，由此可见法国人的历史观。塞纳河两岸画廊林立，将巴黎装点得富丽而典雅。那些街头画画的卖艺人，更是把文化与浪漫发挥得淋漓尽致，难怪钱钟书、艾青、戴望舒、徐悲鸿等杰出的老一辈文学家、艺术家都曾在此求学。法国航天事业的发展同样令人赞赏，她正与德国一道引领着欧洲航天事业迈向更高的高峰。法国人在工作中也很讲究民族独立精神，有不少航天项目都是独立于美国之外自主完成的，充分体现了法国人的民族个性。

我们中国空间技术研究院和德国也有过不少合作，在我的印象中，德国人就如同瑞士人一样，像钟表上行走的齿轮，做什么事情都是严谨细致、丝丝入扣。我曾在办公室里目睹了这样的一幕：一位德国同事晚上离开办公室前，把白天用过的多支铅笔仔细削好，并按照从高到低的顺序依次整齐地排列在办公桌上，而别国的人则相形见绌。我想，恰恰是德国人这种一丝不苟的秉性，才为其先进科学技术的发展铺平了道路，也使得这个国家神话般地迅速从第二次世界大战的废墟中崛起。纵观德国，更令人敬佩的是他们对第二次世界大战的反省态度，"清算过去""永不发动战争"是上至国家总理、下至平民百姓的深刻反思。1970 年，德国总理勃兰特在向波兰犹太殉难者纪念碑敬献花后，竟然双膝跪地请求宽恕，他直面历史的态度和超出礼节的举动终于赢得了波兰人民的原谅，也获得了世界人民的尊敬。相形之下，我们的东邻在这一点上实在有天壤之别。

意大利位于欧洲南部的亚平宁半岛上，是一个艺术文明辉煌与行为散漫并存的国度。意大利是欧洲文艺复兴的发源地，新兴的人文主义在人类思想解放和文化、科学事业的发展中都起了巨大的推动作用，今时今日的佛罗伦萨、罗马、比萨、威尼斯、米兰……，依然是人们寻访文艺复兴魅力的圣地。但在意大利，你也必须忍受散漫所带来的麻烦：火车难以准点，教授上课经常迟到。相比于分秒不差的德国人，在意大利，不守时反倒成了约定俗成。

许多人认为，北欧给人的第一印象可能是皑皑的冰雪、麋鹿和圣诞老人，实则不然，现代北欧充满了蓬勃盎然的生机。我曾去过童话王国丹麦、戏剧王国挪威、诺贝尔奖的故乡瑞典，北欧人非常注重保护生态与自然环境，让人不忍惊扰那里的任何一寸森林和草地的安睡。北欧人也与环境高度融合，走到哪里皆是一片和谐的氛围，也许这才是人类最"诗意的栖居"。

作为美国的近邻，加拿大与喧闹的邻居迥然不同，一过美国边境立刻就能感受到加拿大式的恬静，让人仿如置身于世外桃源。加拿大也是一个多民族国家，法裔加拿大人则主要聚集在魁北克省，该省的大多数居民讲法语。自20世纪80年代起，魁北克人就不断进行独立运动，要求实现政治上的独立，如此一来也产生了不少经济、政治和社会问题。

如果要用最简洁的语言概括澳洲留给我的印象，那就是"阳光"和"接纳"。澳大利亚地广人稀，人口主要集中在东西海岸，特别是东南沿海地带。这块世界上最平坦、最干燥的大陆保存了大片干旱的沙漠，只能靠沿海地带环绕大陆的"绿带"区滋养。虽然干燥的气候非常恶劣，但澳洲人民却一点儿也不自私狭隘。作为世界上主要的移民国家，澳大利亚乐于敞开胸怀接受移民，人民崇尚自由和无拘无束的生活氛围，各种肤色的人在这里和谐共处，追求着各自的发展道路。黄皮肤、黑眼睛的华人也为澳洲的发展做出了非常重要的贡献。

日本人总是行色匆匆，与澳洲人的娴静有着天壤之别，匆匆忙忙地走路、匆匆忙忙地赶地铁，匆匆忙忙地在快餐店吃饭，一切都显得效率非凡。严肃的日本人以讲究礼节著称，下级见到上级、女士见到男士，甚至是熟人见面都要屈体行礼、鞠躬致敬。我去过日本两次，对一个问题非常纳闷：为什很多男人下班之后总在电子游戏厅闲荡而不是立刻回家？日本同事告诉我，这是上班族的一种放松方式，况且在日本，如果男人下班后没有交际活动，是会被人看不起的。看来尚需时日才能了解这个岛国民族的性格。

美丽的"狮城"新加坡是位于马来半岛最南端的城市岛国，热带风景秀美迤逦。中国人在这里不用担心语言障碍。但要想在这个狭小的岛国上工作和生活，还需要好好地适应新加坡严苛的法律、法规，万一触犯，后果则很严重。

马来西亚也是华裔的聚居地。在马六甲市有一座青葱苍翠的三宝山，也叫作中国山。1406年，三宝太监郑和下西洋途经马六甲的时候，曾在此山上居住。1795年，为纪念郑和，马来西亚人在山麓修建了宏伟的三宝庙。华人的美食文化也被带到了马来西亚，软嫩多汁的鸡肉配上香滑的米饭，再撒上小黄瓜丝和香料，加上大蒜和辣椒酱，就是著名的小吃——海南鸡饭。海南鸡饭价廉物美，深受马来西亚人的青睐。从新加坡和马来西亚回来以后，我还在《太空报》上发表了几篇文章，讲述了我在这两个美丽国度的见闻。

巴黎罗浮宫的艺术瑰宝，德国总理勃兰特双膝下跪的惊人一瞬，澳洲人阳光般灿烂的笑脸……我以一个中国人的眼光打量着各个国家。

黑眼睛的中国人放眼世界，那么世界各国又在以怎样的眼光看待日益繁荣的中国？改革开放以来，中国经济腾飞，已经成为东方冉冉上升的巨星。对比80年代第一次踏出国门，我更感受到了其他民族对中国人的尊敬和重视；但通过在国外的技术交流、实地考察，我也看到了我们同发达国家之间的客观差距，尤其是我们的教育水平和整体国民素质还亟待加强。中国的未来发展之路是要靠我们每一代人去努力开拓的。纵览东西方世界各国的历史与现状，我们也应得到一个启示，那就是东方和西方是离不开的，正因为我们有所不同，才让我们看到了真理的不同方面。然而如俾斯麦所言，国家是在时间的河流上航行。如何促进发展、赶超竞争对手，把中国建设成为世界一流的社会主义国家，也是我们在新世纪的新课题、新挑战。1992年，我赴俄罗斯考察，目睹了一个强盛的大国瞬间消失于历史的尘埃后的颓败，苏联解体仿佛还在昨天，让人难以置信。它为什么转眼坍塌？我想这对我们也是一个特别值得借鉴的教训。中华同胞们必须自觉自醒,方能重振中华民族雄风,永屹民族之林不倒。

我们国家的外交奉行和平共处的基本原则,讲原则、平等待人。当我代表单位对外交往时,也非常注重平等互爱,崇尚礼尚往来。在与各国航天系统的同事们打交道的过程中,我们成了朋友。

爱国心基于大义,本于大德,我的民族自尊心本来就极强,眼里容不下一点儿沙子,我还记得这样一个小插曲。

20世纪90年代,我们空间技术研究院与法国合作制造鑫诺卫星。我院的一批技术人员被派往法国戛纳法国宇航公司承担监造任务。1996年,我去欧洲出席会议,作为中国空间技术研究院的代表,我奉徐院长的指示,前往戛纳探望了他们。在戛纳法国宇航公司驻地设有一个工作大院,施行严格的出入管理。中国监造人员只能在大院门外的活动房办公,出入大院都必须由秘书带队点齐人数才能行动。中国人单独随意走动更是不被允许的。因为食堂也设在大院内,中国员工连吃饭的时候都必须集体进门,吃完了再一起出来。而同样担任监造的印度人却可以随便进出工作大院,去戛纳的中国同事们普遍感到非常憋气。

那天上午我在宇航公司开会,参加会议的有中国人、法国人,下午要继续开,中午到了吃饭时间,我就和他们一起去食堂。走到大院门口,守门的法国警卫拦住了我:"你要进去的话,必须押下护照。"

"为什么?"

"对不起,这是规定!"警卫冷冷地回答。

我生平最讲民族精神,也最容不得带有歧视性的要求。我晓之以理道:"你们的代表团曾经去过中国空间技术研究院,进办公大楼也没有要护照,更不用说吃饭了。现在我是你们请来的客人,难道吃一顿饭还需要押护照吗?我理解你们的保安需要,但完全可以做到内紧外松、尊重客人呀!"我拒绝交出护照,并说:"那我去外面饭店用餐,下午继续开会。"

负责陪同的法方人员连忙打电话请示了高层,放下电话,客气地向我道歉:"先生,对不起,请您进去吃饭吧,您可以不用押下护照。"

所有的中国同事都露出了微笑。席间，负责保安工作的头儿还亲自找到我们，并诚挚地向我道了歉，承认工作没做好。我离开戛纳的时候，来自北京卫星制造厂的师用工程师真诚地对我说："您这次的表现真是替我们出了一口气。这些日子以来我们一直很压抑，是您替我们争得了一个权利。"是的，外交无小事。该让要让，该争也一定要争，对外交往的每一个细节都应体现出我们的民族气节。近年来，美国要求申请非移民签证赴美的中国公民留取指纹。我认为这也是对他人的公然歧视，我对此非常反感，最起码是外交不对等。我虽然也有去美国的工作需要和学术交往机会，但只要美国不取消按手印的制度，我绝不会申请去美国。

吴玉章先生曾有诗云："不辞艰险出夔门，救国图强一片心；莫谓东方皆落后，亚洲崛起有黄人。"老一辈无产阶级革命家为救国难远赴重洋，为中国之崛起做出了不可磨灭的贡献。坐落在我们航天城大院内的我院首任院长钱学森先生的半身铜像，就在向我们讲述他的历史和爱国之心。作为前辈，他们不论在国内还是在国外所表现的铁骨铮铮的爱国气节、昂扬向上的民族自豪感，都令人无比钦佩。民族的崛起只有靠自己，我辈当以此为训。

当然了，泱泱中华乃礼仪之邦，亲仁重信、与邻修睦是中华民族的优良传统。通过各种交往，很多外国友人都与我们结下了深厚的友谊。老的朋友不说，比如最近我们结交的一位意大利米兰理工大学的教授，我们之间有很好的讨论和合作意向，他非常希望能和我们合作研发月球机器人，并多次邀请我们去意大利考察访问。春节时，他还特意寄来了贺卡，用刚学的歪歪扭扭的方块字表达了对中国朋友和中国探月工程的祝贺。

从与这些外国朋友的交往中，我深刻体悟到：科学是没有国界的，但是科学家是有祖国的。只有热爱自己祖国的人，我们才尊敬和热爱他。我是中国人，中国学者，也是时代之子，科学真理是我永恒的追求，中华民魂是我不变的信仰。如鲁迅先生所说："唯有民魂是值得宝贵的，唯有它发扬起来，中国才有真进步。"而我坚信，这股无比巨大的动力必定像卫星的助推器，助我们伟大的祖国在现代化的道路上胜利前行。

七、月球探测稳步前进
（2007—2012.4）

虽然工作忙、担子重，但我还是通过"挤"时间和利用"零碎"时间，终于在2007年年底把自己从童年到"嫦娥一号"发射这几十年的"事"理了一下，写了十几万字，取名"走向太空的路"，作为个人的资料保存起来，并附了媒体对个人的一些报道、自己撰写的一些文章及几十张照片。一晃的工夫，又过去三年多了，有必要把这几年的"事"再理一理。

1."嫦娥一号"卫星在月球上永生

"嫦娥一号"于2007年10月24日升空以后，一直表现良好，卫星平台未发生任何问题，这是我国空间飞行器中少有的。在轨运行这一阶段的重点工作有以下几个方面：

首先是配合北京指挥控制中心做好日常的飞控工作，以确保卫星正常运行和数据接收。其次是对几个特殊的阶段加以高度重视，保证卫星的安全与正常。比方说，月食到来的时候，要确保卫星经月食阴影以后，能够恢复正常工作。再次是由于天体运动的关系，为确保卫星的能源供应，需每三个月一次将卫星由正飞转侧飞或侧飞转正飞。卫星在完成了一年的任务之后，我们又利用"嫦娥一号"做了很多试验，为二期工程摸索了一些经验，我们把它的运行轨道从200千米下降到100千米，又下降到15千米。在轨道降低以后，摸索到了在更低轨道下卫星受热的情况。在超期服役工作之后，2009年3月1日下午，在指定的时间，卫星在指定的地方撞击月球。至此，"嫦娥一号"完成了全部使命，得以在月球永生。总结所取得的成果，主要有两个方面：一是工程方面的成果，它为今后的探月工程打下了很好的基础，验证了多项技术，初步建立了我国探月工程大系统；二是科学方面所取得的成果也是非常丰富的，它获取了当时全世界最完整、最清晰的月球全月图，利用微波辐射计探测了月壤的厚度，探测出月球的氦3储量大约为100万吨，等等；

最主要的是培养了一支优秀的人才队伍,他们能承担起新的艰难任务。由于"嫦娥一号"取得的成果具有较大的影响,得到了国际上的关注。2009年9月,我在韩国举行的"第60届国际宇航联大会"上作了专题报告,引起很大反响,国际宇航联主席也出席了该场报告会。这项成果促进了2010年6月在中国举行"世界月球大会"。但是,"嫦娥一号"在整个运行中也是有深刻教训的,由于承担大容量存储器的研制单位在选用器件上存在漏洞,再加上设计的缺陷,造成了大容量存储器多次在轨发生复位,丢失了存储的信息,迫使我们不得不再花费时间和卫星资源去弥补这些丢失的信息。

2. 新的任务与角色

"嫦娥一号"任务已胜利完成,今后我应该把工作重点放在哪里?这是一个必须考虑的问题。一方面我要继续牵头完成"嫦娥一号"的评奖工作。在我们的认真组织与全体人员的努力下,基于"嫦娥一号"良好的表现和起点较高的技术,"嫦娥一号"先后获得了国防科学技术进步特等奖和国家科学技术进步特等奖,一些子项分别获得一、二等奖,项目办的管理工作也获得了国防二等奖。另一方面,在上级机关的主持下,我们开展探月二期工程的论证。这时,集团公司、五院和有关专家建议我担任二期工程的工程总师。我也曾认真考虑过这个问题。这个职务,对我而言,是机遇,因为可以为国家的航天事业做更多的贡献;同时也是挑战,因为和一期工程的工程总师孙家栋院士相比,我远远不具备他的资历、能力和声望,再加上工程总指挥由谁来担任还不明朗,工作中将会遇到不少问题。总指挥和总师的良好合作是非常重要的。后来从各方面考虑,上级机关选择了其他同志担任工程总师,而我则可以把主要精力放在五院这个层面上。在这个层面上,我作为空间科学和深空探测领域首席专家,着重于宏观和发展;而作为顾问,则要注重任务与一些细节。我主要做了几件事情:和大家一起探索二期工程包含的几个不同飞行器的方案,协助领导组建相对独立的队伍来完成"嫦娥二号"和"嫦娥三号"的不同任务;从经过锻炼的人员当中推荐一批年轻同志走上型号总师、副总师、主任设计师和指挥系统岗位;策划下一阶段的工作;参与日常的各

项工作。

关于"嫦娥二号"的工作,作为总设计师顾问和总指挥顾问,我在启动会上提出了明确的要求:要充分考虑到"嫦娥二号"是由"嫦娥一号"的备份星改造而成的,它作为二期工程的先导星,有多个改进之处,必须掌握这些特点,高度关注由于改进而带来的问题。在研制的整个过程中,我介入较深。在张廷新总指挥和黄江川总师的领导下,整个工作进展顺利,但是在研制过程中还是发生了几次影响很大的质量问题,如摔坏了太阳翼、电缆短路等问题。我一直高度关注型号质量问题,特别是质量归零的问题,开展了对全体人员的质量教育,提高了质量工作。"嫦娥二号"上天以后平台没有发生一项质量问题。2010年7月底,"嫦娥二号"进驻西昌基地执行发射任务,我作为发射场质量总监,从开始电测到卫星加注,一直在靶场进行质量控制与监督,协助"两总"快速处理归零问题,保证了卫星在10月1日发射。这是我国航天史上第一次在国庆节这样重大的节日发射卫星,其压力是巨大的,同时它对鼓舞全国人民的志气及提升民族自豪感的作用也是巨大的。在卫星开始加注以后,我就回到北京卫星控制指挥中心担任飞控专家组组长,组织了一批五院的老专家和中青年技术骨干为"嫦娥二号"发射以后的在轨运行保驾护航。温家宝总理于11月8日为"嫦娥二号"第一张月图举行了揭图仪式,接着党中央、国务院又在人民大会堂举行了隆重的庆功大会,许多同志得到了表彰。"嫦娥二号"的图像分辨率达到7米,虹湾地区的图像分辨率优于1.5米,这是当前世界最高水平。它的成功说明我们这支以年轻人为主的队伍已经成熟,他们的业务能力大大提高,协作精神更加良好;也表明老同志继续关注型号研制的必要性,他们是能够在型号的研制过程中和新人的培养中发挥积极作用的。以下介绍一下拓展任务。

"嫦娥三号"和"嫦娥四号"是二期工程的两个飞行器,分别于2013年和2014年发射,因此,谈到"嫦娥三号"的工作,就包含了"嫦娥四号"的工作。这个型号的总师是原"嫦娥一号"的副总师孙泽洲同志,他是一位"70后"的总师,虽已有较多的型号研制经历,但这副担子对他来说仍是很重的。"嫦娥三号"的着陆器要落在月球上,携带的巡视器还要在月球上行走和过夜，许多技术问题都是我国过去的型号中从未有过的。在大家的努力下，大部分关键技术已经攻克，但初样阶段工作中遇到了一些难题，进度不容乐观。2011年年底转正样非常困难，但总体上还是在稳步前进。作为顾问，我经常和他们在一起讨论问题，提出解决问题的建议，并尽可能地给他们提供精神与技术上的支持，但绝不代替"两总"决策。为了更清楚地了解情况，我经常出现在项目办公室、测试与试验现场，沟通与这支队伍的感情，掌握第一手资料。根据整体进展情况和队伍的精神面貌，我相信"嫦娥三号"会在2013年顺利升空。

2011年，在经过较长时期的论证以后，月球探测三期工程也已立项。在论证过程中，作为五院该领域的首席和论证组的专家，我对整个方案的形成起到了积极的作用。在立项以后，作为三期工程的技术顾问，在关注整体工作时，针对三期特点和"两总"的实际情况，我多次与五院三期工程各位领导谈心，提出自己的看法和工作如何开展的建议。这支队伍的几位年轻副总师、副总指挥在杨孟飞总师兼总指挥的领导下，完成了一批关键技术的开题，制定了第一个返回试验器的方案，初步形成了三期工程总体及各个飞行器的方案。三期工程要从月球上采样返回，整个系统由轨道器、返回器、着陆器、上升器四个部分组成，将由我国新研制的大型运载火箭在海南新的发射场发射，技术难点多、担任任务的单位多、队伍年轻，这对我们是一个极大的挑战，也是一个大好的发展机会。我很高兴，也很认真地和他们工作在一起，克服一切困难，争取在2017年实现从月球上取样返回。

3. 走向行星际探测

2011年年初，按照上级的布置，有关各方都在研究一个十分重要的问题，即在开展探月的同时，如何发展我国的深空探测。作为中国空间事业的主力军，五院觉得首先应该搞一次中国自主的火星探测。"嫦娥二号"发射成功后，这支队伍的工作重点成为我国第一次自主的火星探测，我也在各种场合，包括在全国政协会上写提案，力推2013年进行火星探测。同时，做到不靠、不等，我们主动和"嫦娥二号"这支队伍一同认真制定了以"嫦娥二

号"为基础的具体实施方案、技术流程和计划流程。中国空间技术研究院的领导也下了很大的决心,预拨经费大力推动这项工作,组建了火星研制队伍,并任命我为火星探测的技术顾问。可以这么说,我们技术人员已经做好了各种准备在2013年发射我国第一个火星探测器,但如果由于各种原因实现不了这个目标,我们也一定要在2015年年底(下一个火星年)在更高水平上实现这个目标。既然我们已经准备搞火星探测,而金星处于太阳和地球之间,比火星距地球的距离近,除热的情况较复杂外,如果能探火星就能够探金星。2010年以来,我和北京空间飞行器总体设计部的同志一起经过几轮的工作,已经有了一个很详细的金星探测实施方案。作为五院深空探测论证的技术负责人,我和论证团队对我国2030年前深空探测进行了全面论证,提出了发展途径。在这个论证中,我们建议国家在今后20年内,除以火星为主要目标,探测火星和金星之外,应有计划、有步骤地开展太阳、小行星和某个巨行星探测,全面提升我国的空间进入能力,并获取一批探索性成果。

2009年以来,我作为集团公司和总装备部载人登月论证组的专家,深入地参加了论证,积极提出了自己的意见和建议,为争取在2030年前实现我国的载人登月做了一点实实在在的工作。

4. 其他工作

2007年以来,在搞好以探月为主的型号工作和型号规划论证工作的同时,我作为集团公司、五院的技术专家参与了很多其他工作。

作为中国空间技术研究院教育委员会的主任,我研究了五院教育工作中的一些问题,对规章制度的完善提出了建议,分别在神舟学院及烟台、兰州、西安几个分院亲自讲学,并抽出时间去听研究生课程以便发现教学中的问题,多次深入研究生之中了解他们的学习和生活情况,反馈有关机关加以改进。

随着我国航天事业的发展,大家对中国的深空探测越来越关心。教育部为了发动广大院校参与这项工作,特别组织了教育部深空探测联合研究中心。作为该中心学术委员会委员,我参加了一些活动,深深感受到高校在这方面的积极性。高校有着很好的研究基础和丰富的人力资源,如果搞好与它们的结合，肯定会对我们的航天事业有很大的推动作用。

作为表面处理、微波通信、智能控制、惯性仪表几个国家重点实验室的学术委员会主任、副主任或委员，我参与了各实验室发展规划的讨论、研究项目的择定、日常工作的指导和各阶段的评估，对这些实验室的建设起到了较好的促进作用。国防科工局和总装备部评估兰州空间技术物理研究所表面处理国家重点实验室的时候，对以我为主任的学术委员会的作用评估是所有各个评估项目中打分最高的；由我联络并推荐的中国科大郭光灿院士对空间电子信息技术研究院微波通信重点实验室将要开展的量子通信研究给予了很有意义的指导，促进了双方的下一步合作。

2008年，我被选举为中科院技术科学部副主任，积极地参与了学部的工作，并结合学部的专业技术论坛，有时组织航天有关专家在会上做报告，有时自己在会议期间为会议举行地的大中学生作科普报告。

为了扩大航天的影响，宣传普及科学知识，使更多的人关心与支持中国的航天事业，争取一部分重点院校的学生投身到航天事业，这几年来，我在清华、北大、北航等高等院校和北大附中、北师大附中等中学作了50多场学术讲座和科普报告，反响良好；在香港理工大学和澳门科技大学分别做了一个星期的客座教授，并被香港理工大学授予2009年度"中国杰出学人"称号。2008年在瑞士参加一个国际会议期间，应中国驻瑞士大使馆邀请，我分别在两个城市的两所大学为当地的华人、华侨和留学生作报告，介绍了中国航天事业的发展，效果非常好。董津义大使说："您作一场报告比我做一年的工作都管用。"

作为十一届全国政协委员，我积极参政议政、履行职责。几年来，分别就教育、卫星应用、医患关系等问题提出了自己的提案，以便推动解决一些民生及社会发展过程中的问题。我还积极参加了几次考察活动，对经济建设、博物馆建设当中存在的问题和改进措施献言献策。

作为一个从江苏泰兴走出来的学者，家乡的领导和乡亲对我一直非常关心，我也尽可能地为家乡做点事情。2008年，为泰兴市的干部做了航天知识讲座；2010年，应邀在黄桥中学为中学生作科普报告，宣扬了航天精神；

在江苏省科技厅的领导促进下，在泰兴航联电连接器厂成立了院士工作站，帮助与促进这个很有基础的民办企业进一步提高产品质量，以便在航天产品中得到更好的应用。

5. 欧亚见闻

2008年9月，瑞士举行MICRO 2008年会，会议地点就在我当年上学的纳沙泰尔大学举行。组委会特别邀请我到会并作一次演讲，由他们承担全部费用，我欣然前往。在去之前，NEUCHATEL快报记者特地打长途电话对我进行了采访，并在我到达前就做了宣传。那日的报纸头版有照片、有导读，第二版有三分之二版的专题报道，题目是"在飞向月亮之前，他在我们这儿上学"。演讲非常成功，虽然写的是英文稿子，但应会议要求用法语讲演。在此期间，应使馆邀请，也为瑞士的华人、华侨与学生做了两场报告，当时正值中秋佳节，气氛非常热烈。此行，我还回到原来我就读的NEUCHATEL大学微技术所（IMT），现已归属瑞士联邦洛桑高工，即EPFL（ECOLE POLYTECHNIC FEDERAL DE LAUSANE），拜访了老朋友、现所长法里纳先生，见到了导师白朗地尼先生等人。研究所里有好几个来自中国的学生和学者在学习，他们听说我来了，都很高兴地来看我这个约30年前来这个研究所学习的第一个中国人，也是唯一的中国人。

2009年秋，"第60届国际宇航联大会"在韩国大田举行，我和李明副院长等人参加了这次会议，起到了很好的交流作用。国际宇航联的主席还专门出席了我们的专场会。利用这次会议结束后、回国前一天的休息日，我们部分人专程去了"三八线"参观，看到了被四千米隔离带分割几十年的一国领土，看到了两方剑拔弩张的对峙，看到了中断的铁路，看到了阴森的坑道（据说通过这坑道朝鲜能从地下运兵直达韩国首都），看到了离散亲人痛苦的照片，看到了由世界各地来的参观者挂的祈福布条，我也看到了"三八线"北侧的上甘岭，想象着父辈们是如何在那被美军轰炸而削低三尺的山头上坚守的，在那儿，切切实实地感受着战争与和平、幸福和苦难。

2010年夏，去了一次柏林、匈牙利和原捷克斯洛伐克，感受颇多。一堵柏林墙将一个城市分成两半，演绎了许多政治事件和悲欢离合，如今只剩下部分墙体供游人参观。回忆那个年代，墙是怎么建起来的？又是怎么倒的？这是很值得每个人深思的。令人欣慰的是马克思、恩格斯两人的巨大雕像仍安坐于原地，他们看到眼前的一切不知在想什么。

柏林近郊的波茨坦庄园见证了德国被肢解的那一幕，它告诉人们，所有想侵略别人、占有他国领土的国家最终都是要被历史惩罚的。途经德国历史、文化名城德累斯顿，在第二次世界大战时德国人认为盟军绝不会轰炸的这座城市，在战争快要结束时被炸成一片火海，教训是深刻的。车越过德国边境，一片宁静祥和，没有任何边境检查，更看不到重兵驻扎，可是在30年前这儿可是北约与华约的前线啊！捷克斯洛伐克，这个为北京提供了许多"斯柯达"公交车的国家现已分成了捷克和斯洛伐克两个共和国，明显可以看出捷克首都布拉格比斯洛伐克首都布拉迪斯拉法要发达得多。匈牙利的首都由多瑙河两岸的布达与佩斯两个城市组成，景色优美。但从这个城市中心广场的纪念碑来看，1956年那场事件为这个国家留下了深深的烙印。历史就是一面镜子！

6. 眼睛的折磨

眼睛的健康对于一个人的重要性是不言而喻的，对于一个要读书、写报告、审方案、用计算机的技术工作者就更是重要了。但由于过去的不注意和过分透支用眼，2006年春节期间，我的左眼看东西变形，经北京人民医院眼科医生诊断为"视网膜新生血管"，后由该科副主任赵明威教授用瑞士进口的一种药，采用光动力学法治疗两次后得以恢复原状态。赵大夫医术好，也很支持中国的航天事业。当时正是"嫦娥一号"研制最紧张的时候，院里领导和人力资源部同志给医院介绍了我的情况，他说："'嫦娥一号'你负责，你的眼睛我负责。"后来我们成了好朋友，也正是在看眼、治眼的过程中，了解了患者的痛苦和需求，同时也了解了医生们的辛苦和难处，为此我在政协写了"加强正面宣传，改善医患关系"方面的提案。"嫦娥一号"发射任务结束后，2008年9月，我的右眼看东西变形更厉害。这一次检查的结果令我担忧，因为这次是视网膜发生撕裂，这是比较难治愈的。赵大夫先用保守方法治疗，

他给我右眼内注入一种气体，希望气体的浮力压住视网膜，使之恢复原状，但效果不好。后改用注入一种"油"，它的浮力更大，效果会好些。但这两种方法利用的都是"浮力"，所以手术后，并无其他痛苦，但要头低下，保持"油"的浮力向上托住视网膜才行。手术后的前三周，白天、黑夜都要脸朝地面，那是十分难受与不易坚持的。那时我还坚持上班，但都是低头向下。三周后至两个月内睡觉只能侧卧，严禁脸部朝上，为此我晚上睡觉时把自己用木板卡在一个窄窄的范围内，想翻过来都不行。由于听医生话、配合得好，三个月后检查时觉得效果很好，许多患者都因为坚持不了而疗效不佳。现在，我的右眼虽然恢复，但仅仅是"脆弱的低水平状态"，日常生活与工作中按医生的要求仍需防止冲击和疲劳。为保护这点可贵的视力，现在我基本不看电视，也不上网看资料。

八、开始行星际探测
（2012.5—2017.5）

1. "嫦娥二号"的争论

上一次，我把自己的工作回忆整理到了 2012 年。关于那段经历现需补充一节内容，即"嫦娥二号"后来怎么样了。关于"嫦娥二号"的一段故事，是一定要说一下的，因为这段故事对于航天事业的发展、对于后人都有启示作用。

在时任总理温家宝的关心下，我们在研制"嫦娥一号"时还做了一个备份星，这就是后来的"嫦娥二号"。初衷是考虑到万一"嫦娥一号"发射不成功，我们有个备份可用，经过问题查找，能够做到半年之内重新发射。但后来"嫦娥一号"表现非常完美，这个备份星何去何从就成了大家很关心的事情。

当时形成了两种不同意见：包括我在内一部分人，主张应该充分利用好备份星，可以用它探测火星，如果探火星不行，可以干其他的事；一部分人认为"嫦娥一号"已经圆满成功了，备份星就不必再发射了，因为要发射"嫦娥一号"备份星,还要花一些钱,在"嫦娥一号"已经成功的背景下,没必要再进行这笔投入。而我们认为,备份已经做好了,再多花一点钱,能够获得更多科学成果和工程经验,何乐不为呢?两种观点当时争论很激烈,很难决策。

为了解决分歧,上级机关就在中关村南大街31号院的神舟大厦组织召开了一个专题会议,由我非常尊敬的一个老领导主持。这次会议邀请了某咨询评估公司来对该项目进行论证评估,实际上是想从经济效益的角度,把"嫦娥二号"发射的事情否掉。

当时,我在外地开会,但获悉这个消息后,上午我就乘飞机回到北京,一下飞机就直奔会场。到了会场以后,我情绪比较激动,第一时间找到主管院领导和有关部门领导说:"你们就不应该同意开这个会,这是想否掉'嫦娥二号'发射这个事情!"随后,我在会上做了发言,我当时讲到,给"嫦娥一号"制作备份星是温总理决定的,温总理愿意从国家的口袋里拿出几个亿来,而且我们已经做好了备份,如果再花少量的钱,我们就能获得更多工程经验和更大的科学成果,为什么要放弃?难道我们在座各位要比温总理还高明?

主持会议的领导非常关心航天事业发展,他听了我的发言之后,心里也有了底,当即在会场表态:"我们这个会不是讨论要不要发射的问题,而是讨论怎么发射得更好、用得更好的问题。"这才有了后来的"嫦娥二号"卫星,且表现卓越。

既然我们好不容易把"嫦娥二号"任务争取了下来,那我们就只能竭尽全力把其干好,绝不能干坏。后来我们在"嫦娥二号"上做了很多的技术改进和创新:相机分辨率大大提高;轨道运行高度从月球轨道200千米变成100千米;第一次试验了X波段应答机;在全世界第一次在深空里应用了LDPC编码等。这一系列技术改进使得"嫦娥二号"在绕月探测过程中取得了很大的工程效益,获取了全月7米分辨率月图、虹湾地区的1米左右分辨率的月图,为"嫦娥三号"落月做了前期准备。

更可喜的是,"嫦娥二号"在圆满完成半年的绕月探测任务之后,它的拓展任务至今仍为人津津乐道。它在月球轨道经过变轨到达了离地球150万千

米的"太阳－地球"的拉格朗日二点（L2）。拉格朗日二点是天文学家梦寐以求的天文观测的最佳位置，我们国家在世界上第三个实现了在这一点进行空间探测。后来"嫦娥二号"继续飞向更远的深空，经过精密挑选和控制，在距离地球700万千米的地方，和小行星图塔蒂斯交会，获取了非常清晰的小行星照片。现在"嫦娥二号"已经变成了太阳系的人造小行星，围绕着太阳在转。

试想，如果没有当时我那一次"较真"，把大家意见统一到发射"嫦娥二号"上来，哪里会得来这样多的深空探测成果？这也是关于"嫦娥二号"发射背后的一个故事。

2."嫦娥三号"落月

在研制二号卫星的同时，"嫦娥三号"的研制工作其实也在同步进行。"嫦娥三号"主要任务是落在月球上，并且它的巡视器要在月球上走起来，在月球上完成既定科学目标和工程实践。"嫦娥三号"有一个着陆器，带有月球车，经过全国人民网上投票，这台月球车取了一个非常有诗意的名字——"玉兔"。

"嫦娥三号"于2013年11月发射。"嫦娥三号"的成功落月，代表着我们国家在航天器落月方面走到了世界前列。它在落月过程当中，之所以能够自主进行避障和选择着陆地点，主要得益于这些年来科学技术的整体发展，如图像识别、精密导航等。我们年轻的工程师们利用这些新发展的技术，成功实现了"嫦娥三号"软着陆。

我们也大量应用了路径规划、视觉导航等新知识，使得"玉兔"号月球车在月球上行走的时候，既可以由地面操控，也可以完全自主行走。此外，我们还第一次在飞行器上用了核同位素，使得我们的着陆器和月球车能够在月球上过夜。

上述这些新技术的运用，使得"嫦娥三号"在无人软着陆方面达到了世界先进水平。2013年12月15日，当月球车着陆月球的时候，我们都通过传回来的图像看到了它在月球表面留下了清晰的车轮印记,这是我们"中国智造"在月球上留下的首个印迹！

应该说，我国航天事业能够取得今天的成绩，和党中央、国务院领导对我们一贯的关心和支持是分不开的。每次有重点型号任务发射，无论前方或后方，一定会有党中央或国务院的领导在现场指挥和观看。在"玉兔"驶离着陆器踏上月球表面时，习近平总书记和李克强总理都来到飞控大厅现场观看，我还是第一次遇到这样的情况。

"嫦娥三号"获得了巨大的成功。但有点遗憾的是，"玉兔"在度过了第一个月球白天之后（地球的十四天），它进入了一次休眠，到第二个月球白天时，我们发现它不能走了，原因是驱动机构的电路出了问题。这给了我们很深刻的教训，原本一个很完美的事情最终留下了遗憾！由此看来，我们的工作还要做得更细、更加可靠，我们对月球环境的认识也需要更加深刻。吸取此次教训，我们在今后的月球乃至火星探测器的驱动机构上，都要采取更加可靠的措施。

在整个"嫦娥三号"发射期间，媒体给予了高度关注。这次媒体报道有一个很大的特点，就是很多媒体人完全用拟人化的手法报道"玉兔"每天的状态。"玉兔"很萌，他们这些人也很萌，后来这些年轻的"萌人"来到了我的办公室，我这才知道他们是由新华社的一批年轻记者组成的，我们团队有的年轻同志也参与其中。

到 2016 年 6 月 13 日为止，"玉兔"月球车和着陆器在月球上已经度过了 31 个月，也就是 31 个月球日。到目前为止，这是全世界人造飞行器在月球上创造的最长工作时间纪录，很了不起。

实现"嫦娥三号"这样重大成果的队伍，是一支很年轻的队伍，总指挥孙泽洲生于 1970 年，副总师们、主任设计师们也都很年轻，他们经过"嫦娥一号"的锻炼，获得了知识和经验，挑起了大梁。

我原本就是"嫦娥三号"的总师、总指挥顾问，航天科技集团公司为了加强"嫦娥三号"的工作，在马兴瑞总经理的建议下，又特别给我加了个头衔"'嫦娥三号'首席科学家"。我认为我没有辜负这一头衔。在日常工作中，我非常尊重年轻设计师的工作程序和各种决策，但是在重大关头我一定会站出来，帮他们挑担子。有这样两件事情让我记忆深刻，孙泽洲总师也深有同感。

一次是"嫦娥三号"在北京南部的朱庄试验场做试验过程中突然发生了问题,这个试验能不能继续往下走,对今后的工作影响很大,现场有的领导主张停止试验,年轻的总师难以决策。根据我的分析,我当时做出了三点判断:一是试验发生的问题是孤立的;二是采取措施后可以继续往下做,反而是为此不完成试验,将对整个"嫦娥三号"工作进度产生很大影响。三是这个试验即使发生问题,也不会影响整体。在这三点判断的基础上,我向领导提出了自己的建议:试验应该继续做下去。试验最终取得圆满成功。

还有一次是在发射场,发射前忽然发现有一台设备信号不正常,使得靶场指挥员对能不能按时发射产生了疑问和动摇。最后是在发射场和北京指挥部两地间召开视频会议。北京这边由原总装备部领导主持。我在现场做详细解释:这是X波段多路径干扰的结果,是现场塔架结构形成的一种客观现象,不是故障,过去不止一次遇到过,完全没有必要怀疑设备有问题,而且很容易就可验证。总装备部的首长听取了我的意见。后经试验证明,这确实是一个客观存在的现象。"嫦娥三号"最终得以按时发射,非常成功。

我作为"嫦娥三号"的顾问和首席科学家,在这些重大问题上都及时站了出来,以科学、以真理为依据,妥善处理了每件事情,给年轻的型号领导们撑了腰。

3. "嫦娥五号"任务正在进行时

正如前面所说,无人探月工程分"绕、落、回"三步走。在"嫦娥二号""嫦娥三号"研制的同时,我们也着手开始了"回"阶段的研制工作。"回"的核心是要从月球上采集月壤并带回地球,这个任务要由"嫦娥五号"来完成。

"嫦娥五号"是一个非常复杂的飞行器,由四个舱段组成:轨道器、返回器、着陆器和上升器。它首先飞到月球轨道,轨道器和返回器留在月球轨道飞行,而着陆器和上升器要降落到月球上。着陆器有两个机械臂,一个进行钻取,一个进行表取,采出来的月壤样品放在上升器中。月壤采取工作完成后,上升器在月面起飞,在月球轨道上与轨道器和返回器对接,并把样品转移到返回器里,然后由轨道器和返回器携带返回地球。在距离地球5 000千米的时候,轨道器和返回器分离,由返回器将样品带回地球。

整个过程中,许多任务都是我们的第一次。月面起飞上升,没做过;月面对接,可以借鉴载人航天工程经验,但情况又有所不同。困难更大、最没有把握的,就是从月球返回。返回器速度达到每秒钟11千米,这样高的速度,返回器能不能安全准确落到地球上成为关键。因此我们决定,先进行一次返回试验,这也就有了"嫦娥五号"试验器。

"嫦娥五号"试验器于2014年10月24日发射,用的是"嫦娥二号"的平台,加上了一个与"嫦娥五号"一模一样的返回器组成。在到达月球以后,它将绕过月球,按照预定轨道返回地球,来验证返回器能否安全返回。

在距离地球5 000千米的高空,轨道器与返回器分离,返回器进入大气层,弹跳起来,之后再次进入大气层,也就是俗称的"打水漂",我们称之为"二次弹跳"技术。返回当天,着陆点的风速是每秒2千米,着陆点偏差2.6千米。也就是说,如果没有风速影响的话,从40万千米的月球返回,将仅有600米的偏差,这充分验证了我们月球返回技术的可靠性。同时我们利用这个轨道器做了很多科学实验。如我们用GPS对天的漏信号,也进行了导航试验,并取得了成功,这意味着我们将来的高轨卫星,也可以利用导航进行定位。

现在我们正在进行"嫦娥五号"最后阶段的工作,如不出意外,2017年我们将会在海南文昌发射场,用"长征五号"火箭把"嫦娥五号"送到月球。它已经在2015年完成了发射场合练任务,我对"嫦娥五号"的成功充满了信心。

4. "嫦娥四号"要去月球背面

说到这里,大家一定会很奇怪,有"嫦娥三号",有"嫦娥五号",那么"嫦娥四号"呢?因为研制"嫦娥一号"的时候,制作了一个备份星,后来这就成了传统。"嫦娥三号"也有一个备份星,就是"嫦娥四号"。我们又遇到了与"嫦娥一号"当时一样的问题,"嫦娥三号"很成功了,"嫦娥四号"怎么办?

由于有"嫦娥二号"的经验,不发射"嫦娥四号"的意见很快就消失了。

那么究竟要怎么发射？一部分认为应求稳，把"嫦娥四号"发射到月球正面，有经验，有把握，但包括我在内的一部分人认为，不要做重复的事情，要做就做点新东西，我们主张把"嫦娥四号"发射到月球背面去。

目前还没有一个国家有飞行器在月球背面软着陆。月球背面的知识都是飞行器绕到背面获得的，我们从没有就地获得过任何知识。只要去，就是世界第一次，就会有新发现。但是落到月球背面，也有一些技术挑战。最主要的就是，我们是看不到月球背面的，那么就带来了一个问题，探测器落到月球背面后，无法与地球通信，这就要求发射中继通信卫星，但这会带来新的花费，也存在一定的技术风险。

落在哪里，有争论，而且在一段时间内，要落在月球正面的意见占据了主导地位。2015年的一个星期六，在国防科工局探月中心召开了一次重要会议，我受邀参加。会议主持者实际上是带着预定想法来的。在经过一阵讨论以后，他们决定写会议纪要。纪要的主要精神就是：经过讨论，与会人员"一致同意""嫦娥四号"落在月球正面。对此纪要，我是持保留态度的，我在会上做了一个发言，主要讲了两点内容：第一，我服从领导的决定，领导定了去哪，我们这支研制团队都会努力完成，并且圆满完成；第二，落在月球正面，我个人不同意此方案，所以，我也不会在纪要上签字。

与会领导最终还是听取了不同的意见，又经过了一段时间的论证，大家意见逐步达成一致，决定要把"嫦娥四号"发射到月球背面去。同时，我们要自主研制一颗中继通信卫星，将其发射到月球—地球的拉格朗日二点，利用其解决月球背面与地球的通信问题。

由于"嫦娥四号"探测目标发生改动，还需要准备一颗中继星，所以预计在2018年发射。

5. 火星探测项目正式启动

其实，即便是落到了月球并取样返回，我们也始终没有走出地球，因为月球是地球的卫星，我们并没有开始真正的行星际探测，只是为其做准备。我们一定要走出地球，走向行星际。近年来，我们一直设想着要进行火星探测。

实际上从"嫦娥一号"开始，我们就同步开始了火星探测的论证，论证走过了一段非常艰难的道路。

反复论证了多次，实施方案一变再变，抓总单位从航天科技集团五院变成上海航天技术研究院，最后又落到五院身上，可以说历尽坎坷。但通过论证，我对深空探测工作有了更加深刻的认识：一是任何事都要有坚韧不拔的精神，不管结果如何，我们火星论证队伍始终没有散，而且坚持走和外国人不同的道路；第二，不管抓总单位是谁，只要火星探测是中国人的事情，我们都应该支持，所以即便在兄弟院负责抓总的时候，我们也一刻没有放松。

现在国家已经把空间基础设施和深空探测作为"十三五"重大专项开始实施。由于我们始终没有放松火星探测的基础研究和预先研究，也始终保持着这支队伍，所以我们才最终有了一个好的结果。什么结果呢？年初国家有关部门刚批准这个项目立项，到6月份我们就完成方案设计，可以转初样了。

根据现在火星探测论证方案，我们采用了世界上独一无二的方案。有的国家是火星环绕探测，有的国家是落到火星，我们的方案是一次完成三件事情：一是绕火星探测，不仅是对赤道一带探测，而且是对火星全球的探测；二是我们的进入器要落在火星上；三是我们的火星车要在火星上巡视勘测。这是其他国家从来没有做过的，而且我们在科学目标和其他工作方面，也在积极谋划一些新目标。

由于到火星要20多个月才有一次发射机会，尽管已经有了这么多的准备工作，我们还是要等到2020年才有机会发射。这样，我们就可以在建党100周年——2021年的时候，让我们的火星探测器飞到火星。

现在，我们可以这样说：我们已经开始了行星际探测，因为我们的目标是火星。

6. 青年人才培养

我认为航天每次完成任务，取得科技成果是非常重要的，但最令人欣慰的，还是看到我们一批又一批青年人在成长。所以这些年以来，我花了非常大的精力关注如何培养年轻人、如何造就一支过硬的航天人才队伍。我既

让他们挑担子，又给他们表演的舞台和应得的荣誉，不断激励着年轻人队伍。

这些年来，除每次完成重大任务后，由国家层面、部委及集团授予的不少荣誉外，经过我的推介，他们中的不少人从其他渠道获得了很高的荣誉。我所推荐的人都是我熟悉的，他们是在航天任务、基础研究中，特别是探月工程中做过重要贡献的年轻人，当然也有个别中年骨干，对他们的推荐我心中有底。如总体部的黄江川获何梁何利奖；孟林智获得了"全国青年科技奖"；孙泽洲总师获得了"2016年光华青年奖"；兰州空间技术物理研究所的成永军获得了"陈嘉庚青年科技奖"；空间电子信息技术研究院的崔万照获该奖提名人；北京卫星制造厂的女青工郝春雨获"中华技能大奖"等。这几年，我还为研制队伍中能把自己的体会、成果上升到"理论和系统"的中青年杨建中、贾阳、张熇、张洪华等人做了出书推荐，或为部分书籍写了序。在我的积极推荐下，北京控制工程研究所和北京东方计量测试研究所的两项专利获得了"专利金奖"。最值得一提的是，我作为《中国科学·科学技术》编委，成功地在这本中国科学最高等级的杂志上，为我们五院型号队伍开辟了多期专栏，报道了"嫦娥二号""嫦娥三号""嫦娥五号"试验器等型号的技术成就：三期共20篇文章报道了"嫦娥二号"的技术成就；三期3个专题共18篇文章报道了"嫦娥三号"的技术成就；两期2个专题共23篇文章和英文版4篇文章报道了"嫦娥五号"试验器的技术成就；还有一期1个专题报道了神舟飞船的交会对接技术，实现了双赢。刊物得到了一批国内高水平的研究成果文章，一批年轻人也有机会在中国科学刊物上发表自己的成果。其中我本人以第一作者撰文两篇。

经我与《中国科学·科学技术》编辑部的沟通、策划，2016年为"嫦娥四号"和火星探测发表文章两篇，以后再陆续组织策划新的专栏。

这支年轻的团队，通过努力得到了成长，更重要的是，航天科技领域有了一支素质过硬的队伍。我们参加过"嫦娥一号""嫦娥二号""嫦娥三号""嫦娥五号"研制团队，获得了"全国科技创新团队奖"，这是航天科技集团的第一个。评奖过程的每一次答辩都是我自己去完成的。本来我力推孙泽洲为这个团队第一完成人，但后来大家还是把我放在了这个位置上。

7. 热心科普活动

这些年来，作为科学院学部教育与科普委员会的委员、中国科协的成员，我始终关心和积极参与科学普及活动。我认为，一个民族素质的提高与科普有很大关系。尽管工作很忙，年纪也不小了，但我还是尽可能地在全国范围内，努力进行航天科普活动。

这几年来，围绕中国探月工程、人类为什么要开展航天活动、小行星探测的意义以及中国空间技术的发展等主题，我先后在大学、部队、科协、中学、一些城市文化大讲堂等处进行科普讲授，每年数量都在20场左右。由于大家关心航天，加上我的科普报告有很多航天人和青年人的故事，所以普遍反响很好，很受听众欢迎。有时报告厅不够大，人们只好坐在走道上、阶梯上，且秩序很好，互动也很热烈。由此，在2014年，经中国科协主要领导推荐，我获得了中国科协颁发的"科技发展贡献奖"。

8. 严格质量把控

作为"嫦娥一号"的总设计师、总指挥，以及"嫦娥二号""嫦娥三号""嫦娥五号"的总设计师顾问、总指挥顾问和首席科学家，我把主要精力都放在了质量控制上。在不当总师而当顾问以后，更是如此！我对所有质量关键节点都高度关注，尤其是质量归零问题，事必躬亲，力争帮助现任总师减轻负担。不仅在研制过程中不敢掉以轻心，每次发射，都必去现场，多次带病在发射场和年轻同志一起工作（由于基地气候，我几乎每次去腰病都会犯得很厉害），"捕风捉影"地盯紧质量环节。由于发射日期的关系，在靶场度过国庆、中秋成了常态。2014年，我和孙家栋院士一起作为十个代表人物中的两个航天人，获得了2014年度国家"年度质量人物"荣誉称号。

9. 眼光看得更远些

作为一名科技工作者、一名院士，既要完成当前任务，又要站在国家的高度、立足国际上航天发展趋势而着眼长远。我现在把主要精力放在了考虑航天事业的未来发展上。在当前我所考虑的问题中,有几个问题是摆在首列的。

一个重要问题是,我们五院作为空间技术研究院,多年来一直注重空间技术发展,但在空间科学研究方面几乎是空白。我们充其量是为他人做平台,在空间科学目标提出、空间任务的规划上,我们没有自己的见解和建议。2015年年底,我把中国科学院关于空间科学发展的一份报告连同我的意见一起报给了五院院长。院长很重视,专门做了批示。这半年来,五院在如何大力推动空间科学发展方面进行了研究,院科技委还成立了空间科学专业组。我院同志在配合科工局做好空间科学"十三五"规划的同时,开展了五院空间科学如何发展的专门研究。这与完成某个空间科学任务性质不一样,空间科学必须有自己的打算,必须有自己的发展蓝图,我带着大家在做这个课题,努力为五院空间科学发展找出一条道路。我们的核心思想有以下几条:第一,空间科学和空间技术应当同步发展;第二,五院必须有创新意识,提得出我们自己的空间科学目标;第三,我们一定要实施我们自己能够主导的既有空间科学又有空间技术的任务;第四,这种设想和布局应该是长期的,而且不应该是孤立的,应该联合全国各方面的力量。现在这个研究课题正在进行当中,研究的结果也随时落实到当前工作中去。

我在考虑的另外一个重要问题是,在习近平总书记的讲话中,提到了创新的重点是物质结构、宇宙演化等,而要搞这些方面的研究,争取有创新成果,空间探测的手段是非常重要的。我们到现在对很多基础性问题都不是很清楚,一定要开展进一步的空间研究,尤其是深空研究。

国家"十三五"规划重大项目之一是空间基础设施和深空探测,深空探测不仅是指火星探测。我认为,我们下一步的重点要放在小行星研究和探测上。小行星探测是有很大科学意义的,对于人类安全和未来发展也有重要意义,所以这几年来,我利用院士课题经费,先后完成了《小行星资源开发与利用技术研究报告》《小行星检测预警与防御技术发展研究》《小天体探测策略研究报告》等系列报告,并向上级有关部门提交了综合报告和建议,建议的核心就是尽快制定小行星探测计划,实施工程立项。我认为这是当前深空探测一个新的方向,我们必须抓牢不放。所幸的是院领导非常关心和重视这一建议,很快就专门听取了汇报并安排了下一步行动。

再有一个就是我们现在开展的都是无人深空探测项目,但人是一定要介入的。我们到现在为止,还没有实现载人登月。但我相信,中国人一定会实现登月,再而走向行星际有人探测。

因此我们需要考虑,将来有人参与的话,会产生哪些问题。我牵头做了一个科学院资助的课题"有人参与深空探测任务面临的风险与技术挑战"。这个课题主要研究以下问题:第一,人"怎么去""怎么登""怎么回"这一系列问题;第二,人去了以后如何住下来的问题;第三,人在地外天体如何工作的问题;第四,人在地外天体生活、工作、健康如何保证的问题。同时,我们还理出了解决这些问题的技术途径和学科发展方向。这个研究得到了科学院、军委装备发展部和载人航天办公室的高度关注,《载人航天》已发专门论文,在2016年8月成书出版。

10. 叶培建星

2017年5月8日,在北京航天城会展中心报告厅,隆重举行了"叶培建星"命名仪式。参加仪式的有航天界同仁,中国科学院学部工作局、国家天文台、紫金山天文台等单位的领导和专家,江苏泰兴市、浙江大学、湖州中学的领导,以及新华社、CCTV等新闻单位的朋友。仪式上,宣布了国际小行星中心2017年1月的公告:"叶培建,1945年出生,中国科学院院士,空间飞行器和信息处理专家,鉴于他在中国遥感卫星、月球和深空探测及空间科学方面的开创性贡献,特将由中国紫金山天文台发现的456677号小行星命名为'叶培建星'。"同时紫金山天文台颁发了证书:"谨以我台发现的国际编号为四五六六七七号的小行星誉名为'叶培建星',刊布于世,永载史册。"仪式上,各方来宾都对这一命名表示了热烈的祝贺!我也在大会上发表了感言:这个荣誉是对我的嘉奖,也是对中国航天人、中国人的嘉奖,我一定会珍惜这一荣誉,做好今后的工作。当前主要任务就是把"嫦娥四号""嫦娥五号"和火星的事做好,早日实现我国无人探月的三步走——绕、落、回;在世界上第一次实现月背软着陆和在建党100周年时完成中国的第一次火星探测任务。

令我感动的是国家天文台的同志们专门为我制作了一件礼物，是一个透明的玻璃立方体，里面雕刻着太阳系的运行图，有太阳、地球、火星，等等，图中各天体以及456677小行星的运行轨道和位置就是我出生那天的实际状况。这件礼物的用意深刻，令我非常感动！

仪式后，新华社、CCTV的记者们做了一些采访。事后，在一些国内媒体及浙大校刊、湖州中学报上都作了相关报道，许多同学、好友也发来祝贺的信息。事实上，由于国际公告一月份就已发布，紫金山天文台、泰兴市委等部门和个人早已得知这个消息，他们就已发来了贺信、贺电，撰写了一些报道。这一切都是对我的鞭策，鼓励我只能在今后做得更好，永不松懈。

11. 其他

在月球探测工程上，我们与香港、澳门有关方面有着很好的合作。在"嫦娥五号"取样装置上，因为我们与香港理工大学各有优势，于是就邀请他们参与到这个工作中，他们的教授和年轻人都非常热心并且努力。澳门科技大学利用我们月球探测的数据进行分析，获得了一批在国内外很有影响的成果。

我本人多次在香港和澳门作报告和讲学。2016年3月，澳门科技大学授予我荣誉博士学位；香港理工大学2016年11月授予我荣誉博士学位。通过这些活动，加强了我们的联系。更重要的是，我们有机会和港澳的教师、年轻人接触；能够把自己的命运和国家结合起来，对于年轻人而言，很有好处。

我在全国政协的讨论会上讲了这些感受。大家都认为，这种民间的接触是非常必要和有效的，将来还要继续加强这方面的接触。如果台湾有青年学者能参加我们的工程，我们也应该给这样的机会。

我担任了第十一届和第十二届全国政协委员，2018年就满十年了。在第十二届政协委员的这几年中，我积极参政议政，提了不少提案。

首先，"如何加强国防意识，保护太空权益"就是我多年努力呼吁的提案。我们祖先缺乏海洋意识，带来现在很多海洋问题。我们用长远眼光看太空，我们今天不去，很可能将来想去也去不了。我们应该吸取以前缺乏海洋意识带来的教训，从现在起就高度关注"太空"。

航天要发展，必须有顶层设计，制定好路线图，一步一步坚韧地走下去，这是我关注的第二个提案。

以上提案都与工作有关。除此以外，我还比较关注民生，比如公园跳广场舞这个热点，在前段时间引起了广泛的社会讨论，我为此专门到紫竹院公园进行调查，与公园领导进行交谈，就如何实现公园内各有所需、各有所得、和谐相处提出了自己的意见与建议。同时，作为政协科协界的委员，也和中国科协的同志参与了"如何发挥知识分子作用""保障知识分子健康"等专题的调研。自认为两届政协委员做下来，还是合格的。

近八年来，我担任了两届中国科学院技术科学部常委、副主任，一届主席团成员，应该是尽责尽力的。白春礼院长对我在主席团的工作有很中肯和正面的评价。这些工作虽然占用了不少时间，但自己也得到了不少锻炼，特别是这一届主席团完成了院士选举制度改革，难度大、工作量大，但效果还是很好的。我也参加了特设的"国防推荐小组"，这是第一次成立，实践证明还需要改进。遗憾的是，这些年来虽然各方面，包括集团、院各级领导和机关，当然也包括我们学部的航天院士的努力，我们学部没有增选一名来自航天部门的院士。其原因是多方面的。原国防科工局局长马兴瑞同志曾对我说过他的分析，我认为是有见解的。其实，我认为我们有几个候选人还是很有实力的，但学部的先生们对大工程中"成果"和候选人的"个人贡献"认识还存有较大分歧。

第二篇
媒海掠影

1. 中国卫星首席专家登台亮相
——太阳轨道遥感系列卫星首席专家叶培建

目前担任着我国正在研制的"资源二号"卫星总设计师的叶培建，以他的执着正日夜在卫星研制的第一线劳作，他不仅要负责组织指挥，而且要随时解决研制中遇到的各种技术难题，因为首次研制的这种卫星技术难度大，而且用户的要求高。

53岁的叶培建1967年毕业于浙江大学无线电系，1968年被分配到北京卫星制造厂任技术员。1978年考取研究生，1980年7月赴瑞士留学，获工学及科学博士学位，通英文、法文。1985年归国后，从事卫星控制系统、机器人视觉及计算机应用工作，历任研究室主任、中国空间技术研究院计算机技术副总师、总师，现任院科技委员会常委、院长助理等职。1990年破格晋升为研究员。1987年起，先后培养硕士研究生、博士研究生十余名。1993年以来，先后担任国家重点卫星型号副总设计师、总设计师兼总指挥。近年主持和参与的"深圳股票交易卫星VSAT网""火车红外热轴探测系统"等项目获部级科技进步一等奖。同时，他还先后在国内外学术会议和杂志上发表论文50余篇。

原载　1998年5月《航天》

2. 应用卫星　造福人类
——专家细说中国应用卫星的开发和利用

潘恒年

"除军用卫星外，任何卫星都与大众的生活息息相关，都能为改善人类的生活质量效力。"这是中国空间技术研究院卫星总设计师叶培建接受本报记者采访的"开场白"。

中国的卫星科学研究侧重点在应用卫星方面。多年来，通信卫星、气象卫象、返回式卫星、对地观察卫星、科学试验卫星，已经为中国的经济建设和改

善人民的生活质量，发挥了巨大的作用。

千里通话　近在咫尺

这位研究应用卫星有三十余年历史的专家，指着身边的电话机说，先举通信为例吧，若从成都铺设电缆到西藏，不仅要耗费大量的人力、物力、财力，而且很费时。采用通信卫星，从北京、珠海与西藏通话，便如同面对面讲话一样清晰。

在沙漠、海洋中，不易建发射站和铺设电缆。探险家、地质学家、考古学家、旅游爱好者，在人烟稀少的戈壁滩或沼泽地带，如何与后方联系？远洋捕捞、海上救援，怎样和陆地沟通？这些过去令人头痛的难题，有了通信卫星的帮助，便不难解决。待通信卫星网络全面覆盖后，人们便可以与地球上任意一个角落保持联系。从这个角度看，尽管中国的通信卫星已经发挥了很多作用，但还需大量"补课"。倘若中国通信卫星提前几十年进入太空，或许在沙漠考察失踪的科学家彭加木迄今依然健在。

时代在进步，社会在发展，公众在吃饱、穿暖的基础上，不断提出新要求，需要科学研究者去不断探索，以跟上时代的步伐，满足人们的愿望。如电视转播，在内地某个城市举办的大型文艺活动、体育盛事，或发生重要新闻事件，全国老百姓都是通过卫星实况转播观看的。

通信卫星在金融行业的应用，沟通了国内外证券市场。金融机构利用卫星为深圳股票交易所的各交易部建立的成交网络，已达三千个站，成为亚洲规模最大、世界最大型成交网络之一。

随着通信卫星的广泛运用，远程教育、远程医疗在内地部分大城市已经变成现实。近年来，北京、广州等城市一些医院的重要病案、重大手术，已借助远程医疗邀专家会诊，互商治疗方案，有些病例还与海外专家交换意见。专家们各抒己见，仿佛坐在同一间会议室那么直接、方便。远程会诊岂止节约资金，更重要的还为患者赢得了时间。可以相信，再过几年远程会诊及远程教育在全国各大城市的普及，将不是梦想。

气象卫星的应用，大大减少了中国自然灾害造成的损失，根据气象卫星提供的情报，气象部门在台风来临前，提前通知渔民进入避风港，台风登陆地区可以及时做好防范。根据气象卫星的数据分析，气象部门做出的近期、中期和远期预报，为农业、工业、交通运输和露天作业的行业提供了莫大帮助。在这些方面，气象卫星功不可没。

预测水情　减少损失

在今年长江大水暴发之前，科学家利用空间运行的气象卫星，大面积观测到水情和水文变化，及早做出了长江可能出现险情的正确判断，为政府提前防范提供了依据。否则，今年的洪涝损失不堪设想。

中国一些江河流域的许多观测站，处于某些险要位置，设置观测点后，不便派人"把守"。采集这类观测点的数据、信息，也要"仰仗"气象卫星专用通道。气象卫星将DCP数据采集平台采集的数据，反馈给气象部门，成为气象部门不可或缺的宝贵资料。

太空育种　农业增产

返回式卫星，为科学家对动植物进行太空试验提供的帮助也是不可低估的。到目前为止，中国科学家已借助返回式卫星，将小白鼠、小猴、小狗送入太空，观察它们在空间的情况，已获取不少宝贵资料。

利用返回式卫星，实施太空育种和太空药材研究，也取得一定成果。利用空间的微重力、微辐射等影响，将种子在空间存放一段时间后，经过重新培育，具有产量高、抗虫性好等特性。现时，经太空育种的小麦、青椒、西红柿等农作物正在栽培。物理学家利用返回式卫星研制新型半导体材料，也取得了成果。

返回式卫星还为测绘工作者作国土普查提供了精确的数据，尤其是对西藏、黄土高原、领海及岛屿的普查和测绘，达到了高效、省时、准确的良好效果。

此外，水利学家观察黄河入海口的变化，地质学家在沙漠寻找油田、矿藏，水利和地质学家选择大坝坝址，林业部门对森林实行防火监测，农业部门对农作物估产，都借助了应用卫星。可喜的是，近几年，地质学家利用资源卫星，

已经在塔里木盆地成功地找到了油田。

叶培建说,可以相信,伴随中国航天技术的继续提高,应用卫星还将为祖国、为人类做出更多更大的贡献。

原载 1998年11月19日《(香港)文汇报》

3. 叶培建才智尽现皆忠诚

命中注定的航天专家

50年代的西子湖畔一所部队小学校里,有一个不起眼儿的小男孩,叫叶培建,40年过去以后,这个不起眼的小男孩已经成为一名出色的卫星专家。

用叶培建自己的话说,他孩提时代,跑不快,跳不高,和小朋友在一起玩"官兵抓强盗"的游戏时,总是排不上"大王"和"二王",甚至"三王"都排不上,只配当小兵。上中学时就大不一样了,学习成绩跑在最前面,仅用两年时间就读完了初中的全部课程,被学校保送到浙江省湖州中学,这是全省乃至在全国都算一流的中学。上中学时他当过的最大官儿就是学习委员。年轻人本来就都有一颗不安分的心,那是风起云涌的日子,正是孕育年轻人美好理想的年代,叶培建的理想就是当一名外交家。

高中毕业时他的各门功课都很优秀,在填写大学志愿时,接受了军人父亲的教诲,父亲说:"国家正处于建设时期,很需要理工科人才。"而他想搞飞机专业,因此他填报了北航、南航等大学,然而却意外地被浙江大学录取了,后来才知道,这是因为当年浙江省把省内很多优秀的学生留了下来。

但他毕业的时候,还是被分配搞航天。他说:"这是缘分!"

心贴祖国的科学博士

1978年,国门刚刚打开,就撩拨起他继续深造的欲望,他太渴望再读一次书。就在这一年,他考上了中国计量科学研究院和502所两个专业的研究生,后来又通过了出国资格外语考试,赴瑞士纳沙泰尔大学微技术研究所读博士研究生。

瑞士的景致很美，瑞士的山高雪白，但这些都不能分散他读书的兴趣，他是一个要做学问的人。当时国外还不承认我国的大学文凭，他用很短的时间就通过了同等资格考试，获得了博士生资格。1982年《人民日报》在一篇文章中，曾介绍过他是如何通过语言关、资格关的。瑞士国土不大，教育却很发达，制度严格。当时邻国法国有国家博士、工学博士或科学博士、大学博士几项学位，而瑞士仅有一项——科学博士。1983年，他以一篇论文获得了瑞士纳沙泰尔大学颁发的等同法国科学博士的证书。但是他不满足，他要获得一个瑞士的科学博士。又经过两年的努力，他终于实现了这个目标。1985年，他获得了纳沙泰尔大学的科学博士学位，论文题目是"手写中文的计算机实时自动识别"。

在攻读博士学位时，研究所每半天有15分钟的休息时间，因为大家都在这个时间喝咖啡而被称为"咖啡时间"，这个时间也成了叶培建对各国同事宣传中国的时间。

20世纪70年代，中国已进入了改革开放时期，可是一提起中国，在西方人的概念里还是男人留着长辫子、女人裹着小脚的样子。叶培建庆幸自己有着博览群书的优势，他教同事们讲中文；向他们讲源远流长的中国历史，讲斑斓多彩的中国文化，讲美丽神秘的西藏，字字句句充满了对祖国的热爱，并渐渐有了一些影响。有一次还被邀请到瑞士一个协会为公众专题讲中国的西藏，那次演讲纠正了不少人原先对中国的错误概念。

他出国后有人议论：小叶出身干部家庭，父亲在"文化大革命"中被迫害致死，夫人也已出国，他不会回来了。但五年后的1985年8月，他刚刚完成学业，就踏上了祖国的热土地。他说他要把自己所学尽快用在中国的建设事业上。

他出国后所想的就是为祖国的强盛做贡献。异国的环境、异样的风情成为他骨子里与生俱来的中华情结的最好背景。瑞士一家报纸曾写过他的专访。报道中说：他从不去酒吧，偶尔打打乒乓球。他说他不喜欢酒吧的气氛，也不大看电影，他把周末的时间都用于看书和工作。记者问他："为什么要这样

下功夫?"他说:"中国那么多人,而派我出来学习,已经为我付出了很多,我知道肩上的担子有多重,我应该努力,为国家做些事情。"他的努力刻苦是出了名的。多年以后,当五院教育处长冯合献访问纳沙泰尔大学时,学校的人还向他介绍叶培建努力学习的事情。

敢吃螃蟹的"知本"富翁

回国后他先是在502所工作,马上参加了"火车红外热轴探测系统"的开发,为铁路运输提供现代化的设备。当时的条件很差,他和技术人员一起背着仪器乘火车,在晋煤外运的线路上,一站一站地采集数据,修正模型。没有信息网络就利用铁路电话线传输数据构成系统。后来这个项目成为502所的拳头产品,创造了可喜的经济效益。

1995年,他作为技术负责人参加了深圳股票VSAT网的设计,这是卫星应用技术的一个开拓性项目,因此他成为我国卫星应用领域里"第一个吃螃蟹的人"。利用卫星做股票交易,这个项目取得了显著的经济效益和社会效益。"深圳证券卫星通信双向网"1997年获部级科技进步一等奖。深交所曾以年薪40万元的高价聘请他,却被他谢绝了。为了这件事,五院原副院长李祖洪经常对年轻人说:"你们这个叶总啊,要不是为了卫星上天,早就是腰缠万贯的百万富翁了。"每当听到这话,他总是接上一句:"我们家三个兄妹中,我虽然收入最低,但学历最高。"当时,面对月收入2 000多元和年薪40万元的数字之差,他心如止水。

他任院计算机工程总师十多年来,五院计算机应用从设计、制造、生产到管理全面开展。他成为五院CAE技术的奠基人之一。科技集团公司CAE总师梁思礼院士曾经评价说:"五院计算机工作开展得很好,真正在型号中发挥作用了,是几个院里首先上互联网的单位。"

看书多是他最突出的特长,而记忆力好可以算是由此而引申的一个特点了。他的家中藏书近千册,尤爱读史书和人物传记。《二十五史》《百科全书》这样大部头的书他存有上百部。读史令人明鉴,也许正是史书客观写实的一面,培养了他实事求是的人生态度,以至影响到他的为人处世。

超凡的记忆和流利的口才使他具有一副学者风范。作为中国科协高技术报告团成员，他经常把航天知识、卫星应用以及计算机知识向大众传播。他曾在北京市科委干部进修学院演讲 6 次；他给部队指战员讲；给贫困山区的干部和孩子们讲；给中学生讲；配合国际和平周，给北大、人大、理工大的学子们讲；给安徽蚌埠市全体干部讲；在中央电视台讲；1999 年，他在中央党校给全体学员讲《航天与人类》，受到了高度赞扬。而所有这些活动都安排在周日，因为他太忙，只能用自己的休息时间。

爱上"第一"的卫星总师

1992 年，叶培建任"中国资源二号"卫星有效载荷副总师，开始了他领导卫星研制工程的历史。1996 年，他担任了"中国资源二号"卫星的总师兼总指挥。"中国资源二号"卫星属传输型对地观测卫星，在我国国民经济各行业的发展中有其广泛的作用。这颗卫星的技术起点高、研制难度大。用航天科技集团公司马兴瑞副总经理的话说，在我国已有的卫星中，这颗星是"最大、最重的星，具有最高的分辨率，最快的传输速率，最高的姿态精度，最大的存储量"。他凭着扎实深厚的理论功底和不耻下问的精神，很快就进入了状态。从此以后，在两院院士闵桂荣的带领下，他们开创了好几个第一。

这颗星第一个实现了星地一体化设计，这意味着在卫星研制中不仅要对星体本身的技术负责，还要对地面应用系统的集成技术负责；这颗卫星还第一个进驻北京唐家岭航天城，因此研制队伍成为中国空间技术研究院实体化改革以及 AIT 一体化的第一批实践者。

在卫星型号研制管理过程中，他是第一个实践把电测与总体分开的总师，为测试队伍专业化打下了基础。他又第一个提出在卫星进入发射场前要进行整星可靠性增长试验，把问题彻底解决在地面。

这诸多的"第一"实践充满艰辛，这些难度的跨越无疑是对他的能力和水平进行了一次又一次的考验。2000 年 9 月，"中国资源二号"卫星发射圆满成功，并按时在轨移交，至今发挥了重大作用，得到了用户和上级的好评，2001 年，这颗卫星被授予国防科工委科技进步一等奖。他成功了。

走在路上

作为总师,他对卫星研制技术工作要求精益求精,抓大也抓小,甚至细化到卫星的各级技术状态。他常说:对质量问题就是要"捕风捉影",才能亡羊补牢。集团公司质量部的人员说:"中国资源二号"卫星的质量透明度是最高的。他经常说的一句话是:"人家是一个脑袋两只手,我们也是一个脑袋两只手,人家能干成的事,我们也一定能做到!"

作为"两总"的叶培建,对队伍的管理以严格著称,了解他的人都知道,他说话办事从来都是直来直去。每天他总是提前半小时到办公室,把一天的工作按顺序列出;每逢节假日,他总是要到试验现场转一转,2000年的"五一"节,七天假,他和试验队一起加了五天班。他注重队伍的精神状态,在试验队里开展了"温暖工程",队员的个人需求,他都要尽力满足,为他们排忧解难。

在靶场,他创造性地执行五院徐福祥院长关于型号研制的两个令,制定了一系列规定。为了强化"电测"这一关键工序,他编成"十好歌"在队员中广为传诵:

> 思想状态精神好,
> 岗位责任落实好,
> 口令应答准确好,
> 操作执行无误好,
> 判读数据及时好,
> 表格填写规范好,
> 班前班后会开好,
> 计划调度有力好,
> 问题归零认真好,
> 政策兑现大家好。

电测工作既是主线,又是要求,"十好歌"贯穿和浓缩了工作的全部内容,朗朗上口。

但他也是一个普通人,有他的苦恼与悲伤,近来大家都在为他夫人的不幸去世深感震惊和惋惜，但我们祝愿他能早日走出生活的阴影，重振精神，以更辉煌的成绩报效祖国，告慰夫人在天之灵！

"思得壮士翻白日，光照万里销我之沉忧。"中国入世后，叶培建作为中青年航天技术专家，深感肩上担子的分量，他已经把身心融入祖国的命脉之中，他要以自己的忠诚为泱泱中华的神采着色！

原载　2002 年 1 月 23 日《中国航天报》

4. 道尽才智皆忠诚——卫星专家叶培建
大　愚

他年轻时最想当一个外交家，却不料把卫星送上了天。

在月收入 2 000 多元和年薪 40 万元的数字之差面前，他平静如水。

他编的"十好歌"在中国"资源二号"卫星的型号研制队伍里人人皆知。

超凡的记忆，常常搞得年轻学子们说"汗颜"。

想当外交家，却干上了卫星的行当

20 世纪 50 年代的西子湖畔一所部队小学校里，有一个不起眼儿的小男孩，叫叶培建。40 年过去以后，这个不起眼的小男孩已经成为一名出色的卫星专家。

用叶培建自己的话说，他孩提时代，跑不快，跳不高，和小朋友在一起玩"官兵抓强盗"的游戏时，总是排不上"大王"和"二王"，甚至"三王"都排不上，只配当小兵。上中学时就大不一样了，学习成绩跑在最前面，仅用两年时间就读完了初中的全部课程，被学校保送到浙江省湖州中学，这是全省，乃至在国内都算一流的中学之一。上中学时他当过的最大"官儿"就是学习委员。年轻人本来都有一颗不安分的心，那是风起云涌的日子，正是孕育年轻人美好理想的年代，叶培建的理想就是当一名外交家。

高中毕业时，他的各门功课都很优秀，在填写大学志愿时，父亲说：国家正处于建设时期，很需要理工科人才。而他想搞飞机专业，因此他填报了北航、南航等大学，然而却意外地被浙江大学录取了，后来才知道，当年浙

江省把省里很多优秀的学生留了下来。

但他毕业的时候,还是分配搞航天。他自己说:这是缘分!

读一个瑞士科学博士

1978年我们国家打开了开放之门,撩拨起叶培建继续深造的欲望,一年里考取了中国计量科学研究院和控制工程研究所两个研究生,后来又通过了出国资格外语考试,赴瑞士纳沙泰尔大学微技术研究所读博士研究生。他做习题、写论文就好像是信手拈来。其实他除了勤奋外,归功于有一个好脑瓜子。

说到叶培建的记忆,他原来工作过的单位还流传过一个小段子。话说"文化大革命"时期,大学《毛主席语录》。那时的叶培建风华正茂,读书能过目成诵,谈吐如行云流水。有一天开会,他在下面翻一本书,被发现,点名站起,令其背出语录中指定一页的指定一段。周围人为他捏了一把汗,只见他从容站起,一个结巴不打,顺口背出,惊得四座瞠目结舌。

有一回他和几个年轻人出差,坐火车,谈起了《水浒》,他居然把其中百十个人物的来龙去脉,甚至绰号都流利道来,除了对人物以及情节准确、超强的记忆外,其对内涵的理解同样令人折服,搞得几位学子回来后直说"汗颜"。

瑞士的景致很美,山高雪白,但这些都不能分散他读书的兴趣,他是一个要做学问的人。当时国外还不承认我国的大学文凭,他用很短的时间就通过了同等资格考试,获得了博士生资格。1982年《人民日报》在一篇文章中,曾介绍过他是如何通过语言关、资格关的。瑞士国土不大,教育却很发达,制度严格。当时邻国法国有国家博士、工学博士或科学博士、大学博士几个学位,而瑞士仅有一项:科学博士。1983年,他以一篇论文获得了瑞士纳沙泰尔大学颁发的等同法国科学博士的证书。但是他不满足,他要获得一个瑞士的科学博士。又经过两年的努力,他终于实现了这个目标。1985年他获得了纳沙泰尔大学的科学博士学位,论文题目是"手写中文的计算机实时自动识别"。

"咖啡时间"讲中国

在攻读博士学位时,研究所每半天有15分钟的休息时间,因为大家都在这个时间喝咖啡而被称为"咖啡时间",这个时间也成了叶培建对各国同事宣传中国的时间。

20世纪70年代末,中国已进入了改革开放时期,可是一提起中国,在西方人的概念里还是男人留着长辫子、女人裹着小脚的样子。叶培建庆幸自己有着博览群书的优势,尤其是喜读史书的长项,在他这种传播中国文化的活动中起到了决定性的作用。他教同事们讲中文,向他们讲源远流长的中国历史,讲斑斓多彩的中国文化,讲美丽神秘的西藏,字字句句充满了对祖国的热爱,这种感情让人真切地感到他内心深处民族精神的炽热情怀。渐渐地有了一些影响,有一次还被邀请到瑞士一个协会为公众专题讲中国的西藏,那次演讲纠正了不少人原先对中国的错误概念。

当然,在"咖啡时间"的其他时间里,他也不放过宣传中国的机会,如有小看中国的人,他还要进行反驳。在一次用餐的时候,一位在瑞士留学的外国学生边吃冰激凌边问:"叶,你们中国有冰激凌吃吗?"他觉得这话很刺耳,就回敬了他:"我们的祖先在2 000年前知道用冰保存食物的时候,你们的祖先可能还没有穿衣服呢!"话虽刺耳,却充满着对祖国母亲的爱戴。

道尽才智皆忠诚

他出国后有人议论:小叶出身于干部家庭,父亲在"文化大革命"中被迫害致死,夫人也已出国,他不会回来。但5年后的1985年8月,他刚完成学业,就踏上了祖国的热土地。他说他要把自己所学尽快用在中国的建设事业上。

他出国后所想的就是为祖国的强盛做贡献。异国的环境、异样的风情成为他骨子里与生俱来的中华情节的最好背景。瑞士一家报社曾写过他的专访,报道中说:他从不去酒吧,偶尔打打乒乓球。他说他不喜欢酒吧的气氛,也不大看电影,他把周末的时间都用于看书和工作。记者问他:"为什么要这样下功夫?"他说:"中国那么多人,而派我出来学习,已经为我付出了很多,我知道肩上的担子有多重,我应该努力,为国家做些事情。"他的努力刻苦是出了名的。多年以后,当五院教育处长冯合献访问该校时,学校的人还向他

介绍叶培建努力学习的事情。

洋博士背着仪器乘火车

回国后,他先是在控制工程研究所工作,马上参加了"火车红外热轴探测系统"的开发,为铁路运输提供现代化的设备,这在当时是一个开创性的科技项目。在这个项目中,他确定了轴承滚动与滑动的模式区别方法,并编制出软件。当时的条件很差,他和技术人员一起背着仪器乘火车,在晋煤外运的线路上,一站一站地采集数据,修正模型,没有信息网络就利用铁路电话线传输数据构成系统。后来这个项目给我国铁路运输行业带来了长足的发展,成为控制工程研究所的拳头产品,创造了可喜的经济效益,"HBDS-1型第二代车辆热轴探测系统"1989年获得了部级科技进步一等奖。

卫星应用中"第一个吃螃蟹的人"

1995年,他作为技术负责人参加了深圳股票VSAT网的设计,这是卫星应用技术的一个开拓性项目,虽然其不是型号主战场,却为五院卫星工程这个主战场的大战役打下了应用基础。因此他成了我国卫星应用领域里"第一个吃螃蟹的人"。利用卫星做股票交易,这个项目推进了五院在卫星通信、网络等技术方面的市场开拓,取得了显著的经济效益和社会效益。"深圳证券卫星通信双向网"1997年获部级科技进步一等奖。深交所曾以年薪40万元的高价聘请他,却被他谢绝了。为了这件事,五院的原副院长李祖洪经常对年轻人说:"你们这叶总啊,要不是为了卫星上天,早就是腰缠万贯的百万富翁了。"每当听到这话,他总是接上一句:"我们家3个兄妹中,我虽然收入最低,但学历最高。"当时,面对月收入2 000多元和年薪40万元的数字之差,他平静如水。

他任院计算机工程总师十多年来,五院计算机应用从设计、制造、生产到管理全面开花,由于起步较早,工作进展较顺利,还培养了一批计算机人才,他成为五院CAE技术的奠基人之一。集团公司CAE总师梁思礼院士曾经评价说:五院计算机工作开展得很好,真正在型号中发挥作用了,是几个院首先上互联网的单位，同时也为星上计算机软件的设计和优化提供了手段和条件，主要从两个方面体现出来：一是"九五"期间五院的计算机水平普遍提高；二是在计算机领域涌现出一批突出人物。去年，集团公司召开了 AVIDM 现场会，张庆伟总经理给予了很高的评价。

"第一"的艰辛和自豪

1993 年，叶培建任"中国资源二号"卫星有效载荷副总师，开始了他领导卫星研制工程的历史；1996 年，担任了"中国资源二号"卫星的总师兼总指挥。"中国资源二号"卫星属传输型对地观测卫星，在我国国民经济各行业的发展中发挥了广泛的作用。这颗卫星技术起点高，研制难度大。用航天科技集团公司马兴瑞副总经理的话说，在我国已有的卫星中，这颗星是"最大最重的星，具有最高的分辨率，最大的传输速率，最高的姿态精度，最大的存储量"。他凭着扎实深厚的理论功底和不耻下问的精神，在很短时间内就进入了角色。从此以后，在工程总师闵桂荣的带领下，他与他的战友们披星戴月开创了好几个"第一"。

"中国资源二号"卫星在我国卫星研制生产史上第一个与用户签订研制生产合同，这意味着我国的卫星制造业由过去的计划经济型向市场经济的进一步转轨；这颗星还第一个实现了星地一体化设计，这意味着在卫星研制中不仅要对星体本身的技术负责，还要对地面应用系统的集成技术负责；这颗卫星还第一个进驻北京唐家岭航天城。因此研制队伍成为中国空间技术研究院实体化改革以及 AIT 一体化的第一批实践者。

在卫星型号研制管理过程中，他是第一个实践把电测与总体分开的总师，为测试队伍专业化打下了基础。他又第一个提出在卫星进入发射场前要进行整星可靠性增长试验，把问题彻底解决在地面。

这诸多的"第一"实践充满艰辛，这些难度的跨越无疑是对他的能力和水平进行了一次又一次的考验。在 2000 年 9 月，"中国资源二号"卫星发射圆满成功，并按时在轨移交，至今发挥了重大作用，得到了用户和上级的好评，2001 年这颗卫星被授予国防科工委科技进步一等奖。他成功地向培育他的祖

国和人民交上了一份满意的答卷。

入世后的中国,把对航天技术的要求推到了一个新的起点,卫星及卫星应用领域也在不断扩大。叶培建作为1949年以后的一代中青年航天技术专家,深感自己肩上担子的沉重,他已经把身心融入祖国的命脉之中,他要以自己的忠诚捍卫巍巍九州的永久和平,以自己的才智为泱泱中华的神采着色!

原载 2002年4月《国际人才交流》

5. 冲刺时刻方显总师本色

许 斌

10月26日是"长征四号乙"火箭发射"中国资源二号"卫星的前一天。在太原卫星发射中心,弥漫着紧张的气氛。清晨,一周来阴霾多雪的天气突然放晴,前一日还浓云密布的天空变得晴空万里,使人的精神为之一振。此时,"长征四号乙"火箭总师、总指挥李相荣,"中国资源二号"卫星总师、总指挥叶培建心头的压力是不言而喻的。为了此次的发射成功,他们各自带领自己的队伍,不辱使命。

李相荣 真情尽在火箭中

"长征四号乙"火箭第五次发射前,已连续成功发射了四次。这次发射又是在十六大即将召开时进行的,政治意义重大。

10月26日一大早,"长征四号乙"火箭总师、总指挥李相荣就随加注人员来到了发射塔架,指挥进行燃料加注。在发射塔架下,李相荣总师戴着红色安全帽和防毒面具,当天他要指挥燃料加注、电池交接等工作,这是发射前最后的准备工作,需要一天的时间完成。为了缩短加注时间,他们对加注设施进行了技术改进,效率大大提高。

在加注现场,记者问李相荣总师心情是否紧张,李相荣总师平静地回答:"既紧张又不紧张。紧张的是这次发射意义重大,是党和国家对我们的考验,必须完成好这一光荣的任务;说不紧张,是因为'长征四号乙'火箭已有成功发射四次的纪录，各项规范比较完善，进发射场前已对需要检测的 50 多项技术节点进行了精心设计，测试过程中尽管遇到了一些问题，但火箭总体性能非常好。"

燃料加注是一项危险而关键的工作，平时以严格管理而著称的李相荣总师，此时在指挥上更加严格，一整天没有离开工作现场。在严格管理上，李相荣是一位以身作则的总师。火箭测试中，他生了病，但输完液马上返回工作岗位，坚持在一线指挥。谈到严格管理，他说质量上没有小问题。"长征四号乙"火箭在研制生产过程中是靠背水一战取得的成功，还是那句老话，"只能成功，不能失败，没有退路"。对待"长征四号乙"火箭的第五次发射，他要求所有队员把它看作是首次发射，在思想上不能有丝毫的松懈情绪，质量控制必须严格。

李相荣总师介绍说，这两年型号任务很多，发射队员长年不间断地繁忙工作，这次发射之后，还有其他型号任务，队伍有些疲劳，因此更要严格控制产品质量。他称赞"长征四号乙"火箭发射队员素质高，是一支作风严谨、技术过硬的队伍。

对待此次发射，李相荣总师胸有成竹地说："我充满信心！"

叶培建　精心放飞卫星梦

10 月 26 日上午，"中国资源二号"卫星总师叶培建正趴在床上，让自己的腰休息一下。由于工作的辛劳，到卫星转场后不久，叶培建总师的腰病又犯了，医生让他在床上趴上 15 天，但卫星测试工作非常忙，他哪里有时间。实在疼了就在实验室支一张床，趴在上面指挥测试；或者吃两片"芬必得"缓一缓。他屋子里的床是木板床，这样可以让腰更舒服一点。发射前，记者采访了叶总。

卫星发射前的各项准备工作就绪，但叶培建总师始终在想着卫星发射后可能遇到的问题。他最担心的是太阳能帆板能否顺利打开。卫星自带蓄电池只能供应一段时间的能源，只有太阳能帆板顺利打开，卫星的供电才能正常进行。他不仅自己在思考，还要求所有关键岗位的人预想可能出现的情况并找出对策。

在第一颗"中国资源二号"卫星成功的基础上,第二颗"中国资源二号"卫星完善了多项技术,发射前各方面技术状态良好。谈到卫星质量控制,叶培建总师认为,人的责任心是最重要的。卫星的质量掌握在每一个人心中,每一个人手中,必须调动所有人的积极性。叶总说,"中国资源二号"卫星队伍是一支年轻、素质很高的队伍。他们经过第一颗卫星的磨炼,很多年轻人在关键岗位上挑起了大梁,但他们还需要向老技术人员学习敬业负责的精神。

作为多年从事"中国资源二号"卫星研制生产的一员,叶培建总师有很多感慨,他说:"卫星研制生产过程非常辛苦,很累。我认为从卫星技术上讲,没有克服不了的难题。但在中国现有的条件下,能完成这样的卫星研究和生产工作是非常不容易的。要提高卫星的水平应该对现有体制进行改革,加大基础设备的投入,还要提高科研人员的生活待遇。能从事航天事业是一项很高的荣誉,如果科研人员的收入能达到社会同等岗位的70%水平,我们的队伍就能吸引到非常优秀的人才。"

采访中,在西安卫星测控中心坐镇的副总师郝修来打来电话,汇报准备情况。叶培建总师要求他们:准备好跟踪方案,不论遇到什么情况都要沉着、冷静,当机立断,要在出现情况的第一时间处理问题,避免外界的干扰。

对此次发射叶培建总师始终的理念是:按100%的要求去做,力争万无一失。

原载 2002年10月《中国航天报》

6. 从"智多星"到"嫦娥"
——记"中国资源二号"卫星总设计师、
探月工程卫星技术负责人叶培建

崔伟光 李 明

前不久,我国又一颗新型对地遥感卫星——"中国资源二号"卫星02星,正式加入造福社会的行列之中,并与第一颗卫星组成了实用网络。这颗有"智多星"之称的卫星成功运行,是我国卫星总体技术专家、太阳同步轨道卫星平台首席专家、"中国资源二号"卫星总设计师兼总指挥叶培建和他的同事们做出的又一突出贡献。今年，他们也因此荣获国家科技进步一等奖。

叶培建常说，对质量问题要提倡"捕风捉影"。他还率先实践了把电测与总体队伍分开的做法，既合理分配资源，又为测试队伍的专业化奠定了基础。这些难度的跨越，无疑是对"第一个吃螃蟹者"能力和水平的考验。对卫星研制队伍的管理他以严著称，而平日里他又是个极其随和的人，研制人员的个人需求他都一一记在心里，并及时为他们排忧解难。

1992年，深圳证券交易所采纳了以中国空间技术研究院为主提出的"卫星通信双向网系统"的设计方案，叶培建为首任设计师的研究人员很快就设计开发出亚洲最大的 VSAT 系统，交易过程可在1秒内完成，极大地促进了我国证券市场的发展。全国100多个证券交易中心的负责人一致认为：叶培建让股民真正享受到了平等的权利。

十多年来，在他的技术主持下，中国空间技术研究院开发和改进了卫星设计研制的各种软件，基本建成了卫星与飞船设计的数据库、应用软件包，建设了卫星与飞船设计、制造的计算机网络环境，初步实现了管理信息化、卫星与飞船研制数字化和 CAD/CAM 一体化，推进了星船研制的进程，提高了卫星和飞船的计算机设计水平。此外，叶培建在人工智能、模式识别等领域也做了不少工作。

叶培建曾先后被哈尔滨工业大学、厦门大学、北京航空航天大学、南京航空航天大学聘为兼职教授、博士生导师。"能把自己的知识传授给年轻人，可以说是一种欣慰。"现在，他已带出了6名硕士和3名博士，他遗憾自己的时间太少，不允许有过多的精力去带更多的学生。

近来，世界各国重新将目光投向月球。我国也于今年启动了名为"嫦娥"的探月工程。其中，探月卫星采用以中国空间技术研究院为主提出的方案，而这一方案的技术负责人就是叶培建。

月球距地球有38万千米，能否把月球探测卫星送入月球轨道及对卫星实施可靠的测量与控制？卫星能否在月球轨道上可靠工作？这些新问题摆在了叶培建面前，他又踏上了攀登科技高峰的新征程。

原载 2003年6月19日《科学时报》

7. 打造中国的"智多星"
——记"中国资源二号"卫星总设计师、总指挥叶培建博士
本报记者 仇方迎 通讯员 崔伟光 李 明

叶培建博士是"中国资源二号"卫星的总设计师和总指挥。2003年春天,叶培建博士"双喜临门":第一喜,"中国资源二号"卫星01星荣获国家科技进步一等奖;第二喜,"中国资源二号卫星"02星与01星组成了实用网络,正式交付用户使用。

人们把"中国资源二号"卫星称作"智多星",是因为这颗新型对地遥感卫星将对国土普查、资源探测、环境调查等国民经济诸多领域提供服务,应用范围非常广泛。这两颗"智多星"的成功运行,将在众多国民经济建设领域大展风采。

然而对留学瑞士获科学博士学位的叶培建来说,当初他真没有料到担纲"中国资源二号"卫星总设计师后会遇到这么多的挑战:

——"中国资源二号"卫星首次采用由研制方与用户签订合同的方式,率先实现我国卫星制造由过去的计划经济向市场经济的转轨;

——"中国资源二号"卫星要有很高的分辨率和数据传输速率,星上要配有大容量的信息存储装置,还要具备很高的姿轨控精度和长久的寿命;

——卫星研制方不仅要对星体本身的技术负责,还要对地面应用系统的技术集成负责,实现星地一体化;

——作为第一颗进驻北京航天城的卫星,研制队伍将成为中国空间技术研究院实体化改革以及AIT一体化的第一批实践者……

叶培建凭着扎实深厚的理论功底和不懈的探索精神,勇敢地迎接一个个技术难关的挑战。

星敏感器的应用,将会使卫星姿态测量和控制水平得到很大改善。在前期卫星方案设计时,面对不同意见,叶培建下决心在国内卫星上首先采用星敏感器。然而,星敏感器能不能做出来,做出来能不能达到预想结果?那段时间,叶培建经常和同事们一起研究分析,并在星敏感器的软件研制中发挥了重要作用。实践证明，由于星敏感器的采用，卫星的姿态测量和控制水平都上了一个新台阶。

"中国资源二号"卫星的有效载荷很大，过去的试验条件不能适应大部件的要求。叶培建大胆而科学地提出了改进试验条件的方案，从而保证了试验的质量和产品的安全。他常说，对质量问题要提倡"捕风捉影"，对技术上的表面现象要能联想到深层次的问题。他提出卫星进入发射场前要进行可靠性增长试验，把问题彻底解决在地面。他还率先实践了把电测与总体队伍分开的做法，既合理分配资源，又为测试队伍的专业化奠定了基础。航天专家和有关领导评价说，"中国资源二号"卫星不仅要求的水平高，其质量的透明度也是最高的。

信息资源和卫星应用技术的开发研究，对服务于经济建设的意义重大。叶培建为此不懈追求。作为深圳证券交易所 VSAT 系统（VSAT 是"非常小口径卫星终端"的英文缩写）的首任设计师，叶培建让 VSAT 掀开了中国证券市场的新篇章。1992 年，深圳证券交易所采纳了中国空间技术研究院为主的"卫星通信双向网系统"的设计方案，叶培建和他的同事们仅用了一年时间就设计开发出亚洲最大的 VSAT 系统，先后解决了最优化的信道分配、应用软件、平稳切换等问题，使深圳证券交易所通过卫星实现广播、双向数据传输，并能支持 3 000 个双向小站，交易过程不到 1 秒即可完成，让股民们真正享受到了平等的权利。

十多年来，在叶培建的技术主持下，中国空间技术研究院开发和改进了卫星设计研制的各种软件，基本建成了卫星与飞船设计的数据库、应用软件包，建设了卫星与飞船设计、制造的计算机网络环境，初步实现了管理信息化、卫星与飞船研制数字化和 CAD/CAM 一体化，推进了星船研制的进程，提高了卫星和飞船的计算机设计水平。

继应用卫星、载人航天两大领域之后，深空探测成为我国航天技术发展的必然选择。据了解，我国的深空探测将从探月开始，探月一期工程由探月卫星、运载火箭等五大系统组成。经多方论证，已确定探月卫星采用中国空间技术研究院为主提出的方案，而这一方案的技术负责人就是叶培建。目前国家已启动探月工程的关键技术项目，叶培建又开始了攀登科技高峰的新征程。

原载　2003 年 6 月 21 日《科技日报》

8. 矢志航天著风流

——记"中国资源二号"卫星总设计师、总指挥叶培建博士

崔伟光　李　明

前不久,我国又一颗新型对地遥感卫星——"中国资源二号"卫星02星,正式加入造福社会的行列之中,并与第一颗卫星组成了实用网络。

双星辉映观天测地,遥感神州造福人类。这颗有着"智多星"之称卫星的成功运行,是我国卫星总体技术专家、卫星总设计师叶培建博士和他的同事们为祖国航天事业做出的又一突出贡献。

精心打造"智多星"

对留学瑞士获科学博士学位的叶培建来说,他不曾想到担纲"中国资源二号"卫星总设计师后会遇到这么多挑战:

"中国资源二号"卫星在我国卫星研制史上要首次采用由研制方与用户签订合同的方式,率先实现我国卫星制造由过去的计划经济向市场经济的转轨。

"中国资源二号"卫星要有很高的分辨率和数据传输速率,而且星上要配有大容量的信息存储装置,还要具备很高的姿轨控精度、长久的寿命。

卫星研制方不仅要对星体本身的技术负责,还要对地面应用系统的技术集成负责,实现星地一体化。

作为第一颗进驻北京航天城的卫星,研制队伍将成为中国空间技术研究院实体化改革以及 AIT 一体化的第一批实践者……

"中国资源二号"卫星是我国一颗新型对地遥感卫星,将对国土普查、资源探测、环境调查等国民经济诸多领域有着巨大推动力,是一颗应用范围很广的"智多星"。众望所归,重担在肩,众多挑战,似乎压得总设计师兼总指挥的叶培建有点喘不过气来。

面对一个个技术难点,叶培建凭着扎实深厚的理论功底和不懈的探索精神,勇敢地迎接挑战。

星敏感器的应用,将会使卫星的姿态测量和控制水平得到很大的改善。在前期卫星方案设计时,面对不同的意见,叶培建下决心在国内卫星上首次采用星敏感器。实践证明,由于星敏感器的采用,卫星的姿态测量和控制水平都上了一个新台阶。

"中国资源二号"卫星的有效载荷很大,叶培建大胆而科学地提出了改进试验条件的方案,从而保证了试验的质量和产品的安全。

他常说,对质量问题要提倡"捕风捉影",对技术上的表面现象要能联想到深层次的问题,把质量隐患杜绝。于是,他又首先提出卫星进入发射场前要进行可靠性增长试验,把问题彻底解决在地面。他还率先实践了把电测与总体队伍分开的做法,既合理分配资源,又为测试队伍的专业化奠定了基础。这些难度的跨越,无疑是对"第一个吃螃蟹者"能力和水平的考验。面对考验,叶培建和他的同事们成功了。

如今,设计寿命两年的"中国资源二号"卫星01星已超出设计寿命近一年,所获得的大量遥感信息在我国国土资源普查、环境监测与保护、城市规划、作物估产、防灾减灾和空间科学试验等领域做出了重要贡献。2003年,由叶培建担任总设计师、总指挥的"中国资源二号"卫星也荣获国家科技进步一等奖。

追求人生最大值

"用自己的行动来改变祖国面貌",这话在叶培建心里始终像一团燃烧着的火。1985年,当他在瑞士纳沙泰尔大学信息处理专业读完博士学位后毅然决然地踏上了归国路,他要用自己的才智报效祖国。

1989年,刚刚调任中国空间技术研究院科技委常委的叶培建,先后被委任该院计算机应用的副总师、总师,卫星应用技术负责人。

信息资源和卫星应用技术的开发研究,是世界各国卫星研制者们作为服务于经济建设的共同追求。叶培建用自己的实践不懈地追求着其中的最大值。

"VSAT"是"非常小口径卫星终端"的英文缩写,作为深圳证券交易所VSAT系统的首任设计师,叶培建让VSAT掀开了中国证券市场的新篇章。

1992年，深圳证券交易所采纳了以中国空间技术研究院为主的"卫星通信双向网系统"的设计方案，叶培建和他的同事们仅用了一年时间就设计开发出亚洲最大的VSAT系统，使深圳证券交易所通过卫星实现广播、双向数据传输，极大地促进了我国证券市场的发展。

十多年来，在他的技术主持下，中国空间技术研究院开发和改进了卫星设计研制的各种软件，基本建成了卫星与飞船设计的数据库、应用软件包，建设了卫星与飞船设计、制造的计算机网络环境，初步实现了管理信息化、卫星与飞船研制数字化和CAD/CAM一体化，推进了卫星与飞船研制的进程，提高了卫星和飞船的计算机设计水平。

叶培建在人工智能、模式识别等领域也做了不少工作，有的成果已应用于工程实践，其中铁路部门大力推广应用的"火车红外热轴探测系统"中的滚动与滑动轴承自动实时判别方法就是以他为主解决的。

叶培建曾先后被哈尔滨工业大学、厦门大学、北京航空航天大学、南京航空航天大学聘为兼职教授、博士生导师。"能把自己的知识传授给年轻人，可以说是一种欣慰。"现在，叶培建已带出了6名硕士和3名博士。

再攀事业新征程

继应用卫星、载人航天两大领域之后，深空探测成为我国航天技术发展的必然选择，我国的深空探测将从探月开始。适时开展月球探测，有利于在外空事务和开发月球中维护国家利益，促进高新技术的发展和基础前沿学科的创新，从而进一步提高综合国力。

我国探月一期工程由探月卫星、运载火箭等五大系统组成，经过多方论证，已确定探月卫星采用以中国空间技术研究院为主提出的方案，而这一方案的技术负责人就是叶培建。

任重道远，在谈到月球探测卫星的设计时，叶培建说，探测卫星的平台部分将继承"东方红三号""中国资源二号"卫星等已有的成熟技术，定向天线、紫外敏感器、有效载荷等将进行新研制，并充分利用我国现有的测控、发射场基础，全国范围内大协作，争取在较短的时间内发射我国第一颗环月探测卫星。随着中国探月工程的逐步实施，中国人对月球的认识和利用将翻开新的一页。

"思得壮士翻白日，光照万里销我之沉忧。"面对浩瀚苍穹，作为我国自己培养起来的中青年航天技术专家，叶培建深感肩上担子的沉重，他正把整个身心融入祖国的命脉之中，让自己的才智为泱泱中华的神采着色。

原载 2003年6月22日《光明日报》

9. 矢志航天写辉煌
崔伟光　蒋建科

前不久，我国又一颗新型对地遥感卫星——"中国资源二号"卫星02星，正式加入造福社会的行列之中。这颗卫星的成功运行，是叶培建和他的同事们为祖国航天事业做出的又一突出贡献。

担纲"中国资源二号"卫星设计任务，叶培建迎接挑战，精心打造这颗"智多星"

叶培建不曾想到担纲"中国资源二号"卫星总设计师后会遇到这么多挑战："中国资源二号"卫星在我国卫星研制史上要首次采用由研制方与用户签订合同的方式，率先实现卫星制造由计划经济向市场经济的转轨；"中国资源二号"卫星要有很高的分辨率和数据传输速率，而且星上要配有大容量的信息存储装置，还要具备很高的姿轨控精度、长久的寿命；卫星研制方不仅要对星体本身的技术负责，还要对地面应用系统的技术集成负责，实现星地一体化……

面对一个个技术难点，叶培建凭着扎实深厚的理论功底和不懈的探索精神，勇敢地迎接挑战。在设计卫星方案时，叶培建下决心在国内卫星上首先采用星敏感器。然而，星敏感器能不能做出来，做出来能不能达到预想效果？那段时间，叶培建经常和同事们一起研究分析，并在星敏感器的软件研制中发挥了重要作用。实践证明，由于星敏感器的采用，卫星的姿态测量和控制水平都上了一个新台阶。

叶培建首先提出卫星进入发射场前要进行可靠性增长试验，把问题彻底解决在地面。他还率先实践了把电测与总体队伍分开的做法，既合理分配了资源，又为测试队伍的专业化奠定了基础。

如今，设计寿命两年的"中国资源二号"卫星01星已超出设计寿命近一年，所获得的大量遥感信息在我国国土资源普查、环境监测与保护、城市规划、作物估产、防灾减灾和空间科学试验等领域做出了重要贡献。2003年，由叶培建担任总设计师、总指挥的"中国资源二号"卫星荣获国家科技进步一等奖。

叶培建设计开发的亚洲最大的VSAT系统，使深圳证券交易所通过卫星实现广播、双向数据传输

信息资源和卫星应用技术的开发研究，是各国卫星研制者们的共同追求。叶培建用自己的实践不懈地追求着其中的最大值。

"VSAT"是"非常小口径卫星终端"的英文缩写。作为深圳证券交易所VSAT系统的首任设计师，叶培建翻开了中国证券市场的一个新篇章。1992年，深圳证券交易所采纳了以中国空间技术研究院为主的"卫星通信双向网系统"的设计方案。叶培建和他的同事们仅用了一年时间就设计开发出亚洲最大的VSAT系统，使深圳证券交易所通过卫星实现广播、双向数据传输，并能支持3 000个双向小站。交易过程在不到1秒的时间内即可完成。

十多年来，在他的技术主持下，中国空间技术研究院开发和改进了卫星设计研制的各种软件，基本建成了卫星与飞船设计的数据库、应用软件包，建设了卫星与飞船设计、制造的计算机网络环境，提高了卫星和飞船的计算机设计水平。

我国探月卫星将采用以中国空间技术研究院为主提出的方案，而这一方案的技术负责人就是叶培建

自阿波罗登月计划轰动世界之后，月球探测相对沉寂了几十年。近来世界各国又重新将目光投向了月球。

我国的深空探测将从探月开始，探月一期工程由探月卫星、运载火箭等五大系统组成。经过多方论证，已确定探月卫星采用以中国空间技术研究院为主提出的方案，而这一方案的技术负责人就是叶培建。

月球距地球有38万千米，能否把月球探测卫星送入月球轨道及对卫星实施可靠的测量与控制？卫星能否在月球轨道上可靠工作？摆在叶培建面前的又将是一个个新的挑战。

在谈到月球探测卫星的设计时，叶培建说，探测卫星的平台部分将继承"东方红三号""中国资源二号"卫星等已有的成熟技术，定向天线、紫外敏感器、有效载荷等将进行新研制，并充分利用我国现有的测控、发射场基础，全国范围内大协作，争取在较短的时间内发射我国第一颗环月探测卫星，中国人对月球的认识和利用将翻开新的一页。

原载 2003年7月3日《人民日报》

10. 他常在看湖州地图
——访湖州中学毕业生、"神舟五号"参与者叶培建

姚羽中

历史将铭记这一天，中国在酒泉卫星发射中心进行首次载人飞船发射。举世瞩目的"神舟五号"飞船10月15日成功发射升空，中华民族的千年飞天梦想变为现实。

飞天圆梦的背后，是中国航天从1956年的一纸草案到今天载人发射的47年艰辛磨砺、47年的奋斗。

15日上午，当知道飞船发射成功后，我立即和中国空间技术研究院的卫星总设计师、湖州中学59级（1962年毕业）校友叶培建取得了联系。那时他刚刚从航天城观看完"神舟五号"回到研究院，脸上兴奋的神色显然还没有褪去。作为中国空间技术研究院计算机总师、院长助理、科技委常委、卫星总设计师兼总指挥、太阳同步轨道平台首席专家，他在这次"神舟五号"的研制过程中，以专家的身份参与了飞船的一系列方案与设计评审、转阶段及产品出厂评审，尤其是软件工程和计算机辅助工程等方面的工作。

湖州求学

叶培建1945年出生,13岁那年,随其父亲所在的部队来到湖州,入读湖州一中。一年后,进入湖州中学学习。正是有了这4年在湖州的读书经历,他常常称自己为"半个湖州人"。工作之余,他经常会把书桌里的那张湖州地图拿出来看看,回忆当年在湖州读书时参加农业劳动、修建妙西铁路、去菱湖中学取经等经历。

高中毕业后,他考取了浙江大学无线电系。1980年赴瑞士留学,获博士学位。回国后,叶培建一方面从事控制系统、机器人视觉及计算机应用工作,主持了全院的计算机工程和设计方面的技术工作。另一方面,从事卫星研制,担任总师兼总指挥。同时作为院卫星应用的技术顾问,完成了不少技术指导工作和工程项目,在国内外发表论文60余篇,培养了一批博士生、硕士生。

作为第一完成人,他已获国家科技进步一等奖一项、国防科工委科技一等奖一项。作为主要完成人之一的深圳股票交易卫星VSAT网、火车红外热轴探测系统、卫星制造厂CAD/CAM一体化等项目分获部级科技进步一等奖及国防科工委科技二等奖。1993年起享受政府特殊津贴。2002年获航天基金奖。

畅谈航天

在谈到我国的航天这一叶培建为之付出一生心血的事业时,他说,中国的航天事业起步比较晚,真正开始搞航天是20世纪60年代末期。从1971年发射第一颗人造卫星到现在几十年的发展,我国在航天的第一个大领域——应用卫星这一块成绩比较大。我国现在已经拥有了包括科学卫星、气象卫星、通信卫星、资源卫星、导航卫星、小卫星等在内的一系列种类齐全的卫星,并且建成了能为我国科学、气象、通信等服务的应用系统。无论航天事业怎样发展,科学家们都将永远把应用卫星作为一个重点来加以研究、开发。

航天事业的第二大领域就是载人航天技术。从1992年列入国家计划开始,经过11年的努力,今天终于实现了载人航天的第一步,即把人送上了太空。

其实载人航天从技术上可以分三步：第一步是解决把人送上太空的问题；第二步是解决航天员出舱行走、空间的交会对接及短期照看空间站的问题；第三步就是要解决需要长期有人照看空间站的问题。

航天事业的第三大领域就是实现深空探测。人类必须走出地球，看看太阳系是怎样的。作为人类对自己进一步了解的第一步肯定是进行月球探测，因为月球毕竟是离我们最近的一个星球。首先要发射一个绕月球运转的环月卫星，对月球表层和周围进行科学探测。这一项目已经列入计划，并且开始实施。其次就是发射能降落到月球上的卫星，并能利用月球车对月球进行更深层次的探测。最后要实现发射能到月球上取样并能够顺利返回的卫星。他乐观地估计，今后的20年内可以完成整个工程项目。

展望前景

上天入地，曾经是中国人最神秘的愿望。古代四大名著《西游记》里腾云驾雾的孙悟空就寄托了人类的这种理想，此外还有那敦煌莫高窟壁画里仙袂飘飘的飞天群像。除了神话中记载的外，中国古老的历史上还记载了一个人真的想自个儿飞起来的故事，虽然以失败告终，但这种敢为天下先的探索精神至今仍是人类航天事业的精髓。

航天，这个中国人以前只梦想过的事情，如今，随着经济的发展和技术的提高已成为现实。我国已经具备了一定的资金和相当的技术实力，已经有能力、有水平来开展好这项事业。

航天这个朝阳行业，各国都很重视。叶培建认为，航天事业不仅是高技术行业，更是基础行业。21世纪，航天就相当于20世纪的钢铁、煤炭、电力一样不可缺少。现代社会绝大部分信息传输都是通过卫星来完成的。没有航天技术，新的发展就会受到制约。

叶培建说，今天是全世界中国人值得骄傲的日子。在几代人的守望中，"神舟五号"划出了一道美丽的光亮，带着祁连雪、玉门霜，载着我们的梦想、期盼，飞向了太空，它将在中国航天史上写下浓墨重彩的一笔。

摘于2003年10月19日《湖州日报》

11. 绕月卫星总设计师、总指挥叶培建院士访谈

我国月球探测起步晚,但起点不低;

我们要做"中华牌"绕月卫星;

我对目前的工程进展、研究队伍等都很满意;

要有成功的决心,要做100%的努力,也要有受挫折的准备。

1958年8月17日,美国发射的第一颗月球探测器"先驱者"0号,迈出了人类探测月球的步伐。48年后的今天,我国首次月球探测计划"嫦娥"工程正式进入实施阶段,这将成为继美国、俄罗斯、日本、欧洲之后第五个月球探测计划。

从1958年到2004年年初,人类发射了约50颗月球探测器。月球探测已经做了很多工作,我们现在为什么还要做呢?我们是在重复别人走过的路吗?"嫦娥"工程卫星总设计师和总指挥、中国空间技术研究院的叶培建院士在接受本报记者采访时说,月球探测是中国航天计划的一部分,是早已计划好的事;中国的科学家早已对月球进行了研究,目前"嫦娥一号"绕月卫星的方案已定,关键技术已取得突破;事隔几十年后再做这件事肯定不是原来的重复,我们有自己的创新;我国的月球探测起步晚,但起点不低,中国第一颗绕月卫星将主要依靠自己的力量来研制和发射;我国目前的绕月卫星的技术水平与国际水平还有差距,但迈出第一步对国家来说相当重要。

叶培建是我国航天器研制的学科带头人之一,是"中国资源二号"卫星的总设计师和总指挥。他说,在航天界干了几十年,他已经实现了自己人生的一个目标——完成对地观测卫星的研制和开发,他的下一个目标就是在较短的时间内完成我国对月球进行观测的卫星设计和制造。

要做一个"中华牌"绕月卫星

中国政府在2000年发表的《中国航天》白皮书已明确将深空探测列入21世纪初的发展目标,提出了"开展以月球探测为主的深空探测的预先研究"。叶培建说，我国航天事业的第一步是发展应用卫星，第二步是载人航天，现在这两步我们已经迈出去了，第三步就是深空探测，这是我国航天计划的发展目标，我们现在要走这一步了。我国月球探测的第一步是发射绕月卫星。他认为我国第一次绕月卫星的研制和发射将完全依靠自己的力量，做一个"中华牌"，这对鼓舞全国人民、凝聚全球华人、提高国力都是非常有价值的。但深空探测终究是一个复杂的综合技术，在今后的月球探测中将大力加强国际合作，在合作中竞争，通过这种合作与竞争，加深对宇宙的认识。他相信以探索的精神发现新知识、开拓新疆域对全世界的人都是有利的。

谈到"嫦娥"工程的优势和特点，叶培建说，"嫦娥"工程有自己的科学目标和工程目标。其科学目标有两大特点：一是科学目标中的不少项目别人已经做过，我们做就要有新的发现，能够对原来的结果加以补充和完善；二是还有的项目是别人没有做过的，这是我们的创新之处。从工程目标上讲，他认为我国有这样一个特点：起步晚，但起点高，比如1970年4月我国发射的第一颗人造地球卫星重量达173千克，比美国、苏联、日本和法国四个国家发射的第一颗卫星的重量总和还重；时隔几十年后我国发射了第一艘载人飞船，但我们的水平绝不是晚几十年。我国的月球探测确实起步晚了，但起点不低，我们第一步的跨越大；另外，考虑到了目前的国力，我国的第一次月球探测采用的是我们已经成熟的技术和现有条件，有信心将它做成功。

叶培建认为可从四个方面来看月球探测的好处：第一，可以加深对月球及宇宙的了解；第二，实现这个工程后可获得很多科学成果、工程成果，为将来的深空探测奠定基础；第三，培养和积累人才，我国目前的航天还处在应用卫星和载人航天阶段，对深空探测还没有实践，通过这个工程可以造就一批青年人才，他们是将来我国深空探测的骨干队伍；第四，在这个工程的实施过程中我们将积累很多新东西，研究新型火箭、新建发射场、新建测探系统等，这些都是财富。

绕地与绕月有何不同

为什么说月球探测是深空探测的第一步呢？叶培建解释说，国际上对深空的定义至少有三个版本，其中一个定义是指探测的距离等于或大于地球与月球间的距离，也就是说探测月球和月球以外的空间就是深空探测，将月球探测说成是深空探测的第一步就是按这个定义来讲的。将月球探测作为深空探测的第一步，道理很简单，因为月球是离地球最近的一颗卫星，从月球上可以得到许多人类对宇宙的认识，同时可以从月球上走得更远。美国空间新政策的重点就是重返月球，再从月球上走向火星和更遥远的地方。所以，首先要将家门口的事情搞清楚。

绕月卫星与过去所做的地球卫星有什么不同呢？叶培建说我国过去的卫星都是在地球轨道上运行，现在这个卫星要到月球轨道上运行，过去是对地，现在是对月，这就是根本的不同，因此就会带来以下问题：第一，过去的卫星与地面的距离最远没有超过 8 万千米，而绕月卫星离地面的距离是 38 万千米，这 38 万千米怎么走？既不能碰着月球，也不能飞过去，因此轨道设计和控制是一个新问题；第二，地球卫星对地球观察是两体定向，即太阳帆板对太阳定向，观察设备和测控通信设备定向地球观察和传输信息，但绕月卫星是三体定向，太阳帆板对太阳、观察设备对月球、测控和通信设备对地球，三体定向问题就复杂多了；第三，测控问题，38 万千米的探测带来卫星天线怎么设计、地面站怎么设计等问题；第四，由于卫星绕着月球转、月球绕着地球转、地球带着月球和月球旁的卫星绕着太阳转，相对关系比较复杂，从而导致绕月卫星的热变化巨大，而我们只能给绕月卫星穿一件衣服，不能换，这件衣服要做到热的时候不热，冷的时候不冷，这是个难题。

时间锁定在 2007 年之前

绕月卫星的进展程度是怎样的呢？叶培建说尽管最近才宣布正式启动，但工程研制人员多年前就对绕月卫星进行了探索，卫星上的关键技术问题已获得突破。国家下决心上这个项目是因为我们已经具备了良好的基础,他有信心在 2007 年前按计划发射绕月卫星。

作为绕月卫星的总设计师和总指挥,叶培建对目前的工程进展、研究队伍等都很满意,他所担心的是公众对航天的风险性和艰苦性认识不足,对工程的期望值太高。他说我们国家深空探测还有许多艰苦的路要走,要有成功的决心,要做百分之百的努力,但也要有受挫折的准备,不能成功了就一片赞扬,受挫折了就一片责怪,失败时更需要得到公众的体谅,并支持这支队伍继续走下去,这样的一个民族才是比较成熟的。

原载　2004 年 3 月 4 日《科学时报》

12. 1962 届的四位高才生
1962 届　余华闰

序:《足迹与风采——湖中人撷英》1～4 集的相继问世让众多湖中学子高兴不已且好评如潮,吴宛如老师约我为即将出版的第 5 集再写上一篇,自感早已江郎才尽的我只得冥思苦索,终于想到了这样一个题目,叫作:1962 届的四位高才生。

"1962 届湖中同学,是历届湖中同学中人数较多而又最多磨难的一届。时值国家三年困难期间,扛枪入伍的、回乡务农的、辍学的,为数不少……"这是我为 1992 年春节 1962 届湖中同学的"三十年后重相会"所编印的《1962 届湖中同学通信录》上写的"说明"。1962 届湖中同学,按照湖中档案多时近四百名,但当年考取大学的不过七十余人,其出类拔萃考分最高的有四人(当时实行的是百分制,据说平均分超过了 95 分的分别是一班的王才鼎、四班的倪国荣、五班的房振华、六班的叶培建,他们统统被浙江大学成立不久的无线电系网住,在那里度过了自己的大学生活)。

踏上社会后的三十多年里,他们生活工作如何,现在的情况又如何,不知你可想知道?

1992 年春我去北京,当时在中央党校 18 期学习班里学习的叶培建请假出

来，我们在北京军区工作的徐振民家里聊了好几个小时，他俩对湖州的建设、母校的发展、同学的现况及"三十年后重相会"活动都十分关注。当时叶培建已是航天部五院（中国空间技术研究院）院长助理、卫星总设计师，持有两个博士学位的研究员。后来央视"东方之子"栏目曾介绍过他，《湖州日报》也以整版篇幅报道过他，去年他又有幸成为湖州中学新中国成立后毕业生中的第一位中国科学院院士，是1962届湖中同学中的佼佼者。叶培建没有一点架子，和他谈话就如同与朋友聊天。其实老叶不是湖州人，其父母是军队干部，60年代在白雀6409部队（即二十军）工作，老叶才在湖中读的书。学识、才智、机遇和家庭条件的结合，使老叶在考取研究生后不久即去国外留学，回国后又从事着我国相对年轻的卫星事业。骄人的成绩已使他在中国的航天卫星技术领域中占有一席之地，据说目前他正为我国不久后的"登月"行动而孜孜不倦地工作着。

高才生王才鼎，读书时绰号叫"书呆子"，由此可见他对书本的迷恋，其实湖中篮球场上也经常见到他打球的身影。他还是个武术迷，在日本培训期间组织了太极拳培训班，教中国的留学生及日本、东南亚地区的学生打太极拳，这些都与他是"早产儿"幼时身体羸弱多病有关，王才鼎还学过五路查拳、螳螂拳和形意拳等，拜过不少名师，交了好些拳友，同届的刘光辉就是其中之一。

浙大毕业后王才鼎被分到山东电子管厂，在那里他为电子工业奋斗了十年，由于半导体的迅猛发展，企业陷入了困境。34岁的王才鼎在他哥哥（石油部工作）的引荐与帮助下调到了新兴的朝阳行业——石油行业，开始了他第二个十年——华北油田采油工艺研究所的新生活，并在不到三年的时间内以自己的敬业精神和工作能力完成了转业改行的过渡，在新的领域里站稳了脚跟。1984年秋，王才鼎经抚顺石油学院培训后参加国家教委的出国外语考试，以石油部培训人员第一名的佳绩获得了赴日留学的资格；1985年冬，他以研究生的身份在日本东京工业大学师从黑泽一清教授学习企业管理，在完成研究论文后获得了由该校校长签发的研究生证书。1987年回国后，看到华北油田每况愈下的他萌发了第二次变迁之念，凭借着自己的年龄优势（45岁以下）、懂日语、有日本企业管理知识及其在石油部工作的哥哥等人的帮助，1990年5月调到了天津石油施工技术研究所，参加了塔里木石油大会战中某科技攻关项目的组织、协调与管理工作，三年中完成了三篇论文。现在他已是中国石油天然气集团公司工程技术研究院处长，高级工程师、中国企业管理协会高级管理咨询顾问。两个女儿都是大学本科，一个是工程师，一个是注册会计师，生活充满阳光。

相比之下，作为高才生进入浙大无线电系学习后留在杭州工作的倪国荣和房振华运气就差了一点，他们缺乏客观条件去国外深造，亲朋好友又帮不上大忙。倪国荣所在的杭州电子管厂20世纪90年代后日子也是江河日下，1998年转制后倪国荣进入了杭州万东电子有限公司工作，是高级工程师。特别使我感动的是，1993年国庆期间，原一班的十多位同学到杭州游玩，倪国荣抽出时间专程到长途汽车站接送，同届学友之情由此可见一斑。

房振华同学据说已退休十来年了，她所在的浙江无线电厂也如同王才鼎待过的山东电子管厂是夕阳行业，加上女同学体质较差，虽是高才生却无大发展。倪国荣也不知道她家的电话号码所以无法联络，老电话号码打到了别人家，不管怎样，老同学中仍有不少人牵挂着她！

2004年5月12日于湖州
原载 《足迹与风采——湖中人撷英（5）》

13. 月球探测：话不能说得太满

李　斌

据新华社北京6月5日电（记者　李斌）中国空间技术研究院月球探测卫星总指挥兼总设计师叶培建院士5日在院士大会上说，绕月探测是对我国航天工程技术的又一挑战。

据他介绍，研制月球探测卫星的主要技术难点和关键表现在轨道设计、测控和数据传输、制导导航与控制、热控与能源技术等方面。

我国第一颗绕月探测卫星的飞行程序是：卫星在和运载火箭分离后，将

先在围绕地球的三条调相轨道上运行若干天，逐步加速，最后达到地－月转移轨道的入口速度；卫星沿地－月转移轨道飞向月球，需进行2至3次轨道中途修正；在月球附近，需对卫星进行减速，通过三次近月点制动，逐步降低轨道的近月点，最终进入距月200千米的工作轨道，开始进行科学探测活动。

"我要通过你们澄清两点误解，第一，作为我国航天活动的第三个里程碑和深空探测的第一步，月球探测中我们只探月，不登月；第二，月球探测的所有科学目标我们只能说尽可能实现，话不能说得太满。"叶培建对记者说。

原载 2004年6月6日《晨报》

14. 发射场的大忙人

周 武

在11月初"中国资源二号"03星发射期间，记者多次见到叶培建，却没有完成对他的采访。因为身兼"中国资源二号"卫星总指挥、总设计师、卫星发射队队长和书记四个职务的叶培建太忙了，记者只能见缝插针地追着他采访。

第一次去采访叶培建，他向记者简单地介绍了卫星的情况后，便拿出有一尺厚的12本发射场文集汇编，准备给记者介绍如何对在发射场出现的两个技术问题和四个管理问题进行归零。话音未落，他便接到开会的通知，记者只好暂停了采访。

抓不着面谈的机会，记者只好采取迂回战术。一边追随他的身影去听他的工作汇报，一边采访他的队员。在发射队队员眼里，叶培建是一个和蔼与严厉的矛盾体。别看他平时笑嘻嘻、爱开玩笑，可在工作中，却不允许有半点马虎，一切按规章制度办事。知道他这一秉性的卫星发射队队员和他配合得特别好，他召开的会议从来没人迟到。而叶培建也非常守时，他召开的会议没有超过1小时的，预计开40分钟的会一分钟也不会"拖堂"。

在卫星发射队队员眼中，叶培建是个胆大心细、敢拍板的人，在指挥中体现出很强的决策能力。同时，他又有非常细心的一面。每次发射前，他通常比别人提前两个小时起床，做好各种准备后，会亲自去敲门叫醒每一个队员。

也许是心诚所致，在发射前一天的下午，忙碌的叶培建终于给记者挤出了半小时，他笑呵呵地承认自己经常"翻脸不认人"，他说："作为总设计师，在工作中来不得半点虚假，我要对每一次成功负责。"前两颗"中国资源二号"卫星取得了很好的成绩，都实现了超期服役。可他不愿谈成功经验，而是对这次在发射场出现的问题念念不忘。其实，第3颗"中国资源二号"卫星的成功发射除了创下三星高照的纪录外，还充分证明了卫星平台的可靠性，为下一步研制高可靠性、长寿命的卫星打下了基础。

原载　2004年11月19日《中国航天报》

15. 航天科技先锋——叶培建

叶培建，1945年1月生，江苏省泰兴县人。1986年加入中国共产党。1967年毕业于浙江大学无线电系；1980年赴瑞士留学；1985年获博士学位。1985年归国后，在中国空间技术研究院北京控制工程研究所工作，任研究室主任。1989年以来任院计算机总师、院长助理、科技委常委、卫星总设计师兼总指挥、太阳同步轨道平台首席专家，国家自然科学基金委员会计算机学科组专家，中国宇航学会、中国空间科学学会、中国地理信息协会等组织理事，哈尔滨工业大学、北京航空航天大学、南京航空航天大学、厦门大学兼职教授，博士生导师。2003年，当选中国科学院院士。

叶培建同志多年从事控制系统、机器人视觉及计算机应用工作，主持了全院的计算机工程和设计上水平的技术工作，推动普及了计算机在卫星、飞船设计及制造中的应用；在信息处理领域也取得了颇多成果，作为我国月球探测卫星技术负责人，他带领技术人员完成了方案设计，关键技术攻关已有突破。

作为"中国资源二号"的总设计师、总指挥，叶培建为该星研制做出了重大的成就和贡献，该星创造了国内卫星最高姿控精度、CCD机分辨率及数码传输速率，获国家科技进步一等奖。作为主要完成人之一的深圳股票交易卫星VSAT网、火车红外热轴探测系统、卫星制造厂CAD/CAM一体化等项目

分获部级科技进步一等奖及国防科工委科技成果二等奖。1993年起享受政府特殊津贴。2002年获航天基金奖。

原载 2005年7月20日《神舟报》

16. 叶培建院士讲述中国航天事业的发展

成都电子科技大学学生记者团

10月17日下午,学术交流中心(一教一楼)人山人海,大家满怀"神舟六号"成功发射和回收的激情,来聆听中国空间技术研究院的叶培建院士为我们带来的"航天技术与中国航天"的报告。校长邹寿彬教授、党委副书记成孝予教授等出席了讲座。

叶院士讲解了我们为什么要发展航天事业。"因为我们已经生活在了陆地、海洋和天空,但我们的发展需求推动着我们向宇宙的更深处探索",宇宙空间有着地球上难以估计的丰富资源,如高空资源。空间环境资源如微重力、高辐射、高真空、高洁静度等;稀有的矿产资源如太阳能、氦3等。人类对宇宙认识的知识源泉、巨大的政治资源以及对全国人民的鼓舞力量都是不可估量的。但获取相应的资源意味着要克服相应的困难,因此,我们的航天技术需要五大系统,即飞行器、运载系统、发射场、测控系统以及应用系统。要克服这些困难,就需要我们所有的航天技术人员有扎实的基础知识和紧密的团队合作精神。

叶院士还讲解了我国航天技术的发展历史,从"东方红一号"到"一箭三星"到今天的"神舟六号",每一次重大的成功、每一个重大难关的突破,都凝结着航天科技人员辛勤的汗水。叶院士还为我们带来了关于"嫦娥探月计划"的最新消息。而后,叶院士为我们简要讲解了探月计划。

叶院士还告诉我们"航天事业有成功的辉煌,也有失败的教训",但是它培养了一代又一代的航天人,形成了"特别能吃苦、特别能战斗、特别能攻关、特别能奉献"的航天精神。"任务因艰巨而光荣,生命因奉献而精彩,用生命演绎精彩,共创祖国航天未来的辉煌。"叶院士以这样的豪言壮语结束了他的讲座。

叶院士还赠给我校一个"神舟六号"的模型，成孝予副书记也代表我校向叶培建院士赠送了一份纪念品。

原载 2005年10月《成都电子科技大学学报》

17. 叶培建：2007"嫦娥"飞天

金 子

受湖州中学的邀请，叶培建院士回到阔别43年的母校，为3 200多名学弟学妹作报告，讲述中国人的"飞天"故事。

"今天我可以肯定地告诉大家，'嫦娥一号'研制和发射的所有技术难关，均已攻克，到本月30日，我们将成功结束绕月卫星发射前两阶段的工作。顺利的话，2007年4月，'嫦娥一号'即可上天。"

把茶杯比作"嫦娥一号"

"我国航天活动的第一个里程碑，是发展应用卫星，第二个里程碑，是载人航天——全国上下欢欣鼓舞的'神五''神六'升空。这两步，我们已迈出去了。"

深空探测是中国航天事业的第三步，也是叶培建院士目前正在忙碌的工作。"我国深空探测的第一步是月球探测，而月球探测的第一步是发射绕月卫星。"

讲到绕月卫星的技术难点，叶培建院士更是拿起桌上的茶杯，把它比作"嫦娥一号"，"一会儿绕月球公转，一会儿自转"；眨眼间又把杯盖"变"成了卫星天线……说到动情处，他站起身来，张开两臂，比作卫星两侧的太阳翼。

"我还是要澄清两点误解"

叶培建院士介绍，我国的月球探测划分为三个阶段：2007年，发射"嫦娥一号"卫星，实现绕月探测；2012年，发射着落器，实现月球软着陆探测与月面巡视勘察；2017年，实现月面勘察与取样返回。

"我国的月球探测起步晚，但起点不低。中国第一颗绕月卫星，将主要依

靠自己的力量来研制和发射；我国目前的绕月卫星技术水平，与国际水平还有差距，但迈出第一步对国家来说相当重要。"叶培建院士话语中表现出的一丝不苟的科学态度，给湖州中学的学子们留下了深刻的印象。

"今天，我还是要澄清两点误解：第一，作为我国航天活动的第三个里程碑和深空探测的第一步，月球探测中，我们只探月，不登月；第二，月球探测的所有科学目标，我们只能说尽可能实现。"叶培建院士说，科学家要用事实说话，要实事求是。

原载 2005年11月30日《钱江晚报》

18. 撩开"嫦娥"的面纱
——专访"嫦娥一号"探月卫星总设计师兼总指挥叶培建

赵 乐 申光耀

我国航天史又进入了一个新阶段——深空探测。经过几年的努力，我国自己研制的"嫦娥一号"月球探测器将飞绕月球，并仔细地观察它。嫦娥这个在月球上寂寞地生活了几千年的中华姑娘就会在家门口看到来自遥远故乡的飞行器，听到它亲切的问候，她肯定会激动万分，并盼望有那么一天，来自故乡的客人会降落月球，到广寒宫做客，她一定会热情地款待他们，并以广寒宫为家，把他们再送到更远更远的地方。——孙家栋（"嫦娥"工程总师）

编者按：2003年11月，本刊在全国媒体中率先刊登了中国空间技术研究院月球探测卫星工程论证组的文章《嫦娥工程——中国的绕月探测工程》，首次向国人披露了我国的探月计划，立即引起社会的广泛关注，一转眼两年时间过去了，随着"神舟六号"飞行的圆满成功，人们有理由把目光更多地集中到祖国的航天事业上来。那么，"嫦娥"工程进展如何？什么时候我国的飞行器光临月球？日前，本刊记者带着大家关心的问题，采访了中国科学院院士、"嫦娥一号"月球探测卫星总设计师和总指挥叶培建先生。

记者：我国航天发展经历三个步骤：应用卫星、载人航天工程、探月工程，是否可以说我们国家有探月设想已经很久了？

叶总：是的。中国实际上很多事情想得都是很早的,包括载人航天工程在内的中国航天发展设想是很早就有规划的。我们国家实际上在30年前就搞过"曙光"工程,那时还训练过航天员,不过这个工程后来下马了。探月的设想,也曾有科学家提出过,但当时没有立项。实际上,中国科学院有许多科学家都对月球进行过研究,并有了一些认识和成果。我记得2000年公布的《中国航天》白皮书里面就谈到了应用卫星、载人航天和卫星探月。

记者：我国的"嫦娥"探月工程是何时立项的呢?

叶总：我国的"嫦娥"探月工程是在2004年4月立项的。具体地说,对于探月工程,2000年的白皮书中只是在设想层面上的一谈,这个工程真正开始进行论证是在2001年。工程上以航天专家孙家栋为首,组织上由国防科工委栾恩杰牵头,集合了一些科学技术人员开始进行论证,先后开了几次会议,当时大家对这个工程的积极性都很高。我那时刚刚打完某型号卫星的第一发,正准备打第二发。2001年10月,中国空间技术研究院的领导找我谈话,让我过问探月工程的事情。那个时候我和领导讲:"我实在忙不过来,手头上还有两个型号正在研制,还准备研制后续型号……"领导说:"你主要过问就可以了,不用抓得太细,主要是在工程方面。"但我觉得,我要么不做,要做就一定细致。我从2001年10月开始介入探月工程的工作,组织了一个论证组,实际上在这之前半年,我们院就已经有一些技术人员开始了对这个工程的论证工作。我介入的时候已经有了一个最初的书面报告,但这个报告还不是很具体完善。经过航天科技集团对各个院报告的综合审核,认为中国空间技术研究院的方案比较好,希望以我院的方案为主,辅以其他各院方案中好的建议,做出一个完整详细的探月工程方案。2002年的春节前后,我院就拿出了一个比较完整的方案,现在的方案基本上就是那时做出的。这时虽然国家还没有立项,但是国防科工委、航天科技集团、中国空间技术研究院都看到这个项目,国家立项是早晚的事情,早一天动手,早一天准备,就可以有技术储备,入手也就更快。就是那时,我成为这个工程的技术负责人,组织人员进行各个项目的攻关。2002年、2003年两个春节我们都没有完整过过。到了2003年10月,中国航天专委会就已经明确要上探月工程这个项目了。因为我们已

经着手做了一段时间,所以很快就上报了可行性报告,申请报批。2004年春节期间,国务院总理温家宝批准了这个项目,我院马上举行了工程启动大会,正式成立了项目办公室,任命了卫星系统的总师、副总师、总指挥以及副总指挥。从2002年春节开展工作到2004年春节后立项,这两年的时间我们一直马不停蹄。通过大量细致的准备,立项后至今仅仅一年半的时间,我们已经完成了电性星、结构星、热控星、攻关技术以及专项试验等,2005年11月,我们已经进入了正样星研制阶段。

记者:这个进展真是非常迅速,这是否也说明了预研在航天科技发展中的重要性?

叶总:从这点来看,既有经验也有教训。预研是我们航天发展的基础,但我国航天发展的一个很大问题就是:过去的预研有些脱离实际,因此从预研到工程有很大的差距。过去的预研总是抱着一个成果,等到要运用的时候发现离实际的需求差得很远。而我们此次探月工程的预研不说成是预研,而叫先期攻关,就是直接瞄准月球探测中要遇到的各种状况和困难进行攻关,所以不同于以前的预研。就是这种有的放矢的先期攻关使我们现在已经完成了"嫦娥一号"探月卫星初样星研制的全部工作。

记者:我国探月卫星研制的过程是怎样的?

叶总:一个卫星研制要分几个阶段。第一,方案阶段,这个阶段在工程立项时已经完成了。第二,初样阶段,立项后工程很快就进入了这一阶段。我们先研制了一颗电性星,星上的所有设备都是为了验证探月卫星所有电性方面的性能。之后,我们研制了一颗结构星,通过各种试验对星体结构进行考核,包括振动、噪声等。接着,我们又将结构星改造成热控星,做各种热控试验。第三,专项试验,在此阶段,我们进行了多项专项试验,包括卫星系统和测控系统的对接试验,卫星系统和应用系统的对接试验等大型接口试验。至此,我们就掌握了正样星设计的全部参数。同时,我们还完成了几项攻关技术……到目前为止,月球探测卫星"嫦娥一号"的关键技术全部取得突破。第四,正样星的生产。按照计划,2006年年底,正样星就可以组装完毕,待命。在2007年4月发射。

记者：我国"嫦娥一号"探月卫星工程包括哪些系统？有什么特点？请您做一介绍。

叶总：一般来说，一项航天器工程，都含有五大系统：飞行器、运载系统、发射场系统、测控系统、应用系统。载人航天因为特殊，多了一个航天员系统和一个着陆场系统。"嫦娥一号"工程具有工程时间较短的特点，所以我们必须尽量利用已有的条件。我们运用的运载系统是现成的，原则上是使用"长征三号甲"运载火箭；发射场定在西昌卫星发射中心；测控系统就是"神舟"系列飞船的测控系统；可以说，整个工程中新研制的就是这颗"嫦娥一号"卫星，这是工程的核心。而这颗卫星又分为两个部分：平台和有效载荷。"嫦娥一号"卫星的平台可以用三句话来概括：第一，它的推进和结构继承了"东方红三号"卫星。"东方红三号"卫星推进器有一个推力为490 N的发动机，我们就是用这台发动机来完成整个探月卫星的运行过程。第二，卫星要想围绕一个星球转起来，无论是围绕地球转还是月亮转，它的姿态控制、它的观测，对地对月没有什么本质的区别。因此，在某些方面它继承了"中国资源二号"卫星和"中巴资源一号"卫星，包括计算机系统、姿轨控制系统、数据管理系统、供电系统。上面说的两部分，第一可以简称为"送"，第二可以叫作"看"，绕着月球看，就构成了对月观测系统。当然这还不够，探月卫星毕竟和地球卫星不同，因此我们针对围绕探测月球的具体情况，还有许多创新和改进。

记者：您能不能讲讲探月卫星和地球卫星究竟有哪些不同，会出现哪些新问题，我们在这些方面是如何进行了改进和创新呢？

叶总：探月卫星运行的过程和地球卫星运行的过程相比，会遇到许多不同的、新的情况。

第一，轨道设计问题。卫星探月先要走过38万千米。这38万千米怎么走？我们谁也没有走过。月亮和地球都是在不停运动的，月亮围绕着地球转，每时每刻的位置都是在不停变化的。卫星进入轨道的时间不能提前，也不能拖后。如果卫星不能进入轨道，无法进入月球的引力场，那么卫星就会自己漂向宇宙深处。所以我们必须精确计算出一个时间，让卫星恰好进入轨道。

第二，姿态控制问题。原来我们发射的地球卫星围绕地球转的时候，它

走在路上

只要做到两体定向就可以了。无论是通信卫星还是观测卫星,它是对谁服务的呢?对地球。所以它的测控系统和有效载荷都是朝着地球的。而它要获得能源怎么办?它的太阳翼就要对着太阳,这样就可以围绕地球工作。但现在它要到月球探测,所以它的有效载荷要对谁呢?对月球。测控中心在哪儿呢?在地球。因此测控系统要对着地球;而要获得能量,太阳翼还要对着太阳。这就是三体定向问题,这对卫星的轨控系统要求很高。

卫星在绕月过程中太阳入射角度是变化的,我们就调整卫星的飞行姿态,让太阳翼转向太阳,这样能源的问题就解决了。又带来了一个新问题——卫星上的CCD相机原来是横向扫描的,现在随着卫星的旋转,相机也旋转了90度,变成了纵向扫描,但CCD相机是无法纵向扫描的。我们的火箭运载能力也限制了我们不可能在卫星上安装各个朝向的相机,如果将来我们新一代大推力火箭研制出来后,这些问题将会更好地解决,但我们现在只能利用现有的条件来解决。再一个问题就是冷热温差对卫星带来的考验。同样是卫星的一面,这几个月温度是高的,过几个月就非常低了,我们既不能让它散热散得太多,也不能让它保温保得太过。这个温控的问题就摆在了我们的面前。

第三,就是发射时间的问题。探月卫星不是每天都可以发射的,一个月只有一天。在这一天发射,卫星就会进入与月球交会的轨道,而过了这一天,就不可以进入轨道了。卫星都是要装燃料的,而推进剂燃料的装载量是有限的。月球从地球的另一面绕过来的时候,我们发射的时机就一定要掌握好,如果我们的时机没有掌握好,卫星就要等待月球到达或是在后面追赶月球,那样付出的代价是相当大的。因此在燃料和运载能力一定的情况下,我们必须选择一个最佳窗口。这里还隐藏一个问题,每个月只有那么一天适合发射,工程上怎么办?那天要是下雨怎么办?要是打雷怎么办?发射时间是一定的,但是在工程上是保证不了的。

那么我们怎么解决这些问题呢?下面我就简要地解释一下。

先说轨道和发射窗口的问题,我刚才讲到卫星要和月球交会,进入月球轨道的那个时刻是一定的。我们怎么解决呢?所有我们遇到各种天气的变化、云层高度的变化都是在对流层里发生的。我们想一个办法，假如我们计算出来，2007年的4月19日那天，是从地-月转移点奔向月球的最佳时间和最佳路线，可我们又不知道19日那天的天气是怎样的，我们就提前发射运载火箭，就把发射日期定在17日，17日天气不行就18日发射，18日不行就19日发射，这样我们就有三天的发射机会。如果17日卫星就发射了，我们可以设计一个调相轨道，让卫星围绕地球转3天，在天上调整卫星轨道，等到19日那天正好到达最佳的地—月转移点，从这个出发点向月球飞去。这样虽然消耗了一点能量，可是保证了发射的成功。所以我刚才讲我们继承了这个、继承了那个，但我们还是有许多创新。

再来看姿态的问题，我们的卫星过去主要任务都是看地球。地球与许多星球相比有一个特点——它是热的，它有红外。因此，我们所有的地球卫星上都有红外探测器。红外探测器在扫描地球的时候，只要地球进入扫描范围就会有脉冲，扫过地球后脉冲就消失了。这个扫描过程形成了一个方波，找到这方波的中心，就可以找到地球的中心，这就能使卫星保持固定的姿态，让它总是定位在朝向地球的方向。月球没有丰富的红外，有丰富的紫外。我们原来用红外探测器来看地球，现在就要用紫外探测器来看月球。但是我国从来没有研究过紫外探测器。为了探测月球，我们第一个攻关技术就是研制紫外探测器。第二项攻关技术就是三体定向。两体定向很简单，只要调整卫星的姿态让它的有效载荷始终朝地球，太阳能帆板始终朝向太阳就行了。月球卫星则不同，如果它不断地在变化姿态保证所有的有效载荷都朝向月球，它就保证不了天线对地球。要想让天线能够对地球，就要让天线全方位地旋转，而这种全方位转动的天线我们国家是没有研制过的。这对机械部分是很大的考验。在空中那么冷、那么热的情况下，还要天线很灵敏地找到地球，一旦找到地球就不能再转动。我们就把这种天线叫作双轴定向天线。我就举上面两个例子，此外，我们还有许多技术攻关和许多创新。

记者： 请您谈一谈我们整个"嫦娥"工程的整体设想，以及未来会遇到的困难。

叶总： "嫦娥"一期工程就是发射"嫦娥一号"卫星，而且还要发射两颗；

走在路上

第二步就是要发射月球着陆器，着陆器着陆月球后，还要从里面走出一个月球车；第三步就是要进行采样返回。对后面两个步骤中，还有许多新的技术需要攻关。首先从大系统上来讲，"嫦娥一号"工程是利用了许多现有的条件，但二、三期工程只利用现有的条件是不行的，测控方面是肯定不行的，运载系统有很大的困难。这就要利用我国正在研制的新型大推力运载火箭。既然用新的运载火箭就要用新的发射场，同时就要有新的测控条件。我们现有测控条件主要是用USB，就是载人工程运用的这套测控系统，如无大型火箭，现有火箭完成二期任务的目标就要收缩。

从飞行器来讲，也有许多问题亟待解决，要有很多跨越式的发展。

第一，我们要解决月球着陆器如何软着陆的问题。它和"神舟"系列飞船遇到的情况不同，月球上没有大气，不可能用降落伞减速，它必须用自己的发动机来减速，就要有一个缓冲着陆装置，或者是气囊或者是着陆腿。所以如何安全地着陆，这是一大技术难关。

第二，我国要研制自己的月球车。月球车本身就是一个飞行器，月球的表面和地球不同——非常松软，有很多大坑，还有很多大石头，月球车如何在这样的情况下自动行走是个问题。月球车在月球上行走，遇到不同的情况，它将如何处理？我们无法在遥远的地球控制它的每一步。比如遇到一块岩石，它如何识别？这就需要有智能的月球车自己进行判断，因此它的自动导航技术也是一个需要攻破的难关。你可能会问，月球车是否可以把当时遇到的情况进行拍照，传输回来呢？我们也有这项技术，叫作遥操作，我们看到图像传回来，再给出它下一步的行动指令，这是可以的，但是数据传输量很大，就会遇到我们马上要谈的问题。

第三，月球着陆器不仅要着陆月面，它还要对周边的环境进行勘测，月球车也要进行勘测，这些设备如何研制？勘测得到的大量数据如何传输回来？地月距离很远，越远数据就越难传输，在传输过程中信号会有很多衰减。解决数据衰减最有效的办法之一就是降低码速率，因为码速率越高需要功率就越大。距离远、数据量大，传输效率还要高，这里面的矛盾一定要解决。遥操作会使数据传输量很大，通信就是问题；但如果不使用遥操作，月球车自动导航就要求自身的计算机处理能力很高。

第四,月球车的能力问题。月球车降落在月球上,月球自转一圈是28天,也就是说有14天见太阳,有14天不见太阳。如果我们在月球上的全部任务能够在14个地球日完成,月球车就可以不过夜。否则,月球车就要在月球上过一夜,这一夜就相当于我们过14天。这14天见不到太阳,没有能源。没有能源,温控就成问题,我们怎么保证月球车不被冻坏。一旦过夜后,我们还要将月球车唤醒。所以二期工程中的火箭技术、测控技术、着陆器技术、月球车的研制都是未来我们要掌握的技术。

"嫦娥"工程进入第三个阶段,我们还会遇到更多的问题。有一部分要返回,就有一个如何再起飞的问题,以及返回的轨道设计、轨道控制和再入大气层、如何软着陆的问题。还不仅仅是这些,我们要卫星返回主要就是让卫星将样本带回来。首先要解决的是如何在月球上采样,机器人怎么控制、怎么去挖坑、怎么取东西、怎么放起来这些具体控制问题。我国现在的机器人技术在地面上是可以实现这些的,但我们如何把它运用到月球上,是我们的课题。

记者:我们国家在这几年载人航天工程方面取得了很大成就,希望您能谈谈"神舟"工程和"嫦娥"工程有哪些联系或者说有哪些可以借鉴。

叶总:载人航天给我们带来的启发,第一,就是载人航天精神。我们航天人无论做什么都一定要发扬这种精神,这是我们的宝。第二,载人航天告诉了我们一件事情,就是做任何事情要细之又细。载人航天工程和其他卫星工程相比多了一个人的安全,安全性、可靠性就要求更高。我觉得我们搞"嫦娥"工程,它现在虽然还没有上人,但它是我国航天进行深空探测的第一步,必须用这个精神来做,要保证首发成功。首发成功了,对我们整个中华民族是一个巨大的鼓舞。如果不成功怎么办?当然我们说科学实验是会有失败,所以有一点,我们要从一开始就如临深渊、如履薄冰。第三,在航天技术领域方面,我们是不能依赖国外的帮助的。我们可以去国外买一些资料或者是参观学习,但他们会在一些关键技术上保密,会隐藏那些关键性资料。所以我们航天还是一定要靠自力更生。

记者:美国、苏联等航天大国,在很早就已经将飞行器送上了月球,美

国的"阿波罗"计划还把人类第一次送上月球,在当时的情况下,他们为什么会在很短的时间内做到了这件事?

叶总:美国人和苏联人的"登月竞赛"是有一定的时代背景的。第一,当时的美国和苏联的国民经济水平已经达到了一个相当的高度,有这个能力。第二,在当时处于冷战时期,社会主义阵营和资本主义阵营是针锋相对的。应该讲,苏联作为社会主义阵营的老大哥在这方面做出了很重要的贡献。两个阵营在航天方面的第一局较量,社会主义赢了——1957年,苏联发射了第一颗人造卫星。紧接着苏联宇航员加加林上天,为社会主义阵营赢得了第二局。美国人在那个时候认为,如果继续搞载人航天工程只是步苏联人的后尘,所以决定倾尽全力搞登月计划。但当时的情况又与现在不同,对安全性和可靠性的考虑是不如今天如此高标准的,加加林乘坐的载人飞船只环绕了地球一圈,而且还不是软着陆回到地球。我们现在的环境和当时比起来要好得多,所以我们在吸取他们经验教训的同时,要提高我们的安全性和可靠性。

记者:有人认为,别人已经探过月,我们没有必要再走走过的路,您对这个观点怎么看?

叶总:我认为这是不对的,从航天发展来看,探测月球是一条必经之路。道理很简单,月球是离我们最近的一个星球,如果我们连月亮都上不去,就不可能去更遥远的星球。从某个角度来说,考察火星比考察月球的意义要更大一些,但如果我们连月球都去不了,怎么能够去火星呢?月球可以看作我们的一个试验基地。有人说这是在走别人的老路,但是我说不对,这应该叫作英雄所见略同。你只要想走深空探测这条路,那么探测月球就是客观规律的体现,这就是正确的科学发展观。虽然探测火星我们还没有计划,但是从科学的发展眼光来看,我们肯定要探月,也肯定要探测火星。"嫦娥"探月工程有一期、二期、三期工程,以后我们还要火星探测,但始终没有谈登月这个事情。我们只是在各个场合说,我们要搞好二期工程、搞好三期工程,为我国的深空探测建立一个很好的起步。我认为这里面最重要的一个原因是我们登月还需要做很多的技术准备,我们确确实实没有很多地去想它。

记者:国际上有一个《和平利用月球公约》,里面提到谁开发谁利用,那么月球到底可以给我们提供哪些资源呢？

叶总：国际公约中的规定，简单地说就是月球是全人类的，月球要和平利用，还有一句话就是谁开发谁利用。我举一个不太恰当的例子，美国开始搞核试验，研制了原子弹和氢弹。等到它武装好了，后来就制定了一个全球禁止核试验的公约。月球的开发和利用会不会也出现这样的情况？很多事情我们是不可预见的。所以我们要尽可能快地走向月球，这样无论从科学意义，还是资源利用，包括政治意义都有很多潜在的、重要的意义。比如说月球上的氦3，在地球上它是非常稀有的，它最重要的意义就是能够解决我们地球的能源问题。我们的原油按现在估算还可以开采70年。从电力能源看，我们的发展方向是核发电，但我们现在核发电都是利用核裂变，这就会带来许多可能的危险。因此我们要向核聚变的方式转移，掌握可控的热核聚变的技术。核聚变有一个同位素，氦3是最好的同位素，但地球上几乎没有氦3，月球上却有很丰富的氦3资源。你也许会问，即使我们找到了月球上面的资源，我们怎么可能把它运送回地球呢，怎么解决这些能源传输的问题呢？那我想反问你一个问题，100多年前，莱特兄弟设计的飞机，飞行高度是20多米，飞行距离大概100多米远。现在的飞机，今年面世的空中客车A380能够载客500人，飞行14 000千米，这在当时的情况下如何才能想象得到呢？同样，你以今天的科学技术、今天的能力想象飞船登陆月球也是不可能的，但也许过50年，也许更短，它将很真实地呈现在你的眼前。美国现在不是也在准备2018年重返月球嘛，还要在月球上建立基地。这100年科学技术的发展是过去几千年都无法比拟的，你怎么能够想象今后100年的发展呢？也许几百年以后的人，看我们现在都会觉得我们生活在远古时代，他们会觉得这些人很奇怪，怎么还坐汽车、骑自行车，简直是不可思议。

记者：国外现在也掀起了一股探月热潮，请您谈谈对这股热潮的看法，并着重讲一讲您对印度宣称2007年发射探月卫星的看法。

叶总：21世纪初，全球很多国家都在搞探月计划或登月计划。美国有"布什计划"；欧洲有"曙光女神"计划，并发射了"SMART-1"探月器，并且要飞行很长时间，效果也不错；日本也发射了探月器。印度航天也不可小看。

实际上,印度在航天方面还是很有发展潜力的。而且据我所知,印度在航天方面的投资,在国民生产总值里的比例和其他国家比起来还是比较大的。印度在通信卫星和遥感卫星方面也做了很多事情。印度和我国比较起来,有一个客观存在的条件。它可以向其他航天大国购买高新科技、元器件等,或者请别人制造,或者联合发射,所以在航天科技方面的进步还是很快的。印度的遥感卫星还是非常先进的,而且他们在有效载荷小型化、电子化方面的水平还是很高的,这和印度较高的计算机技术是分不开的。印度的探月计划是印度总统在印度独立日那天发布的,宣布了2007年发射"钱德拉"月球卫星一号,所以它的可信度还是很高的。虽然我们从报纸、电台等媒体没有发现报道它的探月计划有哪些实质性的进展,但我们一定要重视它。

记者: 我国在载人航天工程取得重大成就、"嫦娥"探月工程取得重要进展的时候,会不会给我们带来更多的国际合作机会?

叶总: 我们是非常希望国际合作的。我想在航天方面,不是我们不想进行国际合作,而是像美国这样的国家不愿意我们和它的科技差距缩小。现在不用说广泛国际合作,就连原来在元器件和原材料方面的贸易往来也很困难。所以我们更加要依靠自力更生。

记者: 我们了解到您从1968年被分配到卫星制造厂开始从事航天事业,至今已经将近40年了,您身上有着强大的民族自豪感。您在瑞士留学的时候,曾有外国的学生问过您这样一个问题,就是"中国是否有冰激凌",您当时的回答非常有中国人的骨气,您回答说:"中国在两千年前就已经掌握了用冰冷藏食物的技术,那个时候你们的祖先连衣服还没有穿。"这句话让人记忆犹新。您现在又在负责"嫦娥"探月卫星,来实现我们整个中华民族千年的奔月之梦,您的民族自豪感是非常让我们钦佩的。再从近期大家关注的载人航天工程来看,负责工程的大部分工作人员,包括各系统总师的年龄都非常低,您也介绍了我们的"嫦娥"工程负责人的年龄也非常低,我们也想请您谈一谈,您在后续队伍梯队建设上的一些想法以及如何对中国航天青年人才进行培养和教育。

叶总: 我们院员工中科研人员占50%,科研技术人员中35岁以下的占

59%，两个系统的正副总师、正副总指挥平均年龄 45.6 岁。我举几个具体例子：现任的飞船总设计师 43 岁，总指挥 42 岁，原来的负责人是戚发轫；新一代通信卫星总师 42 岁，"嫦娥一号"卫星的副总师才 32 岁，副总指挥是 35 岁。人员的梯队结构还是非常合理的。在培养青年科技人员方面，我就跟他们讲，你们应该说赶上了好时候，能够承担这件了不起的事情，你们要把这个千年的梦变成现实。我们那些老一代的航天人，有的干了一辈子，也没有遇到这样一件有意义的任务。从"神舟五号"发射成功的反应，我们就能看到中华民族的凝聚力。我们应该感到如果我们不把这件事情做好会是一个什么样的结果。

记者：今天的采访非常愉快，刚见到您时，还有些紧张，可现在发现您是一个很和蔼的人。

叶总：我这个人还是很随和的，但其实我是一个"两面派"。在和同事、和年轻人相处的时候，我在生活上是很关心他们的。谁有困难包括子女问题、职称问题、住房问题等，只要提出来，我会尽量去找有关单位，帮助他们解决。但是谁要是在工作上马虎，我立刻就翻脸。只要我交给的任务很好地完成了，就可以了；但是你要是在工作中马马虎虎、不守时，那我批评就很严厉。所以跟我工作的人总的来说心里都很痛快。

记者：谢谢您能在百忙中抽出时间接受我们的采访，谢谢！

原载　2006 年 1 月《世界航空航天博览》

19. 鹏飞银河梦万里
——记"嫦娥"工程月球探测卫星总设计师兼总指挥叶培建院士

叶培建，1967 年毕业于浙江大学无线电系，1980 年赴瑞士留学，1985 年获博士学位。他获得学位的当年即回国，就职于中国空间技术研究院北京控制工程研究所，任研究室主任，报效国家多年来的悉心培养。

1989 年以来，他先后担任研究院计算机总师、院长助理、科技常委、卫星总设计师兼总指挥、太阳同步轨道平台首席专家等职务。他是国家自然科

学基金委员会计算机学科组专家，中国宇航学会、中国空间科学学会、中国地理信息等协会的理事，哈尔滨工业大学、北京航空航天大学、南京航空航天大学、厦门大学兼职教授，博士生导师，中国科学院院士。他曾任"中国资源二号"卫星总设计师兼总指挥，是我国航天器研制的学科带头人之一，也是中国空间技术研究院计算机辅助工程技术的开创人之一。

叶培建现任中国"嫦娥"月球探测卫星总设计师兼总指挥，在他的带领下月球探测卫星的方案设计已经完成，关键技术攻关已经有了突破，初样工作也已结束。

在可以预测的最近几年，中国"嫦娥"奔月的神话必将成为现实。

巧缘良遇航天路　三星齐辉映苍穹

1992 年，叶培建在闵桂荣院士和有关领导的关心下，从主管计算机的工作转移到参与卫星型号研制。从那时起他便从技术基础工作转移到空间技术的主战场。

一开始，有不少同志认为他参与型号研制的实际经验较少，可能难担此重任。叶培建认为这种担心是完全合理的。于是，他时刻以同志们的这种担心来告诫自己，虽然自己书读得不少，但对型号方面的知识懂得不多，必须虚心学习请教。古人曰："纸上得来终觉浅，绝知此事要躬行。"所以，要做好本职工作，不让大家失望，就得努力学习，学习，再学习！

抱着谦虚谨慎的态度，叶培建在后来的工程中认真实践，同时认真接受闵桂荣院士、王希季院士、杨嘉墀院士、屠善澄院士的指导。他非常注重向一切人学习，到第一线去，把自己的理论知识和一些新的管理理念与实践结合起来，才能让自己最快、最好地胜任工作。经过一段时间的实践，他很快进入了角色，熟悉了业务。

1992 年后，叶培建担任"中国资源二号"卫星的副总设计师。1996 年担纲了总设计师兼总指挥。

那时，他面临的是一颗全新的、高水平的传输型对地遥感卫星。这颗卫星的技术起点高，研制难度大，用航天科技集团公司马兴瑞副经理的话说，在我国已有的卫星中，这颗星是"最大最重的星，具有最高的分辨率，最大的存储量，最大的传输速率，最高的姿态精度，长久的寿命"。

"中国资源二号"卫星将对国土普查、资源探测、环境调查等国民经济诸多领域有着巨大的推动力，是一颗应用范围很广的"智多星"。在我国的卫星研制生产史上，它是第一个与用户签订研制生产合同的卫星，这意味着我国的卫星制造业由过去的计划经济向市场经济的进一步转轨。这颗星还第一个实现了星地一体化设计，这意味着在卫星研制中不仅要对星体本身的技术负责，还要对地面应用系统的集成技术负责。

重担在肩，诸多挑战，似乎压得叶培建有点喘不过气来。研制过程中的失败和其他问题接连不断，常常弄得他心力交瘁，他甚至想到了要打退堂鼓。每当这个时候，他就自己鼓励自己："一百里的路程走了九十九里了，我们的成功就在眼前，一定要坚持下去，我能做得很好的！"

叶培建带领着全体成员咬紧牙关，集思广益，迎接一个又一个的挑战。

这颗卫星首次进驻北京唐家岭航天城，研制队伍成为中国空间技术研究院实体化改革以及AIT一体化的第一批实践者。

当时最严峻的情况是，在技术上有七大难点需要攻克，在管理上有若干做法要改革。在卫星型号研制管理过程中，他是第一个实践着把电测和总体分开的总师。成功的实践，为测试队伍专业化打下了基础。同时，他也是第一个提出在卫星进入发射场前要进行整星可靠性增长试验，把问题彻底解决在地面的总师。

这诸多个"第一"实践充满了艰辛，这些难度的跨越无疑是对他的能力和水平的一次又一次考验。

卫星的相机需要进行航空校飞，而相机的体积大，再加上各种辅助设备和平台都要装入飞机，为了合理空运，他们只好把一架飞机内部原有的装备拆空，进行了大大的改造。改造完后，大家对飞机的安全存有担心。作为试验的组织者，叶培建就自己带头上飞机进行了第一架次的飞行，这一下就消除了大家的担心，同时也增加了大家的信心，并且使得试验很顺利地进行下去。

叶培建对队伍的管理以严格著称，了解他的人都知道，他说话办事从来

走在路上

都是直来直去。每天他总是提前半小时到办公室,把一天的工作按顺序列出,每逢节假日,他总是要到试验现场转一转,2000年的"五一"长假,他和试验队一起加了五天班。

作为一个科技工作者,困难和挑战是随时都会遇到的,必须有良好的心态正确地面对这一切,才能找到最终的解决方法。作为一个领导者,在这个时候仅仅克服困难是不够的,还应该身体力行,鼓舞士气,起好表率作用。

叶培建做到了。

以前,中国一颗卫星要研制10年,而现在一年要发十几颗卫星。五院对卫星发射任务不断进行流程再造。经过首次流程再造后,"中国资源二号"卫星发射队从以前的140人降到了99人。由于人员的大量压缩,在交接过程中出现了几个低层次的管理问题。这些问题的出现给发射队带来了很大的震动。

在完成归零报告之余,卫星发射队又进行了细致的质量复查。

叶培建总师指出:"只要卫星没有加注、没有点火,就要将复查进行到底。"2000年9月,"中国资源二号"01卫星发射圆满成功,很好地完成了"中国资源二号"卫星系列的研制、发射和运行任务,叶培建成功地向培育了他的祖国和人民交了一份满意的答卷。

2003年,该星被授予国家科技进步一等奖。

在叶培建眼里,荣誉永远属于过去,每一次发射都是从零开始的卫冕战。

叶培建对卫星研制技术工作要求精益求精,抓大也抓小,甚至细化到卫星的各级技术状态。他常说:只有对质量问题"捕风捉影",才能亡羊补牢。集团公司质量部的人员说,"中国资源二号"卫星的质量透明度是最高的。

"人家是一个脑袋、两只手,我们也是一个脑袋、两只手,人家能干成的事,我们也一定能做到!"这是他最常说的一句话。

在靶场,他创造性地执行五院徐福祥院长关于型号研制的两个令,制定了一系列规定。为了强化电测这一关键工序,他编成"十好歌"在队员中广为传诵:"思想状态精神好,岗位责任落实好,口令应答准确好,操作执行无误好,判读数据及时好,表格填写规范好,班前班后会开好,计划调度有力好,问题归零认真好,政策兑现大家好。"

电测工作既是主线，又是要求，"十好歌"贯穿和浓缩了工作的全部内容，朗朗上口。

2004年，发射03星。由于当年的航天发射任务繁重，"中国资源二号"卫星发射队将发射准备流程从63天压缩到了49天。为了不留任何隐患，发射队开展了广泛的"双想"工作和质量复查工作，共查出2个技术问题和4个管理问题。

发射前夕，10月16日晚上10点。叶培建和"长征四号"乙火箭总指挥、总设计师李相荣同时意外地接到了张庆伟总经理从西昌卫星发射中心打来的电话。

总经理嘱咐两位老总："这回要靠你们了，工作要抓细，过程要走好。"

两位老总接到电话后，如同接到了军令状，分别在两个发射队召开了动员会，将总经理的嘱托传到了发射队的每一个队员心中。

面对总经理的重托，发射队员们纷纷表示：要坚决守住阵地，人人对成功负责。火箭发射队喊出了"成功面前找差距，自我加压保成功"的口号。

叶培建带领的卫星发射队以"轻车熟路查不足，收获季节找差距"为指导思想，认真检查质量复查的落实情况，不放过一个疑点，不放过一个细微变化。他们"用放大镜找隐患"，一步一个脚印，确保工作实效，确保发射成功。

在卫星第二阶段测试中，卫星发射队发现数传信道一路中的一个设备输出杂波增大，指标比在北京测试时有所下降。

叶培建不放过这个问题，要求承制单位抓紧归零。

很快，承制单位查清了问题的原因，是设备中一块电源板的接地不好而造成的。为了不耽误进度，确保卫星按期发射，北京的专家和远在西安的承制单位通过视频会议共商对策，最后确定从卫星总装厂急调技术能手，前往发射场抢修，终于在预定时间内安装测试完毕。

03星于2004年11月发射成功。

"中国资源二号"卫星由01星、02星、03星三颗卫星构成，成共轨、同面、相差120度组网，实现了"三星高照"。01星在2000年9月1日发射，在轨运行状况一直良好；02星在2002年10月27日成功发射。三星组网在大大缩短卫星对地观测重复周期、进一步提高时间分辨率和系统可靠运行的同时，创下了我国不同时间发射同一型号的三颗卫星辉映太空的纪录。三星成功组网标志着我国太阳同步轨道卫星研制技术取得了重大突破，在卫星长寿命、高可靠性研制上积累了经验。三星组网的轨道控制相位漂移与位置保持控制措施，也为后续型号卫星组网提供了成功的经验。

在中国航天科技集团公司众多的宇航产品中，"中国资源二号"卫星被称为精品卫星。

在生活上，叶培建千方百计地为队伍中的人排忧解难。他注重队伍的精神状态，在试验队里开展了"温暖工程"。队员的个人需求，他都要尽力而为，尽他自己的力量为同志们解决一些问题，子女就业、住房调整、生病住院、职称评定等。他认为，这就是政治工作，是型号研制中活生生的思想工作，也是一种感情投资。

叶培建从事的事业，得到了党和国家领导人的高度重视。他在工作过程中有幸受到来视察工作的江泽民主席等领导人的亲切接见，并与李鹏委员长、朱镕基总理、曾庆红副主席、李岚清副总理、黄菊副总理、军委曹刚川副主席、傅全有总长、陈炳德部长等领导人握手、交谈、合影留念。

他备感光荣。

大鹏一日同风起，扶摇直上九万里

1958年，美国发射的第一颗月球探测器"先驱者"0号，迈出了人类探测月球的步伐。

48年后的今天，我国首次月球探测计划"嫦娥"工程正式进入实施阶段，这将成为继美国、俄罗斯、日本、欧洲之后第五个月球探测计划。

探月工程任重道远，在谈到月球探测卫星的设计时，叶培建说，探测卫星的平台部分将继承"东方红三号""中国资源二号"卫星等已有的成熟技术，定向天线、紫外敏感器、有效载荷等将进行新研制，并充分利用我国现有的测控、发射场基础，全国范围内大协作，争取在较短的时间内发射我国第一颗环月探测卫星。随着中国探月工程的逐步实施，中国人对月球的认识和利用将翻开新的一页。

从蹒跚学步到花甲之年，他感慨万千地说："湖州中学，是他真正接触科学的开始。"四十余年来，他从湖州中学到浙江大学，再进入航天大门，然后得改革开放之机遇，出国深造，到今天他自己能为国家、为人民做点事情，成为中国科学院院士，卫星的总设计师，正在为中国人民几千年的梦想——"嫦娥"工程而努力工作，让他感到很自豪。

在院士群体中，叶培建是比较年轻的，他相信自己今后还可以做很多工作。老一辈的科技工作者们已经给这些后人们树立了良好的榜样，温家宝总理在第十二次院士大会上的报告深切缅怀了许多功勋卓著的老一辈科学家，他们的路就是自己努力要走的路，他要和老一辈科学家一样，奉献、奉献、再奉献，争取再为国家的航天事业做一些成绩，对得起人民给予的荣誉，做中华民族的好儿子！

"思得壮士翻白日，光照万里销我沉忧。"面对浩瀚苍穹，面对满天星斗，面对中华民族的伟大复兴这一历史使命，作为我国自己培养起来的中青年航天技术专家，叶培建深感肩上担子的沉重，他正把握机遇，厚积薄发，全身心融入祖国建设的命脉之中，以自己的才智为东方巨人的腾飞插上翅膀，为振兴华夏而努力！

有人说，古罗马雕塑中的女神维纳斯是美的，也有人说，哥本哈根港遥望大海的鱼美人是美的。但叶培建想，定会有艺术家选择科学家高举双臂擎起一副神奇的翅膀的姿态，塑一雕像。它充满着力，凝结着热，流溢着爱，闪烁着美……

雄伟的山峰俯瞰历史的风狂雨落，坚实的脊背顶住了亿万年的沧桑，从容不迫，浩荡的洪流冲过历史翻卷的旋涡，惊涛骇浪拍击峡谷，涌起过多少命运的颠簸；秀美风光孕育了瑰丽的传统文化，广袤大地上多少璀璨的文明还在熠熠闪烁。"大鹏一日同风起，扶摇直上九万里"。我们的祖国将在新的起跑线上起飞，向更高的目标冲刺！

原载　2006 年 2 月《神州》

20. 叶培建：问讯"嫦娥"在此时

张传军　赵宏校

"**神**舟六号"载人飞船飞行成功后，世界的目光又一次聚焦东方。一次次的成功，把默默奉献的中国航天人从幕后推到了公众的面前。中国航天的下一步——探月工程更成了人们关注的焦点，作为"嫦娥"工程月球探测卫星的总设计师、总指挥，中国科学院院士叶培建带领的航天人已经完成月球探测卫星的方案设计，关键技术攻关已经有了突破，初样工作也已结束。在可以预测的最近几年，中国"嫦娥奔月"的神话必将成为现实。

良缘巧遇航天路

1945年1月，叶培建出生于长江之滨的著名银杏之乡——江苏省泰兴县（现为泰兴市）。高中毕业时，叶培建各科成绩都很优秀。在填写大学志愿的时候，父亲对他说："我们国家正处于建设时期，正需要大量优秀的理工科人才，你应该立志报效祖国。"当时他自己也向往飞机研制这样的专业，因此，他接受了军人出身的父亲的建议，分别填报了北京航空航天大学、南京航空航天大学。然而，到最后，却意外地接到浙江大学的录取通知书。

1968年，叶培建大学毕业后被分配到了现在的北京卫星制造厂任技术员。1978年，全国恢复研究生考试。因为早年打下了扎实的基础，叶培建一年三考，全部中榜。一考是中国计量科学研究院的研究生，但由于当时航天部不主张本系统人员出系统学习而放弃。二考航天部控制工程研究所鲍百容先生的研究生，也顺利过关。

天资聪颖的叶培建同时考中的还有出国留学研究生。他当时考的是英语，杨嘉墀先生等老前辈考虑到当时中美之间在航天领域的技术差距较大，建议他去欧洲学习。1980年7月，叶培建便远赴瑞士纳沙泰尔（Neuchatel）大学理学院微技术研究所留学深造，师从白朗地尼（F.Pellandini）教授。

叶培建是一个真正做学问的人。他的认真与执着，给同学们留下了很深的印象。瑞士一家报纸曾做过叶培建的专访，报道中说：他从不去酒吧，偶尔打打乒乓球。他说他不喜欢酒吧的气氛，也不太看电影，他把周末的时间都用于看书和工作。当记者问他："你为什么要这样下功夫努力学习呢？"叶培建说："中国从那么多人中选派我出来学习，我们的祖国已经为我付出了很多，我知道肩上的担子有多重，我应该努力，以后要为国家做些事情。"

用自己的行动来改变祖国的面貌

1985年8月，叶培建获得了纳沙泰尔大学的科学博士学位。刚刚完成学业的他，毅然回国。回想在海外留学的情形，叶培建感慨万千，他说："五年的学习，让我充分体会到了瑞士人严谨的治学、工作态度，高尚的敬业精神，做事只有'行'和'不行'，没有'差不多'的信条。"

回国后，叶培建马上参与了"火车红外热轴探测系统"的开发工作，为铁路运输系统提供现代化的设备，这在当时是一个开创性的科技项目。在这个项目中，他确定了轴承滚动和滑动的模式区别方法，并且编写出软件。当时的研究条件很差，他和技术人员一起背着各种仪器搭乘火车，在晋煤外运的线路上，一站一站地采集数据，修正模型。没有信息网络，就利用铁路电话线传输数据构成系统。后来这个项目为我国铁路运输业的长足发展做出了重大贡献，成为所里的拳头产品，创造了可喜的经济效益。1989年，"HBDS-1型第二代车辆热轴探测系统"获得了部级科技进步一等奖。

叶培建还是我国卫星应用领域里"第一个吃螃蟹的人"。他利用卫星做股票交易，也取得了显著的市场经济效益和良好的社会效益。

深圳证券交易所曾以40万元的年薪聘请叶培建，却被他婉言谢绝。中国空间技术研究院原常务副院长李祖洪经常对年轻人说："你们这叶总啊，如果不是为了让卫星上天，早就是腰缠万贯的百万富翁了。"当时，面对才2 000多元的月收入和年薪40多万元的巨大差距，他真的做到了心如止水，平静如常。

大鹏一日同风起　扶摇直上九万里

1958年8月17日，美国发射的第一颗月球探测器"先驱者"0号，迈出了人类探测月球的步伐。48年后的今天，我国首次月球探测计划"嫦娥"工程正式进入实施阶段，这将成为继美国、俄罗斯、日本、欧洲之后第五个月球探测计划。

月球探测的意义在于：第一，可以加深对月球及宇宙的了解。第二，实现这个工程后可获得很多科学成果、工程成果，为将来的深空探测奠定基础。第三，培养和积累人才。我国目前的航天还处在应用卫星和载人航天阶段，对深空探测还没有实践，通过这个工程可以造就一批青年人才，他们将来是我国深空探测的骨干队伍。第四，在这个工程的实施过程中，我们将积累很多新东西，研究新型火箭、新建发射场、新建测控系统等。第五，继应用卫星、载人航天两大领域之后，深空探测成为我国航天技术发展的必然选择，我国的深空探测将从探月开始。适时开展月球探测，有利于在外空事务和开发月球中维护国家权益，促进高新技术的发展和基础前沿学科的创新，从而进一步提高综合国力。

将月球探测作为深空探测的第一步，道理很简单，因为月球是离地球最近的一颗星体，从月球上可以得到许多人类对宇宙的认识，同时还可以从月球上走得更远。美国空间新政策的重点就是重返月球，再从月球走向火星和更遥远的地方。所以，首先要将家门口的事情搞清楚。

叶培建说，我国的月球探测起步晚，但起点不低，中国第一颗绕月卫星将主要依靠自己的力量来研制和发射；我国目前的绕月卫星的技术水平与国际水平相比还有差距，但迈出这第一步对国家来说相当重要。

"世界各国在航天领域的竞争，实质就是对太空资源的争夺，我国要想在世界大家庭中保持持久的竞争力，就必须发展具有中国特色的航天事业！"叶培建说，"太空，具有独特的高位置资源、空间环境资源、空间物质资源、空间信息资源，因此，当今世界对航天事业都非常重视。"谈起航天领域的发展,叶培建坦言,目前,美国和俄罗斯是第一集团,在竞争中处于有利的地位。我国处在第二集团,第二集团各国各有所长,但绝不能掉以轻心,因为这个领域的竞争非常激烈,技术发展很快,稍有不慎就会被其他国家抛在后面!而且绕月卫星与过去所做的地球卫星有很大的不同。

叶培建说,我国过去的卫星都是在地球轨道上运行,现在这个卫星要到月球轨道上运行,过去是对地,现在是对月,这就是根本的不同,因此就会带来以下问题:第一是过去的卫星与地面的距离最远没有超过8万千米,而绕月卫星离地面的距离是38万千米,这38万千米怎么走?既不能碰着月球,也不能飞过去,因此轨道设计和控制是一个新问题;第二是地球卫星对地球观察是两体定向,即太阳帆板对太阳定向,观察设备和测控通信设备定向地球观察和传输信息,但绕月卫星是三体定向,太阳帆板对太阳,观察设备对月球,测控和通信设备对地球,三体定向问题就复杂多了;第三是测控问题,38万千米的探测带来卫星天线怎么设计、地面站怎么设计等问题;第四是由于卫星绕着月球转、月球绕着地球转、地球带着月球和月球旁的卫星绕着太阳转,相对关系比较复杂,从而导致绕月卫星的外热流变化巨大,而我们只能给绕月卫星穿一件衣服,不能换,这件衣服要做到热的时候不热,冷的时候不冷,这也是个难题。

目前,我国已经具备了开展月球探测的基本条件和能力,并确定了月球探测的三个阶段:绕月探测、月球软着陆探测与月面巡视勘察、月面勘察与取样返回。

2003年,我国正式启动了中国探月计划——"嫦娥"工程。

叶培建介绍说,"嫦娥"工程有自己的科学目标和工程目标。我们的科学目标有两大特点:一是科学目标中的不少项目别人已经做过,我们做就要有新的发现,能够对原来的结果加以补充和完善;二是还有的项目是别人没有做过的,这是我们的创新之处。从工程目标上讲,我国起步晚,但起点较高,事隔几十年后我国发射了第一艘载人飞船,但我们的水平绝不是国外几十年前的水平。

叶培建强调说:"作为我国航天活动的第三个里程碑和深空探测的第一步,

月球探测中我们只探月，不登月；第二，月球探测的所有科学目标我们只能说尽可能实现，话不能说得太满。"

作为绕月卫星的总设计师和总指挥，叶培建对目前在栾恩杰总指挥、孙家栋总设计师的领导下的工程进展、研究队伍等都很满意。他所担心的是，公众对航天的风险性和艰苦性认识不足，对工程的期望值太高。

叶培建说，我们国家深空探测还有许多艰苦的路要走，要有成功的决心，要做百分之百的努力，但也要有受挫折的准备，不能成功了就一片赞扬，受挫折了就一片责怪，失败时更需要得到公众的体谅，并且支持这支队伍继续走下去，这样的一个民族才是比较成熟的民族。

原载　2006年第7期《神州学人》

21."嫦娥一号"的质量经
——"嫦娥一号"卫星总指挥、总设计师叶培建

目前"嫦娥一号"卫星已进入整星B阶段电测，处于一个十分关键的时刻。在力保进度的要求下，"嫦娥一号"项目办公室始终牢记"质量是生命"的理念，以抓质量来促进度，力保成功。

记者近日采访了"嫦娥一号"卫星总指挥、总设计师叶培建，了解到"嫦娥一号"卫星项目办在继承航天型号质量工作的经验和完成一系列"规定动作"的同时，始终针对本型号的实际情况，开展有创造性的质量工作。

1. 不断思考、认识、再认识

月球探测卫星在轨道设计、制导导航与控制系统、推进、远距离测控、能源、热控、有效载荷的研制、数据的反演、地面验证方法等方面都不同于以往的卫星。尽管在方案阶段、初样阶段，做了大量的分析工作，但项目办清醒地认识到探月卫星毕竟是第一次研制，可能会有一些意想不到的问题，需要对可能出现的问题进行再认识，并深化理解。

在轨道设计中，经过一轮全国范围内专家背靠背的设计复核，并得到肯定的结论后，项目办又请了三个有能力进行轨道设计的单位，向他们发

出了轨道设计需求，再一次进行多家复核，以保证首发星轨道的正确性。在热控方面，项目办与国内外权威部门进行合作，利用外部力量加强了热控设计的正确性。叶培建说，只要卫星还未发射，这样的"认识"工作就一直要做下去。

2."捕风捉影"，严格归零

叶培建说，当前，五院型号任务很多，各个型号在研制中会出现各种各样的问题。针对这一情况，"嫦娥一号"卫星项目办在研制队伍中提倡"捕风捉影""亡羊补牢"，决不放过任何细小的疑点。

不久前，"嫦娥一号"卫星进行总装，根据以往的经验，负责总装的同志提出要对发动机安装情况进行一次复查。经过复查，果真发现了一个问题。他们及时纠正错误，消除了一个重大隐患，同时也对发现问题的有功人员进行了表扬和奖励。

叶培建介绍说，对于其他型号出现过的问题，"嫦娥一号"卫星项目办都自动对号，认真举一反三，决不轻易地说"没有"。有关单位出现问题，他们就引以为鉴，有针对性地对有关设备进行复查，更换器件，并进行重新设计，从根本上杜绝问题的发生。

对正样研制中出现的任何质量问题，"嫦娥一号"项目办要求各系统都要一一登记，并以文字说明情况，上报项目办，由项目办质量控制小组及时审议，认真梳理，逐一筛查，明确归零的项目必须经过所级和院级的两级归零。在归零过程中如涉及技术状态变动的必须经过项目办技术状态控制小组审议，按技术状态变更的标准实施。通过这些控制措施，"嫦娥一号"卫星正样的质量问题得到了很好的管理与控制。滚动清理，分级归零，保证了型号研制进展以一个较好的基线健康前进。

3. 勇于创新，做好顶层设计

集团公司明确要求"嫦娥一号"卫星和另外两个型号要按飞行标准做好产品保证链工作。

叶培建说，为了做好这项工作，"嫦娥一号"卫星项目办认识到过去从部件到分系统、再到总体的"故障模式影响风险分析"（FMEA）有相当大的局

限性，因此从一开始就决定从顶层向下做好 FMEA，把整个"嫦娥一号"卫星的飞行过程按时间分解成事件，又把卫星的工作按模块分解，列出每个事件的相应工作模块，对每一模块，明确责任人，进行更深入的分析，从纵向、横向两个方面理清关系，查找可靠性漏洞和制定故障对策。根据"嫦娥一号"卫星从发射到建立正常工作状态过程最复杂、时间最长的具体情况，项目办已分解了各事件，并进一步有针对性地进行了细化。

作为型号负责人，叶培建深有感触地说，质量是"嫦娥一号"卫星的生命，必须坚定不移地把"规定动作"落到实处，必须实事求是地根据自己的型号和队伍的特点，做好质量工作。

原载　2006年7月5日《中国航天报》

22. 叶培建——中国的卫星专家

袁晓庆

叶培建是一个真正做学问的人，他的认真与执着，在国外留学期间，瑞士一家报纸上曾有所反映：他从不去酒吧，他说他不喜欢酒吧的气氛，也不太看电影，他把周末的休息时间都用在了学习和工作上。今年六七月间，在与叶培建的几次接触中，我们发现，叶培建还是一个作风严谨的人，一个性格爽朗的人。7月5日，走进叶培建在北京郊区中国航天城的办公室，首先对他办公桌上平架着的一只"球"产生了好奇，叶培建说："见过这个的人不多，这是月球仪，我是搞月球探测嘛。"

问：卫星应用、载人航天、深空探测，是航天科技的三大领域。深空探测的第一步就是月球探测，当"神舟五号""神舟六号"载人飞船发射成功后，中国何时发射探月卫星成为大家关心的热点，2004年1月，我国正式启动了中国探月计划——"嫦娥"工程，作为2007年就要发射的"嫦娥一号"探月卫星的总设计师、总指挥，请您谈谈关于"嫦娥一号"的相关情况。

答：我是2001年10月开始介入探月工程工作的，那时我还管着"中国资源二号"卫星。2002年春节前后，我院拿出了一个比较完整的方案，2004年春节期间，温家宝总理批准了这个项目。从2002年春节开展工作，到2004年春节后立项，这两年内，我们一直马不停蹄，通过大量细致的工作，完成了电性星、结构星、热控星、攻关技术以及专项试验等，2005年11月，我们开始进入正样星研制阶段。按照计划，今年年底正样星就可以完成全部工作，待命出厂。

问："嫦娥一号"将在什么时候发射？

答：首颗月球探测卫星"嫦娥一号"将在2007年上半年择机发射，卫星寿命一年，在200千米的环月轨道上运行。

问：这个进展与过去的项目相比是非常迅速的。

答："嫦娥一号"工程具有工程时间较短的特点，所以我们尽量利用了已有的条件，在此基础上进行创新。在"嫦娥一号"中，我们的运载系统是使用成熟的"长征三号甲"运载火箭，测控系统就是"神舟"系列飞船的测控系统并加以改进，发射场定在西昌卫星发射中心，可以说整个工程中新研制的就是"嫦娥一号"这颗卫星，它是工程的核心。

问："神舟"工程和"嫦娥"工程有哪些联系？

答：载人航天给我们的启发，首先就是载人航天精神，我们航天人无论做什么都一定会发扬这种精神，这是我们的宝。另外，载人航天告诉我们做任何事情都要细之又细。我觉得"嫦娥"工程，它现在虽然还没有上人，但它是我国航天进行深空探测的第一步，必须秉持这个精神来做，要保证首发成功。首发成功了，对我们整个中华民族是一个巨大的鼓舞。当然我们说科学探索是会有失败的，所以在这一点上，我们从一开始就如临深渊、如履薄冰。

问："嫦娥一号"是进行月球探测的第一步，那么，月球探测会给我们带来哪些好处？作用何在？

答：可以从四个方面来看月球探测的好处：第一，可以加深对月球及宇宙的了解。第二，实现这个工程后可获得很多科学成果、工程成果，为将来的深空探测奠定基础。第三，培养和积累人才，我国目前的航天还处在应用卫星和载人航天阶段，对深空探测还没有实践，通过这个工程，可以造就一

批青年人才，他们是将来我国深空探测的骨干队伍。第四，在这个工程的实施过程中，我们将积累很多新东西，研究新型火箭、新建发射场、新建测控系统等，这些都是财富。

问：绕月卫星与过去所做的地球卫星有哪些不同？

答：我国过去卫星都是在地球轨道上运行，现在"嫦娥一号"要到月球轨道上运行，过去是对地，现在是对月，这就是根本的不同。第一，过去的卫星与地面的距离最远没有超过8万千米的，而绕月卫星离地面的距离是38万千米。这38万千米怎么走，既不能碰到月球，也不能飞过去，因此轨道设计和控制是一个全新的问题。第二，过去的卫星对地球是两体定向，即太阳帆板对太阳定向，观察设备和测控通信设备定向地球观察和传输信息，但绕月卫星是三体定向，太阳帆板对太阳，观察设备对月球，测控和通信设备对地球，三体定向问题就复杂多了。第三，38万千米的探测、测控，带来卫星天线怎么设计，地面站怎么设计等问题。第四，由于卫星绕着月球转，地球带着月球和月球旁的卫星绕着太阳转，从而导致绕月卫星的外热流变化巨大，而我们只能给绕月卫星穿一件衣服，不能换，这件衣服要做到热的时候不热，冷的时候不冷，这也是个难题。

问：从"嫦娥一号"开始，我国进入了对月球的探测，以后还有哪些月球探测计划？

答：目前，我国已经具备了开始月球探测的基本条件和能力，并确定了月球探测的三个阶段：绕月探测、月球软着陆探测与月面巡视勘察、月面勘察与采样返回。

问：当初您在填报大学志愿的时候，填报了北京航空航天大学、南京航空航天大学，后来却意外地被浙江大学录取了，但毕业的时候，还是被分配到卫星制造厂，用一句现在比较时髦的话来说，是缘分吧？

答：也是一个机遇，而且十年后我出国留学，又是考虑到当时中美之间在航天领域的技术差距比较大，才选择了到瑞士纳沙泰尔大学理学院的微技术研究所，并由此走近了我的志向。

问：1992年后，您开始领导卫星研制工程，1996年担任了"中国资源二号"

卫星的总设计师兼总指挥。据说该星在当时是"最大最重、具有最高分辨率、最快传输速率，最高姿态精度，最大存储量"的一颗卫星。

答：这是一颗全新的、高水平的传输型对地遥感卫星，它的出现，对国土普查、资源探测等国民经济的好多领域起到巨大的推动力，是一颗应用范围很广的"智多星"。在我国的卫星研制生产史上，它是第一个与用户签订研制生产合同的卫星，这意味着我国的卫星制造业向市场经济的进一步转轨；它还第一次实现了星地一体化设计，这意味着，在卫星研制中，不仅要对星体本身的技术负责，还要对地面应用系统的集成技术负责。但在研制过程中，我们接连不断地遇到了失败和其他问题，常常弄得我心力交瘁，我甚至想到了打退堂鼓，但后来想：一百里的路走了九十九里了，成功就在眼前，一定要坚持下去！最后我们做得很好，在中国航天科技集团公司众多的宇航产品中，"中国资源二号"卫星被称为精品卫星。

问：您童年是在老家度过的，后来怎么离开泰兴的？

答：我1945年1月出生在我父亲的那个村子里，就是现在的泰兴胡庄镇海潮村，我们老家叫海潮子，那时我父母都已经参加革命了，1946年宣堡战役，就是苏中七战七捷第一仗的时候，我父亲忙前忙后地在地方搞教育工作，当时他是泰兴县民主政府的教育督学，后来敌人要来了，他们干部北撤，我母亲也跟着北撤了。这样我外婆呢，就把我从海潮子接到了毓秀乡李秀河村我母亲家，毓秀乡就是现在的根思乡。我在李秀河小学上了一年，所以我还是在老家受的启蒙教育呐。当时泰兴和泰州之间有一条河，叫两泰官河，两泰官河正好流过我们李家河。我是1951年上的学，上到1952年，我父亲抗美援朝回来，把我从老家接了出来，从此以后我就跟着父亲在外面，部队到哪儿我到哪儿，所以我在南京、杭州、湖州都上过学。

问：最近一次返乡对老家印象如何？

答：1978年回过老家一次，到今年"五一"节，我整整二十八年没有回老家了。今年正好我母亲八十岁生日，她想回老家看看，我们从南京特意回了泰兴，在泰兴待了三天，我非常高兴。现在看到的泰兴和以前大不一样了，整个城市变得那么漂亮，农村更不是过去那种概念了。1978年我在老家，要借一辆自行车都很困难，现在都骑摩托车啦。过去上大学的人很少，我们村就我和另外一个人考上了，我这次回去看到很多孩子上了大学。光是我们姓叶的本家里头，就有清华的、复旦的，还有扬州大学、合肥工大等。公路修得不错，泰兴城到根思乡的那个大公路修得很好，村里那个四米宽的水泥路，车一直能开到家门口，挺好。老家的菜都很好吃，还吃到了摊面饼、粞子粥。

问：您父亲是一位抗日老战士，母亲也是一位老军人，您受他们的影响比较大吧？应该说，是您父母造就了您的军人气质。

答：是的，我这人做事也比较正派，这在我们单位是公认的，可能跟我搞技术工作也有关系，我讲话不拐弯抹角，干事是干脆利落。举个例子，现在开会很多人迟到是常事，但在我们五院，只要说今天这个会是叶总主持的，没有哪个迟到，我自己也从来不迟到。这跟部队生活有关，我从小学二年级起就生活在部队，上学上的是部队的子弟学校，老师都是从军人中挑出来的，从小过集体生活，住集体宿舍，放假了就回到父母部队里，养成了一种军人作风。

问：据说您家中藏书千册，您觉得读书对您有哪些帮助？

答：主要就是历史书和人物传记。我们现在越来越重视对中国传统文化的提倡，余秋雨说过的一句话很有道理："世界四大文明中的前三大文明，都没有继续下去，只有中国文化源远流长。"从孔子、孟子，到岳飞、史可法、文天祥等，这里面肯定有着中国人的精神这一关系上的传承。

问：多看看这些书，让人明白了历史是怎么发展过来的，也让人知道了应该怎样做人。

答：是啊。前些时候，我和单位的几个年轻人出差到上海嘉定，嘉定孔庙前面有一个大水潭，叫汇龙潭，他们去玩了一圈回来了，我就问他们，我说你们知道这个汇龙潭发生了什么事吗？当年清兵入关，清兵屠扬州，史可法在扬州守了十天。第二个抗击清兵最激烈的地方就是嘉定，嘉定城破之时，具有功名的那些秀才、举人集体来投汇龙潭，在孔庙前，宁作死鬼不作亡国奴。在民族气节上头啊，真正读过书的人，更讲究一种情结，他们懂得什么叫"宁为玉碎，不为瓦全"。

问：您工作很忙，正常的工作状态怎样？

答：我们搞航天的人很辛苦，我们这里中午不休息，虽说下午四点半下班，但到了晚上，保证整个办公大楼是灯火辉煌。我们搞航天的人，没有双休日，没有节假日，我明年的春节肯定在基地过，已经养成了这种习惯。我们这个队伍每天工作到晚上八九点，很正常的，常常到后半夜才休息，就这样活儿还干不完。

问：这是航天人自觉自愿的一种行为吗？

答：航天是个特殊行业，干这个自豪感非常强。卫星、飞船、导弹，每项事业都是长民族之气、振我军之威。另外，随着国家经济的发展，我们的经济收入也在逐步提高。

问：利用卫星做股票交易，这在今天已经很普及了，但在十多年前，这却是一个大胆的、前卫的课题，而你们却让它变成了现实。当时深交所还以年薪40万元的高薪聘请过您的。

答：过去打电话通过红马甲做股票，很不公平的，你电话打进去了，有可能做成，电话打不进去，就做不成，而且风灾、水灾的，地面上通信线路很容易中断。而我们呢，懂卫星，又懂计算机，深圳就决定和我们合作，用卫星通信来做股票交易，我们就设计了一个卫星加地面通信网，构成一个股票VSAT交易系统，你在全国任何地方，零点几秒就到深圳了，因为信息是通过卫星传输，计算机的自动操作又非常快，也不用人工去撮合，这样对每个人才会是公平的。当时这是我们横向协作的一个项目，搞完以后他们觉得光靠自己运行，性能保障可能有困难，就让我去当总工程师，我没有去。要挣钱，当初我就不从国外回来了。

问：是的，在您出国的日子里，就曾有人议论，您父亲在"文化大革命"中被迫害致死，夫人也已出国，您一定不会回来了。

答：我这人民族自尊心很强，很爱国，我在国内干，都是为自己国家干的，在人家那儿干，钱我挣到了，但是替别人干的，就这么一个简单的想法。虽说我1985年回来后，当时每月才不到二百块钱工资。

问：在瑞士攻读博士学位时，研究所每半天有十五分钟的休息时间，因为大家都在这时喝咖啡而被称为"咖啡时间"，这个时间却被您用来向各国同事宣传中国。

答：我跟他们就朋友之间聊天嘛。我们国家现在发展得很好，但也有些不尽如人意之处，你在我面前发个牢骚，我能听得进去，因为你身在其中，要是一个外国人在我面前说中国如何如何，我就听不进去。你不生活在中国，你真正知道什么呢？举个简单的例子，我在国外念书的时候，国内在审判"四人帮"，当时有议论死刑之说。有外国人就说你用死刑不好，我就跟他们说，你没有在那儿生活，没吃过那个苦头，你当然就认为这死刑不好，你是以你的文化背景、社会背景来衡量另外一个社会的事情，我说，把你弄那儿去生活三年，让"四人帮"管管你，到时候，可能你叫唤要用死刑比谁叫唤得还要厉害。他说："哎，叶，你说的有道理。"

问：作为中国科协高技术报告团成员，您经常把航天知识、卫星应用知识向大众传播，这些报告反响如何？

答：我做过很多航天的科普报告，讲航天发展，尤其是穿插着讲航天精神，在不少地方都很受欢迎。我们国家曾提出过鼓舞全国人民在各行各业奋发进取的"两弹一星"精神，后来又总结出载人航天精神，就是特别能吃苦、特别能战斗、特别能攻关、特别能奉献的精神。我们这个单位，是"两弹一星"精神和载人航天精神的主要发源地之一，因此我来讲航天的发展，饱含着丰富的航天精神，它会激励人们积极进取、奋发向上。如果有机会，我会到老家泰州讲讲航天的发展、航天创新的过程，这也算是为家乡做点贡献吧。

原载　2006年9月18日《泰州日报》

23. 航天院士叶培建：助推"嫦娥"奔月

张传军　赵宏校

"东方红一号"的成功发射开创了中国探索外层空间的新纪元，使中国成为世界上第五个掌握卫星发射技术的国家。

"神舟五号"杨利伟、"神舟六号"费俊龙和聂海胜成功飞天,使中国成为世界上第三个掌握载人航天技术的国家。

"嫦娥"飞天,将是中国航天发展史的第三个里程碑。

目前"嫦娥一号"已完成方案设计和初样设计。如果不出意外,中国将于2007年上半年前后在四川西昌卫星发射中心发射"嫦娥一号",实现"嫦娥奔月"梦想。

下面我们走近的就是"嫦娥"工程月球探测卫星总设计师、总指挥叶培建院士。

行踪不定的青少年时光

1945年1月,叶培建出生于长江之滨著名的银杏之乡——江苏省泰兴县(现为泰兴市)。叶培建的爷爷叶其光在当地算是一个知名人士,略懂书墨,思想开明。父亲叶蓬勃,早年求学于江苏省黄渡师范学校(无锡附近)。抗战时期,在爷爷的支持下,父亲、母亲、叔叔都先后投身革命。父亲随队伍南征北战,参加过渡江战役、解放上海战役;1949年后,又参加了抗美援朝。

叶培建童年时期,和外婆一起生活。1952年父亲从朝鲜战场回国后,才把他从农村接出来,一家子住在部队驻地。求学时代,叶培建随着父亲的调动而多次搬迁于江浙各地。这一段时期,少年叶培建的生活空间除了学校,就是部队。部队的特殊生活方式潜移默化地影响着他。他逐渐养成了做事干脆果断、时间观念强等良好的习惯。

孩提时代的叶培建,和其他孩子一样普通,并没有显露出非常之处。他在杭州四中上完初一,在湖州一中上完初三。聪明、勤奋的叶培建,用两年的时间学完了初中三年的全部课程。毕业后,叶培建被保送到杭嘉湖平原的一所名校——浙江省立湖州中学。

1959年,年仅14岁的叶培建在这所名校里开始了他的高中生活。叶培建作为班级的学习委员,每当外面有人来观摩时,他常作为"范例"给大家表演一番。他也参加过学校组织的学习团,乘小火轮去菱湖中学学习过,这些对他都是不小的锻炼。教室里,两人合用一张旧桌子,没有椅子,只有一长

条凳，每次去礼堂开会的时候都得扛着条凳。那是个吃不饱饭的时代，上完晚自习，肚子便饿得咕咕叫，他们也只能忍饿睡觉。

那时，学校旁边有一条大河，叫新开河，洗脸刷牙就在这河畔解决。夏天，早上起来，双脚站在水里，把毛巾弄湿就往身上擦，很是舒服。有时，洗脸的时候，俯下身来，脸贴近水面，常能看到小河虾和小鱼儿在水中自由自在地游来游去，这是很开心的一刻。东升的太阳，给水面撒上了一把金子，波光粼粼，别有一番乐趣……

由于那时物质供应困难，学生除了学习还必须参加劳动，以供生活补充。学校种了一片油菜，常常要施肥。每次施肥，叶培建和同学们都要从校园里挑上一担粪，走很远的路。担子重，肚子饿，十分劳累，他们却从不叫苦。他们在道场山开荒，种了不少红薯等庄稼；还在学校的空地上种过毛豆、南瓜等蔬菜。高三那年，由于烧柴比较紧张，他们还去白雀山打柴。在那样艰苦的环境下学习，叶培建从来都是乐呵呵的。

高二到高三这段时间，学校主张教学要结合实际，同学们都需要从事一些工业实践活动。叶培建记得他利用这些实践的机会车过螺丝，当时还在一个从杭大下放来的男老师的指导下，办过学校的硫酸厂……

最近叶培建应邀回了一趟母校，母校为他举行了热烈的欢迎仪式。他为三千多师生作了航天科普报告，一场两小时的报告赢得了二十余次掌声。

出乎意料的航天之缘

高中毕业时，叶培建的各科成绩都很优秀。在填写大学志愿的时候，他接受了军人出身的父亲的教诲，分别填报了北京航空航天大学、南京航空航天大学等大学。然而，到最后，却意外地接到浙江大学的录取通知书。后来才知道，是浙江省把当年本省许多优秀学生留了下来。

1968年，叶培建大学毕业意外地被分配到了现在的北京卫星制造厂任技术员。这让他无比惊喜！用他自己的话说就是"缘分啊"！

这期间，叶培建和当时的全国大学毕业生一样，先得下放劳动。他被派在天津郊区赤土公社一带的部队农场接受再教育，直到1970年2月他才返回北京。

1971年的4月，在南京某军工厂担任政治工作领导的父亲叶蓬勃，不幸惨遭迫害致死，直到1978年才平反昭雪。这种不幸对家庭无疑是一个沉重的打击。祸不单行，母亲也紧跟着挨批斗，整个家庭陷入艰难窘迫的状态。那个时候，叶培建的弟弟在农村插队，妹妹在部队当兵，叶培建的妻子正赶上生孩子，方方面面的困难一同向他袭来。

作为长子的叶培建义无反顾地挑起了这个家庭的重担。尽管当时的政治压力压得他喘不过气来，但他一直能够保持乐观、积极的心态，并且一直给家人以坚定的信念。

1970—1978年，叶培建从事电学计量工作，主攻数字化仪表。在当时普遍轻视技术工作的氛围中，他静下心来，一丝不苟，认真钻研。他那时还发表了几篇文章，翻译了不少外文资料，并且主讲了几期数字仪表训练班，在当时的军工口电学计量领域产生了一定的影响。

在"欧洲的花园"一门心思做学问

1978年，刚刚打开的国门，唤起了叶培建继续深造的渴望。这一年，全国恢复研究生考试。因为早年打下了扎实的基础，叶培建一年三考，全部中榜。一考是中国计量科学研究院的研究生，但由于当时航天部不主张本系统人员出系统学习，只得作罢。二考航天部控制工程研究所鲍百容先生的研究生也顺利过关。

天资聪颖的他同时考中的还有出国留学生。他当时考的是英语。杨嘉墀先生等老前辈考虑到那时中美之间在航天领域的技术差距较大，建议他去欧洲学习。于是叶培建又去广州外语学院学习了一段时间的法语。从广州回北京后，他一边在中科院研究生院学习，一边学习法语，同时联系出国。

1980年7月，叶培建便远赴瑞士纳沙泰尔大学理学院微技术研究所留学深造，师从白朗地尼教授。

瑞士在地理上处于欧洲的中心，这赋予了瑞士浓郁的国际化氛围，同时也孕育了丰富的文化遗产，有"欧洲屋脊""欧洲的花园"等美称。欧洲著名的莱茵河发源在瑞士，且穿越全境，隆河与多瑙河流经它的国界，与崇山峻

岭相互辉映，山高雪白，景色优美。还有气势磅礴的冰川，碧波如镜的湖泊，风光旖旎，仙乐飘飘，充满着诗情画意……

置身于如此美丽的景致，叶培建却丝毫没分散发愤读书的念头。他是一个一门心思要做学问的人！他的认真与执着，给同学们留下了很深的印象。

当时，国外还不承认中国留学生的大学文凭，出去后必须重新参加考试，才能取得外方的认可。叶培建用了很短的时间就通过了同等资格的考试，瑞士纳沙泰尔大学理学院给他发了一张证书，承认了大学水平，获得了攻读博士生的资格。1982年《人民日报》在一篇文章中，曾介绍过他是如何通过语言关、资格关的详细事迹。

当时其邻国法国有国家博士、工学博士或科学博士、大学博士几项学位，而瑞士却仅有一项：科学博士。叶培建留学瑞士期间，研究的内容是手写文字的计算机在线自动识别。1983年，他完成了关于西文、数字的自动识别论文。就是这篇论文使叶培建获得了瑞士纳沙泰尔大学颁发的等同法国科学博士的证书。从不知满足的他，决心要获得一个瑞士的科学博士。

"用自己的行动来改变祖国的面貌。"这话在叶培建心里始终像一团燃烧着的火。

20世纪70年代，中国已进入了改革开放时期，可是一提起中国，在西方人的概念里还是停留在男人留着长辫子、女人裹着小脚的时代。叶培建有着博览群书的优势，他就利用那短短的休息时间，不厌其烦地教同事们讲中文，向他们讲源远流长的中国历史，讲斑斓多彩的中国文化，讲美丽神秘的西藏……字字句句充满了对祖国的热爱。

1985年8月，叶培建获得了纳沙泰尔大学的科学博士学位。刚刚完成学业的他，毅然回到了祖国这片热土。

为了卫星上天谢绝腰缠万贯

回国后，叶培建马上参与了"火车红外热轴探测系统"的开发工作，为铁路运输系统提供现代化的设备，这在当时是一个开创性的科技项目。在这个项目中，他确定了轴承滚动和滑动的模式区别方法，并且编写出软件。当时的研究条件是很差的,他和技术人员一起背着各种仪器搭乘火车,在晋煤外运的线路上,一站一站地采集数据,修正模型。没有信息网络,就利用铁路电话线传输数据构成系统。后来这个项目为我国铁路运输业长足的发展做出了重大贡献,成为控制工程研究所的拳头产品,创造了可喜的经济效益。"HBDS-1型第二代车辆热轴探测系统"1989年获得了部级科技进步一等奖。

此后,叶培建又利用卫星做股票交易,取得了显著的市场经济效益和良好的社会效益。他成为中国卫星应用领域里"第一个吃螃蟹的人"。

深圳证券交易所曾以40万元的年薪高价聘请叶培建,却被他婉言谢绝。为了这件事,五院的原常务副院长李祖洪经常对年轻人说:"你们这叶总啊,如果不是为了让卫星上天,早就是腰缠万贯的百万富翁了!"当时,面对才2000多元的月收入和年薪40万元的巨大差别,他真的做到了心如止水,平静如镜。

1992年,叶培建在闵桂荣院士和有关领导的关心下,从主管计算机的工作转移到参与卫星型号研制。从那时起他便从技术基础工作转移到空间技术的主战场。

不久,叶培建担任"中国资源二号"卫星的副总设计师;1996年担纲了总设计师兼总指挥。

那时,他面临的是一颗全新的、高水平的传输型对地遥感卫星。这颗卫星的技术起点高,研制难度大,用航天科技集团公司马兴瑞副总经理的话说,在中国已有的卫星中,这颗星是"最大最重的星,具有最高的分辨率,最大的存储量,最大的传输速率,最高的姿态精度,长久的寿命"。

"中国资源二号"卫星将对国土普查、资源探测、环境调查等国民经济诸多领域有着巨大的推动力,是一颗应用范围很广的"智多星"。在中国的卫星研制生产史上它是第一个与用户签订研制生产合同的卫星,这意味着中国的卫星制造业由过去的计划经济型向市场经济的转轨。这颗星还第一个实现了星地一体化设计,这意味着在卫星研制中不仅要对星体本身的技术负责,还要对地面应用系统的集成技术负责。

重担在肩,诸多挑战,似乎压得叶培建有点喘不过气来。研制过程中的失败和其他问题接连不断,常常弄得他心力交瘁。但他仍然咬紧牙关,带领全体成员,集思广益,迎接一个又一个挑战。

这颗卫星首次进驻北京唐家岭航天城时，研制队伍也成为中国空间技术研究院实体化改革以及 AIT 一体化的第一批实践者。当时最严峻的情况是，在技术上有七大难点需要攻克，在管理上有若干做法要改革。在卫星型号研制管理过程中，他是第一个实践着把电测和总体分开的总师。成功的实践，为测试队伍专业化打下了基础。同时，他也是第一个提出"在卫星进入发射场前要进行整星可靠性增长试验，把问题彻底解决在地面"的总师。

这诸多个"第一"的实践充满了艰辛，这些难度的探索与跨越无疑是对他的能力和水平的一次又一次考验。

卫星的相机需要进行航空校飞，而相机的体积大，再加上各种辅助设备和平台都要装入飞机，所以为了合理空运，他们只好把一架飞机内部的原有装备拆空，进行大规模的改造。改造完后，大家对飞机的安全存有疑虑。作为试验的组织者，叶培建自己带头上飞机进行了第一架次的飞行，消除了大家的疑虑，试验顺利完成。

叶培建对队伍的管理以严格著称，了解他的人都知道，他说话办事从来都是直来直去。每天他总是提前半小时到办公室，把一天的工作按顺序列出；每逢节假日，他总是要到试验现场"转一转"。2000 年的"五一"节，他和试验队一起加了五天班。叶培建身体力行，严密组织，困难出现一个克服一个。

2000 年 9 月，"中国资源二号"01 卫星发射圆满成功，很好地完成了"中国资源二号"卫星系列的研制、发射和运行任务，叶培建向培育了他的祖国和人民交了一份满意的答卷。

2003 年，该星被授予国家科技进步一等奖。

"捕风捉影"除隐患　确保"三星高照"

叶培建对卫星研制技术工作要求精益求精，抓大也抓小，甚至细化到卫星的各级技术状态。他常说：对质量问题就是要"捕风捉影"，才能亡羊补牢。集团公司质量部的人员说："'中国资源二号'卫星的质量透明度是最高的。"

2004 年发射 03 星。由于当年的航天发射任务繁重，"中国资源二号"卫星发射队将发射准备流程从 63 天压缩到了 49 天。为了不留下任务隐患，发射队开展了广泛的质量复查工作,共查出 2 个技术问题和 4 个管理问题。

叶培建带领的卫星发射队以"轻车熟路查不足,收获季节找差距"为指导思想,认真检查质量复查的落实情况,不放过任何一个疑问,不忽略每一个细微变化。他们"用放大镜找隐患",一步一个脚印,确保工作实效,确保发射成功。在卫星第二阶段测试中,卫星发射队发现数传信道一路中的一个设备输出杂波增大,指标比在北京测试时有所下降。叶培建不放过这个问题,要求承制单位抓紧归零。很快,承制单位查清了问题产生的原因,是设备中一块电源板的接地不好而造成的。为了不耽误进度,确保卫星按期发射,北京的专家和远在西安的承制单位通过视频会议共商对策,最后确定从卫星总装厂急调技术能手,前往发射场抢修,终于在预定时间内安装测试完毕。03 星于 2004 年 11 月发射成功。

"中国资源二号"卫星由 01 星、02 星、03 星三颗卫星构成,成共轨、同面、相差 120 度组网,实现了"三星高照",创下了我国不同时间发射同一型号的三颗卫星辉映太空的纪录,也为后续型号卫星组网提供了成功的经验。

在中国航天科技集团公司众多的宇航产品中,"中国资源二号"卫星被称为精品卫星。

叶培建从事的事业,得到了党和国家领导人的高度重视。他在工作过程中有幸受到来视察工作的江泽民主席等领导人的亲切接见,并与李鹏委员长、朱镕基总理、曾庆红副主席、李岚清副总理、黄菊副总理、军委曹刚川副主席、傅全有总长、陈炳德部长等领导人握手、交谈并合影留念。

"嫦娥"奔月 起点不低

月球是地球唯一的天然卫星、离地球最近的天体,是人类探测与研究程度最高的地外星球,是研究地球起源与演化的最佳"标本",是人类走向深空的首选目标,也是人类探测太空并开发利用太空资源的前哨站与中转站。

人们以前只能靠肉眼观测月球,直到 16 世纪望远镜发明以后,人们才发现月球上有环形山。真正对月球的了解是在 20 世纪 50 年代以后,1958 年 8 月 17 日,美国发射的第一颗月球探测器"先驱者"0 号,迈出了人类探测月

球的步伐。1959—1976年,美国和苏联成功发射了45个对月球的各种探测器,取得了很大成绩。苏联的"月球号"拍摄了月球另一面的照片,把月球的整个面貌展现在人们面前。1969年,美国"阿波罗11号"宇航员阿姆斯特朗实现了人类登上月球的伟大壮举,运回382千克的月球样品,并把人类的脚印深深地印在了月面上。

在月球广泛分布的岩石上,蕴藏有丰富的矿产,仅月海玄武岩中含有的可开采利用的钛金属至少就有100万亿吨。据粗略估计,月球上氦3的储量约在100万到500万吨,而开采100吨就能满足全球1年的能源供应。月球上没有大气、没有磁场、地质构造稳定、弱重力、高洁净的特殊自然条件和自然环境,是进行许多基础科学研究以及制备一些昂贵生物制品与特殊材料的理想场所。

月球探测从1976年以后沉寂了近18年。1994年,美国发射了无论在技术上还是在科学研究上都具有更高水平的"克莱门汀号"环月探测器,不但开始了全月面元素的分布与含量的探测,并意外发现了月球南极区存在水,从而掀起了新一轮的探月高潮。

今天,中国首次月球探测计划"嫦娥"工程正式进入实施阶段,这将成为继美国、俄罗斯、日本、欧洲之后人类第五个月球探测计划。

目前,"嫦娥一号"绕月卫星的方案已定,关键技术已取得突破,初样工作已经完成。叶培建说,事隔几十年后再做这件事肯定不是原来的重复,我们有自己的创新;虽说我国的月球探测起步晚,但起点不低,中国第一颗绕月卫星将主要依靠自己的力量来研制和发射;我国目前的绕月卫星的技术水平与国际水平还有差距,但迈出第一步对国家来说相当重要。

谈起航天领域的发展,叶培建坦言,目前,美国和俄罗斯是第一集团,在竞争中处于有利的地位。我国处在第二集团,第二集团中各国各有特长,但绝不能掉以轻心!因为这个领域的竞争非常激烈,技术发展很快,稍有不慎就会被其他国家抛在后面!而且绕月卫星与过去所做的地球卫星有很大的不同。

2003年,在母校——浙江大学的一次报告会上,叶培建对广大同学说道,不会用太长时间,我们就会发射第一颗探月卫星,这颗卫星要用八九天时间"走"38万千米飞到距离月球表面200千米的轨道,对月球的地貌、土壤、环境和资源进行遥感探测,并把它们的数据实时地传送回地面。下一步我们还将发射探测器登陆月球,并放出月球车对月球进行探测;第三期将发射机器人登上月球,在月球上采样,带回地球。

探月工程任重道远,在谈到月球探测卫星的设计时,叶培建说,探测卫星的平台部分将继续采用"东方红三号""中国资源二号"卫星等已有的成熟技术,定向天线、紫外敏感器、有效载荷等将进行新研制,并充分利用中国现有的测控、发射场基础,全国范围内大协作,争取在较短的时间内发射中国第一颗环月探测卫星。随着中国探月工程的逐步实施,中国人对月球的认识和利用将翻开新的一页。

从蹒跚学步到花甲之年,叶培建感慨万千:"湖州中学,是我真正接触科学的开始。"四十余年来,他从湖州中学到浙江大学,再进入航天大门,然后出国深造到今天他自己能为国家、为人民做点事情,成为中国科学院院士、卫星的总设计师,正在为中国人民几千年的梦想——"嫦娥"工程而努力工作,他感到很自豪。

原载 2006 年第 10 期《华人时刊》

24. 叶培建与"嫦娥"工程

程越华　张　寅

1958 年 8 月,美国发射的第一颗月球探测器"先驱者"0 号,迈出了人类探测月球的步伐。1969 年 7 月,美国"阿波罗 11 号"飞船登月成功,首次实现了人类登月的梦想。后来,由于多方面的原因,世界各国均未对月球进行新的探测。

2005 年 10 月,我国"神舟六号"载人飞船飞行成功后,成为继美国、俄罗斯后的第三大有能力发射载人飞船的国家。

据悉,我国首次月球探测计划"嫦娥"工程正式进入实施阶段,首颗月球探测卫星"嫦娥一号"年底出厂,2007 年上半年择机发射。

出生于泰兴的卫星专家、中国科学院院士叶培建,是"嫦娥"工程月球

探测卫星的总设计师、总指挥。日前,本报记者专访了叶培建先生。

布热津斯基送给中国1克月岩样品

叶培建说,20世纪70年代,月球上的一座环形山被国际天文学者命名为"万户",用以纪念600多年前一位叫万户的中国明朝官员。当时万户把自己绑在椅子上,梦想用47枚捆扎在一起的火箭将自己送上天空,飞上月亮。他虽然为此粉身碎骨,却成为人类文明史上第一个尝试用火箭飞天登月的人。

1958年8月,美国发射的第一颗月球探测器"先驱者"0号,迈出了人类探测月球的步伐。1969年7月,美国"阿波罗11号"飞船登月成功,首次实现了人类登月的梦想。当年先后有12名宇航员踏上月球,并带回380余千克的月岩样品。

1978年,美国总统安全事务顾问布热津斯基送给中国政府1克月岩样品。当年,中科院组织全国科技力量对样品进行初步研究,同时还利用月球陨石和其他途径开展了相应研究。

"1克的样品虽然很少,但对于做研究已经足够。当时,我国绕月探测工程月球应用科学首席科学家、中科院院士欧阳自远把样品小心切成两块。一块供大家研究,另一块保存了起来。"叶培建说,当时先做了非破坏性测试与研究,最后才做破坏性的测试与研究,包括矿物成分、结构构造、化学成分、微量元素、物理性质、产出环境……

1992年,我国启动了载人航天工程,当时希望在"长二E"火箭基础上发展载人航天用的"长二F"火箭,但这种火箭首次发射什么载荷,引起了争论。有人提出用有限的资金发射一颗月球探测卫星,并提出一个简易的月球探测方案。但这个方案未能实现。"原因是当时我国对月球探测尚未提出一个完整的发展规划,缺乏长期和有深度的科学探测目标,而且国家的航天基础还没有像今天这样扎实,当时只能做到简单的环月飞行。"

叶培建说,系统地论证月球探测科学目标是从1999年开始的。2001年,中科院通过了对科学目标的评审,并以此科学目标为纲领,开展有效的载荷研制。2004年1月,国家正式批准绕月探测工程立项。

撩起"嫦娥"神秘的面纱

2004年,《世界航空航天博览》刊登的《嫦娥工程——中国的绕月探测工程》,首次向国人披露了我国的探月计划,并引起海内外广泛关注。

"中国实际上很多事情想得都是很早的。探月的设想,早前也有科学家提出过,但当时没有立项。实际上,中国科学院有许多科学家都对月球进行过研究,并有了一些认识和成果。我记得2000年公布的《中国航天》白皮书里面就谈到了应用卫星、载人航天和卫星探月。2001年10月,中国空间技术研究院的领导找我谈话,让我着力过问探月工程的事情。"

叶培建说,他知道这项工程的分量,介入这项工程后,就和大家一起马不停蹄地研制、攻关。立项后仅仅一年半的时间,他们就完成了电性星、结构星、热控星、攻关技术以及专项试验等。2005年11月,就进入了正样星研制阶段。首颗月球探测卫星"嫦娥一号"年底即待命出厂,确定2007年上半年择机发射。

"质量是卫星的生命。目前,'嫦娥一号'卫星项目研制队伍正在'捕风捉影'地检测质量,做到不放过任何细小的疑点。所有'规定动作'仍在反复检测。"叶培建说。

"嫦娥一号"探月时,身带七件宝。携带CCD立体相机、成像光谱仪、激光高度计、X射线谱仪、微波探测仪、太阳高能粒子探测器、低能离子探测器七类探测仪器完成科学探测目标任务。卫星总重两吨多,采用三轴稳定姿态控制,实现卫星对月定向工作,预计卫星在轨运行寿命大于1年,在200千米的环月轨道上运行,主要对月球的地质、土壤、环境和资源进行探测,并把数据实时地传送到地面上来。

叶培建说,"嫦娥一号"探月是我国月球探测工程的第一步,主要实现绕月探测,科学目标的重点为月球三维影像分析、月球有用元素和物质类型的全球含量与分布特点、月壤厚度探查以及地月空间环境探测。在工程上的核心是实现从地球走向月球,充分利用我国现有的成熟航天技术,研制和发射月球探测卫星,突破地月飞行、远距离测控和通信、绕月飞行、月球遥测与分析等技术,并建立我国月球探测航天工程初步系统。

叶培建说，我国的月球探测起步虽晚，但起点不低。"我们的科学目标是，做别人没做过的事。比如，别人已经做过的，我们要有新的发现，能够对原来的结果加以补充和完善；别人没有做过的，我们来创新。比方，我国发射的第一艘载人飞船虽晚了几十年，但我们的水平绝不是国外几十年前的水平。"

叶培建担心的是，公众对航天的风险性和艰苦性认识不足，对工程的期望值太高。他说，"嫦娥一号"首发成功了，对我们整个中华民族是一个巨大的鼓舞。当然科学探索也有失败的风险。"我们从一开始就如临深渊、如履薄冰。我们有成功的决心，愿做百分之百的努力，但也要有受挫折的准备。"

从银杏之乡走向航天路

1945年1月，叶培建出生在泰兴胡庄镇海潮村。他的父亲是一位抗日老战士，母亲也是一位老军人。

1946年，苏中七战七捷的第一仗——宣堡战役打响。叶培建的父母随部队北撤时，将不足一周岁的叶培建送到毓秀乡（现根思乡）李秀河村的外婆家。1951年，叶培建在李秀河村小开始接受启蒙教育。一年后，他的父亲抗美援朝回来，把他从老家接了出来。从此，他就跟着父亲在外面。"部队到哪儿我到哪儿，所以我在南京、杭州、湖州都上过学。"

1968年，叶培建大学毕业后被分配到现在的卫星制造厂任技术员。1978年，全国恢复研究生考试。因为早年打下了扎实的基础，叶培建一年三考，全部中榜。一考是中国计量科学研究院的研究生，但由于当时航天部不主张本系统人员出系统学习而放弃。二考航天部控制工程研究所鲍百容先生的研究生，也顺利过关。同时，叶培建还考中了出国留学研究生。当时，杨嘉墀等老前辈考虑到中美之间在航天领域的技术差距较大，建议他去欧洲学习。

1980年7月，叶培建便远赴瑞士纳沙泰尔大学理学院微技术研究所留学深造。

1992年，叶培建担任"中国资源二号"卫星的副总设计师，1996年担纲总设计师兼总指挥一职。这是一颗全新的、高水平的传输型对地遥感卫星，它的出现，对国土普查、资源探测等国民经济的好多领域有着巨大的推动力，是一颗应用范围很广的"智多星"。

2003年,"中国资源二号"卫星被称为精品卫星,并被授予国家科技进步一等奖。但在叶培建眼里,荣誉永远属于过去,每一次发射都是从零开始的。

由于工作忙,叶培建工作后仅回过老家两次。第一次是1978年,第二次是今年"五一"劳动节。"今年我母亲80岁,她想回老家看看,我们从南京特意回了泰兴,在泰兴待了3天,见到了姑父母、堂兄弟、表弟妹等。大家的生活水平都提高了,现在的泰兴和以前大不一样了,城里和农村都不是过去那种概念了。1978年我在老家,借一辆自行车都很困难。过去我们村就我和另外一个人考上大学,现在很多孩子上了大学。泰兴城到根思乡的那条大公路,村里那条4米宽的水泥路,都修得很好,车一直开到家门口。尤其吃到老家的摊面饼、糀子粥,感觉特别香。"

叶培建说,作为中国科协高技术报告团成员,他希望有机会到老家泰州讲航天。

原载 2006年11月22日《泰州晚报》

25. "嫦娥奔月"总指挥、总设计师叶培建

朱圣富 陈惠菇 封 慧

2006年的夏天,泰兴市档案馆工作人员在北京航天城拜访了中科院院士、中国绕月探测卫星系统总指挥兼总设计师叶培建。出于对家乡的深厚感情,叶总将摆设在自己办公室桌上的月球仪(仅制作100台),2003年当选中科院院士时佩带的绶带,1985年在瑞士撰写的博士论文,中国航天系列纪念章一套(5枚)以及自己的论文集,在国内外的工作、生活照片,《人民日报》《光明日报》、中央电视台、香港《文汇报》等媒体的采访报道,及其他有关珍贵资料共66件赠送给泰兴市档案馆,并欣然与泰兴市档案馆的人员在"神舟五号"返回舱前合影留念。

1945年1月,叶培建出生于江苏泰兴的一个小村落。其爷爷抗战前当过乡长,支持革命。抗战时期,叶培建的父亲、母亲、叔叔先后加入革命队伍,

转战大江南北。叶培建从小在泰兴与外婆一起生活。1952年,父亲从朝鲜战场归来,叶培建才从农村走进城市,先后在南京卫岗小学、杭州西湖小学、杭州一中、湖州一中和湖州中学读书。1962年,考入浙江大学无线电系。大学毕业后,被分配到卫星制造厂工作。从此叶培建与中国的航天事业结下了不解之缘。1978年,国家恢复研究生考试制度,叶培建一年三考三中,先后通过中国计量科学研究院、航天部控制工程研究所和出国留学的考试。在杨嘉墀(两弹一星元勋)等老前辈的建议下,1980年7月,叶培建远赴瑞士纳沙泰尔大学理学院微技术研究所深造。经过5年的苦读,叶培建终于获得纳沙泰尔大学的科学博士学位。

1988年年底,叶培建从航天部控制工程研究所调入中国空间技术研究院,先后担任院计算机副总工程师、总工程师。1992年,开始从事卫星研究工作,先后担任"中国资源二号"卫星副总设计师、总设计师、总指挥。2004年2月,被任命为"嫦娥一号"卫星总设计师、总指挥,成为空间科学和深空探测领域首席科学家。

叶培建对我国的航天事业有着执着的追求。1992年年初,时任空间技术研究院院长助理、计算机总工程师的叶培建,被选送中央党校进修。1993年,叶培建主持参加了深圳股票VSAT网的设计,通过卫星实现广播、双向数据传输,成为我国卫星应用领域中"第一个吃螃蟹的人"。该项目的成功,不仅使叶培建再次获得部级科技进步一等奖,也让深圳证券交易所对叶培建深感兴趣,并许以年薪40万元的报酬聘用他。这对任何一个月工资只有2 000多元的人来讲,是一个极大的诱惑,但是叶培建放弃了。

由叶培建担纲"两总"的"中国资源二号"卫星,对国土普查、资源探测、环境调查等国民经济诸多领域有着巨大的推动力,应用范围极广的"智多星",也是我国卫星研制生产史上第一个与用户签订研制生产合同的卫星,实现了卫星制造由计划经济向市场经济的转轨。"中国资源二号"卫星由01、02、03号星构成,分别于2000年9月、2002年10月、2004年12月发射。三星组网大大缩短了卫星对地观测重复周期,进一步提高了时间分辨率和系统可靠运行,同时创下了我国不同时间发射同一型号三星的纪录。三星成功组网标志着我国太阳同步轨道卫星研究技术取得了重大突破。2003年春天,"中国资源二号"卫星01星项目荣获国家科技进步一等奖。

1970年4月,我国成功发射第一颗人造地球卫星,树立了中国航天事业的第一座里程碑。"神五""神六"的发射,突破了载人航天技术,树立了中国航天事业的第二座里程碑。实施月球探测,则将成为中国航天事业的第三座里程碑。2000年,我国政府发表的航天白皮书明确提出了"开展以月球探测为主的深空探测的预先研究"。2004年2月,绕月探测工程领导小组召开第一次会议,标志着我国绕月探测工程正式启动,会议提出了"绕""落""回"三步走的战略,即环绕探测、着陆并进行就位与巡视勘察、自动采样返回探测。

由叶培建担纲总指挥、总设计师的"嫦娥一号"卫星,是我国的第一个月球探测器。它的科学目标:一是获取月球表面三维影像;二是分析月球表面有用元素及物质类型的含量和分布;三是探测月壤厚度与氦3资源量;四是探测4万~40万千米间的地月空间环境。通过绕月探测,初步搭建由运载火箭、月球探测器、发射场、探测通信和地面应用五大系统组成的月球探测工程大系统。

原载 2006年12月《档案与建设》

26. 叶培建:挂帅研制"嫦娥一号"探月卫星

丁 群

父亲鼓励他献身国防事业

中科院院士、我国"嫦娥一号"探月卫星的总设计师兼总指挥叶培建,1945年生于江苏省泰兴县的海潮村。他的父亲叶蓬勃、母亲周忠秀都是新四军老战士。1946年秋,叶培建的父母把这个刚满周岁的宝贝儿子交给其外婆,南征北战去了。解放战争期间,父母仅在大军渡江前夕,顺道回乡看望过儿子一次。后来,父亲又在朝鲜战场上浴血奋战了3年。直到1952年回国,部

队移驻到浙江奉化,父母才把叶培建接到身边,并送他到军队干部的子弟学校——南京卫岗小学和杭州西湖小学读书。他在7岁以前,一直和外婆在农村生活。他至今还记得,在农村主要靠粞子粥、芋头度日。7年多的农村生活,养成了他不怕艰苦的品格。

1962年,叶培建在全国一流的中学——湖州中学高中毕业。因为特别喜欢外语,他希望将来能成为一名外交官,想去报考外语学院。这时经历过战争的父亲对他说,一个国家最重要的还是经济实力和国防实力。我们因为装备落后,尤其是没有强大的空军,在朝鲜战场上只好靠人去拼。他嘱咐叶培建去读理工科,将来献身于我国的国防事业。叶培建觉得父亲说得有理,想想诸兵种中,空军最重要,所以他在填报大学志愿时,第一、第二志愿分别填了北京航空学院和南京航空学院。

高考结束,叶培建没有在第一时间接到录取通知书。父亲为他着急、叹气。叶培建倒不很着急,虽然这一年国家因为经济困难,缩减了高校招生的人数,高考的难度很大,但他觉得自己考得不错,不会落榜。果然,这一年是浙江省有意要把一些优秀毕业生留在浙江才迟发了通知书,叶培建虽然没有如愿地考进北航、南航,但收到了浙江大学无线电系的录取通知书。

经过浙大5年的深造,叶培建学到了扎实的基础知识。毕业分配时,他意外地被分配到卫星制造厂当技术员。

1971年,叶培建的父亲在"文化大革命"运动中被迫害致死。悲痛之余,叶培建立下一个心愿:一定要为父亲争气,实现父亲寄予他的梦想。在当时普遍轻视技术工作的氛围下,他依靠理想和信念的支持,继续努力工作,钻研技术业务,并且通过翻译外文资料,了解国外的科技动态,进一步熟悉英语,成为军工系统电学计量领域里的拔尖人才。

海外苦读,终获科学博士学位

粉碎"四人帮"后,全国恢复了高考,一心想在高科技领域有所作为的叶培建,凭自己的知识积累,考取了中国计量科学研究院的研究生。当时国防科委的领导人不主张本系统的人到外系统去学习,叶培建再整旗鼓,考上了航天部所属的控制工程研究所的研究生。这时，适逢父亲的冤案平反昭雪，到南京参加父亲骨灰安葬仪式的叶培建接到单位的通知，要他去报考出国研究生。他又顺利地被录取了，之后被派到瑞士纳沙泰尔大学去学习。

当时，瑞士还不承认中国的大学文凭。他经过4个月的努力，通过一系列的考试，很快就获得了"同等资格"的证书，进入纳沙泰尔大学理学院微技术研究所做博士研究生，并且根据国家的要求和自己的特长，选定了在高科技领域可以通用的计算机信息处理、模式识别的专业，师从著名的白朗地尼教授。

瑞士有"世界花园"之称。那里的高山白雪和绿树碧水吸引了全世界的游人。叶培建没有心思去游山玩水，因为他牢记着出国前集中培训时教育部副部长高沂说的一段话："我国有几亿青少年，能够读大学的有多少？其中能够由国家公派出国留学的又有多少？一个公派到瑞士留学的学生，每个月要动用700瑞士法郎的外汇，这又要有多少工人、农民在背后扛着你们？"祖国对海外学子的厚望，促使叶培建夜以继日地勤奋学习。瑞士的纳沙泰尔市《纳沙泰尔报》，曾因他的苦学对他作了专访，登了介绍他的文章和照片，说这位年轻的学者，从不去酒吧，也不去看电影，只是偶尔打打乒乓球，连周末的时间都用于看书和做实验。该报记者问他为什么这样刻苦学习，他说："国家派我出来学习，已经为我付出了很多，我知道自己肩上的担子有多重，我应该为国家努力学习。"

叶培建苦读了3年，完成了关于西文、数字自动识别的论文。纳沙泰尔大学发给他等同于法国科学博士的证书。叶培建不愿意浅尝辄止，希望利用便利的国际交流条件在瑞士继续深造。这时，三年的公费学习已经期满，幸得爱才的白朗地尼教授聘请他担任助教，发给他可供继续攻读的工资，他才得以在纳沙泰尔大学一边工作一边继续学习了两年，完成了论文《手写中文的计算机实时自动识别》，获得了瑞士科学博士的学位。

叶培建出国后的第三年，他的在化工部任职的妻子范雨珍也以访问学者的身份去了瑞士。不少人都认为，叶培建的父亲在"文化大革命"中被迫害致死，夫人也已出国，他不会回来了。出乎这些人意料的是，叶培建于1985年8月

刚刚完成学业,就辞谢了老师的挽留回到祖国。同时,我国驻瑞士大使馆也将叶培建的入党申请书转到了中国空间技术研究院。

在计算机和卫星应用领域屡获突破

叶培建学成归国以后,被分配到中国空间技术研究院控制工程研究所的卫星敏感器研究室工作,并且根据科研为经济建设服务的要求,立即投入"火车红外热轴探测系统"的开发。这是为实现铁路运输现代化的一个开创性的科研项目,要求能高效、可靠地预防火车行驶中由于轴温过高导致轴杆断裂的事故。叶培建根据自己掌握的人工智能、模式识别等领域的知识,确定了轴承滚动与滑动的模式区别方法,编制出一套可以实际应用的软件,为提高铁路运输的安全和效率做出了贡献。按照这个设计方案建成的"HBDS-1型第二代车辆热轴探测系统"获得1989年的部级科技进步一等奖。叶培建也于1987年被提拔为控制工程研究所的计算机研究室主任。

信息资源和卫星应用技术的开发研究,是各国卫星研制者的共同追求。1992年,以叶培建为首的课题组,为深圳证券交易所提供了"卫星通信双向网系统"的设计方案。这时的叶培建已经被提拔为中国空间技术研究院科技委的常委,并先后被委任为该院计算机应用的副总师、总师,成为卫星应用技术的负责人。叶培建对笔者说,过去证券交易所做的股票交易靠红马甲打电话,效率太低,也不公平。用地面电缆传输信息又不太可靠。深圳证券交易所经考察后,决定与中国空间技术研究院合作,采取卫星传输的办法进行交易。以叶培建为首的课题组只花了一年的时间,就设计开发出亚洲最大的VSAT系统,即"非常小口径卫星终端"系统,覆盖了全国3 000个可以双面传输的网点,实现了我国证券交易的现代化。

这个开拓性的科研项目不仅取得了明显的经济效益和社会效益,而且又一次获得了部级的科技进步一等奖。深圳交易所曾经以年薪40万元聘请叶培建去该公司任职,叶培建婉言谢绝了。中国空间技术研究院常务副院长李祖洪常对该院的年轻人说:"你们的叶总啊,要不是为了卫星上天,早就是腰缠万贯的百万富翁了。"叶培建听到这样的话总是淡然一笑,说:"人生的最大价值，不在于有多少钱，而在于干多少事。能够为祖国的富强尽一份力，吾愿足矣。"

投入卫星研制的主战场

叶培建任中国空间技术研究院计算机工程总师的十年间，开发和改进了卫星设计研制的各种软件，基本建成了卫星与飞船设计的数据库、应用软件包，健全了卫星与飞船设计制造的计算机网络环境，初步实现了卫星与飞船研制的数字化和管理一体化，推进了卫星和飞船研制的进程，提高了卫星和飞船的计算机设计水平。由于他表现出较强的科技攻关能力和行政管理能力，1991年，叶培建被任命为中国空间技术研究院的院长助理。

像叶培建这样的人才，到底应该如何使用？院领导征求叶培建所在支部中的一些老专家的意见。这个支部20多名党员中，有8位是中国科学院院士或中国工程院院士。他们认为，叶培建应该到卫星研制的主战场发挥更大作用。当中国空间技术研究院的老院长、两院院士闵桂荣，就调任"中国资源二号"卫星的副总设计师一事征求叶培建意见时，他欣然从命。闵院士说："你从技术基础领域转到卫星研制的主战场，需要一个适应的过程，所以你现在只能去担任副职。副总师比你原来的行政级别要低一级，你有没有意见？"叶培建说："组织上让我投入卫星研制主战场，是对我极大的信任。我愿意从头学起，当好助手。"由于叶培建基本功扎实，又善于向其他人学习，并且能不怕艰苦到第一线去，他很快胜任了"中国资源二号"卫星副总设计师的工作，并于1996年挑起"中国资源二号"卫星总设计师兼总指挥的重担。他是中国空间技术研究院第一个实行卫星研制双肩挑的人。

"中国资源二号"卫星是传输型的对地观测卫星。这颗卫星的技术起点高，研制难度大。用中国航天科技集团公司马兴瑞副总经理的话来说："在我国已有的同类卫星中，这颗星是最大、最重、最先进的。它具有最高的分辨率，最大的传输速率，最高的姿态精度，最大的储存量。"叶培建凭着深厚的理论功底和虚心学习的精神，很快进入了角色。在闵桂荣的指导下，他与同事们共同度过了充满艰辛、充满创造的日子，终于打造出了具有多项中国第一的"智多星"。

2000年9月,"中国资源二号"卫星01星在太原卫星发射中心成功发射升空,第三天即开始传输图像,发挥作用。2002年10月和2004年12月,"中国资源二号"卫星的02星和03星又相继成功发射,形成了三星高照的实用网络。2001年和2003年,以叶培建为总设计师、总指挥和第一完成人的"中国资源二号"卫星研制团队,以其杰出的科技成就,先后荣获国防科工委科技进步一等奖和国家科技进步一等奖。2003年,叶培建当选为中国科学院院士。

在向笔者回溯"中国资源二号"卫星研制的艰难历程时,叶培建深情地说起了自己的许多战友,特别提到为卫星研制高分辨率相机立下大功的乌崇德。乌崇德早就是航天部的劳动模范,接受研制任务时已经年近花甲。为了研制出高分辨率的相机,他总是一上班就整个星期不回家了。在做力学试验时,相机两次被震碎了,他每次都是流着眼泪重新投入研制,并且与相关人员改善了震动条件,终于取得了圆满成功。而他本人却为研制这种相机累病了,且过早地离开了人世。

叶培建很少谈到自己,其实,他也为研制"中国资源二号"卫星做出了重大牺牲。他的妻子范雨珍,是他在浙江大学读书时的同学,早就发现有房颤的心脏病。2001年6月,正是研制"中国资源二号"卫星02星的关键时刻。6月15日是个星期五,叶培建从外地回来,妻子热情地为他烧饭、炒菜。他清楚地记得,那天晚上吃的是炒豆角、冬瓜圆子汤。吃完晚饭,妻子又忙着为他去切甜瓜。想不到这时妻子突发脑梗,倒地昏迷不醒,送到医院抢救无效,4天后就过世了。叶培建把妻子的英年早逝与自己的疏于关心联系起来,痛哭不已。经过短时间的调整,他又忍着中年丧妻的伤痛,投入"中国资源二号"02星的研制和探月卫星方案的论证。

主持"嫦娥一号"探月卫星的研制

深空探测,是探索宇宙奥秘的伟大工程。我国2000年发表的《中国航天》白皮书,已庄严地向世人宣告:中国已将深空探测列入21世纪初的发展目标,并且决定从发射探月卫星开始我国的深空探测。

经过多方论证,确定我国的探月卫星采用中国空间技术研究院为主提出的方案。由于叶培建在领导研制"中国资源二号"卫星系列中所表现的不凡能力,他被任命为"嫦娥一号"探月卫星的总设计师兼总指挥。

研制和发射环月探测卫星,只是深空探测的第一步,但是跨出这一步却是中国航天史上的一座里程碑。因为要跨出这一步,就必须突破轨道设计、测控和数据传输、导航与控制、热控与能源技术等许多方面的技术难关。

叶培建用通俗的语言向笔者作了解释。

月球虽然是离地球最近的天体,但离地面的平均距离也有38万千米。目前我国发射的卫星,离地面最远的是7万千米。这38万千米怎么走?走不到不行,走过了头不行,撞上去也不行。因此除发射卫星的火箭要加大推力以外,卫星的轨道设计和控制是个大问题。我们现在为探月卫星设计的飞行程序是:卫星和运载火箭分离后,将围绕地球飞行几天,经调相和逐步加速,最后选择最佳奔月处,转入地月轨道飞向月球。这中间需要进行几次轨道中途修正。飞到月球附近时,需要对卫星进行制动,使卫星进入环月轨道,然后逐步降低轨道,最终在距月球200千米的工作轨道上运行,进行科学探测活动。要卫星在几十万千米之外听我们的指挥,这当然很难,这是第一难点。

第二难点是如何进行通信联络。过去发射的对地观察的卫星是两体定向,即为卫星提供动力的太阳帆板对着太阳定向;观察设备和测控通信对地球定向。而环月的探测卫星采用三体定向,即由太阳帆板对着太阳,观察设备对着月球,测控和通信设备对着地球进行定向。问题远比过去复杂。

第三个难点是测控问题。因为距离达38万千米,而我国目前的测控条件有限,卫星的天线和接收信号的地面站该如何设计,也是一个难点。

第四个问题更复杂。由于卫星绕着月球转,月球绕着地球转,地球又带着月球和月球旁边的卫星绕着太阳转,这种复杂的关系使得绕月卫星的冷热变化非常大,而我们只能给卫星穿一件"衣服",不能更换穿脱。这件"衣服"要做到既能抗深冷,也能抗高热。

这些技术难题,同时间紧迫也有点关系。如果有充裕的时间,允许我们慢慢摸索,难度会小一点。

同某些发达国家相比,我们还有一个难处:他们发射新型号的卫星,总

走在路上

要先发射试验卫星。我们没有那么多钱,要求卫星首发必成,一次成功。所以我们的各种试验,只能在发射以前,在地面上进行,要求特别严格、特别认真。

令人欣慰的是,"嫦娥一号"探月卫星工程自从2004年2月正式立项,2004年4月评审通过设计方案以后,经过两年的研制,已经突破了所有的技术难关,从初样阶段转入正样研制,即进行最后升空飞行卫星的研制。

叶培建把出产品和出人才放在同等重要的位置。在上级领导的支持下,他大胆地提拔使用年轻的干部。通过"嫦娥一号"探月卫星的研制,一批生气勃勃的航天技术骨干已经成长起来。叶培建自豪地告诉笔者:他的两个主要助手,"嫦娥一号"探月卫星的副总设计师和副总指挥,都是30多岁的年轻人。还有一批更年轻的中层骨干,活跃在研制卫星的各个岗位上。

叶培建常对大家说:"你们烹制一条红烧鱼,可能不会忘记买酱油、买糖,但是可能忘记买葱。我们脑子里存在的问题,可能都想到了,但是不是还有我们没有想到的问题呢?"

为了保证万无一失,叶培建在卫星研制中提出了一个口号:"捕风捉影"查问题,严格认真抓细节。他认为,在技术上,特别是在技术质量上,必须有"捕风捉影"的要求,有敢于"捕风捉影"的精神。有人在一项产品做出来以后,生怕查出问题,怕影响成绩,怕受批评。叶培建就提出:主动查出问题是立功,不但不会受到批评,还要受到表扬和奖励。

他讲了这样一件事:

探月卫星的发动机安装有方向性。发动机装好以后,卫星总体副主任设计师陈向东提出一个疑问:由于发动机涉及的单位多,发动机的方向性有没有装错的地方?经过认真复查,发现由于设计单位和总装单位对坐标系的理解不一样,果然把方向装反了。如果不查出这个问题,卫星上天后就会越走越偏。这件事使大家惊出了一身冷汗。叶培建为鼓励这样的"捕风捉影",不仅对陈向东多次进行表扬,还给予了物质奖励。

我们相信,我国的第一颗探月卫星"嫦娥一号"一定能发射成功。

原载 2007年4月《银潮》

27. 探月卫星总设计师兼总指挥叶培建

丁 群

遨游太空，像嫦娥一样地奔月，是中国人自古就有的梦想；探测太空的航天技术，是衡量一个国家科技发展水平的重要标志。我国在成功掌握了应用卫星、载人航天这两大领域的尖端技术，成为屈指可数的航天大国之后，又开始了深空探测，首先是探测月球的伟大进军。一个偶然的机会，我得知我的老乡、新四军老战士周忠秀的长子叶培建，就是肩负着探月重任的航天专家。经过周忠秀同志的介绍，我有幸与这位中科院院士、我国"嫦娥一号"探月卫星的总设计师兼总指挥，进行了两次推心置腹的长谈，了解了他神奇而辉煌的人生历程。

来自农村和军营的孩子

叶培建1945年生于江苏省泰兴县海潮村。他的父亲叶蓬勃、母亲周忠秀，都是新四军的老战士。1946年，人们欢庆抗日战争胜利的泪水未干，又发生了连续3年的国共大战。在这年高粱秸还没有砍掉的深秋季节，叶培建的父母就把这个刚满周岁的宝贝儿子，丢给外婆，南征北战去了。整个解放战争期间，父母仅在大军渡江前夕，顺道回乡看望过儿子一次。接着又是抗美援朝，父亲又在朝鲜战场上浴血奋战了3年。直到1952年凯旋，部队移驻到浙江奉化，父母才把叶培建接到军队干部的子弟学校南京卫岗小学和杭州西湖小学读书。他在7岁以前，一直和外婆一起在农村生活。他至今还记得，在农村主要靠糁子粥、芋头度命，在灾荒严重的1950年还吃过观音土。7年多的农村生活和以后的生活环境，养成了他不怕艰苦的心性。

叶培建在南京卫岗小学和杭州西湖小学的5年，过的是军营般的生活。同学全都是军队干部的子女，比较单纯，对领导革命取得胜利的共产党，有一种天然的忠诚。这5年的军营生活，使他养成了办事果断、遵纪守时的作风。

叶培建在杭州西湖小学毕业后，考入杭州第四中学，仍然与父母分居两地。

寒暑假回家，还不习惯高声叫妈妈。部队里有人跟他开玩笑说："周忠秀不是你的妈妈，你父亲同你妈妈离婚了。"为了弥补被战争疏远了的母子之情，当叶蓬勃、周忠秀所在的部队移驻到湖州郊区以后，他们就把叶培建从杭州四中转学到湖州一中读书。叶培建仍需在学校寄宿，但周末可以回家与父母团聚。他至今还记得当年回家度周末时，母亲嘘寒问暖，忙着为自己烧可口饭菜的情景。

父亲的嘱托使他决心献身国防事业

叶培建在湖州一中，是一个品学兼优的学生。1959年夏天，他在湖州一中跳了一级，用两年的时间，读完了初中3年的课程，被保送到有名的浙江省立湖州中学读高中。高中的3年，正是我国的国民经济困难时期，全社会物资匮乏，叶培建的学习生活也过得十分艰苦。当时粮食实行定量供应，叶培建丢了一次粮票，只能每天喝3顿稀粥，还要边学习边参加劳动，但是他对各门功课的学习都没有放松。入校半年，他就被吸收入团。不久又因为成绩优秀，被推选为班级的学习委员。到1962年在这个全国一流的中学高中毕业时，叶培建因为特别喜欢外语，希望将来能成为一个外交家，想去报考外语学院。经过长期战争生活的父亲给他提了一个忠告，说一个国家最重要的还是经济实力和国防实力。我们因为装备落后，尤其是没有强大的空军，在朝鲜战场只好靠人去拼。他嘱咐叶培建，下决心去读理工科，将来献身于我国的国防事业。叶培建觉得父亲说得有理，想想诸兵种中，空军最重要，所以在填报大学志愿时，第一、第二志愿填的分别是北京航空学院和南京航空学院。

高考结束了，叶培建没有在第一时间接到录取通知书。父亲为他着急、叹气。叶培建倒不很着急，因为虽然这一年国家因为经济困难缩减了高考招生的人数，高考的难度很大，但是他觉得自己的几份卷子都考得不错，不会落榜。果然，这一年是浙江省有意把一些优秀的高中毕业生留在浙江，叶培建收到了浙江大学无线电系的录取通知书。他虽然没有如愿考进北航、南航，却进了档次更高的浙江大学，读各业通用的无线电，也就心满意足了。

经过浙大 5 年的深造，学到了扎实的基础知识，养成了求是、实干作风的叶培建，于 1968 年毕业分配时，意外地被分配到卫星制造厂当技术员，实现了父子两代人为祖国的国防事业做出贡献的夙愿。

父亲的冤死并没有动摇他的理想和信念

1971 年，是叶培建精神上受到沉重打击的一年。他敬爱的父亲叶蓬勃，在 1964 年全国大学解放军时，被从部队挑选到地方加强政治思想工作，担任南京一家大型军工厂的政治部主任。"文化大革命"这场浩劫开始以后，父亲也曾经被当作"走资派"受到冲击；工厂实行三结合时，他又被推选为这个厂的革委会副主任，党的核心小组成员。可是在清查"五一六"运动中，这位为革命出生入死的老同志，竟被诬为"反革命分子"迫害致死。

叶培建开始并没有得到这个噩耗。一天，在郑州工作的三叔来了电报，说母亲要从郑州来北京，要他准时到北京火车站去接。叶培建以为母亲来北京是想看看降生不久的孙子的。他记得妹妹曾说起，父母亲得知儿媳范雨珍怀孕的消息后，都非常高兴，父亲曾同母亲开玩笑说："你快要做奶奶了，你做奶奶要像做奶奶的样子啊！"叶培建喜滋滋地赶到车站，一见就发现母亲面色苍黄、憔悴，瘦得简直变了形。他忙问："妈妈，你怎么会瘦成这个样子。"母亲咬咬牙没有说什么。到动物园转乘公共汽车时，母亲要求休息一会儿。叶培建再次问起母亲为什么瘦成这样时，母亲见四下无人，才泣不成声地说："你爸爸没有了，被人害死了！"

叶培建听到这句话如雷轰顶，也忍不住抽泣起来。他问母亲："父亲是怎样死的？"母亲说："下命令把他关起来的军代表说他是自杀的，我看了他的遗体，从迹象看是被打死的。"叶培建定了定神，劝慰母亲说："妈妈，爸爸政治上是没有任何问题的，现在一缸水被搅浑了，我相信总有变清的一天。这样混乱的时代不会太长，多则七八年，少则三五年，你要耐心等待。至于生活上，你尽管放心，我和弟弟妹妹就是讨饭也要把你老人家和外婆照顾好。"母亲考虑到正在坐月子的儿媳不能受刺激，要叶培建暂时不要向媳妇透露这个消息。母亲一到家，见了儿媳，抱起小孙子，强笑着说："培建爸爸政治上

没有任何问题,估计很快就会放出来了。"母亲在京期间,晚上偷偷地哭泣,但从来没有在儿媳面前掉过一滴眼泪。

"父亲被打成'反革命'迫害致死,自己还能在卫星总装厂工作吗?"叶培建怀着忐忑不安的心情,将父亲的事向党支部书记黎华作了汇报。黎华说:"我姐夫是南京艺术学院的党委书记,我知道南京的清查'五一六'完全是一些极'左'人员的胡作非为。我非常同情你现在的处境,你可以安心地继续工作。"由于得到黎华书记等人的理解和支持,叶培建在父亲出事以后,在政治上并没有受到什么歧视,他至今还对黎华等人表示感谢,有机会都要登门或捎信问候她们。

父亲被迫害致死后,叶培建立下了一个心愿,一定要为父亲争气。在当时普遍轻视技术工作的氛围下,他依靠理想和信念的支持,继续努力工作,钻研技术业务,并且通过翻译外文资料,了解国外的科技动态,进一步熟悉英语,成为军工系统电学计量领域里比较拔尖的人才。

出国苦学获得科学博士学位,归国时转回一张入党申请书

粉碎"四人帮"后的 1977 年恢复高考,一些科研单位开始招收研究生。一心想在高科技领域有所作为的叶培建,凭自己的知识积累,考取了中国计量科学研究院的研究生。当时国防科委的领导人,不主张本系统的人到外系统去学习,叶培建又改变志愿,考上了航天部所属控制工程研究所的研究生。这时,适逢父亲的冤案平反昭雪,到南京参加父亲骨灰安葬仪式的叶培建,收到单位的通知,要他去报考出国研究生。他又顺利地被录取了。在出国去向的问题上,他听从了"两弹一星"功勋科学家杨嘉墀院士的意见,暂不去对我国实行严密技术封锁的美国,而是去比较开放的欧洲。组织上初定派叶培建去法国留学。他到广州外语学院突击学习了半年的法语,最终因法方不愿接纳航天方面的研究生,他被转派到瑞士纳沙泰尔大学去留学。

瑞士是个国土面积不大的国家,但经济实力雄厚,科学教育事业发达,且学风严谨,出过多名诺贝尔奖获得者。叶培建于 1980 年 7 月到达瑞士时,瑞士还不承认中国的大学文凭。他通过 4 个月的努力,通过一系列的考试,

很快就获得了同等资格的证书，进入纳沙泰尔大学理学院微技术研究所做博士研究生，并且根据国家的需要和自己的特长，选定了在高科技领域可以通用的计算机信息处理、模式识别的专业，师从著名的白朗地尼教授。

瑞士有"世界花园"之称。那里的高山白雪、绿树碧水，吸引了全世界的游人。叶培建没有心思去游山玩水，因为他牢记着出国前集中培训时教育部副部长高沂说的一段话："我国有几亿青少年，能够读大学的有多少？其中能够由国家公派出国留学的又有多少？一个公派到瑞士留学的学生，每个月要动用700瑞士法郎的外汇，这又要有多少工人农民在背后扛着你们？"祖国对海外学子的厚望，促使叶培建夜以继日地勤奋学习。瑞士的《纳沙泰尔报》曾因他的苦学对他作了专访，登了介绍他的文章和照片，说这位年轻的学者，从不去酒吧，也不去看电影，只是偶尔打打乒乓球，连周末的时间都用于看书和做实验。该报记者问他为什么这样刻苦学习，他说："国家派我出来学习，已经为我付出了很多，我知道自己肩上的担子有多重，我应该为国家努力学习。"

西欧各国的学制不尽相同。在与瑞士相邻的法国，博士分大学博士、科学博士、国家博士几个档次，而瑞士只有需要攻读5年、相当于法国最高档次的国家博士的科学博士。叶培建用公费苦读了3年，完成了关于西文、数字自动识别的论文，纳沙泰尔大学发给他等同于法国科学博士的证书。叶培建不愿意浅尝辄止，希望利用便利的国际交流条件，在瑞士继续深造。这时，3年的公费学习已经期满，幸得爱才的白朗地尼教授聘请他担任助教，提供了可供他继续攻读的费用，他才得以在纳沙泰尔大学一边工作一边继续学习了两年，完成了关于手写中文在线自动识别的论文，获得了瑞士科学博士的高学位。

叶培建出国后的第三年，他的在化工部任职的妻子范雨珍，也以访问学者的身份去了瑞士。不少人都认为，小叶的父亲在"文化大革命"中被迫害致死，夫人也已出国，他不会回来了。出乎这些人意料的是，叶培建于1985年8月刚刚完成学业，就辞谢了老师的挽留，踏上了归国的道路；与他同时回到祖国的，还有我国驻瑞士大使馆转给中国空间技术研究院的一份入党申请书。

我问叶培建,这份入党申请书是怎么写出来的。他说,自己早就希望加入中国共产党,但是由于父亲的问题没有解决,自己入不了党。"1980年我到瑞士,发现那里的城乡差别已经基本消失,我更加相信在生产力得到充分发展以后,共产主义的理想是可以实现的。过去,不是共产主义理想错了,而是人们把它看得太简单了,甚至误以为平均主义就是共产主义。所以,我到瑞士的第二年,就向中国大使馆的党组织递交了入党申请书。因为当时还没有在留学生中发展党员,我是到回国后的第二年才入党的。"

在计算机和卫星应用领域屡获突破
拒绝高薪聘请坚守重要的科研岗位

叶培建学成归国以后,被分配到中国空间研究院控制工程研究所的卫星敏感器研究室工作,并且根据科研为经济建设服务的要求,立即投入"火车红外热轴探测系统"的开发。这是为实现铁路运输现代化的一个开创性的科研项目,要求能高效、可靠地预防在火车行驶中由于轴温过高导致轴杆断裂的重大事故。叶培建根据自己掌握的人工智能、模式识别等领域的知识,确定了轴承滚动与滑动的模式区别方法,编制出一套可以实际应用的软件,为提高铁路运输的安全和效率做出了贡献。按照这个设计方案建成的"HBDS-1型第二代车辆热轴探测系统",获得1989年的部级科技进步一等奖。叶培建也于1987年被提升为控制工程研究所的计算机研究室主任。

信息资源和卫星应用技术的开发研究是各国卫星研制者的共同追求。1992年,以叶培建为首的课题组,为深圳证券交易所提供了"卫星通信双向网系统"的设计方案。这时的叶培建,已经被提拔为中国空间技术研究院科技委的常委,先后被委任为该院计算机应用的副总师、总师,卫星应用技术的负责人。叶培建对笔者说,过去证券交易所做股票交易,靠红马甲打电话,效率太低,也不公平。用地面电缆传输信息又不大可靠。深圳证券交易所经观察后,决定与中国空间技术研究院合作,采取卫星传输的办法进行交易。"我们只花了一年的时间,就设计开发出亚洲最大的VSAT系统,即'非常小口径卫星终端系统',覆盖了全国3 000个可以双向传输的网点,实现了我国证券交易的现代化。"

这个开拓性的科研项目,不仅取得了明显的经济效益和社会效益,而且又一次获得了部级科技进步一等奖。深圳交易所曾经以年薪40万元的高价聘请叶培建去该公司任职,叶培建婉言谢绝了。中国空间技术研究院常务副院长李祖洪常对该院的年轻人说:"你们的叶总啊,要不是为了卫星上天,早就是百万富翁了。"叶培建听到这样的话总是淡然一笑说:"人生的最大值,不在于拿多少钱,而在于干多少事。能够为祖国的富强尽一份力,吾愿足矣。"

投入卫星研制的主战场
研制成我国最先进的对地遥感卫星

叶培建任中国空间技术研究院计算机工程总师10年间,开发和改进了卫星设计研制的各种软件,基本建成了卫星与飞船设计的数据库、应用软件包,健全了卫星与飞船设计制造的计算机网络环境,初步实现了卫星与飞船研制的数字化和管理一体化,推进了星船研制的进程,提高了卫星和飞船的计算机设计水平。由于他表现了很好的科技攻关能力和行政管理能力,1991年,他在担任了多年的中国空间技术研究院科技委常委、计算机工程总师之后,又被任命为中国空间技术研究院的院长助理,并于1992年被送到中央党校学习。

像叶培建这样的人才,到底应该如何使用?院领导征求叶培建所在支部中的一些老专家的意见。这个支部20多名党员中,有8位是中国科学院院士或中国工程院院士。他们认为,叶培建应该工作在卫星研制的主战场。当中国空间技术研究院的老院长、两院院士闵桂荣,就调任"中国资源二号"卫星的副总设计师一事征求其意见时,叶培建欣然从命。闵院士说:"将你从技术基础领域调上卫星研制的主战场,需要一个适应的过程,所以你现在只能去担任副职。副总师比你原来的行政级别要低一级,你有没有意见?"叶培建说:"组织上让我投入卫星研制主战场,是对我极大的信任。我愿意从头学起,当好助手。"由于叶培建基本功扎实,又善于向其他人学习,并且能不怕艰苦到第一线去,他很快胜任了"中国资源二号"卫星副总设计师的工作,并于

1996年挑起"中国资源二号"卫星总设计师兼总指挥的重担。他是中国空间技术研究院第一个实行卫星研制双肩挑的人。

"中国资源二号"卫星,是传输型的对地观测卫星。这颗卫星的技术起点高,研制难度大。用中国航天科技集团公司马兴瑞副总经理的话来说,在我国已有的同类卫星中,这颗星是"最大、最重、最先进的。它具有最高的分辨率、最大的传输速率、最高的姿态精度、最大的储存量"。叶培建凭着深厚的理论功底和不耻下问的精神,很快就进入了角色。在工程总师闵桂荣的指导下,他与同事们共同度过了艰辛、创造的岁月,终于打造出了具有多项中国第一的"智多星"。

2000年9月,"中国资源二号"卫星01星在太原卫星发射中心成功发射升空,第三天即开始传输图像,发挥作用。2002年10月和2004年12月,"中国资源二号"卫星的02星和03星又相继成功发射,形成了三星高照的实用网络。2001年和2003年,以叶培建为总设计师、总指挥和第一完成人的"中国资源二号"卫星,以其杰出的科技成就,先后荣获国防科工委科技进步一等奖和国家科技进步一等奖。他在卫星研制的主战场上,经受了严峻的考验,交出了一份堪称完美的答卷。2003年,叶培建当选为中国科学院院士。

在向笔者回溯"中国资源二号"卫星研制的艰难历程时,叶培建深情地说起了自己的许多战友,特别提起为卫星研制高分辨率相机立下大功的乌崇德。乌崇德早就是航天部的劳动模范,接受研制任务时已经年近花甲。为了研制高分辨率的相机,他总是一上班就整个星期不回家了。在做力学试验时,相机两次被震碎了,他每次都是流着眼泪重新投入研制,并且与相关人员改善了振动条件,终于取得了圆满成功。而他本人,却为研制这种相机累病了,于2005年不幸病逝。叶培建在报上、网上都写了纪念他的文章。2006年清明节,尽管老乌的墓地离城很远,自己工作忙,但他还是领着一批战友去给这位老同志扫墓。

叶培建很少谈到他自己,其实,他也为研制"中国资源二号"卫星做出了重大牺牲。他的妻子范雨珍是他在浙江大学读书时的同学,早就发现有房颤的心脏病。2001年6月,正是研制"中国资源二号"卫星02星的关键时刻。6月15日,是个星期五,叶培建从外地回来,妻子热情地为他烧饭、炒菜。他清楚地记得,那天晚上吃的是炒豆角、冬瓜圆子汤。吃完晚饭,妻子又忙着为他去切甜瓜。想不到这时妻子突发脑梗,倒地昏迷不醒,送到医院抢救无效,6月19日就过世了。叶培建把妻子的英年早逝与自己的疏于关心联系起来,痛哭不已。经过短时间的调整,他又忍着中年丧妻的伤痛,投入"中国资源二号"02星的研制和探月卫星方案的论证。

原载 2007年4月《文史精华》

28. 泰兴走出"嫦娥"总设计师
——本报专访叶培建的母亲和堂兄

南京,有位白发老人默默关注"嫦娥"

谷岳飞

在南京迈皋桥一栋普通的宿舍楼内,有位默默关注"嫦娥一号"的白发苍苍的老人。她就是我国绕月探测卫星"嫦娥一号"总设计师兼总指挥、江苏籍中科院院士叶培建的母亲。母亲眼中的"探月英雄"是什么样的?他又是如何一步步成长起来的?昨日,本报记者独家专访了今年已81岁的叶母周忠秀老人。

孝顺儿还不知道母病

昨日下午5点,记者赶至周忠秀老人家中。老人颤颤巍巍地起身迎接,面容有些憔悴。旁边的保姆告诉记者,老人因为突发心脏病,住了一个星期的院,当天刚刚出院。

记者表示抱歉之后,周奶奶表示没什么,"这个,孩子也还不知道。"记者了解到,一个星期前,老人突发心脏病,被送到迈皋桥医院紧急抢救。旁人说要给已在西昌卫星发射现场的叶培建打电话,但被老人坚决制止了,"他

压力已经够大了,不能让儿子分心!"

当和记者再次说起这事时,病恹恹的周奶奶甚至开玩笑说,即使现在倒下了,也不会让叶培建知道。说这些时,周奶奶表情自然,但一旁的记者却听得动容,不知道此时身在西昌的叶培建,听闻此消息后该是何感想。

周奶奶介绍说,叶培建从北京去西昌之前,曾给她打过电话——一般情况下,叶培建每个周末都会给老人打电话,问候老人的身体等等,这已成了母子间的固定"约会"。即使有特殊情况不方便打电话,也会由妻子代问候,十足的孝顺。但在电话里,老人从不会提及自己的病情等,只说自己在南京什么都好,要他们好好工作,不要担心。当记者提及本报同事已前往西昌卫星发射中心,问老人是否有话传递给儿子时,老人也是连连摆手,"没有!没有!千万别打扰他!"

小时候不肯叫"妈妈"

和周奶奶交流,话题自然回到叶培建小时候。"这家伙,小时候还不肯叫'妈妈'呢。"忆及儿子当年,周奶奶爽朗地笑了。

老人介绍,自己和丈夫叶蓬勃都是泰兴人,两人又都是新四军的老战士。1945年生下叶培建,还没等他年满一岁,夫妻俩就随部队离开了家乡,把小培建交给了外婆照顾。自此之后,这家人就很少团聚。整个解放战争期间,两人也只是在大军渡江前夕顺道回乡看望过儿子一次。

这样的生活直至叶培建7岁时。1952年,周忠秀和丈夫所在的部队移驻到浙江奉化,他们这才把叶培建接到南京卫岗小学——一所军队干部的子弟学校。后来小培建又被转到杭州西湖小学,但直到他高中前他和父母都没什么交流。

从表情上可以看出,周奶奶对于这段历史心存太多的愧疚:"那时他都不喜欢叫我'妈妈'。"原来,小培建看见别人一家人在一起快快乐乐的,非常羡慕,而他的父母却常年不在身边,因而生出了"为什么爸妈不管我"的埋怨。

据说,当时叶培建的老师还以"父母在为革命做奉献"等理由开导他。"不知道他是否还有印象。"周奶奶回忆道。尽管如此,小培建的学习还是没有落下。"从来都是班上的前几名!"周奶奶自豪地说。

棉衣、棉裤都打着补丁

为了弥补不在孩子身边的缺憾，高中时周奶奶将孩子接到了身边，加上年岁渐长，叶培建对父母的苦衷渐有了解。

"这时应该好好宠一下儿子吧？"记者问道。但老人又微笑着摇了摇头，或许因为都是军人的关系，她和丈夫对孩子没有一点娇惯，尽管他小时候受过很多苦。据说有一次，叶蓬勃在供给处领工资时，小培建在其背后仅问了句"这是什么"就挨了父亲一巴掌，理由是他明知故问。家教可谓相当严厉。

这也是在老人记忆中，叶培建唯一的一次挨打。"他很聪明，但为人老实，好读书，生活特别规律……"老人"素描"儿子大概轮廓。

"还有,这孩子特别节俭。"不多时，老人又补充道。据说，叶培建工作之后，有几年从北京回南京来看她，没想到孩子身上居然穿的是媳妇厂里的工作服，外套脱下来，身上的棉衣棉裤也打了补丁。"生活节俭得令人难以想象。"而据老人的媳妇"告密"，为了省钱，叶培建连理发都由妻子来剪。

最多的一次待了四天

因为心脏病刚刚恢复，周奶奶讲不了几句话，便要停下休息一下。但老人的注意力始终不减，或许是因为谈论的正是其心爱的儿子。

在老人的记忆中，最近这些年，叶培建回家待得最长的一次还是1997年，一共待了有四天时间。那次，老人家忧郁症突发，原本精神很好的一个人一下子人事不省，叶培建匆匆忙忙地赶回家。母子俩坐在家中对望，叶培建含着泪要母亲挺住："千万要好起来啊，家中不能没有你！"或许真因这样的真情感动了上天，周奶奶恢复了过来。

如今，老人在简陋的家中默默祝福着远在西昌的儿子。当记者问其有何心愿，老人笑了笑："没什么，儿子好就好！"

叶培建三回故乡深情感人

叶韶华　张建荣　汪青

在"嫦娥"奔月前夕，记者在江苏泰兴寻访叶培建童年的成长轨迹，了解了

走在路上

当年他与一般孩子不一样的"特质",感受走出泰兴后的他对故乡浓浓的情结。

昨天下午,记者辗转来到叶培建的出生地——泰兴县胡庄镇海潮村。当地家家房前屋后都栽着银杏树,在拐了多个弯道后,记者终于远远看见一位老人等候在路边,随行的当地干部告诉记者,老人是叶培建的堂哥,今年65岁的叶培君。叶培君指着一排老式的青砖屋说,这就是当年叶培建的出生地,目前由他这个堂哥代管,屋内摆放一些杂物,屋前屋后曾留下他们堂兄弟很多童年的快乐。

叶培君的父亲和叶培建的父亲是亲兄弟,两家挨在一起。叶培建小时候虽常住在李秀河村的外婆家,但春节、节假日还是常常回海潮村看爷爷奶奶,所以他们堂兄弟俩就有更多的机会在一起。培建是个有"怪"想法的小孩,常给他们提一些刁钻古怪的问题。他姑父回忆道,培建就曾问过他,为什么公鸡不下蛋?鸡为什么只大便而不小便等问题。

让堂兄叶培君和姑父沈晶莲难以忘怀的是叶培建浓浓的故乡情结。堂兄叶培君告诉记者,尽管肩负国家科技重任,叶培建从没忘记家乡的亲人,逢年过节不能回来,他总要打个电话问候,并要他们家中有什么困难就打电话给他,家中所有亲戚都保存着叶培建的联系方式。

"叶培建离家45年,共回泰兴老家三次。"叶培君回忆道。而给叶培君和沈晶莲留下印象最深的是去年叶培建的第三次"省亲"。那一次,叶培建专门从北京赶到南京为其母亲过80岁生日,此后就回到了泰兴老家。由于时值"五一"长假,有较充裕的时间,叶培建在泰兴前后待了3天。在胡庄镇海潮村老屋,他要叶培君帮他寻找1952年在老屋附近栽的一棵枣树。堂兄弟俩围着老屋以及附近转了好几个圈,但哪里还有当年枣树的身影?感觉惋惜的叶培建还叹了一口气。在泰兴3天期间,叶培建除接受当地科技部门的学术邀请外,其余时间全用在了走访亲戚、祭奠逝去亲人、寻找童年"烙印"上了。他还专门来到当年他外婆家所在地根思乡李秀河村,由于外婆外公去世多年,坟墓一时难以找到,在当地村干部的带领下,他最后来到当地的一条小河边,向水中撒了一些鲜花,向外婆外公寄去了哀思,并走访了当年就读的李秀河小学旧址。

叶培建尽管已经60出头，但精力出奇地好，一路走下来一点不觉得累，和随行的人滔滔不绝地讲话，语言还很幽默。李秀河村支书汤继国当时还开玩笑地请叶培建帮他们村引进几个大项目以发展地方经济，叶培建半认真半玩笑地问汤继国："你们会不会搞卫星？"

原载　2007年10月19日《扬子晚报》

29. "嫦娥"奔月最终可能撞月
——本报特派记者西昌专访总设计师叶培建

张　磊　陈太云

10月19日，本报独家报道《泰兴走出"嫦娥"总设计师》一文刊出后，引起读者的热烈关注。昨天，本报特派记者抵达西昌卫星发射中心，第一时间给"嫦娥一号"卫星总指挥、总设计师叶培建带去了家乡人民的问候，并将10月19日的《扬子晚报》送到他的手中。在简朴的临时居所内，62岁的叶老饶有兴趣地接受了记者的独家专访。

刚跟母亲通过电话

记者的来访，对于工作异常繁忙的叶老来说是一件"计划"的事，但却并不意外。因为叶老母亲在接受本报专访的当晚，已在电话里向儿子告知了此事。

"是啊，母亲就是这样一个人，坚忍而有原则。"读完本报的报道，叶老颇有些感慨，他告诉记者："母亲知道我的工作忙，特别是在接重大任务期间，她会不断嘱咐我的弟弟妹妹，家里有事无论大小都不许告诉我，怕分我的心。"少小离家，"家乡"在叶老口中，有时是自己读过一年级的某所小学，有时是堂弟一直生活的某个乡村，有时是模糊记忆的某条窄巷。

但乡情难忘，去年此刻，叶老正在为贺家乡泰州建市10年执笔著文；今年此时，在与记者聊一位在"嫦娥"工程中肩负重任的同行后辈。老人情不自禁地笑言："小伙子很不错，他也是我们泰州老乡。"笑容里都是自豪。

"工程目标"才是主要目标

叶老口中的"泰州老乡"叫常进,他是南京紫金山天文台的工程师。叶老说,此次"嫦娥一号"探月工程有一项重要的科学目标,即探测月球上14种特殊元素的分布。"14种元素中有11种是由紫金山天文台跟进研究的,常进就是负责人。"

拍摄三维立体月球地形图、评估月壤厚度和氦3的储量、摸清距离地球40万千米的空间环境以及叶老所说的"探测特殊元素月球分布",被总称为"嫦娥"探月工程的"四大目标"而多次被公开提及。对于这个说法,叶老认为"有必要做一番补充"。他告诉记者,其实"嫦娥"探月工程应该说有"两大目标"——其一是科学目标,即以上4项内容;其二是工程目标,说简单点就是把中国首枚探月卫星"嫦娥一号"成功研制发射。"工程目标才是最主要、最难的目标,更是实现科学目标的前提和基础。"叶老说,"实现把卫星打到月球轨道这一工程目标,将引出后面整个月球探测航天工程体系。"

"10月31日"最值得关注

"嫦娥一号"究竟何时发射?这个问题一直为人们所关注。昨天,记者在叶老宿舍墙壁上看到一张"发射倒计时表",上面确有"10月24日下午6时05分发射"的字样。对此,叶老表示,严格意义上讲,这只能说是预定的发射时间,因为没有人能预判所有可能发生的特殊情况。

"其实,对我们来说,最关心的并不是10月24日,而是10月31日。"叶老一语惊人,"因为那一天的某时某分,是'嫦娥一号'脱离地球的一刻,那才是真正意义的'奔月'。"

原来,科学家们经过精密的计算,的确得出了一个最适合"嫦娥"奔月的日子,计算依据如叶老所说,"首先行进过程中消耗能量最少,其次在成功绕月后能立刻发挥出最大价值。"换句话说,如果将"嫦娥"奔月分为"飞出地球"和"飞向月球"两部分,对后部分何时开始的预判计算才是重中之重——得出的结论是:10月31日。

叶老告诉记者，"嫦娥一号"被发射升空之后不能立刻离开地球，需先通过绕地球飞行获得向月球前进的加速度。"必需的绕行轨道有两条，16小时一圈的轨道绕1次，24小时一圈的轨道绕3次，48小时一圈的轨道绕1次。按照这个时间推算，我们只要在27日发射就能保证'嫦娥一号'在31日准时奔月。"叶老说，"但前面说过，谁也不能预判所有可能的特殊情况，所以我们决定提前3天，即在24日发射。这个轨道数量是可变的，如果按照既定计划在24日发射了，就让它绕3圈；如果由于种种原因推迟了一天发射，就让它绕两圈，依此类推。"

是否撞月球视生命力而定

记者问，有媒体报道"嫦娥一号"最终将撞击月球，实际情况是这样吗？叶老未加迟疑地说，这个说法并非空穴来风，准确的说法是，它有可能最后撞击月球，也有可能一直绕着月球飞下去。见自己的话让记者有些茫然，叶老不厌其烦地解释："关于'嫦娥一号'的使命有4句话，即精确变轨、绕月飞行、有效探测和一年寿命。"也就是说，"嫦娥一号"在成功绕月1年并完成既定探月任务后，将有可能"能源耗尽，而在月球的引力作用下永远绕月飞行，成为其一颗卫星"。而如果届时"嫦娥一号"还有余力，并且各项机能都没有问题，"就可以考虑让其试行降轨，即主动撞月，如此不但可以拍摄近距离、高分辨率的月球照片，还能搜集撞击瞬间的相关数据，为将来更进一步的探月工作提供宝贵资料。"

选歌的标准就是耳熟能详

话题转向了将随"嫦娥一号"奔赴月球的32首中国歌曲。《谁不说俺家乡好》《爱我中华》《难忘今宵》《东方红》……说起这些歌的选择过程，叶老笑着表示自己也是"评委团"成员之一。

"我对音乐是一窍不通，但当时却发挥了至关重要的作用。"叶老说当初在选择这些歌曲时，一个重要的标准是"耳熟能详"。因为叶老平时以不爱听歌出名，评委团一致表示，"只要是老叶听过的歌，那至少符合了耳熟能详

的标准。"

叶老告诉记者,"嫦娥一号"上共携带了500分钟的音像内容,一半是内容,一半是备份。"32首歌将根据不同的时间、不同的节日陆续播放并传至地球,并配以对'嫦娥一号'当时位置、状态的解说词,以及相关科普内容等。"

发射只是"战斗"的开始

谈及已如箭在弦的"嫦娥一号"发射,叶老的微笑淡定从容。作为总指挥已主持发射了4次卫星的他用八个字道出心声:"压力很大,心态平和。"到昨天为止,叶老已经在西昌卫星发射中心连续工作了70多天,在他看来,"要求做到最严,工作做到最细,那就没什么可紧张的。"

对于自己在工作状态下的日常生活,叶老没有多谈。但在西昌卫星发射基地,叶老对于工作的严格细致已人所共知,还有一点就是,叶老所管理的团队伙食是最好的。

如果一切按照计划进行,10月24日将是叶老此次在西昌停留的最后一天。"第二天就直飞北京,一到北京就进北京航天城的监测中心,家是回不去喽。"对叶老等人来说,"发射"才只是"战斗"的开始。

原载 2007年10月21日《扬子晚报》

30. Fulfilling the Hopes of a Nation

When China's first lunar orbiter, Chang'e-1, successfully blasted off from Xichang Satellite Launch Center in southwestern Sichuan Province on October 24, Ye Peijian, Chief Designer and Commander in Chief of the circumlunar satellite, was a happy man.

But that was just a start. As the most sophisticated satellite Chinese scientists have ever handled, Chang'e-1 will undergo at least 10 orbital adjustments before it finally begins to orbit the moon on November 5.

"The half-century exploration is not long when compared with human history and the pursuit of the unknown in outer space," Ye said. "We felt very honored and proud to send the country's first moon orbiter on behalf of all the Chinese people."

The satellite, named after a mythical fairy who flew to the moon, will send back the first image of the lunar surface in late November and continue her scientific explorations of the moon's surface for a whole year, including acquiring 3-D images and analyzing the lunar landscape. Yet this is only the initial steps of China's three-stage exploration plan.

Ambitious and capable, the 62-year-old Ye has helped realize the dream of generations of Chinese, to explore outer space. Ye graduated from the Radio Department of Zhejiang University in 1968. In the early 1980s, he spent five hard years in Switzerland studying for his doctorate.

Ye began his career as a chief engineer on a study of control system robot vision and computer applications. He presided over the development program of CAD/CAM networks, and the establishment of a satellite VSAT network for the Shenzhen Stock Exchange won him a state-level award. Later Ye turned his attention to satellite research and production at the Chinese Academy of Space Technology. He was elected an academician with the Chinese Academy of Sciences in 2003, and joined the lunar probe program in 2004.

"The lunar project represents the development of China's independent innovation in terms of exploration of outer space which is also a contribution to the world," said Ye. In his eyes, it's just one small step for China.

原载　2007年11月8日《北京周报》

31. 演绎"嫦娥奔月"神话
——记中科院院士、湖州学子叶培建

姚国强

10月24日,承载着中华民族千年奔月梦想的"嫦娥一号"卫星发射成功,它开启了中国航天深空探测领域的全新篇章。探月工程由探月卫星、运载火

箭等五大系统组成，卫星系统由航天科技集团公司中国空间技术研究院领军负责，62岁的中国科学院湖州籍院士叶培建带领着一支平均年龄不到30岁的研制队伍，用短短3年的时间完成了"嫦娥一号"卫星的研制，书写了中国航天器研制历史上的传奇，演绎了"嫦娥奔月"神话。

航天之缘

叶培建曾经坦言他的孩提时代，跑不快，跳不高，和小朋友在一起玩"官兵抓强盗"的游戏时，总是排不上"大王"和"二王"，甚至"三王"都排不上，只配当小兵。但这个只配当小兵的孩子上中学时就大不一样了，学习成绩跑在最前面，仅用两年时间就读完了初中的全部课程，因为成绩出色，后被学校保送到浙江省湖州中学。他在中学阶段当过的最大"官儿"是学习委员，而那时最大的理想是长大了当一名外交家。

高中毕业时，叶培建的各门功课都很优秀，在填写大学志愿时，接受了军人父亲的教诲：国家正处于建设时期，很需要理工科人才。而他想搞飞机专业，因此填报了北航、南航等大学，然而却意外地被浙江大学录取。后来才知道，原来是当年浙江省想把省内很多优秀学生留下来。

1968年，从浙江大学无线电系毕业的叶培建被分配到卫星制造厂任技术员，这令本来希望能搞航天航空的叶培建喜出望外："这就叫缘分！"

创新我国卫星应用技术

1980年7月，叶培建远赴瑞士纳沙泰尔大学理学院微技术研究所留学深造，获信息处理专业的科学博士学位。

回国后，他先是在控制工程研究所工作，参加了"火车红外热轴探测系统"的开发，为铁路运输提供现代化设备。在这个项目中，他确定了轴承滚动与滑动的模式区别方法，并编制出软件。

1989年，他被调到中国空间技术研究院，成为院科技委中最年轻的常委，并任五院计算机技术副总师，后任总师、卫星应用技术负责人。

1992年，深圳证券交易所采纳了中国空间技术研究院为主的"卫星通信双向网系统"的设计方案，他们联合作战，仅用了一年时间就设计开发出亚洲最大的 VSAT 系统，使交易过程在不到 1 秒的时间内即可完成。

十多年来，在叶培建的技术主持下，研究院开发和改进了卫星设计研制的各种软件，基本建成了卫星与飞船设计的数据库、应用软件包，建设了卫星与飞船设计、制造的计算机网络环境，初步实现了管理信息化、卫星与飞船研制数字化和 CAD/CAM 一体化，推进了星船研制的进程，提高了卫星和飞船的计算机设计水平。

爱上"第一"的卫星总师

1993 年，叶培建任"中国资源二号"卫星有效载荷副总师，开始了他领导卫星研制工程的历史。1996 年，他担任了"中国资源二号"卫星的总师兼总指挥。"中国资源二号"卫星属传输型对地观测卫星，在我国国民经济各行业的发展中有其广泛的作用。这颗卫星的技术起点高、研制难度大。用航天科技集团公司马兴瑞副总经理的话说，在我国已有的卫星当中，这颗星是"最大、最重的星，具有最高的分辨率、最快的传输速率、最高的姿态精度、最大的存储量"。他凭着扎实深厚的理论功底和不耻下问的精神，很快就进入了状态。从此以后，在两院院士闵桂荣的带领下，他们开创了好几个"第一"。

这颗星第一个实现了星地一体化设计，这意味着在卫星研制中不仅要对星体本身的技术负责，还要对地面应用系统的集成技术负责；这颗卫星还第一个进驻北京唐家岭航天城，因此研制队伍成为中国空间技术研究院实体化改革以及 AIT 一体化的第一批实践者。

在卫星型号研制管理过程中，叶培建是第一个实践把电测与总体分开的总师，为测试队伍专业化打下了基础。他又第一个提出在卫星进入发射场前要进行整星可靠性增长试验，把问题彻底解决在地面。

这诸多的"第一"实践充满艰辛，这些难度的跨越无疑是对叶培建能力和水平的一次又一次考验。但叶培建成功了！ 2000 年 9 月，"中国资源二号"卫星发射圆满成功，并按时在轨移交。同年，这颗卫星被授予国防科工委科技进步一等奖。

作为总师，叶培建对卫星研制技术工作要求精益求精，抓大也抓小，甚

至细化到卫星的各级技术状态。他常说：对质量问题就是要"捕风捉影"，才能亡羊补牢。集团公司质量部的人员评价："中国资源二号"卫星的质量透明度是最高的。这让人想起叶培建常说的话："人家是一个脑袋两只手，我们也是一个脑袋两只手，人家能干成的事，我们也一定能做到！"——凭着他的认真、细致，人家办得到的事情，他办到了；人家办不到的事，他也办到了！

领军设计制造"嫦娥"

2001年，叶培建刚刚接手"嫦娥一号"卫星研制任务的时候，他的妻子不幸去世。他把悲痛藏在心里，依然忘我工作。

叶培建是中国"嫦娥"工程月球探测卫星的总指挥、总设计师。3年多来，他带领年轻的研制队伍先后攻克了月食问题、轨道设计、两自由度数传定向天线研制、卫星热设计、制导/导航与控制分系统设计、测控数传分系统设计、紫外月球敏感器、数管分系统设计等一系列技术难题，拿下了一大批具有自主知识产权的核心技术。

叶培建说，当前，中国空间技术研究院型号任务很多，各个型号在研制中会出现各种问题。针对这一情况，"嫦娥一号"卫星项目办在研制队伍中提倡"捕风捉影""亡羊补牢"，绝不放过任何细小的疑点。

为了确保测控的安全和可靠，2006年，叶培建带领设计师们四处奔波，万里跋涉，对所有要求测控的地方都进行了对接试验。为了解决太阳翼出现的问题，叶培建带领技术人员不分白天黑夜地加班加点。有时候晚上10点下班，同事们就会奇怪地说："今天下班怎么这么早啊！"可见，当时研制工作有多辛苦！

情系家乡

2005年11月14日，叶培建回到了母校，在湖州中学的体育馆为3 200多名学弟学妹讲述中国人的"飞天"故事。2006年年初，叶培建专门托人送来独特的"月球仪"给湖州中学作为纪念。在"嫦娥"正式发射之前，叶培建还给母校发来短信"谢谢母校对我的关心和支持"，诚如多年在外的游子向母亲报喜。

叶培建虽不出生于湖州，但他成长的关键时期是在湖州度过的。他始终把湖州当作自己的家乡。叶培建出生在一个军人家庭，少年的生活，用他的话来说就是"部队到哪儿我到哪儿"。而在湖州求学的五年是他生活相对稳定的五年。

叶培建初中是在湖州一中完成的，他没有读初二，直接由初一跳到了初三。1959年夏天，14岁的叶培建从湖州一中毕业，保送进入湖州中学，开始了高中生活，1962年以优异的成绩毕业。根据学校档案记载，那一届的毕业生近400名，但是当年考取大学的不过70余人，其中平均分超过了95分（当时实行的是百分制）的有四个人，叶培建就是其中一个。之后，他就被浙江大学当时刚成立不久的无线电系录取了。

叶培建在回忆湖州时说，没有湖州给予的优质教育，也就没有他，湖州是他终生难忘的家乡。

原载　2007年12月5日《湖州日报》

32."嫦娥"总师讲"奔月"

本报讯　从去年8月17日进入西昌卫星发射基地至今，"嫦娥一号"总设计师、总指挥叶培建院士只在本周找到了3天完整的休息时间，他把这宝贵的3天献给了第二故乡——杭州。

昨天，他应本报邀请做客浙江人文大讲堂，与浙江理工大学千名大学生对话互动。他向大学生们公开了我国探月"绕（2007）、落（2015年）、回（2017年）"三阶段的时间表，面对近期我国准备载入登月的传言，叶院士非常干脆地辟谣："到目前为止，我国没有载人登月计划。"

今后将不断公布"嫦娥"月图

讲座开始不久，叶培建就现场展示了一套"嫦娥一号"发回的月球表面照片，这是他特意带来的，有第一次传回的原始条形照片，有月球的三维照，

还有从月球背面拍摄的。"前些时候,社会上出现了关于月球伪照的流言,大家看了我展示的这套照片,真伪立判。"

叶培建透露说,为正视听,今后将不定期地实时公布"嫦娥一号"发回的图文等信息资料,让公众及时了解"嫦娥一号"卫星的工作进行情况。

第二阶段已启动

距离"嫦娥一号"发射已有一个多月,叶培建说:"有人以为我能休息了,其实休息不了。"他们还必须向正在天上运行的"嫦娥"发出各项指令,指挥它做各种探测、数据搜集及科学实验活动。与此同时,"中国探月工程第二阶段'落'的工作已经启动,第三阶段'回'也开始论证。"

叶培建还讲了一个与探月有关的院士故事。"当年美国从月球上拿回了380余千克的标本,只送给了中国1克指尖那么大的岩石碎片。我们舍不得用,把0.5克放在北京天文馆展览,剩下的0.5克送给了欧阳自远院士。他就用这0.5克标本做了很多研究,成为我国探月首席科学家!"

平均年龄35岁的年轻团队

讲座进程过半,叶培建出示了一张研究人员的"全家福",他的左膀右臂一位36岁、一位34岁。现场一片哗然,原来是一群"70后"把"嫦娥"送上了天!

叶培建说:"我们这支团队很年轻,平均年龄不到35岁。"

"嫦娥一号"卫星是一个全新的航天器,也是我国首次月球探测工程五大系统中最为核心的系统。正是这支年轻的团队,克服了技术难题多、研制时间紧、风险大等挑战,创造了中国航天史上多个"第一"。

离不开大家的支持

"嫦娥"上天,看似是航天人的专业技术活,背后实则有着无数中国人的默默支持。

叶培建说了一件小事:"当时我们运送的卫星设备即将抵达目的地,可我们 82 名研究人员却因为飞机误点而滞留在首都机场。我找到了机场管理人员，说明了我们的身份和遭遇的紧急情况。15 分钟后，民航决定，调派一架专机送我们去！但 82 个人又坐不满一架飞机，民航在向社会出售剩余机票时不小心多卖了两张，多两个人就不能飞啊。这时航空小姐就向所有乘客请求：哪两位愿意出让位置？话音刚落，就有两个乘客起身下了飞机！"

维护中国的月球权益

"嫦娥一号"工程总共花了 14 亿元人民币，叶培建说经常会有人问他为什么要花这么多钱上天，"联合国月球公约说，月球是全人类的。可后面还有一句话更重要：谁开发谁利用！"叶培建掷地有声，"如果今天我们不去，将来也许想去都去不了！我们必须探月，目的之一就是维护中国的月球权益！"

无人引领，千余人的讲堂里自发响起了第 8 次掌声。

浙江理工大学党委副书记程刚说："这是我们上一年的思想政治课都无法激起的爱国热情！"

原载 2007 年 12 月 22 日《钱江晚报》

33. 绕月功臣昨载誉归故里
—— "嫦娥一号"卫星总指挥兼总设计师叶培建为家乡人解密探月

朱　晔

霏霏冬雨，隔不断游子归乡之情。昨天上午 9 时 30 分，"嫦娥一号"卫星总指挥兼总设计师叶培建院士如约出现在母校——湖州中学莲花庄校区体育馆内。他为着 3 年前的约定而来，他要向家乡人、向台下 2 000 余学弟学妹讲讲 "嫦娥一号"，讲讲中国人的探月故事。

当天，市委书记、市人大常委会主任孙文友，副市长倪玲妹等亲切会见了叶培建。

三份厚礼馈赠母校

从8月17日进入西昌卫星发射基地至今，这是叶培建第一个可以自由安排的周末。他把这个周末献给了湖州，献给了家乡人，献给了母校的学弟学妹和老师们。

"我是昨天到杭州的。考虑到天气和交通原因，我临时改变行程。昨天晚上提前赶到湖州，确保今天能够按时给大家作讲座。"叶培建话音未落，台下掌声四起。这位心思缜密、体贴入微的学长寥寥数语，已温暖了台下湖中学子和老师们的心。

虽然相隔很远，在"嫦娥一号"奔月的日子里，叶培建每时每刻都能感受到来自家乡的温暖、来自母校无微不至的关怀。如今，他不远千里重归母校一了心愿。讲座一开始，叶培建突然起身，向台下深深一鞠躬。他想用中国人这种最传统的方式，向关心爱护、支持鼓励他的家乡人表达谢意。

此次载誉归故里，叶培建为家乡人、为母校带来了3份厚礼：20枚印有"中国探月"标志的徽章、一个按比例缩小的"嫦娥一号"模型以及一整套"嫦娥一号"发回的月球表面照片。叶培建一边现场展示照片，一边给大家做浅显易懂的讲解。"这是11月20日传回的中国第一幅月球表面的照片。这幅是12月11日国家航天局首次公布月球背面部分区域影像图……"这些照片相当珍贵。其中，也包括一批尚未公开的月球新照片，有平面图，也有三维立体图，还有"嫦娥一号"搭载的CCD相机拍摄到的以中国明代人万户命名的"万户撞击坑"，以及19轨数据图中的几轨。"前些时候社会上出现了关于月球伪照的流言，大家看了我展示的这套照片，真假立判。"叶培建掷地有声。

"嫦娥"只是一个开始

距离"嫦娥一号"成功发射已有59天。叶培建说："有人以为我能休息了，其实休息不了。"他和他所带领的团队还必须24小时全天候地向正在天上运行的"嫦娥"发出各项指令，指挥它做各种探测、数据搜集及科学实验活动。

与此同时,"中国探月工程第二阶段'落'(2015年)的工作已经启动,第三阶段'回'(2017年)的工作也开始论证。"对于深空探测而言,"嫦娥"只是一个开始。

2007年,中国航天人交出了漂亮的答卷。"嫦娥一号"成功奔月,实现了中华民族数千年的梦想,也为中国日益强盛的国力写下了最有力的证明。中国航天人心里明白,今天发展航天事业开展深空探测既是出于对环境、能源、信息等资源的考虑,更是国家综合实力的体现,有助于提高民族自信心和凝聚力。"国家强不强大,航天是重要的标志。这些年,美国派出了12名宇航员从月球上拿回了380千克的标本,但只送给了我国1克指尖那么大的岩石碎片。"叶培建激情满怀,"联合国月球公约说,月球是全人类的。可后面还有一句话更重要:谁开发谁利用!我们必须探月,目的之一就是维护中国的月球权益!"

"2008年,我们航天人还有一份厚礼要献给祖国——'神舟七号'上天。宇航员将走出飞船去太空里行走。现在,我们还在考虑2015年、2017年该做的事。"叶培建和中国的航天人,早已把目光投向了更为浩瀚的深空。

但此时此刻,还有一个新的课题放在叶培建和他的团队面前。根据预测,明年2月21日——正月十五那天将出现月食。月食出现时,地球将遮挡住太阳。这意味着"嫦娥一号"在绕月运行过程中,将有6个小时见不到太阳,这期间卫星将无法解决供电问题。而按正常情况,"嫦娥一号"卫星每127分钟必须有45分钟见到太阳,否则就会面临能源供给困难。"哈哈,在你们大家吃元宵的时候,我正带着庞大的团队去为'嫦娥'保驾。"叶培建的话语中不无诙谐,但信心百倍。"现在我可以肯定地告诉大家,我们现有的技术肯定能渡过这个难关。明年8月,还将攻克第二次月食带来的难题。"

"70后"团队是最大财富

"我带过两个团队,这支队伍更年轻,平均年龄不到35岁。"在近两个小时的讲座过程中,叶培建多次提到自己的"70后"团队,并给大家展示了一张"全家福"。

孙泽洲，37岁的"嫦娥一号"卫星副总设计师；龙江，34岁的卫星副总指挥；王劲榕，34岁的"嫦娥一号"卫星综合测试主任设计师……对于自己一手带起来的年轻团队，叶培建爱护有加，如数家珍。

"嫦娥一号"成功"奔月"，最令叶培建欣慰的是，在短短三至五年的时间里培养了一支深空探测的队伍。"这些年轻人将挑起更重的担子，前途不可限量。"在讲座结束时，叶培建再次念起了他为"70后"所作的一首诗。

勇挑重担掌全局（孙泽洲："第二号"人物）

拼命三郎抓总体（饶炜：话不多，干活很拼命）

继承发扬创快速（龙江：3年拿下整个工程项目）

刻苦攻关建天梯（王劲榕：综合测试护送"嫦娥"平安到月球）

青年总体扛大旗（黄昊、张伍、孟林智、黄小峰、金洋：卫星总体的骨干）

青年英杰建奇功（宗红、袁利、戴居峰：确保飞得好、飞得准）

踏实苦干好集体（郭坚、张猛、叶志玲：创新卫星"大管家"——数管系统）

"这支团队的最大特点就是'新'。"

明月如雪，"嫦娥"轻绕。叶培建相信，在这静谧的深空，会有一代又一代的航天人述说中华民族千年不变的梦想。

原载　2007年12月23日《湖州日报》

34. 叶培建回湖中讲述中国人的探月故事
——湖中学生前天追"勋"

曾　燕

本报讯　两年前的11月，"嫦娥一号"总设计师、总指挥，中国科学院院士叶培建曾来湖州讲述中国人的"飞天"梦想。前天，这位中国航天事业的功臣再次回到母校湖州中学，依然讲述他深爱的航天事业——"嫦娥一号"与中国的深空探测，同时向母校的上千学弟学妹讲述了"嫦娥奔月"的不少细节。

由于一直忙着"嫦娥一号"的相关工作，叶院士直到上周才有几天的休息时间，在这个难得的周末，叶院士把日程安排得满满当当，上周五在浙江理工大学作完报告后连夜赶到湖州，实现他几个月前的承诺："嫦娥"成功飞天后，一定要回母校看看，给学弟学妹们作报告。

"嫦娥"还要克服两次月食

"明年正月十五，当你们在吃元宵时，'嫦娥'将遇到一次月食，而我将带着队伍一起克服这个难关。"叶院士的话语不无诙谐。

根据预测，明年的2月份和8月份将出现两次月食，到时候，地球将遮挡住太阳，"嫦娥一号"有6个小时见不到太阳，这期间卫星将无法解决供电问题。

"为确保'嫦娥'不被冻坏，需采取措施为她保暖。"叶院士信心十足，"可以99.99%地告诉大家，我们肯定能渡过难关，相信明年正月十六的那天，顺利过关的消息就会传到湖州来。"

探月二期工程已开始论证

"鲜花和掌声都属于过去，一期工程已经差不多了，目前正在进行探月二期工程的论证。"叶院士在讲座时透露，二期工程经过众多专家充分论证，已经产生了不少初步方案，但是目前还没有载人登月的计划。二期工程着陆探测器将"登陆"月球，并释放一辆小型月球车对月表进行探测，将在2015年前完成。

"三期工程我们还要在月球上抓一把！"叶院士风趣地说，到2017年将实现无人采样返回。

月球照完全是"中华牌"

"前段时间，有人说我们拍出的月球照是假的，我给你们看看就知道了。"叶院士拿出了几张照片，黑白的、彩色的、平面图、三维图都有，还有以中国人万户命名的"万户撞击坑"等照片。"都是'嫦娥'拍出的图像，'月球脸'完全是中国拍摄的。"

叶院士把这些珍贵的照片全送给了母校。除了月球照外，叶院士还送了一个按比例缩小的"嫦娥一号"模型和20个"嫦娥"标志给母校,并详细讲解了标志的含义。

母校深情感动学子

叶院士对湖州有着深厚的感情。讲座时,他向台下深深一鞠躬,表达他对湖州人民、对母校的谢意;讲座中,他几次提到在湖中学习时的一些细节;去年他专门托人送来了独特的"月球仪";"嫦娥"发射前,他还给母校发来短信:"谢谢母校对我的关心和支持。"

叶院士对母校的一片深情感动了湖中学子,掌声一次次响起。讲座结束后,走出会场的叶院士还被学弟学妹们团团围住,纷纷请他签名,时间持续了半个多小时。

在不到40小时的湖州之行中,"嫦娥一号"卫星总指挥兼总设计师叶培建把大部分时间留给了儿时的老师、昔日的同窗和今天的学弟学妹们。家乡在他心里一直是温暖的港湾,在与家乡人最普通、最直接、最真诚的情感交流中,他彻底地放松着自己。

原载 2007年12月24日《湖州晚报》

35. 航天科学家的质朴情怀

朱 晔

从12月21日晚8时许踏上湖州这片土地,到昨天中午12时30分登上开往杭州萧山机场的汽车,"嫦娥一号"卫星总指挥兼总设计师叶培建在湖州逗留了不到40个小时。其中大部分时间,他留给了儿时的老师、昔日的同窗和今天的学弟学妹们。

在叶培建心里,家乡一直是温暖的港湾。就在"嫦娥一号"成功"奔月"后的这第一个可以自由安排的周末,他选择了与家乡人进行最普通、最直接、最真诚的情感交流,他选择了彻底放松自己。这也是他送给自己的一份厚礼!

我们看到了这位62岁科学家最真挚朴素的一面,最和蔼可亲的一面,最真情流露的一面。

老师，我一定还来看您

"江老师，您还记得我吗？我是您的学生叶培建，我来看您了。"

"Your student！ Student！"

"我们45年没见面了。我一直在北京，搞航天的。"

……

23日上午，市中医院住院大楼五楼一间病房内，叶培建紧紧握住了老师江沪生的手。为了让病床上双耳近乎失聪的95岁老太太听清自己的声音，叶培建一次次凑到她耳边大声说话，尽力用老师最敏感的语言唤醒她沉睡的记忆。

"在啥地方？干啥行当啊？可惜我看不见。"老太太浑浊的眼睛泛着兴奋的光芒。

"看不见？那你摸摸我，摸摸我的脸。"叶培建抓起江老师的手轻轻地放在自己的脸颊上。

眼前这位躺在病床上11年的老太太，是叶培建在湖州中学读书的英语老师，也是湖州中学目前健在的年纪最大的退休教师。在叶培建的记忆里，那时江老师总穿着一件米色风衣，优雅地在教室里走来走去。因为早年毕业于教会学校，她的英语发音非常标准。"我英语很好，后来学法语、德语都跟江老师有很大的关系。湖州中学有一大批很好的老师。"

叶培建此次来湖州只作短暂停留，前后不到两天，而他把大部分时间都留给了母校，留给了老师，留给了同窗好友。"一个人不管做多少事情，都是老师教出来的。"

22日傍晚5时15分，湖州已被夜色笼罩，日程安排一结束，叶培建便摸黑去找寻住在红丰的初三班主任王善璋老师。"我是跳级的，没读初二。当时王老师教我们数学，课上得很好。"握着88岁的王老师的手，叶培建耐心地跟老人一起回忆着往事……"88岁了，思路还很清晰，不容易啊。"

临别时，叶培建与王老师约定，"您一定要活到100岁。下次回湖州，我一定还来看您。"

今天只谈45年前的事

"同学聚会有条原则,不讲现在,就讲过去。今天,我们只说45年前的事,我们大家都还跟过去一样。"坐在湖州中学莲花庄校区会议室内,与20多名同窗好友一起回忆45年前的一情一景、一人一物,叶培建整个人顿时活泼起来。

"哈哈,'少奶奶'你也来啦!45年没见了。"

"这是我们的班长,杨维舒,这是团支书费云正。"

"戚正仁、戚公文呢?他们可是我的入团介绍人。"

……

扎在老同学堆里,叶培建一会儿直呼同学的雅号,一会儿向新交的朋友介绍自己的同学,忙得不亦乐乎。最让叶培建感动的是,有备而来的同学还带来了很多老照片。

"猜猜,这张照片上的人是谁?"

"是谁啊?我不知道。"

"不知道了吧,是你自己啊!"

初中、高中同学倪文达带来的一张已经泛黄的半寸黑白照片,引起叶培建不小的兴趣,照片背后还有叶培建初三毕业时的落款"赠学友文达 培建"。"这张照片我都没了!能不能翻拍一下?"叶培建叫起来,开心得像个小孩。

将来都得靠年轻人

"今天的学生,明天的工程师,未来的科学家""学习关键是方法""学习需要一点一滴地积累"……22日中午,讲座一散场,叶培建便被年方十六七岁的学弟学妹们团团围住。他一次又一次地签名,一个接一个地回答提问。

站在会场外半个多小时,他像一位循循善诱的师长,耐心而认真,和蔼又平易。

"将来的航天事业是年轻人的,各行各业都要靠年轻人。"叶培建喜欢跟年轻人交往,也注重对年轻人的提携与帮助。

工作中,他带过的两个团队都很年轻,"现在的平均年龄还不到35岁。年轻人,给他们一个好的氛围是能够带出来的。"不过,叶培建也说自己很直率,特别是对年轻人,有什么缺点,有什么意见,他一定会说出来。

两三年前,他给自己所带的"嫦娥"团队中的主任设计师都送过一本书——汪中求写的《细节决定成败》,在每本书的扉页上,他送给每人一句话。"上半句,我对每个人最突出的优点加以肯定;下半句,我把每个人最大的毛病指出来。"如果是个重小节的人,就告诉他顾全大局;如果行事婆婆妈妈,就让他学会果断;如果是雷厉风行的,则建议他更加谨慎小心。"搞航天,大事上没有翻车的,都是在细节上翻的车。"叶培建说,带好年轻人是他们老航天人的责任。

"我们国内的基础教育很好,质量也不错,但是创新能力的培养方面差了一点。"谈起教育,当过教师的叶培建深有所思。

原载 2007年12月24日《湖州日报》

36. 母亲眼中的"嫦娥"卫星总设计师叶培建
——新四军老战士周忠秀访谈录

赵建峰

"嫦娥"飞天,是中华民族美丽的神话,也是龙的传人几千年的梦想。如今,这一梦想已经变成现实。而"嫦娥一号"卫星系统总设计师兼总指挥、中国科学院院士叶培建,则是实现这一梦想的诸多科学家中的佼佼者。

北京时间2007年10月24日18时05分,西昌卫星发射中心,"……5,4,3,2,1,发射!"伴随着地动山摇的巨响,中国首个绕月探测工程"嫦娥一号"卫星拖着橘黄色的火焰,载着整个中华民族的梦想,成功升空奔向月球。

在南京迈皋桥一幢普通的宿舍楼内,我们采访了新四军老战士周忠秀——叶培建的母亲——一位终生从事教育工作的园丁。

这是一幢20世纪60年代建造的老房子,从外面看上去已经非常陈旧了。敲了一会儿门,无人应答,我们不免有些失望。刚要离去,恰巧碰到周忠秀

老人的保姆，她问清我们的来意后，肯定地告诉我们，周老有事出去了，不会走远。她把我们领进门，便立即去找周老。我们环顾四周，尽管房子已经有些年代了，但是屋内却收拾得整整齐齐，窗明几净，一点儿灰尘和油污都很难发现。

不一会儿，周忠秀老人便在保姆的搀扶下，笑着回来了。原来今年已经81岁高龄的她，闲着没事，下楼去摘保姆种的小青菜了。当得知我们是中国新四军研究会《铁军》杂志的记者时，老人就像见到了久别的亲人，又是倒茶，又是拿水果。得知我们的来意后，一下子打开了话匣，向我们讲述了她心目中的儿子叶培建。

童年时与父母难得见面

周忠秀老人自豪地告诉我们："我和培建的父亲都是新四军老战士，培建是新四军的后代，他的成长与新四军这个大家庭是密切相关的。从某种意义上说，'嫦娥一号'飞月，也是新四军的骄傲！"

周忠秀和丈夫叶蓬勃都是江苏泰兴人，1945年生下了长子培建。当时叶蓬勃是泰兴县教育局的督学，周忠秀是一名小学教师。1946年，苏中七战七捷的第一仗——宣堡战斗打响，周忠秀夫妻俩遵从组织的安排，先后随部队离开了家乡，将未满一周岁的小培建托付给家住毓秀乡李秀河村的外婆照顾。1951年，培建便是在李秀河村小学开始接受启蒙教育的。

周忠秀夫妻俩参军时，都隶属于新四军叶飞的部队。周忠秀开始当文化教员，接着当宣传干事，后来担任副指导员。丈夫叶蓬勃比她晚两个月到部队，可就是这两个月的差距，让他们夫妻俩将近两年未曾见面。直到1948年部队来到河南濮阳，组织上才帮他们夫妻俩取得联系。同在一个部队的夫妻俩尚且聚少离多，更甭提远在家乡的儿子培建了。虽然对儿子的思念之情一刻都未曾减少，但是战争年代，身为军人的他们，不得不把个人的感情抛在一边。整个解放战争期间，两人只是在大军渡江前夕，顺道回乡看望过儿子一回。

叶培建在外婆身边一直生活到上二年级的时候。叶蓬勃从朝鲜战场回国，夫妻俩所在的部队移驻浙江后，他们这才把培建从家乡接出来，开始在当时的军队干部子弟学校——南京卫岗小学读书,后来转到杭州西湖小学。小学毕业后,叶培建在杭州四中花了两年的时间读完了初中所有课程,被直接保送到湖州中学读高中。

周忠秀老人谈到这里,笑呵呵地告诉我们:"这家伙上小学时还不肯叫'妈妈',当时他的老师常常以'父母在为革命做奉献'开导他,不知道他现在还记不记得。"尽管叶培建从小得到的父母关爱较少,但这并未影响他的学业,他的成绩一直都是名列前茅。1962年,叶培建高中毕业,考上了浙江大学无线电系。

政治上有很深见解

1955年,周忠秀由于身体原因从部队转业到地方,在徐州卫生局纪委工作。在此之前,次子叶卫建和女儿叶秋玲分别于1953年和1955年在部队出生。后来,周忠秀肺病复发,且越来越严重,便回到湖州养病,徐州那边的工作也退职了。病好之后,她便留在二十军政治部,从事部队家属管理工作。当时丈夫叶蓬勃已经是二十军政治部宣传处中校副处长,是军里有名的知识分子。

1964年,为响应毛主席提出的"加强地方政治工作"的号召,叶蓬勃转业到地方工作,来到南京某军工企业任政治部主任。周忠秀则在南京栖霞区教育局的安排下,来到南京临江中学任校长。1971年年初,组织上安排她到南京晓庄师范附属小学教书。

到地方没多久,"文化大革命"便席卷而来,周忠秀和丈夫便开始了噩梦般的日子。周忠秀来到晓师附小不久,丈夫叶蓬勃便被抓了起来,说他是"黑后台""黑高参",周忠秀也被审查。1971年4月28日,叶蓬勃不幸被迫害致死,全家人沉浸在无限的悲痛之中。

当时叶培建已经从浙江大学毕业,被分配到卫星制造厂任技术员。事发后,周忠秀赶往北京,告诉了叶培建这个噩耗。叶培建强忍着泪水,搂住痛不欲生的母亲,坚定地说:"妈妈,你不要着急!现在的江苏就像是一缸水,混浊不清,还没有沉淀下来,爸爸的事这时说不清。这缸水的澄清,我估计需要8

到 10 年的时间。我们一定要坚持到那个时候！"后来，果真过了 8 年，也就是 1978 年，组织上为叶蓬勃平了反，冤情终得昭雪。谈到这里，周忠秀说："从这件事可以看出，叶培建在政治上有很深的见解！"

认真到不惜得罪人

1978 年，全国恢复了研究生考试。由于早年打下了扎实的基础，叶培建一年三考，全部中榜。一考中国计量科学研究院的研究生，但因为当时航天部不同意本系统人员出系统学习而放弃。二考航天部控制工程研究所鲍百容先生的研究生，也顺利过关。同时，天资聪颖的叶培建还考中了出国留学研究生。当时，杨嘉墀等老前辈考虑到中美之间在航天领域的技术差距较大，建议他去欧洲学习。于是，1980 年 7 月，叶培建远赴瑞士纳沙泰尔大学理学院微技术研究所留学。

周忠秀告诉我们，叶培建不但智力超群，而且对待学习特别严谨，一丝不苟。从小学到初中，从高中到大学，成绩一直名列前茅，到了瑞士之后，他从不去酒吧，也很少看电影，他把周末的时间都用在了看书和工作上。瑞士一家报纸曾经做过叶培建的专访，叶培建告诉他们："中国从那么多人中选派我出来学习，祖国已经为我付出了很多，我知道肩上的担子有多重，我应该努力，以后要为国家做些事情。"

当时许多外国的研究人员都瞧不起来自中国的学生，遇到一些存在分歧的问题，总想把自己的观点强加给中国学生。叶培建心想：我代表的就是中国，我要维护中国人的尊严。碰到这种情况，叶培建总是据理力争，丝毫不向别人妥协。他这种严谨的态度，逐渐赢得了老师和同学的认可和赞许。

叶培建的严谨态度不仅体现在做学问上，同时也体现在他的日常生活之中。他的时间观念非常强，做任何事情从未迟到过一分钟。有时开会，有些同志不能准时到，叶培建不管他是谁，总会提醒对方迟到了多久。叶培建的妻子因为这事曾向母亲周忠秀抱怨过："妈，你也说说他，他这样做会得罪别人的。"叶培建听了，总是认真地说："我们搞科研的，就是需要掐准一分一秒，有什么得罪不得罪的。"

是啊！就拿探月工程来讲，差一分一秒，卫星就会偏离成千上万里，这可不能有丝毫闪失啊！反过来讲，也正是有了叶培建这样一位对待任何事情都一丝不苟的总设计师和总指挥，"嫦娥"才能顺利"奔月"啊！

儿女离不开祖国母亲

叶培建出国的时候，国外还不承认我国的大学文凭，但是他用很短的时间就通过了同等资格考试，获得了博士生资格。1982年《人民日报》在一篇文章中，曾介绍过他是如何通过语言关、资格关的。瑞士国土不大，教育却很发达，而且制度严格。当时邻国法国有国家博士、工学博士、科学博士、大学博士几个学位，而瑞士仅有一项科学博士。

1983年，叶培建以一篇论文获得了瑞士纳沙泰尔大学颁发的等同法国科学博士的证书。但是他仍不满足，他要获得一个瑞士的科学博士。又经过两年的努力，他终于实现了这个目标。

1985年，他获得了纳沙泰尔大学信息处理专业的科学博士学位，论文题目是"手写中文的计算机实时自动识别"。

叶培建出国后，曾有很多人议论：叶培建父亲在"文化大革命"中被迫害致死，夫人也已出国，八成他是不会回来了。当时瑞士方面也开出高额年薪，想留他在瑞士工作。但是5年后的1985年8月，叶培建在获得了两个博士学位之后，毅然回到了祖国。"祖国需要她的儿女，她的儿女也离不开祖国母亲。"叶培建要用自己的才华报效祖国，把所学尽快用到中国的建设事业上。

回国后，叶培建一心扑到科学研究上。他先是就职于中国空间技术研究院北京控制工程研究所，任研究室主任。1989年以后，他又先后担任研究院计算机总师、院长助理、科技委常委、卫星总设计师兼总指挥、太阳同步轨道平台首席专家、国家自然科学基金委员会计算机学科组专家。他是我国航天器研制的学科带头人之一，也是中国空间技术研究计算机辅助工程技术的开创人之一。2003年，叶培建当选为中国科学院院士。

周忠秀老人向我们透露，在此期间，深圳证券交易所曾以40万元的年薪

聘请叶培建，被他婉言谢绝。为了卫星上天，面对月收入2 000多元和年薪40万元的巨大落差，他心如止水。中国空间技术研究院原常务副院长李祖洪经常对年轻同志说："你们这叶总啊，如果不是为了让卫星上天，早就是百万富翁了！"

叶培建作为我国第一代长寿命实时传输对地观测卫星"中国资源二号"的总设计师、总指挥和第一完成人，为该卫星研制做出了重大贡献，他取得了国内卫星最高姿控精度、CCD相机分辨率及数码传输速率的成果，使该星整体水平达到了20世纪90年代国际先进水平，获国防科工委科技成果一等奖、国家科技进步一等奖。

实现"嫦娥奔月"的梦想

2003年3月1日，国防科工委宣布正式启动月球探测工程。2004年1月23日，经温家宝总理批准，我国月球探测计划的第一步——绕月探测工程正式启动。这是世界上继美国、俄罗斯、日本、欧洲之后第五个月球探测计划。

已经在业界享有相当声誉的叶培建再次接受了挑战，他带领一支平均年龄不到30岁的"嫦娥一号"卫星研制团队，兢兢业业、稳扎稳打，在充分利用现有卫星研制成果的同时，更针对月球探测卫星的新特点，短短3年多时间，先后攻克了月食问题、轨道设计等一系列技术难题，拿下了一大批具有自主知识产权的核心技术，创造了中国航天器研制历史上的一个奇迹。

为了确保测控的安全和可靠，2006年，61岁的叶培建带领着设计师们四处奔波，万里跋涉，对所有要求测控的地方都进行了对接试验。

他们奔赴全国各地的站点以及德国等地进行测控工作。他们曾经带着20多个沉重的设备箱，沿途搬运装卸，在一天之内从祖国最西边的新疆辗转赶到鱼米之乡的苏沪。无论是苦战在乌市早晚二三十度温差的南山牧场上，还是忍受着华东近40度的桑拿天，无论是工作在条件较好的屏蔽间内，还是奋战在条件艰苦的测控船上，每当到达一个新的目的地时，不管有多晚，有多累，叶培建都与年轻人一样，放下行李，先打开设备开始检查。

周忠秀说："这次卫星探测工程任务重、时间紧，加班加点是家常便饭。有的时候叶培建晚上10时下班，还有同志惊讶地问他今天下班怎么这么早。"为了解决太阳翼出现的问题，叶培建带领技术人员连夜加班，从第一天早晨8时干到第二天下午。解决完问题之后，叶培建便与大伙一起在工作台边铺块海绵睡觉。就是这种不畏艰苦、顽强拼搏的精神，使数千年来中华民族"嫦娥奔月"的梦想变成了现实。

儿女是母亲最大的安慰

周忠秀老人1989年正式离休，一直住在这幢老宿舍楼里。当我们问及住房问题时，周忠秀淡然地笑了笑，说道："我们这辈人，参过军，打过仗，最大的优点就是特别容易满足，知足者常乐嘛！"是啊，经历过战争的人，看着身边的战友一个个倒下，觉得生存下来已经是最大的幸运了。

闲暇时，老人总爱看看书，翻翻那些她收藏的有关儿子报道的报纸和杂志，看看以往的老照片。她说："我已经很满足了！儿女都成人了，他们没有辜负党和家长对他们的期望，他们是我最大的安慰。"

叶培建是个孝子，不论工作多忙，也不论身在何方，每个周末他都要和母亲通会儿电话，报声平安，这已经成了他的习惯。即便有的时间实在脱不了身，他也会让妻子代为问候，从未间断。母子俩在电波的两端传递着浓浓的亲情，传递着彼此的关爱。

对于儿子的未来，周忠秀满怀憧憬地说："培建在中科院院士当中，年纪算中等的，还有很多工作等着他去完成。作为他的母亲，我希望他能为国家做出更大的贡献！"这是一位英雄母亲的鼓励与期待。

叶培建，我们代表全体新四军老战士和新四军研究工作者，祝愿您为祖国的航天事业做出更大的贡献！

周忠秀老师，我们为您培养出这么优秀的儿子骄傲，祝愿您健康长寿！

原载　2007年12月《铁军》

37. 从扬州走出去的"嫦娥之父"
——本报记者专访全国政协委员、"嫦娥"工程月球探测卫星总指挥兼总设计师叶培建

王晖军　王　鹏

千万里,我追寻着你。从地球出发,"嫦娥一号"卫星在跑完近200万千米征程后,抵达了38万千米外的月球轨道,实现了中华民族千年奔月的梦想。这是中国航天器进行的最远飞行,也是中国走向深空的第一次长征。而中国"嫦娥"工程月球探测卫星总指挥、总设计师叶培建,也因此家喻户晓,广为人知。作为新当选的全国政协委员,全国"两会"期间,叶培建欣然接受了家乡记者的采访。

小学一年级"离开扬州"

"我清楚地记得是上完小学一年级后离开扬州的,当时的泰兴属于扬州地区。"在北京二十一世纪酒店,叶培建的思绪回到了童年。

1945年1月,叶培建出生在泰兴胡庄镇海潮村一个军人家庭。1946年,苏中七战七捷第一仗——宣堡战役打响。叶培建的父母随部队北撤时,将不足一周岁的他送到毓秀乡(现根思乡)李秀河村的外婆家。1951年,叶培建在李秀河村小学入学。一年后,父亲抗美援朝回来。"之后,部队到哪儿我到哪儿,所以我在南京、杭州、湖州都上过学。"

1968年,从浙江大学无线电系毕业的叶培建,被分配到现在的卫星制造厂任技术员。1978年,全国恢复研究生考试。叶培建一年三考,全部中榜。这三考分别是中国计量科学研究院的研究生、航天部控制工程研究所鲍百容先生的研究生、出国留学研究生。当时,杨嘉墀等老前辈考虑到中美之间在航天领域的技术差距较大,建议他去欧洲学习。1980年7月,叶培建远赴瑞士纳沙泰尔大学理学院微技术研究所留学深造,从此走进了波澜壮阔的航天领域。

2006年，生活在南京的母亲八十岁大寿，叶培建回家探亲时在扬州住了两天，游览了瘦西湖和平山堂。"扬州不愧是历史上有名的江南名城。"扬州给叶培建留下了深刻的印象。

树起中国航天第三个里程碑

"嫦娥"工程是我国航天事业继第一颗人造地球卫星"东方红一号""神舟五号"首次载人航天飞行后的第三个里程碑。

"过去卫星在地球附近飞，只有一个轨道，现在要让卫星从地球飞到月球，完全是两个概念。"叶培建说，三年内要设计出一个全新的航天器，步步都是困难。但62岁的叶培建带领着一支平均年龄不到30岁的研制队伍，用短短3年的时间完成了"嫦娥一号"卫星的研制，书写了中国航天器研制历史上的传奇。

对此，叶培建却用淡淡一句"没有什么经验可循"概括。他说，航天人一直根据周恩来总理提出的"严、细、慎、实"四字方针开展工作，现在只不过是在四字前加了一个"更"字，努力在现有的资源和条件下，做到"没有什么不放心的事情、没有可以忧虑的事情、没有可以担心的事情"。科学尤其是高科技，不一定事事都能成功，但只要努力了，即使不成功，也问心无愧，但千万不能"应该做的事没做好，应该想到的事情没考虑到"。

叶培建说，航天需要三个方面的经验：一是抓住关键技术，这是成败的关键；二是细节，航天的失败都不在重大问题上，只在细节上；三是充分信任、责任分解，"100减1等于0"，每个环节都要做好。航天工作，只有两种结果，要么成功，要么失败。做事只有"行"和"不行"，没有"差不多"。叶培建回忆，他们曾经为了一次极其偶然的现象做了7 000次实验，就是为了确保这种现象不会发生。"航天精神就是要一丝不苟。"他说。

"热爱祖国"绝不是空洞的说教

"嫦娥"能够"奔月"，靠的就是"热爱祖国"的一腔情怀。叶培建说，"热爱祖国"绝不是一句空洞的说教，而是真正的动力之源。

叶培建父亲在"文化大革命"中遭受迫害去世,他出国留学,夫人后来也随他出国,有人议论:叶培建不会回来了。但五年后的1985年8月,他完成学业,没有留在风景秀丽的瑞士。"我要用自己的行动来改变祖国的面貌。"

在瑞士学习期间,瑞士一家报纸曾做过叶培建的专访,报道中说,他从不去酒吧,也不大看电影,他把周末的时间都用在了看书和工作上。动力何在?叶培建说,出国前,教育部召集培训,一位副部长的话让自己终生难忘:全国有几亿人,几千万青年,每年才有多少大学生?这些人又有多少人能出国?当时出国的每个月补贴,相当于国内十几个工人一个月的工资!这让叶培建心中始终怀着对祖国的感激之情:"我们国家很穷,派我们出来学习多不容易!"所以他那几年是怀着坚定的信念在刻苦学习中度过的。

他曾经牵头设计卫星通信双向网络,实现了我国股市交易与国际股市的同步。深圳证券交易所以40万元的年薪聘请叶培建,却被他婉言谢绝了。中国空间技术研究院原常务副院长李祖洪感慨地说:"叶总如果不是为了让卫星上天,早就是腰缠万贯的富翁了。"面对2 000多元的月收入和年薪40多万元的差距,他真的做到了心如止水。

新政协委员的新定位

首次当选全国政协委员,叶培建给自己定了16字要求:认真学习、把握方向、积极履职、富有特色。他在的科协组共有44个人,其中有17个院士,所以他自谦地说:"离提出高质量的提案尚有差距。"

话题还是离不开他的专业。他说,现在"嫦娥一号"运行良好,经受过第一次月食的考验后,"嫦娥一号"还面临两个挑战——如何在一年寿命里获取更多的科学数据;直面8月份的第二次月食。叶培建着重说,第二次月食比第一次月食多一个小时,卫星上的电池在长时间使用后,充、放电性能会受到影响,但通过目前对各项数据的监测,他对渡过第二次月食这个难关充满信心。

叶培建还透露,"嫦娥"探月工程是总理报告中讲的重大专项工程之一,目前已在着手进行"嫦娥二号"的研制,它比"嫦娥一号"有了更多的改进,性能也会更好,寿命会更长,获得的科学数据会更丰富。同时,开展了月球探测二期工程。

原载 2008年3月11日《扬州日报》

38. 绕月功臣荣归母校　湖中学子放飞梦想

2007年10月24日18时05分,"嫦娥一号"月球探测卫星发射成功。2007年12月22日9时35分,"嫦娥一号"总设计师兼总指挥、我校杰出校友——叶培建院士回到母校与师生欢聚。

绵绵细雨浇不灭我们心头的骄傲与热情,偌大的体育馆内座无虚席,每一位同学都屏息静坐,期待一睹航天巨人的风采。终于,叶培建院士在众人的簇拥下入场了,他手捧鲜花,步伐稳健,四顾挥手致意。"再怎么样,也不能让孩子们等!"这是他入座后的第一句话。霎时,台下掌声雷动,经久不息。这就是航天人的开场白——虽已有骄人的功绩,但依然坚持把自己放在最后。

在两个小时的科学讲座中,叶院士重点向我们介绍了"嫦娥一号"的相关情况,并具体描述了中国航天的二期工程、三期工程和深空探测的一些设想,还将中国航天事业的发展与其他国家进行了对比。他用诙谐幽默的语言将抽象难懂的航天知识介绍得饶有趣味,使我们对中国的航天事业有了大体的了解。其中的许多话给我们留下了深刻的印象。

1. "航天是一个国家实力的表现。"

叶院士认为,"航天既是一个国家实力的表现,也是一个国家威力的象征。中国航天事业的发展经历了三个里程碑:1970年4月24日,我国发射了第一颗人造卫星;2003年10月15日,我国将杨利伟送上了太空;2007年10月24日,我国'嫦娥一号'发射升空。将来,我国航天事业的发展方向是以月球为主的深空探测。做好深空探测必须有长远的规划,必须依靠自力更生。航天领域可以搞国际合作,但要想在国际上占有一席之地,就是三个字:买不来!因此,必须在确保自主掌握核心技术的前提下开展国际合作。'嫦娥一号'必须是'中国牌'的。只有依靠自己的努力,自己掌握核心技术,我们才能立

于不败之地。"

叶院士一席话深深地触动了我们，使我们认识到了科技创新对中华民族复兴的重要意义，肩上的担子又重了一分！

2. "'神舟七号'要上天了！"

这一次回母校，叶院士带来了三份厚礼：20枚印有"中国探月"标志的徽章、一个按比例缩小的"嫦娥一号"模型以及一整套"嫦娥一号"发回的月球表面照片。他一边现场展示照片，一边给大家作浅显易懂的讲解。"这是11月20日传回的中国第一幅月球表面的照片。这幅是12月11日国家航天局首次公布的月球背面部分区域影像图……"这些照片相当珍贵，其中还包括了一批尚未公开的月球照片，有平面图，也有三维立体图，还有"嫦娥一号"搭载的CCD相机拍摄到的以中国明代人万户命名的"万户撞击坑"以及19轨数据图中的几轨。"前些时候，社会上出现了关于月球伪照的流言，相信大家看了我展示的这套照片之后，真假立判。"叶院士的话，掷地有声。

谈到今后的计划，叶院士说："2007年我国航天方面最大的事就是'嫦娥奔月'，现在一期工程已基本完成。但我们不能陶醉其中，2008年，我们航天人要献给全国人民又一份厚礼——'神舟七号'要上天了！'神舟七号'的看点不是几个人的问题，而是宇航员要走出飞船到太空里行走。二期工程是在2015年前，我们要打一个着陆器到月球上，使小车在月球上行走，进行对月具体探测，并将观测到的数据传回地面。三期工程是在2017年左右，我们要去月球上采集样本，供我们的科学家进行科学研究。"叶院士的话引得掌声如潮，使在场的每个人都对中国的航天事业充满了期待。

3. "欢迎湖中的同学加入这支队伍中来！"

以航天事业为己任，任重而道远。叶院士在谈到"嫦娥一号"的技术团队时，感慨地称他们是"托起'嫦娥'的70后！"就是这样一群年轻有为的航天专家，凭着高昂的爱国激情和精湛的科学技术将卫星送上太空，将中国的航天事业托起于世界的地平线上！

最后，叶院士热切地鼓励我们——"19岁的孩子前途很广，你们是未来的希望。能够为民族、为国家做出巨大贡献的行业很多,但我觉得真正能够做到壮军威、壮国威的事业还是航天!在为国家做出巨大贡献的同时,航天事业更能体现出个人的价值。欢迎我们湖中的学生加入到这支队伍中来,做出比我们更大的贡献!"

在叶院士真挚的话语中,我们听到了他对我们的期望,祖国对我们的期望。

讲座结束,意犹未尽的同学上前请叶院士签名,还有一些当起小记者来,向他提出疑问并一丝不苟地在笔记本上做好记录。叶培建校友说:"鲜花和掌声已告一段落,航天人又要开始新的忙碌了。"朴实的话语落在我们心间,我们深切地感受到,正是一代代航天人无私的奉献使中国的航天事业永远不会告一段落!中国人民的飞天梦实现了,还有更多的梦想等待我们将它变为现实!

"奔月从此非梦想,嫦娥飞天写华章。"

"嫦娥奔月扬国威,湖中学子创辉煌。"

"我是湖中人,我是湖州人,我是中国人。"

体育馆内,一条条横幅被明亮的灯光映照得格外醒目。最后响起的掌声不仅仅是礼节,不仅仅是感谢,更蕴含着湖中学子的信念和梦想。湖中的沃土已经培养出叶培建校友这样一位榜样。明天,你,我,抑或是他,也将成为第二个叶培建、第三个叶培建,也将为祖国做出贡献,为母校赢得荣光!

校报小记者陆淼嘉　张谦　尤思书　唐怡冰　姜施遥　沈立

附:

谁持彩练当空舞?
——"嫦娥之父"叶培建院士访谈

2007年10月24日,"嫦娥一号"发射成功。12月22日一早,叶培建院士回到母校——湖州中学,并为湖州中学近2 000名学弟学妹作了一堂生动的讲座。我们有幸对他进行了一次简短的采访。采访中,叶院士始终面带微

笑、平易近人、和蔼可亲。尽管时间仓促，他依然尽量回答了我们所有的问题，令我们十分感动。

记者（以下简称记）：叶院士，您好，2005年您就曾回母校湖中作过讲座，可惜我们当时没有机会听到。当我们进入湖州中学时听说您成为"嫦娥一号"总设计师兼总指挥，我们都感到十分激动。如今，"嫦娥"已顺利奔月，作为您的校友，我们更是感到无比自豪！记得10月24日我们学校组织了全校师生观看"嫦娥一号"发射的直播。作为高中生，我们很有兴趣，也十分渴望了解更多有关"嫦娥"工程的事，您能不能简单地和我们谈谈"嫦娥一号"的使命及工作目标？

叶培建院士（以下简称叶）：它的科学目标有四个：探测月面的地理信息（获得月球表面三维图像）、月壤厚度、元素分布及地月空间环境。现在上面的五类八台设备都在正常工作，很多数据都已经传输下来，比方说大家关心的月面土地问题。到五天前"嫦娥一号"已经绕月球走了一遍了，第一轨和第二轮的第一轨已经接上了，预期一年可以达成很多的科学目标。

记：我们知道科技是第一生产力，那么"嫦娥"发射对我国航天科技及我国综合国力等有什么重要意义吗？

叶：（一脸郑重和自豪）总书记在12月12日上午人民大会堂的庆功大会上讲道："'十七大'提出的我们国家要建设创新型国家，要推进中国的社会主义建设和小康社会。'嫦娥一号'的发射成功是'十七大'精神的充分表现，它对全国人民沿着'十七大'的路线前进有着深刻的启示和有益的经验。"它（指"嫦娥"探月计划）整个就是一个创新，是完全符合咱们国家自主创新道路的。

记：现在"嫦娥一号"已发射成功，我们热切期待着中国"嫦娥"探月计划的下一步发展，请问下一步的主要计划和目标是什么？

叶：我们下一步有很多工作要做，工作是永无止境的。"嫦娥"发射后不久，我们就已经进入二期工作状态。二期工程我们将要"落"。简单说来就是发射一个探测器，在月球上着陆，然后弄一个月球车开出来在月球上走10千米。这个月球车得具有很多导航设备，它不能够掉到坑里面，碰到大石头还要拐弯，碰到小石头就要爬过去；此外大家知道月球自转是28天，公转也是

28天，月球上一个晚上相当于地球上14天，14天见不着太阳，卫星不能发电，东西都要冻坏了，如何在月球上生存等这些是我们研究的问题。三期工程是"回"。着陆器着陆在月球上，伸出一个机械臂，在月球上钻个孔，挖出点东西来，放到返回舱里，然后重新起飞，飞回到地球上来。

记：科学的道路是崎岖的。您现在有如此高的成就，在过去的科学研究探索过程中也一定有过一些困难吧？

叶：那当然，困难很多啊……但是都克服了！除了发射前、发射时已经遇到并且克服的困难，"嫦娥一号"将于2008年2月21日和8月各迎来一次月食的考验。月食出现时，地球将挡住太阳。这意味着"嫦娥一号"在绕月运行过程中，将有6个小时见不到太阳，这期间卫星将无法解决供电问题。而按正常情况，"嫦娥一号"卫星每127分钟必须有45分钟见到太阳，否则就会面临能源供给困难。在你们大家吃元宵的时候，我正带着庞大的团队去为"嫦娥"保驾护航。可以肯定地告诉大家，我们凭借现有的技术肯定能渡过这个难关。

记：您是我们的校友，一定还记得在湖州中学度过了愉快的三年高中生活吧？

叶：嗯。(表情愉快，陷入回忆)是有许多痛苦的回忆。那时候条件可艰苦啦，经常饿肚子，饭都吃不饱。那时候我们在道场山上种红薯，种油菜。高三的时候学校里烧火，没柴了，我们还得到白雀山上去打柴呢。这种苦你们可没吃过。哈哈……

记：叶院士，我们听说这次"嫦娥一号"工作团队中有许多年轻人，您作为一位长者、一位科学界的前辈，能不能评价一下这些年轻人的优点和缺陷？

叶：哦，这个你们可以去看12月12日的《人民日报》第5版，题目叫"托起'嫦娥一号'的'70后'"，"70后"是主力啊！（据报道，此次"嫦娥一号"卫星工作团队的平均年龄不到35岁，有一大批"70后"青年科学家参与其中。）

记：您在航天科技方面有如此大的成就，想必您高中时候理科一定很好吧？

叶：(一脸的自信和骄傲)我的理科好，我的外语和语文更好。我本来是

要当外交官的。外面有学校来观摩，肯定都是我站起来回答问题的。

记：您知道现在有些同学不擅长理科，希望您能给我们一些指点。学理科有什么好的方法吗？

叶：知其所以然！要知道"为什么"，要好奇。科学最大的动力是要好奇。你光知道这个东西不行，还要知道它为什么这个样子。

记：自从我们看到"嫦娥一号"升空的激动场面，有许多同学，尤其是男同学都立志成为一名宇航员或航天工作者呢。请您给他们提一些建议和期望吧。

叶：咱们湖州中学的基础很好啊，以后你们可以考很多重点大学，也可以考一些国防类的院校。航天是朝阳行业，将来你们毕业了就到我们航天城来嘛！

记：谢谢！谢谢叶院士。

校报小记者王振尧　郑雨晴　吴雨晨
原载《足迹与风采——湖中人撷英（6）》

39. 难忘的聚会
——叶培建与昔日 1962 届同窗

1962 届　余华闰

2007 年 12 月 22 日，冬至。

淅淅沥沥的小雨下了好几天，叫人有点心烦。"雨冬至，晴过年""冬至大如年"，有点年纪的人如是说。

应母校所约，1962 届湖中校友、"嫦娥一号"探月总指挥兼总设计师、中科院院士叶培建冬至日上午在湖中莲花庄校区体育馆内，向 2 000 多名学弟学妹讲述了中国人的探月故事，受到了湖中学子的热烈欢迎。

叶培建是在浙江理工大学作报告后连夜冒雨赶到湖州的，为的就是不耽误翘首以盼的学弟学妹。

今年 10 月 6 日，湖中举行 105 周年校庆，曾力邀他参加。但当时正值

"嫦娥一号"升空前际,叶培建忙得一个多月都没回过家,来湖州几乎是不可能的事,但他答应,等到"嫦娥一号"发射成功后,他会抽时间回来的,现在他已兑现了他的承诺。叶培建还有一个愿望,那就是见见他的一些老同学,特别是他在当班级学习委员时常在一起的班干部。就这样,费云正从德清南路赶来了,杨俊(原名杨丽美)从杭州过来了,还有安吉的蔡少卿、嘉兴的刘建华、南浔的叶伦轩以及湖州的杨维舒、倪文达、姜鹤峰、张善栋、胡贵江、许年年、范再楚、戚正仁,道不完的情。叶培建有着超强的记忆力,四十五年未曾晤面的老同学他不但一眼认了出来,还立即叫出了他当时的绰号,引起了大家一阵善意的大笑。叶培建感叹地说:"现在我们大家可是见一面少一面啊,希望大家多多保重身体。"在谈起绕月工程时叶培建更是眉飞色舞,他说,据他所知,迄今为止全球共发射过122颗探月卫星,其中成功及部分成功的只占百分之四十八,而我国的"嫦娥一号"则是一次成功的。当然为了以防万一,"嫦娥一号"也有备份,性能功效比"嫦娥一号"更好,有人说会不会把备份也利用起来发射到别的星球比如火星上去,叶培建狡黠地笑着说也不排除有这种可能。他还充满豪情地说:明年"神舟七号"就会升空,接着就是"神舟八号"。这还不算,我们也要建空间站,先建八吨的,尔后就是二十吨的。我们也要进行太空行走,两个人,一个在舱内,一个在舱外,舱外行走人身上有带子被舱内人拽着。叶培建又说:"现在绕月是成功了,但这只是第一步,我们也要登月,当年美国人登月后只给了我们一块指甲片大小的月球小石块,我们以后要去月球抓一把,但到那时总指挥、总设计师都不是我了,很可能是我现在的助手们,他们现在都只有三十多岁,但都很能干,未来将是他们的。"

湖中校长沈培建、原校长王慧才、书记钟加根参加了12月23日上午在湖中莲花庄校区厚德楼会议室的聚会,湖州日报、湖州电视台等新闻媒体也派出九名记者进行了现场采访。王佐平、陆斌、姚兴荣、吴立强、钮因忠、茹炳华、陈其明、余华闰8位1962届校友也参加了聚会。特别是姚兴荣,他作为叶培建的至交,在叶培建来湖的前后做了许多工作,如多次在卫星发射前后与叶培建联系并邀请他来湖,通过其他同学辗转找到了叶培建想见的中

学时代入团介绍人戚正仁，湖中校友、丝绸之路集团公司董事长凌兰芳会见叶培建也是他引见的，凌兰芳还向叶培建赠送了他们公司制作的真丝制品吴昌硕的国画、老子的《道德经》书以及特意赶制出来的"嫦娥奔月"图，深切表达了湖州人民和企业家对绕月功臣的爱戴之情。

短短的半天瞬间就过去了，大家依依不舍地送叶培建上了车，惜别之情难以言表，只能祝愿他在航天事业上取得更辉煌的成就，并欢迎他有空再到湖州来。

原载 《足迹与风采——湖中人撷英（6）》

40. 遥呼"嫦娥"近月漫步

徐科文　宁　冰

今天上午9点，市科协在南苑饭店举办今年首个"天一论坛"特邀报告，叶培建院士作了"'嫦娥一号'与中国的深空探测"的科普讲座，能容纳1 500名听众的大厅座无虚席。叶培建是我国绕月探测工程卫星系统总指挥、总设计师，他在讲座中向宁波市民公开了我国探月"绕、落、回"三阶段的时间表，2013年前后实施月球软着陆和自动巡视勘察，2017年前后实施月球样品自动采样返回。目前,中国探月工程第二阶段"落"的工作已经启动,第三阶段"回"也开始论证。

未来30年深空探测规划路线图

距离"嫦娥一号"发射已经四个多月了,叶培建说:"有人以为我能休息了,其实休息不了。"我们要不断地向正在天上运行的"嫦娥一号"发出各项指令,指挥它做各种探测、数据搜集及科学实验活动。他表示,"嫦娥一号"发射后不久,其实就已经进入了二期工作状态。二期工程我们将要"落",也就是说届时将发射一个探测器,在月球上着陆,让月球车开出来在月球上走,这个月球车将会装备很多导航设备,因为要防止它掉到坑里面,如果碰到大石头还要会拐弯,小石头就要爬过去。"大家知道月球上一个晚上相当于地球上14天,14天见不着太阳,卫星不能发电,东西就要冻坏了,如何在那里安放一夜后还能正常使用是我们研究的问题,关键是要突破月球软着陆、自动巡视勘察、深空测控通信、月夜生存等关键技术。在二期工程里,我们的科学目标是月表形貌与地质构造调查、月表物质成分和可利用资源调查、月球内部结构研究、日—地—月空间环境探测与月基天文观测。"

而三期工程是"回"。着陆器着陆在月球上,伸出一个机械臂,在月球上钻个孔,挖出点东西来,放到返回舱里,然后重新起飞,飞回到地面上来。我们将完成上升舱、返回舱、轨道器、着陆探测器等的研制,2017年前后实现无人采样返回,我们将突破月面起飞、月球轨道交会对接、返回和地球大气高速再入等一系列关键技术,并且开展返回样品综合性的实验室测试分析与研究,基本掌握无人月球探测技术,为后续深空和载人登月奠定基础,"作为我国航天活动的第三个里程碑和深空探测的第一步,月球探测中我们只探月,不登月,月球探测的所有科学目标我们将尽可能实现。"

接下来就是关于未来深空探测的设想了。叶培建描绘了未来30年中国的深空探测规划路线图,"将来我们也准备开展对火星和小行星的测量,也会进行火星软着陆和表面巡视探测"。

预计 5 月采集完月球全部图像

在报告会前的记者独家专访中,叶培建透露,目前为止,月球的南北极 75 度之间的照片已经采集完毕,但是由于南北两极温度低,照相很难,还差南北极的一些照片,预计到 5 月份会补齐,届时将会有覆盖月球全球的照片。我国此次绕月探测四个科学目标中的第一个即为获取月球的三维影像,至今国际上还没有覆盖月球全球的三维照片。这是第一次真正用立体相机来获得月球三维照片。

叶培建说,今后将不定期地实时公布"嫦娥一号"发回的图文等信息资料,让公众及时了解"嫦娥一号"卫星的工作进行时。"很多科学数据要科学家们先研究了再公布。"

为什么要花 14 亿元研制"嫦娥一号"

叶培建详细地讲述了为什么我国要发展航天事业,国外的情况又如何,我们又为什么要花这么多心血、花 14 亿元研制"嫦娥一号"。

"世界各国在航天领域的竞争,实质就是对太空资源的争夺,我国要想在世界大家庭中保持持久的竞争力,就必须发展具有中国特色的航天事业!"叶培建说,"太空,具有独特的高位置资源、环境资源、能源资源、信息资源,航天实力是国家综合国力的体现,因此,当今世界对航天事业都非常重视。""拿最简单的来说,我们每天要看电视、做股票、打手机、看天气预报,很大程度上依靠的是卫星。""联合国《月球公约》是这么规定的,月球是全人类的。可下面还有一句话:谁开发谁利用。如果我们现在不去,以后可能想去都去不了了,因为那里已经属于别国的领地!"

叶培建表示,与国外 2000 年以后已经发射和将要发射的月球环绕探测器相比,"嫦娥一号"的科学目标和工作轨道与国际上同类任务基本相同,但又有自己的特色。如"嫦娥一号"使用微波辐射计探测月壤厚度在国际上尚属首次,既有创新,又符合国际潮流。"嫦娥一号"的发射质量与干重的比例、载荷与干重比、能源和工作寿命等指标都达到了国际上同类月球探测器的水平。

"嫦娥一号"是完全依靠我国自有技术研制完成的,它充分继承、大胆创新、重点突破、起点较高的思路和实践本身就体现了创新精神。作为我国第一个月球环绕探测器，其技术水平足以跻身世界同类月球探测器的先进行列。

近月漫步，千年梦想要成真

凌晨太空，一轮弯月，明亮闪耀。

望茫茫宇宙，一颗新星。

舒其长袖，飞奔广寒。

遥呼"嫦娥"，近月漫步，千年梦想要成真。

看指控大厅，灯光明亮。

日夜奋战，航天英豪。

全屏显示，参数更迭，日地月星皆明了。

要成功，靠诸君努力，只看今朝。

在讲座中，叶培建还给大家带来了他在11月5日凌晨最紧张的时候作的这首《沁园春·绕月》。那天凌晨，叶培建前往测试大厅时，看到一颗启明星伴着一轮弯月，特别明亮，就像嫦娥。他顿时有了写诗的冲动。当天，"嫦娥一号"卫星成功进入探月轨道，一颗悬着的心终于放下了。

做科学研究的他原本并不擅长文字，但在"嫦娥一号"探月期间，他写了六首诗词。

科研团队平均年龄不到35岁

在讲座中，叶培建出示了一张研究人员"全家福"，他的"左膀右臂"，今年一位37岁、一位35岁，这引起了现场听众的一阵议论，原来是一群"70后"把"嫦娥"送上了天！

"我的团队的平均年龄只有三十几岁。"叶培建说，"嫦娥一号"绕月探测工程的科研团队，在"嫦娥"探月计划立项的时候，平均年龄不到30岁，到发射成功时，平均年龄也不超过35岁。

他们用了三年时间，完成了别人几十年才能完成的事，"这些年轻人将挑起更重的担子，前途不可限量"。

原载　2008年3月19日《宁波晚报》

41. 巡天遥看一千河
——访"嫦娥"工程卫星系统总指挥兼总设计师、中国科学院院士叶培建

贾 凯

"我们始终在否定自己。我们的轨道设计搞了3次,我们的热控方案推翻了3次,我们的紫外敏感器被彻底否定了一次……就是怕有什么认识不到的。"

"多难的东西,只要有人,只要有时间,一定都能解除。这个可能外人不大理解,我们已经习惯了,就是相信这个困难一定能克服,不会说打退堂鼓,不会说觉得不行了。"

"当我们的卫星走的时候很多人落泪了,以后再也看不见它了,心里蛮难过的。'嫦娥'在自己手里已经三年多了,是我们一颗螺钉、一颗螺母、一个电阻、一个电容地把它装起来的,现在要走了,有种送女儿出嫁的感觉。"

"我要求'嫦娥一号'卫星研制队伍对所有的设计都要进行全面质疑、反思、复查和复审,不遗漏任何一个问题,每个环节都要从最小单元开始,进行拉网式的复查、复审,绝不放过任何细小的疑点。'捕风捉影',才能保证质量。"

"嫦娥"成功,源于我们不断地否定自己

记者:在"嫦娥一号"研制过程中,面临的最大困惑或者特别无奈的是什么?

叶培建:无奈没有,困惑有。最大的困惑是月球我们没去过。既然这条路没有走过,我们对那里的环境就不清楚,虽然看过一些资料,但是,资料全不全还是个问题,另外,资料准不准也是个问题。凡是能想到的事情应该讲我们还是有办法对付的,就怕一是没想到,二是虽然想到了但与客观情况不相符，采取的措施无效或者采取的措施不够，这些都是灾难性的。

如今"嫦娥"能成功，如果让我总结，有一条，就是我们始终在否定自己。我们的轨道设计搞了3次，我们的热控方案推翻了3次，我们的紫外敏感器被彻底否定了一次……就是怕有什么认识不到的，或者认识了但还不全面的问题，于是我们就不断地否定自己，每否定一次就提高一次。像这样的否定在过去搞几大卫星的时候从来没有过，因为地球的一般情况我们都已经知道了。

记者：怎样判断资料当中谁家的更可靠？

叶培建：没办法。虽然国际上探空这么多年，但是一些资料也让我们很糊涂，比方说关于月球表面热的问题，美国人和苏联人提供的数据就不一样，苏联人说是100度，美国人说是120度，我们还是比较保守一点，按130度来干，取那个最恶劣的值来设计。你别小看这10度呵，工程的代价可就大多了。

记者：在没有经过验证之前，您对设计方案放心吗？

叶培建：放心。

记者：凭什么？

叶培建：月球轨道谁也没有去过，最初请了全国的专家来评审，可我还是不放心。评审这东西先入为主，你写的东西他来改一改，基本还是那个思路，我就比较怀疑。后来我从全国请来4家单位，把数据给它们，由它们来整理，背靠背地设计，最后设计出来的方案都差不多。就这我还是不放心，又在网上收集各个国家的资料进行比较，最后证明很好。

"捕风捉影"，保证质量

记者：还有别的困难吗？

叶培建：我们这几次制动就非常难，过去我们的发动机最多点过5次火，这次点10次火，能不能成功地点10次火？再比如热控，过去的卫星有个特点，热的一面总是受热，冷的一面总是凉的，你为凉的这一面保温，热的那一面散热就行了，但是月球表面的热变化复杂多样，一颗卫星在飞行过程中很可能一会儿这边是热的，一会儿这边是凉的，这就让你为难了，热了可以脱衣服，

凉了可以穿衣服,可一会儿凉一会儿热你怎么办?这些问题相当具有挑战性。但我觉得,多难的东西,只要有人,只要有时间,一定都能解除。这个可能外人不大理解,可我们已经习惯了,就是相信这个困难一定能克服,不会说打退堂鼓,不会说觉得不行了,没有过。

我要求"嫦娥一号"卫星研制队伍对所有的设计都要进行全面质疑、反思、复查和复审,不遗漏任何一个问题,每个环节都要从最小单元开始,进行拉网式的复查、复审,绝不放过任何细小的疑点。"捕风捉影",才能保证质量。

记者:什么叫"捕风捉影"?

叶培建:宁可把没有的事当成事,听到任何一点风声就要去追,很可能偶然一句话,里面也许就隐藏着一个很深的问题。年轻人可能没有经验,他看到这个参数跳了一下,后来又好了,可能这个参数跳了一下就隐含着重大的问题,从这个角度我提倡"捕风捉影",就是说对于任何疑点都不要放过,如果今天放过一个小问题,很可能将来就引发一个重大的灾难。于是,我们按照最恶劣的条件自主设计出我国第一颗绕月卫星。

最大的压力是归零

记者:您觉着什么样的压力特别大?

叶培建:我们在靶场最大的压力就是归零的压力,倒不是怕它归不了零,因为我们这个"嫦娥一号"有一个问题就是窗口不能变,必须在10月25日升空,所以,就怕归零。说实话,现在咱们的各级领导和专家有很多,你要说服每一个人都认为归零了,那不是一件容易的事,而且有的专家教授不太了解工程的背景,出个题目不是做不了,但解释起来很麻烦,就怕自己控制不了这些局面,耽误了发射时间。我们这回搞得很不错,几个问题归零,前后方配合得特别好,快的1天,慢的也就3天。

记者:为什么配合得特别好?

叶培建:大家有着共同的思路,大家为着共同的目标,我们要发射,要升空。

"十几年的信息化总师确实让我感到很艰难。辛辛苦苦搞了那么多年的信

息化工作，但它向来都是一种辅助性工作，虽然做出很多成绩，到头来不一定都能评上三等奖。搞信息化的同志如果认识不到这一点，你就会感觉很窝囊，很憋气。"

当了 14 年信息化总师

记者：我们听说您在五院（中国空间技术研究院前身简称"五院"）当了多年的信息化总师。

叶培建：我是 1980 年出国，1985 年从国外回来的，回国以后我在五〇二所计算机室当主任，那个时候的计算机室还谈不上信息化的概念，只是作为一种辅助手段，当时星上还没有什么计算机，我们主要做地面测量。我觉得真正有了信息化的概念是从我们航天系统的"842"工程搞信息统计开始。1988 年年底，我被调到五院担任科技委常委、信息化副总师，从那时起，我主管五院的信息化工作长达 14 年。回想起来，五院的信息化工作大体走了三条线。

第一条线，也就是人们最初使用计算机，从简单的统计、报表、人事、工资这方面着手，后来逐渐普及了微机的应用，但那个时候的微机应用都是不联网的一台一台的单独的计算机，效率很低。

第二条线，最有代表性的就是计算机应用工程，那个年代，我们五院的工程都用图板，从微机的设计到工作站，再到后来由集成设计变成现代集成的快速制造，在此当中也有计算机的辅助工艺、计算机的辅助制造。到目前为止，我们五院已经可以得到图纸二维、三维 100% 的计算机视图，总体部、总装厂的数据可以快速流动，这方面的发展相当快。

第三条线是软件。过去我们使用的软件全部是国外的，随着我们研制水平的不断提升，我们设计并拥有了许多国产软件，在这方面，我们五院形成了自己一系列有自主版权的各种设计软件，包括高频、天线、电子、机械类等，我们把这些软件与国外的软件相结合，发挥了巨大作用。因此在信息化方面，我们现在能够完成各种复杂的设计与制造，我们还建立了很多设计用的数据

库和试验用的数据库。

要是把以上这三条线合为一体,那么第一条线就发展成为现在联网的办公自动化,第二条线发展成为我们今天整个的生产、设计和工艺,第三条线发展成为拥有我们自主版权软件的支撑体。

当了 14 年信息化总师,我觉得也形成了五院信息化工作的主体,从打字开始、从电报网开始,发展到孤岛式的各种办公应用和设计,一直到现在全部成为网络环境下的、有模有样的各种设计与制造,文件的生成与流转,远程的通信与控制,如今我们在基地工作跟五院完全是透明的。

我国飞行器上最为复杂的信息化应用

记者: 希望您能介绍一下"嫦娥一号"卫星在信息化方面的实施情况。

叶培建: "嫦娥"卫星里面有很多信息化的实施,它 GNC 里面的计算机以及"嫦娥"卫星的数据管理和计算机应用管理,许多方面很有特色,刚才讲到星上的硬件和软件,这两大块构成了"嫦娥"卫星信息化的运作。软件主要是制导、导航、控制以及信号的转换。应该讲,"嫦娥工程"的 GNC 的工作,也就是制导、导航与控制,其信息化程度是迄今为止我国飞行器上最为复杂的应用,仅程序就有 96 万条,还不算用来测试的几百万行代码。

由于我们的测控区间有限,"嫦娥"卫星在飞行过程中会有很长一段时间不能被看见,所以前段时间网上有种不负责任的说法是我们的卫星丢了,其实卫星没有丢,但确确实实是由于天体运动的规律和卫星运行到月球的背后,我们会有长达几个小时的时间看不到这颗卫星,其实这不是丢了,是在我们事先考虑之中的事情,因此要求卫星的自主能力非常强,也就意味着我们卫星的软件和硬件都必须做得非常好。

有关信息化在"嫦娥"上的应用,我们从一开始就采用仿真技术来优化轨道、选择最佳参数,建立数据库,使用计算机进行辅助设计,并进行各种专业的设计,包括天线、高频、快速制造,我们采用 AVIDM,采用网络技术,采用办公自动化以及信息化的管理,再比如"嫦娥"的数据库 OSCAR,那是国产最好的数据库,它在"嫦娥"上是第一家应用。如今,所有这些在我们"嫦娥"的应用都非常好。

信息化经费一直是我们的瓶颈

记者：在信息化的历程中，也包括"嫦娥"，您肯定会有艰难、曲折或者铭心刻骨的记忆。

叶培建：应该讲在"嫦娥"里面使用信息化，我没有碰到曲折和艰难，但是十几年的信息化总师确实让我感到很艰难。就说我自己，辛辛苦苦搞了那么多年的信息化工作，但它向来都是一种辅助性工作，虽然做出很多成绩，到头来不一定都能评上三等奖。可是在型号里面，只要一个设备做成了，也许是个设计口的人，或许都能获得三等奖。也就是说，我们的型号被认为是主战场，搞信息化的同志如果认识不到这一点，你就会感觉很窝囊，很憋气。不管你信息化搞得好与坏，人家型号工程也照样做。我认为最难做的就是信息化，到现在依然还有这种感觉，不过20世纪80年代是最艰难的。

记者：您是说信息化这一块不怎么受重视？

叶培建：没有人说不重视你，大家在口头上都非常重视你，都说要发展你，但是实际上没有你也行，有了你更好。也就是说，有你没有你人家还是照样做，跟主干产品相比它还是处于比较次要的地位，因此你做的工作也不会得到很多人的承认，这是我的第一个感觉。

第二个感觉，尽管像我们航天五院的这样的大单位受到各级领导重视，但我觉得信息化的经费一直是我们的一个瓶颈。信息化的特点之一就是发展快，发展快就意味着更新快，很多单位买了计算机的软硬件，没过多久又要更新了，这就是发展了，但这里面有一个问题就是原来的设备还没怎么发挥作用就过时了，投资很大而且造成浪费。另外，我们国家拥有自主知识产权的产品比较少，如果全部都买正版的就花钱很多，要是买盗版的又不符合国际上的规矩，由于我们的经济能力很有限，如果真的要搞自主版权，投资也会很大，因为软件并不是编出来就能用，从软件编出来到最后形成一个可用的、可推广的产品，形成配套的文档和规范，这里还有许多事情要做。而我们现

在的很多软件，只不过编出来能用就完了，还远远到不了一种可推广的使用程度。

"把一件事情做到无意当中那就到位了，融在一起了，如果有意识地去做它、用它，大概不行。任何工作，如果按照要求和布置赶快去做，然后写总结，会有效果，但是同你根本不用思考就去做这件事情，已经不是同一级别了。"

信息化发展到一定程度，人们自觉不自觉地都在用

记者： 目前，军工行业有人认为信息化成果较难推广，感到把信息化跟生产流程结合起来很困难，叶总您能否谈谈怎样把信息化建设与型号工程相结合？

叶培建： 我本身当过多年信息化的总师，并且从1992年开始当型号副总师，1995年当型号总师，由于对信息化比较了解，可能在我的思想当中会有意识地去联想和思考这些问题。不过我认为，无论哪个当总师，无论他是否认识到了信息化的重要性，无论他从前是否做过信息化方面的工作，实际上在型号工程中信息化是主体，占有很大成分，型号工程是靠信息化这一块来支撑的。

就刚才讲的型号测试，我们现在的测试水平非常高，就连法国人看了都夸我们水平高。为什么？我们有很好的测试工具，我们的界面做得非常好，而且过去我们五院是一个型号一支测试队伍，而现在的测试队伍可以并行测许多型号。从界面、数管到温度测量等，我们把全部共用的东西给统一起来，也就是说，在数据库或者测试软件的支持下，我们能把测试工作做得非常漂亮，而且这个人今天可以在这里测试甲型号，明天他就能到另外的地方测试乙型号。

实际上，作为一个总师，作为一个领导，你不知不觉地是在应用着型号的成果。打个比方，很多人对什么叫卫星应用搞不清楚，其实我说我们人人都是应用者，你在家里看电视，电视打开以后是什么，实际上就是卫星应用，只不过你没有意识到这件事；你天天打手机，你就是个应用者。那么在信息

化上也是这样，因为你要使用信息化，你就要刻意地去做，当把信息化拿来以后，你可能就觉得这东西很难，但实际上不用刻意去做这件事情，只要信息化发展到一定程度，有一定的能力，人们自觉不自觉地都在用。我就想象不出来，如果我们现在没有这些计算机的辅助设计、辅助制造、辅助测试、没有 OA，没有 AVIDM，或者没有远程网络的支持，我们的信息化工作应当怎样搞？

把事情做到无意当中那就到位了

记者：航天软件很难成为产品吗？

叶培建：谁说的？我们从前使用法国某著名公司的软件，他们拥有自己的知识产权，后来他们把它推广到了全世界。任何产品化的软件肯定都不是某一个行业自己单独搞出来的，绝不是为了商业化而商业化，都是自己首先使用，用得比较好了就被别人看中了，之后再把它包装、改造。就说这么多年我们一直使用的国外产品，其实人家也是在不断发展，根据用户的反馈不断改进，而我们目前尚没有这种意识，并且也没有这种能力来做这件事。因为我们天天忙着搞型号，那么在谈到所谓专业化的时候，就很难把我们已有的软件变成产品推出去。我相信在我们航天五院，也包括整个航天系统，要是挖掘一下，肯定也有这样比较成熟的软件，经过一定的努力也一定能够把它变成商业化的产品推出去。

记者：在"嫦娥工程"里作为型号总师，您怎样看待它在信息化里面发挥的作用？

叶培建：我还是那句话，不是有意识地去想这件事情，把一件事情做到无意当中那就到位了，在无意识当中，你已经把它做了，融在一起了，如果有意识地去做它、用它，大概不行。任何工作，如果按照要求和布置赶快去做，然后写总结，会有效果，但是同你根本不用思考就去做这件事情，已经不是同一级别了。

没有任何人在我面前有任何理由可以迟到

记者：听说叶总您以严谨和准时著称，刚才一进门的时候我们已经看到

了这样的情况。

叶培建：我刚才批评她了。告诉她 1 点 20 来，可她为什么晚来 5 分钟？

记者：人家也就迟到了 5 分钟……

叶培建：那不行，今天能迟到 5 分钟，明天就能迟到 15 分钟，对于工程来讲，没有严谨还搞不搞？我给你举两个例子。

有一次我召集开会，可能调度搞错了，8 点 30 开会，9 点多了人还没到齐，我说今天不开了，明天早上 8 点 30 我再来。第二天早上，全体参会人员都收到该所所长的一个信息：8 点 10 分必须到会场，提前 20 分钟。

我有一个很要好的法国朋友在中国当首席代表，有一天他说中午 12 点来拜访我，我提前来到大门口迎接他，可一直等到 12 点 35 分他还没来，于是我掉头往回走。在我往回走的时候他进了大门，我不理他，仍然往回走，他喊住我，我对他说你明天再来吧，尽管他是一位外国人。

其实，只要有了第一次，就会有第二次。你只有这么做，以后所有人都不会迟到。我自己就从来不迟到，要是去远处开会我就 6 点钟出发，一般人可能都是 8 点 30 开会，7 点 30 出发，给路上留出 1 小时，但是 7 点 30 的交通跟 6 点 30 的交通完全不一样，那我宁可提前 1 个小时到，从来没有迟到过。所以，没有任何人在我面前有任何理由可以迟到。什么交通堵塞，你就不能早点走？要是怕拥堵那你就头天晚上来。这种事情不用多，只要拉下面子批评一次就够了，否则这种事情没法办，像我们搞工程的，这边要做实验了，大家都上岗了，只有一个人没到位，所有工作开展不起来，难道几十个人眼睁睁地等你一个人？

我们在管理上的信息化应用远远落后于制造业

记者：可否围绕信息化谈谈型号问题？

叶培建：对于这个问题，目前我还没有更加高深的思考，但我认为信息化的路程确实很长，从我搞卫星设计的角度，总觉得我们现在的信息工具还很匮乏，主要体现在两个方面。

一个是我们航天现在有许多大型试验，其实我们以前做过那么多的试验，也应该记录和积累了相当多的数据，如果借助这些数据再加上一些得心应手的分析工具，就能大大减少如今的许多试验，包括模装，也包括生产过程，一次到位。换句话说，就是现有的分析工具已经无法满足需求。

　　第二个方面是管理，包括我们已有的管理信息，也包括元器件的信息。我们在管理上的信息化应用，要远远落后于生产制造行业。现在我们很多设计师在设计产品的时候要选用一个元器件，基本上是查看人家的产品说明书，查看这个片子有什么功能，但是这个片子将来能不能买得到，有没有过上天的经验，这些全然没有，以致到最后往往因为一个元器件就把某个队员搞得非常狼狈，这说明什么？说明我们的管理信息化比较差。当一个工程师选择一个元器件的时候，没有与这个器件或者芯片相关联的信息送给他。如果我们做得好一点，这个元器件的公司背景、功能、经过的周期、价格等，统统应该有。例如，我们设计一个 SGI 电路，选择 30 万门的还是选 100 万门的，可能年轻同志没有经验，如果你愿意的话可以请教老同志，让他们把经验告诉你，因为现在我们还没有这样的标准电路使用知识库作为支撑。

　　上述这些东西需要花费大气力，不是掏钱买个计算机、买个软件就能使用的。我觉得这方面是我们数字化军工最难的，也是最需要的。任何一件产品的质量，从设计的时候基本上已经定位了，而在设计的时候，需要各种支撑，因为设计师脑袋里面的概念没有那么多。把话说得大一点，我们一个设计师所设计的产品，仅仅是他个人水平的体现，而不是我们整个五院多年以来型号的经验和教训的体现，这种事情查本子是查不到的，因为我们目前没有这样的知识库来支撑。如果今后我还继续当型号总师，我会比较自觉地去做这件事，并且积极推动这件事。

　　"2008 年的元宵节，'嫦娥一号'卫星将经历它最寒冷的严酷时刻，理论上将有 5 个半小时见不到太阳，也就是说将有 5 个多小时没有太阳能供电。届时，卫星温度就会降得很低，卫星的设备能不能在低温下正常工作，这将是一个很大的考验。"

卫星要在天上经历很多复杂的空间环境

记者："嫦娥一号"卫星要在复杂的空间环境运行一年，您能把这一年当中卫星的工作介绍一下吗？这期间卫星将遇到的风险是什么？

叶培建：众所周知，到目前为止，卫星上的 8 台有效载荷设备已全部开机，从目前获得的各种数据来看，情况不错。现在的高度计、成像光谱仪、太阳翼等都运转良好。我们对这颗卫星的要求是四点："精确变轨、绕月飞行、有效探测、一年寿命。"前面三点，可以说已经实现了，可后面还有个"一年寿命"，也就是在这一年里怎么工作。这 8 台设备都要根据它们所需要获取的某个地区的资料，按照飞行轨迹、轨道和地区，相互交替开机来获取信息。当然，这一年当中我们会碰到一些麻烦，主要有三个问题。

第一个，所有设备能不能良好地工作一年，这是需要经过考验的。因为我们知道，一颗卫星要在天上经历很多复杂的空间环境，如温度、高能粒子等。为保证这些设备工作，卫星要给它供电，还要保持它的温度，有些设备要求的温度在正负 1 度之内；它所获取的数据还要经过各种编码传下来；一年当中定向天线还需要不断旋转寻找地球。所以，有效载荷本身以及支撑有效载荷的各种设备能否达到一年的寿命，这是第一个考验。

即便是这些设备都运行得很好，我们还会遇到第二个难题，即卫星在运行期间将经历两次月食。第一次是 2008 年的元宵节，"嫦娥一号"卫星将经历它最寒冷的严酷时刻，理论上将有 5 个半小时见不到太阳，也就是说将有 5 个多小时没有太阳能供电。而现有的设计是卫星需要每 127 分钟见一次太阳。届时，卫星温度就会降得很低，卫星的设备能不能在低温下正常工作，这将是一个很大的考验。为此我们想了很多办法，办法之一是到时候我们将提前适当地改变卫星轨道，缩短卫星不见太阳的时间；办法之二是在月食之前把卫星尽可能地加热，尽可能地把卫星上暂不使用的设备关掉，把蓄电池有限的功率都用在最宝贵的地方。不过我请大家放心，根据我们目前的计算，我们是能够通过这次月食的。但由于蓄电池越到后来供电能力越弱，那么能否经受住 2008 年 8 月份的第二次月食，这对"嫦娥"来说又将是一次严酷的考验。

第三个难题，由于太阳、地球、卫星的运动关系，一年的时间里，我们的太阳翼不可能很好地对准太阳光的方向。因此就有一段时间我们的太阳翼接收不到太阳光，而且长达几个月的时间，这比月食时见不到太阳还要严重。但是，卫星不是见不到太阳而是对不准太阳，因此我们要在一年的飞行中，每三个月一次不断地改变飞行方向以适应太阳入射角的改变，来获取能源。要调整姿态，卫星需要动用很多设备，这是我们面对的第三个难题。

在月球着陆这项技术非常具有挑战性

记者：您能否谈谈探月工程的下一步需要哪些技术上的储备？

叶培建：我们在探月工程二、三期工作中已经看到并着手准备的技术问题主要有以下方面。

首先，我们探月工程二期要向月球发射一个着陆器，并释放一台月球车。这几年来我们进行了多次论证，也攻克了很多技术上的难关。其中最主要的是，过去我们从来没将飞行器落在一个星体上，因此着陆这项技术将是非常具有挑战性的。着陆中包含很多内容，例如，如何从比较高的轨道降到比较低的轨道，再从低的轨道落在月球上，这里面将需要变推力发动机；另外在月球上安全着陆还需要选择一块场地，如何对场地进行选择，卫星如何在空中悬停寻找这一场地，这需要足够的敏感器，这对我们也将是一个挑战。在着陆的时候，由于月球表面没有空气，无法使用降落伞，必须依靠"腿"来着陆，而这种"腿"既要容易支撑，又要求在着陆的时候不易折断。换句话说，有关着陆的一系列技术，将是我们遇到的第一项严峻挑战。

其次，我们还将在月球上释放一架月球车，月球车需要在复杂的环境下自己跑出去。有关月球车的制动、制导、导航与控制，都必须得到地面的支持。这些又将是一大堆难题。

再次，通信问题。探月工程二期有大量的图像和数据传输，不仅要提高我们的整个测控能力，还要解决着陆器和月球间的双重通信，以及月球车和地面的通信，那将是一个多级的高容量通信。

最后，如何解决月球车在月面上过夜的问题，月面温度很低，又没有太阳。

上述这些都是我们在探月工程二期中遇到的技术难题。现在我们已经开始攻关，并且取得了一系列的成果。

"那天早上起来我就觉得天空特别好，一轮皎洁的月，弯弯的，亮亮的，旁边那个启明星也很亮，我觉得这是一个好兆头。我回到测试大厅，时间还早，才6点钟，于是我想写点东西，表达一下当时的心境，我套用了毛泽东的《沁园春·雪》。"

"女儿"终归要出嫁

记者：现在"嫦娥"每天绕月飞行，不知您有何感慨？

叶培建：我记得，我们在靶场把"嫦娥"封装到整流罩子里，然后把它运到发射阵地，那天，我们实验队的所有成员都站在驻地附近的路边目送"嫦娥"远行，当我们的卫星走的时候很多人都落泪了，以后再也看不见它了，心里蛮难过的。"嫦娥"在自己手里已经三年多了，是我们一颗螺钉、一颗螺母、一个电阻、一个电容地把它装起来，现在要走了，有种送女儿出嫁的感觉。

"女儿"终归要出嫁，它要飞向月空，而且它飞得越好，我们心里越踏实。

写点东西，表达心境

记者：您是"嫦娥一号"卫星总师，我们知道您执行任务期间还写诗，谈谈您的诗吧。

叶培建：2007年11月5日的近月制动只有这么一次机会，至关重要，是整个绕月工程飞行任务的关键，也是工作人员最为紧张的时刻。那天早上起来我就觉得天空特别好，一轮皎洁的月，弯弯的，亮亮的，旁边那个启明星也很亮，我觉得这是一个好兆头。我再去看那颗启明星，觉得就像我们的卫星划破苍穹，飞驰而过，所以心情非常好。我回到测试大厅，时间还早，才6点钟，于是我想写点东西，表达一下当时的心境，我套用了毛泽东的《沁园春·雪》。

记者：那个时候您还有心情抒怀？

叶培建：对对，抒发一下胸臆和感慨。《沁园春·绕月》："凌晨太空，一轮弯月，明亮闪耀。望茫茫宇宙，一颗新星。舒其长袖，飞奔广寒。遥呼'嫦娥'，近月漫步，千年梦想要成真。看指控大厅，灯光明亮。日夜奋战，航天英豪。全屏显示，参数更迭，日地月星皆明了。要成功，靠诸君努力，只看今朝。"

当日11时15分，决战的时刻到了，"嫦娥一号"卫星第一次近月制动开始，1 200秒后，"嫦娥一号"进入了月球轨道，至此，我国拥有了第一颗绕月探测的卫星。11月6日进行第二次近月制动，11月7日完成第三次近月制动，我们已经获得了月面的图像，到目前为止，"嫦娥"的状态非常好，没有发生过任何一点点的问题，而且控制精度之高，其准确也是过去没有的。

记者：从您的评价我们感觉好像已经超出您当时的预计了。

叶培建：比我预计得要好，因为全世界到目前已经搞了122次探月，其成功率不到48%。

只不过做了一件事而已

记者："嫦娥"升空以来受到全国乃至世界瞩目，作为"嫦娥一号"卫星总师，您受到胡锦涛总书记、温家宝总理等党和国家领导人的接见，同时您也成为公众人物受到电视、报刊、网络等各大媒体的关注与追踪，不知您对此有何感受？

叶培建：没有，我很平静。我可能总是这样，发射的时候别人很紧张可我不紧张，发射成功了别人很激动可我不激动。

记者：为什么？

叶培建：我只不过做了一件事而已。

记者：仅仅是"做了一件事"而已？

叶培建：是的，我尽力了而已。我们做到位了，我们的总书记很欣慰，全国人民很欣慰，我问心无愧了。我觉得只要把工作做到位，即使失败了，它也是一次科学实验，搞科学哪有不失败的？在靶场，我每天该工作时就工作，该散步时就散步，我喜欢一个人散步。压力当然挺大的，可我不紧张。所以

那个时候在发射场上我也不紧张,那天"嫦娥"奔月了,你看我还有心作诗呢。大家都把事情看得很重,我没觉得重,就觉得做了一件事,祖国交给我的任务已经完成了,如此而已。

原载 2008年第1期《数字军工》

42. 在苏黎世感受叶培建

薛 梅 晏 佳

2007年10月24日,当"嫦娥一号"腾空而起的时候,曾有多少中国人热泪盈眶。2008年的中秋前夜,中国绕月探测工程卫星系统总指挥、总设计师叶培建院士来到了苏黎世为我们讲述了"嫦娥一号"和它背后的故事。

这天,在繁忙的苏黎世火车站,一个矍铄的老人出现在人群中。他,就是我们盼望已久的叶培建院士。

我们的对话是以一种拉家常的方式开始的。军人家庭出身的他,有种刻进骨子里的严谨和自律。他的这种品质渗透进了生活的点滴,从为人处世到科研项目,无处不显军人风范。就像叶老的守时一样,分秒必争,坚持了一辈子。言谈中叶老师给我们提起了生活中的趣事,他曾经约一个法国人谈项目,说好时间12点整。于是,11:45叶老就早早地在研究所门口亲自等候,法国人没有来。等到12点,法国人仍不见身影。于是叶老一直等到了12:35,看法国人仍无踪影,于是转头就往办公室走。戏剧性的是,就在这个时候,这位法国朋友急匆匆地坐着出租车赶到了,而时间是铁的纪律,叶老对法国人说了句"明天12点我在门口等你",然后头也不回地走了。我想,愣在那里的法国人,再也不敢在与中国人打交道时闲散了事了。

在科研中也是一样。"嫦娥"是他顶着项目的压力和失去妻子的悲痛接下来的。从承下这份重担的那一刻起,叶老就带着一帮年轻人日夜奋战。叶老说,年轻人有拼劲儿,但偶尔也会有些侥幸心理。有时候数据稍微跳了下,很多年轻人就会觉得没什么,数据恢复正常就好。但叶老强调,科研也要"捕风捉影",不能放过任何一个疑点。对任何可能存在的不稳定因素都要追究到底,一律排除。叶老说平时他有个习惯,就是有时白天的时候一个人在花园里踱步。他交代所有人不要打搅,因为他需要时间再好好想想,再仔细推敲是否还有问题没有考虑到,要做到每个环节万无一失。按他的话来说就是"送卫星上天只有成与败,没有中间状态。做事情,只有行与不行,没有差不多"。

叶老提到,其实这份严谨认真,也得益于当年在瑞士的留学经历。回忆起在瑞士纳沙泰尔大学 5 年的留学经历,叶老感慨良多。那个年代,国家还不富裕。出国前,当时的教育部部长语重心长地对留学生们交代,要知道自己身上的担子,要知道是站在多少工人农民的肩膀上才走出来的!叶老说,这句话,他一辈子都牢牢记在心里。正是带着这份强烈的责任感,当年留学时,无论工作日还是周末假日,叶老都是一门心思钻研技术,丝毫不敢懈怠。同时,叶老也非常注意对瑞士文化的学习和理解。他说,瑞士人的严谨对他触动很大。他清楚地记得,当年留学时,每天上课前,助教从来都是把各种各样需要用的笔削好,由短到长整齐地排成一排。

在短暂而让人印象深刻的对话之后,叶院士为苏黎世的学生学者做了题为"'嫦娥一号'与中国的深空探测"的讲座。

叶培建院士首先阐述了发展航天事业的重要性并简要回顾了国外深空探测的发展历程。进入 21 世纪,资源变得日益重要,航天业的发展可以提供丰富多样的资源,有助于提升国家整体实力,并极大地拓展人类第四生存空间。深空探测在国外的发展已有近 50 年的历史。叶培建院士回顾了过去 50 年中深空探测尤其是月球探测发展中的重要阶段和标志性事件,介绍了世界各国提出的未来深空及月球探测计划,并总结了国外深空探测对象选择和探测方式的特点及对我国未来深空探测发展的启示。

在我国探月工程规划这一部分,叶培建院士介绍了我国开展探月工程的背景、根本目的和重要意义,并将这一规划形象地概括为"三步走"战略:"绕"——2007 年,"落"——2015 年左右;"回"——2017 年左右。

作为整个深空探测工程的第一步,"嫦娥一号"的成功无疑是至关重要的。叶培建院士详解了绕月工程和"嫦娥一号"的方方面面。例如绕月探测工程的科学目标、工程目标和大系统组成,"嫦娥一号"的分系统、技术攻关项目和有效载荷等,并与国外同类月球探测器作了详细对比,让大家充分了解了"嫦娥一号"的创新性和领先性。随后,叶培建院士又进一步介绍了未来探月工程的第二步"落"和第三步"回",以及相关的目标、大系统组成和需要突破的技术难点等,并整体勾画了我国未来深空探测的设想。叶培建院士还为大家展示了"嫦娥一号"拍摄的月球表面的照片。

在叶培建院士的专题讲座中,听众们被"嫦娥一号"的精彩所吸引,更被"嫦娥一号"背后的故事所打动。机场的紧急飞机调用,乘客的主动离机让位记录了全体中国人的期待和支持。而当叶培建院士介绍那支托起了"嫦娥"的平均年龄只有30岁左右的"70后"研制队伍时,全场一片惊叹声,也正是这支年轻的团队在2007年感动了整个中国。

随着时间的推移,也许我们将很难清楚地记得"嫦娥一号"的种种技术指标,但是叶培建院士的讲座所激起的那种振奋和心潮澎湃的感觉将长久地沉淀在每一位听众的心底。从此,"嫦娥奔月"不再只是一个古老的民间神话传说。在我们的中秋遥祭中,"嫦娥"不再只是那个凄婉哀怨的月宫美女,她是中国人民传达和平和友好心意的太空使者。

原载 2008年10月14日《神州学人》

43. 为圆中华民族千年奔月梦
——访"嫦娥一号"卫星总指挥兼总设计师叶培建
黄进琪

2007年10月24日,中国第一颗探月卫星"嫦娥一号"发射成功。它完全按照设计的"准时发射、精确变轨、一年寿命、有效探测"16字要求,完成了全部使命,并延长在轨运行时间,做了大量试验之后,于2009年3月1日顺利实现可控撞月。至此,中华民族千年奔月梦想成为现实,中国航天继应用卫星、载人航天后,开启了深空探测领域的全新篇章。

作为中国探月工程"嫦娥一号"卫星的总指挥兼总设计师,中国科学院院士叶培建,正是这一"千年圆梦"的缔造者之一,他带领年轻的"嫦娥"

团队用智慧和心血浇灌了中国航天史上里程碑式的第一朵"嫦娥之花"。日前，笔者在北京中关村高科技园区中国空间技术研究院采访了叶培建院士。

1. 军营氛围　塑造军人气质

1945年1月，叶培建出生在江苏泰兴县胡庄镇海潮村一个革命军人家庭，父亲叶蓬勃、母亲周忠秀都是新四军老战士。1946年，苏中七战七捷的第一仗——宣堡战役打响，叶培建还不满周岁，父母亲要紧急北撤参战，只得将他送到毓秀乡（现根思乡）李秀河村，和外婆相依为命。1951年，外婆将培建送李秀河小学读书。叶蓬勃抗美援朝回国后，小培建跟着父母亲"四海为家"，部队到哪儿他就在哪儿上学。

叶培建先上南京卫岗小学，一年后转到杭州西湖小学。1957年考入杭州四中，住在父亲的老战友叶伯善（转业后曾任中国远洋运输公司政治部主任）家里，与叶伯伯年迈的老母亲做伴。

1958年，叶培建父亲所在部队在浙江湖州有了正式营房，他转到湖州一中读书，跳入初三；1959年，被保送入省重点中学湖州中学。这所中学出过钱壮飞、茅盾（沈雁冰）等名人。

叶培建的整个青少年时代是在军营里度过的。他长期在部队子弟学校上学，从校长、教导主任到全体教职工、保育员，都是经过挑选的部队优秀干部和政治工作者，学生们除了学习文化知识外，接受的全是军队的优良传统和作风教育。叶培建和同学们过着半军事化的供给制生活，清晨听到的第一声是嘹亮的军号声；学校里上的第一课是《东方红》；教唱的第一支歌是《解放区的天是明朗的天》。

革命部队的"三大纪律八项注意""团结、紧张、严肃、活泼"的生活，像春风雨露滋润着叶培建幼小的心灵，他逐渐养成了准时守纪、积极向上、爱憎分明、忠诚于党和祖国的优良品质。

2. 科学博士　立志报效祖国

叶培建上中学时，一直当学习委员。他读书很刻苦，成绩总是名列前茅，高中毕业时各门功课都很优秀。他的理想是当一名外交家。填写大学志愿时，父亲说，国家正处于建设时期，很需要理工科人才。又说，在抗美援朝战争

中,他亲身体会到由于我志愿军没有制空权,中朝军队常常被动挨打。父亲劝他报考航空专业。为此,他填报了北京航空航天大学、南京航空航天大学等,却意外地被浙江大学无线电系录取。直到后来才知道,当年浙江省执行省委书记江华的指示,把优秀学生全留下来了。1968年,叶培建被分配到航天部卫星总装厂任技术员,这样的分配令本来就想搞航空航天的叶培建喜出望外。他自己说:"这叫缘分!"

1978年,国门刚刚打开,叶培建萌生了出国深造的愿望。这一年,他考上了中国计量科学院和502所两个专业的研究生。他用很短的时间又通过了出国的外语关、资格关考试,1980年,获得赴瑞士纳沙泰尔大学读博士研究生的资格。

叶培建十分珍惜这次出国学习的机会。瑞士的景致很美,山高雪白,但这些都没有分散他读书的志趣。他抓紧一切时间为祖国的强盛而学习科学知识。他的刻苦学习是出了名的。瑞士一家报纸在专访他的报道中说,他从不去酒吧,也不大看电影,把周末的时间都用于看书和工作。

1983年,他获得了瑞士纳沙泰尔大学颁发的等同法国科学博士的证书。但他并不满足,又经过两年的努力,1985年,他又以论文"手写中文的计算机实时自动识别"获得了瑞士纳沙泰尔大学科学博士学位。

此时国内有人议论:小叶出身干部家庭,父亲在"文化大革命"中被迫害致死,夫人也去了瑞士,他是回不来了。可是,叶培建1985年5月完成论文答辩获得科学博士学位,8月份就踏上了祖国的热土,他要把自己所学知识尽快用在祖国建设事业上。在此以前的1984年,他就慎重地向我国驻瑞士大使馆递交了入党申请书,回国后的1986年被批准入党。可见他忠于党、报效祖国的一片赤子之心。

3. 乐于奉献　淡泊名利地位

叶培建回国后,马上投入了502所"火车红外热轴探测系统"的开发,为铁路运输提供现代化的设备。这个项目后来成为502所的拳头产品,创造了可喜的经济效益。

1995年,他作为技术负责人参加了深圳股票VSAT网的设计,获得成功。

这是卫星应用技术一个开拓性项目，取得了显著的经济效益和社会效益。"深圳证券卫星通信双向网"1997年获部级科技进步一等奖。深交所曾以年薪40万元的高薪聘请他，却被他谢绝了。中国空间技术研究院原副院长李祖洪经常对年轻人说："你们这个叶总啊，要不是为了卫星上天，早就是腰缠万贯的百万富翁了！"而叶培建面对月收入2 000多元和年薪40万元的反差，他不为所动，心静如水。

1989年后，叶培建先后担任中国空间技术研究院计算机应用副总师、总师；1991年任院长助理（正局级），并被送入中央党校学习。1992年听了邓小平关于加快改革开放的南方谈话，他有些坐不住了，希望仍然做技术工作。老院长闵桂荣院士支持他的想法，不过老院长说，任型号总师得从副总师（副局级）做起。叶培建表示很乐意，他对职务高低看得很淡。1993年之后，叶培建先后任"中国资源二号"卫星副总设计师、总设计师兼总指挥。这颗卫星是我国第一代传输型对地观测卫星，技术起点高、研制难度大，在我国国民经济各行业的发展中具有广泛作用。航天科技集团公司马兴瑞总经理说，这颗星是"最大、最重的星，具有最高的分辨率、最快的传输速率、最高的姿态精度、最大的存储量"。叶培建凭着扎实深厚的理论功底和不耻下问的精神，带领科研人员在短时间内就进入状态。2001年9月，"中国资源二号"01号星发射成功，并按时在轨移交。经过改进的02、03号星于2002年10月、2004年12月相继成功发射，实现了"三星组网"，被誉为"三星高照"，这标志着我国太阳同步轨道卫星研制技术取得重大突破。

自1970年4月24日我国第一颗人造卫星升空以来，到2001年中国成功发射了76发（艘）应用卫星和飞船。然而深空探测领域却始终没有留下中国人的足迹，奔月还只是停留在梦想阶段。就在这一年，国家下达任务，决定搞深空探测。当时，院长徐福祥斩钉截铁地说："我们院'深空探测''载人航天'这两面旗帜都要扛，就让老叶挑这个头。"

2001年6月，叶培建的爱人不幸去世。同年9月，叶培建强忍着极大的悲痛，义无反顾地挑起了这副千斤重担，担任探月卫星项目的技术、行政负责人，带领技术人员加班加点，忘我工作。经过三年的努力，到2004年"嫦娥一号"探月卫星正式立项时,中国空间技术研究院的深空探测工作已经有了一定基础,叶培建被正式任命为"嫦娥一号"卫星总设计师兼总指挥,此时他还是"中国资源二号"卫星总设计师兼总指挥。一人身兼4职,这在我国航空航天研制领域里是绝无仅有的。又过了三年,2007年10月24日,中国第一颗探月卫星"嫦娥一号"发射成功。

为表彰叶培建的突出贡献,1993年他被批准享受政府特殊津贴;2000年被国防科工委评为"有突出贡献的中青年专家";2003年他担任总设计师兼总指挥的"中国资源二号"卫星获国家科技进步一等奖,同年他当选为中国科学院院士。

4. 革命家风　孕育精彩人生

叶培建生长在一个革命军人家庭。中华民族的传统美德和革命家风,对叶培建树立正确的人生观、价值观起了至关重要的作用。

父亲叶蓬勃在黄渡师范学习时抗战爆发,他积极投身抗日救亡运动。后来参加了新四军,历任团政治处主任、师组织科长、军宣传处副处长,是一位优秀的军队政治工作者。父亲平时言语不多,但他听党的话、热爱祖国、真诚俭朴、公私分明的高风亮节,却时刻影响着子女们。

"1968年,毛主席发出'知识青年到农村去,接受贫下中农的再教育,很有必要'的指示,第二天,父亲就带头把正上初中二年级的14岁的次子,送到江苏高淳县农村插队。不久,小女也被送到工作生活环境十分艰苦的铁道兵部队当兵锻炼。"叶培建如是说。

父亲对子女要求很严,从来不讲情面。叶培建上大学时,父母亲每月给15元钱作为伙食费和零花钱,总是紧巴巴的。他学的是无线电专业,想买些零配件自己装配一台收音机。他知道向父亲要钱肯定不行,于是他只得写信向三叔要,三叔马上给他寄来20元。事后,父亲知道了,当着同学的面狠狠地批评了他。

叶培建的父亲在"文化大革命"中被迫害致死,叶培建虽然十分痛心,但他坚信我们党会纠正这一类错误,坚信形势会好起来,他鼓励全家人要相信党,认真做好自己的事。果然,他父亲于1978年得以平反昭雪。在这一场灾难中，他们全家人没有迷失方向、丧失信心，而是坚定地闯了过来。现在他的弟妹们都事业有成，为人正派，积极向上。

叶培建的母亲是一位参加革命较早的老同志，她无时无刻不在惦念着儿子的成长。1949年4月，我军发起渡江战役前夕，即将参战的母亲顺路回家看望儿子和老妈妈。培建上学后，母亲总嘱咐他要好好读书，长大后好为人民做事。培建参加工作后，她不断提醒儿子要做一个正直的好人，不要贪小便宜，不准犯任何错误。"这些我都牢牢记在心上。我始终认为，妈妈、外婆是我的启蒙'老师'，她们教会了我爱惜粮食、生活节俭、心地善良、待人真诚、尊敬长辈等传统美德。"叶培建深情地回忆说，"受长辈的影响，我一直保持着节俭的生活习惯，参加工作后，我还经常穿单位发的工作服，穿在里面的棉衣棉裤还打着补丁。"

叶培建雷厉风行的干练作风是出了名的。全院上上下下都称赞"叶总"敢说敢干，处事果断，讲究效率。确实，叶培建血管里流着军人的血，骨子里有着军人气质。每一次到卫星发射中心执行发射任务，进场后都要建立临时党委。他要求参与发射工作的全体成员，从总指挥到一般工作人员一律实行军事化生活，吃、住、行都要集体行动。他率先垂范，说到做到。

叶培建院士向笔者披露，我国月球探测工程的第二步已经起动，目前科研人员正在加紧着陆器和月球车的研制、试验工作。这个月球车一定是完全有我国自主知识产权的，整个系统打的是"中华牌"，计划于2013年左右在月球实现软着陆，着陆点首选月球赤道附近的虹湾地区，那个地方光照条件较好，比较平坦。

叶培建院士对下一步的"嫦娥登月"充满信心。他表示要再接再厉，续写精彩人生。

原载 2009年《大江南北》第7期 总223期

44. 中国具备独立探索火星的能力

——叶培建院士昨晚给浙大学弟学妹讲述深空梦

梁建伟

"嫦娥一号"卫星总设计师、"嫦娥二号"卫星总设计师顾问叶培建院士昨天晚上来到母校——浙江大学，给学弟学妹讲述他的深空梦。演讲持续了整整一个半小时，200多位相关专业的浙大学子从各校区赶到玉泉校区听讲。叶培建院士是1967年从浙江大学无线电系毕业的，无线电系是浙大信电系的前身。

中国应该自主探测火星

"这是我的个人观点，中国目前已完全具备独立自主探测火星的能力。随着地面测控能力的提高，用中国自主研发的测控系统，发射自己的火星探测器没有任何问题。"65岁的叶培建院士说。

此前，中国火星探测卫星"萤火一号"原定于2009年10月搭乘俄罗斯火箭升空，后来由于俄方技术原因，推迟发射，将发射时间改为2011年。

"2011年、2013年、2016年是目前火星和地球距离最近、最合适发射的时机。"他建议国家尽快立项，在2013年开展独立火星探测。

叶培建说，"嫦娥一号"成功发射，证明中国有能力独立进行火星探测，"只要稍加改进，就能探索火星，而且是探索火星全貌"。

"嫦娥二号"今秋发射

谈到"嫦娥二号"的发射时间，叶培建说，最早应该是在今年10月份。

关于"嫦娥二号"的优点，叶培建说："与'嫦娥一号'相比，最大的优点就是到月球上更快了，'嫦娥一号'环绕地球飞了7天，然后才飞向月球。而'嫦娥二号'就不这么飞了，是直接飞到月球，飞行时间大概需要120个小时。"

叶培建说，"嫦娥二号"主要为"嫦娥三号"做准备，同时深化"嫦娥一号"的科学技术。除了"直飞"月球外,还可以使拍摄的月球图片分辨率从120米提高到10米。

明年起陆续发射"神舟"八号、九号、十号

叶培建说,中国将在2011年发射目标飞行器"天宫一号",2011年起,"神舟八号""神舟九号""神舟十号"也将陆续发射,实现与"天宫一号"的对接实验。

此后,"天宫一号"可以被改造为一个短期有人照料的空间实验室。

叶培建说,空间实验室阶段是目前正在进行的阶段。"神舟八号"是无人飞船,"神舟九号""神舟十号"是载人飞船,将搭载2到3名航天员,"神舟十一号"将把航天员送到空间站。

中国没有载人登月计划

外界一直认为,中国有自己的载人登月计划,登月时间有不同版本,2020年、2025年或2030年。

叶培建澄清说:"中国没有载人登月计划,但作为科研人员,在为登月做技术准备,研究已经很深入了。"

叶培建认为,中国还不具备一次性把所有装备、人员送到月球的能力。"主要是燃料问题,如果要登月,一般会选择多次发射,多次在地球轨道上组装,然后直奔月球。"

但"嫦娥三号"的任务是登月,任务由两部分组成:着陆器和月球车。据介绍,目前,"嫦娥三号"所携带的月球车样机已制造完毕,并成功地在模拟月球环境中完成行走。

原载 2010年3月24日《钱江晚报》

45. 中国有能力独立进行火星探测

——"嫦娥一号"卫星总指挥兼总设计师叶培建来昌讲学并接受本报专访

几十次经久不息的掌声，上千双求知的眼睛。26日9时至11时，南昌理工学院108阶梯教室变成了一片知识的海洋、一个智慧的家园。

中国科学院院士、中国"嫦娥一号"总指挥兼总设计师叶培建用生动风趣、极富感染力的语言，从中国及其他国家探月计划、中国航天事业未来的发展方向、"嫦娥一号"发射前后的故事等角度，给包括本报记者在内的上千听众上了一堂生动的深空探测知识普及课。

1."嫦娥远嫁月球"与生活息息相关

"人类为什么要去开发空间？"报告一开始，叶培建就以发问的方式将现场听众带入了神秘的太空世界。作为"嫦娥工程"的参与者，叶培建院士重点介绍了我国月球探测工程一期（绕月探测）的科学目标、工程目标，"嫦娥一号"卫星的基本情况、研制历程和主要技术成就。

叶培建说："发展航天事业，不仅是对高位置资源、环境资源、能源及矿物资源、信息资源探索的需要，这种探索能力更是国家综合国力的表现，太空将成为继陆地、海洋、空间之后，人类探索的第四生存空间。"

"如果没有卫星，我们就打不了电话，上不了网，汽车的GPS也不干活，无法知道天气变化……"叶培建随后又直截了当地谈起了我国航天卫星的重要意义。

人们不禁要问，月亮离我们有38万千米，为何我们要花这么大的力气去探测月球？除去科学意义之外，探月工程究竟会给百姓的日常生活带来哪些改变？叶培建将这些答案穿插在"'嫦娥'卫星与中国深空探测"的讲座中，让听众不经意地体味到科技的神奇魅力，并得知其与每个人的生活微妙相关。

2. 我国有望2013年独立探测火星

演讲中，叶培建透露，我国不仅有无人探测月球的一系列计划，还有希望在 2013 年对火星进行探测。

据叶培建透露,中国已经确定的探月工程计划分为三个阶段,一期工程为"绕",二期工程为"落",三期工程为"回"。已经发射的"嫦娥二号"卫星,将在距离月球 100 千米的轨道进行科学探测,并为"嫦娥三号"卫星的发射和着陆做准备。

"'嫦娥一号'成功发射,证明中国有能力独立进行火星探测。"叶培建说,"'嫦娥一号',已基本具备去火星的能力,火星距地球的距离是月球的 1 000 倍。按照中国目前的航天技术,探测火星完全可以实现。"

叶培建估计,独立完成火星探测所需资金,将少于"嫦娥一号"的投资。如果国家尽快立项,最佳的发射时间应该在 2013 年,此时火星和地球的距离最合适。如果错过,下一个发射时机将在 2016 年。

3. 他与航天事业有不解之缘

2010 年 10 月 1 日,随着"嫦娥二号"卫星的成功发射,叶培建这位从幕后被推到公众面前的中国航天人感慨地说:"人们不会忘记,从 20 世纪 50 年代末至今,人类月球探测的脚步从未停止。这是中国对遥远月球展开探测的重大进展,也是中国航天走向深空的重大进展。"

据了解,高中毕业时,叶培建的各门功课都很优秀。在填写大学志愿时,他受父亲的影响,分别填报了北京航空学院、南京航空学院,然而他却意外地被浙江大学录取了。然而,令叶培建没有想到的是,毕业当年,他还是被分配去搞航天。叶培建风趣地说:"这是缘分!"

1968 年,毕业于浙大无线电系的叶培建,被分配到航天部卫星总装厂任技术员。从此,与航天事业结下了不解之缘。

1978 年,全国恢复研究生考试。叶培建凭借扎实的理论功底,成功考取了瑞士的研究生。"那时绝大部分人都希望我去美国读书,但我听从了我国'863'计划倡议者、卫星研制的开创人之一杨嘉墀先生的建议,改学法语去瑞士学习。"1980 年 7 月,叶培建远赴瑞士纳沙泰尔大学理学院微技术研究所留学深造。这为他日后的航天事业打下了坚实的基础。

4. 叶培建、饶炜为本报题词

"《信息日报》,哦,知道,知道……"当叶培建院士讲学结束时,记者将今年 10 月 8 日刊发有《"嫦娥二号"轨道一次修正到位——多名航天专家为本报读者解读我国第二颗探月卫星》报道的报纸送到他的面前。叶培建院士拿着这份《信息日报》,饶有兴趣地看了起来。当看到他向记者介绍"嫦娥二号"的有关内容时,他看得很仔细,还用笔在文字下画起了线条。

随后,叶培建院士为本报欣然题词——"传播主流信息,引导正确舆论"。此时,陪同叶培建来昌讲学的"嫦娥二号"卫星副总设计师、江西籍老乡饶炜也为本报题词——"祝家乡《信息日报》越办越好!"

原载 2010 年 11 月 27 日《信息日报》

46. 仰望星空去探索　脚踏实地干航天
——叶培建院士寄语四川航天科技工作者

杨艳华

本报讯 人类为什么要发展航天事业,进行深空探测?"嫦娥一号"卫星经历了怎样的研制历程、取得了哪些主要技术成就?"嫦娥一号"卫星团队是拥有怎样精神的一个团队?我国深空探测工程的前景如何?

12 月 13 日上午,中国科学院院士、"嫦娥一号"总设计师兼总指挥叶培建应邀做客"四川航天名家大讲堂",与四川航天青年科技工作者面对面交流,以"嫦娥卫星与中国深空探测"的精彩专题讲座深度解读以上问题。

在两个多小时的讲授中,叶培建院士介绍了近 50 年来国际深空探测的历史及未来 20 年该领域的国际发展趋势,阐释了人类发展航天事业、中国发展航天事业的重大意义;重点介绍了我国深空探测探月工程的一、二、三期规划,一期的科学目标、工程目标,"嫦娥一号"卫星的基本情况、研制历程和主要技术成就;展望了我国未来深空探测的长远前景。并结合"嫦娥一号"工程为后续深空探测奠定的人才基础,讲解了"嫦娥一号"团队的精神内涵。

叶院士幽默风趣、极具感染力的讲授传达出一个航天人对所从事事业的骄傲。一位科技工作者深挚的爱国情怀，一位科学家严谨务实的治学精神，一位长者对后生的无私帮助和支持，令听者动容。

在互动环节，叶培建院士与青年科技工作者进行了问答交流。对大家的踊跃提问，他一一作答。

"航天人是普通人又是特殊人，航天人必须讲航天精神""要学习老一辈航天人的精神""要甘于从小事做起""航天这个舞台能演大戏，但必须耐得住寂寞"……面对年轻人渴望成长、成才的困惑，叶院士发自肺腑的话语耐人寻味，会场响起了阵阵掌声。

讲座结束时，应航天七院盛情邀请，叶培建院士欣然提笔，寄语四川航天科技工作者"仰望星空去探索，脚踏实地干航天"。

院党委副书记张兴敏，院长助理兼人力资源部部长彭明军，院本部相关部门负责人，研究发展部、质量技术部、航天工程部全体人员，七部、7102厂、7105厂、7111厂、7304厂、万欣公司分管科研工作的负责人及青年科技工作者代表共140多人聆听了讲座。

原载 2010年12月15日《四川航天报》第35期 总第1039期

47. 叶培建：为了那片深邃的天空

郑玉婷

"我想做的、所做的，都是为了那片深邃的天空，都是为了祖国的航天之梦。"

人物简介：

叶培建，全国政协委员，我国著名空间飞行器总体、信息处理专家，中国科学院院士。现任中国空间技术研究院"嫦娥三号""嫦娥五号"总设计师顾问、总指挥顾问。在卫星设计领域，他主持制定我国第一代传输型对地观测卫星总体方案及各个分系统的设计，还制定了我国月球探测卫星技术方案。在航天计算机应用领域，他参与开发并基本建成了卫星与飞船设计的数据库、应用软件包和制造的计算机网络环境，在卫星研制中发挥了重要作用。

走在路上

"神舟九号"载人飞船成功翱翔!世界的目光又一次聚焦东方。一次次的成功,把默默奉献的中国航天人从幕后推到了公众的面前。中国航天的下一步——探月工程更成了人们关注的焦点。

作为"嫦娥"工程月球探测卫星的总设计师、总顾问,全国政协委员、中国科学院院士叶培建备受瞩目:62岁的他曾带领着一支平均年龄不到30岁的研制队伍,用短短3年的时间完成了"嫦娥一号"卫星的研制,书写了中国航天器研制历史上的传奇。如今,现任"嫦娥三号""嫦娥五号"总设计师顾问的他,又随着中国的航天事业一起,开始了新的里程。

在接受记者采访时,他总会提及"老本行",一边普及航天知识,一边不停地用手边的茶杯、手机和钢笔摆出造型,模拟出新一代月球车着陆场景……而他的故事也徐徐展开。

1. 良缘巧遇航天路

20世纪50年代的西子湖畔一所部队小学校里,有一个不起眼儿的小男孩,他叫叶培建,40年过去以后,这个不起眼的小男孩已经成为一名出色的卫星专家。

用叶培建自己的话说,他孩提时代,跑不快,跳不高,和小朋友在一起玩"官兵抓强盗"的游戏时,总是排不上"大王"和"二王",甚至"三王"都排不上,只配当小兵。上中学时就大不一样了,学习成绩跑在最前面。高中毕业时他的各门功课都很优秀,在填写大学志愿时,他接受了军人父亲的教诲。"当时,父亲十分严肃地对我说:'国家正处于建设时期,很需要理工科人才。'而我想搞飞机专业,因此填报了北航、南航等大学,然而却意外地被浙江大学录取了。"但让叶培建自己也没想到的是,毕业时还是被分配搞航天专业,他说:"这就是缘分!"

1978年,国门刚刚打开,叶培建产生了继续深造的愿望,他渴望着再读一次书。就在这一年,他考上了中国计量科学研究院和502所两个专业的研究生,后来又通过了出国资格外语考试,赴瑞士纳沙泰尔大学微技术研究所读博士研究生。

叶培建骨子里有着与生俱来的中华情结,异国的环境、异样的风情并不能深深地吸引他。他从不去酒吧，偶尔打打乒乓球，也不大看电影，他把周末的时间都用于看书和工作。有人问他为什么要这样下功夫，他说："中国那么多人，而派我出来学习，已经为我付出了很多，我知道肩上的担子有多重，我应该努力，为国家做些事情。"因为怀着一颗"知识报国"的心，叶培建在 1985 年获得科学博士学位之后，立刻飞回到祖国的怀抱。

回国后，叶培建马上参与了"火车红外热轴探测系统"的开发工作，为铁路运输系统提供现代化的设备，这在当时是一个开创性的科技项目。在这个项目中，他确定了轴承滚动和滑动的模式区别方法，并且编写出软件，当时的研究条件很差，他和技术人员一起背着各种仪器搭乘火车，在晋煤外运的线路上，一站一站地采集数据，修正模型。没有信息网络，就利用铁路电话线传输数据构成系统。后来这个项目为我国铁路运输业的长足发展做出了重大贡献，创造了可喜的经济效益。1989 年，"HBDS-1 型第二代车辆热轴探测系统"获得了部级科技进步一等奖。

叶培建是一名出色的科技专家，他的智慧令人折服，但人们不知道他还有另外一个角色——商人。他是我国卫星应用领域里"第一个吃螃蟹的人"，他利用卫星做股票交易，取得了显著的市场经济效益和良好的社会效益。

1995 年，叶培建作为技术负责人参加了深圳股票 VSAT 网的设计，这是卫星应用技术的一个开拓性项目，有着不可预计的发展潜力和丰厚的利润。为了留住这棵"摇钱树"，深圳证券交易所想以 40 万元的年薪聘请他，却被他婉言谢绝。面对 2 000 多元的月收入和年薪 40 万元的巨大差距，他真的做到了心如止水，平静如常。中国空间技术研究院原常务副院长李祖洪经常对年轻人说："你们这叶总啊，如果不是为了让卫星上天，早就是腰缠万贯的百万富翁了。"

2. 爱上"第一"的卫星总师

1992 年，叶培建任"中国资源二号"卫星有效载荷副总师，开始了他领导卫星研制工程的历史。1995 年，他担任了"中国资源二号"卫星的总师兼总指挥。

"中国资源二号"卫星属传输型对地观测卫星，在我国国民经济各行业的

发展中具有广泛作用。这颗卫星的技术起点高、研制难度大。用全国政协委员、航天科技集团公司总经理马兴瑞的话说,在我国已有的卫星中,这颗星是"最大、最重的星,具有最高的分辨率、最快的传输速率、最高的姿态精度、最大的存储量"。叶培建凭着扎实深厚的理论功底和不耻下问的精神,很短时间内就进入了状态。

从此以后,在两院院士闵桂荣的带领下,叶培建的这支队伍开创了好几个第一——这颗"星"第一个实现了星地一体化设计,这意味着在卫星研制中不仅要对星体本身的技术负责,还要对地面应用系统的集成技术负责;这颗卫星是第一个进驻北京唐家岭航天城的"星",因此他们这支研制队伍成为中国空间技术研究院实体化改革以及 AIT 一体化的第一批实践者。

在卫星型号研制管理过程中,他是第一个实践把电测与总体分开的总师,为测试队伍专业化打下了基础。他又第一个提出在卫星进入发射场前要进行整星可靠性增长试验,把问题彻底解决在地面。

这诸多的"第一"实践充满艰辛,这些难度的跨越无疑是对他的能力和水平进行了一次又一次的考验。2000 年 9 月,"中国资源二号"卫星发射圆满成功,并按时在轨移交,至今发挥了重大作用,得到了用户和上级的好评。2001 年,这颗卫星被评为国防科工委科技进步一等奖。

作为卫星总设计师和总指挥,叶培建对卫星研制技术工作要求精益求精,抓大也抓小,甚至细化到卫星的各级技术状态。集团公司质量部的人员说:"中国资源二号"卫星的质量透明度是最高的。他经常说的一句话是:"人家是一个脑袋两只手,我们也是一个脑袋两只手,人家能干成的事,我们也一定能做到!"

作为"两总"的叶培建,对队伍的管理以严格著称,了解他的人都知道,他说话办事从来都是直来直去。每天他总是提前半小时到办公室,把一天的工作按顺序列出;每逢节假日,他总是要到试验现场转一转,2000 年的"五一"节七天假,他和试验队一起加了五天班。

3. "捕风捉影"的专家

叶培建与"嫦娥"的缘分起始于 2001 年。当时国防科工委找到已经"功成名就"的他,要求他担任"嫦娥一号"卫星的总指挥和总设计师,可他并没有一口答应。他说:"当时手上有两个大的项目正在进行,工作压力很大,再加上夫人刚刚去世,心情也不是很好。"不过,犹豫再三之后,他还是决定出马:"有一个机会作为深空探测的领军人物,很难得。"

可机遇往往与挑战并存。对叶培建来说,挑战越大,动力也就越大。"过去卫星在地球附近飞,只有一个轨道,现在要让卫星从地球飞到月球,完全是两个概念。"三年内要设计出一个全新的航天器,步步都是困难。拿轨道来说,三个轨道如何拼接?仅验证就进行了三轮,当最后一轮国防科技大学等三家单位分头计算出来的结果一致时,他才放下心来。

叶培建并没有将成功和荣誉全部揽下,他常说:"你想要吃好馒头,就要从种麦子抓起。"他口中的"麦子"就是人才。他可以如数家珍般地说出他手下每个队员的特长、爱好和有趣的故事。荣誉来临的时候,他总是极力推荐身边的年轻人。

在技术攻关的同时,叶培建还要带领他的"年轻"团队完成另一项重任:"捕风捉影"——对各种设备的性能周而复始地检测。他经常鼓励大家:"我们脑子里存在的问题,可能都想到了,但是不是还有没有想到的问题呢?我认为可怕之处就在这里。"

全世界深空探测,发射航天器200多次,但是成功的只有50%左右。叶培建说,我国卫星发射的成功率很高,但是在做万无一失努力的同时,他们时刻提醒着自己"就怕万一"的出现。"对于其他型号出现过的问题,'嫦娥一号''嫦娥二号'卫星项目都自动对号,认真举一反三,绝不轻易地说'没有'。"叶培建回忆说,"嫦娥一号"卫星总装时,他们提出对发动机安装情况进行复查,结果真发现了问题,消除了一个重大隐患。

在为"嫦娥"奋战的几年里,叶培建和他的团队几乎没休过一个节假日。他笑着说:"有一年除夕夜,我宣布10点钟下班,大家都很惊诧——今天下班怎么这么早?"

4. "为民请命"的政协委员

在今年的"两会"上,叶培建向记者透露说,"嫦娥三号"研制工作进展顺利,有望于2013年如期发射。

走在路上

"嫦娥三号"和"嫦娥一号""嫦娥二号"都不一样,它是带"腿"的飞行器,并将搭载中国首个月球车。"嫦娥三号"在月球表面着陆后,着陆器将把月球车释放出来,月球车将在月球上行走,要克服很多难题。叶培建说:"它要会认路,不能掉到大坑里,不太大的坑也要爬得过去。小的石头要爬过去,大的石头要绕过去。"月球车除了安装有导航系统与识别系统外,也要靠地面的支持,技术人员在地面要能控制月球车的动作。

"嫦娥三号"要在突破这些技术难关后才能完成发射任务。中国已经确定的探月工程计划,分为三个阶段:一期工程为"绕",即绕月探测;二期工程为"落",即实施月球软着陆和自动巡视勘察;三期工程为"回",即实现月球样品采样后自动返回。"嫦娥三号""嫦娥四号"是二期工程的重要内容。

谈带"腿"的月球车、分析技术难题、展望"嫦娥奔月"后续任务……作为一名科技工作者,叶培建不仅专注于航天领域,对政治协商、民主监督、参政议政也有着独特的认识。

前几年,叶培建提交的提案大部分是民生问题,有关于医患关系的,还有关于教育问题的。而在今年,他的提案换了一个方向,那就是如何提高"全民的国防意识"。因为在他看来,国防是一切改革发展的基石。不能把民生问题与国防建设对立起来,民生工程与国防建设应该协调发展。

有人抱怨说:为什么把钱拿来搞"上天"工程啊,拿来给我们发工资多好啊。但是叶培建这样回答:"吃得再好,穿得再好,没有国防也不行。20世纪60年代,我们那么困难,吃不饱。陈毅同志讲,勒紧裤腰带,卖了裤子也要搞,搞了'两弹一星'。如果当时我们没有这么吃苦,去建设强大的国防,我们就不可能有这几十年改革的环境和条件。"

作为一名科技工作者,任务重、工作忙,作为一位政协委员,责任重大,记者十分好奇,叶培建是如何处理两者之间的矛盾的。对此,他认为并不"矛盾":"一个是具体工作,实践建设创新型国家这个目标,一个是在更广泛、更高层面上的参政议政、建言献策,当两者相互结合时,会有许多意外的惊喜。总的说来,我想做的、所做的,都是为了那片深邃的天空,都是为了祖国的航天之梦。"

"就像放卫星一样,作为政协委员建言献策不能毫无目标,想说什么就说什么,一定要把好中国特色社会主义大方向,围绕中心工作,头脑清醒,不能偏离航向。"叶培建说,提案要有质量,就需要关注最主要、最急需的话题,并进行充分调研,而且涉及面不要太广,要易于落实,而且要抓重点,一事一议,为国家的经济发展、为中国航天做出应有的贡献。

原载 2012年《中国政协》第12期 总171期

48. 爱国敬业航天专家叶培建

叶培建,男,1945年1月出生,江苏泰州市人,中共党员,中国科学院院士,绕月探测工程、"嫦娥一号"卫星系统总指挥兼总设计师。现任中国空间技术研究院研究员,主要从事卫星设计和信息处理研究工作。

诚挚的爱国情怀

高中毕业时叶培建的各门功课都很优秀,在填写大学志愿时,身为军人的父亲说:国家正处于建设时期,很需要理工科人才。而他想搞飞机专业,因此他填报了北航、南航等大学,然而却意外地被浙江大学录取了,但毕业时竟又被分配到航天部卫星总装厂,从此与航天事业结下了不解之缘。

1978年,国门刚刚打开,就撩拨起他继续深造的欲望,他太渴望再读一次书。就在这一年,他考上了中国计量科学研究院和502所两个专业的研究生,后来又通过了出国资格外语考试,赴瑞士纳沙泰尔大学微技术研究所读博士研究生。

在攻读博士学位时,研究所每半天有15分钟的休息时间,因为大家都在这个时间喝咖啡而被称为"咖啡时间",这个时间也成为叶培建对各国同事宣传中国的时间。

20世纪70年代末,中国已进入了改革开放时期,可是一提起中国,在西方人的概念里还是"男人留着长辫子、女人裹着小脚"的样子。叶培建庆幸自己有着博览群书的优势,他教同事们讲中文;向他们讲源远流长的中国历史,讲斑斓多彩的中国文化,讲美丽神秘的西藏,字字句句充满了对祖国的热爱。

有一次还被邀请到了瑞士一个协会为公众专题讲中国的西藏,那次演讲纠正了不少人原先对中国的错误概念。

他出国后有人议论:小叶出身干部家庭,父亲在"文化大革命"中被迫害致死,夫人也已出国,他不会回来了。但五年后的1985年8月,他刚刚完成学业,就踏上了祖国的热土。他说他要把自己所学尽快用在中国的建设事业上。

他出国后所想的就是为祖国的强盛做贡献。异国的环境、异样的风情成为他骨子里与生俱来的中华情结的最好背景。瑞士一家报纸曾写过他的专访。报道中说:他从不去酒吧,偶尔打打乒乓球。他说他不喜欢酒吧的气氛,也不大看电影,他把周末的时间都用于看书和工作。记者问他:"为什么要这样下功夫?"他说:"中国那么多人,而派我出来学习,已经为我付出了很多,我知道肩上的担子有多重,我应该努力,为国家做些事情。"

回国后他先是在北京控制工程研究所工作,马上参加了"火车红外热轴探测系统"的开发,为铁路运输提供现代化的设备。当时的条件很差,他和技术人员一起背着仪器乘火车,在晋煤外运的线路上,一站一站地采集数据,修正模型。没有信息网络就利用铁路电话线传输数据构成系统。后来这个项目成为北京控制工程研究所的拳头产品,创造了可喜的经济效益。

1995年,他作为技术负责人参加了深圳股票VAST网的设计,这是卫星应用技术的一个开拓性项目,因此他成为我国卫星应用领域里"第一个吃螃蟹的人"。利用卫星做股票交易,这个项目取得了显著的经济效益和社会效益。"深圳证券卫星通信双向网"1997年获部级科技进步一等奖。深交所曾以年薪40万元的高薪聘请他,却被他谢绝了。叶培建说:"我们家三个兄妹中,我虽然收入最低,但学历最高。"当时,面对月收入2 000多元和年薪40万元的数字之差,他平静如水,他心里装着的只有祖国的航天事业。

严谨的治学态度

1993年,叶培建任"中国资源二号"卫星有效载荷副总师,开始了他领导卫星研制工程的历史。1996年,他担任了"中国资源二号"卫星的总师兼总指挥。"中国资源二号"卫星属于传输型对地观测卫星,在我国国民经济各行业的发展中有其广泛的作用。这颗卫星的技术起点高、研制难度大。用航天科技集团公司马兴瑞副总经理的话说,在我国已有的卫星中,这颗星是"最大、最重的星,具有最高的分辨率、最快的传输速率、最高的姿态精度、最大的存储量"。他凭着扎实深厚的理论功底和不耻下问的精神,很快就进入了状态。从此以后,在两院院士闵桂荣的带领下,他们开创了好几个"第一"。

这颗星第一个实现了星地一体化设计,这意味着在卫星研制中不仅要对星体本身的技术负责,还要对地面应用系统的集成技术负责;这颗卫星还第一个进驻北京唐家岭航天城,因此研制队伍成为中国空间技术研究院实体化改革以及 AIT 一体化的第一批实践者。在卫星型号研制管理过程中,他是第一个实践把电测与总体分开的总师,为测试队伍专业化打下了基础。他又第一个提出在卫星进入发射场前要进行整星可靠性增长试验,把问题彻底解决在地面。

这诸多的"第一"实践充满艰辛,这些难度的跨越无疑是对他能力和水平进行了一次又一次的考验。2000 年 9 月,"中国资源二号"卫星发射圆满成功,并按时在轨移交,至今发挥了重大作用,得到了用户和上级的好评。这颗卫星被授予国防科工委科技进步一等奖。

作为总师,他对卫星研制技术工作要求精益求精,抓大也抓小,甚至细化到卫星的各级技术状态。他常说:对质量问题就是要"捕风捉影",才能亡羊补牢。叶培建回忆了"神舟三号"发射前的一件事。当时,"神舟三号"已经运抵发射中心,即将发射。但工作人员却发现一个插头有点问题。"这在任何一个行业都是一个基本可以忽略不计的小问题,但在航天上却不行。"尽管有人建议,为了保证发射,只要更换插头就行。但"神舟三号"最终被运回了北京拆卸检查,并重新生产了一批零件进行更换。

叶培建说,他们曾经为了一次极其偶然的现象做了 7 000 次实验,就是为了确保这种现象不会发生。"航天精神就是要一丝不苟。"据叶培建院士介绍,我国的航天着陆场设计了 100 千米,但"神舟五号"着陆偏差 10 千米,"神舟六号"的着陆偏差只有 1 千米。叶培建经常说的一句话是:"人家是一个脑

袋两只手,我们也是一个脑袋两只手,人家能干成的事,我们也一定能做到!"

看书多是他最突出的特长,而记忆力好可以算是由此而引申出的一个特点。他的家中藏书近千册,尤爱读史书和人物传记,《二十五史》《百科全书》这样大部头的书他存有上百部。读史令人明智,也许正是史书客观写实的一面,培养了他实事求是的人生态度,一直影响到他的为人处世。

崇高的敬业精神

叶培建先后主持制定了我国第一代传输型对地观测卫星总体方案及各个分系统的设计,优化卫星总体方案,组织领导并参与攻克7项技术难关。主持并制定了电测、力学、噪声、EMC、热平衡与热真空等大型试验方案,组织了全部工程实施,保证了卫星有很高的技术指标。主持修订了后续两颗卫星的改进方案,提高了卫星性能和水平,已实现了双星组网运行。主持制定了我国月球探测卫星技术方案。在航天计算机应用领域,参与开发并基本建成了卫星与飞船设计的数据库、应用软件包和制造的计算机网络环境,在卫星研制中发挥了重要作用。

作为"嫦娥一号"探月卫星的总设计师、总指挥,叶培建说他是2001年10月开始介入探月工程工作的。"那时还管着'中国资源二号'卫星。2002年春节前后,我们拿出了一个比较完整的方案,2004年春节期间,这个项目得到批准。从2002年春节开展工作,到2004年春节后立项,这两年的时间,我们一直马不停蹄,通过大量细致的工作,完成了电性星、结构星、热控星攻关技术以及专项试验等等,2005年10月,开始进入正样星研制阶段。"

叶培建至今还工作在科研一线,他说:"搞科研就要有独特的思维方式,归纳起来就是严、细、慎、实。我在后面还要加一句,就是追求极致。"

他解释说:"'极致'就是一种追求、一种理念,是目标。航天是个高技术、高风险的领域,每个细节都要想到,做出最大的努力,在做出了全部努力之后,即使失败了也不后悔,鼓足干劲再努力。'嫦娥一号'卫星是一个全新的航天器,仅用三年多的时间就圆满完成了任务,自发射至今未发生一个问题,是我们更严、更细、更慎、更实地按集团公司和五院的要求开展相关工作,并争取把一切该做的做到'极致'的结果。"

"思得壮士翻白日，光照万里销我之沉忧。"叶培建作为航天技术专家，深感肩上担子的分量，他已经把身心融入祖国的命脉之中，他要以自己的忠诚为泱泱中华的神采着色！

原载 2012年4月《泰州英模人物事迹选编》

49. 家乡变化真大！
——王德滋、常印佛、叶培建院士回乡参观侧记

蒋 凯 王姝文

昨天上午，中国科学院院士、岩石学家、南京大学教授王德滋，中国科学院院士、中国工程院院士、矿床地质学家和矿产地质勘察专家常印佛，中国科学院院士、"嫦娥一号"探月卫星总设计师兼总指挥叶培建，参观了我市"三馆"和宣堡古银杏森林公园，副市长杨晋安陪同。

在"三馆"内，三位院士站在泰兴古城原址布局前仔细研究，试图寻找当年自己的住处所在地和熟悉的街道、建筑旧址。"我家那时候就住在这里，小时候最喜欢在城墙边上转上一圈，然后爬到望江楼上玩。"常印佛指着布局图上的一处陷入了对儿时的回忆。"这些年家乡发展得很快，变化很大。"常院士由衷感慨地说。

市"三馆"集名人馆、博物馆、城市规划展示馆三馆为一体，展示了我市的文化底蕴和城市特色，浓缩历史，突出典型，展现现代，描绘未来，让院士们重拾儿时的记忆，体味家乡建设成就与发展规划蓝图。

在名人馆里，作为"嫦娥一号"探月卫星总设计师兼总指挥的叶培建院士介绍了当时"嫦娥一号"的运行情况和技术概况。"这是一位很有发展前景的年轻人。"叶院士指着旁边的一幅照片，向记者介绍起天文学家常进。叶院士说，宇宙中存在很多暗物质和暗能量，常进是目前全世界找到暗物质最接近的人之一，他现在是国家暗物质探测卫星的首席科学家。

"王德滋，泰兴县城人，中国科学院院士，曾任中国岩石学主要学科带头

人之一……""常印佛,泰兴县城人,中国科学院院士,中国工程院院士,矿床地质学家和矿产地质勘查专家……""叶培建,原泰兴胡庄镇人,中国空间科学与深空探测领域首席专家……"当三位院士看到墙壁上贴着自己的照片和简介时感到非常意外和感动。

"真是了不起、真是了不起!"在观看气势恢宏的全景数字沙盘之后,三位院士发出了连声赞叹。在文化博览中心多功能厅,三位院士观看了音乐风光片《在那银杏飘香的地方》。片中展示的泰兴风光,不仅为三位院士讲述了浓浓的情怀,更让他们感受到了家乡的巨变。

"公园绵延千米的银杏树组成了'世界绝无、中国仅有'的原生态森林风貌,犹如华盖云集,四季景色各有千秋:春季嫩枝吐翠,一片葱绿;夏季郁郁葱葱,浓荫蔽日;秋天金果累累,满园飘香;寒冬虬枝傲天,迎风斗雪。"三位院士来到宣堡古银杏森林公园,边听讲解边享受"自然氧吧"带来的舒适。

"没想到泰兴还有这么好的地方!"王德滋院士希望泰兴能够将银杏这张名片做大、做强。他表示,将利用自身的有利资源,为银杏产业的研究和发展提供坚强的技术支撑,争取将泰兴的银杏森林公园打造成全国生态文明建设的标志。

在参观过程中,叶培建院士回忆道:"小时候我家周围就有很多银杏树,我家里还有一张照片就是当时在宣堡照相馆拍的,那时我们到宣堡都是从根思李秀河走过来,然后再走回去。""现在这边的变化很大,道路、绿化都很有气魄。"叶院士说。

"佳木葱茏、秀实满枝、树龄冠世、利在养生。"参观结束后,三位院士提笔写下了四句话,赞美宣堡古银杏森林公园。

原载 2013年4月17日《泰兴日报》

50. 叶培建应邀作航天科普报告

周 冰

本报讯(记者周冰)昨天下午,"科学与中国"院士专家巡讲团泰兴院士报告会在省泰兴中学举行，中科院院士、"嫦娥一号"探月卫星总设计师兼总指挥叶培建以讲座、交流的形式近距离地为1 800多名乡镇、企业及学校科研爱好者作了一场精彩的科普报告。市人大常委会副主任、省泰兴中学校长王中先，副市长蒋如宏出席报告会。

据了解，"科学与中国"院士专家巡讲团活动由中国科学院、中共中央宣传部、教育部、科学技术部、中国工程院和中国科学技术协会共同筹划并组织，通过科普讲座的形式，在院士、专家与社会公众之间搭建沟通交流平台，使科学家有机会将先进的科学技术知识和科学文化理念传播给社会公众。

在讲授过程中，叶培建运用实例，从"航天育种研究""太空能源利用""我国航天发展轨迹""各国宇宙资源开发"等方面进行了讲解分析。

"从1970年4月24日我国成功发射第一颗人造地球卫星'东方红一号'至今，我国共研制和发射了150多个空间飞行器，并在载人航天、通信广播、对地观测、返回等领域取得了一系列成绩，中国空间事业实现了从无到有、从试验阶段到应用的跨越，取得了举世瞩目的成就。"叶培建介绍。

"叶院士说，完成从航天大国向航天强国的转变，还需要经过一两代人的努力。听到这里，我觉得更加需要刻苦学习，肩挑起祖国未来的发展重担，为祖国的未来而努力。"听完报告，泰兴中学学生梅玥昕激动地说。

市航联电连接器有限公司科研人员张军表示："航天人一丝不苟、刻苦钻研的精神令我深受感动。作为一名科研人员，今后将立足本职，做好科研项目开发，为企业发展贡献力量。"

原载　2013年4月17日《泰兴日报》

51. "嫦娥之父"叶培建

叶培建，1945年1月出生于江苏泰兴，1962年毕业于湖州中学，1967年毕业于浙江大学无线电系，1985年在瑞士纳沙泰尔大学获科学博士学位。现任中国空间技术研究院研究员。主要从事卫星总体设计和信息处理研究工作。

1. 命中注定的航天专家

1945年1月,叶培建出生在泰兴一个军人家庭。1946年,苏中七战七捷的第一仗——宣堡战斗打响。叶培建的父母随部队北撤时,将不足一周岁的他送到根思乡李秀河村的外婆家。1951年,叶培建在李秀河村小学开始接受启蒙教育。一年后,父亲抗美援朝回来,叶培建开始跟父亲"转战四海"。"部队到哪儿我到哪儿,所以我在南京、杭州、湖州都上过学。"

"大军渡江前夕,领导让我回家看看孩子。"在南京市栖霞区一栋老式住宅楼里,军人出身的叶培建母亲周忠秀快人快语。从1964年起,他们在这里住了将近50年。

"到家时天已经黑了,那时家里穷啊,妈妈把家里的100斤麸皮拿出去换了点白面,给我包馄饨吃。"周忠秀说,"从生下来不久就没见过,小家伙认生,又很倔强,怎么也不肯叫妈妈。我急了,就用皮带抽,他还是不叫。"叶妈妈的一丝苦笑中,透着无限怜爱。

"小时候跑不快,跳不高,和小朋友在一起玩'官兵抓强盗'的游戏时,总是排不上'大王'和'二王',只配当'小兵'。上中学时就大不一样了,学习成绩总是跑在最前面。"叶培建这样回忆自己的童年。他仅用两年时间就读完了初中的全部课程,被学校保送到浙江省湖州中学,这是全省乃至在全国都算一流的中学。

高中毕业时,他的各门功课都很优秀,在填写大学志愿时,他填报了北航、南航等大学,然而却意外地被浙江大学录取了,后来才知道,这是因为当年浙江省把省内很多优秀的学生留了下来。

1962年夏,叶培建考取浙江大学无线电系,从湖州又回到了阔别四年的杭州。"记得是乘汽车去的,在武林门长途汽车站一下车,见到红绿灯,顿时感到来到了大城市(湖州那时还没有公共汽车)。到浙大二分部报到,第一年的学习特别紧张。那年国民经济刚刚从困难时期稍有好转,学生的生活仍比较艰苦,吃上一顿黄豆炖猪脚就是大餐了。当时年轻,菜又油水少,吃饭自然多,我们班吃干饭的纪录就是我创造的,一顿吃了16两制的28两,一直无人打破此纪录,恐怕今后也不会有人能破了。"

叶培建回忆说,"记得放寒假时,我还把学校发的半斤肉票买了肉带回湖州去。"

浙大毕业的时候,还是分配搞航天。他说:"这是缘分!"

2. 与卫星的不解之缘

毕业时,叶培建被分配到航天部卫星总装厂,从此与航天事业结下了不解之缘。叶培建是一个真正做学问的人,他的认真与执着,瑞士一家报纸上曾有所反映:他从不去酒吧,他说他不喜欢酒吧的气氛,也不太看电影,他把周末的休息时间都用在了学习和工作上。

作为"嫦娥一号"探月卫星的总设计师、总指挥,叶培建说他是2001年10月开始介入探月工程的,"从2002年春节开展工作,到2004年春节后立项,这两年的时间,我们马不停蹄,通过大量细致的工作,完成了电性星、结构星、热控星、攻关技术以及专项试验等,2005年10月,开始进入正样星研制阶段"。

他曾经牵头设计卫星通信双向网络,实现了我国股市交易与国际股市的同步。

3. 心贴祖国的科学博士

1978年,国门刚刚打开,就在这一年,他考上了中国计量科学研究院和502所两个专业的研究生,后来又通过了出国资格外语考试,赴瑞士纳沙泰尔大学微技术研究所读博士研究生。

瑞士的景致很美,瑞士的山高雪白,但这些都不能分散他读书的兴趣,他是一个要做学问的人。当时国外还不承认我国的大学文凭,他用很短的时间就通过了同等资格考试,获得了博士生资格。1985年,他获得了纳沙泰尔大学的科学博士学位,论文题目是"手写中文的计算机实时自动识别"。

在攻读博士学位时,研究所每半天有15分钟的休息时间,因为大家都在这个时间喝咖啡而被称为"咖啡时间",这个时间也成了叶培建对各国同事宣传中国的时间。他教同事们讲中文,向他们讲源远流长的中国历史,讲斑斓多彩的中国文化,字字句句充满了对祖国的热爱。有一次他还被邀请到瑞士

一个协会为公众专题讲中国的西藏,那次演讲纠正了不少人原先对中国的错误概念。

他出国后有人议论:小叶出身干部家庭,父亲在"文化大革命"中被迫害致死,夫人也已出国,他不会回来了。但5年后的1985年8月,他刚刚完成学业,就踏上了祖国的土地。

4. 敢吃螃蟹的"知本"富翁

回国后他先是在502所工作,参加了"火车红外热轴探测系统"的开发,为铁路运输提供现代化的设备。当时的条件很差,他和技术人员一起背着仪器乘火车,在晋煤外运的线路上,一站一站地采集数据,修正模型。没有信息网络就利用铁路电话线传输数据构成系统。后来这个项目成为502所的拳头产品,创造了可喜的经济效益。

1995年,他作为技术负责人参加了深圳股票VSAT网的设计,这是卫星应用技术的一个开拓性项目,因此他成为我国卫星应用领域里"第一个吃螃蟹的人"。利用卫星做股票交易,这个项目取得了显著的经济效益和社会效益。"深圳证券卫星通信双向网"1997年获部级科技进步一等奖。深交所曾以年薪40万元的高薪聘请他,却被他谢绝了。"我们家三个兄妹中,我虽然收入最低,但学历最高。"当时,面对月收入2 000多元和年薪40万元的数字之差,他心如止水。

"培建的本色好,生活特别节俭。他工作后棉衣还打着补丁,衣服经常穿妻子厂里的工作服,理发也是妻子给他理……"叶妈妈说。

看书多是他最突出的特长,而记忆力好可以算是由此而延伸的一个特点了。他的家中藏书近千册,尤爱读史书和人物传记。《二十四史》《百科全书》这样大部头的书他存有上百部。读史使人明智,也许正是史书客观写实的一面,培养了他实事求是的人生态度,以致影响到他的为人处世。

超凡的记忆和流利的口才使他具有一副学者风范。作为中国科协高技术报告团成员,他经常把航天知识、卫星应用以及计算机知识向大众传播。他曾在北京市科委干部进修学院演讲6次。他给部队指战员讲,给贫困山区的干部和孩子们讲,而所有这些活动都安排在周日,因为他太忙,只能用自己的休息时间。

5. 爱上"第一"的卫星总师

1992年，叶培建任"中国资源二号"卫星有效载荷副总师，开始了他领导卫星研制工程的历史。1995年，他担任了"中国资源二号"卫星的总师兼总指挥。这颗卫星的技术起点高、研制难度大，在我国已有的卫星中，是最大、最重的星，具有最高的分辨率、最快的传输速率、最高的姿态精度、最大的存储量。他凭着扎实深厚的理论功底和不耻下问的精神，很短时间内就进入了状态。从此以后，在两院院士闵桂荣的带领下，他们开创了好几个"第一"。

这颗星第一个实现了星地一体化设计，这意味着在卫星研制中不仅要对星体本身的技术负责，还要对地面应用系统的集成技术负责；这颗卫星还第一个进驻北京唐家岭航天城，因此研制队伍成为中国空间技术研究院实体化改革以及AIT一体化的第一批实践者。

在卫星型号研制管理过程中，他是第一个实践把电测与总体分开的总师，为测试队伍专业化打下了基础。他又第一个提出在卫星进入发射场前要进行整星可靠性增长试验，把问题彻底解决在地面。

这诸多的"第一"实践充满艰辛，这些难度的跨越无疑是对他的能力和水平一次又一次的考验。

作为"两总"的叶培建，对队伍的管理以严格著称，了解他的人都知道，他说话办事从来都是直来直去。每天他总是提前半小时到办公室，把一天的工作按顺序列出；每逢节假日，他总是要到试验现场转一转，2000年的"五一"节，七天假期，他和试验队一起加了五天班。他注重队伍的精神状态，在试验队里开展了"温暖工程"。队员的个人需求，他都要尽力而为，为他们排忧解难。在靶场，他创造性地制定了一系列规定。为了强化"电测"这一关键工序，他编成"十好歌"在队员中广为传诵：思想状态精神好，岗位责任落实好，口令应答准确好，操作执行无误好……

执掌"嫦娥"那年，妻子去世。叶培建与"嫦娥"的缘分始于2001年。当时国防科工委找到已经"功成名就"的叶培建，要求他担任总指挥和总设

计师,可他并没有一口答应。"夫人刚刚去世,心情不是很好。"叶培建回忆说。但最后,他还是默默地把悲痛藏在心里,毅然接受了任命。

"也许,拼命工作是排解痛苦最好的办法。"叶培建说,"'嫦娥一号'卫星任务重、时间紧,加班加点是家常便饭,我们有时候晚上10点下班,同志们还说:'今天下班怎么这么早啊!'"

一天下午,加电测试发现异常,他们立即查找原因,直到凌晨。问题找到了,几个同志在试验台边的地上随便铺块海绵就睡着了,一晚没合眼的叶培建此时也就地和大家躺在了一起……

目前,"嫦娥三号"已经组装完成,开始最后测试,发射任务定于2013年下半年进行,中国将实现对地外天体的首次软着陆探测。叶培建说,"嫦娥三号"将是中国发射的第一个地外软着陆探测器和巡视器(月球车),并且是"阿波罗计划"结束后重返月球的第一个软着陆探测器,"将首次获得月球降落和巡视区的地形地貌和地质构造的相关数据"。

由于"嫦娥三号"是一个全新的飞行器,为了确保成功,除精心设计之外,还进行了大量的试验,验证其功能和环境适应能力。比如月球车除在室内月球模拟基地行走过外,还在特选的大沙漠中做过各项试验。"试验队是在前年国庆、中秋假期段完成沙漠试验的。"

6. "16字"自我要求

"我是新政协委员,今年是第一年,我对自己提出了16字要求:认真学习,把握方向,积极履职,富有特色。"这是叶培建的自勉。作为科技工作者任务重工作忙,同时作为政协委员责任重,但他认为这并不矛盾:一个是具体工作,实践建设创新型国家这个目标;一个是在更广泛、更高层面上的参政、建言献策。

今年的"两会"期间,他提出"政府和人民要像一家人居家过日子一样,大家抱成一团,共同面对困难",一颗赤子之心,跃然胸间,令人感佩而温暖。

7. 家乡的院士工作站

2010年5月19日,叶培建应邀考察了泰兴市航联电连接器有限公司,并欣然出任企业研发顾问。

泰兴航联是一家以电连接器为主要产品的军工企业，产品规格型号达3 800多个，具有体积小、密度高、防泄漏、屏蔽性能好、操作简单、科技含量高等优点，已成功运用于"神舟六号"载人飞船等重大航天项目。

叶培建院士仔细查看了航联的每一个工作流程，细化到设计、装配等环节。他反复强调，"质量"是军工企业和航空航天企业的生命线，稍有不慎，带来的不仅是几十个亿甚至上百亿的损失，还有损国家荣誉。

叶培建与泰兴航联签约，在航联建立院士工作站，为企业发展提供技术指导、组织技术攻关、引进院士团队技术成果。

为加快技术创新步伐，公司对900平方米的研发场地、办公室进行装修改造；投资150多万元，添置了数控车床、综合测试台等生产检测试验设备。同时，组建了以孙兵博士为主要成员的专家团队，按照专家所学专业和研发方向，结合培养企业人才的要求，配备企业科技人员，与专家组成"一对二"的专业技术小组。专家与企业科技人员"一对二"的结对方式，使"飞鸽"型人才与"永久"型人才有机结合。建站两年多来，积极开展比科技创新、比技术改革、比难题破译活动，提升了脱落式转换控制电连接器WKL-13微动开关电缆等四项技术。

全力攻克技术难题，提升自主创新成果转化能力。院士工作站建成以来，企业获得自有技术上升为高新技术产品6项。Y50系列圆形电连接器与同类产品相比，各项性能符合GJB101A-97标准要求，具有小型化、多功能、高可靠、高密度、抗干扰、耐环境等优势，市场需求大，发展前景较好，2011年实现单项销售3 700万元。微动开关电缆突破了水下密封、电气压接、整体防护和机械润滑四项关键技术。

两年多来，公司共申报专利20项，其中发明专利授权5项、实用新型专利15项，研发新品10个，解决重点技术难题7个，于2011年11月被省科技厅认定为"高新技术企业"。

院士工作站建立后，企业发展速度明显加快，特别是新产品产生的效益更为突出。2010年，企业新增销售3 050万元，新增利税862万元；

2011年，新增销售3 970万元，新增利税1 090万元；2012年产销利同比增长25%以上。

2013年1月，航联电连接器有限公司叶培建院士工作站被表彰为2011—2012年度全国"讲理想、比贡献"活动先进专家工作站。

8. 母亲——时刻的牵挂

"嫦娥"卫星在2007年10月24日18时05分发射，18时40分左右，叶培建母亲家的电话响起，这是在发射现场的叶培建打回来的。"第一步已经成功了，"叶培建告诉母亲，"明天我就飞回北京，您老放心！"

最近这些年，叶培建回家待的最长的一次还是1997年，一共只有四天时间。那次，叶培建母亲抑郁症突发，人事不省。叶培建匆匆忙忙赶回家。母子俩坐在家中对望，叶培建含着泪要母亲挺住："千万要好起来啊，家中不能没有你！"

"儿子孝顺，争气！"叶妈妈满脸自豪。但是，"老太太拄着拐棍走在路上，别人说你儿子又做了什么大事情，她总爱摆出一副不以为然的表情，其实心里美着呢！"保姆的话，道出了一个母亲对儿子由衷的自豪和骄傲。

原载　2013年4月12日《泰兴日报》

52. 化身而为叶培建
——对报告会的另一种感想

王　雨

如若不是盛情难却，我想我此刻当伫立于浙江大学内欣赏"手机卫星"。

虽是个小地方，但其发展速度实在令人叹为观止。闭上眼，童年中的旧景似乎还能在大脑中放映出。睁开眼，银杏还是多年前的挺拔——它似乎从未老去，矮屋寒舍却被时间这玄乎的魔法师施与了一种魔力。

汽车驶进了泰兴中学。此刻,午后。学校里很干净，事先必经过细致清洁的，这我自然是知道的。但我并不认为这是当摒弃的形式主义，最起码我能从中知晓校方的重视。

下了车,在老师的带领下,我走进了体育馆。坐定后,我看着眼前风华正茂的莘莘学子,一不小心甚至会以为我是他们中的一员。这样专心致志地凝视师长的模样,我也曾有过。

报告内容是早已构思好了的,似乎与往常所作并无不同。但许是嗅到这些孩子的求知欲,我不禁更敞开了几分心扉。于是便一发不可收,从多年前的往事到近日的潜心研究,那些焦虑与担忧,那些辉煌与成就,那些大胆的探索,那些忐忑的守候……奇怪的是,我说着这些,却仿佛说着上个世纪别人的故事。许是时间使然,一些真实的事情被回忆笼上云层雾幔,自己便是当事人,心境却终不是当时。

那些传奇般的经历,似乎将我神化了。但我本人却一直深切地感受着自己的平凡。

在互动阶段,一个高三的孩子告诉我他热爱航天业,心向往之而不知何去何从。看着这个颀长清瘦的男孩儿,似乎找回了青春的执着、倔强、好问、狂热,只是就像每一滴酒回不了最初的葡萄,我回不去年少。那么,"来吾道夫先路"!我告诉他,只要怀揣着一颗心,专业差便不成问题。看着他似有受益地坐下,我顿觉只要将航天精神传承下去,我便永远年轻。

其间,也有孩子问我为何放下名利,选择无私奉献,这个问题已被无数人问过,但于我而言,这实在算不上问题。也有孩子暖暖地对我说"辛苦了",心中泛起暖流的同时,我其实觉得醉于科学之中,能为中华之复兴出绵薄之力,不苦。真的不苦。要么不做,要做就做最大努力,争取最好结果。

"知我者谓我心忧,不知我者谓我何求。"

结束了。

走出体育馆,看着绯色夕阳里大步而行的莘莘学子,仿佛回到了时间彼岸,自己还是那个意气风发的少年。

航天精神总会有传承者。

于是,我便永远年轻。

原载　2013年5月2日泰兴中学报《求实》

53. 仰望星空　探索宇宙
——叶培建院士航空航天科普报告侧记

下午 2:30，泰中体育馆内座无虚席，叶培建院士伴着雷鸣般的掌声步入体育馆报告大厅。"什么是天空？人类为什么要去开发空间？""所谓天空，离地三尺，皆为天空……"报告伊始，叶培建院士掷地有声的话语将现场听众带入了神秘的太空世界。报告会的第一个题目是"人类为什么要开发太空"。叶院士说，一个国家，一个民族，必须有仰望星空的人。因为太空有五大资源：第一个是高位置资源；第二个是环境资源；第三个是物质资源；第四个资源是信息资源；第五个资源是体现国家综合实力。叶院士说："发展航天事业，不仅是对高位置资源、环境资源、能源及矿物资源、信息资源探索的需要，这种探索能力更是国家综合国力方面的宝贵资源，太空将成为继陆地、海洋、空间之后，人类探索的第四生存空间。"在讲授过程中，叶院士运用实例，用浅易生动的语言，就"航天育种研究""太空能源利用""各国宇宙资源开发"等方面进行了讲解分析。

随后，叶培建院士回顾了我国应用卫星的发展史，从"东方红一号"一直讲到"嫦娥二号""神舟七号"。叶院士说，我国的空间技术虽然起步较晚，但发展很快，现在技术已经在国际上位于先进。

"以 1970 年 4 月 24 日我国成功发射第一颗人造地球卫星'东方红一号'至今，我国共研制和发射了 150 多个空间飞行器，并在载人航天、通信广播、对地观测、返回等领域取得了一系列成绩，中国空间事业蓬勃发展，实现了从无到有、从试验阶段到应用的跨越，取得了举世瞩目的成就。"叶院士自豪地介绍。

最后，叶培建院士透露，今年下半年，我国将发射"嫦娥三号"卫星，它将落在月球上。鉴于月球上极寒和极热的气温，将首次使用核能技术，提供适宜的温度，保证卫星和仪器的正常使用。他还结合自身的工作情况，描绘我国深空探测的长远设想和技术途径。

叶培建院士用他那朴实的情感、诙谐幽默的语言,将整个报告会推向高潮。叶培建院士毅然放弃国外的优厚薪俸,义无反顾地投身到祖国的伟大建设事业中的精神,令人感动。他的这场精彩的报告会,不仅为故乡人民传播了月球探测的相关知识,更加激发了泰兴中学青年学子刻苦学习、报效祖国的雄心壮志。听完报告,梅玥昕同学激动地说:"完成从航天大国向航天强国的转变,还需要经过一两代人的努力。听到这里,我觉得更加需要刻苦学习,肩挑起祖国未来的发展重担,为祖国的未来而努力。"

原载　2013 年 5 月 2 日泰兴中学报《求实》

54. 三院士　泰中行

王德滋,1940 届校友。中国科学院院士、地质学家、岩石学家。1927 年 6 月出生于泰兴,曾任南京大学副校长、南京大学地学院院长、中国地质学会副理事长等。在我国首次提出次火山花岗岩概念。曾获国家科技进步一等奖。

常印佛,1946 届校友。中国科学院院士、中国工程院院士、矿床地质学家和矿产地质勘察专家。1931 年 7 月出生于泰兴,是我国仅有的 30 余位两院院士之一。曾获得国家科技进步特等奖,被评为"全国劳动模范""国家有突出贡献科技专家"。

叶培建,江苏泰兴人。中国科学院院士、信息处理专家、中国空间科学与深空探测领域首席专家,1945 年 1 月出生,是"中国资源二号"与"嫦娥一号"卫星总设计师兼总指挥,"嫦娥二号""嫦娥三号"总设计顾问兼总指挥顾问,院士科普与教育委员会委员。

三位院士,一场科普报告,一场师生座谈,从航天育种研究到太空能源利用,从我国地质资源勘探到未来能源开发图景,我校师生真正享受到了丰盛的学术盛宴。

4 月 16 日下午,叶培建院士在我校体育馆内以讲座、交流的形式近距离地为 1 800 多名乡镇、企业、学校科研爱好者及泰中部分学生作了一场精彩的

科普报告。市人大常委会副主任、校长王中先主持会议,副市长蒋如宏出席报告会。

当日下午3时,王德滋和常印佛两位院士也来到我校。在襟江书院,两位院士深情回忆了在泰兴中学读书时的情景。踏访读书的地方,目睹熟悉的建筑,两位院士十分激动,边走边交流,意兴盎然。参观完校史馆后,王院士和常院士与近百名师生会面,并举行了"'科学与中国'——院士与泰中师生面对面"交流活动。市领导李仁国、杨晋安参加了活动。

作为"科学与中国"院士专家巡讲团活动的重要组成部分,三位泰兴籍院士走进家乡学府,与师生进行面对面的交流,史所未有,盛况空前。

据了解,"科学与中国"院士专家巡讲团活动是由中国科学院、中共中央宣传部、教育部、科学技术部、中国工程院和中国科学技术协会共同筹划并组织的,目的是通过科普讲座的形式,在院士、专家与社会公众之间搭建沟通交流平台,使科学家有机会将先进的科学技术知识和科学文化理念传播给社会公众,弘扬科学精神,宣传科学文化。

原载 2013年5月2日泰兴中学报《求实》

55. 为何探月?中国要去开采资源

杨 辉 吴晶平

1. 花费几何?"嫦娥一号"总共花14亿

1976年,肯尼亚有一个修女叫玛丽,她写了一封信给美国当时的火星项目负责人,说你们都把钱用到火星去了,我们非洲还有那么多儿童吃不饱要饿死了,你们怎么想的?那位先生写了一封很长的信给玛丽小姐,非常诚恳地回答了这个问题,他在信里首先称赞了她的爱心,但是他又说道:"我们去火星,很多技术是会用于今天的人类的,今天地球上的许多问题,甚至是由于过去我们没有注意而到来的,我们的人类如果今天不注意将来的事情,将来人类是要吃大苦的。"

叶培建讲了这个故事,他说:"现在全中国一年的发电消耗万亿吨煤,还要死很多矿工,但如果用氦3来发电,几吨就够了。但是宇宙的形成就这么奇怪,地球上几乎没有氦3。'嫦娥一号'发现月球上的氦3有一百万吨,够我们用很多年,下一步就是把它开采回来。"

"探月还有不得不说的,太空是一个国家政治力量和国家力量的象征,全世界能够搞航天的国家不多,有20多个国家,其中最为厉害的当然是美国,美国每打一次战争,都要在天上动用100颗以上的卫星,来负责通信、导航、对地观测,打完以后还要评估,打得不好再打一遍。如果没有这些卫星,它几乎就不能打仗。"叶培建说,考虑国防因素,中国也必须登月和探索外太空。

一次探月花费并不大,以"嫦娥一号"为例,叶培建介绍,"嫦娥一号"的花费总共14亿元,"14亿就相当于广州修两千米的地铁。抓个贪官,没准贪的都不止14亿"。

叶培建认为,一个国家不能把民生和科技发展对立起来。整体上,人类很难定义什么更加需要,实际上科研和民生都需要,要处理好平衡关系。

"人类要想知道更多的东西,就必须走出地球。'航天之父'齐奥尔科夫斯基曾经说过,地球是人类的摇篮,但人类不能总是生活在地球之中,一定要走出去。"叶培建说。

2. 那些"内幕":"嫦娥三号"今起"冬眠"

叶培建在演讲中详细讲述了中国探月计划。2001年提出中国能不能在21世纪初去月球,随后科学家们成立了一个论证小组。当时朱镕基总理在论证过程中问:"印度人要去月球了,我们能去吗?"

"中国航天人有一个愿望:不争先,但不能不恐后,不能太落后了。经过充分论证,在2003年我们向国家提出了探月工程的三个步骤,即探测、登陆、住下来。然后我们又设置了三个步骤:绕、落、回。"叶培建说。

在"嫦娥一号""嫦娥二号"的基础上,中国开始研制"嫦娥三号"。"嫦娥三号"的核心任务是落在月球上。科研队伍用了6年的时间完成任务。

"嫦娥三号"由两部分组成:着陆器、巡视器。这个着陆器是中国迄今为止第一个带腿的飞行器,也就是在地外天体着陆的飞行器。还有一个月球车。12月12日的凌晨发射后,经过100多小时的飞行着落器到达月球。落月一个

重要的技术难关是发动机。

"着陆器使用的是 7 500 牛顿的变推力发动机,这是创新。过去的卫星推力是 490 牛顿,而且推力要变化,要在下降过程中短短的时间里推力从 7 500 牛顿变成 2 000 牛顿。因为是 7 500 牛顿的发动机,推力很大,必须一次刹住。最后飞行器非常准确地刹车,绕月球转起来。"

16 号以后,月球车要开始"午休",月球绕着地球转一圈是 28 天,月球的一天是地球的 28 天,因此月球的一个白天是地球的 14 天,月球的一个晚上也是地球的 14 天,落月的时候相当于地球早上八九点的太阳,这时候不太热,工作两天以后,到了月球的中午,月面温度要到正 150 度,再加上它本身发热。由于担心巡视器热坏了,就让它"午休"了一小会儿。

"现在看起来中国对月球的认识还不足,科学家想得比较保守,后来证明月球上不那么热,后来又工作了一段时间,昨天到今天所有的科学载荷都开机了。今天 24 日,到明天要进入月夜,所以明天的凌晨月球车设置为冬眠状态,不干活了,睡觉了。"

月球上夜晚极冷,零下 170 度,月球车"要冻死"。为了让它活过来,"嫦娥三号"的着陆器和巡视器第一次使用了核同位素,在零下 170 度的情况下让月球车保持最低的生存条件。"到下个月月初时,当太阳再升起来的时候,能不能把它叫醒?我们设置了一个唤醒电路,太阳起来,设备就要起来工作。但行不行还有待事实证明。到目前那么多难关都闯过来了,但是要过若干天才能证明。"

3. 未来大计:"嫦娥五号"要采样品

叶培建介绍,未来将发射的"嫦娥五号"可以从月球采集样品回来。"嫦娥五号"由四个器组成:着陆器、上升器、轨道器、返回器。设备很重,现在全部发射场都发射不了,必须到新建的海南发射场发射,还要用新研制的"长征五号"火箭。

"我们一下子把这四个器的组合体打到(意指发射)月球轨道,进入月球轨道后,轨道器、返回器成一个组合,着陆器、上升器成一个组合,这两个组合分离,着陆器带着上升器像'嫦娥三号'一样,降落在预定的地区。着陆器上有两个机械手,一个机械手会在月球表面抓东西,把东西塞到一个容器里。还有一个机械手会打窟窿,能在月球上打两米深的窟窿,同样把东西抓住再装到容器里。"

机械手把容器转移到着陆器的上升器里面去,上升器带着样品从月球起飞,进入月球轨道。轨道器和返回器的组合体与上升器对接,三个交会到一起,再把上升器里面的样品转回到转移器,把上升器扔掉,轨道器和返回器绕过月球返回地球。"这将是中国的第一次月球采集东西,采样、封装也是第一次,上升器月球起飞也是第一次。"

中国从月球上抓取物质返回在 2017 年就能实现。

院士答学生问　中国人一定要登月

学生:您是国家关键性科技人才,您的手机有没有加密?您的人身自由会不会受到限制?

叶培建:我的手机没有加密。我和你一样自由,一样自在,但是我有严格的保密意识,该说的说,不该说的不说。

学生:我国的大火箭不如美国等国家,是否意味着我们在探月等领域受到限制?

叶培建:人类要征服太空,首先要去月球。美国人去过了,中国人一定要去,也有能力去到。另外,有媒体报道,我国取消了载人登月计划。我要澄清一下,我们没有载人登月的计划,所以取消载人登月的说法不准确。

学生:月球的背面我们看不到怎么办?

叶培建:月球很奇怪,人类永远看不到它的背面,但是着陆器可以。"嫦娥三号"由 100 千米变为 15 千米时,就是在月亮的背面变速的。这说明只要控制技术好,即便是看不到背面,也完全可以测控。我们也打算在月亮的周围打月球中继卫星,传背面的信号。

学生:"嫦娥二号"在做什么? NASA 已经可以探测火星,中国还没有,是不是中国的遥测技术还不发达?

叶培建:很遗憾没有在今年实现火星探测。目前国家还没有这方面的计划,但是我们有这方面的准备,等国家有计划,我们就可以实现。

"嫦娥二号"目前已经成为太阳的小行星。我们可以监测它的性能。"嫦娥二号"的队伍,正在研究如何去得更远。

原载 2013年12月25日《羊城晚报》

56. 中国航天器飞向遥远的深空
中国探月工程卫星系统总指挥、总设计师叶培建

2012年12月15日,"嫦娥二号"卫星在距离地球约700万千米外的深空,飞越小行星图塔蒂斯并进行探测。目前,"嫦娥二号"卫星状态良好,有望在今年3月突破2 000万千米的深空。

"嫦娥一号"卫星实现了中国无人探月工程"绕、落、回"三步走的第一步。"嫦娥二号"卫星在我们精确控制下,实现任务的拓展:从"嫦娥一号"备份星升级到"嫦娥三号"先导星,从月球探测到绕L2、飞越小行星,从设计寿命6个月到超期服役两年……我们创造了奇迹。

今年将发射"嫦娥三号"卫星,并完成落月任务。它要精准地落在月球虹湾地区,并释放出月球车,这将是中国第一次有人造物体软着陆在地外天体。

探月的第三步是从月球上采样返回,这是迄今为止我国最为复杂的航天工程:要在远离地球约40万千米的月球轨道上实现交会对接,返回器要以接近第二宇宙速度从月球返回地球上一个指定的不大区域。我们期待成功。

原载 2013年《党建》第2期 总302期

57. 畅想中国梦 实干兴邦国
——中国精度
翁淮南 张少义 陈 方 冯 静 王 慧

中国精度,表现在中国创造的高精尖技术明显增多,科技成为中国实力增长的重要引擎。

北斗导航业务正式对亚太地区提供高精度服务,"神舟九号"与"天宫一

号"载人交会精准对接,"天河一号"超级计算机再创历史神话,"嫦娥二号"卫星实现人类多项突破,时速500千米高速试验列车和中国首列城际动车组研制成功……这些代表世界先进水平的科研成果,成为创新型国家进程中的一道亮丽风景。

5年间,我国科技进步贡献率从2008年的48.8%上升到2011年的51.7%。2012年,我国发明专利授权量达21.7万件,比上年增长26.2%,我国原始创新能力显著增强。

2011年,高技术制造业总产值达到8.8万亿元,移动电话、彩电、计算机、部分药物等主要高技术产品的产量居世界第一。以信息化带动工业化、以工业化促进信息化,中国正走出一条新型工业化道路。

原载 2013年《党建》第2期

58. 叶培建——"嫦娥"奔月捉刀人

伴随着"嫦娥三号"轻盈落月,2013年12月14日21时,中华民族几千年来的奔月梦想终于成真,这背后凝结的是中国无数航天人的心血和艰辛。作为"嫦娥一号"卫星系统总指挥兼总设计师、"嫦娥三号"探测器系统首席科学家和"嫦娥五号"总设计师、总指挥顾问,全国政协委员,中科院院士叶培建备受瞩目。

具有浓厚家国情怀的叶培建在接受采访时说:"国家需要强大,需要人做事,我们这些人是受过高等教育的,又有机会到国外去留过学,我们不干谁干?"而对于未来的载人登月计划,叶培建在接受采访时展露雄心:"人类要征服太空首先要去月球,美国人去过了,中国人一定要去,中国人也一定能够去。"

原载 2014年《中国政协》委员专刊——《读览天下:回眸》

59. 心贴祖国　梦圆月球
——中国空间技术专家叶培建
张前方

2012年9月27日是湖州中学110周年校庆的日子。这天,叶培建院士如约出现在报告厅。这是他第三次来母校湖中作讲座了,这次他是向新一届湖中学子讲述中国航天的故事。

叶培建,中国空间飞行器总体、信息处理专家,中国科学院院士。他出生在江苏泰兴,但对湖州有着很深的感情。

湖州情缘

叶培建,1945年生。13岁那年,随父亲来到湖州,与湖州有很深的渊源。作为一个新四军的子弟,父亲所在的部队20军某师1956年就到了三天门,那时部队还没有营房,他暑假就是在三天门不远的一个村子里度过的。一直到1963年,他的寒暑假都是在湖州的三天门、黄芝山、白雀等地度过。1958年夏至1962年夏整整四年则完全住在湖州,就读于湖州一中和湖州中学。正是这四年湖州求学的经历,他常常称自己为"半个湖州人"。他说,湖州山水清远,有悠久丰厚的地方历史文化。湖州人从政府领导到普通市民,都十分重视文化。

在浙大念书期间及毕业后,他曾多次到湖州。那时他舅母就在嘉兴地委工作,住在黄沙路。近十年来,每次到湖州,他都得到湖州市委领导的接见和有关部门的接待,湖州中学的领导和学友也给予了关心与支持,就连不相识的普通市民也对他爱护有加。有一位叫柏迅英的同志,从旧货市场上淘得他的初中毕业证书,复印后将复印件及有感而写的文章《偶然的发现》寄给了他。这些都令他十分感动,也促使他对湖州有了更深的情感和希望了解更多情况的欲望。

2012年8月,叶院士在致笔者的信中说:"湖州市委宣传部主办的《湖州宣传》我是每期都收到的，从中了解了不少我过去不知的或不全的信息以及湖州市今日的变化与发展。《笔墨江南——清丽湖州》这一套DVD使我对湖州这座江南名城又有了更多的视觉享受。张前方同志去年寄给我的关于陈英土先烈和沈尹默先生的书使我学习到许多过去所不了解的知识。这两本书现在远借给上海航天技术研究院的张玉花同志，她是湖州人，二中毕业生，现为"嫦娥三号"探测器副总师。而《胜迹之光》一书汇集了我们湖州市有关爱国主义教育基地的情况，读了它就对湖州有了更系统、更全面的认识，眼睛为之一亮。"

心贴祖国

在湖州高中毕业的叶培建各门功课都很优秀。在选择大学志愿时，原本想是当一名外交家，但是，父亲是一位抗日老战士，母亲也是一位老军人，他们希望儿子的心紧贴着祖国。父亲说，国家正处于建设时期，很需要理工科人才。听从父亲的教诲，他毅然填报了北航、南航等大学。然而，意外地被浙江大学录取了。后来才知，这是因为那年浙江省把很多优秀生留在了省内。在浙大毕业时，他还是被分配给了航天，他说："这就是缘分！"

改革开放后，叶培建通过出国资格考试，赴瑞士纳沙泰尔大学微技术研究所读博士研究生。瑞士的景致很美，瑞士的山高雪白，但这些都不能分散叶培建的读书兴趣，他是一个一心做学问的人。

在攻读博士学位时，研究所每半天有15分钟的休息时间。因为大家都在这个时间喝咖啡而被称为"咖啡时间"。一次，一位在瑞士留学的外国学生边吃冰激凌边问："叶，你们中国有冰激凌吃吗？"他觉得这话很刺耳，就回敬了他："我们的祖先在两千年前知道用冰保存食物的时候，你们的祖先可能还没有穿衣服呢！"话虽刺耳，却充满对祖国母亲的爱戴。

在叶培建出国时就开始有人议论：小叶出身干部家庭，夫人也已出国，他不会回来了。但五年后的1985年8月，他刚刚完成学业，就踏上了祖国的热土。他说要把所学知识尽快用在中国的建设事业上。

圆梦月球

1970年4月24日,中国第一颗人造卫星"东方红一号"在酒泉发射成功。

这里除了稀稀落落的骆驼刺、红柳和几丛低矮的芦苇,就是一片荒凉;这里平时一片寂静,却响起震撼沙漠的轰鸣声;这里横贯着那条"浮不起鹅毛"的黑水河,却承载了中国人的航天梦。

令叶培建难忘的是"东方红一号"发射升空的那一天,他和同志们仰着头,等待空中的一个小火点出现,很多人都不由自主地紧张了起来。中国第一颗人造卫星发射成功的特大喜讯,通过无线电波传遍了长城内外、大江南北。全国城乡各地,人们纷纷组成长长的队伍,高呼口号,上街游行庆贺。夜里,伫立在街头、田间观看"东方红一号"卫星的人成千上万。这一天,成了中国人民最开心、最扬眉吐气的一天!

神州卫星飞太空,环球响彻《东方红》。从此,叶培建爱上了卫星。

1996年,他担任了"中国资源二号"卫星的总师兼总指挥。"中国资源二号"卫星属传输型对地观测卫星,在我国国民经济各行业的发展中有广泛的作用。这颗卫星的技术起点高、研制难度大。用行内话来说,在我国已有的卫星中,这颗星是"最大、最重的星,具有最高的分辨率、最快的传输速率、最高的姿态精度、最大的存储量"。叶培建凭着扎实深厚的理论功底和不耻下问的精神,很短时间内就进入了研制状态,从此以后,他与同事共同开创了好几个"第一"。

在星地一体化设计的卫星型号研制管理过程中,叶培建第一个实践把电测与总体分开,又第一个提出在卫星进入发射场前要进行整星可靠性增长试验,把问题彻底解决在地面。

2000年9月,"中国资源二号"卫星发射圆满成功,同年,这颗卫星被授予国防科工委科技进步一等奖,叶培建成功了。

2007年,"嫦娥一号"成功奔月,实现了中华民族数千年的梦想。叶培建心系湖州。12月22日,"嫦娥一号"卫星总指挥兼总设计师叶培建如约出现在母校——湖州中学莲花庄校区体育馆内,向2 000余名学子讲述中国人探月的故事。他还带了三份厚礼馈赠母校：20 枚印有"中国探月"标志的徽章、一个按比例缩小的"嫦娥一号"模型以及一整套"嫦娥一号"发回的月球表面照片。

2012 年 9 月 27 日上午 10 时，叶培建院士又一次走进母校报告厅。他笑容和蔼、举止儒雅，演讲十分精彩。

他介绍说，"嫦娥二号"发回最清晰的月球图，后续将与小行星相会。"嫦娥二号"其实是"嫦娥一号"的备份，但由于"嫦娥一号"运行非常顺利，"嫦娥二号"成为探月二期工程的先导星，为"嫦娥三号"登月做了"先锋队"。

其间，他表示，中国载人登月计划可能在 2025 年前后实现。

20 世纪六十年代末，美国人凭借"阿波罗"计划率先登上月球。时隔半个世纪，为什么中国还一定要登月？叶培建表示："联合国《月球公约》上说，月球是全人类的，这很好，但后面还有一句话，叫'谁开发谁利用'。如果今天不去，将来想去都去不了，所以在能去的时候一定要去，所以中国一定要去。"

2013 年 11 月 1 日，笔者因寄出新著《笔墨流韵》，问他收到否，他在短信中说："前方同志，我不在京，我在西昌准备'嫦娥三号'发射，等回到北京再读您的书。叶。"12 月 14 日，笔者因市社科联"南太湖人文大讲堂"约他。他回道："谢谢，等完全成功后再说吧，一个半小时后落月！大挑战！叶。"

"嫦娥三号"是中国国家航天局"嫦娥"工程第二阶段的登月探测器，包括着陆器和"玉兔号"月球车。2013 年 12 月 2 日 1 时 30 分，"嫦娥三号"探测器从西昌卫星发射中心发射；10 日，成功降轨；15 日，着陆器和巡视器顺利互拍，取得圆满成功。作为"嫦娥三号"探测器系统首席科学家的叶培建将有许多新故事要讲。笔者期望，不久后与他在湖州的"南太湖大讲堂"相见，听他讲"中国探月"的传奇、攻坚精神、创新意识，这必将是很大的享受。

原载　2014 年《湖州宣传》第 1 期　总 306 期

60. 听叶培建讲"嫦娥"奔月

郑玉婷

"人类要征服太空首先要去月球,美国人去过了,中国人一定要去,中国人也一定能够去。我希望我在有生之年看到中国人登上月球。"

叶培建,全国政协委员,中国科学院院士,现任航天科技集团公司科委顾问;曾任"嫦娥一号"卫星系统总指挥兼总设计师,是"嫦娥三号"探测器系统首席科学家,"嫦娥五号"总设计师、总指挥顾问,空间科学与深空探测首席专家。

2000年,他被国防科工委评为"有突出贡献的中青年专家";2003年,由他担任总设计师、总指挥的"中国资源二号"卫星获国家科技进步一等奖。

2013年12月,"嫦娥三号"成功落月,月球上首次留下中国脚印!世界的目光又一次聚焦东方。一次次的成功,把默默奉献的中国航天人从幕后推到了公众的面前。

作为"嫦娥三号"探测器系统首席科学家和"嫦娥五号"总设计师、总指挥顾问,全国政协委员,中国科学院院士,叶培建备受瞩目。曾经,62岁的他带领着一支平均年龄不到30岁的研制队伍,用短短3年时间完成了"嫦娥一号"卫星的研制,书写了中国航天器研制历史上的传奇;如今,看到月球车"玉兔"带着五星红旗登上月球的瞬间,他激动得热泪盈眶。他深知,这次成功并非终点,他们又将随着中国的航天事业一起,开始新的里程。

2013年对叶培建来说并不轻松,从西昌卫星发射中心回来后,还未来得及休息,他又应邀前往广州做科普工作,讲述他眼中的"嫦娥三号"和中国探月的故事。

与"嫦娥"结缘

1945年1月,叶培建出生在一个军人家庭。叶培建的父亲随着最早入朝的部队进入朝鲜,当时入朝的部队受到了美国空军的猛烈攻击。叶培建从小听父亲讲述那段历史，久而久之他心中产生了浓厚的航空情结。

高中毕业时，叶培建的各门功课都很优秀。在填写大学志愿时，他接受了军人父亲的教诲。"父亲十分严肃地对我说：'国家正处于建设时期，很需要理工科人才。'我想搞飞机专业，填报了北航、南航等大学，意外地被浙江大学录取了。"让叶培建自己也没想到的是，毕业时被分配搞航天专业，他说："这就是缘分！"

叶培建与"嫦娥"的缘分始于2001年。当时国防科工委找到已经"功成名就"的他，请他担任"嫦娥一号"卫星的总指挥和总设计师，可他并没有立即答应。因为"当时手上有两个大的项目正在进行"，工作压力很大，再加上他的爱人刚刚去世，心情也不是很好。思考再三，最后他还是答应下来，他觉得："有一个机会作为深空探测的领军人物很难得。"

机遇往往与挑战并存。叶培建说："过去卫星在地球附近飞，只有一个轨道，现在要让卫星从地球飞到月球，完全是两个概念。"三年内要设计出一个全新的航天器，每一步都很困难。拿轨道来说，三个轨道如何拼接？仅验证就进行了三轮，当最后一轮与国防科技大学等三家单位分头计算出来的结果一致时，他才放下心来。

全世界深空探测，发射航天器200多次，但是成功的只有50%左右。叶培建说，我国卫星发射的成功率很高，在做万无一失努力的同时，他们时刻提醒着自己"就怕万一"的出现。"对于其他型号出现过的问题，'嫦娥一号''嫦娥二号'卫星项目都自动对号，认真举一反三，绝不轻易地说'没有'。"

在为"嫦娥"奋战的几年时间里，叶培建和他的团队几乎没休过一个节假日。他笑着说："有一年除夕夜，我宣布10点钟下班，大家都很惊诧——今天下班怎么这么早？"

一次艰巨的任务结束后，"嫦娥一号"卫星总体副主任设计师张伍打量四周，眼前的一幕让他许久难忘：工作间隙，几个同志在试验台边的地上随便铺块海绵就睡着了，一晚没合眼的六十多岁的叶培建此时也就地和大家躺在了一起……

所付出的一切都值得

在总结"嫦娥三号"表现时,叶培建用了一个时尚的词——"给力"。"在预定的时间、预定的地点准确落到了我们要求的地方,这是很给力的。'嫦娥三号'到目前为止表现非常好,也超出了我们这些设计者本身所预想的结果。"

叶培建的总结看似轻松,其实,"嫦娥三号"的每一步都紧紧揪着他和团队成员的心。人们看到它落得很好,走得很好,人们不了解的是,每一次成功都需要航天人不懈的努力和付出。为此,叶培建讲了两个小故事——由这位科学家讲出来,没有丝毫夸张、渲染的成分,甚至有些"平铺直叙",听众们却深深被打动了。

第一个故事和实验有关。"为了保证'嫦娥三号'能平稳着陆月球,光模拟着陆实验我们就做了200多次。我们专门在北京郊区建了一个大架子,我把它称为北京南郊的'埃菲尔铁塔',它高80米、长100米、宽100米,我们用铁塔把着陆器用驱动系统吊起来,不点火的实验做了很多次,发动器的实验也做了很多次,我们才放心了。为了让月球车在月面上走起来,我们在航天城建了一个很大的月球场,从长白山上运来了很多火山灰,模拟月球环境让它在上面走。我们在全国各地进行考察,最后在离敦煌很远的地方找到一个野外模拟点,那个地方跟月球虹湾很相像。我们在那里修了4个大活动房子,4个水池,准备了5台发电机,90个实验队员在大沙漠里面干了1个月,并且随时有被沙尘暴吞噬的危险,这些就为了月球车一个简单的动作。"

第二个故事和奉献有关。"我们有一个副主任设计师陈天智,他是清华的本科、硕士、博士,日本的博士后,一回国就忙着做航天事业,他本身有点疾病,前年不幸倒在了工作岗位上,在工作的时候去世了。他的父亲十分悲伤,但是只提了两个要求,其中一个要求是如果'嫦娥三号'成功了,希望在"嫦娥三号'的荣誉里面体现一下他儿子的工作。我们几个人商量认为,完全没有问题,应该体现这样一位同志的荣誉和精神,其实我们队伍里有很多这样的人在努力奉献。"

对于付出,叶培建毫无怨言。在他看来,中国能够从一个落后的国家,从一个洋面、洋火、洋袜子、洋布什么都是洋货的地方成为航天大国,不仅在于中国航天人有着独特的精神和克服万难的劲头,更是因为航天事业始终有国家和人民的支持和信任。

"我们的航天工作确实得到了党和国家领导人的高度关怀,许多国家领导人我们都见过,他们都来过发射现场。'嫦娥三号'着陆拍照的那一天,总书记和总理是一起来我们这里的。"每当说到这些经历,叶培建都感到特别自豪。

航天人所做的一切也被人民看在眼里,记在心里。叶培建说:"2007年我们打完'嫦娥一号'后,温家宝同志到航天城揭开了第一张月图,他随后从口袋里掏出一封信,说这是一个海外华侨写给他的。信中有这样一句话:'我们中国的卫星飞得有多高,我们海外华人的头就能昂得多高。'我们听了这话以后,感到所付出的一切辛苦都是值得的。"

展望"嫦娥"未来大计

除了分享航天工作中的经历和故事,叶培建还详细地讲述了中国探月计划。他回忆说,2001年,中国的科学家们成立了一个论证小组,集体探讨中国能不能在21世纪初去月球。时任国务院总理的朱镕基同志在论证过程中问:"印度人要去月球了,我们能去吗?"

"中国航天人有一个愿望:不争先,但不能不恐后,不能太落后了。"叶培建说,经过充分论证,在2003年他们向国家提出了探月工程的三个步骤,即探测、登陆、住下来。然后他们又设置了三个步骤——绕、落、回。

于是,在"嫦娥一号""嫦娥二号"基础上,中国开始研制"嫦娥三号"。"嫦娥三号"的核心任务是落在月球上,科研队伍用了6年的时间完成任务。叶培建和团队成员把"嫦娥一号""嫦娥二号""嫦娥三号"分别称为"大姑娘""二姑娘""三姑娘",这次"三姑娘"落得好,也是基于之前的工作。

目前"嫦娥三号"闯过了很多难关,但叶培建说,2014年1月初才是"嫦娥三号"真正经历大考的时候。月球绕着地球转一圈是28天,因此月球的一天是地球的28天,月球的一个白天是地球的14天,月球的一个晚上也是地球的14天。"12月25日要进入月夜,月球上不见太阳,温度为零下170摄氏度,月球车发不了电,要冻死了。因此我们会把月球车设置为冬眠状态,就是不干活,睡觉了。"

"到下个月初,当太阳再升起来的时候,能不能把月球车叫醒是个难题。"叶培建说,为此他们设置了一个唤醒电路,"说太阳起来了,你要起来工作了,要发电了",但能不能唤醒有待事实证明。

在"嫦娥三号"怀抱"玉兔"飞向月球之际,有传闻称中国将取消载人登月计划,并停止研发"嫦娥五号"。对此,叶培建作出了回应:"目前我国没有任何载人登月的计划,因此也就没有'取消载人登月计划'这样的无稽之谈,没有这个计划就没有取消一说。"他透露,航天白皮书是五年出一次,最近一版的航天白皮书已经披露"中国已经开始了载人登月的关键技术研究"。他坦言载人登月工程是"迟早之事":"人类要征服太空首先要去月球,美国人去过了,中国人一定要去,中国人也一定能够去。我希望我在有生之年看到中国人登上月球。"

叶培建还强调,"嫦娥五号"有望明年发射,它是中国第三期月球探测器,目前航天人们正在努力做好它的工作,争取在2020年前完成中国无人探月的第三步,把样品从月球中取出来。

"不过在'嫦娥五号'发射之前要先发射它的试验器,以增强工程的可靠性,将试验器发射到月球但不落月,绕过月球走一个自然返回的轨道,明年大家可以看到它绕过月亮再飞回中国。"叶培建说,和"嫦娥三号"相比,"嫦娥五号"有一个很大的跨越,"嫦娥五号"由4个"器"组成——着陆器、上升器、轨道器、返回器,加起来很重,现在已有的所有发射场都发射不了,必须到新建的海南发射场发射,还要用新研制的"长征五号"火箭发射。

民生与国防应协调发展

谈到带"腿"的月球车、分析技术难题、展望"嫦娥奔月"后续任务……关于"嫦娥",叶培建有说不完的故事。作为一名政协委员,叶培建对政治协商、民主监督、参政议政也有着独特的认识和体会。

前几年,叶培建提交的提案大部分是民生问题,有关于医患关系的,还有关于教育问题的。近两年,他的提案换了一个方向,那就是"如何提高全民的国防意识",在他看来,国防是一切改革发展的基石,不能把民生问题与国防建设对立起来,民生工程与国防建设应该协调发展。

有人抱怨说:为什么把钱拿来搞"上天"工程啊,拿来给我们发工资多好啊。叶培建这样回答:"吃得再好,穿得再好,没有国防也不行。20世纪60年代,我们那么困难,吃不饱。陈毅同志曾经讲过,勒紧裤腰带,卖了裤子也要搞'两弹一星'。如果当时我们没有这么吃苦,去建设强大的国防,我们就不可能有这几十年改革的环境和条件。"

作为一名科技工作者,工作繁忙,而作为一位政协委员,责任重大,叶培建如何看待和处理两者之间关系?他认为两个身份并不矛盾:"一个是具体工作,实践建设创新型国家这个目标,一个是在更广泛、更高层面上的参政议政建言献策,当两者相互结合时,会有许多意外的惊喜。总的说来,我想做的、所做的,都是为了国家的航天事业,都是为了实现我们共同的中国梦。"

"就像放卫星一样,作为政协委员建言献策不能毫无目标,想说什么就说什么,一定要把好中国特色社会主义大方向,围绕中心工作,头脑清醒,不能偏离航向。"叶培建说,提案要有质量,需要关注最主要、最急需的话题,进行充分调研,涉及面不要太广,要易于落实,要抓重点,一事一议,为国家的经济发展、为中国航天做出应有的贡献。

原载　2014年《中国政协》第1期　总208期

61. 航天专家叶培建的"星际穿越"

杨 柳

"去火星或许不能挣到几个GDP，但美国几十年前就开始搞，他们为了什么？权益！"面对全国政协委员、航天专家叶培建，记者本想和他聊聊月球上的事，但叶培建的心思似乎已经"穿越"到了火星。

去年，印度首个火星探测器"曼加里安"号成功入轨，成为苏联、美国和欧盟之后，第四个"火星探测俱乐部"成员，也是亚洲首个对火星展开探测的国家。

"'嫦娥一号'发射之后，中国就具备了探测火星的能力。但现在印度人跑到我们前面去了。"叶培建说。

在今年全国政协十二届三次会议上，已担任8年全国政协委员的叶培建准备了一份提案，希望能在国家层面上更系统、长远地制定中国航天发展规划。

在叶培建看来，一旦有了明确的规划，中国航天事业今后的每一步该怎么走，哪些技术需要攻关，地面配套什么设施，人才如何培养，甚至航空航天大学的院系课程怎么设置，都能够形成体系。

"前面的知识技术，后人能用上，中国航天事业才能够更好地持续发展。"说着，叶培建又提起了火星，"如果十几年前规划了探月之后探测火星，那么探测火星就成了顺理成章的事。根据火星和地球之间的发射周期，20多个月才有一次发射机会。即使现在下决心，20多个月也很难出来，2018年又赶不上了。"

1967年浙江大学毕业后，叶培建种过地，进过厂，之后就再没离开航天事业。他深知国家有许多事业要发展，凡事讲求优先次序，即便在航天领域，先探测火星还是载人登月，都存在争议。更何况外界一直有火星探测无用论之说，叶培建认为，眼光要放长远。"太空将来一定是争夺之地。过去南极、北极谁去呀。"

问到火星探测计划，这位中国科学院院士就像打开了"话匣子"，显然早已在心中盘算了多遍。"印度的飞行器较小，探测功能也有限。中国在时间上已经落后了，就要在水平上向前跨越一步，要像'嫦娥工程'探月三部曲一样，绕起来，落下去，还要在火星上走起来。"

作为中国空间技术研究院空间科学与深空探测首席科学家，载人航天、应用卫星、深空探测常是叶培建挂心的三件事。而相比应用卫星和载人航天，叶培建说他把精力放在深空探测上更多一点。

在深空探测上，叶培建主要承担着三大任务：一是按照计划完成探月工程第三步"回"；二是对今后火星、小行星等深空探测做好技术准备；三是为中国航天事业培养年轻人。

除了 2017 年发射的"嫦娥五号"，年届古稀的叶培建还在为"嫦娥三号"的备份星"嫦娥四号"加班加点。叶培建透露："一定要让它干点'嫦娥三号'没干过的事，再次落在月亮上也要比现在落的地方难度更大，更能体现水平，获得更多的科学成果。"

至于中国航天队伍的培养，叶培建说这是他最不担心的。中国年轻人，尤其是航天队伍中的年轻人对于祖国的热爱，对于攻关的刻苦，连美国、俄罗斯的航天人都赞赏有加。

在全国政协委员驻地之一的北京会议中心，叶培建每天都要争取走一个小时，"跟上年轻人的步伐"。他还聊到去年上映的以航天为题材的美国电影《星际穿越》，认为"中国电影人也应该用有意思的方式讲讲航天故事"。

原载　2015 年 3 月 6 日《中国新闻网》

62. 深空探测航天器系统创新团队：
"越是难走的路，越想走一走"

崔恩慧　庞　丹　李　静

从嫦娥奔月到万户飞天，千百年来，中华民族从未停止过对宇宙的探索。进入 21 世纪，国家明确提出以月球为主的深空探测目标，启动月球探测工程，并将其列入国家重大科技专项。航天器系统研制是工程任务的关键环节。

走在路上

中国航天科技集团公司五院于2002年组建了以叶培建院士为带头人的创新团队,汇聚十余学科的专业技术人才,形成了我国深空探测领域发展战略及规划论证、航天器系统研究开发和总体设计的主力队伍。

1月9日,中共中央、国务院在京举行国家科学技术奖励大会,深空探测航天器系统创新团队荣获国家科学技术进步奖(创新团队)。这是集团公司首次获此殊荣。

中国"智"造　铺探月之路

深空探测历来是航天强国实现技术突破和资源竞争的竞技场,技术难度高,风险极大。迄今为止,人类共实施了242次深空探测任务,其中月球探测的成功率仅为50.4%。

对此有着清醒认识的深空探测团队,在叶培建、孙泽洲等总设计师的带领下,将"创新"二字放在首位,致力于新型深空探测器系统技术研究和工程实践。在短短9年时间内,就实现了绕月、深空多目标和落月探测器的连续成功,取得了5项标志性成果,牵引并突破了20余项核心技术,其中3项达到国际领先、10项达到国际先进。

2004年,我国月球探测工程全面启动。深空探测航天器系统创新团队作为我国深空探测技术的主力军,率先开展了卫星总体方案深化论证和先期研制工作。"嫦娥一号"卫星便是我国航天事业发展第三座里程碑的开篇之作。

没有成熟的经验借鉴,叶培建带领这个平均年龄不到30岁的团队,针对月球探测卫星的新特点,采用多学科、全系统优化设计方法,高起点地确定了我国首个月球探测器的总体方案,并成功解决了轨道、控制、测控等多个难题,突破了月球环绕探测技术,用短短3年时间实现了我国首次环月探测。

"嫦娥二号"卫星作为探月工程二期的先导星,相较"嫦娥一号"卫星,技术难度和风险更大。以总设计师黄江川为代表的创新团队经反复核算,使"嫦娥二号"卫星的奔月时间相较"嫦娥一号"缩短了近一半,大大节省了卫星燃料。最终,团队突破了深空探测多目标、多任务探测技术,将中国深空探测推到一个新高度;实现了月球、日地拉格朗日L2点和小行星三类目标探测,取得了"低成本、高质量、高回报"的突出实效。

团队不仅在国际上首次实现从月球出发到L2点，实现了行星际轨道设计的突破，还创新性地提出多约束分层渐进探测目标选择的策略，首创了高速交会渐远点凝视成像技术，在国际上首次精确逼近图塔蒂斯小行星，飞越最近距离达770米，图像最高分辨率小于3米。"嫦娥二号"卫星已成为我国首颗飞入行星际、环绕太阳飞行的探测器。

"创新"为这支团队插上了攀登科技高峰梦想的翅膀。"越是难走的路，越想走一走。""嫦娥三号"探测器总设计师孙泽洲的话道出了团队的心声。"嫦娥三号"探测器80%的产品为全新研制，大大超出通常航天器20%～30%的新研产品比例。该团队通过大量技术攻关和专项试验验证，重点解决了自主着陆控制、月夜生存、着陆缓冲等难题，突破了月球软着陆和巡视勘察技术，实现了我国首次地外天体软着陆和巡视探测，使我国成为继美、苏之后第三个成功实现月球软着陆和巡视勘测的国家。

为提高探测器在月球着陆的安全概率，团队突破了高精度、大动态激光测距和微波测距测速技术，在国际上首次实现月面软着陆全自主障碍识别与避障控制；针对月夜探测器低温生存问题，在国际上首次采用重力辅助两相流体回路技术实现热能的自主可控传输。为保证探测器落月时不翻倒、不陷落，团队创新设计"悬臂式"构型方案，攻克了新型常温超塑性材料的制备、加工工艺等难题，突破了着陆缓冲技术，推动了新型机构和新材料技术的发展。

按照我国探月工程"三步走"战略的实施计划，该团队又于2014年下半年完成了探月三期再入返回飞行试验任务，预计在2017年左右将完成我国首次月球取样返回。

在完成一系列重大工程任务的同时，团队创新硕果累累：在国内外刊物上发表文章200余篇；授权专利65项，受理专利125项，制定了多项行业标准；共获国家科技进步特等奖2项、国家发明二等奖1项、省部级奖20余项。

科学管理　育青年精英

在开展技术创新的同时，深空探测航天器系统创新团队不断探索新型管

理模式，形成了独特的创新文化和团队精神，培养了一大批优秀的科技人才。

在今年的国家科学技术进步奖（创新团队）评选中，深空探测航天器系统创新团队受到评委的肯定和外界的关注，从众多候选者中脱颖而出。

该团队坚持"严慎细实、确保质量"的工作作风，铸就了"勇于担当、自主创新、团结协作、追求卓越"的团队精神。在团队组建之初，叶培建便倡导"捕风捉影"和"亡羊补牢"，即绝不放过工作中的任何疑点，问题只要在火箭上天之前都来得及解决。从"嫦娥一号"卫星研制开始，团队都会对所有单机、分系统和系统总体的设计进行拉网式的全面复查复审，反思差距和薄弱环节，力保产品质量。十年探月路上，这支队伍已经养成了一种近乎严苛的自我加压工作习惯。例如，探月三期再入返回飞行试验任务，即便是在正样阶段发现的单机问题，他们也坚持进行质量和管理双归零。正是凭借这种科学精神，这支团队正一步一步地实现着中国人的探月梦。

作为团队中的灵魂人物，叶培建注意到，深空探测领域对多数研制人员来说都是陌生的。于是，他选拔了一批虽平均年龄不到30岁但极具创新精神和专业能力的年轻人，组成了最初的团队。十年间，这支创新团队的人数在变，但把个人利益与国家利益紧密结合的爱国心没有变过，甘于从小事做起、汇"小事"为大成果的拼搏心没有变过。

美国宇航局前局长米切尔·格里芬曾经说过：中国航天最令人羡慕的地方在于，它拥有一大批年轻的科学家和工程师。在深空探测航天器系统创新团队中，培养、重用年轻人已成为传统。叶培建选的"嫦娥一号"卫星副总设计师孙泽洲当时不过32岁，后来挑起"嫦娥三号"探测器总设计师重担时只有38岁。在"嫦娥二号"任务中，总指挥张廷新也大胆起用新人，1980年出生的"史上"最年轻总体主任设计师孟林智等一大批年轻成员快速成长起来。

针对多器同时研制、多研制阶段并行开展的复杂局面，团队采用"专业互补、集同创新""梯队配置、备岗滚动""联合协作、牵引支撑"的机制，形成了"一个团队、多个任务、协调统一"的管理模式。在"嫦娥一号"任务结束之前，叶培建就列了一份探月工程后续主力名单，名单上的人员分属不同专业，按各自特点被分配到不同型号队伍中去。后来，名单上的黄江川、孙泽洲、张熇、贾阳、饶炜、张伍、彭兢、孟林智等研制人员,从"嫦娥一号""黄埔军校"走出,在"嫦娥二号""嫦娥三号"和探月三期再入返回飞行试验任务中逐渐挑起了大梁。

团队还采取虚拟卫星设计实践式培训等一系列学术阶梯计划,促进团队成员快速成长,同时设置卓越创新奖、专项攻关奖、最佳新人奖,激励青年人才脱颖而出。"嫦娥三号"探测器副总设计师张熇、"嫦娥二号"卫星副总设计师饶炜、探月工程三期再入返回飞行试验器副总设计师彭兢是北航本科的同班同学。其中,饶炜毕业后便参加了工作,而张熇和彭兢则为硕士和博士毕业。团队实践和学术阶梯分布相结合的人才结构在他们三人身上得到充分体现。

经过十余年的发展,五院已在深空探测领域形成了以中科院院士、国家"万人计划"领军人才、"973"项目技术、"百千万人才工程"专家等为代表的研究团队。目前共91人,平均年龄35.4岁,先后培养出型号"两总"16名、主任设计师28名。团队骨干多次获全国五一劳动奖章、中国青年科技奖等荣誉称号。

放眼深空　促多学科发展

数年来,深空探测团队取得的大量成果,充分展示了我国的综合国力和科技实力,也带动了空间科学的发展,可直接用于后续火星、小行星等深空探测任务,带动大型运载火箭、深空测控网等工程的建造,促进我国航天技术水平的整体跃升,进一步深化对月球科学和空间物理的认识;还带动了多种学科交叉渗透,牵引了信息技术、人工智能、新能源和新材料等高新技术的发展。

该团队历来高度重视国内外学术交流,与清华大学、哈尔滨工业大学、香港理工大学、法国航空航天学院等建立了良好的合作机制。团队成员在多所高校担任兼职教授,并兼任中科院技术科学部副主任及中国空间科学学会副理事长。此外,团队还积极协办和参加世界月球大会、行星科学大会等国内外会议,前后有20人次在国际会议上作特邀报告,产生了广泛的社会影响。

"我们一定要在狠抓国计民生的同时,不忘仰望星空,认真总结探月工程等重大工程任务取得的经验,做好以深空探测、小行星和火星以及载人登月

为主线的深空探测未来发展的顶层规划。"叶培建常说。

展望未来,该团队表示将结合《国家中长期发展规划纲要》,继续以引领我国空间技术、空间科学发展为己任,开展我国深空探测领域发展战略研究,制定 2030 年前深空探测规划路线图,朝着浩瀚宇宙空间迈出坚实的步伐。

原载 2015 年 2 月 4 日《中国航天报》

63. 院士博士互约　古稀学子相聚

余华闰

3 月的初春,乍暖还寒,昨晚整整一夜的雨水,冲刷得山峦一新、树绿滴翠,空气也是格外清新。

应叶培建院士("嫦娥之父",中科院院士)和回湖探亲的沈建平博士(美国加州大学教授)之约,湖中 1962 届(6)班同学来了次参与人数最多的同学聚会。他们是叶培建、沈建平、杨维舒、费云正、蔡建林、杨锦江、翁启华、邵温群、杨俊、沈介初、刘光汉、杨美丽、刘建华、叶伦轩、张善栋、姜鹤峰、倪文达、许年年、范再楚、林国英,共 20 人。

1992 年,湖中 1962 届校友第一次组织年级聚会,230 多人在母校"三十年后重相会",6 班只来了 19 人,2002 年有"四十年后重逢"和 2012 年的"穿越半个世纪的重逢",6 班先后参加了 14 人和 19 人,而这次却联络上了 22 人说要参加,可以说是一个突破。听说是叶院士和沈博士相邀,蔡建林从湛江早早地赶来了,杭州的五位同学和上海的两位同学也赶来了,嘉兴的刘建华和德清的费云正也按时报了到。3 月 27 日那天,20 位同学中竟有 12 位来自外地(两位同学身体不好未应约前来),真是不容易。

去年 5 月,一家五博士的沈建平(儿子、儿媳、女儿、女婿都是博士)回湖探亲,应母校所邀,作了"中美中学物理教育的比较"专题讲座,当他从校友会得知叶院士的电话后,非常高兴,院士、博士相约来年开春相聚湖中,叫上所有走得动、联系得上的同班同学,日子由老叶定。在安排好所有手头上的工作后老叶定下了 3 月 27 日。老叶是个很念旧的人,他是原白雀驻军的军干子弟，老家在江苏，湖州没有一个亲属，哪怕是远房的。三年的湖中学子生活，锻炼并使他成长，他入了团，高考中以平均90多分的高分被浙江大学录取，他对母校，对授业老师，对朝夕相伴的同学怀有深厚的感情，十年中他已五次来过湖州（2005年11月、2007年12月、2011年10月、2012年9月、2014年3月），给湖中的学弟学妹们讲"中国人的飞天梦想"，讲"绕月卫星"，讲"嫦娥探月"，讲"神舟七号"，讲"中国的航天梦"；他真诚地希望母校湖中多出人才。但他的时间太紧了，因为要忙的事还很多很多。"人生七十古来稀"，当他的同学可以随心所欲地支配自己的时间，去旅游、去聚会、去探亲时，他却不能完全支配自己。

湖中1962届高三（6）班是全届七个班考上大学百分比最高的班级（有16人），大学毕业后随国家分配大多留在外地工作，所以三次年级大聚会他们班的人都是最少。这次，叶院士、沈博士相约聚会母校，都很高兴，在湖的几位同学多次开碰头会，商讨把这次难得的活动搞好。3月27日一早，好多人已赶到母校，布置厚德楼的二楼会议室，烧水泡茶，摆放水果和花生瓜子。9点10分老班长杨维舒宣布活动开始，王佐平、叶培建、沈建平等人先后发言，气氛十分热烈；叶院士还向大家介绍了目前航天事业的发展情况和未来打算，他说道："目前天上飞的700多个卫星中有80个是中国的，明年'天宫二号'将要升空，而下一步将走得更远，要走向火星……"沈博士也介绍了他在美国洛杉矶的生活和工作情况。自从和老叶相约后，这位五十多年没见过面的老同学，就想着要给对方一个惊喜；他从老湖中、从潮音桥、从学校生活想起，创作了回文诗词《古桥追昔》，并请湖州名画家刘祖鹏根据他的构思作画送给了老叶，与会的四十多人都得到了沈建平填词《虞美人》、刘祖鹏作画的照片。周林森为表示对远方来客的热情欢迎，向两位送上了刚刚采摘并加工制作的安吉白茶。中午在书香饭店进餐，席间大家频频举杯。

湖中校友会唐国英老师，湖中老教师吴宛如、李世楷应邀出席。1962届各班校友均有代表参加聚会，他们是1班吴文杰、余华闻，2班王佐平、沈晓明，3班刘祖鹏，4班姚兴荣、邱志合、吴立强，5班钮因忠、茹炳华、周振

华、周贤昌、钮因菊、陈其明、李少杰，7班周林森、张小英、温臻臻、陶国安、吴立民。

原载 2015年4月15日 湖州中学《校友谭》

64."嫦娥之父"叶培建

湖州中学校友会

2007年10月24日，我国第一颗绕月探测卫星——"嫦娥一号"发射成功。从此中国有了第一个绕月飞行器，开始了第一次绕月飞行，"嫦娥"奔月的千古传说，梦想成真，我国航天事业发展又树立了一座新的里程碑。它宣告中国迈入"世界月球俱乐部"。

没有哪一项事业能像航天这样体现高科技的实力和综合科技的发展，没有哪一项事业，它的成功能如此凝聚全民族的力量，振奋全民族的精神。"嫦娥一号"卫星发射成功后，卫星总设计师兼总指挥叶培建院士被誉为"嫦娥之父"，频频亮相报纸、广播、电视等多种媒体，通俗易懂地向全国各族人民介绍"嫦娥一号"卫星运转进程、工作情况及探月的作用和意义。

"绕月功臣荣归母校，湖中学子放飞梦想。"2007年12月22日，"嫦娥一号"卫星总设计师兼总指挥叶培建院士回到母校——浙江省湖州中学，并为全校师生作专题航天报告。"航天既是一个国家实力的表现，也是一个国家威力的象征，我国航天事业的发展经历了三个里程碑：1970年4月，我国发射了第一颗人造卫星——'东方红一号'；2003年10月15日，我国将杨利伟送上太空；2001年10月24日，我国'嫦娥一号'卫星发射成功。将来，我国航天事业的发展方向是以月球为主的深空探测。做好深空探测必须有长远规划，必须依靠自力更生。'嫦娥一号'卫星必须是中国牌，只有依靠自己的努力，自己掌握核心技术，我们才能立于不败之地。探月第二步是2015年前打一个着陆器到月球，使小车能在月球上行走，进行具体探测，并把数据传回地面。第三步，2017年前去月球采集样本，供我们科学家研究。"叶培建院士的话引得掌声如潮，使在场的每一个人都对中国航天事业充满希望。叶培建院士是我国首次月球探测工程的突出贡献者和突出贡献单位的代表,这不仅仅是湖州中学的骄傲,也是浙江人民和全国人民的骄傲。今天"嫦娥三号"卫星已发射,探月车"玉兔"更成功着陆月球,在月面行走,进行科学探测。

叶培建院士:中国首颗绕月探测"嫦娥一号"卫星总设计师兼总指挥,是我国航天器研制学科带头人之一,也是中国空间技术研究院CAE技术的奠基人之一。1962年毕业于浙江省湖州中学;1967年毕业于浙江大学无线电系;1980年赴瑞士纳沙泰尔大学留学;1985年获科学博士学位;1992年后任"中国资源二号"卫星副总设计师、总设计师兼总指挥;2001年被任命为"嫦娥一号"探月卫星总设计师兼总指挥;2003年当选为中国科学院院士。现为全国政协委员,"嫦娥号卫星"顾问,继续为我国的航天事业贡献自己的力量。

原载 《浙江月刊》(台湾)第四十六卷 第五期

65. 与"星空巨人"叶培建面对面

凌 云

深秋的北京,阳光温暖恬静,碧蓝的天空白云飘逸。恰逢即将召开的APEC会议,道路两旁随处可见"合作共赢"的道旗标语,欢乐祥和的首都在国际舞台上又将上演新的大剧。一阵风吹过,金黄的树叶腾空而起,像是蝴蝶四处翻飞,然后,又慢慢地回落大地,低头细看,这可爱的精灵竟是家乡的银杏叶!它们你挨着我,我挨着你,北京的街道上像是铺上了一块金黄色的地毯,煞是美丽。想到"小孙,我们是老乡"的话语指引我来到这里,马上就要见到这个人,我不觉展颜轻笑了起来,内心溢出一种满满的幸福。是啊,秋天是有成绩的人生,绚烂多彩而庄严肃穆,似"高大上"实则非常的简单。正如今天的北京,让人觉得,这才是秋天的基调,明净、包容、宽广、厚重,充满了独特的成熟魅力。

科学家的"乡愁"

"稚子牵衣问,归来何太迟?"2005年的一天,泰兴市根思乡李秀河村

走在路上

走来了一位学者模样的"外地"人,在村中走走看看很久,村民相见不相识,笑问客从何处来。回忆起九年前的往事,叶培建院士告诉我,当时自称"路人",就是不想给任何人添麻烦。因为凑巧在上海工作间隙,有一个难得的休息天,自己就在司机的帮助下,专程从上海赶了回来。在村中看看曾经住过的房基地和上学的地方,去宣堡镇吃一碗正宗的宣堡小馄饨,在泰兴城品尝到了妈妈味道的干豇豆烧肉,匆匆离开后感到很满足。

叶院士说,一个人小时候的生活习惯,有时候可以延续一生。他出生在泰兴,在泰兴生活的八年喝的汤汤水水已经养成了他的"泰兴胃",至今,最怀念的美食就是家乡的摊烧饼、黄桥烧饼、芋头酸粥、稞子粥,那是一种幸福的味道。

听"航天巨人"讲航天

相信很多人不会忘记 2007 年那个难忘的时刻,"嫦娥一号"在西昌卫星发射中心成功发射,耀眼升空。自此,寄托中华民族两千多年"奔月"向往的民间传说,瞬间变为触手可及的现实。在这一伟大设想得以实现的背后,出生在泰兴的中国绕月探测工程"嫦娥一号"卫星系统总指挥、总设计师叶培建院士的名字被许多人铭记。七年后的今天,在"嫦娥五号"飞行试验器于内蒙古精准着陆的喜庆时刻,我们有幸在中关村高科技园区中国空间技术研究院聆听这位资深航天人讲述中国深空探测事业的发展历程。

2012 年 12 月,中国的"复兴之路"在中国历史博物馆热展。展览回顾了中华民族的昨天,展示了中华民族的今天,宣示了中华民族的明天。习总书记在参观开幕式上第一次详细阐述了"中国梦"的核心内容,即"实现中华民族伟大复兴,就是中华民族近代以来最伟大的梦想"。展览的最后部分有一份 2007 年由发射场总指挥长、副总指挥长等五人联合签署的发射"嫦娥一号"的命令书。叶院士深情地说:"航天梦就是我们的中国梦!"

航天一方面是高、精、尖,事实上与每个人息息相关。20 世纪六七十年代,在比较困难的情况下,我们勒紧裤腰带研制了"两弹一星",保卫了我们的国防。今天,如果把宇宙比喻成地球的话,星球就是岛屿,为了拓展生存空间,谁先到谁先得，今天不去，将来奈何？强大的国防，是百姓能够安全幸福生活的保障，所以在富足的今天，中国更需要缩短与强国之间的差距。除此之外，空间应用的很多科研成果也能直接造福于民，比如卫星在通信、气象、导航、遥感等领域的应用，已经成为我们生活的重要组成部分。

中国的探月计划——"嫦娥工程"是从2004年开始正式实施的，目前属于不载人的探测活动。在无人探月"三步走"——绕、落、回的总体规划下，先后研制了"嫦娥一号""嫦娥二号""嫦娥三号"，团队成员亲切地称它们是"大姑娘""二姑娘""三姑娘"。一期工程的"绕"，即绕月探测，原定由"嫦娥一号""嫦娥二号"完成；二期工程为"落"，即实施月球软着陆和自动巡视勘察，由"嫦娥三号""嫦娥四号"完成；三期工程是"回"，即完成月球样品采集后自动返回，由"嫦娥五号""嫦娥六号"完成。

2007年10月24日，"嫦娥一号"成功发射，实现了中华民族的奔月梦，获取了大量科学成果，并于2009年3月顺利实现可控撞月，使中国成为太空利益攸关方，成为拥有一定实力和地位的空间大国，开启了深空探测领域的新篇章！

2010年10月1日，"嫦娥二号"作为二期工程的先导星发射成功，为二期"落"做了扎实准备，并在拉格朗日2点做了科学实验，后又交会了小行星图塔蒂斯，拍取了全世界最清晰的小行星照片，现已成为太阳的新行星。

2013年12月14日，"嫦娥三号"成功落月，是迄今为止全世界控制最精确的一次落月，也是自1976年的37年以来人类第一个软着陆月球的探测器。月球上第一次留下了中国月球车的轮印。在寥廓而深邃的星空，来自中国的问候，给未来留下了深远的回声。

2014年11月1日，"嫦娥五号"飞行试验器采用弹跳式返回在内蒙古精准着陆，为2017年"嫦娥五号"探测器完成月球自动采样返回，打下了坚实基础。"嫦娥五号"取样返回的复杂性和先进性在我国已有和正在研制中的空间飞行器里是空前的，标志着我国成为继美、俄之后世界上第三个掌握从月球返回技术的国家。

被称为命中注定与航天结缘的叶培建院士，是这样描述"嫦娥工程"的近况的。

> 大姐月球已涅槃，
>
> 二姐天际成新仙，
>
> 三姐蟾宫守玉兔，
>
> 五妹[1]出嫁待他年。
>
> 心忧小妹旅途安，
>
> 表姐[2]舞娣勇为先，
>
> 待到草原遍地黄，
>
> 侠女月地走往返。

注：[1]"五妹"指"嫦娥五号"。[2]执行探月工程三期返回飞行试验任务的飞行试验器，编号"5T"，作者取其谐音，称其为"舞娣"，虽为同一家族，但排序在外，故称"表姐"。

传承奔月精神　圆梦必须依靠团队

据考证，中国两千多年以前的战国时期文献《归藏》中就记载了"嫦娥奔月"的故事，两千年来，故事经过古人的丰富想象，有了广寒宫，来了玉兔为伴，多了吴刚伐桂等美丽传说。相信很多人的少年时代会和我一样，在月圆之夜，通过静静地观察水中月亮的倒影，放飞自己的奔月梦想。

如今，古老中华积攒了两千多年对月球深情的问候，"嫦娥一号"帮我们带到了，人们在奔走相告之时，叶培建却陷入了深深的思考。回想2001年9月，从开始担任"探月卫星"项目的技术、行政负责人开始，团队只有寥寥八九个人。经过三年的努力，"嫦娥一号"于2004年正式立项实施，叶培建也被任命为"嫦娥一号"卫星总指挥兼总设计师。因为当时他还是"中国资源二号"卫星的总设计师兼总指挥，叶培建一人身兼四职，这在我国航天领域是罕见的。三年后的2007年"嫦娥一号"发射成功，叶培建想到的第一件事就是与领导商量如何以年轻人为主建立好今后的科研队伍。

用他的话说："要想吃好馒头，就要从种麦子抓起。"当时他带领下的"嫦娥团队"平均年龄不到30岁，他可以如数家珍地说出他手下每个人的特点和特长。他认为，作为一名老科技工作者，要鼓励年轻人去挑担子，把年轻人的创造力和智慧激发出来，给其创造大显身手的机会很重要。同时，还要帮助和带动年轻人一起干，用自己的高标准、严要求去激励大家好好干。"嫦娥团队"在探月工程上不断创新的同时，一直不忘按中国具体情况，走中国发展道路。他们一步步向前，取得大批自己的知识产权与专利。而锻造团队，纪律严明是保障，叶总是一个自工作以来没有迟到记录的人，任何场合，老爷子坐镇，年轻人就有榜样和主心骨。

现如今的"嫦娥团队"核心成员已经有了一百多人，在"嫦娥一号"担任副总设计师的黄江川，当时只有43岁，他是后来的"嫦娥二号"的总设计师。"嫦娥一号"还有一个副总设计师孙泽洲是个"70后"，他是"嫦娥三号"探测器的总设计师。2013年"五四"青年节，习总书记在中国空间技术研究院接见了全国优秀青年代表，孙泽洲代表全国的科技青年做了实现航天梦的发言。而作为"嫦娥三号"探测器系统首席科学家，"嫦娥五号"总设计师、总指挥顾问，空间科学与深空探测首席专家，每次执行发射任务时叶培建都是北京飞控中心飞控专家组组长、发射场的质量总监。叶总给自己的定位是所有年轻人的总顾问。作为中科院学部技术科学部副主任，他也积极推进院士制度的改革，符合院士条件的年轻人他必定极荐。在"嫦娥团队"中，国家国资委、发改委、工信部等6个部门联合表彰的"嫦娥一号""嫦娥二号""嫦娥三号"的突出贡献者，很多年轻人榜上有名。在这种争先创优、不甘落后的氛围中，很多年轻人拿到了"中国青年五四奖章""中国青年科技奖""陈嘉庚科学奖青年奖"等奖项。同时，最为可贵的是，他们还拿到了2014年国家级的"创新团队奖"，这个奖属于整个团队，国家设这个奖项不过三年，每年评选不超过三个团队。

与百姓民生面对面

叶培建已经是连续两届的全国政协委员了，作为文史和学习委员会委员，叶院士可谓功底深厚。想当初，如果不是他的父亲在朝鲜战场上亲身经历了中国军人因为缺少空军的支持而吃的大亏，按照他自己本真的梦想，也许我们现在看到的会是一名杰出的外交官。

走在路上

2008年中秋前夜,叶培建来到了曾经留学的瑞士。在瑞士的苏黎世联邦高工作了一个半小时的报告,海外学子、海外华人尤其是老人们知道今天的中国如此强大,激动得热泪盈眶,民族自尊心、民族自豪感、凝聚力倍增。董津义大使感慨:"叶老讲一个半小时,比我工作一年的效果还要好啊。"

而在国内涉及各行各业的科普报告与演讲,叶院士给自己订了一个计划,一年作15～20场。拿出计划表,我看到截至11月初,2014年他已经完成了14场。由于他在科普方面的贡献,他荣获2014年中国科协的"中国科技馆发展奖——贡献奖"。

教育是立国之根本,是民族兴旺的标记,一个国家有没有发展潜力看的是教育,这个国家是否富强看的还是教育。说到这个话题,我明显能感受到叶院士心情有一点沉重。他认为,单就留学生而言,中国学生与欧洲学生存在一定差距,表现在中国学生缺乏突出的创造力和想象力,缺乏独立思考的能力,不大会发散性思维。而补上这一课,学生平时需要有好奇心,多读书,多思考,多经历。积累和锻炼到一定程度,可以使自己在一个完全陌生的领域快速进入状态,能从复杂的问题中找出关键问题。而我国的教育体制和教育的从业者们,则需要动更多的脑筋去激发和培养学生的综合软实力,当前需要控制好大学的规模,提高教学质量。为此,他在政协提过提案。我们看到,这些年他的政协提案还有一些当下热议的话题,如医患关系、广场舞等。他认为社会发展的根本目的是和谐社会、改善民生,面对百姓生活,我们解决问题的总体思路就是找出解决各方利益平衡的途径和方法,换位思考,不要放大矛盾。

印象叶培建

叶培建,全国政协委员,中国科学院院士,现任航天科技集团公司科技委顾问,曾任"嫦娥一号"卫星系统总指挥兼总设计师,是"嫦娥三号"探测器系统首席科学家,"嫦娥五号"总设计师、总指挥顾问,空间科学与深空探测首席专家。

屈指算算,本人在媒体工作已经16年了,因为工作关系,接触到的有成就的人不少，叶培建自然是目前接触到的取得成就最大的一位了。而本次的采访却因为我完全不需要问问题令我难忘，他没有问我要过采访提纲，可他的工作记录本上却写好了接受采访的提纲。

叶院士说话语速稍快，吐字清晰有力。谈到航天梦，谈到因为国家对探月工程的重视，曾在人民大会堂召开过"嫦娥一号""嫦娥二号"的庆功大会，他也站在主席台上代表科技工作者发过言，泰州当时有两人出席——胡锦涛和叶培建，自豪之情溢于言表。

叶院士做事干练、反应敏捷，有很强的感染力。在紧张工作之余，他做得最多的就是为鼓舞全国人民和全世界华人的民族自豪感而奔走宣传；他举贤不避亲，对家乡学子予以关注和提携；他"要官"抓质量，"念经"为质量，对家乡的院士工作站更加不放松。在欢声笑语中，我看到了一颗胸怀坦荡的赤子之心。

叶院士衣着朴素，生活简单，研究学问喜欢刨根问底：家乡土语"杲昃"令他好奇的不是意思，而是为什么这么悠久的有文化的文字只在泰兴保留；家乡有东西乡之分，生活水平存在差距可以种水稻，提高生活水平，多年来东乡不种水稻的原因何在……在张口结舌中，我学到了"知其然，必知其所以然"的治学态度。

"江水三千里，家书十五行。行行无别语，只道早还乡。"走出中国空间技术研究院的大门，我的心暖暖的，因为我知道，在人类深空探测事业中，有一个泰兴人的名字一定会赫然在列，他就是"星空巨人"叶培建。

原载　2015年《印象泰兴》第45期、第50期

66. 我市慰问泰兴籍三院士

印象泰兴杂志社随同拜访

徐纪华

新春佳节将临，副市长刘俊以及市科协主席许咏诗一行，于2月4日、5日专程赶赴合肥、南京，先后看望慰问了泰兴籍院士常印佛、王德滋和叶培

建院士母子，向他们送去了家乡人民的问候。

"我出生在泰兴南街174号，门牌号码我还记得。16岁以前一直在家乡生活……"满头银发的常印佛院士对家乡的深情回忆，一下子拉近了彼此之间的距离，慰问活动从一开始就洋溢着浓浓的乡情和亲情。

常印佛院士在与刘俊副市长的交流中说，泰兴发展的关键在于人才，希望把人才放到一个重要的位置，并建议进一步丰富泰兴的历史文化遗产，如把扬陋学塾的旧址恢复起来，使其成为激发泰兴学子奋发向上的精神动力。

王德滋院士满怀欣喜地回顾了2013年三院士联袂回乡的经历，"前年回家，感觉泰兴的面貌发生了巨大变化。希望泰兴还要继续实施科技兴市战略，加强生态文明建设和文化建设"。

叶培建院士对我市每年看望他的老母亲深表谢意，他表示将一如既往地关心家乡建设，扶持家乡的科技人才。

"我对家乡怀有很深厚的感情，家乡的父老乡亲不但供养我长大，还教育、培养了我。在乙未年春节到来之前，我向家乡父老拜年，祝家乡泰兴越来越繁荣昌盛！"常印佛院士深情告白。

"我用四句话来表达对家乡的祝愿：加强科技、发展经济、保护环境、改善民生。"王德滋院士还结合自己60年的科技生涯，寄语家乡学子：坚毅自强、存朴求真、学有专长、事业有成。

印象泰兴杂志社负责人随同拜访，向院士们赠送了新出版的杂志，其每期邮寄给在外泰兴人士的杂志数量达2 000余本。院士们饶有兴趣地翻阅杂志，并为家乡题词，通过《印象泰兴》转达对家乡及父老乡亲的美好祝愿。王德滋院士还高兴地拿出追忆自己60年科学人生的回忆文章，推荐在杂志发表，叶培建院士随后也发来了自己描述童年时期的外婆家的散文。

原载　2015年《印象泰兴》第47期

67."无非穷点,你们是有家的人"
——"嫦娥一号"总指挥兼总设计师叶培建院士的打工故事

余晓洁　王卓伦

2016年全国"两会"前夕,在北京中关村南大街与国家图书馆毗邻的中国空间技术研究院的一间10平方米的办公室里,采访伴着咖啡的香味开始了。

这次采访约了很久。

猴年元宵节刚过,腰疼还没好的全国政协委员、"嫦娥一号"卫星系统总指挥兼总设计师叶培建院士就和"70"后优秀弟子、"嫦娥三号"探测器系统总指挥孙泽洲出差"开工"了。

回到北京,他继续论证中国载人深空探测的必要性和可能性。此外,认真写了今年带上全国"两会"的提案:中国国民国防意识亟待加强和"不作为病"如何医治……

说完提案,叶老开始侃侃而谈"航天+咖啡"。

"我是咖啡文化的倡导者。它让人思考、分享……"叶培建说起自己35年的"咖啡往事"。

那个时候,国门刚刚打开,科学的春天清风徐来,撩拨起叶培建继续读书的渴望。他考上了中国计量科学研究院和502所两个专业的研究生,又通过了出国资格外语考试,赴瑞士纳沙泰尔大学微技术研究所读博士研究生。

瑞士,富裕美丽。留学生叶培建很穷,但不酸。

20世纪80年代初,祖国还很穷。每个月的费用还没有瑞士给一个难民的救济金多。

"瑞士书很贵。出国经费勉强够基本生活,我就到火车站旁的咖啡屋打工。挣的钱都用来买书。"叶培建说,每周有两个晚上到咖啡屋打工,一次6个小时。

起初,叶培建法语不好,不能流畅地和顾客交流。所以,他的工作岗位是在吧台。女服务生不断告诉他客人点的"拿铁两杯,卡布奇诺一杯……"

渐渐地,叶培建的法文流利起来。他成绩好,表达能力也很强。

汉字、中华文化、悠久历史、神秘的西藏……在学校每天15分钟的茶歇里,同学们口中的"叶"都是"主讲"。这个来自中国古都南京的小伙子,打破了欧洲学生"中国男人留长辫,女人裹小脚"的陈念。

几十年过去了,时任纳沙泰尔大学校长的一句话时常回荡在他耳边。

"我知道,叶,虽然你们没钱,还没难民们的钱多,但你们跟他们不一样。难民是无家可归,而你们是后面有国家的。无非穷一点,但是很阳光。"校长说。

甫一学成,叶培建就回国了,把自己所学用在中国的航天事业上。

21世纪,栾恩杰、孙家栋、叶培建等为中国探月工程立项验证、奔波、游说。2004年1月,中国探月工程正式立项,牵头组织单位是原国防科工委。

2007年10月24日,"嫦娥一号"直刺苍穹。叶培建是卫星系统总指挥和总设计师"一肩挑"。作为我国首颗探月卫星,"嫦娥一号"成功绕月,是继人造地球卫星、载人航天飞行之后我国航天事业发展的又一座里程碑,标志着我国迈出了深空探测的第一步。

2010年10月1日,"嫦娥二号"成功发射,获得世界首幅分辨率为7米的全月图;为"嫦娥三号"验证了部分关键技术。2013年12月2日,"嫦娥三号"披挂出征,着陆器稳稳"落下去"——月面软着陆,"玉兔"号月车缓缓"走起来"——月面巡视探测。

如今的叶培建,是中国探月工程的高级专家顾问。这位顾问,一点都不来"虚的",而是"真顾真问"。

去年,"长征五号"运载火箭和"嫦娥五号"月球探测器,在海南文昌发射场合练。"这是新火箭、新探测器、新靶场的首次'见面',是2017年'嫦娥五号'实施中国探月三期工程——奔月、绕月、落月、获取月球样品后返回地球任务之前,对各大系统的一次重要检阅。"叶培建说,"'中国夸父'们很辛苦,去年的中秋节和国庆节都是在靶场(发射场)过的。有些参研参试人员在靶场一待就是4个月。"

说这些辛苦时,他没有提及自己。但是,在"60后""70后"当家、"80后""90后"日益成为主力的靶场,像他这样的长者,真心不多见。

从发射"嫦娥一号""嫦娥二号""嫦娥三号"的西昌,到即将发射"嫦娥五号"的文昌,叶老都常去。他看起来比实际年纪轻,连白头发都不是很多。语速快、思维快。更重要的是:壮心不已。

"如果问我们这些人什么最幸福?那就是圆满完成每一次的探月任务。"叶培建说,"我们航天人总是自觉不自觉地把自己视为国家的人。"

航天人、探月人、我们……这些词在叶培建口中说出时,有一种自然而然的归属和骄傲。这种归属和骄傲,来自把自己全身心交给一份既符合祖国需要又能实现个人梦想的事业后的执着与淡定。

"中国载人深空探测还没有具体计划。"叶培建说。人有好奇心,只有不断探索人类才能进步。人类社会生产力的持续发展与地球空间资源的有限决定人类要走出地球。

叶培建说,中国人迟早会走出地球"摇篮",登上月球、小行星、火星……一方面为人类探索做出贡献,一方面维护中国人的太空权益。

原载 2016年3月1日《中央新闻采访中心》

68. "嫦娥二号"成人造太阳系小行星,2020年回地球附近

余晓洁 刘斐

还记得2010年10月1日发射的"嫦娥二号"卫星吗?它还在超期服役,还在飞。全国政协委员、"嫦娥一号"卫星系统总指挥兼总设计师叶培建院士告诉记者,"嫦娥二号"已经成为太阳系的小行星,围绕太阳做椭圆轨道运行。

"'嫦娥二号'表现优异,大约会在2020年前后回到地球附近。"叶培建说。

我国探月工程总体分"绕""落""回"三步走。"嫦娥二号"原本是"嫦娥一号"的备份星。"嫦娥一号"成功完成绕月任务后,经论证,"嫦娥二号"成为"嫦娥三号""落月"任务的先导星。

五年多来,"嫦娥二号"有哪些壮举呢?

2010年10月1日,"嫦娥二号"成功发射,获得世界首幅分辨率为7米的全月图;为"嫦娥三号"验证了部分关键技术;在拓展试验中首次从月球

轨道出发飞赴地月拉格朗日 2 点进行科学探测；在距地球 700 万千米处实现了对图塔蒂斯小行星的飞越交会探测。有关测控数据表明，截至 2014 年年中，"嫦娥二号"已突破 1 亿千米深空。

"嫦娥二号"还在不断刷新宇宙深空的"中国高度"。同时，它下传的科学数据，经过多级处理，为科学研究和人类更好地认识宇宙提供了宝贵依据。

原载 2016 年 3 月 1 日《中央新闻采访中心》

69. "嫦娥三号"破世界纪录啦！在月工作时间最长的探测器
余晓洁　刘　斐

新华社北京电（记者余晓洁、刘斐）"自 2013 年 12 月 14 日月面软着陆以来，中国'嫦娥三号'月球探测器创造了全世界在月工作最长纪录，远远超出我们的设想。原本着陆器和'玉兔号'月球车的设计寿命分别是 1 年和 6 个月。"

全国政协委员、"嫦娥一号"卫星系统总指挥兼总设计师叶培建院士表示，这为我们对月球探测器的长寿命、高可靠性设计带来帮助，也对国产元器件的评估带来好处。

"看起来，它还能继续工作下去，挺好的。"叶培建说。

"嫦娥三号"已超期服役约 15 个月，它的着陆器一切正常。记者从国防科工局获悉，2 月 18 日"嫦娥三号"着陆器成功自主"醒来"，进入在月球的 28 个白天——月昼。"嫦娥三号"着陆器上的月基天文望远镜等有效载荷及工程参数测量设备工作正常。

"'玉兔号'月球车驱动机构发生了问题，不能走了。太阳能帆板也受到影响，原本有一侧的太阳能帆板月夜期间能合起来，把月球车盖上保温的，现在合不了了。即便如此，由于热控比较好，'玉兔'还是能够被唤醒，并把遥测数据下传地球。"叶培建说。

今年年初，国际天文学联合会正式批准了中国"嫦娥三号"着陆区 4 项月球地理实体命名，分别是"广寒宫""紫微""天市""太微"。

"广寒宫"在月球正面,中心坐标北纬44.12°、西经19.51°。命名理由是用以标记中国"嫦娥三号"月球探测器首次在月球上实现软着陆的位置。"广寒宫"方圆77米,包括"玉兔号"月球车巡视路线及其东侧重要地貌。

"紫微""天市""太微"是紧邻"嫦娥三号"着陆点周边区域三个较大的撞击坑,名字取自古天文图中的"三垣",以此表达对中国古代天文工作者的敬意。

"根据国防科工局制定的相关数据管理规定,'嫦娥三号'科学探测数据已陆续向全球开放共享。这对我们认识月球、在月球上看外空很有帮助。"叶培建说。

据不完全统计,已有十余篇源自"嫦娥三号"数据的科学论文登上顶级科学期刊。比如,2015年12月23日出版的英国《自然—通讯》杂志公布了一则行星科学论文。中国与美国科学家报告,从2013年"玉兔号"月球车穿过"雨海"的"紫微"撞击坑附近的采样中发现了月球表面的一种新型岩石。

"广寒宫里,'嫦娥三号'的故事在继续,人类讲述月球故事也在继续。"叶培建说。

原载 2016年3月1日《中央新闻采访中心》

70. 2018年中国创举:中继星"照亮""嫦娥四号"驾临月球背面之路

余晓洁 刘斐

新华社北京电(记者余晓洁、刘斐)全国政协委员、"嫦娥一号"卫星系统总指挥兼总设计师叶培建院士在接受新华社记者专访时表示,中国计划2018年前后发射"嫦娥四号"月球探测器,在月球背面软着陆。为"照亮""嫦娥四号"驾临月球背面之路,一颗承载地月中转通信任务的中继卫星将在"嫦娥四号"发射前半年"布"到地月拉格朗日2点。

"人类探测器在月球背面软着陆是第一次。探月活动中,利用中继星实现地球与月球背面的通信,是中国人的创举。相当于在距离月亮8万千米的地方'布'了一个通信站,可与地球保持全天候的通信。"叶培建说,希望这颗

星是颗"长寿星",这样,未来几年如果有别的国家探索月球背面,也可以得到中国中继星的通信服务。

"嫦娥四号"原本是探月二期"落月任务"的备份星。"嫦娥三号"圆满完成月面软着陆后,经过一段时间的论证,"嫦娥四号"被赋予更新的任务和挑战——月球背面软着陆。截至目前,人类得到的月球背面的信息都是拍照得来的,都不是就地考察得来的。

"月球背面和正面软着陆在'落'月的本质上没有区别,'嫦娥四号'任务最大的难点在于人类在地球上无法与月球背面直接通信。地月关系由潮汐锁定,人类在地球上只能看到月球的正面,看不到月球背面和部分南北极。如果不解决通信问题,就不知道'嫦娥四号'有没有落到月球背面、落得好不好,是否正常开展月面工作。"叶培建说。

如何解决地球和月球背面的通信问题?

科学家们想到了中继。然而,实现中继的方法不止一个。比如,可以发射很多通信卫星绕着月球转,始终保证至少有一颗卫星绕到落在月球背面的"嫦娥四号"着陆器的通信范围,这样就可以把信号传到地面。

"还有一个同样有效但成本降低的方案——朝地月拉格朗日 2 点发射一颗中继卫星。月球在中间,地球和中继卫星分别在月球两边。跟地球相比,月球比较小,所以位于中间的月球几乎遮挡不住地球和中继卫星的信号传播。只要月球附近的信号传到位于地月拉格朗日 2 点的中继卫星,这颗中继卫星就实时对地通信。"叶培建说。

祝福中继星发射成功,"照亮""嫦娥四号"探索月球背面之路。

原载 2016 年 3 月 1 日《中央新闻采访中心》

71. 叶培建委员:中国探测器有望 2021 年到达火星

刘 阳 余晓洁

新华社北京电(记者刘阳、余晓洁)"中国有可能在 2020 年发射火星探测器。经过几个月的飞行,在中国共产党建党一百周年的时候,中国火探测器有望到达火星。如果成功了，是航天人给'第一个百年'的礼物。"全国政协委员、"嫦娥一号"卫星系统总指挥兼总设计师叶培建院士在接受新华社记者采访时表示。

叶培建表示，距离发射仅剩五年，时间很紧。"但是我们很有信心，我们的团队是2013年实现中国探月工程完美落月的'嫦娥三号'团队，目前任务在紧张进行中。"

"尽管我们不是第一个实现火星探测的亚洲国家，但我们的起点和水平很高。与印度的'曼加里安号'探测器只是绕火星赤道轨道飞行、只能看到火星'腰带'不同，中国第一个火星探测器将绕火星飞行，并对火星进行全球探测。此后，进入器载着巡视器着陆火星，巡视器在火星上'走起来'。"叶培建说。

据叶培建介绍，我国通过探月工程的实施，积累了深空探测的能力和人才队伍，目前已基本具备火星探测能力。

"地球到月球约40万千米，到火星最远约4亿千米。目前，我们已经突破了4亿千米通信问题。但最大的难点是着陆火星。火星轨道是第二宇宙速度，再加上火星上有沙尘暴等不利条件，落火星比落月球难度大得多。到时候，'超级'降落伞、反推力发动机都可能用上。"叶培建说。

在叶培建看来，人类只走出了探索浩瀚星空的第一步，但对探测火星和小行星、探索宇宙奥秘、认识宇宙大爆炸、寻找地外人类宜居环境等有非常重要的意义。

原载　2016年3月4日《中央新闻采访中心》

72. 航天"领军人"叶培建和他挂心的中国深空探测军团

杨　柳

见到航天"老帅"叶培建时，他正在入住的全国政协委员驻地里绕圈，"熟悉一下环境，探一探地形"。

探测，这项叶培建从事了十多年的职业，将引领他和他的深空探测团队在2020年奔向无人之境——"火星"。"中国要探火星。现在各方的认识已经

达成一致，目前正在积极进行方案设计和技术攻关。我们有信心赶上2020这个火星发射周期年。"

年过七旬的叶培建被称为"嫦娥之父"。他带领的中国空间技术研究院深空探测团队，成功研制了"嫦娥一号"卫星到"嫦娥五号"探测器。"火星探测飞行器，也是由我们这个团队在研制。"

叶培建告诉中新社记者，团队自2002年组建，如今已从成立之初的十几人发展到上百人。主力军也逐渐从"70后"过渡到"80后"。2014年，这个团队被国家授予"全国科技创新团队奖"，是目前为止唯一一个获此殊荣的航天团队。

当记者想聊聊他的角色时，叶培建却说："还是说说年轻人吧。孙泽洲是'嫦娥三号'探测器系统的总设计师，饶炜、张熇任副总师，孟林智做总体设计，黄晓峰管测控……还有许多能干的年轻'女嫦娥'。他们在继承'两弹一星'和载人航天精神的基础上，尤其表现出了热爱祖国、勇于攀登和团队精神的特点。"

目前，团队正在集中精力为明后两年发射的"嫦娥五号"和"嫦娥四号"做准备。在掌握了探月工程"绕、落、回"的技术与经验之后，叶培建的团队对火星有了更深远的遐想。"我们准备把绕火星探测、对火星全球观测、着陆火星以及在火星上进行巡视、勘测结合起来。通过一次工程，把环绕、着陆、巡视都完成。如果成功，这在世界上将属首次。"

叶培建深知这对整个团队是巨大挑战。但他相信，挑战也可以成为更大的跨越。"如果这一步能实现，中国将迈入火星无人探测的先进行列。"

去年，一部名为《火星救援》的美国电影全球上映，谈及影片中有关中国航天成为拯救行动的关键一环，叶培建并不"沾沾自喜"。"好莱坞是为了中国市场。不要以为美国要在航天领域开放与中国合作。如果真愿意合作，那些在美国召开的国际航天会议，就请美国不要再拒绝向中国科学家发放签证，改变'口惠而实不至'的现状。"

对于"探火"的开放程度，叶培建称，整个工程由中方主导，但也不排除在科学探测目标和测控方面加强国际合作。

北京时间3月2日，载有3名宇航员的"联盟TMA-18M"飞船返回舱安全着陆。其中，美国宇航员斯科特·凯利（Scott Kelly）在为期340天的任务中，做了400多项试验，绕地球飞行了2.3亿千米，观看了10 944次日出和日落。

"国际空间站是国际合作的成果，也是人类的共同财富。"叶培建认为，这其中特别宝贵的是科学家可以通过Scott Kelly与其双胞胎兄弟、美国前宇航员Mark Kelly进行比对，研究太空生活对人体产生的影响。"这样的比对更加可靠。"

"我希望在我有生之年能够看到中国人登上月亮。"叶培建说，"目前中国没有载人登月计划。不过，作为航天人，我们正在为载人登月进行各种技术准备。"

原载　2016年3月6日《中国新闻网》

73. 今日话题：五位航天航空总师详解中国"上天"能力

杨　柳

中国"上天"能力几何？中新社记者专访了"长征三号"甲系列火箭、"嫦娥一号"、载人航天、新一代歼击机、大型运输机等五位总设计师，详解当前中国航天航空技术在世界上的地位与前景。

构建新一代运载火箭完整型谱

火箭，作为航天"接力赛"中的第一棒，承载着中国探月、载人、卫星等太空梦想。中国航天科技集团公司正在研制新一代运载火箭。去年，"长征六号""长征十一号"运载火箭成功完成首次飞行试验。今年，大火箭"长征五号"和专为发射货运飞船定制的"长征七号"运载火箭也将"首飞"。

全国政协委员、"长征三号"甲系列火箭总设计师姜杰告诉中新社记者，这四型火箭加强了航天运输系统建设，提升了中国进入空间的能力，增强了现役运载火箭的可靠性和适应性，但仍不能构成中国新一代运载火箭的完整

型谱。中国还需要补充新的火箭构型。只有构建小型、中型、大型、重型火箭的发展序列，才能满足新时期低轨、高轨、深空探测等航天发射需要。

这位中国科学院院士分析称，与美国、俄罗斯等航天强国相比，中国运载火箭能力仍存在差距。而加快新一代运载火箭完整型谱的研制，将为中国跻身航天强国奠定基础。

航天要兼具战略眼光、顶层设计和拼搏精神

明年，中国预计发射"嫦娥五号"探测器。2018年，"嫦娥四号"作为"嫦娥三号"的备份将首次探秘月球背面。这一系列的发射任务完成之后，中国将实现无人探月"绕""落""回"的三步走发展规划。

对于包括探月工程在内的中国航天技术发展，全国政协委员、"嫦娥一号"卫星系统总指挥兼总设计师叶培建院士认为，近年来中国航天技术取得了长足的进步，也形成了自己的特色，但与美国NASA、俄联邦航天局、欧洲空间局等第一梯队相比仍有距离。

"我认为中国与日本、印度等国现在处于第二梯队。如果想追上世界先进水平，且不被后来者追上，中国必须具备战略眼光、顶层设计和拼搏奋斗的精神，否则总处于追着别人跑的局面中。"叶培建说。

中国载人航天意在和平开发利用太空

自2003年"神舟五号"进行首次载人航天飞行，中国成为世界上第三个能够独立开展载人航天活动的国家。今年，"神舟十一号"飞船将搭载两名航天员，在"天宫二号"发射后择机发射，并与"天宫二号"实现对接。

全国政协委员、中国载人航天工程总设计师周建平在接受记者采访时称，与美、俄相比，中国载人航天的起步晚，规模也略小，"还是存在一定差距的"。但中国载人航天正在不断发展，随着工程不断推进，技术差距会缩小。

"中国载人航天的目的是和平开发利用太空。"周建平说，"目前航天发展为人类的科学技术、经济社会进步做出了很多有益的贡献。未来中国载人航天将持续探索太空，开发利用太空资源，拓展人类生存空间活动。"

歼击机发展更讲究博弈策略

随着歼-10系列等军用歼击机相继亮相,中国在军用航空领域的发展备受瞩目。全国政协委员、中国新一代歼击机总设计师杨伟对中新社记者表示,与美国相比,中国、俄罗斯,以及包括法国、德国、英国在内的欧洲应属于第二阵营。

"由于军用航空发展的第一要务首先反映在歼击机上,所以歼击机在航空界无疑是最较真,也是最难研制的。而中国歼击机近几年的发展取得了长足进步,越来越有中国特色,影响力也随之增大。"杨伟如此评价中国歼击机发展的总体态势。

他说,歼击机从技术上强调创新、跟踪策略,但实际发展更讲究博弈策略。不能只盯着对方有什么,自己就要发展什么。关键要搞清楚自己的战略任务,从而用设计和技术构建谱型,满足中国的战略需要。

大飞机是国家综合实力的标志

大型运输机运-20的成功研制,终结了中国无国产大型飞机的时代。

全国政协委员、运-20飞机总设计师唐长红指出,中国大型运输机长期依赖进口。研制运-20是中国打破西方发达国家技术垄断的壮举,"不再让别人卡住我们的脖子"。

他分析道,现在只有美国、俄罗斯,以及德国、英国、法国等国组成的欧洲联盟能制造大型运输机。大型运输机的成功研制标志着中国已跻身于世界航空技术大国之林。

"我们不仅是在研制一型飞机,而且是提升一个产业的能力,通过高端产业的拉动,带动相关行业的技术进步。大飞机体现了一个国家的科技、工业、国防、经济等综合实力。在这个过程中,中国一定要创造出民族品牌。这一点尤为重要。"唐长红说。

原载 2016年3月14日《中国新闻网》

74. 给小朋友签字的卫星专家
高 博

叶培建委员是中国卫星事业的风云人物。每次开政协会议，叶培建总是被记者追随，谈中国空间事业的新进展。这次开会，我对他笑眯眯的样子印象深刻。

叶培建71岁，身体和头脑都挺活跃，平常表情总是轻松的，说话很干脆，稍带江苏口音。他一开始拒绝谈的问题，肯定就不谈，只要开口了，就不假思索。

今年政协还没开幕，我在华北宾馆大厅看到了叶培建，上去问今年的发射卫星计划。他正在大厅里饭后散步，我们坐在桌子边聊了聊，两分钟，他就给我提供了够写一篇消息的材料。我想让他再多谈谈别的，但他说："我要午休了，我从来不牺牲午休时间。"便起身离开了。

过了两天，我在小组会间隙，碰到了新华社记者采访叶培建，也跟着听了听。他正在谈中国的火星计划。尽管之前也知道中国大概2020年发射火星探测器，但从叶培建口中说出确切时间和计划，还是很有价值。他对记者们提出的外行问题一一解答。

没有叶培建，我要少写好几篇稿子，我得感谢他。

科技记者常碰到专家为稿件中的科技概念是否准确而担心，要求记者发稿前传给他们把关。叶培建则说，他不想审我的稿子，让我自己把握。叶培建说话也不太用术语，挺通俗。他呼吁要"做好科普"，还夸奖国外的科幻大片"会编，但不是瞎编"。

叶培建似乎有点童心，他很坦率，没有公众人物那种着意维护形象的矜持。政协会期间，几位江苏和浙江的小记者来到华北宾馆采访，顺便找叶委员签名。他很高兴，给小朋友的本子上写了"仰望星空，探索未来"，还和小朋友柔声细语地"攀老乡"。我正好在旁边，便拍了照片发在报纸上。照片上的他嘟着嘴，和两位小朋友挺搭。

对几个熟悉的记者，叶培建友善也耐心。我跟他并不熟，但今年采访几次后,他看见我就笑着点点头。一次在大厅,他招呼我,我朝他走去,手指帽檐比了个礼,他马上回礼,然后伸出胳膊,握住我的手。

原载 2016年3月16日《科技日报》两会特刊

75. 中国探月"双帅"新使命:2020年"探火"

余晓洁 荣启涵

4月22日,国家航天局局长许达哲宣布,中国火星探测任务正式立项。中国将在2020年发射火星探测器,一步实现绕火星探测和着陆巡视。

这项新任务中,叶培建是顾问,孙泽洲任总设计师。

过去15个春秋和未来,他们的光荣与梦想因星辰大海紧紧相连。

只不过,目标从距离地球38万千米的月球,大大拓展到距离地球4亿千米的火星。

因"嫦娥"结缘

"嫦娥奔月"的故事在中国流传了千年。在他们手中,"嫦娥"飞上了天,绕月、落月,还在"广寒宫"里"走起来"。

时光回溯到2000年11月,《中国的航天》正式提出将开展以月球探测为主的深空探测预先研究。2001年,叶培建和孙泽洲先后与"嫦娥"结缘。

"从那时起,我看月亮的心情就不一样了。"孙泽洲说。

"嫦娥一号"卫星系统总指挥兼总设计师叶培建和"70后"副总设计师孙泽洲率领团队,只用了3年时间就完成了中国探月工程首发星的研制。

"我国过去卫星都在地球轨道上,与地面距离最远没有超过8万千米,而绕月卫星离地面的距离是38万千米。"叶培建说,轨道设计和控制、三体定向、远距离测控通信、复杂外热流的热控制……这些都是要面对的全新挑战。

谁来"应战"?

"老帅"独具慧眼,挑选了一支平均年龄不到30岁的科研队伍。日后的"少帅"孙泽洲就是其中一位。

"叶帅"是如何练兵的？

在"嫦娥一号"的研制现场，工作人员在进行伽马谱仪的测试时，发现其中一个参数起了变化，但并未引起重视。

叶培建巡查时发现了这个细微的变化。参数变化表明设备很可能有问题，会不会影响到别的设备，会不会影响整个卫星？他接连追问。

航天是 10 000 减 1 等于 0 的事业。叶培建要求年轻人，不能放过任何一个疑点，甚至可以"捕风捉影"。一次，为了搞清一个极偶然的现象，确保万无一失，团队做了 7 000 次实验。

都知道叶总"脾气大"，但每次发火都让人心服口服。

第三个里程碑

2007 年 11 月 5 日晨。

前往测试大厅的叶培建抬头望去，天空很干净，只有一颗启明星伴着一轮弯月，忽然有了诗兴。一首《沁园春·决战今朝》真实记录下了"临战"的场景——

"凌晨太空，一轮弯月，明亮闪耀。望茫茫宇宙，一颗新星。舒其长袖，飞奔广寒。遥呼'嫦娥'，静月漫步，千年梦想要成真。看指控大厅，灯光明亮。

"日夜奋战，航天英豪。全屏显示，参数更迭，日地月星皆明了。要成功，靠诸君努力，只看今朝！"

就是这天，"嫦娥一号"卫星成功进入探月轨道，完成了中国探月工程"绕""落""回"的第一步。

这一步，成为中国航天史上继 1970 年"东方红一号"卫星发射成功和 2003 年"神舟五号"飞船搭载航天员杨利伟首次飞天之后的第三个里程碑。

送"少帅"上马

"嫦娥一号"发射成功后，叶培建本来可以继续干"嫦娥三号"任务。但是，他把年轻人送到舞台中央。

2008 年，孙泽洲被选为"嫦娥三号"探测器系统总设计师。

月球表面地形地貌的不确定性、任务中多个关键动作和环节必须万无一失……30多岁的他"压力山大"。

但是"老帅"对"少帅"充满信心,因为看到"少帅"勇于承担这份国家使命,总体把握能力强,学习能力佳。

2013年12月14日21时11分,"嫦娥三号"在月球表面成功实施软着陆。北京航天飞行控制中心的飞控大厅响起一片欢呼声。那一刻孙泽洲低下头,双手掩面。

有人说,没有一个领域像航天这样历练年轻人,用新型号压担子,而且成败万众瞩目。

他是一棵"大树"

孙泽洲说,执行"嫦娥一号"任务时跟着叶总干好比"背靠着大树",自己做了总师才知道身上责任的分量。

在"嫦娥三号"任务每次关键节点转阶段前,孙泽洲都会跑去找叶培建"汇报一下"——没有形式,不拘于地点,只为"跟叶总聊聊心里踏实"。

——孙泽洲记得,每次谈任务进展,叶总都会先问"你自己怎么想"。

——叶培建认为,年轻人有事随时可以来找自己,但大主意还得他们自己拿。

"老帅"常打趣:"虽然我不替你拿主意,但最不济在我这儿你可以倾诉啊。"但在困难时候,"老帅"会挺身而出挡在前面。

"嫦娥三号"落月,需要在地面做一个空中悬停试验。试验当天,叶培建正在开院士大会。第一次点火试验前的状态设置过程中,有个阀门的开启状态有些异常,试验立刻被叫停。

接到电话的他匆匆赶去,发现原来是阀门的开启裕度不足。由于是真实点火试验,对于试验是否继续进行分歧很大,主管领导主张停止。而如果那天不做,后来一段时间的气候条件就不允许了,对工程进展影响极大。

持续争论了两个多小时后,叶培建说服了大家,准备好充分预案后,试验照常开展,保证了整体进度。

中国的事得有人来做

在一次回母校南京航空航天大学的演讲中,孙泽洲动情地讲述:"当我成为总师的时候,也要成为一棵'大树',遇到困难的时候,首先把责任承担起来。"

深空探测的路上,共同的爱国情怀和报国之志让叶培建与孙泽洲亦师亦友。代代航天人,正是在自力更生、勇攀高峰中"接力"奋斗。

和与他同时代的科学家一样,叶培建爱国。他为自己是航天人无比自豪和骄傲。"我们航天人,总是自觉不自觉地把自己视为国家的人。"

1980年,叶培建赴瑞士纳沙泰尔大学留学攻读博士学位,5年之后学成归国。"我不反对有人学成后在国外工作,那是个人选择,但中国的事必须得有人来做。"

叶培建手机里存着美国人陈列在联合国知识产权总部的月球岩石样品的照片。它们代表了美国在深空探测领域的地位。"我们得像勾践卧薪尝胆一样时刻提醒自己。"他说。

对于更加艰巨的新任务——4亿千米火星探测,叶培建表示,距离发射仅剩5年,时间很紧。"但是很有信心,我们的团队是2013年实现中国探月工程完美落月的'嫦娥三号'团队。"

"探月的一系列经验为'探火'打下了良好基础。"孙泽洲说,地—月转移、月球捕获、环月探测轨道设计等经验,都可以借鉴到火星探测中来。

原载 2016年4月23日《中央新闻采访中心》

76. 叶培建:小行星是深空探测"天然的跳板"

白国龙 余晓洁

新华社北京电(记者白国龙、余晓洁)小行星探测、防御与利用是月球探测、火星探测之外,人类深空探测的又一热点。4月24日首个"中国航天日"来临之际,"嫦娥一号"卫星系统总指挥兼总设计师叶培建向新华社记者透露,我国在小行星研究方面的前期课题已经展开。

小行星是太阳系内类似于行星环绕太阳活动,但体积和质量比行星小很多的天体。叶培建表示，太空是人类继陆地、海洋和大气之后开拓的第四活动疆界，小行星是人类踏上星辰大海征途绕不开的课题。针对小行星综合探测是近年来各航天大国热点目标之一，小行星防御技术也是当前国际上深空探测领域技术发展的新热点。

目前，中国科学家针对"小天体探测策略、小天体目标选择、小行星预警与防御技术"等已做过前期研究，并已展开"小行星资源开发与利用"研究。叶培建认为，中国在未来的深空探测中，适时开展和推动小行星资源开发利用，主要有四个方面的意义：

第一，揭示生命起源。小行星是太阳系在45亿年前形成初期遗留下来的产物，通过获取小行星材料，分析其结构成分，可探索太阳系的形成和地球生命起源等科学问题。

第二，建设小行星预警防御体系、保护地球安全。通过小行星操控试验和资源开发，可促进近地物体探测、跟踪和识别能力的发展，提前发现来自太空的撞击威胁。当未来地外天体轨道可能与地球交会时，可以用小行星已开展的试验中所掌握的技术去尽量拖延小行星撞击地球的时间或直接将小行星转移至安全地带，从而保护地球。

第三，利用太空资源是获得永久太空开发的唯一方式。某些小行星上的金属和燃料能够扩展太空工业的发展，小行星可作为人类开发矿产资源的下一个目的地。

第四，小行星是人类深空探测"天然的跳板"。通过把数百吨的小行星置于地月引力系统或近地空间，航天员可以通过几周的航行就抵达小行星进行探测，显著降低任务成本；小行星可作为中转站，为人类建立空间设施以及星际航行转移系统提供大量基础材料，包括萃取推进剂、开发防护材料、建造星际航行防辐射结构，甚至整个星际探测产业所需要的材料。

原载　2016年4月24日《中央新闻采访中心》

77. 不忘初心 奋勇前行
——访叶培建院士参加建党 95 周年主题音乐会、庆祝大会

郭兆炜

"我不是一个容易激动的人,而且已经 71 岁了,早已过了容易激动的年纪,但是在人民大会堂参加庆祝中国共产党成立 95 周年大会,我感到非常振奋、非常激动。"作为"人民大会堂的常客"、近百次步入这一国人心目中"最高殿堂"的叶总,回想起大会现场的感受时仍难掩内心的欣喜之情。

这份激动源自内心的认同,作为共和国成立的亲历者、现代化建设的实践者,有着 30 多年党龄的叶总对习近平总书记在大会上作出的"在 95 年波澜壮阔的历史进程中,中国共产党紧紧依靠人民,跨过一道又一道沟坎,取得一个又一个胜利,为中华民族作出了伟大历史贡献。这一伟大历史贡献在于实现了中国从几千年封建专制政权向人民民主的伟大飞跃,实现了中华民族由不断衰落到根本扭转命运、持续走向繁荣富强的伟大飞跃"论述有着深深的体会。"中国共产党是历史的选择,也是中国人民的选择,在中国共产党的带领下,我们比以往任何时候都要接近中华民族复兴的伟大目标。"叶总坚定的话语中透出了作为一名共产党员的自豪。

这份激动源自理性的坚守。"今天,我们回顾历史,不是为了从成功中寻找慰藉,更不是为了躺在功劳簿上、为回避今天面临的困难和问题寻找借口,而是为了总结历史经验、把握历史规律,增强开拓前进的勇气和力量。""一切向前走,都不能忘记走过的路;走得再远、走到再辉煌的未来,也不能忘记走过的过去,不能忘记为什么出发。""我们要从中央政治局常委会、中央政治局、中央委员会抓起,从高级干部抓起,持之以恒加强作风建设。"一条条习总书记语录,被叶总脱口而出,只字不差、令人惊叹。叶总告诉记者,习总书记讲话反映出了中国共产党"理性、自省、不断与时俱进"的宝贵品质,也更加坚定了他对中国共产党能"不忘初心,永远为人民服务"的信心。

"高兴之余,我还有些担忧。"叶总坦言,无论是习总书记提出的"中国人民不信邪也不怕邪，不惹事也不怕事，任何外国不要指望我们会拿自己的核心利益做交易，不要指望我们会吞下损坏我国主权、安全、发展利益的苦果"，还是"我们最大的问题是腐败"，都让他对当前的国际国内形势有了更深的了解，也让他深感肩上责任重大。"习总书记的讲话与我国当前面临的很多问题相关，针对性很强，语言不是高深的，都很接地气，我要好好学习，也希望每个党员都认真学习，更好地摸清时代的脉搏，找准前进的方向。"叶总诚挚地向大家发出了倡议。

当谈到习近平总书记提出的"理想因其远大而为理想，信念因其执着而为信念。我们要自觉做共产主义远大理想和中国特色社会主义共同理想的坚定信仰者、忠实实践者，在实现中华民族伟大复兴中国梦的历史进程中充分发挥先锋模范作用"时，叶总感同身受，翻出了曾为《湖州宣传》写的《我的中国梦》一文（此文将同访谈文章一同发表），逐字清读，与记者分享了他心中的执着。"航天梦是中国梦的重要组成部分，实现航天梦，就能为铸就中国梦提供有力支撑，对于我们航天人来说，一句话就是'好好干'，我们把手头的工作实打实地做好了，就是替党争光、为国争光。""作为一名科技工作者、一名院士，既要完成当前任务，又要站在国家的高度、立足国际上航天发展趋势而着眼长远，在当前我所考虑的问题中，'空间科学、小行星探测、有人参与的深空探测'这几个问题摆在首列，我下一步要抓好。"从叶总铿锵有力的话语中，记者感受到了他对党的无比忠诚、对形势紧迫的清晰认识、对干事创业的火热激情和冲锋在前的十足干劲。

"'功以才成、业由才广'，我们要努力形成人人努力成才、人人皆可成才、人人尽展其才的良好局面。"习总书记对人才的论述也引发了叶总的强烈共鸣。"革命必须后继有人，航天事业要又好又快地发展下去，坚实的人才队伍是关键，各级领导干部、专家要在搞好工作的同时，注意带好队伍，营造人才辈出、百花齐放的良好局面。"叶总语重心长，向记者说出了他的育人之道。经过了解，记者才知道总体部黄江川获"何梁何利奖"、孟林智获"全国青年科技奖"、孙泽洲总师获"2016年光华青年奖"、529厂女青工郝春雨获"中华技能大奖"等都是叶总一手推荐的。此外，叶总还充分利用其在中国科学界最权威的杂

志——《中国科学·科学技术》的影响力，为我院深空探测、载人航天队伍组织了多期专栏，让一批年轻人展示成果、脱颖而出。

50多分钟的采访仿若一次心灵的洗礼，给记者上了一堂生动的党课："庆祝大会上，坐在我们前面的正好是一些外国友人，他们听得很认真，很多外国人会后还与大会会标拍照留念。""音乐会上，一曲曲红歌动人心弦，听到一些耳熟能详的歌曲，大家都主动用掌声打起了拍子，积极互动，形成了正能量的海洋。"……一个个花絮让人心潮澎湃，激发起记者身为党员的自豪感。"我在国外留学，在最为富裕的资本主义国家瑞士，向使馆党支部提交了入党申请。""党员要讲政治，当年干遥感时，我在试验队办起了一份报纸，开了型号办报的先河，创刊词里这么写'一份好的小报，在战争年代的连队中，顶得上几挺机枪'。""干工作要讲真话、办实事，对于科研工作更是如此。"……一个个叶总讲述的小故事更让记者看到了"不忘初心、不断前进"的共产党员典范。

原载 2016年7月1日《神舟报》

78. "叶培建星"闪耀太空

蒋建科

本报北京5月8日电（记者蒋建科）"叶培建星"命名仪式暨小行星探测学术报告会8日在中国空间技术研究院举行。中科院紫金山天文台台长杨戟向中国科学院院士、中国航天科技集团所属中国空间技术研究院科学技术委员会顾问叶培建颁发了"叶培建星"命名铜匾、命名证书。

小行星命名是一项国际性、永久性的荣誉，权威性高、影响力大。国际编号为456677号的小行星是中国科学院紫金山天文台于2007年9月11日发现的。为了表彰叶培建院士为推动我国卫星遥感、月球与深空探测及空间科学快速发展所做出的突出贡献，2016年6月，紫金山天文台推荐命名"叶培建星"，并于2017年1月12日获国际小行星命名委员会批准。

早在20世纪90年代初，我国就启动了对小行星探测的相关基础和工程技术研究。叶培建院士作为中国空间技术研究院首席专家领导了深空探测规划论证研究，包含小天体探测相关技术研究。

2010年以来，我国小行星探测驶入快车道，中国空间技术研究院由叶培建院士牵头，开展了系统性研究和一些先期技术攻关，取得了包括"小行星监测与防御技术、小天体策略研究（含目标选择）、资源开发与利用技术、弱引力小天体表面探测机器人"等课题在内的研究成果，提出了我国后续小天体探测返回、操控、利用"三步走"发展路线建议，使我国小天体探测发展路线日渐清晰。中国空间技术研究院还在小行星自主导航与控制、小行星弱引力附着与采样技术等方面开展了预先研究，为小行星探测任务的论证和实施奠定了基础。

原载 《人民日报》2017-05-09　08版

79."叶培建星"闪耀星空　又一颗小行星以中国科学家命名
白国龙

新华社北京5月8日电（记者白国龙）又一颗小行星以中国科学家的名字命名！中国科学院院士叶培建8日在中国空间技术研究院举办的"叶培建星"命名仪式暨小行星探测学术报告会上接过了"叶培建星"铜匾和证书，正式获得永久性小行星命名。

国际编号为456677的"叶培建星"是在火星和木星轨道之间绕太阳运行的一颗小行星。2007年9月11日，它被中国科学院紫金山天文台首先发现。按国际惯例，中国科学院紫金山天文台享有这颗星的命名权。

为了表彰我国著名的空间飞行器总体、信息处理专家叶培建为推动我国卫星遥感、月球与深空探测及空间科学快速发展所做出的突出贡献，2016年6月，中国科学院紫金山天文台推荐命名"叶培建星"，2017年1月12日获国际小行星命名委员会批准。

自此，"叶培建星"与以钱学森、杨振宁等科学家命名的小行星一样，"把中国人的探索精神高悬广袤星空"。

"小行星命名是一项国际性、永久性的荣誉，权威性高、影响力大。今天

走在路上

星空中最亮的星是'叶培建星'！"国防科工局探月与航天工程中心副主任刘彤杰在命名仪式上感慨。包括孙家栋、栾恩杰、戚发轫、吴宏鑫等著名院士在内的众多科技工作者来到现场向叶培建表示祝贺。

面对荣耀与掌声，叶培建说："这次小行星命名不仅是我个人的荣誉，也体现了对中国空间技术研究院和国家航天事业的肯定。我们深空探测团队共同的目标是在火星探测之后瞄准小行星探测，向更远的太空进发。我们将珍惜荣誉，不忘初心，不辱使命，争取在探索太空的征程中再有所贡献。"

以"叶培建星"命名仪式为契机，我国小行星探测领域的专家、学者齐聚一堂交流研讨。叶培建作了题为"小天体探测面临的技术挑战"的报告，围绕小天体探测"选、探、控、用"四个方面，梳理了涉及的主要技术问题与内涵。中国科学院紫金山天文台赵海斌研究员概述了近地天体监测预警的现状与建议，中国空间技术研究院月球和深空探测领域办公室技术负责人黄江川介绍了小行星探测任务构想。

目前，加快小行星探测已经成为国内学者和专家的共识，深空探测已列入"十三五"国家重大专项，小天体探测发展路线日渐清晰。"随着'嫦娥五号'探测器、火星探测器等深空探测任务的实施，我国小行星探测的步伐将进一步加快。"叶培建说。

原载　新华网 2017-05-08

第三篇
笔花拾零

1. 谒巴黎公社墙

我到过世界上许多城市，也游览参观过这些城市的名胜古迹。然而，使我久久难忘的圣地只有一处，那就是巴黎公社墙。

十年前，利用赴欧学习的假期到了巴黎，便专程前往拉雪兹公墓拜谒巴黎公社墙。拉雪兹公墓始建于1803年，规模很大，许多名人如雨果、莫里哀、巴尔扎克、肖邦等都在此静静地安息。我从东门进去，沿着公墓围墙，踏着鹅卵石小径缓缓前行。终于在东南角处见到了神往已久的巴黎公社墙。这墙其实是围墙的一部分，高约3米，墙上嵌有一石碑，碑文烫金写着："公社死难者1871.5.21—28。"墓碑两旁青翠浓密的常青藤垂挂着，更增添了些庄严肃穆。碑下摆着敬谒者献上的鲜花和花篮，还有两个大花圈，红色缎带上写着巴黎某区工会。我献上一束玫瑰后，深深致哀。此刻，脑海中浮现出当年悲壮的场面：1871年3月18日，巴黎的工人阶级举行起义并取得胜利，3月28日，建立了世界上第一个无产阶级政权——巴黎公社。5月21日，梯也尔勾结国外恶势力，从凡尔赛发动反攻，公社战士为捍卫革命成果浴血奋战。退守在拉雪兹公墓的勇士们与突入墓地的反动军队进行了殊死搏斗，5月28日，活着的147名公社社员全部被枪杀于此墙下……这时，一个虔诚的献花人打断了我的思路。我们互相拍照后，他告诉我他来自苏联，得知我是中国人后，又高兴又惊讶，是啊，我相信，列宁的故乡人也会记得这块圣地。

三年后，我有机会又去了一次公社墙。凭吊后，信步来到墙对面的墓地前，刻有镰刀斧头的是法国共产党前总书记多列士的墓，周围是其他法国共产党领导的墓。他们奋斗一生后与公社英烈紧靠着长眠在一起。另一无名墓则为第二次世界大战中死于德国法西斯集中营的数万人而建。一尊备受苦难折磨、具有抽象风格的大型雕塑耸立在旁，仿佛在挣扎、在控诉、在斗争！

去年冬，我再次赴法，一个阴沉沉、灰蒙蒙的日子，我故地重温。墙下仍有鲜花摆放，怀着崇敬心情的青年人们在拍照留念。望着这墙，我心潮起伏，似乎看到资产阶级王冠落地，看到革命的红旗第一次在硝烟中猎猎飘扬，似

乎听到工人阶级正义的呐喊声，听到公社委员欧仁·鲍狄埃创作的"国际歌"响彻四面八方……

踏上归路，不禁感慨：无产阶级摆脱枷锁求解放的路就从这里起步，而路崎岖、坎坷、漫长，但前途辉煌！就像这墓地外已放晴的天空，太阳耀眼地照着，一片光明……

原载 1991年《太空报》

2. 欧亚随笔

去年，我曾去过法国和新加坡、马来西亚等国，有几件事情感触颇深，久久不能忘怀，不写不快，所以写出来与大家共同体会。

斯大林格勒地铁站

巴黎的地铁举世闻名，十分方便，并有普通与快速地铁之分。其车站几乎遍及巴黎市内及郊区的每个地方，且站内各种标志及站口出处的街道指示十分清晰。在巴黎的外地人都有一个经验：迷路之后不要慌，只要下地铁，乘坐相应线路到站，按站口指示的街道上去绝无差错。我就这样干过几次，次次成功。有一次，我从塞纳河畔的国家广场乘车向北，突然见一站名为"斯大林格勒"，不免吃了一惊。因为我曾在欧洲念过几年书，深知出于政治及历史的原因，欧洲人对斯大林有着与我们反差极大的评价，批评十分激烈。在苏联，除斯大林的家乡格鲁吉亚外，早已没有了斯大林的任何纪念遗迹，为什么法国人会在巴黎保留这样一个站名呢？后来我先后两次向两个不同层次的法国人问起这一问题，得到的回答却是非常的一致："第二次世界大战时，德国人于1943年年初在斯大林格勒城下大败，从此走了下坡路。两年之后，欧洲就从希特勒的魔爪下获得彻底解放。这就是事实，是历史！风云再变幻，这一点也是改变不了的。"一个国家，一个民族，如此尊重历史的态度使我想了很多很多……

周总理住过的小旅馆

　　总理年轻时曾留学欧洲，住在巴黎靠近意大利广场不远的一家小旅馆中。1981年我第一次去巴黎时，就迫不及待地去参观了这久已向往的地方。法国政府和人民出于对周总理的尊重及对中国人民的友好感情，在这家旅馆的外墙上镶嵌了一块铜牌，上面雕刻了总理的头像和他在此居住的起止时间。于是，这里成了赴巴黎的中国人必去瞻仰的圣地。当年我去时，在门厅右侧放着许多中国人敬献的花束、题词，我也献上了一小束鲜花。这每件物品都表达了人们的崇敬与思念。记得那时是中秋刚过，旅馆主人还自豪地向我展示了中国大使馆赠给他的月饼。总理住过的是三楼靠边的一间几平方米的小房，陈设简单。站在斗室之中，思绪把我带得很远很远。我仿佛看到总理正挥动着有力的手臂在宣讲真理；仿佛看到邓小平正伏案刻写钢板，一篇讨伐旧世界的檄文磅礴而出；又似乎看到许多革命者正在讨论着什么……而桌上仅有杯白来水与几片干面包。后来我又去巴黎，每次都带同行者共去参观，人人受益匪浅。而这一次，我却失望了！傍晚，当我和几位同志一起到了那里，却不见小旅馆，代之而起的是一座中型的现代旅馆。所幸的是墙上的铜牌尚存，还能给我们一丝安慰，总算有一个拍照留念之处。接着又来了几位辽宁的同志，同样失望地回去了。大家深感心情沉重与疑惑。改革开放后，我国各行业、各部门均在巴黎买了房子，办了公司，怎么就没有一个部门牵头把这家小旅馆买下来，改造成既符合新的使用要求，又保护原有遗迹的建筑呢？按今天的技术、国内外的先例，都应该是可能的。在我的印象中，中国伟人在国外还没有其他旧居遗址，因此一旦失去了便将永远不复再有，实在是一万分可惜！

我们的祖辈

　　第一次到马来西亚，仅去了吉隆坡和马六甲两地，但已感受到我们的祖辈艰辛的过去和重要的今天。吉隆坡在马来语中是"泥泞的河口的意思"。早在1857年华侨们便来此开采锡矿，后逐渐发展为城市。市中心的唐人街有许多大的商业中心、公司、金融机构,且大部分由华人经营,北京的"百盛",就是其中一家的分店。和一些华侨聊过后,方知在目前马来西亚的社会生活中,华人在经济上对该国起着重大作用。想想祖辈们在这"泥泞的河口",与当地人民共同开发出一座现代化的城市,该付出了多少血汗和辛酸呀!

马六甲,小时候就非常神往。当我真的站在河口中,面对这海峡时,心中立即出现当年郑和七下西洋,船队停泊在此地的景象,向往着我们能再成为一个海洋大国。走在马六甲窄小、充满着中国特色的街道上,看着一个个会馆、庙宇、宗祠,和摆着"冥府国护照"的丧葬用品店,似乎置身于中国南方的一个城市,非常亲切。马六甲有一个新的民族,叫"爸爸和惹娅",是中国男人和当地女性通婚所生的后代,一个著名的陈姓家族的大宅院已开辟成"爸爸和惹娅"博物馆供人参观。来马六甲,不能不去"三宝山"。这里,有中国明朝汉丽宝公主嫁给马六甲苏丹为王后的遗迹"苏丹井",有纪念郑和的三宝公庙(郑和本名马三宝,后赐姓郑)。出于对这位先人伟大开拓精神的敬仰,我瞻仰该地。但在庙堂中央的却是一位土地公公,而郑和的全身塑像却雄伟地挺立在一旁,纳闷之余请教一个卖香水的老者,才知是出于宗教原因才这样安排的。真是又纪念了先哲,又遵循了佛教的传统。

中国科技成果交流洽谈会

此次去马来西亚进行讲学和技术交流,恰逢中国科技成果交流洽谈会在吉隆坡举行,故我院也派团参加。依我个人看法,公平而论,我们航天总公司参展团是精心组织的,有相当规模和水平。大概因为如此,所以展览会一入口最醒目的即是航天,几枚火箭模型拔地而起,我院的几颗卫星模型悬挂或摆放中央。最引人注目的是我院参展的一个真实的返回型卫星头部,其黑黝黝的面孔似乎向人们显示它畅游太空后又返回人间的得意。来参观的人都喜欢在火箭、卫星前拍照留念。马来西亚政府的两位副部长也来参观。《英文时报》的记者专门约了我院陈天慰同志,要求采访。我们向他介绍了CAST的成绩和发展,也算是做个宣传吧。从展览效果看,凡是带有实物的产品,像我院的靶机、避弹衣、跑片机等,感兴趣的人就多一些。12月的吉隆坡仍是32℃以上的气温，我们参展的几位同志可是辛苦万分。在此展览会前几天，马来西亚刚举办了国际航空航天展，一个发展中的国家，正鼓足了劲向航天领域迈进。前不久，他们已发射了一颗通信卫星。在华文报上，我看到他们的工业部长说，发展马来西亚航天，应向中国和印度学习、引进人才。我想，我们自己更应加快空间事业的步伐，后面紧跟的人已经不少，切不可掉以轻心！

洁净的岛国新加坡

新加坡的干净世人皆知。那是个仅有618平方千米的小岛，生活着200多万居民，建立了一套比较现代化的工业与基础设施，每年接待着几百万游客，想想该有多少垃圾和污染物。但事实是：自踏上这个岛国起就感到从城市到郊区，处处整洁。读有关文章知道，为保护新加坡的环境，该国政府有很严厉的法制，这次赴新加坡参加会议，目睹了该国在施工中的两件小事，多少明白了一些他们何以这般清洁的道理。

我的住处距唐人街不远，附近有个商业中心叫珍珠坊，坊的四周都是商店、饭店，十分繁华热闹。中间有个不大的空地、几处花坛，那晚，我坐在一处花坛的边上看报乘凉，见一中型运黄泥卡车慢慢驶入。车停下后，两名工人在水泥地上铺了一张颇大的厚塑料布，然后卡车翻斗小心地将土倒在塑料布上。车退后，两名工人用铁锹把土一锹锹铲入花坛之中……工程结束，两名工人把塑料布及余下的一点土卷好又搬到车上开走了。环顾四周，地上毫无卸土的任何痕迹。随即我又有了疑问，这辆车的车身何以如此干净？如车身有土弄脏了岂不撒落于街上？事也凑巧，此疑问第二天便有了解答。

从住处到会议地点徒步不到10分钟，路旁正好有个建筑工地。早上路过时特意在出口处观察了一下，只见卡车装土都低于车帮，这样土不会在运输中撒落在外。可车身外仍有不少沾土，不用担心，每辆车在出口处，有专人用水管给车洗个澡，冲净了再走。从装土和卸土全过程，足见新加坡美化国家的法律规定之细致、执行之认真。

亚洲人，自豪些吧

这次亚洲第二届计算机视觉会议是由新加坡南洋理工大学主办的区域性会议。过去像这样的亚洲会议，欧美人是不屑一顾的，也不愿在这样的会上发表论文。曾记得1993年来参加的欧美人就不是很多。随着亚洲"四小龙""四小虎"的崛起，尤其是中国在改革开放后经济高速稳定地发展之后，世界对这一地区的前途一致看好，认为21世纪将是亚洲人的世纪，所以参与这一地区的各种经济、社会、文化活动的积极性也大大提高，从这届会议也看得出来。这届大会录取的会议论文来自37个国家和地区共450篇，非亚洲地区的文章很多。澳大利亚、新西兰声称自己是亚洲近邻，除这两国外，美国、英国、法国、加拿大、意大利、德国等主要欧美国家的文章有92篇。其中美国的文章就有36篇，占第四位。另外，还有丹麦、瑞士、瑞典、挪威、俄国、乌克兰、巴西、墨西哥、荷兰、西班牙等国的文章，加起来200篇左右，可谓不少。非常有意思的是，在会上我碰到来自瑞士的 Hugli 先生。他曾是我留学时的实验室主任，当时总表现出白种人的优越感，对亚洲、非洲人轻视得很，我和他曾"斗争"过几次。这位老兄竟然也屈尊来亚洲发表论文、参加会议，且称赞会议组织得很好，水平也高，可见龙头高昂了。值得一提的是，我国共在该届大会上发表论文37篇，仅次于日本和东道国新加坡。亚洲人，在世界面前，让我们自豪些吧！

原载 1996年《太空报》

3. 空间技术的发展及其社会影响

（根据讲话录音整理）

中共中央党校"五个当代"讲稿

《当代世界科技》讲稿（四）

各位同志、各位领导：

我非常高兴能有两个小时左右的时间，和大家一起探讨空间技术对人类社会的影响。说实话，过去也小范围地作过报告，也给研究生上过课，但是面对这么多同志，尤其是这么多领导同志，来作一个讲座，还是第一次。好在我有一个身份，就比较敢讲一点：我跟你们一样，1992年在这儿的进修二班学习、毕业。从这个角度上来讲，咱们是校友。所以，我就借这个机会，向大家汇报一下空间技术的发展以及它对社会的影响，并介绍一下中国空间技术的发展。

我要讲的第一个问题：人类为什么要开发空间？

在座的都是领导同志，你们每天面对的问题很多。富裕的地方，要考虑经济如何进一步发展，如何跟国际接轨；落后的地方，要考虑如何改变贫穷的面貌；水土不好的地方，要考虑如何治理水土等等。那么就有人问：我们在地球上有那么多的问题都解决不了，为啥还去搞天上？所以我想第一个问题就讲讲为什么要对天上的问题加以注意。

第一点，就是空间事业对我们每一个人、每一项事业都有很大的影响。我们每天都在享受着空间事业带给我们的成果。你可能自觉不自觉地享受它，但不一定能意识到它。比方说，你每天打开电视机，现在我们电视频道里，有许多卫视台，各省都有卫视台。如果没有通信卫星在天上，你的卫视台就办不成。你拿起电话就能和家人通话，或者指挥你本地区、本部门的工作，如果没有通信卫星，你这电话也许就打不成。我们每天都看天气预报，如果天上没有不同种类的气象卫星在工作，你也就没有气象预报。还有，喜欢看足球的同志、喜欢看体操的同志，国际上任何一个地方的体育比赛，都可以通过卫星转播回来。这些在生活当中体会得到的东西，其实都是空间事业给人类带来的利益。更何况，我们还可以利用各种不同的卫星，用来对地面进行观测，来改造我们的大地，来发现我们的资源；当然，也可以对各种灾害进行预报。在军事方面，就更加不用说了。1999年5月，以美国为首的北约轰炸我们的大使馆。据我们掌握的情况，美国人在整个欧洲上空、在南斯拉夫上空，动用了50多颗卫星。其中有气象卫星、通信卫星、侦察卫星、数据中继卫星、预警卫星等。尤其是轰炸我国大使馆的巡航导弹，如果没有数据中继卫星，没有导航卫星，几乎是不可能的。打得那么准确，必定是有通信、

导航、定位、侦察等各种卫星在帮忙,在起作用。现代战争,过去我们讲陆、海、空三军,现在发展到五军:陆军、海军、空军、航天、电磁。应该讲航天所获取的信息,可以使整个战争更加立体化、更加实时化、更加精确化。如果没有航天作为一种可靠的信息手段,很难想象一场现代化的战争如何打。因此,无论从民用到军用,卫星给我们带来的各种利益和各种关系,是非常密切的,是不可等闲视之的。再有,举个小例子,现在很多人做股票,国家也提倡。目前我国只有两个股票交易所:一个深圳,一个上海。在过去,在每个股票交易所,如上海还保留着这种文化,叫红马甲文化。就是大厅里有许多穿红马甲的人,在那儿给你做股票。交易中心就只有两个,但是在全国各地每个城市,包括西藏拉萨这样的地方,都可以进行股票交易。如果过去用电话,比方说我要做什么什么股票,打个电话委托进去,万一这个电话接不通,那么,你的股票就做不成。而股票市场是瞬息万变的,对全国股民来讲,机会就不均等。我们空间技术研究院就帮助股票交易市场,做了以卫星通信为基础的股票交易的信息传递系统:一种股票的交易,去 0.27 秒,回来 0.27 秒。整个空中段 0.54 秒就完成一笔交易。这样实际上无论对上海、深圳,还是对边远地区如新疆的喀什、西藏的拉萨的股民,机会都是均等的。从这个角度来讲,空间事业(我现在所讲的是卫星,因为我所在的单位是中国空间技术研究院,主要从事卫星研究和制造的)与在座的每一位同志和你们所管辖下的每一个部门、每一个人,都是密不可分的。这是我讲的第一点。

  这一点,是可切身体会的感性认识去认识它,认识空间事业对我们人类有极大的影响。

  下面我讲第二点,稍微上升到理论,就是找出一些深层次的原因:为什么我们人类要去开发空间?人类生活经过了几个变化过程:人类最先是在陆上,后来发展到海上,再后来发展到空中。应该讲,现在发展到"天上"。我讲的这个"天"不是指航空的"天",而是我们的第四领域。应该说空间是我们人类活动的第四个空间。我们把航天、航空定一个区域,一般来讲,100 千米或 120 千米为界,在这个范围之下,我们把它定为航空领域,这不是我们干的事情,但航空和航天曾经在一起干过。在 120 千米以上,我们把它称为航天。

这个领域是我们人类将来生存的第四空间。那么人们就要问：这个空间到底和我们有什么关系？怎么会变成我们人类的第四个生存空间。我们说，这个空间有许许多多的资源在等待着我们开发，有些资源我们已经在利用，而且利用得很好。那么就要问：到底在这个120千米以外，我们有什么样的资源呢？我说，不要讲深层空间，就讲最近的近地空间（因为空间还有很远很远的空间，我下面还要讲到），仅仅在近地空间，我们大概就有以下几种资源。第一，高位置资源。古人曰："欲穷千里目，更上一层楼。"站得高就看得远。我们可以爬到上海的东方电视塔上看得很远。加拿大的多伦多的电视塔很高，500多米，可以看得很远。如果我们到卫星上往下面看，那看见的范围该有多么大！比方说通信卫星，如果我们在赤道上空打通信卫星，打地球同步的，地球同步，只有这么一条轨道，高度3.6万千米，理论上一颗卫星覆盖120度。我们整个地球一圈只有360度，3颗地球同步轨道卫星就可以覆盖全世界。有这3颗卫星，全世界的电视和通信问题在理论上都可以解决。同样，我们用照相机照相，给前面一排同志照相，角度是5度，可照10位同志。如果把照相机放到500千米的高空，5度的角往下一张，那就是几百千米的辐度。前几天，就是10月14日发射的中国和巴西合作的卫星，这也是南南第一次在空间技术上的合作，是非常成功的合作。这颗卫星上去，一幅照片，就是一二百千米。在一二百千米宽度内的大山、河流和各种矿藏，都可以发现。大家想想看，如果我们用人在地面看，你能看多远？在飞机上看，又能看多远？可是卫星上，一幅照片就是几百千米宽的幅度，站得高就看得远。这个资源我们现在正在利用，而且利用得很好。第二，高空是高真空环境，那么一个高真空环境，就必定非常干净，不像我们地面，有那么多的污染，坐过飞机的人都有这种感觉：地面可能在刮风、下雨、阴天，但一到高空后总是晴空万里。那么，到了100多千米的高空，那是一个高真空、高洁净的环境。在这样一个环境里面，我们可以做许多事情。比方说，我们可以在这个空间制药，有些药在地面制，洁净度总是达不到要求，我们如果在那样的空间试验室里去制药，就可以制出非常特殊的药。又比方说，我们可以做一些晶体的生长，比如金属晶体的生长。一句话，在这样的高真空、高洁净度环境下，我们可以完成地面上难以做到的洁净度条件下的生产。就拿我们卫星生产来说,我们卫星总装,一般来讲,是在10万级的大厂房来做。十万级就是指一定体积里面大于什么样直径的微粒不能超过十万。对某些特殊仪器要求1万级,对某些更特殊的零部件装配要求1千级。做到1千级就很难。而在那样的高空可以做得非常干净。这是我们可以利用的第二个资源。第三,大家知道,到了高空后是微重力。我们现在地面上蹦一下,掉下来了,这是重力的影响。大家看电视里或者过去的新闻纪录片里面,宇航员在空中飘来飘去,这是由于失重。这个失重,对我们宇航员在飞船里面确实很不方便。但是,这个微重力也有很大的好处:在微重力环境下,我们可以进行很重要的生产活动。比方说,我们现在用的半导体,主要是硅半导体。后来人们发现砷化镓是一种非常优良的半导体,用它可以制造出许多性能非常好的集成电路,性能、效果要比硅半导体好得多。但是,有个大问题,在地面生产砷化镓晶体,有一个克服不了的困难,就是重力。地面是这样一种情况:如织布有经纬——横的和竖的情况一样,由于重力的影响,晶体网格必定往下沉,这样一来,晶格就不好。如果在空间去生产砷化镓晶体,由于没有重力,这晶格就非常好。这么好的晶体生产出来的半导体器件,质量更好。我们国家打过十几颗返回式卫星,在空间已经做了这样的实验。我们有位很有名的半导体专家林兰英院士,是位女同志,是我们国家的大专家,她做过这方面的试验。日本人有很好的生产砷化镓半导体器件的技术,但是他还没有本事在空间生产砷化镓。他们曾经提出过要跟我们合作,我们一想,赚这点钱,划不来。如果他在空间生产出很好的砷化镓晶体,拿到地面上就能够做出很好的半导体器件,再卖给我们,我们要吃大亏,因此我们不能跟他合作。再有一个资源,就是空间丰富的太阳能。我们知道,太阳是万物生长的源泉。夏天我们感到很热,冬天感到很冷,这都是太阳的作用,地球接收太阳能。如果我们能够到离太阳更近的地方去利用太阳能,那么太阳能就可以得到更好的利用。我下面会讲到,如何在空中发射卫星,用卫星来进行太阳能发电。还有,由于空间既有太阳,也有地球,当卫星运行在背离太阳的时候,也会处于很低的温度下。因此在空间,既有热的地方,也就有很冷的地方。在地面要取得一个很冷的温度,是要付出很大代价的。而在高空，我们可以做必须在低温条件下才能做的实验。空间中还有很多其他的资源，比方说，月球上就有很多资源有待于我们开发（下面还要专门讲到）。

综上所述：从感性上讲，空间对我们有很大的直接影响；从理论上分析，空间带给我们几大资源。因此，我们非常有必要去开发空间，使空间成为我们人类生活的第四空间，从那里获取更多的资源。

下面我讲讲我们人类要去开发空间不是那么容易的，空间有许多难关要过，毕竟不是地面。地面上我们做点事情还这个难，那个难。开发空间有许许多多的难处，但归结起来有四大难处：第一，刚才讲过了，我们利用空间的失重可以做事情。但由于地球有引力，我们想做到失重，必定要克服地球引力。第一大困难是地球引力。稍微有一点物理常识的人都知道，我们有三个宇宙速度：第一宇宙速度、第二宇宙速度、第三宇宙速度。如果我们能够达到每秒7.9千米，我们就能够围绕地球转，成为地球的卫星；如果到11.2千米，我们就能离开地球；如果速度再高，到十六点几千米，我们就可以飞出太阳系。为了获得这三个宇宙速度，我们人类解决的办法目前是靠火箭。这也就是为什么我们中国的航天部门几十年来发展了我国的"长征"系列；以及在每个系列里面又有分支，如"长2甲""长2乙"等。发展那么多不同系列的火箭，就是为了给不同重量的卫星和其他航天器获得不同的加速度，打到不同的轨道。轨道有高有低，低的一二百千米，高的36 000千米。对不同情况，要用不同的火箭。因此，克服这个困难，主要依赖火箭。

第二个要克服的困难是，到了空中是高真空，高真空就没有空气，也就没有氧气。而在高真空，比如说我们的卫星，是要飞行的。卫星在飞行过程当中，它会发生轨道的改变，也会发生姿态的改变。比方说，我们的广播通信卫星，它有一个天线是对着中国的，可能过了一段时间，由于卫星的飘移，轨道也变了，姿态也变了，这个天线不对准中国，它偏过去了，我们就要想办法把卫星调整过来，使天线对准中国。靠什么？靠发动机。发动机就要点火，就要燃烧。那么，在高空没有氧气，怎么燃烧？那就要制造出在高空能够燃烧的发动机，我们自己要带燃料。从发展来看，也有电推进的，或者离子发动机。所以第二个困难是高空中发动机如何工作。

第三大困难，温度的剧烈变化。离太阳近，温度就很高。背离太阳，温度就很低。而我们的飞行器在飞行过程当中，当它飞到太阳和地球之间，近太阳的地方，温度就很高，飞到背面，温度就很低。地球上从赤道到两极，大概就是 +50℃到 −50℃的变化，可是我们的卫星，就近地轨道来讲，也有近 300℃的变化。如果进行深空探测和月球探测，距离更远，温度可以达到上千度的变化。而我们的一颗卫星，里面有 8 万只左右的电子元器件。大家知道，你家里的电视机时间长了，烧热了还不好好工作，你家的洗衣机有个控制器，干一段时间，发热了就嘣嘣乱跳。那么一颗卫星在天上，8 万只元器件如何能经受得住从高温到低温的变化？而且这种变化远不是慢变化。比方说，我们 10 月 14 日打的资源卫星，它是太阳同步轨道的，每 100 分钟绕地球一圈。这就是说，一会儿对着太阳，一会儿背着太阳，每 100 分钟温度就剧烈变化一次。一天要变化 15 次，要变化两年时间，高温—低温—高温—低温。如何使空间飞行器上的各种元器件、各种部件，在这样长时期的高低温度剧烈变化下，能够正常工作，也就是说，一整套的温度控制技术就要发展起来。

第四大困难，空间的各种辐射。空间有各种辐射，有宇宙的，有银河系的，有太阳系的，有各种粒子的。这种辐射可能对我们的器件带来损伤。比方说，我们国家曾经在多年前先后发射过两颗"风云一号"，太阳同步的气象卫星。我们地球卫星基本上是三个轨道：一个是近地轨道。大家知道，我们国家连续发了十六七个返回式卫星，这些卫星都是在二三百千米，远地点也不过四五百千米。它飞行了若干天后就回到地面上来。载人飞船也是这个轨道，这叫近地轨道。第二个轨道叫太阳同步轨道。太阳同步轨道的基本飞行方向是过南北极。飞行轨道在 500 千米到 1 200 千米。这部分卫星主要是用于对地观测。一部分的气象卫星、对地面探测的资源卫星、各种国土普查卫星等基本上都在这一轨道。第三个轨道就是地球同步，也就是前面讲的，在赤道上空有一轨道，36 000 千米。在 36 000 千米高度打一个卫星，它就能够和地球同步。这颗卫星定点在东经多少多少度，它就永远在这个位置上，地球转，它也转，而且从地球上看这个星的位置，没有改变。我下面讲第二种轨道——太阳同步轨道。我们打的两颗"风云一号"就是这个轨道。当年打这颗卫星的时候，我们对一个空间的现象认识不足——空间有很强的粒子，高能粒子。高能粒子会打到卫星上，损坏卫星内部。对这一点我们认识不足，这两颗卫星，都没有完全成功，都先后工作一段时间就不工作了。为什么？下面我讲给大家听。大家都知道计算机，计算机再复杂，里面也只有两个数——0和1。0和1就是两个电路状态，简单比方，就是电路的开关——开和断。当然它不是一个开关，它是电子开关，一个导通，一个截止，就代表开和断，也就是0和1。卫星上有计算机，一个中等水平的卫星，有三四十个计算机，计算机就有中央处理器，有存储器，里面都是0和1。如果有一颗高能粒子打到一个0或1的电路上头，把0和1反转——1变成0，0变成1。1和0一改变，整个计算机全乱了。由于对这一现象我们认识不足，造成了我们两颗"风云一号"气象卫星都没有到规定寿命就失败了。原因就是空间高能粒子对卫星的侵害。

高真空要克服，重力要克服，温度的剧烈变化要克服，还有空间的辐射和粒子的侵害要克服。人类为了克服这四大困难，就发展了航天的各个方面。航天由哪些部分组成？就我们中国的情况来讲，和国际上差不多，五大系统组成。第一，空间飞行器，像卫星、空间探测器、飞船，是一大部分，它被发射到空间去完成预定的任务。这是第一个组成部分。第二，要把空间飞行器打到空中去，得有一个运载工具——火箭或其他什么东西，比如航天飞机。这是第二大系统，就是运载工具。第三，发射场把空间飞行器放到火箭上，把它打上去，不是在哪儿都能打的，要有专门的发射场。咱们国家现在有三个发射场——西昌一个，酒泉一个，山西太原一个。这次发射的太阳同步轨道卫星就是在太原基地发射的。大家会说，你们干吗修三个基地，是不是重复建设？有人说这是重复建设，我不这样认为。我认为，基地的选择都是有它的科学道理的。那么大家一定会问，你们选择基地有啥道理？我根据我自己的见解举一个例子。在西昌我们有一个发射基地。细心的同志都会注意到，我们国家发射卫星有一个现象：所有的通信卫星，或是所有的地球同步轨道卫星的发射，都在西昌；所有的太阳同步轨道卫星发射，都在太原；所有的近地返回式卫星，包括载人飞船，都在酒泉。那么为什么？为什么地球同步

走在路上

卫星发射选在西昌？刚才我讲过，地球同步轨道卫星只有一个轨道，在哪儿？在赤道上空，只有赤道上空这个轨道才能与地球同步，既然要把卫星发射到赤道上空，最好的、最理想的发射场地选在哪儿？赤道。选在赤道，打上去就行了。前不久，人家在海上发射了一次，就选在赤道，咱们现在还没有这个能力。因为离赤道近，火箭把卫星送上天后，火箭和卫星变轨的次数最少，最省燃料。大家注意到新闻报道中，一讲打地球同步轨道卫星，讲星箭分离以后，都要先进入一个大椭圆同步轨道，再进入一个准同步轨道，最后进入同步轨道。卫星变轨风险很大，消耗燃料也很多，卫星上要带一个大大的"瓶子"，上头装好多燃料。如果在赤道上空打，非常省。那么大家就会想：我们中国有海南岛，有西沙群岛，把基地修到那儿去，不是离赤道更近吗？有道理。但有第二层问题。

第四大系统是测控。卫星发射上天以后，你不能扔出这个宝贝疙瘩就不管它了，你要"看得见"它，要控制它。因此卫星上天以后，我们要对星上的各种数据进行遥测，根据遥测来发现卫星有没有不正常的地方。还要根据我们任务的需要发指令，要卫星执行任务。比方说，对地观测卫星并不总是睁开眼睛观测的，要通知卫星，你下一圈在什么什么地方该照相啦，那么要发控制指令给它，这就需要一个庞大的对卫星进行监视、跟踪、遥测、遥控的系统。好，那么回来讲第三点。发射场选在海南岛倒是不错，但是，不要忘了，我们中国是个大公鸡形状，考虑到地球自转方向，卫星发射时是要向东南方向发射的，往东海方向走。卫星一旦飞出去，如果在海南修个基地，问题来啦：咱们中国在海外没有领土，怎么进行测控？飞出去就看不见、抓不着。因此，我们还得要选一个地方，既靠南，又偏西一点儿。这样使卫星在相当长一段时间里在中国领土的上空，我们能够跟着的，选在西昌就有这个好处。火箭一发射上来，向东出海，我们在厦门有一个测控站，能够在厦门对它进行控制。但即便是这样，我们的手还不够长，眼睛看得还不够远，卫星这样测控还不够。不知大家注意到没有，每次发射卫星，我们"远望一号""远望二号"，都派哪儿去了？派到海上去了。基本上它们和西昌、厦门划一条直线，直指赤道，就在这直线的延长距离上。这些同志很辛苦地出海，一两个月在海上待命。如果万一碰到延迟发射，就有供应不足、淡水不足等问题，他们这样不畏艰苦就是为了卫星发射的时候，当卫星经过它的上空，它去发若干条指令。真正执行任务也就是几分钟。另外，西昌还有一个好处，西昌叫月亮城，能见度很好，肉眼可以看到很远的距离。种种因素加起来，我们就选了西昌。同样的道理，我们选酒泉、选太原也有一定的道理。这是第四个大系统。

第五个大系统，应用系统。一颗卫星发射上去，是为了应用。卫星打上去，地面上就需要建立一个庞大的应用系统，来发挥卫星的效用。应该讲，对广播电视卫星，大家比较好理解，一个通信广播卫星打上去，地面买电视机的、搞电视转播台的、打电话的不用说，都"自觉自愿"地去应用。但如果我们打一颗资源卫星，比方说我们前一段打资源卫星上天，它会拍到许许多多的图像，这些图像一般人是看不懂的，需要进行很多处理以后，才能够给农业、森林、地质、矿产、地震等各种部门去应用。那么，各个部门只有自己的应用系统，才能运用这些资料。又比方说，我们曾经打过十几颗返回式卫星，分两种，一类是进行国土普查的，还有一大类是用于测绘的。卫星数据回来以后，要有专门的研究机构，根据他们的经验来判读。因此地面上要有一个庞大的应用系统。我在这儿给大家一个基本的数字概念：如果在天上发射卫星花了1元钱，按国际上的统计规律，地面上要花22元钱，才能把这颗卫星用好。我们国家远远不到这个比例。我们现在一方面卫星不足，天上的卫星很少，不能够满足我们国民经济和军事的需要；另一方面，存在一种严重的现象：卫星一旦上天以后，地面上的应用也没有跟上，浪费了很多的卫星资源。因为卫星都是有寿命的，少则3天、5天、8天、15天，多则2年、4年、8年。我们国家到目前为止，卫星最高寿命八年。

我们已经讲清楚了，要搞航天、要搞卫星，就要建立这五大系统。其中核心是空间飞行器，那么到底空间飞行器有些什么呢？空间飞行器基本分为两大类：一类是没有人的空间飞行器，一类是有人的。有人的比较简单明了，主要是三样东西：一是载人飞船，这个呢，苏联打过很多。第二类是航天飞机，美国打过很多。第三就是空间站。航天飞机和载人飞船的根本区别，简单说，一个有翅膀，一个没翅膀。载人飞船基本上是一次性使用，航天飞机是多次使用。至于一次使用划得来还是多次使用划得来，到目前为止没有定论。一次使用有一次使用的优点，多次使用有多次使用的优点，也各有各的缺点。因此，在不同的国家，根据各个国家不同的国情、经济能力和技术能力，在载人航天方面，走不同道路。空间站就是空间生存的地方，宇航员和工作人员可以在那儿待上几个月，甚至一年、两年或更多的时间。无人飞行器又有三大类：第一类是卫星；第二类是空间探测器；第三类是无人飞船。卫星我们刚才讲了，按轨道分有近地轨道的，有太阳同步的，有地球同步的。按用途来分，大家可能更好接受一些：有科学实验的卫星，目的是完成对空间的认识和对我们以后卫星当中需要用到的各种设备事先做一些试验。第二类卫星是通信卫星，用于电话、传真、电视。第三类是气象卫星，用于我们对地球的气象观测。第四类是对地观测卫星，种类很多，有对地普查的卫星，有进行资源探测的卫星，也有进行侦查的卫星。根据不同的任务，在卫星上装载不同的装备。比方说对地面观测，可以是照相机的，也可以是雷达的。同样是照相机，可以是可见光的，也可以是红外的，甚至还可以装一些对海洋进行观测的设备，如海洋高度计（指波浪高度）、海洋温度计等探测器。空间探测器主要用于月球探测和深空探测。月球探测，人类曾经走过很长的道路：最早期是围绕月球发一个观测器，或是往月球上扔一个仪器，让这个仪器来进行探测；后来发展到专门发一个月球卫星来对月球进行探测；再后来发展到载人的着陆，也有不载人的着陆。对月球探测基本上是这些方式。深空探测，即对宇宙进行探测，这是我们人类研究的一个非常大的方向，难度也很大。应该讲，在这方面美国做了很多工作。那么，大家就要说，为什么人类要去进行这种探测？因为实在是太重要了。在这儿我讲一个时间关系大家就能明白人类对自己的了解有多么少，对生命的起源、宇宙的发展知道的有多么少。

我们知道，150万万年以前宇宙大爆炸，然后发展，形成今天。我们定一个日历叫宇宙历，把150万万年以前的大爆炸看成一年的开始，1月1日零时。那么到9月9日才形成太阳系，9月14日才有地球，12月18日地球上才有生物出现，12月24日才有恐龙，恐龙是生物中的一个重大物种，过了4

天,恐龙就活了4天,12月28日恐龙就灭绝了。什么时候产生人类?人类是12月31日的22点30分才有,我们现在是23时59分59秒。我们人类才有多少时间?一个半小时。因此,人类对宇宙认识远远不足,而发展空间事业——深空探测和月球探测,正是了解生命的起源、宇宙的变化的一个非常有效的途径。所以,人们要花那么大的代价去搞它。

当然,宇宙其他星球还有许许多多的资源有待我们去开发。我们现在的能源已经到了什么程度?据有关的科学家估计,按目前我们的开采速度,全世界的石油开采量还有44年就完了,全世界没有石油了。煤比较多,还有210年可开采。天然气还有66年。下一步,我们要寻找新的能源,太阳能是个大的方向,核能是个大的方向。核能的开发,人类分几个步骤:有热中子堆、快中子堆,最终人们希望是可控的核聚变。目前全世界,包括我们中国,核电主要停留在热中子堆,是核裂变。核裂变最大的问题是污染、危险。前段时间日本又发生核污染。核聚变很少污染而且能量非常高,但是核聚变需要很多条件,其中需要一种元素叫氦,而恰恰地球上又非常少。开个玩笑,上帝造宇宙也是蛮奇怪的,月球上氦3很多。月球表面挖下去,每立方米有6.3毫克的氦3,因此,就有科学家打这个主意:到月球上去开发氦3,运到地球来进行核聚变。因为有这么多的好处,所以我们人类就去搞空间活动。下面我就简单介绍一下,人类到现在空间活动的数量概念:到现在为止,我们人类大概发射了5 000个飞行器。数量最大的是对地观测卫星,包括气象、侦察、资源等接近2 000个,通信广播卫星发射了1 000多个,导航定位卫星发射了200多个,载人飞船发射了200多个,不载人飞船发射了100多个,航天飞机约100次,空间站发射约15个,新型的深空探测器100多个,科学技术卫星试验卫星1 000多个,总计大概5 000个。那么在5 000个飞行器当中,中国多少个呢?四十几个,很少,但很辉煌。我在下面讲一讲我们中国到底在空间事业方面是种什么情况。我将结合我们中国发射的卫星讲述每种卫星对我们人类的贡献。

毛主席早就提出,我们也要搞人造卫星。小平同志说过,中国这样一个大国,如果当年我们没有搞原子弹,没有搞氢弹,没有卫星,我们就没有一

个大国的地位。这次中央表彰"两弹一星"元勋,二十几位同志,我们空间事业方面占8个。这是对我们很大的鼓励。我们也觉得,要发展中国的高科技,我们是义不容辞的,是要做一点儿贡献的,否则我们中国就很难在世界上有大国地位。我在这儿举两个例子,例子可能比较极端,目的是想让大家体会这个意思。1986年在日内瓦,世界知识产权协会举办了一个知识产权的展览会,每个国家把自己最有水平的知识产权拿来展一展,但只能拿一样。美国拿来了一块月亮上的石头,就是一片月亮。苏联人展出的是第一颗人造卫星。大家猜我们中国展出的是什么?张衡地动仪的景泰蓝模型。你想,我们搞高技术的人,看了是什么感受? 1988年在华盛顿,开了一个1876年科技博览会,大家奇怪,怎么1988年开了一个1876年博览会。1876年是什么年?是美国建国100周年。就是美国人在华盛顿开了一个纪念他们建国100周年的科技博览会。在这个会上,美国人展出的是他们大功率的发电机,他们的摩尔斯电码,这些东西到现在还在用着呢。英国人展出他们的军舰、枪炮。法国人展出了他们的蒸汽机车等东西。在会上也有中国的产品,这不是我们送去的,是美国人根据1876年当时的国际水平而展出的中国的东西,是什么呢?大米、黄豆、豌豆,这些东西不说它了。竟然还有一串耳勺子,20多个,一双绣花鞋,小脚的,以及一双东北的乌拉草编的大头鞋。这就看出来,我们中国人如果不像陈老总当年讲的那样,勒紧裤腰带也要搞点高技术,人家就把我们看成什么样子。因此,党中央的三代领导人对发展航天技术都高度重视,他们为发展我们的航天事业,都倾注了巨大的关心。尽管"文化大革命"那么混乱,我们在1970年4月24日,发射了中国的第一颗人造卫星——"东方红一号"。"东方红一号"重173千克,可别小看这个重量,在我们发射"东方红一号"的时候,美国、苏联、法国、日本,都已经发射过卫星,我们是第5个国家。我们这一颗卫星比它们4个国家第一次发射的卫星的总和还要重。尽管我们晚了一点,但我们的卫星超过了它们4个国家卫星重量的总和。从此,我们中国人就进入了太空俱乐部。"东方红一号"卫星,年纪大的人会记得,是一颗"争气星",它能够高唱《东方红》。从此,我们搞航天的同志,在党中央和全国人民的支持下,取得了一连串的胜利。我们国家到现在为止,尽管只搞了四十几颗卫星,就和我们的原子弹和氢弹一样，我们利用我们中国人的才智，经过很少的试验，而迈出的步子很大。这也就是为什么美国人在考克斯报告里污蔑我们偷了他们的东西。实际上，他们小看了我们的能力。我们通过这四十几颗卫星，已经走过了这么一条长长的道路。几十年来我们已经发射了 5 颗科学实验卫星。我们中国的卫星取名都是非常有意思的：第一颗卫星叫"东方红"，这颗卫星还能够唱歌，所以我们就把所有的通信广播卫星都叫作"东方红"。我们发射的科学实验卫星名叫"实践"。我们已经从"实践一号"到了"实践五号"。"实践五号"是今年的 5 月 10 日，也就是北约轰炸我大使馆后的第 3 天发射的。和"风云一号"的第 3 发是一块发射的。这是一种巧合了，很多人认为我们这是有意识的行动。因为 5 月 12 日那天我到中央人民广播电台去接受现场采访，就被问，是不是针对这个的。我想，不是有意的。因为发射一颗卫星要准备很长时间。咱们准备发射卫星时还不知道美国人炸咱们大使馆呢。这么多年来，我们先后发射的 5 颗"实践"卫星，获取了大量的空间情况。比方说，我们后来发射的两颗"实践"卫星，就有意识地在上面装了空间探测器，这些探测器能够对空间的各种辐射、电场、磁场、高能粒子进行探测，探测到的这些数据，能帮助我们做后来的卫星设计。

从 1975 年开始，我们国家先后发射了 17 颗返回式卫星。这种卫星是锥形的，两大段组成，上头一段像大铁锅，这个大铁锅要在空间飞行若干天以后返回。这种卫星最早在空间飞行 3 天，然后返回。返回着陆点在四川中部一带。后来发展到飞行 5 天、8 天，现在可以飞行 15 天，我们也可以让它飞行更长的时间。到目前为止，只有美国、俄罗斯和我们掌握该项技术。这些卫星拍摄了大量照片，利用这些照片，我国已取得了巨大的效益。比方说，我们过去对黄土高原的考察、对西藏的考察，都是很困难的。利用这些照片，我们完成了对西藏、黄土高原的国土调查。利用这些照片，我们对黄河的入海口进行了考察。这些照片对大兴安岭火灾的监测、火灾损失的评估以及灾后的重建发挥了巨大的作用。利用这个卫星，对我国南沙群岛的岛屿进行了重新勘察。实际上，我们在这个星之前，对南沙群岛的一些岛屿到底是什么样子、是个什么经纬度，搞不清楚。在海军航测部队配合之下，利用卫星的

照片，我们对这些岛屿定位和轮廓重新进行了认识。我们利用卫星拍摄的塔里木盆地的照片，加上航空遥测的数据，以及各种物理和化学现象的变化，在塔里木盆地探到了两个油田。如果在塔里木盆地靠人工一个个地打井钻探找油田，是非常复杂的。如果一个地方地下有油层，土地就会有很多缝隙，石油是碳氢化合物，它必定要挥发，一旦挥发到表面来，有油田的地方的物理现象、化学现象和没油田的地方就不一样。利用卫星获取的遥感数据（遥感是用不同谱段的遥感器组成的），能够对它进行大面积的基本定位，再加上航空遥测，就可以精确定位。1981年，我们用一个火箭打了3颗卫星——一箭三星。后来，我们多次打过一箭两星。比方说，今年的5月份，打的"风云一号"和"实践五号"，一箭两星。10月14日，就是前几天，我们发射中国和巴西合作的资源卫星的同时，也发射了1颗巴西制作的小卫星。过去我们打国产卫星的时候，也打过瑞典的搭载卫星，等等。这说明我们国家已经掌握了一箭多星的技术。全世界目前只有4个国家能够做到一箭多星。1981年，我们就已经实现了一箭三星。1984年4月8日，在西昌，我们发射了我国的第一颗实验通信卫星——"东方红二号"，后来，发射了这个卫星的改进型，我们起名叫"东方红二号甲"实用通信卫星。实用通信卫星总共发了5颗，失败了1颗。这个失败不是卫星失败，是火箭没有把卫星送到同步轨道去。到目前为止，能够把通信卫星送到地球同步轨道的，只有美国、俄罗斯以及以法国、德国为首的欧洲空间组织（ESA）。1984年发射的第一颗"东方红二号"实验通信卫星，是圆柱形的，它的稳定方式是自旋的。自旋的卫星比较好控制姿态。它的天线是装在头上的。卫星在旋转，天线也跟着卫星转。这就带来一个问题：卫星转，天线也转，天线一会儿对着地，一会儿就不对地了，那么你的电视就一会儿有一会儿没有。因此，这颗卫星要解决一个问题：卫星转，天线不能转——消旋技术，是当时一个难关。在当时的技术水平条件下，我们这个天线还是一个圆波束天线，就是说这个天线下传来的波形，基本上是个大圆。这个大圆很大，把中国全部套在里头了，中国肯定在这个大圆圈里头。但这有一个坏处——星上功率是有限的，分在那么大一个圆圈里头，就分散了，因此地面接收功率要增大。换句话说，卫星实际是为解决中国通信用的，但我们把自己的卫星能量不但给了中国，还给了周边地区。因此到1986年发射"东方红二号甲"的时候，和"东方红二号"比，我们有了一大进步，我们的天线变成赋形波束天线，形状像芭蕉扇，这个形状做得非常巧妙。巧妙在什么地方呢？正好把星上对地面的发射功率在地面形成的形状变成了一个大公鸡形状，也就是全部有效功率都落在中国领土里面，这样利用率更高，这个"东方红二号甲"实用通信卫星有4个转发器，C波段。也就从那个时候起，我们国家的新疆、西藏、南沙也可以通电话了。也就是在那个时候以后，我们国家的卫星开始转播电视。一个C波段的转发器转播电视，只能转播一个台，打电话可以几百路上千路同时打。4个转发器只能同时转播4个电视频道。这颗卫星寿命几年呢？4年。这代表着我们国家当时的水平。后来我们就开始研制第三代的通信卫星，叫"东方红三号"。"东方红三号"不是圆柱形了，我们向国际上进一步靠拢，是三轴稳定的。卫星上天后，姿态一旦稳定，对着地就不动了。这颗卫星是长方形的。这颗卫星和"东方红二号甲"不一样，"东方红二号甲"为了星上供电，沿着圆柱形贴了一身的电池片，让它发电。那么，圆柱面有限、电池片有限，供电也有限。"东方红三号"不一样了：它有两块太阳帆板，发射的时候是收起来的，发射以后展开，利用它来进行发电。"东方红三号"上了一个大大的台阶；"东方红三号"通信卫星上头有多少个转发器？24个转发器。寿命几年？8年。你看，寿命翻了一番，转发器增加了6倍。一颗星要顶十几颗星了。但是很可惜，我们发射的第一颗"东方红三号"卫星，在前几年发射的，上天工作一段时间以后，由于发生了故障，这颗卫星没有很好地完成任务。在1997年5月12日，我们发射了第二颗"东方红三号"卫星，这颗卫星成功发射。一直到现在，这颗卫星都在很好地运转，24个转发器全部用足。但是否能运转8年，我们还要看。这颗卫星到目前运行正常。因此，通信广播卫星到目前为止发射经过这三代，也就是"东方红一号""东方红二号""东方红三号"。

我刚才讲过，在1988年9月7日以后，我们曾经发射过两颗"风云一号"气象卫星，这两颗卫星都没有完成预定的任务，但都取得了宝贵的经验，后来我们也进行了改造。在这儿我讲个小插曲，说明我们中国不强大就受人欺

侮："风云一号"气象卫星的问题是计算机受到空间的干扰。外国人也碰到同样的问题，美国人经过研究，制造了新工艺的计算机芯片，叫1750。原来我们用的是80C86。这1750不怕空间干扰，我们知道后要买，买这几个芯片可遇了大难了，美国人不卖，说中国人要把这芯片用于军事。咱们国家气象局的前局长邹竟蒙同志当时是国际气象组织的主席。邹局长面对面地同克林顿总统谈过，邹局长讲，我们的气象卫星是为全人类服务的（气象卫星有个特点，打上天以后，全世界都有权利接收，是为全人类服务的）。你不是最讲人道主义嘛，讲人权嘛，在这种情况下，美国决定卖给我们几片，供两颗卫星用的，但要求从美国运出起到装上卫星打上天为止，必须由美国人盯着。要看着芯片，是否装到气象卫星上，打上天去。由此可见，如果我们的基础工业不发展，要发展高科技，将是如何受制于人。当然，我们现在还做不出这样的芯片来，但是我们中国的技术人员也在想办法，没有这样的芯片，我们从系统上想办法，怎么减少它的翻转，抗干扰。如果有了干扰，翻转了再翻回来，我们现在已想出了许多招，要看今后的科学实验能不能实现这些招。因为有了经验教训，进行了改造，所以今年5月10日发射的"风云一号"气象卫星，到目前在空中的工作完全正常。

在发展"风云一号"气象卫星的同时，我们也在发展"风云二号"气象卫星。那么大家会说，你为什么搞"风云一号"，还搞"风云二号"呢？我刚才讲了，我们有两个轨道，一个是太阳同步轨道，一个是地球同步轨道。"风云一号"是太阳同步轨道，它一天绕地球十五六圈。因此你们看到"风云一号"云图的话，脑子中应有一个概念：中国的云图，不是同一时间的，是一条一条不同时间的云图拼起来的。因为它飞过中国，一圈不可能覆盖，是条状的，若干圈才能看完中国，然后看到别的国家去了，它不老在你中国上空。"风云一号"飞得低，分辨率比较高，很多事情就比较清楚。因此我们要打一个"风云二号"气象卫星。"风云二号"气象卫星跟地球同步轨道通信卫星一样，是定点在赤道上空的，它对着中国，始终跟着中国自转，看着中国上空的气象变化。因此，一个站得高，看得广一点，一个是看得近一点、清楚一点，把这两个信息加在一起，对气象的中长期预报和近期预报都是有利的。经过几年的努力，

笔花拾零

1997年的6月10日,我们成功地发射了"风云二号"气象卫星。"风云二号"是地球同步轨道的气象卫星。到目前为止,只有美国、俄罗斯和中国有这个能力同时发射太阳同步轨道的气象卫星和地球同步轨道的气象卫星。

大家可以看到,我们经过的历程不长,去年是我们空间技术研究院建院三十周年。三十年的历程、四十几颗卫星,我们就覆盖了科学试验卫星、通信卫星、国土普查卫星、一箭三星、资源卫星、不同轨道的气象卫星、返回技术等。我刚刚还讲到,一颗卫星发射上去以后,要有一个庞大的应用系统,现在结合"风云二号"来讲一下,星上和地面如何配合才能用起来。

"风云二号"是地球同步轨道气象卫星,是个圆柱形,自旋扫描的,里面的有效荷载是上海技术物理所做的一个多通道扫描仪。卫星转一圈,它的扫描仪在地上扫一行。卫星向前走,一行加一行,就形成了地面的云。这个云图,用高速数据传到地面来。传到哪儿呢?离这儿不远,大家出去散步,看到不远的百望山,山上有个塔,那个塔就是"风云二号"的标校塔。往前有个地方叫东北旺,东北旺有个数据收集指令站,这个指令站全亚洲第一、世界第二或第三,非常大,有一个20米的天线。这颗气象卫星,把云图的信息送到地面站,这个地面站通过光缆和白石桥的国家气象局卫星中心紧密联系,中心把有关信息,包括地理信息送过来,这些云图要经过处理后,人们才能看得懂。看得懂但不知什么地方,还要加上地理的经纬度、坐标。这一系列工作组织好后,还要分成两种产品:一种是高精度的,一种是低精度的。为什么呀?就像有钱的人买名牌东西,没钱的人买普通东西,一样的道理。把这两种云图再通过指令站送到卫星上,这个卫星有个广播系统,通过它对全国广播。广播有高精度的,有低精度的,对于省以上的气象站、大站,有条件的、花得起钱的,买了高精度接收机,它就能收高精度的图;那些小的气象站、船舶,买个小的接收机,就可以收到低精度的云图。这样,就可以为大家所用。你看,天上到地下,地下到天上,天上再到地下,到各个应用系统,就要有人来开发这种高精度的接收机、低精度的接收机、固定式的接收机、移动式的接收机、舰载的接收机,等等。要形成一个庞大的气象卫星应用市场,要天地一体化起来,才能形成。

走在路上

尽管我们取得了这么多的成绩,但应该讲,跟国际上的差距还是比较大的。我们在航天上所投入的经费在国民经济当中占的比例,比印度还要小。印度这几年发展得很快,日本发展得也很快,我们必须保持高度的警惕,只有努力工作,才能保持我们目前的地位。应该讲,航天能够取得这样的成绩,首先应该归功于国家领导人的关心,归功于全国人民的大力支援。与此同时我觉得,它和航天这支队伍有着特别好的精神也是分不开的。航天人是非常辛苦的。例子很多,我就举一个咱们党校的例子。我是在党校念过书的,我们院一位党委副书记叫薛利,也是党校毕业的,这次十大军工集团改组,她是70多个领导当中唯一的女性。已经到航天机电集团去了。她原来是我们院党委副书记,是一个很强的同志。去年她在党校学习的时候,曾经带了党校的一部分同学去我们那儿参观。参观了我们那儿的环境和工作成果以后,许多地方的党政领导同志就问薛副书记,说这些老总一年挣多少钱,我们薛副书记是管人事的,很清楚我们挣多少钱,大着胆子说了个数:3万。那些同志不相信,说30万吧?薛书记说,就是3万。结果那些去参观的同志都感慨万分。对我们这样的老同志来讲,没关系,我们有奉献精神,可是我们大部分研究所在中关村地区呀。同样是大学毕业,在中关村地区工作的人,七八千、上万的收入,轻而易举的。而在我们这儿,千把块钱。所以我们的队伍也是很难稳定的。即便是这样子,有相当一部分人,仍在专心专意搞航天。搞航天有时还要死人的。我们在北京的同志算是条件最好的,我们在基地的许多同志,真是献了青春献终身,献了终身献子孙。你在戈壁滩沙漠上、西昌大山中,家属怎么安排工作?子女怎么上学?没办法,很辛苦,就不多说了。所以我总觉得我们航天人尽管困难重重,但是有一股精神,我们大家所体现的那种精神,是让我一辈子都感动的。

上面讲了我们中国,我们自己在卫星方面所取得的成就。下面我给大家讲一讲国际上发展航天的新动向。

航天很重要,尤其是在军事上,而且航天本身的发展,也促进了各项产业的发展和技术的发展,尤其是高技术的发展,所以各国都非常重视。当前,在国际上的发展,分门别类来说,在通信卫星方面,主要是这几个方向发展:

第一个发展方向，我刚才讲到通信卫星，与地球同步的，地球只有一条地球同步轨道。这条轨道上，大家都去发通信卫星，非常拥挤。过去我们都是发射 C 频段的，带宽 36 兆。联合国成员不分大小，大家一律平等，前几年我们没意识到这个问题，因此不管大国小国都可以在赤道上空申请发射卫星的位子，结果，很多根本不可能发射卫星的国家，比方说，太平洋中的小国——汤加王国也申请了位子。现在一些大国，想多发几颗卫星，没位子了，还要向它们去买，这心里就有点别扭。因此，一方面要通过国际法来改变这种状况，另一方面，技术要发展，向技术要出路，因为你的带宽越宽，越容易互相干扰。下一步的通信卫星发展，就要向频率更高，向 Ku、Ka 发展。现在的 C 频段，4G～6G，将来要发展 12G～14G，20G～22G，频率越来越高。频率越高，带宽就窄，在同一个轨道上，就可以发射更多的卫星，这是一个发展方向。第二个发展方向是多波束。我刚才讲到，我们"东方红二号甲"，尽管搞了个赋形天线，在中国上空，各地都有相同功率。但是，中国的经济发展到底是不平衡的，在一些发达地方通信的要求就比较高，而戈壁大沙漠里通信要求就比较低，那样功率就浪费了。因此我们要发展多波束。多波束就是说，在中国，既有大的波束，也可以搞点波束。比方说珠江三角洲，澳门、香港、广州、珠海、深圳这一带经济特别发达，就专门给它发一个小波束，在这个波束里，它就可以充分利用起来，这样就可以节省很多功率。要发展多波束，根据不同地方的不同需要去发展，但是波束越窄，天线就越大。现在卫星上的天线，直径是两三米，如果发到香港地区一个点波束，天线就得一二十米，这就带来一个问题——卫星如何带这大一个天线上去，这么大的天线是带不上去的，只有把它折起来，到空中再展开。就像我们的太阳能帆板，发射的时候是折起来的，发射到空中以后再把它展开。因此，我们发射卫星，最紧张的第一环是星箭有没有分离。星箭分离后，第二是帆板与天线展没展开，如果展不开，也就没有能源和信息。因此说可发展点波束，但是发展新材料的可折叠、可展开的大天线，就是它的攻关技术。这是一个发展方向。

第三个方向，就是向低轨道发展。大家都去挤地球同步轨道，必定挤不下。

人们就想,能不能低轨道?低轨道的卫星与地球不同步,它一会儿在北京上空,一会儿不在北京上空,通信不就中断了吗?大家想吧,反正是众人拾柴火焰高,就发展多颗低轨道卫星。比方说,我们中国的火箭,曾经多次发射过铱星,它就是一个低轨道通信卫星。当然,现在铱星公司已经破产了。铱星是一个系统,它有66颗卫星在天上转,分成6个轨道面,每个轨道上均匀地摆上11颗卫星,天上6个轨道,每个轨道11颗卫星在不停地转,保证全世界的任何一个地方、在任何一个时刻,至少看到3颗以上的卫星。再利用星和星之间的互相传递,保证你在一个固定的地方收到的信息是连续的、不中断的。第四个方向是直播卫星。我们现在看的电视,尽管通过卫星转播,但不是卫星直接给你的,是通过地面一定的部门收了以后再转发给你的。那么直播电视可以在卫星上进行直播,每家每户去收,而且随着数字信号和数字信号压缩技术的发展,可以一个卫星播送几百套节目,再发展下去,每个人还可以和卫星进行通信,在几百套节目里,可以点你所需要的节目。另一个发展方向就是对地观测卫星方面,分类越来越细。过去我们主要是大面积范围的观测,比方说,对农业进行估产,欧洲在完成了一号、二号、三号、四号农业卫星的工作以后,就可以对全欧洲的农业进行估产。因为小麦、水稻、油菜等的光谱是不一样的,利用不同的光谱可以判断种植面积,也可以根据微量的差别来判断产量。现在对地观测卫星还有一些专门项目,如专门对森林的病虫害、泥石流进行观测等。我们国家也在国家减灾委员会的领导下,正在研究如何发展我国的减灾卫星。减灾卫星的效能是非常大的,比方说,去年长江发那么大的洪水,我们利用自己的卫星,与国际上的卫星,获取了非常多的重要信息。没有这些信息,中央抗洪防旱指挥部的领导同志,是很难下决心做一些决策的。还有一种返回式卫星,中国那么多人要解决吃饭问题,提高单位面积的产量当然是个办法。天上能不能想点办法?这十多年来,我们曾经多次做过实验,把各种农作物种子放到卫星上去,在天上转了以后,由于空间的辐射和微重力的影响,改变了某些生物特性,在地面再经过几代的栽培,产生了新的农业,叫航天农业。比方说,西红柿可以长得很大,小麦秆不倒等。过去是搞一小袋种子,做别的实验时搭载一下,现在有人呼吁,专门搞一颗种子星，它正在论证之中。

月球探测和空间探测，曾经低潮过一段时间，现在国际上又热起来了，空间站我们国家还没有搞。国际上，美国有空间站，俄罗斯搞过空间站，他们也搞了很多合作，搞了国际合作的空间站。这些空间站在空间进行各种科学实验，获得了很多科学数据。但是我们应该看到，也有人想建立空间作战基地，那对世界的和平将是很大的威胁，我们也不能不充分警惕。还有人要利用空间进行发电，因为离太阳越近，太阳能转换成电能的效率也就越高。这一点日本人走在前头，日本人有一个 SPS2000 计划，估计很快就要上天。它已经能够做到发电 10 兆瓦。什么原理呢？就是在空中建一个很大的像足球场那么大的太阳能帆板把太阳能转换成电能，再把电能用微波的形式发射到地面来，在地面进行供电。日本人大概在 2000 年到 2001 年把这东西打上去。当然，利用空间发电有很多难点要突破。比方说，如何把这么大的太阳能帆板送到天空去进行组装？如何把微波传输到地面来？这里面都有一系列的问题要解决。但是我们应该看到，国际上在这方面是做了很多工作的。如果真像有些科学家估计的那样，几十年以后就没有了石油，没有了天然气，我们又不能在能源方面有大的作为，那么就会很被动。

作为搞空间事业的人，我们希望得到全国人民的理解和支持，只有这样才能发展我们的航天事业。我们相信，通过大家的努力，通过在座各位的支持与帮助，我们能够确保目前在世界航天领域里的地位，也能够再争取向前走一步。

中共中央党校教务部印 1999 年 10 月

4. 卫星与计算机

计算机对科学技术各个领域的渗透人所共睹。以目前的卫星水平要求，说没有计算机就没有卫星是不会言过其实的。那么，一个在空间飞行的卫星究竟与计算机有些什么关系呢？计算机在卫星研制过程中又发挥了什么样的作用呢？一是为了研制一个卫星，需借助计算机进行分析、设计、制造、测试、

仿真及对研制过程进行管理。二是卫星用的是星载计算机，以便完成卫星的各项任务和对卫星进行测控。三是卫星运行过程中地面测控需要通过计算机对卫星获取的原始信息进行处理而达到实用目的。

卫星研制不同于大宗的工业品，其技术水平高，而往往批量很小。为适应不同的应用需求，需发展通信、气象、遥感、科学实验、海洋监测等不同类的卫星，这样多品种、小批量特点的设计正是计算机辅助设计（CAD）的特长。在计算机辅助制造（CAM）软件的支持下，在数控加工中心上进行加工或完成电子系统的生产，并由计算机辅助完成测试（CAT），真正做到CAD/CAM/CAT的一体化。由于卫星研制涉及众多的部门，又有一个相对较长的周期，应用计算机建立相应的信息管理系统（MIS），对其整个过程进行管理也是十分必要和有效的。在卫星研制过程中，应用好CAD、CAM、CAT、MIS、仿真等计算机技术，对缩短卫星研制周期，节省经费，提高可靠性，从而研制出高质量、高水平的卫星更好地为社会、经济服务都是十分重要的。

作为十分复杂的空间飞行器，卫星上也装备了不少计算机。一般来说有两大类，一是为卫星姿态及轨道控制而用的姿轨控计算机，另一类是对星上数据进行管理而设的数管计算机。由于星上功能部件很多，采用的计算机芯片也较多，这众多的计算机就构成了多级的分布式系统。卫星上的计算机从其基本原理来说和地面上的计算机并无多大本质区别，但由于空间的特殊性，卫星用计算机有一些很特殊的要求。卫星用计算机工作模式多、寿命长、精度高、可靠性高，而卫星一上天就无法维修，所以计算机一般都设计成容错结构，在运行时可做到自动检错和纠错、故障隔离和恢复，当出现大故障时，可进行切换和重组。还有就是要应对恶劣的空间环境，主要是高级带电粒子效应。

如上所说，卫星做出来了，星上计算机也装备了，但在发射前，仍需对卫星做大量的检测工作。这时就需要用计算机来对检测中获取的数据进行处理、比较，从而判别卫星的状态。卫星发射上天后，在其整个的运行过程中，仍需有一庞大的地面测控网对其实行测控，接收星上下来的遥测数据，通过地面计算机远程通信网传送这些数据，经处理后，形成新的遥控指令控制卫星。

这一切都是由地面测控中心及测控网中的计算机来完成的。

发射卫星本身不是目的，很好地应用这个卫星才是目的。如气象卫星发回的云图，需做各种处理并加以地理网格，人们才能看得出天气的变化和天气与地域的相应关系，这些都是由地面计算机，即图像处理中心完成的。如遥感卫星，获取了大量的遥感数据或照片，需要先对这些原始资料做各种处理，即进行几何修正、光学修正、辐射校正后才能得到预处理结果。这些预处理结果还要再辅以各种地理、地质、生态、物理、化学等信息，才能生成各行各业可用的最终结果。这一切，都离不开图像处理、人工智能、模式识别等以计算机为主要工具的信息处理方法。

原载 1996年3月5日《太空报》

5. 用成功报效祖国，抓管理打造一流
——纪念"中国资源二号"01星在轨稳定运行四周年

9月1日，由中国航天科技集团公司中国空间技术研究院负责研制、设计寿命为两年、曾荣获2003年度国家科技进步一等奖的"中国资源二号"卫星01星，已在太空遨游四周年，其在轨工作时间远远超过设计寿命。目前该星性能稳定，在轨工作正常，成为中国寿命最长的传输型对地遥感卫星。

"中国资源二号"卫星是我国第一代传输型对地遥感卫星，主要用于国土普查、城市规划、作物估产、灾害监测和空间科学实验等领域。01星于2000年9月1日在太原卫星发射中心成功发射升空，第三天即开始传输图像，发挥作用。02星于2002年10月27日成功发射，其性能和技术指标均在01星的基础上有所改进，设计寿命为两年，发射至今，星上各系统工作正常，也有望超期服役。两星在轨运行期间，向地面传输了大量图像，图像清晰，层次丰富，信息量大，受到用户高度称赞。它为促进国民经济的发展，推动我国空间遥感卫星平台及有效载荷技术的发展，提高我国参与国际空间市场竞争的能力，立下了汗马功劳。

"中国资源二号"卫星的研制，正值中国空间技术研究院进行科研体制改

革、机制创新、流程再造之时。在上级及有关部门的支持下，卫星的研制不仅获得了许多技术成果，同时也摸索了一些工程管理的新模式，取得了一些经验，得到了各方面的肯定。

采用卫星公用平台设计

在设计思想上，"中国资源二号"卫星采用了公用平台思想的设计，具有很好的两舱结构，并贯彻了通用化、系列化、组合化设计思想，这一平台已成为中国空间技术研究院今后太阳同步轨道卫星的基本平台。该平台具有广泛的应用前景，其姿轨控、电源、星务管理、热控、测控等服务系统可靠性高、功能全、能力强，性能指标均达到或接近国际同类卫星的水平。该平台具有较大的发挥潜力，从而可以适用于不同有效载荷的卫星。实践证明，采用公用平台设计，可以节省资源、节省时间、保证质量，有利于型号研制的小批量生产。

采用研制合同制

为适应市场经济的需要，"中国资源二号"卫星研制采用了研制合同制，成为中国空间技术研究院第一个试行合同制的项目。研制方与用户直接签订研制合同，根据合同所规定的双方责任和义务、计划和经费、奖励与惩罚等条款运作。根据研制合同，型号"两总"配合管理部门对研制人员采用绩效考核的奖励机制，综合考虑研制人员的责任、能力、工作态度和工作环境等，对研制人员的工作成绩进行评估，分阶段对他们进行奖励。实践证明，合同制具有较强的生命力，有利于调动研制人员的责任心和积极性，有利于保证型号的研制进度和研制质量。

型号项目管理制

在"中国资源二号"第一颗星正样研制阶段，考虑到国家的需要，并针对研制技术难度大、经费紧张等困难，结合院的实际情况，采用了型号项目管理制。以"两师"队伍为基础，配备各主要职能人员，组建了型号项目管理办公室，努力按现代项目管理的思想进行管理，以"按进度要求，在预算范围内，满足性能指标"为目标，在整体管理、范围管理、进度管理、质量管理、成本管理、采购管理、人力资源管理、沟通管理、风险管理九大领域进行了全面策划，制定了管理策略，并重点在全过程的质量和进度控制上多做工作。

采用项目管理的方法，做到了组织结构清晰，责任明确，按照矩阵的管理模式有利于项目计划、实施和控制，为卫星正样研制起到了重要的组织管理保障作用。

在研制过程中，项目办将任务经费和责任进行层层分解，落实到每个实施计划中，落实在每个子项目及每个型号研制人员的身上。如此，研制工作做到了工作有计划，岗位有职责，技术有流程，试验有大纲及细则，质量保证有章法等。一切按文件办事，事事有依据，从而保证了进度和质量，较好地完成了任务。

严格质量控制

在"中国资源二号"卫星研制过程中，我们认真贯彻执行质量法规和文件，建立健全规章制度，在整星研制过程中始终坚持"八严"质量管理，即严格技术状态管理、严格元器件管理、严格软件管理、严格产品验收、严格现场质量管理、严格归零工作、严格质量评审、严格表格化管理。

为确保卫星的可靠性，我们在流程规定的所有大型试验结束后，再留出一段时间用以进行"卫星长期加电测试"的试验，并发动全员开展"双想"活动，以发现潜在的问题，争取把问题及早暴露与解决。

卫星进入发射场后，我们按照相关规章制度，为确保质量又采取了一些行之有效的措施。如组织质量技安检查工作，对仪器设备进行计量复查，严格表格化文件的管理工作，严格质量问题归零，进行测试覆盖性复查工作，开展"双想一查"活动等，真正做到了质量在每个人心中，质量在每个人手中。

建立学习型团队

在"中国资源二号"卫星研制过程中，我们深深地认识到，不仅要出技

术成果,更要出人才成果,要通过型号研制培养出一批人才。因此,在研制过程中,我们注重人才培养,注意团队学习,注重团队作风建设。

我们在多个场合结合国家、企业和个人的利益关系,对全员进行宣贯,让全体研制人员了解研制目标,了解组织结构和型号研制情况,并正确对待工作中出现的问题;善于给大家减压,在工作之余多与研制人员沟通,关心他们的愿望、目标和需求,尽可能地帮助他们解决实际困难、问题,使大家将项目的成败和个人的发展结合起来,全身心地投入研制工作中。

在研制过程中,我们还充分发挥老同志的骨干作用,充分相信年轻人的能力。针对年轻人荣誉感强、积极上进的特点,提高他们的待遇,提拔和任用了一批年轻人到关键技术岗位,鼓励年轻人在干中学,创造机会让他们攻读高学位和参加各种培训,加强新知识获取的能力。

在研制过程中,我们还注重团队内部知识的交流和集成,让知识在组织中共享,研制队伍内部形成了一种良好的学习氛围。各分系统之间相互开放,提高了合作效率。我们还组织了各种讲座,如介绍姿态与轨道控制、数据传输、电源等系统的一些知识,提高了大家对整星的认识,让技术人员在设计上更多地从大系统的角度考虑问题。

除此之外,我们还充分借鉴其他型号研制经验和成熟技术,对其他型号出现的问题,我们也认真举一反三,进行学习和反思。通过建立学习型团队,稳定了队伍,锻炼了人才,使研制工作有了较强的持续发展能力。

利用公用平台研制的"中国资源二号"03星,充分继承和借鉴前两颗星的经验,目前进展顺利,有望在不久的将来与前两颗星组网运行,实现"三星高照",从而为国民经济做出更大的贡献。

原载 2004年8月31日《科技日报》

6. 奋战在国庆日
——记"中国资源二号"卫星发射队

在庆祝建国55周年的喜庆日子里,五院"中国资源二号"卫星发射队远离亲人、远离繁华的都市，来到晋北高原执行"中国资源二号"卫星的发射任务。

"双想"：不放过任何疑点

在"中国资源二号"卫星测试中，发射队针对"双想"的一个问题进行了补充项目的测试。9月25日，发射队员发现数传通道一路中的一个设备输出杂波增大，指标比在北京测试时有所下降。发射队领导决定不放过这个问题，要求承制单位空间电子信息技术研究院抓紧归零。空间电子信息技术研究院的同志连夜携设备返回西安，查找问题。为了加强归零工作力度，空间电子信息技术研究院集中了所内各方干将，日夜工作。在此期间，五院领导亲临现场检查督促，总装备部航天局、科技集团公司宇航部也表示了高度的关注，五院科研质量部和物资部领导及可靠性中心的同志、771所的专家都积极主动地给予了有力支持，使问题查找工作进展顺利。9月29日晚，问题终于查清了，原来是设备中一块电源板的接地不好。为确保型号的成功，"两总"决定对星上相同设备进行自查。

方案：在电波中形成

解决这个问题，可以有两个方案，一是空间电子信息技术研究院对自己的设备进行再处理。如采用这个方案就需要从星上拆下设备返回西安，考虑到往返路程，设备的处理和补充试验、整星计划的调整、设备再返回基地、装星再补测等一系列工作，进度至少要拖延七天。另一个方案是不动设备，仅从设备接插件上引一根线接地，这个方案十分简单、省时，但不是由空间电子信息技术研究院操作，而是由五院总体设计部、总装与环境工程部与北京卫星制造厂共同操作。

9月30日下午，到处是一派节日气氛，但在北京的某间会议室内，五院的李祖洪、彭守诚、陈钦楠等专家正和空间电子信息技术研究院开着视频会议。专家们听取了空间电子信息技术研究院的归零情况汇报和解决方案，一致认为问题定位准确、机理清楚，两个措施方案都有效，建议空间电子信息技术

研究院立即对第二方案进行试验验证，由卫星总师决定如何行动。

夜奔：六百里急驰

30日晚8点，在基地的卫星总师得到了空间电子信息技术研究院试验验证有效的结论，立即启动了下午已预定的工作方案，首先给北京卫星制造厂厂长打电话，请求派人支援。北京卫星制造厂领导非常重视，立即落实。一位车间主任立即带着一名工艺员、一名电装工、一名检验工及工具和材料连夜从北京出发奔赴基地。

10月1日，基地晴空万里，五星红旗高高飘扬。8点，发射队队员已在厂房内展开了工作，做好一切准备。9点半，北京卫星制造厂的"援兵"终于到了，并立即投入战斗。他们先是查看了现场操作空间，然后与各方商谈操作程序，在总体、总装的配合下，进行操作前测试。

郝春雨、王静、王建文三位师傅蹲在高架平台上，小心地按规程进行操作。平时功夫硬、技术水平高，这时就大显身手了。经过两个小时的艰苦努力，问题得到解决。接着，有关同志进行操作后的复测，拔电缆、接转接盒、一根线一根线地测量导通、打绝缘、插电缆、再检查……下午两点，一切工作胜利结束。而这时全体参战的人员还没吃国庆日的中午饭呢！

现场工作刚结束，早已待命的电测人员立即开始补充测试以验证处理的结果。卫星加电，打通测控与数传通道，按测试细则完成规定项目……工作有条不紊地进行着。晚上5点，当国庆日的太阳到山头时，发射队完成了全部预定工作。整整一天紧张的战斗，解决了原方案要用七天才能解决的问题。当大家感到浑身疲劳时，也体会到了奋斗的快乐与成功的喜悦。

原载　2004年10月13日《中国航天报》

7. 两个技术归零问题的反思

"中国资源二号"03星在发射场对两个技术问题进行了归零，并从问题的发现、分析以及解决过程中，发觉了不少值得反思的东西。认真总结，我们从中得到了一些有益的启示。

两个技术问题：一是数传通道导致该路误码率比出厂前有所增大；二是充放电开关一个继电器发生一次合上后不能再用遥控打开的现象。反思之一，在发射场必须认真做好"双想"工作，千方百计地查找隐患。这次型号设计师在"双想"中，从其他问题联想感到不放心，增加了原定在发射场不进行的测试项目，因此，杜绝了一个隐患。反思之二，对偶然发生一次的现象也不放过。这个问题仅仅发生一次，在10余年的研制中从未发现过，前两发星以及03星测试前也未发生过，故障发现并排除后，也再未发生过，但"两总"及各级领导、专家对此"抓住不放，一揪到底"，取得了成效。反思之三，对归零的问题要严上加严，抠深、抠透。这两个问题恰发生在院开展的全面质量建设活动过程中，各级领导、"两总"与专家加倍重视归零工作，整个归零工作做得更细、更严。为真正做到归零五条，在发射场、空间电子信息技术研究院和兄弟所及北京都请了专家多次分析，增做了试验，对采取的措施作了效果分析，对可能的后果详尽估计，对发射场后续工作进行了精心安排，在发射场和北京组织了多次归零评审和汇报会，高标准的要求推动了高标准的工作，最后达成了各方放心的共识。反思之四，对问题归零要本着实事求是的精神，以高度负责的态度加以具体分析，根据实际情况拿出最佳决策。这一点在两个技术问题的归零中我们体会颇深，想重点谈一下。

问题一发生的原因：卸下故障设备后，经空间电子信息技术研究院同志认真查找并试验验证，表明是由于工艺设计不周，可能造成部件电源板接地不良。当时状态是星上故障设备已用备份换装，另一通道还有一台同类设备。解决的办法是从星上拆下这两台设备，返回西安卸下机盖，对电源板接地重新处理，然后补做各项试验，验收后再送回发射场装星，这样一个过程少则一周，多则9天，将大大影响整星在发射场的流程和计划。经"两总"与设计师认真分析，认为可以不从星上卸下设备，在此设备插座上相应电源的接头处从外部直接引一根线到机壳，效果应是一样的，这一设想得到了试验的验证。于是，"两总"向专家汇报，得到他们的认可，同时，紧急从北京卫星制造厂抽调最好的电装工星夜增援，经过国庆节一天的奋战，顺利完成两根线的跨接,经单检和整星复测,效果很好,做到了双保险。整个处理过程仅用两天的时间,大大地减轻了发射场的负担,确保了计划的按时实现,方方面面都放心。整个过程反映了"两总"的决心、专家与领导的支持、设计师的智慧、兄弟单位的大力协作,这是一个从实际出发认真归零的范例。

  问题二的归零,同样值得反思。经分析认为,这个继电器的故障是使用不当造成的。应该说,性质比较严重,也有危险。一般情况下必定要更换这只继电器,无论代价多大也应这样办,否则是行不通的。但具体到03星这个继电器应该怎么办?有两种意见,一种意见认为既然这个继电器有问题,不能让有问题的元器件上天,一定要换,这个意见原则上是对的。另一种意见则认为应从实际出发,综合考虑当时的各种因素:其一,这个继电器的使用单一,仅仅是在发射前要令其合上,上天后永不动作,且希望它永久吸合;其二,继电器既然发生过吸合后拉不开,会不会反之吸不上?这是设计师不希望的;其三,正式发射前还要进行测试,吸上拉不开怎么办?设计师有办法可以确保在地面测试中处理好这个问题;其四,由于结构和电设计的复杂性,更换该继电器的风险很大;其五,更换周期是10天左右;其六,换上去的仍是同批次继电器,等等。经认真分析,"两总"与设计师认为可以不更换继电器,只要采取有力措施,确保上天合上就行。做出这个决定的前提是"两总"和设计师对问题的深入了解,对后果分析非常清楚,特别是在质量整改的时刻,提出这样的建议是要有很大的信心和勇气的。但考虑到冬季将至,发射困难增多,"两总"与设计师从实际出发,真正对器件、对整星和整个试验负责地向领导与专家提出"不予更换,预定有效措施"的方案。经过激烈的讨论,这一建议得到了领导与专家们的理解与支持,后来的事实证明,这个实事求是的决策是对的,是一种负责的态度,它不仅让03星获得成功,也为发射场后续任务赢得了时间。归零彻底是必须遵从的法则,但是在遇到问题时,应具体情况具体分析,综合权衡做出最佳选择,这才是正确决定。

  03星已经运行近两个月,且和01星和02星组网运行。成功已成为过去,后续的任务更光荣、更艰巨,我们这支队伍在上级的正确领导下,一定会继续努力工作,从头开始,争取做出更大的贡献。在此向为"中国资源二号"03

星做出贡献的所有领导、同志致以敬礼！

原载 2004 年 12 月 20 日《神舟报》

8. 我怀念杭州，那是我成长的地方、人生的出发地

古人云："江南忆，最忆是杭州。"我虽不是杭州人，却也深感如此。我出生在江苏，但青少年时代几乎全是在浙江生活、学习，在杭州的时间最长，1953—1968 年，除有四年在湖州外，全在杭州，所以对杭州情有独钟。至今，我虽到过不少国家，国内也去过很多地方，但仍感到除自己的故乡外，杭州，是最值得回忆的地方。

我在西湖小学读了四年

1953 年夏—1957 年夏，我在杭州一所部队干部子弟学校——西湖小学读完小学三年级至六年级。那时国家刚刚安定，部队的任务仍很繁重，且很多驻扎在海防边疆，为解决他们的子女的读书问题，全国办了几所这种学校。学校地处玉皇山脚下的长桥旁边，离西湖不远，出校门向南是玉皇山，向北经南山路可进城，向西则是长桥、净慈寺，向东可以翻过万松林去南星桥。学校是新建的，条件很好，有礼堂、操场、教室、宿舍、食堂、花园，甚至还有一个小动物园。

小学几年，全是住校，同学们来自各个地方，他们的父亲或母亲都是军人，因而，学校里也充满了军营色彩。我记得老师也有不少来自部队，每个班除有班主任外，还有管生活的阿姨。大家过的是集体生活，同一时间洗澡、同一时间换衣服，统一校服。那几年，大概是我一生中最无忧无虑的几年了。

我"一条杠"也没带过

记得教过我们的有语文老师朱寿同和邬思珍、算术老师王志孝、生活老师闻仙云等人。朱老师是我们班主任，后来去清河坊一所中学教书了。我在"文化大革命"前后及出国留学回来后都去杭州看过他，有一次外地来了两个同

学，我们57班的部分同学还在他家聚会过一次，吃面条。小学时，我方方面面表现平平，就连男孩子在一起玩"官兵抓强盗"之类的游戏，也只能是最小的喽喽角色，好像在少先队连"一条杠"也没带过，唯一有点优势的是画画，但也比张潮、王晓明同学差。

小学毕业时，班里同学商量要给学校留点纪念，就集体动手在小动物园旁边，修了一条用石子铺成的"百花路"。这一班的同学后来当兵、上大学、下乡、支边等都有，四年的朝夕相处，同吃、同住、同学习、同玩耍，虽已隔几十年，有的后来见过，有的至今不曾再见，但仍时时想起他们。1987年有一次出差到杭州，由王晓明同学做东，部分同学曾有一次聚会并去看望了朱老师。据我所知，晓明是同学中生活最为坎坷的一人，完全靠自学与努力成为一名画家。遗憾的是，如今，我们的小学校已不再存在，已成为一所师范学校的校址。

我是杭四中的走读生

1957年夏小学毕业，我考入杭州四中，一所质量很好的中学，尤其是它的初中部。当时怕考不上住校生（名额很少），就考的走读生，当时家里在杭州并无亲戚，我就住在父亲的老战友叶伯善伯伯家。他当时是我父亲部队的政委，他母亲（我叫她奶奶）住在离杭四中不远的番薯巷。到现在我还记得那个院子、那个楼，奶奶一家对我很好，照顾得也很周到，住了一个学期，第二学期就住校了。一同考上杭四中的有好几个小学同学，分在同一班的有杨肖陵、李金忠等几个人。

只记得班主任是语文老师，姓吴。印象最深的事是苏联发射了世界上第一颗人造地球卫星，下乡采茶，稻田里捉田鼠、捡稻穗，上城隍山用脸盆抹上肥皂水网蚊子，大轰大嗡地赶麻雀……

小学四年加初中一年共五年的杭州生活，使我享受到了这人间天堂的幸福。我们曾在湖上划船，用竹竿挂上线到湖边钓虾，去郊区远足、野餐、过夏令营；用每周发的两角钱去吃两分钱一只的萝卜丝油墩子、五分钱一碗的鸡鸭血汤或者一把小核桃；看露天电影《夏伯阳》《牧鹅少年马季》和童话故事幻灯片等；为扩展知识，还去富阳的农场参观拖拉机，去笕桥机场看飞机表演：真正是无忧无虑呵！

1958年夏，父亲所在部队已在湖州建有正式营房，我也随之转学到湖州一中，跳了一级直接念初三，毕业时经保送又在湖州中学读了三年高中，那是生活上极困难的几年。

我创下吃干饭班级纪录

1962年夏，考取浙江大学无线电系，从湖州又回到了阔别四年的杭州。记得是乘汽车去的，在武林门长途汽车站一下车，见到红绿灯，顿时感到来到了大城市（湖州那时还无公共汽车）。到浙大二分部报到，当时浙大分三个地方：玉泉本部、文二街二分部、六和塔三分部。全校一年级新生都在二分部学习，第一年的学习是紧张而充实的。那年国民经济刚刚从困难时期稍有好转，学生的生活仍比较艰苦，吃上一顿黄豆炖猪脚就是大餐了。当时年轻，菜又油水少，吃饭自然多，我们班吃干饭的纪录就是我创造的，一顿吃了16两制的28两，一直无人打破此纪录，恐怕以后也不会有人能破了。

记得放寒假时，我还把学校发的半斤肉票买了肉带回湖州去。

浙大，是一所教育质量非常好的学校，一年级印象最深的是教化学的李博达教授，课讲得有声有色。二分部离杭州大学不太远，有一次杭大放电影《追鱼》，是著名越剧演员王文娟演的，我们不少同学走去杭大看，由于人多，只好在电影银幕背面看，一切动作都是反的，倒也有趣。

浙大六年历历在目

大学二年级，我们搬到了老和山下、玉泉旁的浙大本部，住九舍，7~8人一间，吃饭和电机系在一个食堂，食堂靠山根，邻近校俱乐部。当时浙江的粮食供应已好转，在校吃饭主食管饱，大饭桶放在食堂中间，菜是一餐一份，排队打取。二年级时，课程也十分紧张，但学了不少基础知识，教电工的甘明道老师、教数学的梁文海老师的课十分精彩。那一年，逢浙大65周年校庆，每人发了一件短袖翻领衫，就是现在的T恤衫，我们系的图案好像是波浪上面有一个正在发射电波的天线架。还记得有一次团支部活动,我去请了正在杭州疗养的父亲的老战友、抗美援朝一级战斗英雄毛张苗来给我们班讲战斗经历,还拍了照片。

三年级,我们搬到了三分部。三分部由无线电系和物理系两个系组成。三分部在钱塘江畔,依山而建,所有的房子都掩映在绿树丛中,从校门出去过一条公路,就是钱塘江,东邻六和塔,西接九溪,景色十分美丽。我们常去江边散步,下水游泳,摸江里的岘回来煮着吃。三年级开始学专业基础课,一些年轻老师也与我们同住平房宿舍(老师两人一间),因而与老师的关系较一二年级更亲近些。那时的系主任是何志均老师,专业教研室主任是姚庆栋老师,教我们的有著名天线专家张毓昆先生,青年教师叶秀清、顾维康、陈桂馥、袁长奎等。去年,浙大为何老师举办了八十寿辰庆祝会,我也去了贺电。

从三年级到四年级第一学期上半段,整个教学秩序都是正常的,学校的文体活动也很活跃,我那时先后参加了两次演出,一是话剧《第二个春天》,讲述的是我国自行研制导弹快艇的事,以提倡自力更生、反对崇洋媚外为主题,这个思想在现在也有现实意义;二是歌剧《江姐》。当然,依我的文艺才能,只能是跑个小龙套,主要工作是帮助校方及团委做一些剧组的组织工作。应该说,当时大家的积极性很高,参与程度广泛,排练水平和演出效果也都不错。我清楚地记得,演江姐的是比我们高两级的戴文华和高一级的徐赛秋同学,我们班的李一鸣演游击队长蓝洪顺,徐宝珍、董凤英演女游击队员,陈康雯、方金炉都是乐队队员,拉二胡和弹琵琶。

我被分到了卫星制造厂

1968年7月开始分配,我们专业有十几位同学分到了现在的中国空间技术研究院。同班的王南光、徐宝珍、董凤英和我分到了卫星制造厂,其实按当时的思想,我最想分到西北基地去工作,但未能如愿;方金炉分到了航天医学研究所;陈康雯分到了当时的应用地球物理所;余金财分到了西安无线电技术研究所。同专业同年级来的还有卫星制造厂的吕隆德、谢松泉,西安的华根土、胡志荣，航医所的陈心海、聂登康。这些同学除有几个后来调回浙江外，几十年来一直工作在一起，其中康雯与宝珍，隆德与凤英还结成了夫妻，为中国的航天事业奋斗，互相关心、照顾。近十多年来，同班同学曾举行了几次聚会，得益于留在杭州的几位同学的努力，每次活动都搞得很好，令人高兴，也使我们这些在北京的人有机会又回杭州。今年"五一"节的活动是在雁荡山举行的，全靠在那儿工作的施成水同学的张罗。我因工作忙，未能参加，很是遗憾。下一次有机会一定要去参加。我们班班风甚好，即使在"文化大革命"中派性对立时，班里同学也没有伤和气，所以现在每次活动大家都心情愉快，这大概和我们班原来的几个班干部善于团结大家有关，老支书施成水、王南光、老班长黄光成、陈焕新都是十分优秀的人。遗憾的是陈立龙同学毕业后去了新疆某基地工作，因积劳成疾，于前几年过早地离开了我们。

只要有机会，我会再去杭州

从小学到中学、到大学，在杭州生活学习了这么多年，经历了不少事，从一个小孩成长为大学毕业生。总的来说是愉快的，无论是景、是物、是人、是事，杭州留给我的印象总是美丽的，割舍不下的。

近几年，因工作去了几次杭州，发现今天的杭州，比当年更加漂亮。西湖小学所在的长桥一带已建成新的连片湖滨公园；河坊街的杭四中附近也建成了古色古香的仿宋城；浙大更是大步前进，玉泉校区日新月异，新校区足以与世界一流大学的校园相媲美；环湖的景色，尤其是湖西岸更是如人间天堂；城市建设一天一个样，天然秀丽中透露出现代化气息。

我怀念杭州，那是我成长的地方、人生的出发之地，只要有机会，我会再去杭州。

原载　2005年11月30日《钱江晚报》

9. 深切怀念乌崇德同志

乌崇德同志的为人、为事处处都有我们学习的地方。他作为"中国资源

二号"卫星遥感器的主任设计师，长期为此项目努力拼搏，艰苦奋斗，许多场景历历在目。如今"中国资源二号"卫星三发成功，正常运行，而乌崇德却因病过早地离开了我们。毫不夸张地说，没有他的贡献，"中国资源二号"卫星遥感器就不可能成功，没有他的积累，508所的遥感事业就没有今天的成就和局面。在我国遥感卫星事业中，他的贡献巨大，我们永远不会忘记这个航天系统劳动模范乌崇德。

在"中国资源二号"卫星遥感器的攻关过程中，遇到过许多困难，每当遇到困难，乌崇德都是亲临前线，深入分析，刻苦工作。当时他家住中关村，但长期远在南苑加班，连续多日不回家是常事。后来他到遥感楼攻关，干脆就吃住在遥感楼里，夜以继日地奋战。当遥感器在振动试验中发生问题时，我曾看到他眼含泪花，紧咬嘴唇，内心承受着极大的压力，随后，立刻镇静自如地指挥全体人员分析、解决问题；当遥感器在真空罐做试验发生堵转后，又是他带领大伙讨论、集思广益地进行分析，试验验证，撰写报告。但当问题最终解决开汇报会时，他已累得连说话的力气都没有了。当遥感器将要进行首次航空校飞时，由于飞机进行过大量的改造，对飞机是否安全大家还有顾虑，又是他带头登上飞机，进行了第一架次的试飞，安定了人心。当遥感任务不断增加，任务逐渐繁重，还是他主动提出让年轻人挑起重担，自己甘当人梯，并认真传授，培养人才。如今，508所拥有了一支能干的遥感队伍，老乌当为之高兴矣！

那是2003年年初，为了"中国资源二号"后续星的论证，他拖着已感病痛的腿脚和我们几人去了法国，回国后又写出了考察报告。在他病重住院的最后时期，我们去看望他，他仍和我们谈工作，谈发展，与他的研究生谈论文，真正做到了生命不息，战斗不止……

老乌，你人虽走了，但你的精神与作风永远留在了我们心中，所有与你共同为"中国资源二号"卫星奋斗过的人都将永远怀念你！

原载 2005年12月30日《神舟报》

10. 质量是"嫦娥一号"的生命
——抓质量　促进度　保成功，请看"两总"怎样说

"嫦娥一号"卫星是我国航天发展第三个里程碑的开篇之作，其政治意义、科技和工程意义及巨大的社会效益都是可以预见的。党中央和国务院给予了极大的关怀，上级给予了高度重视，全体研制人员付出了辛勤的劳动。目前"嫦娥一号"卫星已进入整星B阶段电测，处于一个十分关键的时刻。在力保进度的要求下，我们始终牢记"质量是'嫦娥一号'的生命"，只有确保质量，才能获得成功，也才能力保进度。

为了把"质量是'嫦娥一号'的生命"的理念贯彻到每一个人、每件工作和研制的全过程，项目办在加强思想教育，提高全员质量意识的基础上，认真分析，有针对性地开展了质量策划和实施工作。

项目办继承已有的经验和做法，完成型号质量工作中的一系列"规定动作"。这些动作都是经实践证明行之有效的，必须做好，做到位。如院长的几个令、复核、复算与复查，严格归零，认真评审，关键件及关键项目控制等。事实证明，完成这些规定动作对于保证质量有极大的作用；实践也表明，仅完成规定动作并不能确保成功。我们从一开始就比较清醒地认识到这一点，始终针对实际情况争取有创造性地做一些工作。我们要始终坚持以下做法：

1. 不断思考，对若干月球探测中的新问题认识，再认识。月球探测卫星是我们的第一次，它在轨道设计、GNC、推进、远距离测控、能源、热控、有效载荷的研制、数据的反演、地面验证方法等方面都不同于以往的卫星。尽管我们在方案阶段、初样阶段做了大量的分析工作，但到底这是第一次，可能会有一些想不到的问题，需要认识，再认识，加强、深化理解。比如，在轨道设计方面，尽管我们已经做了一轮全国范围内专家背靠背的设计复核，得出了肯定的结论，目前我们又请了三个有能力进行轨道设计的单位，向他们发出了轨道设计需求，再一次进行多家复核，以保证首发星轨道的正确性。热控也是如此，由于月球表面热环境十分复杂，我们在自己深入分析、试验验证的同时，还和俄罗斯进行合作，利用外部力量加强了热控设计的正确性。

只要卫星还未发射,这样的"认识"工作就一直要做下去。

2. 提倡对问题"捕风捉影""亡羊补牢"。当前,院型号任务很多,各个型号在研制中肯定会出现这样那样的问题,我们自己在研制中也会出现一些不被人重视的问题,有些问题并未通报或未及时通报。针对这一情况,我们在队伍中提倡"捕风捉影""亡羊补牢",绝不放过任何细微的迹象。前段时间,卫星进行总装,基于一个产品如需经两个以上单位定义极性或安装操作就容易产生极性错误问题的历史教训,负责总装的陈向东同志提出要对发动机安装情况进行一次复查。一查可真有问题,流程先后介入的两个单位对坐标的定义恰恰相差180度,如果这样安装,就正好把所需推反了方向。及时纠正了错误,消除了一个重大隐患,项目办对陈向东同志进行了表扬和奖励。又比如,我们于几天前听到某型号有3DD系列管子的问题,未等上级和机关布置,在第二日就布置了清查,现查出我们也有7台设备共使用了58只该系列的管子,及时掌握了情况,为下一步解决问题打好了基础。

3. 进一步加强数据判读体系的建立。认真判读数据是测试、试验中的一个重要环节和要求,有时一个不该出现的现象一闪即过,极难发现,而其中就有可能隐藏着重大隐患。为了克服这一情况,我们从一开始就加强了数据判读体系的建立。型号测试工作在王劲榕、张伍等人的率领下,每日坚持早、晚班会,做到工作人人心中有数,当日问题尽量清零,遗留问题挂账待查,其中核心是强调上岗人员对数据判读的责任心。要做好数据判读,一是依靠人的力量;二是依靠技术手段来记录数据、查看数据;三是要求每日回放数据并生成曲线,通过仔细严格地查看数据来发现问题。前几日,卫星整星加电测试。按当时工作,测控分系统并未加电,一般情况下测控上岗人员就会"松懈"些;但当班的吴学英同志没有松懈,而是认真判读数据,发现了数据的异常,一个不加电的设备出现了遥测值。经查是由于进口的产品进行了修改,而我们相关遥测线的配置有不匹配的地方,及时纠正了这一问题。又如,负责供配电的易延波等同志也是由于认真判读数据,发现了电源变化曲线上一个偶然出现的现象,经进一步查找,是供配电智能接口单元软件中的一个不适当处理造成的。从这些事例中,我们充分体会到认真判读数据的重要性。

这一条在卫星的整个寿命周期中都要坚持，包括在轨运行。

4. 对兄弟型号发现的问题自动对号，认真自查。当前，我院在研型号很多，不可避免地会有这样那样的问题冒出来。对于这些问题，我们都自动对号、认真自查，把事情"先看成有"，再决定是否行动，绝不轻易地说"没有"。某型号遥控单元天上出故障，判定为单粒子锁定。我们就对自己的遥控单元及有关设备进行复查，除用抗锁定器件来更换全部的存贮器件之外，下决心重新设计了遥控单元，使之可断电和加电，从根本上解决了锁定问题。尽管这付出了一定的经济及时间代价，我们也认为值。又如兄弟型号发现的应答机八倍频电路、PRC80S 电缆、3DK 管子等问题，我们都一一做了处理。某一型号在应答机测试时，发现了当遥控和测距共同工作时的调制问题。我们分析认为，由于我们是深空探测，距离遥远，这一问题会更严重，而且在低电平下会更加突出。于是做了大量的试验，拿出可信的数据，请了许多国内专家会诊，提出了切合实际的处理办法，既保证了进度，又保证将来在深空探测时测得到、控得住。

5. 勇于创新，从顶层做好 FMEA，按飞行事件做好产品保证链工作。集团公司明确要求"嫦娥一号"和另外两个型号要按飞行事件做好产品保证链工作。为了做好这一工作，我们"嫦娥一号"认识到过去从部件到分系统，再到总体的 FMEA 有相当大的局限性，因此早就决定从顶层向下做好 FMEA，以总体饶炜等带头把整个"嫦娥一号"的飞行过程按时间分解成事件，又把卫星的工作按模块分解，列出每个事件的相应工作模块，对每一模块，明确责任人，进行更深入的 FMEA，从纵向、横向两个方面厘清关系，查找可靠性漏洞，制定故障对策。最近，院里又组织我们学习了某兄弟型号在这一方面的做法和经验，我们第二天就进行了布置，在过去的工作基础上改进与完善，根据"嫦娥一号"的具体情况，即在所有型号中，我们从发射到建立正常工作状态是过程最复杂、时间最长的一个型号，必须具有创新性和针对性，才能把 FMEA 和产品保证链工作落到实处。当前，按项目办的安排，我们已分解了各事件，各事件的责任人正在做新一轮的细化分解工作，力争在这个工作上有所创新，为五院的科研管理提供一点儿见解和贡献。

6. 对质量问题认真梳理，逐一过筛，严格归零。对正样研制中出现的任何质量问题，项目办要求一一登记，以文字说明情况，上报项目办，由项目办质量控制小组及时审议，认真梳理，逐一过筛。哪些是可以简单处理的，哪些是要做专题分析的，哪些是要归零的，哪些是要请专家先评议再采取措施的，逐一定性落实。明确归零的项目必须经两级归零，即所级和院级。在归零过程中如涉及技术状态变动的必须经过项目办技术状态控制小组审议，按技术状态变更的标准实施。通过这些控制措施，"嫦娥一号"正样的质量问题得到了很好的管理与控制，滚动清理，分级归零，保证了研制进展以一个较好的基线健康前进。

型号在研制中的质量工作也是个系统工作，涉及面很多，在本文中不能一一叙述，也有些问题还需研讨，如元器件归零的尺寸把握，新老型号流程再造中的个性问题等。我在本文中想强调的是规定动作一定要做好、做到位，但一定要针对型号的实际有所独创。文中所涉及的几条，并非"新创"，但确实我们项目办对这几条抓得更紧，实施的力度更大，也算是一点体会和做法吧，或者是"嫦娥一号"的特色。相信只要我们每个人都坚持"质量是'嫦娥一号'的生命"的理念，做好质量控制过程中的每件事，就一定能争取到质量和进度，从而争取发射成功、正常运行的最终胜利。

原载　2006 年 6 月 20 日《神舟报》

11. 杨　嘉　墀

国家"863"计划倡导人之一、"两弹一星"功勋奖章获得者，2006 年 6 月 11 日在北京逝世，享年 87 岁。

6 月 11 日，中国战略科学家杨嘉墀先生，走完了他华彩的一生。当晚，思念杨先生，我夜不能寐，成挽联一副："出吴江，学哈佛，归国效力，八十七，做人做事皆楷模；精仪表，掌自动，再领信息，八六三，两弹一星建奇勋"。

笔花拾零

杨先生走过的历程，实为一个爱国学者的典型路径。他生于1919年7月16日，1937年在上海交通大学电机系学习，毕业后在昆明西南联合大学电机系任助教。1947年，他赴美国哈佛大学研究院应用物理系留学，获硕士和博士学位，先后在美国麻省光电公司、美国宾夕法尼亚大学生物物理系任工程师、副研究员；回国前，任美国洛克菲勒研究所高级工程师。杨先生在美国工作期间，对仪器、仪表研制有所建树，试制成功生物医学用快速模拟计算机、快速自动记录吸收光谱仪（被命名为"杨氏仪器"）等生物电子仪器，并获美国专利。1956年8月，在新中国百废待兴之际，杨先生毅然回国，投身于祖国建设。

1957年10月，苏联发射了世界上第一颗人造地球卫星"伴侣一号"，1958年1月，美国人造地球卫星也上天了，人类吹响了宇宙探测的号角，杨嘉墀作为具有深厚理论根基的归国自动控制专家，参与筹建了中国科学院自动化所，率先开展了火箭探空特殊仪表等方面的研究。

1963年，中国第一颗原子弹爆炸试验在即，杨先生又被紧急调入原子弹研制行列，成功研制了一系列的核爆测量仪，成为我国首次核爆的功臣之一。此后，杨嘉墀主持研制的光谱仪和测量仪，又为我国首枚氢弹试验和首次地下核试验发挥了重要作用。

1968年，我被分配到北京卫星制造厂工作，与杨先生所在的自动化所同属一个研究院，从同事口中就已知道，所里有两个从美国回来的大专家，其中一个就是杨先生。他参与了我国第一颗人造地球卫星研制规划的制定，领导并参加了这颗卫星姿态控制和测量分系统的研制，是我国卫星研制的开创人之一。

1970年4月24日，我国第一颗人造卫星成功地跃上太空，圆满完成了卫星测控。1975年11月26日，我国第一颗返回式卫星在酒泉卫星发射中心发射，绕地球运行了47圈，三天后按照预定计划平安着陆。当时的国防科工委副主任钱学森感慨地对杨嘉墀说："美国在试验返回式卫星的初期，经过多次挫折，直到第13颗卫星才顺利回收。而我们有了你主持研制的姿态控制系统，只发射一次就通过了。"

走在路上

1983年3月23日,美国总统里根提出了著名的"星球大战"战略防御计划,立即引起了全世界的震动。苏联和当时的东欧集团立即针对这一计划,制定了"科技进步综合纲领"——这些计划除了军事目的,还有深远的政治目的,那就是通过促进国防科技发展,进而带动高新技术和国民经济的全面振兴。杨先生及时洞悉了这一趋势,与王淦昌、陈芳允、王大珩三位著名科学家一道,向中央提出了国家发展高技术计划的倡议,得到了中央的批准,产生了对后来我国科技事业产生重大影响的"863计划"。

杨先生一生的荣誉很多,也很高。"两弹一星"功勋奖章、陈嘉庚技术科学奖、何梁何利技术科学奖,国际电机电子工程师学会授予的"千年勋章"成就奖,等等;但在我的眼里,他更多的是一位敦厚温良的师长。

1978年,我考取了出国读研的资格。那时绝大部分人都希望去美国读书。杨先生根据当时国际大环境和美国对敏感专业的限制,建议我去欧洲学习。从现在的结果来看,杨先生的这一建议对我非常有益。1985年回国后,我调到自动化控制研究所担任计算机室主任,得知我所第一台计算机"王安机"是杨先生在美国时的同窗好友王安先生赠送的,而且该机中的存储装置,正是杨先生的发明专利。

1988年年底,我调至中国空间技术研究院任计算机信息化副总师,杨先生是前任总师。每当他得到一点有用的信息或拿到一篇有价值的文章,就从大楼的西头办公室走到我在东头的办公室,亲自向我提出他的看法和建议,从不打电话叫我过去,尽管他走起路来不是十分方便。2002年,他又以83岁高龄亲临发射基地,视察我们发射前的准备工作。

杨先生晚年,格外关注月球探测工作。2002年,他在《人民日报》发表文章指出,随着中国综合国力的逐步增强,要早做准备,使我国在一些国家相继建立月球开发基地时,能够占领一席之地。作为学生辈的我,完成好自己担纲的"嫦娥一号"卫星探月任务,将是对老师最好的纪念。

原载 2006年6月26日《财经》第13期

12. "嫦娥"奔月应有时

月球是距离地球最近的天体，是地球唯一的天然卫星。随着近代科学技术进步和航天活动的发展，月球成为人类开展空间探测的首选目标。我国适时开展以月球探测为主的深空探测是航天活动的必然选择，也是持续发展，有所作为、有所创新的重大举措。

开展月球探测的重要意义主要体现在：对提高综合国力，增强民族凝聚力具有重大作用；树立我国航天活动的又一里程碑；促进我国高技术和基础科学的创新与发展；参与开发利用月球资源，促进人类社会的可持续发展；推进我国航天领域的国际合作。

借鉴国外的经验，考虑我国的国情和技术水平，近年内我国的月球探测工程将分三个步骤进行：第一阶段（2002—2007年），绕月探测；第二阶段（2005—2010年或稍后），月球软着陆探测与自动巡视勘察；第三阶段（2010—2020年或稍后），月球样品自动取样返回。

2004年1月，经国务院批准，我国月球探测一期工程——绕月球探测工程正式立项，进入工程研制阶段，计划2007年实施我国第一次月球探测卫星的发射任务。主要工程目标可概括为：① 突破月球探测的关键技术，主要包括研究地–月飞行技术，验证航天器飞出地球并进入其他天体引力场的轨道设计与GNC系统技术；实施远距离测控和通信；研究月球飞行的热环境条件，验证航天器的热设计，探索深空探测器的热控解决途径等。② 初步建立我国的月球探测工程大系统。③ 验证各项关键技术，获取月球探测的宝贵工程实践经验，为未来深空探测奠定技术基础。④ 初步建立我国月球探测技术研制体系，培养相应的人才队伍，推动月球探测及深空探测活动的进一步开展。

自2004年正式立项以来，"嫦娥一号"月球探测卫星经历了方案设计阶段、初样研制阶段，于2005年12月正式转入正样研制阶段，计划于2006年年底待命出厂。

在初样研制阶段，"嫦娥一号"卫星先后完成了初样结构、热控星和电性星的投产和验收、结构星鉴定级力学试验、热控星热平衡试验、电性星电性

能综合测试等十一项专项试验;开展了关键技术攻关产品的研制,完成了53件鉴定件产品的研制,为验证考核设计方案进行了大量充分的工作。

2005年11月30日,"嫦娥一号"完成整星转正样阶段部级评审;2005年12月1日完成院级转阶段评审;2005年12月6日,完成整星集团级转正样评审。"嫦娥一号"正式转入正样研制阶段。

目前,"嫦娥一号"已进入正样电性能测试阶段,全体研制人员正在全身心地投入各项工作中,以确保卫星按时保质出厂。

根据我国无人月球探测的发展步骤规划,在实施绕月探测后,将实施月球探测二、三期工程,二、三期工程的实施,将研制月球软着陆探测器、月面巡视探测器和月球自动采样返回器,突破月球软着陆、自动巡视、高效能源与热控、测控通信、月地往返飞行、自动取样等多项关键技术,全面提升我国的航天技术水平,使我国基本掌握对地外天体进行探测的各种方式,为后续开展其他行星探测及载人登月奠定坚实的基础。

原载 2006年10月10日《神舟报》

13. 为了最后的胜利
——记"嫦娥一号"卫星试验队两天两夜连续奋战

从9月4日起,"嫦娥一号"卫星试验队迎来了一场关键的战斗。

为了确保卫星飞行过程的准确无误,"嫦娥一号"卫星在发射场电测中特意安排了一次跳时的M6模飞,模拟从火箭点火到环月后有效载荷开机的全过程。模飞一次要由各系统的主份设备完成,另一次由备份设备完成,两次下来,再考虑到由于长期运行中可能的地面设备问题而有意设置的断点与相应处理程序,预计在三个白天和两个晚上才可完成。

9月4日8时早班会,进行战前动员和工作布置。为了确保"开局良好",白班与夜班人马同时上阵。上午10:23开始了正式模飞:火箭起飞、星箭分离、太阳翼展开、定向天线展开,一切正常。接着完成了一次远地点点火,三次近地点点火,开始了奔月之旅。在这一过程中,随着电测指挥下达的口令,在各岗位人员的操作下，各种设备及载荷有序开机、关机，形成一幅美妙的图画。到 5 日 8 时许，主份模飞结束，接着整星断电，再设置状态，卫星又加电，10：06 备份模飞开始，所有过程如主份一样，步步按流程实施。经过近 20 个小时的奋战，6 日早 8 时完成了备份模飞。随后完成了后续工作后，历时 48 小时的模飞工作胜利结束，比预定时间减少了一个白天。这次模飞考验了星上设备，也再一次验证了飞行程序的正确性，演练了参战人员的实战能力。

胜利的取得来之不易，由于靶场人员较少，只能安排两班人员倒班，每班十二小时内指令动作不断，参试人员不能有丝毫的松懈，必须专心致志地判读数据，观察状态。两班的指挥分别是王劲榕、任静两位女同志，她们眼要看屏幕，双手要记录，还要敲键盘，嘴要发口令，不敢有一点疏忽。为了保证设备的温度在连续工作后不致太热，测试间空调较凉，加之这里晚上天气又寒，兼之下雨，参试的同志都裹着军大衣干活。

为了记录下这一战斗的场面，随队的摄像工作者午夜来到现场工作。为了确保试验的成功，型号"两总"做了周密安排，第一晚由龙江副总指挥带班，第二晚由孙泽洲副总师带班，三个测试间分别由黄江川与张洪华、张伍与王劲榕、孙辉先与代树武等各位副总师、主任设计师负全责日夜"守护"。北京卫星环境工程研究所的师傅们随时待命，配合测试中的各种操作。

严密的组织与有力的保障是这次测试的保证，为此项目办作了精心安排，日夜有人在现场值班，处理各种事务。政工组同志一直在现场跟班，了解情况，撰写报道。后勤同志把可口的中餐、晚餐都送到工作地点。除此之外，项目办还准备了咖啡、巧克力、点心，以便感到饥饿或寒冷的同志随时补充能量。为御寒还特意向部队借了 20 件军大衣放在各个房间。车队随时待命，两位医生也分两班昼夜在现场服务。正是大家的齐心协力，试验队才打了一场漂亮的战斗，完成了发射场 C 阶段电测的全部任务，顺利转入后续工作。

但是，我们也清醒地认识到，到目前为止所做的一切仅仅是成功前的一小步，"行百里，半九十"，要想把成功的希望变成成功的把握，我们仍有许多工作要做。要发动群众，想到不可能想到的事、做好似乎做不到的努力，

才能赢得最后的胜利。为了这最后的胜利,我们全体试验队员在上级的指导下一定会加倍努力,抓好每一个细节,落实每一项措施,用对祖国的忠诚,以"嫦娥一号"卫星最后的胜利向党的十七大献礼!

原载 2007年9月10日《神舟报》

14. 型号会上说"嫦娥" 精彩发言道秘诀
——"嫦娥一号"卫星总指挥兼总设计师叶培建总结"嫦娥"成功经验

2007年是航天科技集团公司不平凡的一年。宇航发射十战十捷,特别是首次探月工程取得圆满成功,引起了世人的极大关注。

发射成功之后,集团公司党组书记、总经理马兴瑞多次对"嫦娥一号"卫星总指挥兼总设计师叶培建说:"嫦娥一号"卫星是一个全新的航天器,仅用三年多的时间就圆满完成了任务,且发射后至今未发生一个问题,必有其内在的原因,要好好总结,发掘一下,供各型号队伍参考。在集团公司2008年型号工作会上,叶培建作了精彩发言,介绍了"嫦娥"卫星团队的工作经验。

"三高"至上 脚踏实地

面对"嫦娥一号"卫星技术难度大、质量要求高、研制周期短的特点,型号"两总"和项目办认真落实温家宝总理"高标准、高效率、高质量"完成绕月探测工程任务的指示精神,狠抓各项工作。

工作的高标准体现在:技术上,在确定整星技术方案时,瞄准国外绕月探测卫星当前技术,自主创新,力求高水平;管理上,强调将各项工作一次做到位,做到极致。

工作的高效率体现在:研制过程中充分发挥五院项目管理经验,认真学习载人航天系统工程管理经验,结合"嫦娥一号"卫星实际情况,加进新的内容;依靠五院产品体系、质量体系、院长一号令、院长二号令、院长三号令及院长四号令等,对设计、质量、计划、经费、物资、信息等方面进行了系统的管理和控制,提高了管理效率和管理质量。

工作的高质量体现在:按集团公司和五院的要求,更严、更细、更慎、更实地狠抓吃透技术、"五设计,四分析"、过程关键环节控制、产品验收、系统保证链分析、整星故障对策分析、影响成败关键因素分析、"双百"复查及"双想"等工作的落实。

抓住"三新" 对症下药

月球是一个我国航天器从未到访过的星球。"嫦娥一号"卫星作为我国深空探测的开篇之作,面临的新技术、新环境和新问题很多,且没有可以借鉴的经验。新技术主要有轨道设计技术,导航、制导与控制技术,热控技术,远距离测控通信技术,过月食技术,整星能源技术等;新环境是指卫星要经历我们未去过的空间环境及月球环境;新问题是指由于条件所限,地面难以进行充分的试验验证。

"嫦娥一号"卫星"两总"深知,卫星要想成功被月球捕获,必须破解这些难题。

针对"嫦娥一号"卫星所面临的新技术、新环境及新问题,要真正做到吃透技术,就要敢于怀疑和否定自己。这一点一定要做到极致,它是确保成功的基础。工作做到极致就是要依照目前的认识和可用资源,把工作做到"无事可挑,无点可疑,无虑可患"。"嫦娥一号"卫星的研制过程就是通过对新技术、新环境和新问题的不断认知,做到了吃透技术的过程。

此外,做到了敢于对过去认为正确的事情再认识。一个个问题的解决过程,实际上走的是一条从认识到试验到总结,从再认识到再试验到再总结的路子,是在怀疑中不断前进的过程。

质量效率 齐头并进

在真正吃透技术和进行充分验证的基础上,为了更严、更细、更慎、更实地不放过任何一个可能引起产品质量问题的隐患,型号"两总"及项目办狠抓了以下几方面的工作:质量与可靠性工作重心前移;透析变化的影响性,

走在路上

做到心中有数；重视产品形成过程中的关键环节，严格过程状态控制；严格产品验收，细上加细地做好数据判读工作；"捕风捉影"不放过任何疑点，"亡羊补牢"及时质量归零，"快速反应"进行举一反三；地面进行足够的加电考核，充分暴露问题；飞控故障预案详细，可操作性强；首次开发了地面仿真与支持系统，为验证各项操作和及时解决故障提供条件；认真做好复查工作，不厌其烦。

因此，尽管难度很大，但"嫦娥一号"卫星研制队伍用三年多的时间，就顺利地完成了方案、初样、正样及发射阶段工作。这与项目办统筹策划、缜密安排、科学管理是密不可分的。主要工作包括：

一，通过加强对"两弹一星"精神、载人航天精神和"嫦娥一号"卫星重要意义的教育，激发全体参研人员的自豪感、使命感，从而调动大家的主观能动性，提高工作效率。

二，通过人性化管理，以人为本，想研制人员之所想，急研制人员之所急，合理安排，有效调度，营造良好的工作环境，构建和谐的团队，提高管理效率。

三，通过"宏观上看远，看全；微观上抓细节，抓落实"，缜密组织，精细化策划，严格了节点的完成率，工作做到了"前紧后宽"，比较从容。

四，通过成立型号产品保证组、质量问题控制组、可靠性保证组、技术状态控制组、软件控制组、产品验收组、不合格品控制组、计划调度组等，建立、健全型号组织管理体系，保证质量和效率。

五，充分调动年轻人的工作积极性，以他们为主力攻关克难，同时邀请相关专家对产品形成过程中的关键环节进行技术把关，确保产品的高质量。

"嫦娥一号"卫星的成功虽已迈出了我国深空探测的第一步，但仅仅实现了我国绕月探测工程中"绕"的目标，今后还有二期、三期工程以及新的探索之路要走。未来的路还很漫长，还有许多新技术、新问题有待航天人去解决，航天科技工作者任重道远。

原载　2008年1月16日《中国航天报》

15. 尽心协助张国富同志　努力做好 CAE 工作

当前，五院的形势发展很好，包括信息化工程在内的各个方面都比十多年前有了很大的发展。但"前人种树，后人乘凉"的古语不敢忘也！到 6 月 14 日，张国富副院长也已驾鹤西去 12 年，谨以此文回顾我在科技委主管计算机工程的过程，并慰张国富副院长的在天之灵。

1988 年 11 月，我时任北京控制工程研究所计算机技术研究室主任。月底的一天，所领导告知我第二天去院里见张国富副院长，他要找我谈话。我知道张副院长原来是北京控制工程研究所的所长，但我 1985 年从国外回来到北京控制工程研究所时，他已调走，从未谋面，并不相识。第二天上午，如约来到白石桥院部他的办公室，见到了这位非常儒雅的学者。他开门见山地说："当前计算机是一个热门，如何用好计算机是五院面临的一件大事，我目前兼任院计算机工程的总师，急需一位副手协助工作，从其他渠道了解，你留学几年，在这方面较有建树，到北京控制工程研究所后也从事这方面的工作，是个合适的人选。经院研究，想调你来。如你来，安排在院科技委任常委，副局级，不知个人意见如何？"我因事情突然，答应回去考虑一两天即回复。我仔细思考了一下，根据自己的业务所长和性格特点，认为到院里可以专心搞专业，摆脱行政事务，天地更广泛，专业更有机会发展，是件好事，就答应了。很快就办好了各种手续，12 月初即到院里工作，任院科技委常委、计算机工程副总师，协助张副院长主抓计算机辅助工程（CAE）的工作。

当时，计算机已有一些应用，主要是信息收集、整理及事务管理方面，但水平不高，应用面不广。许多部门的计算机仅仅作新一代"打字机"使用。张副院长指示我从梳理"842 工程"开始，抓好计算机在信息管理方面的应用。"842 工程"是当时航天部已开展的一项信息化工程，且已初步建立了一个全航天的网。但几乎所有的网点终端只是在做一些数据统计、报表之类的事，效益不明显，因而感兴趣的人也不多，严重妨碍了推广应用。我们在张副院长的支持下，很快成立了一个由几个部门抽人兼职组建的 CAE 办公室。接着按需求先列出了几个应用型课题，如人事档案管理、工资管理、元器件管理

等,组织力量开发了几个软件并加以应用,效果很好。又筹集资金在机关各部、处普及配置了微机,举办从领导干部到工作人员的学习班,制定了相关规定和"强制"使用的要求。这些工作都很有效,很快五院的信息管理工作便有了较大起色。有了效果,人们就有了应用的积极性,正反馈的作用明显表现出来。

五院是一个工程研究院,但当时工程设计各个部门几乎都还使用图板,仅有少量 PCB 设计在使用微机,这与科研需求是极不相称的。张副院长敏锐地意识到这一点,要我们把主要精力投在 CAD(计算机辅助设计)上,且一上来就提出应基于工作站来展开 CAD 工作。1989 年,我们克服了许多困难和干扰,组织了院内几位同志经过充分调研与论证,张副院长又亲自带队去香港考察,从而拟定了全院开展机械、电子 CAD 的方案:主力配置硬件基于当时性能价格比高的 VAX 工作站 3 100,机械软件基于法国 MATRA 的 EUCLID,电子软件基于美国的 MENTOR,而一般电路设计则是利用微机及有关软件,二维制图则用微机版 AutoCAD。在方案讨论中遇到了一个具体问题——财力有限,工作站是只给重点所配置,还是普遍配置?张副院长认为,要在全院推广使用,就必须各家同步,不能差距太大,否则后起步的难以追上,所以遵循了全面开花、重点配置的原则。这样,即使北京东方计量测试研究所、北京卫星环境工程研究所和北京卫星制造厂也至少有一台 VAX 工作站和相应软件的配置。这在当时全航天系统非常突出,兄弟院搞计量、搞生产的同志都非常羡慕。为了用好这些设备,张副院长下决心送人出去学习,我们立即组织了几个学习团队分赴法国、美国作较长时间(7 周)的学习,使一些骨干先有了能力,回来后又带动了许多人。很快,我院的 CAD 工作便在北京空间飞行器总体设计部、航天恒星科技有限公司等单位迅速开展起来,机械 CAD 更为突出,产生一批重要成果,极大地推动了卫星设计的进度和质量。当时,最典型的例子就是东三平台中板的设计,非常成功,与过去的办法相比,所花时间大大缩短,且无一处存在零件干涉,一次设计成功。在较大范围内推广机械、电子基本设计的同时,对一些专业性很强的需求,如管路设计、天线、光学、微波、动力学分析等也给予了重点扶植,使得全院 CAD 工作基本形成规模，可以满足型号研制的需求。

　　CAD 的进展，必然会对产品制造起到推进作用。张副院长又组织我们调研 CAM（计算机辅助制造），向 CAD/CAM 一体化进军。在他的启发下，我们主要抓北京空间飞行器总体设计部的设计与北京卫星制造厂制造之间的"一体化"：如何建立必要的信息传递方法和模式，把北京空间飞行器总体设计部完成的设计，尤其是三维模型传送到北京卫星制造厂工艺人员手中，由他们对 CAD 已生成的结果进一步加工，形成 CAM 对应的数据和文件，最后注入数控设备进行加工。为此，我们调研、比较了很多产品，最终选择了较先进的 CAM 软件，进口了相应的机床，自行开发了一批 CAPP（计算机辅助工艺过程）软件。通过几年的努力，实现了北京空间飞行器总体设计部与北京卫星制造厂之间的 CAD/CAM 一体化。可以说，如果没有这一基础，许多重要产品，如"神舟"飞船的舱体、座椅等是制造不出来的，至少也要多花许多时间才能制造出来。"神舟"飞船成功后，CAD 在"神舟"飞船中的应用获得了国防科技进步奖二等奖。在抓 CAD/CAM 的同时，根据张副院长主持制定的规划，我们又完善、扩充了原有的全院网络，实现了京区光纤联网、京外通过电话线联网，为全院的信息流转提供了通道。并积极筹备，通过科学院的端口，在全航天领域于 90 年代中期第一个实现了互联网，极大地拓展了信息空间。那时航天系统许多老专家，像任新民、梁思礼、陆元九等都是通过我们这个网端进入互联网，更不用说本院的闵桂荣、王希季、杨嘉墀、屠善澄等老先生了。这些年来，北京空间飞行器总体设计部、北京控制工程研究所、空间电子信息技术研究院、北京空间机电研究所、北京卫星制造厂的同志们在院里的领导下又有了大的进步，在设计水平、快速制造等方面都做出了新成绩。回顾历史，那些年在张副院长领导下打下的基础，还是起到了很大作用的。因此，五院的信息化工作，尤其是 CAD/CAM、AVIDM 的应用等，过去在航天部、航天总公司，今日在集团公司都是名列前茅的，几次 CAD 现场会都是在五院召开的。多年下来，形成了一批部级和院级获奖的成果，发表了不少的文章。今年年初，五院获国务院信息办等多单位颁发的信息化成就奖也离不开当年这些基础的支持。

张副院长同时也主管全院的教育工作,因此他对培养人才十分重视,这一点在计算机工程领域也很突出。他始终重视抓培训,在他主管的几年中,我们办了很多期学习班,全院机关几乎所有的领导与职工都参加过计算机培训。有的早已退休的老领导最近对我说,他的计算机基础知识是在当时的培训班学会的。厂、所职工入院后,也要把计算机培训作为他们的必修课程,为日后的工作奠定这方面的基础。由于我们自己在工作中用得多,钻得深,体会较多,培训也好,法国 MATRA 公司就主动和我们合办了一个中国培训中心。以这个中心为依托,培训了国内使用 MATRA 软件的大批用户,特别是汽车行业的,如一汽、二汽、上汽的用户和家电行业的用户,培训中心成为这些行业的技术支撑,在教学中实现了互动双赢。张副院长总说:我们的事业要发展,一是靠技术,二是靠管理,就像一辆车的两个轮子,但没有车轴不行,车轴就是人才,人才需要培养。在工作中,他还说,要注意总结才能提高,工作要留有痕迹。所以,我们 CAE 工作在他主管的几年中,几乎每两年都要召开一次 CAE 工作会,总结工作,查找问题,以利再战。为了使每个人的工作留下痕迹,为年轻人搭建发展平台,他还专门组织 CAE 学术交流会,让年轻人发表论文,评选优秀论文,合编成文集《计算机应用优秀论文集》。他自己也亲自动手,以他为第一作者,我和林保真同志协助他撰写了《CAD 技术及其在卫星工程中的应用》,发表在《中国空间科学技术》上。

培训加实践,五院出了一批计算机工程方面的人才,这些人当中的代表人物有陈月根同志,他从卫星总体转到这条战线上,是五院最早应用 CAD 的人,很快成长起来,被破格晋升为研究员、博导,并在 2003 年担任了院计算机工程总师;王中阳同志,在北京卫星制造厂从事 CAD/CAM 工作,最早参加国外 CAD 培训的人之一,他通过努力,使北京卫星制造厂信息化工作大有进展,后来担任了北京卫星制造厂的厂长,集团公司的学科带头人;王建新同志,最早致力于有效载荷的 CAD,后来担任了北京空间机电研究所副所长;郭树玲同志,第一批参加 VAX 工作站选型的人,后来任控制工程研究所计算机室主任,对控制工程研究所的计算机研制和 CAD 应用做出了突出贡献,成为院、集团这方面的专家,等等。这些人又带出了刘霞、石民、林小青等许多年轻人,形成了五院计算机工程方面的第二、第三梯队。我想,这些同志在总结自己的进步与成长的历史时,大概都不会忘记张副院长对他们的教诲与关心。

1995年,张副院长受命担任五院小卫星主管领导,这是一个全新的领域。工作一开始,他就意识到小卫星的研制不能采取和过去一样的模式,必须创建一种新方法。从哪儿入手呢?他经过研究,结合我院信息化的经验,他认为应采取"集同"的设计方法,即成立一个班子,集中进行设计。于是他和我商量(我已于1992年担任院计算机总师)把那一年的计算机经费集中用于小卫星的创业,于是我们购置了较多的计算机和配套软件,形成了一个功能较强的工作环境。后来,五院小卫星事业蓬勃发展、战果辉煌的事实证明,这一措施是很有效的。

我作为院科技委常委,先任院计算机工程副总师,后任总师。张副院长担任科技委主管院领导,院计算机工程总师、主管院领导,从1988年到院工作直至1996年夏,我一直在他的领导下工作。多年的交往,从不认识到认识,从上下级到朋友,逐步加深了对他的了解:他1935年11月生于辽宁省海城,1956年1月加入中国共产党,1956年7月毕业于东北工学院,1965年9月赴英国剑桥大学进修自适应控制系统(那时出国的人极少)。在控制工程研究所任过研究室主任、副所长、所长,五院副院长、预研总师,"风云一号"卫星第一总指挥,"风云二号"卫星总师、总指挥,博士生导师,先后获得过国家科技进步特等奖等奖项,1988年就已是有突出贡献的国家级中青年专家,发表论文多篇,是一个业务很强、组织管理能力也很强的领导。了解越多,对他的为人就越敬佩,在工作中也注意向他讨教、学习,受益匪浅。

那么多年,他一直关心我、爱护我,起初有人以为我从控制工程研究所调院是由于和他认识,其实那时我根本不认识他,来院前找我谈话是第一次见面,他是从工作需求出发调我来的。人调来了,不仅仅是使用,同时他对我有很多的培养,让我带队出去培训,我自己也就有了学习的机会;介绍我到多所大学担任兼职教授,扩大了我的视野与活动范围;对每一次CAE工作会报告都亲自授予主题和修改,锻炼与提高了我的总结能力与文字水平;重要的是在工作中大胆放心地让我多干事情,给予我成长与发挥的平台;在我

熟悉了情况和有了一点成绩后，主动放弃主职让我担任总师，又推了我一把；1992年年底，我从专任计算机总师转变到担任型号研制的领导职务，同时兼任计算机总师，他又顾全大局地支持了我。他在工作中表现出来的思想敏锐、进取精神、讲究原则、严格要求、谈吐高雅、知识渊博都给了我许多实实在在的教育，是我学习的榜样。他的心脏不好，几次病倒，稍好后又全身心地投入工作。1996年6月14日，在他不幸去世的前一天晚上，他还在打电话，和有关同志谈小卫星的工作直至深夜。可以说，他工作到生命的最后一刻。

原载　2008年6月13日《神舟报》

16. 追求极致　抓质量　"嫦娥一号"谱新篇

摘要　"嫦娥一号"卫星取得圆满成功，是由于研制者以航天精神为支柱，坚决按照温总理"高标准、高效率、高质量"的指示精神和各级领导的要求，在工作中追求极致，针对卫星的自身特点，认真吃透技术，充分地面验证，更严、更细、更慎、更实地抓质量和可靠性，向管理要质量、要效率，提高管理时效性而获得的。本文总结了"嫦娥一号"卫星研制者们在这些方面的体会，供同志们参考。

关键词　"嫦娥一号"；质量管理；可靠性设计

"嫦娥一号"卫星圆满完成飞行任务是因党中央、国务院、中央军委的英明决策，全国人民的支持，各级领导的关心与指导，全体参研人员的共同努力、大力协作而获得的。成功之后，各级领导都认为："嫦娥一号"卫星是一个全新的航天器，仅用三年多的时间就圆满完成了任务，且发射后至今未发生一个问题，必有其内在的原因，要我们好好总结，发掘一下。

经过认真思考，我们认为：我们的成功是我们认真贯彻温总理"高标准、高效率、高质量"地完成绕月探测工程任务的指示精神，是我们更严、更细、更慎、更实地按集团公司和五院的要求开展相关工作，并争取把一切该做的做到"极致"的结果。

为什么这样说？在研制过程中又是如何做的呢？总结有以下几方面。

1. 认真贯彻落实温总理"三高"要求，狠抓工作落实

面对"嫦娥一号"卫星技术难度大、质量要求高、研制周期短的特点，型号"两总"和项目办认真落实温总理"高标准、高效率、高质量"完成绕月探测工程任务的指示精神，狠抓各项工作。

工作的高标准体现在：技术上，在确定整星技术方案时，瞄着国外绕月探测卫星当前技术，自主创新，力求高水平；管理上，强调将各项工作一次做到位，做到极致，一次做成功。

工作的高效率体现在：研制过程中充分发挥五院先进的项目管理经验和认真学习载人航天系统工程管理经验，结合"嫦娥一号"卫星实际情况，加以新的内容；依靠院产品体系、质量体系、院长一号令、院长二号令、院长三号令及院长四号令（关于型号管理的几个强制执行文件）等对设计、质量、计划、经费、物资、信息等方面进行了系统的管理和控制，提高了管理效率和管理质量。

工作的高质量体现在：按集团公司和五院的要求更严、更细、更慎、更实地狠抓了吃透技术、"五设计、四分析"、过程关键环节控制、产品验收、系统保证链分析、整星故障对策分析、影响分系统/系统成败关键因素分析、"双百"复查及"双想"等工作的落实。

2. 充分认识到"嫦娥一号"卫星是个全新的航天器

月球是一个我国航天器从未到访过的星体，"嫦娥一号"卫星作为我国深空探测的开篇之作，与以往的地球轨道卫星相比，所面临的新技术和新问题多，且没有可以借鉴的经验。回顾所走过的研制历程，我们遇到的新技术、新环境和新问题主要有：

1）新技术：主要有轨道设计技术，导航、制导与控制技术，热控技术，远距离测控通信技术，过月食技术，整星能源技术等；

2）新环境：卫星要经历我们未去过的地月之间的空间环境及月球环境；

3）新问题：由于条件所限，地面难以进行充分的试验验证。

3. 吃透新技术、新环境和新问题一定要做到"极致"

针对"嫦娥一号"卫星所面临的新技术、新环境及新问题，要真正做到吃透技术，就要敢于怀疑自己，敢于否定自己，通过不断地怀疑和否定进一步吃透技术，这一点一定要做到极致，它是确保成功的基础。工作做到极致就是要依照目前的认识和可用资源，把工作做到"无事可挑，无点可疑，无虑可患"。"嫦娥一号"卫星的研制过程就是通过对新技术、新环境和新问题的不断认知，从而真正做到了吃透技术的过程。

3.1 三轮的轨道设计

为实现月球捕获成为环月卫星，"嫦娥一号"要飞越 38 万千米左右的距离。与地球轨道卫星相比，要经历调相轨道、地月转移轨道和环月轨道阶段，其复杂性和难度大大增加。轨道设计的难点主要在：

1）地月转移轨道设计必须考虑地球和月球引力的共同影响；

2）环月轨道设计必须考虑月球引力场的复杂性；

3）考虑地月相对位置、测控要求、运载发射条件、燃料携带量、月影分布、月食等一系列约束条件。

设计时需对以上方面进行综合考虑，进行选择和优化。为此，"嫦娥一号"卫星的轨道设计共进行了三轮。第一轮经过大量仿真、分析，最终选择了调相轨道和多次减速制动的设计方案；第二轮组织系统内部专家和外部专家分别对设计的轨道进行了复核；第三轮总体提出轨道设计要求，请三个不同的单位分别进行独立的背靠背的轨道设计工作，验证了轨道设计的正确性。

3.2 三次修正、五次复核及一次国外比对的热控设计

卫星从发射到环月飞行过程中要受到太阳、月球、月球阴影、月食等的影响，其热环境较地球轨道卫星有非常大的差异，更为复杂。设计难点主要在：

1）月面的太阳反照、红外辐照外热流是首次遇到；

2）月球红外热流复杂，有效载荷对月观测设备的温度保证难度增加；

3）有些关键设备，如氢镍蓄电池组、激光高度计、CCD 相机、定向天线等对热控要求高；

4）月食造成卫星要经历长达 4 小时以上的阴影。

以上都给整星热控设计带来难度。为确保整星热设计的正确性，通过大胆质疑，敢于否定自己，整个热控设计经历了三次大的设计修正；项目办还

组织进行了五次热设计复核；同时，将"嫦娥一号"卫星的热设计结果与国外提供的"月球卫星外热流环境条件"进行了比对，确认了"嫦娥一号"卫星热设计所采用的外热流条件比国外更加苛刻，掌握的月球红外模型真实地反映了月球的情况，热设计可以适应月球环境。

3.3　两次反复的紫外敏感器设计

紫外月球敏感器是我国首个工作在紫外谱段的光学敏感器，且是关键部件，其研制难度可想而知。在研制过程中，随着认知的深入，设计方案经过了两次大的反复。正是这种反复，才使研制结果更符合客观实际，最终确定用去掉中心视场的设计方案替代带中心视场的设计方案，圆满地完成了"嫦娥一号"卫星对月定姿工作。

3.4　无大天线支持下的远距离测控通信技术

深空探测测控通信任务的风险在于通信信号空间衰减大，考虑到"嫦娥一号"卫星入轨过程复杂，测定轨精度要求高，且我国目前没有大天线支持的实际情况，卫星的测控通信必须立足于国内地面测控系统和地面应用系统的现状，这都增加了星上测控通信技术实现的难度。

我们解决这一问题的基本思想是天上和地面各个环节都要做到"山穷水尽"，各有贡献。就星上来说，通过单元天线的优化设计以及整星的合理布局，提高了全向天线的增益和全空间覆盖范围，使其几乎达到了理论设计的极限值；通过增加应答机的数量，取消功率分配环节，减少了信号的功率损失；通过提供多档码速率及信道编码，降低了数传信道解调所需的信噪比；通过异频分路和高灵敏度的接收链路、异频合路和大功率的发射链路，以及灵活的多种工作模式，弥补了信道余量的不足；通过全向天线和定向天线双通道发射链路的设计，降低了环月轨道的功耗，增大了卫星在环月轨道时的 EIRP 值。

通过运用以上技术手段，卫星的测控实现了无大天线下的全空间覆盖，为卫星提供了可靠的测控保障。

3.5　对过去认为正确的事情再认识

研制过程中，测控系统发现测控应答机在上行遥控副载波加调的情况下，测距主侧音的调制度存在下降现象。

这是由于设计单位对多副载波调制体制以及应答机转发的特性认识不足造成的。这是一个典型的过去认识不清或没有认识到的问题在新情况下的暴露，必须重新再认识。

经过大量分析、试验，设计单位找出了解决这一问题的有效途径。回顾这一历程，问题的解决过程走的是一条从认识到试验到总结，再认识到再试验到再总结之路，是在怀疑中不断前进的过程。

在"嫦娥一号"卫星研制过程中，这样的例子还有很多，不再一一列举。正是我们坚持将吃透技术这点做到极致，才攻克了一个又一个技术难关，解决了一个又一个新问题。

4. 地面进行充分的试验验证

产品设计是否到位？质量与可靠性能否达到预期的目的？必须在地面尽最大可能地进行试验验证，对"嫦娥一号"卫星这样一个新领域的首发星更是如此！为此，本型号除完成规定的试验验证外，还针对性地设计了大量的专项试验。

4.1 全向天线紧缩场专项测试

工程大总体对全向天线的增益指标要求很高。考虑到星体对全向天线增益指标也有很大的影响，为了更真实地反映测控全向天线装星后的净增益方向图和轴比等指标，天线每改进一次，除进行单元测试外，还将全向天线装在星表特性同飞行星一致的结构星上在紧缩场进行测试，初样和正样阶段各进行了1次。该项试验涉及的单位多，工作量大，接口复杂。通过全向天线的紧缩场测试，获得了相对真实条件下的测试结果，使我们对全向天线完成任务做到了心中有数。

4.2 整星专项热试验

为验证某些关键产品的耐地月环境和月球热环境的能力，根据认知的热环境，初样阶段安排了电池舱专项热试验、载荷舱专项热试验、定向天线专项热真空试验和太阳翼专项热真空试验等，有些试验还进行了多次。通过这些试验既验证了产品过热环境的能力，同时为整星的热设计提供了大量客观数据。

4.3 整星过月食能力验证试验

卫星在一年寿命期内，要经历两次月食。安全过月食对星上电源系统的供电能力、热控系统的温度维持能力及星上设备的工作状态设置等提出了更高的要求。

为安全渡过月食，除制定了整星过月食方案和确定了月食条件下设备工作状态外，还针对整星过月食的关键环节在初样阶段安排了太阳翼弱光发电试验、蓄电池单体低温放电试验、关键设备过月食低温耐受试验等，并在电池舱热平衡试验、整星热平衡试验以及整星电性能综合测试中针对月食安排了月食工况的试验验证及测试考核。

正样阶段，在整星热平衡试验中又针对月食的两个工况安排了专项过月食能力的考核试验，进一步验证了整星过月食的能力。

4.4 定向天线展开试验

定向天线是一个三自由度二维运动系统，是我国首次采用大角度两维机械的扫描天线。为确保上天后能够按预定要求展开到位，设计开发了零重力展开支架和两轴转台。运用此地面零重力支架在地面共进行 15 次地面展开试验（在整星条件下 5 次，3 次在基地进行），其中有 3 次是整星装在两轴转台上进行的，验证了相对整星的转动情况，同时考核了定向天线极性设计的正确性；有 3 次是用火工品切割器电爆解锁进行的。每次展开试验均按定向天线入轨展开的正常工作程序进行，充分验证了定向天线在零重力下的压紧释放功能和展开锁定功能。

4.5 大系统之间接口验证试验

在初样对接试验的基础上，正样为进一步验证卫星系统与其他大系统之间接口的正确性，安排了与运载火箭的 EMC 和星箭分离试验；安排了与国家天文台密云观测站和云南天文台昆明观测站的星地正样对接试验。

特别是针对 38 万千米的远距离测控，我们行程 4 万多千米完成了与国内 8 个测控站的对接；根据情况又完成了与国外测控站的对接；国内远望测量船调整后，又进行了补充对接。为确保飞控工作顺利进行，又按实际飞控过程与北京指挥控制中心进行了两次 1:1 的模飞，验证了飞控预案。

在卫星的研制过程中，还在不同阶段安排了电源控制器耐高压试验、基板静载试验、典型结构件静力试验、定向天线摸底试验、有效载荷定标试验等，

在此不再一一列举。正是通过这些专项试验，才最终验证了产品的设计质量，确保了成功。

5. 更严、更细、更慎、更实地抓质量、抓落实

在真正吃透技术和地面进行充分验证的基础上，为更严、更细、更慎、更实地不放过任何一个可能引起产品质量的隐患或疑点，落实好每项工作，型号"两总"及项目办狠抓了以下几方面工作。

5.1 质量与可靠性工作重心前移

工作重心前移的核心就是从源头重视质量，从一开始就重视可靠性设计，尤其对出现的问题要及早解决，问题解决得愈早，损失就愈少。如通过对工作项目及其保障条件和制约条件进行精细策划，降低了质量风险和进度风险；通过各级指挥系统工作重心前移，深入一线，及早发现问题，并组织解决问题；初样阶段组织元器件选用、设计评审前组织测试覆盖性分析等专题审查；邀请专家对质量问题、技术状态更改、过程控制环节、飞控工作等关键点进行提前把关等。以上都是质量工作重心前移的体现，同时也确保了各项工作得到了有效的落实。

5.2 透析变化的影响性，做到心中有数

对产品变化的认知程度是决定产品质量与可靠性的又一因素，产品变化吃不透，产品的质量就有可能得不到保证。为对变化做到心中有数，型号项目办组织了继承性产品对新环境的适应性分析和基线状态变化后的影响性论证分析工作。如通过分析增加的太阳翼基板高低温试验和帆板驱动机构滑环试验，整星热设计的多次修正，发射窗口调整后的综合分析论证等工作，都是为进一步吃透变化，进一步做到心中有数而安排的。

5.3 重视产品形成过程中的关键环节，严格过程状态控制

产品的质量是在过程中形成的，产品形成过程的关键环节有关键项目、不可测试项目、关键件、重要件、强制检验点、质量问题归零、技术状态更改等。针对以上关键环节，项目办适时组织专家进行了把关，确保了关键环节控制做到了检查控制有依据、检查过程眼见为实、检查结果有效可追溯，确保了过程状态受控。

5.4 严格产品验收，验收工作严上加严、细上加细

型号项目办严格了产品验收标准。成立了产品验收组，确立了逐级验收交付的制度，制定了产品验收规范和表格化文件。将验收需检查的近200个要素列成14张表格，验收时进行逐一检查、核实，实现了产品不带问题进入下道工序的工作目标。

5.5 做好数据判读工作，不放过任何疑点

数据判读不但进行了同一数据的纵向比较，还进行了横向比较。项目办通过组织阶段数据判读专题审查会对数据在各阶段的变化情况及其对其他数据的影响性做到了心中有数，排除了数据中存在的疑点，实现了数据不带疑点转阶段的目标。

5.6 质量问题归零工作的"捕风捉影"和"亡羊补牢"及质量问题举一反三工作的"快速反应"

对型号的质量问题归零工作提倡"捕风捉影"和"亡羊补牢"，对任何疑点决不放过，一查到底；对确定的归零问题，通过质量汇总表形式进行滚动清零、阶段清零、严格了归零工作程序及标准。

其他型号的质量问题在本型号中举一反三工作提倡"快速反应"，通过有针对性地策划安排相关工作，确保了质量问题举一反三工作在本型号快速得到落实。

5.7 地面进行充分的加电考核，充分暴露问题

经统计，至发射，整星加电时间累计超过2 000小时；分系统加电时间最长的为热控分系统，累计超过2 200小时；单机加电最长的为遥控单元，累计超过3 000小时。成为我院各型号中加电考核最长时间的型号。通过地面的充分加电考核，及早发现了问题、解决了问题，彻底剔除了产品可能存在的问题。如发射窗口调整后定向天线再出厂前测试过程中发现的角度传感器零位变化问题。

5.8 飞控故障预案详细，可操作性强

正样阶段，在初样自下而上FMEA的基础上，整星又完成了以飞行事件为对象，飞行时序分析为主线的自上而下的FMEA，进行了系统保证链分析

和故障预想与对策分析；发射窗口调整后，对已完成的飞控故障预案重新进行了复核，最终形成了84个故障模式，制定了详细的应对策略。通过将策略列入飞控试验队上岗人员的执行文件中，确保了可操作性。

5.9 首次开发了地面仿真与支持系统，为验证各项操作和及时解决故障提供了保障

针对"嫦娥一号"卫星飞控任务复杂，飞控过程中近地点附近难以保证全弧段测控和有几次关键变轨点等限制，为降低风险，研制和完善了地面飞控仿真与支持系统，并参加了与实际飞行状态一致的1:1飞控演练，为验证各项操作和及时解决故障提供了保障。

5.10 认真做好复查工作，反复复查有耐心

复查工作在确保"嫦娥一号"卫星产品质量的过程中也非常重要。在研制过程中，型号项目办分阶段组织了质量复查、"双百"复查、"双百"复查再确认及"双想"等多种形式的复查工作，从产品形成的每个环节进行了多次复查和回想，有效地剔除了产品可能存在的问题；对产品可能出现的故障进行了预想，制定了预案。

6. 向管理要质量、要效率，提高管理的时效性

自2004年4月国防科工委下达了"嫦娥一号"卫星研制总要求以来，面对"嫦娥一号"卫星研制任务新、技术难度大、研制周期紧、质量要求高的现状，"嫦娥一号"卫星研制队伍用3年多的时间，就顺利地完成了方案、初样、正样及发射阶段工作，圆满完成任务，这与项目办统筹策划、缜密安排、科学管理是密不可分的。为实现向管理要质量、要效率的工作目标，项目办在提高管理时效性方面抓了以下工作：

1）通过加强"两弹一星"精神、"载人航天"精神和"嫦娥一号"卫星重要意义的教育，充分激发了全体参研人员的自豪感、使命感，从而调动了主观能动性，提高了工作效率；

2）通过人性化管理，以人为本，想研制人员之所想，急研制人员之所急，合理安排，有效调度，营造了良好的工作环境，打造了和谐的团队，提高了管理效率；

3）通过"宏观上看远，看全；微观上抓细节，抓落实"，缜密组织，精细化策划，狠抓落实，严格了节点的完成率，工作做到了"前紧后宽"，比较从容；

4）通过成立型号产品保证组、质量问题控制组、可靠性保证组、技术状态控制组、软件控制组、产品验收组、不合格品控制组、计划调度组等，建立、健全了型号组织管理体系，以体系保证了质量和效率；

5）在充分调动年轻人的工作积极性，以他们为主力，攻关克难的同时，通过邀请相关专家对产品形成过程中的关键环节进行技术把关，确保了产品的高质量。

"嫦娥一号"卫星的成功是在各级领导和专家的关心和帮助下，通过我们坚持科学管理、缜密决策、精心组织并将工作做到极致的结果。为我国深空探测迈出了第一步。这是一个完全自主创新的重大项目，我们掌握了一大批自主知识产权的核心技术和关键技术，但仅仅实现了我国绕月探测工程中"绕"的目标。我们还有月球二期、三期工程，要完成月球软着陆和取样返回的任务。再往后我们还要探火星，还要探测其他星球，未来的路还很漫长，还有许多新技术、新问题有待我们去解决。尽管未来深空探测的路还很艰难，但在各级领导的关心和支持下，只要我们继续发扬这种"追求极致"的工作作风，真正做到把质量与可靠性放在型号研制的第一位，就一定会克服一个又一个技术难题，再创辉煌，为把集团公司建设成一流国际宇航企业贡献出一份力量。

原载 2008年第2期《质量与可靠性》（叶培建、李振才）

17. 西湖小学的回忆

西湖小学，成立于1953年。那时，解放军还承担着许多作战任务：沿海岛屿未完全解放，大西南仍有剿匪任务，朝鲜战场还未停战，等等。部队流动性大，无固定驻地，许多干部的孩子上学就成了问题。为此，若干部队干部子弟学校应运而生，如北京的"八一"、南京的"卫岗"等。西湖小学便是在这样的环境下，由浙江省军区于1953年负责创办。该校的学生主要来自苏、浙、皖、沪等地驻军的干部家庭。学校建在杭州玉皇山脚下，邻近西湖东南角之长桥，离净慈寺很近，离省军区大院也很近，背山向水，风景优美。那时没有现在这么多建筑，学校对面是农田和一些散落的宅院，紧邻学校的是海军疗养院，校旁有一山道越过万松岭便是南星桥。

学校是新建的，按那时的标准看很壮观、漂亮，有整齐的教室、宿舍、食堂和一个至今还在使用的大礼堂，有很大的操场、体育房、专门的音乐和图画课教室、医务室等。校园绿化很好，有大片的草地和一个小小的花园兼小动物园。校园后面的山坡上还建有几排房子，有一部分男生宿舍就在那边，我们五、六年级时就住在山坡上。在那个年代，这是很完整、很现代化的一所学校，这也可能是"文化大革命"中这个学校被叫成"修正主义温床"的原因之一吧！

学校的老师几乎都来自部队，他们都很优秀，是经过选调来的。由于全体学生都住校，学校里还有很多生活老师和阿姨照顾学生们的日常生活。

学校的孩子全是部队子弟，老师也来自部队，校舍和军营也有一比，所以学校的管理也很"军事化"。集体生活，按时睡觉、起床、吃饭，孩子们从小就在这准军营的氛围中熏陶、成长，这对每一个学生的后来乃至一生的影响都很大，发挥着正能量。

1966年的"文化大革命"冲击了这所学校，她被当作"修正主义的苗圃"而遭到批判，最终不复存在。经过"反修中学"等过渡变迁，现在该校址已成为"杭州师范大学音乐学院"，拆了不少旧建筑，建了不少新房子，但校园的基本格局仍未变化，回去那里还可依稀找到一些过去的记忆。

1953年夏，我和部分同学由南京卫岗转入西湖小学读三年级，其他同学来自各方。学校几年的学习情况如同所有学校，并无特别记忆的事，但这所学校丰富的生活给我留下了深刻的印象。我一年级在苏北农村读书，父母从朝鲜战场回来后把我送到南京卫岗小学读二年级。刚从农村出来，诸事不懂，我感到这一生中最无忧无虑、最幸福的就是在西湖小学读书的四年。读书、吃饭、穿衣都无忧虑，而参与的活动有很多，印象较深刻的有：去笕桥机场看空军的飞行表演，第一次近距离见到米格战斗机，十分兴奋。如记忆准确，有一个刚打下美军飞机的英雄张滋大尉还给我们讲了他打飞机的故事。去富阳农场看拖拉机耕地，那也是第一次见到这么大的机器在地里干活，非常好奇。学校还常组织春游、远足，有事出去时就乘坐学校的一辆六轮大卡车，很是开心。爬学校后面的山，或在操场上放自制的风筝等都为我们增添了无穷的乐趣。每逢大的节日，我们就会集体进城看游行，记得都被安排在延安路和解放路交界处，那是看游行的最佳地点了。平时男孩子们还常常一起飞洋片、打洋片、打杏核、打竹管枪、玩竹蜻蜓、滚铁环、溜旱冰等，女生们跳房子、抓羊拐、挑竹签。当然，最让人高兴的事就是看电影，有时在学校操场上看，有时去海军疗养院看。那时常放映苏联电影，看完电影后，男同学们常常把上衣脱了披在身上，仅扣一个扣子当披风，学苏联英雄夏伯阳的样子喊冲锋。除了电影外，还经常看幻灯，一边放，一边听老师讲解，不少西方童话和骑扫帚女巫的形象就是从幻灯故事中得来的。

在各种杂忆中，有几件事印象更为深刻：

其一，那时男生常玩的"官兵抓强盗"游戏和打乒乓球必要分作两队，各有"大王"挑选"二王""三王"等。由于我能力不行，人又显小，只能是最后才被某大王收留，当个"小兵"。"大王"好像总是展光亚、常新生他们担当；女生中当时能"指挥"小妹妹们的是高瑞芳、杨肖陵。学校也组织露营，在外面搭帐篷住，白天野炊，猪油菜饭又好做又好吃；晚上"偷营"，我们这些兵孩玩这些都很得心应手。

其二，有一年秋季收稻子后，同学们在老师的带领下去学校对面的稻田中捡稻穗，记不清是哪位同学了，有可能是宋英前，在田埂中的一个洞中竟然掏出金圆、银圆——这可能是过去什么人藏在那里的——交给老师，上缴国家。后来报上还登了一条小消息，也奖励了一点纪念品。

其三，大约是小学五年级的时候，学校里一下子暴发了红眼病，传染得很快，我也不能幸免。为了阻止传染，得病的同学被隔离到学校对面的一所大宅院中，那是一个很大的宅院，那时这所房子还临水，记得后来侯晓敏他们家在这院子中住过。隔离需7至10天，不少人都被隔离过，有的人还被隔离两回，过了一阵也就好了。隔离时不用上课，倒也令人轻松。

其四,学校里少先队是一个大队,每班都是一个中队,下设小队。大队干部臂带三道杠,中队干部两道杠,小队干部一道杠。我一道杠也没带过。每次在礼堂举行少先队活动,旗手、护旗手、号手、鼓手从右后方出现,向前行走左转至会场中间,鼓声、号声嘹亮,旗手、护旗手精神!我也从来未轮到过一回,其实那时心里很羡慕他们的。

其五,学校有个花园兼小动物园。有一年我们几个人在花园的边上种了几排蚕豆,后来结了不少豆荚,剥出豆来请一位老师在家用盐水一煮,放在口袋中一粒一粒拿出来吃,感到十分香糯。临毕业时,我们班集体在花园的亭前修了一条路,用小石子铺成,取名"百花路"。在后来的岁月中,去过几次学校,那条路始终静静地躺在那儿,现在却已没有了,心中感到有些可惜。

其六,在几次春游中,最远的一次是去绍兴,结合语文课参观了鲁迅小时候读过书的"三味书屋"和玩过的"百草园";也去游览了东湖和大禹陵,对河中长长的纤夫石桥印象极深。直到现在,我再也没去过绍兴这座美丽的小城。

其七,关于吃饭,有两件事很有孩子气:一是吃到最后一碗饭时,喜欢先把菜盘里的菜倒在碗底,然后打好饭,压一压,再扣到菜盘里,就成了一个半球形的"盖浇饭",也多了点食欲。二是有时不听阿姨的话,偷两个馒头放在口袋里,带出食堂,在玩的时候拿出来抹一点买的辣酱,好像比在食堂吃要香得多!

其八,同学们都来自部队干部家庭,总体上经济状况都不错,但学校管教极严,个人不得有零花钱,平时又不准出校门,周日才可出去,每周末每人发两角钱,这点儿钱可有用啦!可以买一角钱的小核桃、5分钱的甘蔗、5分钱的红萝卜,也可以买瓶辣酱。省几分钱下来,平时可以到校铁丝网旁,招呼外面卖豆腐干的小贩过来,两分钱一串,他从小炉子上的锅中取出一串热乎乎的豆腐干,抹上甜酱或辣酱,很好吃。

其九,养蚕。我们教室中的椅子是带底箱的,掀开椅盖就是一个箱体。有一年我们几个人不知从哪儿弄了点蚕种回来,黑黑的如同小芝麻散在纸上。把它们放在椅箱里,每天采些桑叶放入其中,眼见着小蚕变化,由小变大,由黑变白,最后吐丝结茧。蚕的生长过程十分有趣,通过对这一过程的观察,我们了解了蚕和养蚕的知识。

其十,小学毕业时,我记得会过两次餐,一次在礼堂里,一次在小操场上。当时摆的是长桌子,坐着小板凳,但是吃什么记不得了。大家都很开心,要毕业了!那时年龄还小,似乎还体会不到多年同学分开后的感受。随着年纪的增大,对儿时的回忆、对幼时同学的怀念与日俱增,尤其是我们这样的集体生活所凝聚的情感,更为明显。

考中学时,同学们依据各自的情况,选取了不同学校。我报的是杭四中,那是杭州一所极好的中学。那年语文试题是"我最羡慕的人"。我那时"目光短浅",没羡慕什么大英雄、名人,羡慕的是班上的一位女生林无生,羡慕的理由就是她被保送到杭四中,不用考试。在四中就读的小学同学还有杨肖陵、李金忠、金新生、汪涟明等人。常新生等不少同学去了西湖中学,李曼妮等几人去杭女中,李远敏等去了杭二中。像我的同桌张鲁豫,还有高瑞芳、胡子干、谢北艰等去了上海念中学。就此一别,不少人再也没见过面,曾和我们同班的林豆豆,还有顾小抗、彭海颜等人即是如此,他们常让我思念。

说说老师吧,教我们班时间最长的是班主任朱寿同老师,他也是1953年从南京卫岗小学调来的。邬思珍老师也做过班主任。这两位是教语文的。同班女生侯晓敏妈妈王志孝老师是教算术的,她爸爸耿易是我们的校长。美术老师是钮剑钢,在钮老师的关爱下,我们班有好几位画画爱好者,我也算是一个。我爱画古代将军、兵器等,曾画过一幅溜旱冰图,获得一次市级奖状,后无长进。张潮同学后来进了中国南方著名的美术院校——浙江美术学院,成了专业美术工作者。王晓明同学自学成才,成长为一名画家,现在他已有了自己的工作室。他曾以我小时候爱玩"竹蜻蜓"为主线,画了一套我走上航天路的连环画。历史老师张克昌,音乐老师方璇,生活老师闻仙云,生活阿姨好像姓秦,我们衣服上的名字都是她用针线绣上去的。说起闻老师,还有一个故事:1967年夏天,杭州派系斗争激烈。有一晚,我出来走走,被几个另一派人围住,他们恶狠狠地追问我干什么去,我看情况不对,就说我家住这儿,出来走走。他们就问我家在哪儿,正好我知道闻老师家在附近,就

往那儿走,他们还跟着我,到了那儿我叫门,闻老师接我进去,那几个人一看我"真"的住在那儿,不是军区礼堂出来的对立派,才悻悻地离开。那晚我在闻老师家住了一夜,没有出什么事,不知闻老师是否还记得那一夜的事?住在军区礼堂时,因天冷,杨肖陵同学还给我送过一次衣服穿。

时间飞逝,在后来的岁月中,因在浙大念书,特别是在三分部念书的那几年,每次从六和塔进城都要路过西湖小学,曾多次回学校玩过,也有过几次同学小聚会。1963年,西湖小学建校十周年时也有过一次规模较大的活动。那时朱老师和他夫人邵老师住在教师平房最靠小校门的一间房里,"文化大革命"时,有一次谢北艰等人从外地来,我们十多人聚会,在朱老师那间房里煮肉丝面吃。2007年,为了纪念我们毕业50周年,同学们在杭州聚了一次。这次聚会得力于几个同学的热心筹办,特别是杨肖陵,她几乎动员了全家人。这次聚会到了不少同学,但也不全,有好些人是毕业后第一次见面。大家都老了,但都很精神。朱老师也来了,那时他身体看起来不错。这次聚会,我有个深刻的体会:我们这些同学虽出身干部家庭,不少是将军子女,但由于良好的幼时教育、家庭熏陶,没有人依靠父辈的力量谋取什么利益。年轻时当兵的当兵、上学的上学、插队的插队、支边的支边,后来工作中当干部、当工人、当医生、当老师,无论当什么都是以自己的一份力量为国家做着贡献,过着平平常常的日子,无论生活顺当还是挫折,没有听到有一人违法,有一人堕落。

2007年以后,同学们也组织过几次聚会,还为朱老师过了一次生日。我们北京的几个人、金新生、王小谨在京也有过小聚,人老了才感到相聚时日的宝贵!不幸的是,鲍惠民同学因病早已故去,最令人痛心的是李远敏同学及其先生,在"非典"那年不幸受感染而仙逝,不然我们在北京还会多一个校友。听罗小萍说她母亲索慧芳阿姨还健在,祝愿她健康长寿!去年10月,在一批热心校友的张罗下,一个实体上早已不存的学校,组织了一次"西湖小学建校60周年"纪念活动,参加的人员不少,真是一个奇迹!可见这所学校在校友心目中有多大的号召力!我因在西昌基地执行"嫦娥三号"发射任务,未能回校参加活动,仅写了一封贺信以表心迹。后来从宋英前同学邮来的自拍视频中看到了盛大的场面和许多老师、同学的身影,感到高兴,也有点激动,不禁想起 2005 年 11 月在《钱江晚报》上发表的一篇文章《我怀念杭州》,在那篇文章中,我深情地回忆了在杭州西湖小学及后来中学、大学的学习生活。今天有机会再撰此文,只想用最平常的心、最平实的语言,详细地记录下 60 年前的往事!时间久远,或许有误,请同学们指正。

原载　2014 年《西湖小学建校 60 周年文集》

18. "红色"调研带来的心灵洗礼

4 月下旬,作为全国政协文史与学习委员会委员,我跟随委员会的"博物馆建设与发展"调研组,赴浙江、贵州两省考察。

此次调研,参观了一些非常具有革命意义的博物馆和纪念馆,我受到很大的触动与教育,心灵上也得到一次洗礼。

在贵州调研期间,我们先后调研了几个与遵义会议及四渡赤水相关的博物馆和纪念馆,在这些地方受到的震动与教育是终生难忘的。

到达遵义会议纪念馆前,那座著名的八角楼就呈现在我们的眼前;进入纪念馆的院中,两棵历经沧桑的老槐树枝繁叶茂,静静地见证着这里的风风雨雨。树的旁边有座小楼,当年红军总司令部有不少同志,如朱德夫妇、彭德怀、刘伯承等人都曾住在这个楼里。朱德总司令的夫人康克清后来回忆道:"那时住在这座楼中,记不清哪个房间了,但一推开窗户,就可以看到两棵槐树。"

二楼的另一个房间,是当年遵义会议召开的地方。中间是一张桌子,周围摆放着椅子,会议在极其危急的情况下挽救了党和红军,挽救了中国革命。当我站在这个会场凝视着这些桌子、椅子,想象着当年会议激烈讨论的场面,想象着毛泽东同志如何用事实来说服其他同志时,历史的厚重感是十分强烈的。

在遵义,调研组一行还瞻仰了在红军长征途中牺牲的最高级别领导人——红三军团参谋长邓萍之墓。在邓萍之墓的一侧,有一个被当地人民视为神灵祭拜的"红军坟",里面安葬的是一位小卫生员,他生前一直救死扶伤,直至

被国民党杀害。坟前香烟环绕，寄托了遵义人民对红军的思念。

在赴贵州习水县途中，调研组经过了闻名遐迩的茅台镇。据说当年红军路过这里，当地的老百姓曾用茅台酒为他们擦脚以及擦洗伤口，用来缓解急速行军的疲劳；出发时当地百姓还准备了一点茅台酒让红军们带走，不少人靠着这点酒来暖身，支撑着翻越了大雪山。如今说到这段历史，茅台镇的人民感到十分骄傲。

接着我们来到了红军长征途中停留时间最长的习水县。在习水县土城镇附近有一个叫青杠坡的地方，曾经发生过一场艰难的战斗。由于情报错误，战斗极其惨烈，朱德总司令亲自上了第一线，动用了陈赓为团长的干部团，才得以脱身。

据说，战后的几天之后，山上流下的雨水仍是红的。多年后，当地群众还能从战争遗址里找到烈士们的遗骸、子弹、刺刀等。在这场战斗中，我国的3位国家主席、开国总理、5位国防部长、7位元帅、6位大将和200多名将军都经受了洗礼。

置身于这个旧战场，站立在高高的青杠坡烈士纪念碑前，仔细倾听着纪念馆讲解员用悲壮的声音为我们讲述着这场战斗，调研组的一些同志眼含热泪，我自己也曾一度哽咽。

讲解员还演唱了他们原创的歌曲《青杠坡战斗》，我们向烈士们敬献花篮之后，在鲜红的党旗下重温了入党誓词。宣誓时，红军战士们在战场上奋力冲杀的战斗场景在我的脑海中像过电影般呈现，感觉自己的精神得到了升华，心灵也得到了洗礼。

在赤水河河畔土城镇的女红军博物馆，大家也非常感动。

这座博物馆是全国唯一的以女红军为题材的博物馆，里面展出了许多耳熟能详的女红军的革命事迹。她们的感人事迹让在场的很多人潸然泪下。

走出了女红军博物馆，来到四渡赤水纪念馆，我们被门前身穿红军服、擂着鼓、唱着红歌的年轻人所吸引，深深地感受到这片红色土地上的文化积淀。

博物馆的展览室还用影像、声像等现代传播手段还原了当年红军四渡赤水的全部过程：在青杠坡战斗后，中共中央决定改变原来北上的计划，采取四渡赤水的策略,然后佯攻贵阳,威逼昆明,终于在当年的5月全部安全渡过了金沙江,一举突破了敌军的重围,中国革命从此走上了胜利之路。正如毛泽东同志后来接见英国元帅蒙哥马利时所说:"三大战役,算不了什么,四渡赤水才是我平生的得意之笔!"

在四渡赤水纪念馆里,还展出了一些具有传奇色彩的地下工作者的事迹。"龙潭三杰"之一的钱壮飞,他是我高中湖州中学的学长,早在中学时代,他的英雄事迹,我就非常熟悉。当年,钱壮飞在获取了顾顺章叛变的情报之后,立即奔赴上海,他克服重重阻力,终于通报了这个消息,才避免了党中央的灭顶之灾。之后,钱壮飞不幸在四渡赤水期间牺牲。我站在这位学长的事迹展示前,湖州中学校园中他高耸的塑像立即浮现在我的眼前,心情久久不能平静。

离开四渡赤水纪念馆,我们走下江边看了一渡赤水处的土城渡口,当年周恩来同志曾亲自在此处指挥红军战士们搭设浮桥,固定浮桥的大石头上还刻着"红运石"三个字。也许,这块石头真的显了灵,给红军带来好运。来此的人都会摸摸这块石头,希望能够得到石头的灵性。可以说,四渡赤水纪念馆的周边,处处有风景,处处有故事。

通过交流与实地体会,调研组也发现了博物馆建设中一些急需解决的问题。调研组下一步要通过适当形式向有关部门反映这些问题,争取做点实事,解决一点问题。

此次"博物馆建造与发展"的调研之行,不仅让我接受了一次很好的爱国主义教育,也让我体会到近年来中国博物馆的巨大发展。综合馆与专业馆、省级馆与市县级馆、公办馆与民办馆之间相互补充,且内容丰富。而且有相当多的博物馆实现了免费开放,更好地发挥着博物馆的作用。

原载 2011年6月3日《中国航天报》

19. 背泔水的小姑娘

那一天,西昌卫星发射中心的天气晴好,再加之上午只有少数人在"嫦娥二号"卫星旁工作,大部分人在进行"双想",所以不开班前会,我就决定

走在路上

自己从驻地走到技术区。沿着长满大树的林间大道,看着两侧的青山和雨后奔腾的山溪,我的心情是愉快的。北京郊区要是有这么一片山水,周末肯定游人如织了。

走着走着,我看见大道上迎面走过来一个小姑娘,背上背着一个大背筐,这个身影很熟悉。走近一看,正是我这次来想见还未见到的小董姑娘。

我上前问:"你是小董吗?"她说:"是的。"我又问:"你还记得我吗?"她说:"我记得的。""你现在上几年级了?""上初一了,在沙坝。""你奶奶呢?""在家里。""你爸爸妈妈呢?"这一次问话她没有立刻回答,略迟疑了一下说:"在外面打工呢!"我又问:"现在去哪儿呢?""去背泔水。"我看着这个个子比三年前长高了一些,但仍旧长得较黑的藏族小姑娘,没有再说什么,道了再见,就去技术区办公室了。

三年前的2007年,"嫦娥一号"卫星发射试验队在西昌执行任务,住在协作楼。几乎每天晚饭时,食堂外面都会走来一个老奶奶和一个不算强壮的小姑娘。她们每人都背着一个大筐,这是四川人常用的一种大筐,背粮、背柴、背小孩,什么都背。筐里装有一个带盖的塑料桶。她们总是在食堂外面静静地坐着,有时还帮助清扫清扫,收拾收拾。待大家吃完饭,食堂收拾利落之后,她们就把食堂的泔水装进桶里带回去。

时间一长,大家都熟悉了这一老一小。经过交谈得知,她们是藏族人,姓董,那时小姑娘才上小学四年级。西昌卫星发射中心所在地虽然是彝族聚居区,但也有不少藏族人家,就住在山里的东方村。孩子的父母在外打工,很少回来。一老一小每人背着几十斤的桶要上山走回去,除营区一段是大道外,其他都是山路,怎么也需要走一个多小时。

中秋节那天晚上卫星发射试验队联欢,她们也来了,静静地在篝火外围等着最后背泔水。我拿了几个月饼给她们,她很开心地吃了起来。我也曾请一个试验队员把她女儿穿过的衣服带一包来送给小姑娘穿,那天给她衣服时,她十分高兴。

一晃三年过去了,这次执行"嫦娥二号"任务住在另一个招待所,一直未见到这个孩子,我还问过协作楼食堂的人,他们说这孩子还常常来,没想到走在路上碰着了。现在她已上初一了，仍来背泔水，背回的泔水可以养猪卖钱，她家中养着几头猪。

到办公室后，我和同事聊起此事，心中有着不少的感慨！这儿的孩子每天上学都要走很远的山路，放学后还要打猪草、背泔水、放牛。发射试验队在八一村给希望小学捐物的时候，我们还遇到一个在四川南充上大学的彝族女孩，她在这儿简直是凤毛麟角了。暑假回家期间，她每天也要去打猪草。她还曾把手伸给我们看，很壮实，但也很粗糙。再想想衣食无忧的城里孩子，上完学还有这个补习班，那个专业训练。如果城里的孩子知道山里的孩子是这样生活和学习的，可能会更懂事一些吧！

原载　2010 年 10 月 27 日《中国航天报》

20. 火星探测任务的若干工程问题

在我国顺利实施绕月探测，并按规划启动后续"落月、采样返回"任务的同时，随着综合国力的增强，开展进一步走向深空的航天活动将是我国未来航天领域发展的必然选择。深空探测的下一个热点目标应是火星，有必要对开展火星探测任务的思路和原则及火星探测任务设计中将要遇到的几个重要工程问题进行研究。

1. 火星探测器在后续深空探测规划中如何定位

从国外航天发展历程和未来规划来看，火星是深空探测任务中最重要的对象。月球是深空探测的第一步，而火星探测是行星际探测的开端。通过火星探测器的自主研发，可突破自主导航定位、2～3 个天文单位距离的测控通信、70 天以上自主生存、火星环境工程参数等深空探测共性关键技术，也可获取大量的科学成果。这一步是我国未来深空探测规划中承前启后的关键环节。

2. 火星探测任务设计如何权衡技术创新与技术继承

作为一项自主设计、开拓性的复杂航天工程，火星探测必然面临许多新问题的挑战。因此，合理的思路是：一方面，充分继承绕月探测工程成功实

施所奠定的基础，降低风险，确保探测任务成功实施。另一方面，首颗自主火星探测器负有突破行星际探测共性关键技术的使命，要求在面对新领域中遇到新问题时，坚决攻关，重点突破，有所创新。

3. 火星探测任务如何权衡独立自主与国际合作

相比应用卫星、载人航天等领域，深空探测任务应该且更有利于开展国际合作。在世界各国的深空探测规划中，国际合作都是深空探测领域的一个重要组成。尽管如此，深空探测领域仍然是一个充满竞争的领域。我国深空探测发展指导思想是"立足自身的原则下开展国际合作"，只有独立自主地具备进入空间、探索空间能力，才能掌握国际合作的主动权，利用深空探测平台，在国际合作中获取他人的先进经验和技术，共享探测成果。

4. 如何克服火星任务通信的距离损耗大、信息传输速率受限的困难

依托探月二期的 64 米口径天线和 35 米口径天线的深空站进行测控数传设计，测控频段选择为符合国际深空标准的 X 频段，并采取信道编码、调整定向天线口径、高增益/低增益天线配合使用、适当增大发射机功率等措施，可实现地—火 4 亿千米的测控通信。其中的技术难点在于高灵敏度应答机设计。

5. 如何克服火星任务星地时间延迟大、无法对卫星实时监控的困难

火星任务中面临星地往返时延最长约 50 分钟、存在长时间日凌等特殊情况，对探测器的自主管理能力要求高。为此，需在强化探测器的自主状态检测/故障诊断和系统重构能力、提高自主任务执行能力、扩展自主安全模式设计等方面开展工作。

6. 火星探测任务实施的关键环节——近火制动

近火制动过程面临地面测定轨道精度相对较低，制动过程无法实时监控等困难。为保证近火制动安全，在提高地面测定轨精度的同时，合理设计中途修正策略和近火制动策略，考虑增设探测器自主导航功能，采取地面和星上双保险方式实施制动轨控。

7. 火星新环境中几个重点考虑因素

火星环境是探测的主题和目标，火星环境的工程参数也是探测器设计的

必要条件。在没有先验和第一手数据支持的情况下，火星任务设计需充分分析和比对参考数据和资料，重点是火星引力场模型、火星热流模型和火星大气模型。

原载　2010年10月22日《神舟报》

21. 湖中三年

湖州中学，一所位于杭嘉湖平原，培养了许多优秀人才的一流名校。

1959年夏天，14岁的我初中毕业后，被保送进入了这所名校，开始了高中生活。多年后，当我回忆起那三年的学生生活时，许多往事仍历历在目。

刚进校，我的代数、几何有点跟不上。这是因为我在"大跃进"年代，没有读初二，直接由初一跳到初三。尽管初三一年下了不少功夫，自学了不少初二的课程，但仍有些缺项，在高一时与课程衔接不上。经过几个月的努力才步入正轨，逐渐取得了较好的成绩。高中三年，有不少老师教过我，他们都很出色。印象最深的是教数学的钟省身老师，他讲课非常认真卖力；还有教化学的曹秉成老师，他的课讲得非常清楚，有条有理；还有教英语的江沪生老师，我记得她一个人住在"平三"（第三排平房）的一间房里。好像她教书前曾在外交部门工作过，英语讲得很地道。我现在的外语基础好，无论英语、法语都能应用自如，与她当年的教学是分不开的。高三时，来了一个年轻的数学老师——李世楷老师，他非常敬业。记得他是杭大毕业的，据说早就是特级教师了，十年前我回湖州中学时还见过他。其他，教语文的叶挺老师、教体育的方中矩老师、姜国璋老师，我印象也很深。

那时学校的领导，我记得有身材高大的沙国华校长、瘦高的孙书记（他好像是北方人，常给我们作形势分析报告），还有教导处的蒋老师、管总处的宋老师、团委的潘老师等人。那时我住校，住在"平一"，有一个女老师，叫温颂九，她也住在"平一"大宿舍与教室之间的一间小房内。那时的她好像受到了一些不公正的对待，但她对我们这些住校生很是关心，不知后来怎样。

高中三年，经常重组班级，可能是那时形势的需要。高二时不少同学投笔从戎，去当了铁道兵。临毕业时，由于国家经济困难，又有不少农村同学

走在路上

被要求返乡，不能参加高考。这两批同学中，有不少人学业优秀，但因为国家的需要，失去了深造的机会，但他们后来通过自身的努力，不少人都做出了很大的成绩。高考前，湖州二中又并过来一些人，插至各个班级。高二时，还搞了一阵"电化"教学，就是幻灯之类，大概就是现代多媒体教学的原始方式了。以上这些活动造成了班级的分分合合，所以同过班的同学很多，也不全记得清了，但班上不少同学学习很好。1962年是很难考大学的一年，全国高考录取比例很低，而湖中的考取率是很高的。那年与我同时考上浙大的有很多人，光是和我同在无线电系的就有倪国荣、房振华、陆中海、王才鼎、裘泳锐等人。这些同学在系里表现都很好，学习成绩在班里是属上等的，证明了湖州中学的教学非常扎实，所以她的毕业生在哪儿都能学得很好。

由于历史条件的限制，再加上1959年到1962年正是我国遭受最严重自然灾害的三年，生活十分艰苦。我们住的是曾为日本军营的大通铺，每间房内相对上下两层铺，共四张大铺，可睡20余人。厕所在房外，冬天天冷，就在过道内放一个桶，让学生夜间方便。当时，我们的食堂是旧马棚改造的，马棚遗迹十分清楚。那时吃饭是自己每顿买米，放入各自的容器内，再置于蒸笼内蒸，因没有自来水，买了米后就在食堂前的池塘内淘米。洗脸、刷牙在校旁的新开河畔完成。有时正在洗脸，一艘小轮船开过，波浪涌来，杂物漂至面前，倒也十分有趣。到冬天，河水太冷了，学校就烧一大缸热水，每人可分一勺热水用于洗漱。由于那时物资供应困难，我们还要参加不少劳动，以供生活补充。学校在英士坟那儿种了一片油菜，为了浇一次肥，我们要从校内挑一担肥，走湖中大桥、五一大桥送至田地，担子重，肚子饿，十分劳累。我们还在道场山开荒若干，种了不少红薯，在学校内空地种过毛豆、南瓜。高三那年，由于烧柴紧张，我们还去白雀打柴。这对于现在正一心一意备考的学子们是不可理解的。除了这些"自给"的劳动生产外，春、夏、秋时，还要下乡春耕、"双抢"（抢收、抢种）和"三秋"，还参加过修铁路。所以仔细想来，三年中真正念书的时间也是很有限的。还有几件事印象很深，但细节已记不清了。一是有一次食堂门口的池塘抽干了水捉鱼，用餐时每桌有一点鱼，虽无油，但在那时能吃鱼可是一件大乐事；二是那时不少人由于缺乏营养，得了浮肿病，好像得病后可得两斤黄豆粉作为补品。我因为丢了一次粮票，只能在一段时间内省着吃，每天仅吃七两米，早晨二两、中午三两、晚上二两，顿顿稀粥。

高二到高三时，形势要求教学结合，要从事一些工业实践活动。我加工过螺丝，还在一个从杭大下放的男老师指导下办学校的硫酸厂，但记不清是否出产品了。尽管那时生活艰难，但师生的生活热情不减，团支部很活跃。我是高一时入的团，学校常组织各种活动。我记得我们在大街上用流行小调宣传过党的政策；集体看过话剧《为了六十一个阶级兄弟》；组织过多次文艺演出。我的体育是比较差的，但还参加过足球比赛（训练时每天有二两小豆糕的补给），在校际运动会上参加过竞走比赛。总之，日子虽苦，但心情是愉快的。

2004年9月，母校启用新校址，教学设备、设施一流，生活住宿条件得到极大的改善，和我上学时相比真是天壤之别了。

从湖中走进浙大，再进入航天大门，得改革开放之机遇，出国深造，成为中国科学院的院士、"嫦娥一号"卫星总设计师兼总指挥，与整个团队一道，我们实现了中国人民几千年的梦想——嫦娥奔月。我所做的贡献，无一不是以湖中的学习为基础的。我用写工程报告的笔来记下上面这些回忆中的事，文采虽不够好，但愿能表达心中对母校的一片爱意。

（作者系全国政协委员、中国科学院院士、"嫦娥一号"卫星总设计师兼总指挥，享受国务院特殊津贴，是我国航天器研制的学科带头人之一，也是中国空间技术研究院计算机辅助工程技术的开创人之一。先后担任计算机总师、太阳同步轨道平台首席专家、"中国资源二号"卫星总师兼总指挥，曾获得国防科工委科技成果一等奖、国家科技进步一等奖。任清华大学、北京航空航天大学、南京航空航天大学、哈尔滨工业大学、厦门大学兼职教授，博士生导师。湖州中学1962届高中毕业生。）

原载　2008年7月22日《光明日报》

22. 马航搜救，航天科技就在你身边

马航MH370客机失联至今已有20余天，机上乘客的下落牵动着全世界人民的心。在此次失联客机的搜救中，相关国家动用了包括海上、空中、太空等方面的力量。其中，我国也调集了各型共21颗卫星参与到搜索中，让人们确实感受到了航天高科技就在我们身边。

在此次马航MH370失联客机的搜索中，虽然各国的卫星陆续发现了很多"疑似"碎片，但至今仍未最终确定是否为失联客机。在这方面，卫星若要成功地"搜到"失联客机，至少要满足三个条件：飞机有电子信号；卫星正好经过正确区域；经过的卫星具有足够的分辨率。

一方面，参与搜索的卫星有不同的分工。有的卫星能"搜集"到地面的电子信息，有的卫星能"看见"地面、海上的物体。因此，理论上讲，如果一架飞机在海上有有效的电子信号，卫星应能搜到；如果陆地、海面上有明显物体，卫星也应能"看见"。

另一方面，具体到此次搜索马航失联客机事件，还有两个问题需要解决：首先是卫星的时间分辨率要高，即要不断地有卫星在疑似海面上空经过，这样才能连续地进行搜索与追踪，从而提高发现概率。其次是卫星的空间分辨率要高，所谓空间分辨率，指的是"你能看见多大的东西和多小的东西"，有的分辨率是几十厘米，有的是10米。卫星的时间分辨率可以进行人为调整，如在南印度洋这样大的海域，单靠一个国家的卫星，搜索范围有限。如果全世界联手，增加经过失联海域的卫星数量，搜寻到失联客机的希望将会大大增加。

其实，此次马航失联客机卫星搜索行动只是航天科技民用的一个缩影，航天高科技离普通百姓的生活并不遥远。近年来，网上出现的一些关于国家"不解决民生问题反而投钱去搞离老百姓十万八千里的火星登陆"等言论，并不公允。科技发展与民生问题并不矛盾，不能简单地把民生问题与科技发展对立起来，只有科技发展了，民生、经济、国防等方面才能得到相应的发展。

首先，中国航天花的钱并不多。众所周知，同样是发展中国家，中国的经济实力要比印度强，但中国在航天方面投入的经费占国民经济的比例却比印度小得多。

其次，我们无时无刻不在享受航天科技成果，如大到天气预报、汽车导航，小到数码相机、"尿不湿"等，这些都是航天科技民用的典型成果。

最后，尽管航天目前还有很多技术并未走向民用，但是，一个国家一个民族，既要能解决当前的问题，也要有长远的眼光。因为一个民族，如果没有一些仰望星空的人，这个民族将无出路。我们在解决当前问题的同时，也要考虑今后的发展。

作为普通百姓，对中国航天提出这些疑问无可厚非，说明了我们的航天知识普及工作还需要再加强。中国航天正在做的事情，美苏在几十年前都已经做过。中国今天做，也是利用了几十年来技术发展的成果，虽然比较晚，但起点比较高。中国是一个大国，一定要发展自己的航天事业。马航搜救正是昭示后人，中国航天，不会缺位，中国航天，使命在肩。

原载　2014年3月29日《中国航天报》

23. 舞　娣

大姐月球已涅槃，
二姐天际成新仙，
三姐蟾宫守玉兔，
五妹[1]出嫁待他年。
心忧小妹旅途安，
表姐[2]舞娣勇为先，
待到草原遍地黄，
侠女月地走往返。

注：[1]"五妹"即"嫦娥五号"。

[2]执行探月工程三期再入返回飞行试验任务的飞行试验器代号"5T"，作者称其为"舞娣"，虽为同一家族，但排序在外，故称"表姐"。

原载　2014年10月24日《中国航天报》

24. "嫦娥一号"卫星技术成就与深空探测展望

人类航天活动一般可分为发射人造地球卫星、载人航天和深空探测三大领域。深空探测一般是指在距离地球大于或等于地月距离的空间开展的航天活动。自第一颗人造地球卫星"东方红一号"上天,"神舟五号"首次载人航天飞行,到 2007 年"嫦娥一号"月球探测卫星顺利实现绕月探测,我国已完成了航天三大领域的突破。

一、"嫦娥一号"卫星的研制和发射历程

1. 研制过程

"嫦娥一号"卫星的研制是探月一期工程的核心部分。2004 年 2 月,国务院正式批复立项;2004 年 4 月,中国空间技术研究院接到正式立项批复后工作启动;2003—2004 年 4 月,方案设计阶段;2004 年 5 月—2005 年 11 月,初样设计阶段;2005 年 12 月—2007 年 1 月,正样研制阶段;原定 2007 年 4 月发射,后调整发射时间为 2007 年 10 月 24 日;2007 年 11 月 7 日,"嫦娥一号"卫星进入环月轨道,发回大量科学探测数据。一个包含大量自主创新的全新航天器——"嫦娥一号"卫星首飞成功,且在如此短的时间内完成,这在航天器研制历史上是少有的。

2. 发射大事记

2007 年 10 月 24 日,"嫦娥一号"在首选发射窗口第一天零窗口准确发射,精确入轨;2007 年 10 月 31 日,完成第三次近地点变轨,进入地月转移轨道;2007 年 11 月 2 日,执行地月转移中途修正,原定三次修正改为一次;2007 年 11 月 5 日,顺利实现月球捕获;2007 年 11 月 7 日,进入工作轨道;2007 年 11 月 20 日,有效载荷开机。

2007 年 11 月 26 日,温家宝总理主持"嫦娥一号"卫星第一幅月球照片发布仪式;2007 年 12 月 12 日,胡锦涛总书记主持首次探月工程庆功大会。

二、"嫦娥一号"卫星概貌

绕月工程的科学目标是获取月球表面三维影像和分析月球表面有用元素含量与物质类型的分布特点。

"嫦娥一号"卫星的工程目标是实现从地球走向月球,并进行绕月探测。即突破绕月探测的关键技术,研制、发射月球探测卫星,建立我国绕月探测航天工程系统。

　　"嫦娥一号"充分借鉴了我国多年的卫星研制经验,同时充分强调自主创新,大胆采用了多项新技术以保证实现绕月探测的目标。"嫦娥一号"卫星包括9个分系统,可分为服务系统和有效载荷两个部分:服务系统包括结构、热控、制导导航与控制、推进、供配电、数据管理、测控数传、定向天线;有效载荷包括五类、八台科学探测仪器和一套有效载荷数据管理系统。此外,出于工程研制的需求,还设有一个总体分系统和一个综合测试分系统,卫星研制工作共11个分系统。

三、与国外同类月球探测器的水平比较

　　1958年8月17日,美国发射了人类历史上第一个月球探测器——"先驱者号",近半个世纪以来,国外共发射100多个月球探测器。美国和苏联的最初几次探月任务均失败,日本的首次探月任务未能完成预定的释放轨道器任务。"嫦娥一号"卫星是我国首次月球探测任务,取得了圆满成功。

　　与2000年后发射和各国宣布将发射的月球环绕探测器相比,科学目标和工作轨道基本相同,各具特色。"嫦娥一号"卫星发射质量与干重的比例、载荷与干重比、能源系统和工作寿命等指标都达到了国际同类水平;"嫦娥一号"卫星导航、制导与控制的能力和精度,无深空大天线支持条件下远距离的测控精度,热控水平等具有国际先进水平。

　　"嫦娥一号"卫星是完全依靠自有技术,我国自主研制完成的。"嫦娥一号"研制充分继承了成熟技术、坚持大胆创新、重点突破,同时加强系统优化设计、集成创新,才能又好又快地取得圆满成功。整个工作思路和实践充分体现了自主创新精神。作为我国首个月球环绕探测器,其技术水平足以跻身世界同类月球探测器的先进行列。

四、"嫦娥一号"卫星的技术创新

　　"嫦娥一号"卫星的技术创新可概括为十二个方面:总体优化设计,轨道设计,制导、导航与控制,热控设计,远距离测控通信,大角度机械扫描定

向天线、整星自主管理、有效载荷、供配电、推进、结构设计、综合测试设计。目前，初步统计的整星和各分系统的创新点共计44项。截至2007年年底，"嫦娥一号"卫星及各分系统已经申请受理的专利共计20项，37项正在申请中，今后还将清理并申报更多的专利项目。

与地球卫星不同的是，"嫦娥一号"卫星必须解决轨道设计，推进系统的设计，制导、导航与控制设计，热控设计，月食问题，电源系统设计，测控问题，有效载荷的研制，数据反演，地面验证等诸多新问题。

此外，由于我国在海外无测控站，而多体运动关系决定的飞行过程使"嫦娥一号"卫星在一些特定的时段处于测控不可见弧段内，为确保卫星的安全，需要卫星及各分系统具有较高的智能和良好的自主性。为满足飞行任务的需要，和以往地球卫星相比，整星及这些分系统功能需增强，性能要大大提高。"嫦娥一号"卫星研制队伍为此做出了许多努力，取得了一系列具有自主知识产权的新技术。这些相关技术的突破，为以后的深空探测打下了良好的基础。

五、后续发展展望

"嫦娥一号"卫星有一个备份星，正在改进，其轨道更合理，有效载荷水平进一步提高，并力图为二期工程的相关技术开展一些试验，发挥更大的作用。二期工程在2013年完成，并发射"着陆探测器和巡视探测器"，对月面进行高精度探测，目前已完成立项论证，开始了技术攻关。三期工程计划在2017年左右实现"回"的目标，基本框架已提出，正在进一步深化论证。有关部门正在研究包括火星、小行星探测在内的深空探测未来发展规划。

"嫦娥一号"卫星不仅是我国空间事业的第三个里程碑，也是未来深空探测事业的起点。我们有信心，也有能力攻克未来将面临的各项技术难关，走出中国特色的深空探测之路！

原载　2008年2月21日《神舟报》

25. 深切怀念良师杨嘉墀先生

6月11日下午2时，得知杨嘉墀先生已驾鹤仙去，十分悲痛，成挽联一副:"出吴江,学哈佛,归国效力,八十七,做人做事皆楷模;精仪表,掌自动,再领信息,八六三,两弹一星建奇勋"。

我和杨先生都是江苏人。我的中学时代是在浙江湖州度过的,这座城市与杨先生出生地和少年读书时的江苏吴江震泽镇仅一河之隔,同为丝绸之乡,我和杨先生也算是同出一地。因此,在工作之外也有些交谈与沟通,对他工作之外的情况也有些了解。现在,已有不少书籍、刊物登载了关于杨先生的文章,论及他的业绩与品德,我只是写出一些自身亲历的小事,从中可见先生的为人,也是我对他老人家的一片哀思。

我是 1968 年被分配到北京卫星制造厂的,与杨先生所在的自动化控制研究所同属一个研究院,两单位毗邻。那时我院正忙着研制中国的第一颗卫星——"东方红一号"。自动化控制研究所与北京卫星制造厂的人员有许多接触,从他们口中我知道所里有两个从美国回来的大专家,其中一个就是杨先生。他参与了我国第一颗人造地球卫星研制规划的制定,领导并参加了这颗卫星姿态控制和测量分系统的研制,是我国卫星研制的开创人之一。

1978 年,我考取了自动化控制研究所的研究生,接着又考取了出国读研的资格。那时绝大部分人都希望去美国读书,杨先生根据当时国际大环境和美国对敏感专业的限制,建议我去欧洲学习。我听从了他的建议,又改学法语去瑞士学习。从现在的结果来看,杨先生的这一建议对我非常有益。我在国外读书 5 年,在这 5 年中,杨先生因工作之故来看过我。1984 年,杨先生来日内瓦开会,那时他已是 60 多岁的人了,以航天部总工程师的身份,独自一人乘火车来到我所在的纳沙泰尔研究所听了我的工作、学习汇报,还到实验室看了现场演示,给予了我鼓励。那天,他没有时间游览一下这个美丽的城市,就匆匆乘火车返回了日内瓦,令我十分感动,所里其他国家的留学生都为我有这样的好师长感到羡慕。1985 年回国后,我调到自动化控制研究所担任计算机室主任,得知我所第一台计算机——"王安机"是杨先生在美国时的同窗好友王安先生赠送的,而且机器中的存装置正是杨先生的发明专利。

1988 年年底,我调至中国空间技术研究院任计算机信息化副总师,协助

一位院领导主管信息化、计算机工程工作。杨先生是前任总师,这时他虽不在位,但对这项工作十分关心。每当他得到一点有用的信息或拿到一篇有价值的文章,就从大楼的西头办公室走到我在东头的办公室,亲自向我提出他的看法和建议,从不打电话叫我过去,尽管他走起路来不是十分方便。我担任型号总设计师之后,他也处处关心我的成长,经常给我提出意见和忠告。记得他最后一次给我提建议是在2005年春节前的一次月球探测会议上,他要我"重视电推进技术,这对深空探测是十分有意义的"。现在我们已组织人员开展了这方面的工作。2000年,当我任总设计师、总指挥的"中国资源二号"卫星发射成功之后,杨先生又与闵桂荣、屠善澄两位院士一起联名推荐我申报国际宇航科学院通信院士的资格。2002年,他又亲临发射基地视察我们发射前的准备工作。

一桩桩、一件件的事情都把我带到对他的思念之中。照片中的杨先生仿佛仍在向我提出建议,可惜以后再也听不到了。呜呼!我痛失一位良师,国家痛失一位战略科学家。损失不可弥补,作为学生辈的我,只有更加勤奋地工作,完成好自己担纲的"嫦娥一号"卫星任务,争取发射成功,以此告慰杨先生的在天之灵吧。

原载 2006年6月27日《光明日报》

26."嫦娥一号"与四大精神

中国的探月计划经过长期准备、十年论证,于2004年2月13日经国务院批准立项,被称作"嫦娥工程"。"嫦娥一号"(Chang'El)是中国自主研制、发射的第一个月球探测器。北京时间2007年10月24日18时05分(UTC+8时)左右,"嫦娥一号"探测器从西昌卫星发射中心由"长征三号"甲运载火箭成功发射。卫星发射后,将用8天至9天时间完成调相轨道段、地月转移轨道段和环月轨道段飞行。经过8次变轨,于11月7日正式进入工作轨道。11月18日卫星转为对月定向姿态,11月20日开始传回探测数据。2007年11月26日,中国国家航天局正式公布"嫦娥一号"卫星传回的第一幅月面图像。

"嫦娥一号"工作寿命为一年,计划绕月飞行一年,执行任务后将不再返回地球。"嫦娥一号"发射成功,中国成为世界第五个发射月球探测器的国家、地区。"嫦娥一号"虽然比国外晚了几十年,但是这个探测器的水平完全可以和当今世界上的月球探测器水平相媲美,而且这颗卫星用钱不多,只用了相当于修两千米地铁的钱,即仅仅用了14个亿。

中国首次月球探测工程主要有四大科学任务:(1)获取月球表面三维立体影像,精细划分月球表面的基本构造和地貌单元,进行月球表面撞击坑形态、大小、分布、密度等的研究,为类地行星表面年龄的划分和早期演化历史研究提供基本数据,并为月面软着陆区选址和月球基地位置优选提供基础资料等。(2)分析月球表面有用元素含量和物质类型的分布特点,主要是勘察月球表面有开发利用价值的钛、铁等14种元素的含量和分布,绘制各元素的全月球分布图,月球岩石、矿物和地质学专题图等,发现各元素在月表的富集区,评估月球矿产资源的开发利用前景等。(3)探测月壤厚度,即利用微波辐射技术,获取月球表面月壤的厚度数据,从而得到月球表面年龄,并在此基础上,估算核聚变发电燃料氦3的含量、资源分布及资源量等。(4)探测地球至月球的空间环境。月球与地球平均距离为38万千米,处于地球磁场空间的远磁尾区域,卫星在此区域可探测太阳宇宙线高能粒子和太阳风等离子体,研究太阳风和月球以及地球磁场磁尾与月球的相互作用。

根据以上四项科学任务,在"嫦娥一号"上搭载了8种24台件科学探测仪器,重量为130千克,即微波探测仪系统、γ射线谱仪、X射线谱仪、激光高度计、太阳高能粒子探测器、太阳风离子探测器、CCD立体相机、干涉成像光谱仪。

"嫦娥一号"探月卫星发射成功,在政治、经济、军事、科技乃至文化领域都具有重大的意义。

从政治领域来看,"嫦娥一号"发射成功体现了中国强大的综合国力以及相关的尖端科技,是中国发展软实力的又一象征,表明了中国在有效地掌握和利用太空巨大资源、实现科研创新、凝聚民心、增强国家竞争力等一系列远大目标的决心与行动。"嫦娥奔月"的成功,还将意味着在国际空间开发和

探测上,中国必将占有一席之地并且具有发言权。这也是中国在发射"嫦娥一号"探月卫星后,要求成为国际空间站第17个成员国的原因。

从经济领域来看,"嫦娥一号"发射成功将带动信息、材料、能源、微机电等其他新技术的提高,对于促进中国社会经济的发展和人类社会的可持续发展具有重要意义。月球上特有的矿产资源和能源是对地球上矿产资源的补充和储备,将对人类社会的可持续发展产生深远的影响。月球表面具有极其丰富的太阳能,月壤中蕴藏的丰富的氦3也能提供新型核聚变的材料,应用前景广阔。

从军事领域来看,我国的导弹打卫星和激光摧毁卫星的技术已经日臻成熟。虽然这次"嫦娥一号"卫星没有携带任何与军事有关的设备,但是中国的运载火箭可以在发射出现故障时实施紧急关机,飞船和卫星可以在外太空实施数次变轨,当卫星发生故障,可以用弹道导弹或者激光予以摧毁,显示我国如果要在外太空实现军事用途也并非难事。

从科技领域来看,"嫦娥一号"发射成功将促进中国航天技术实现跨越式发展和中国基础科学的全面发展。月球探测将推进宇宙学、比较行星学、月球科学、地球行星科学、空间物理学、材料科学、环境学等学科的发展,而这些学科的发展又将带动更多学科的交叉渗透。

从文化领域来看,"嫦娥一号"的发射成功具有重要的启蒙意义。探月给人类本身带来了社会发展理念的"颠覆性改变",人类第一次将思维与身躯同时挣脱地心引力的束缚,进入地球以外的无限宇宙空间中,实地接触了月球表面,人类之前所摸索出的各种科学理论得到部分验证或反证。

为什么我们能取得今天这样巨大的成就呢?是由于我们党和国家领导人的高度关怀。我是被分配到中国空间技术研究院(建于1968年)的第一个大学生。经过这几十年的努力,我充分体会到,我们能获得成功,是党和国家领导人的关怀与全国人民支持的结果,但同时也是我们航天人努力获得的成果,得益于我们这支年轻的队伍。我们这支队伍组建的时候,除了我年纪比较大之外,平均年龄不到30岁——我的副总指挥才31岁,副总设计师才32岁,很多主任设计师都二十多岁。为什么我们这支队伍能够在短短的三年多获取这样的成绩？我认为，最重要的是有四种精神：爱国主义精神、积极向上的精神、团队精神、奉献精神。下面我想根据自己的理解，结合事例，讲一讲这四种精神，有不对之处，请大家原谅。

（一）爱国主义精神

爱国主义精神是什么？我觉得爱国是最起码的，也是最重要的。自古以来，我们这个民族就讲究一种爱国主义精神。我家里有本书——是红旗杂志出版社出版的，叫《中国精神》。它从三皇五帝开始讲起，讲到现代，讲了中国人的文化，也讲了爱国主义精神。文天祥、岳飞，现代的各个英雄，讲得很多。我受这本书的影响很大，但我们一些年轻人不一定知道。我们中国空间技术研究院有一万多人，院部在北京，有一个单位在上海嘉定。大概是前年，我去嘉定出差，带了几个年轻人。嘉定有一个孔庙，孔庙前面有一潭水，叫"汇龙潭"。有一天吃了晚饭以后，我跟几个年轻人散步，走到孔庙前面，我就问几个年轻人，我说你们知道这里发生过什么事情吗？没有一个人能答得上来，都说不知道。我就给他们讲，清兵入关的时候，明朝的部队节节败退，但是有几个地方，发生了非常壮烈的抗清斗争。在江南，有两个地方：一个是江阴，一个是嘉定。当清兵打到嘉定附近的时候，那些当大官的都跑掉了，嘉定县一个小小的典吏，却带领全城人民抵抗清兵，抵抗到最后，在清兵即将破城的时候，嘉定城凡是有功名的人——秀才、举人，他们自己也知道，没有力量去抵抗清兵的进攻，因此整个嘉定城的全体文人在孔庙前，拜过孔子以后，集体投"汇龙潭"而死——殉国。我认为，这就是爱国主义精神。古代的士大夫就有这种精神。我们这些年轻人听了以后很受感动。我们的祖先当民族危亡的时候，就有这种精神。

我是1978年的第一批研究生，然后又去瑞士留学。去瑞士前在北京语言学院集训，当时的教育部有个年纪大的副部长给我们讲话，他有一段话，我终生难忘。当时我的工资是每月46元，一般的工人是每月30多元。我去瑞士留学，国家每个月要给我700瑞士法郎。当时的瑞士法郎兑换人民币几乎是一比一。这位部长说："你们好好想一想，全国10亿人，有多少人能够上大学？有多少人出国留学？你们一个人一个月，路费什么的都不算，光生活

费要700瑞士法郎,要有20多个工人在辛勤地劳动才能供得起你一个人。你们是站在多少人的肩膀上在国外学习,你们就知道自己的担子有多重!"这段话非常朴素,但是我记了一辈子。我在国外学习的时候,总是记着这段话。后来有家瑞士的报纸采访我的时候说:"你怎么从来不去咖啡厅,从来不去看电影啊?"我说,我们出来很不容易,国家等着我们回去呢。所以,在我回国的时候和回来以后,包括现在,也包括今天上午,总是有记者问这个问题:"瑞士条件那么好——瑞士是世界花园啊,你在那儿一个月拿700法郎生活费,当时一个助教就可以拿到8 000法郎啦,你为什么回来?你是怎么斗争的?"我说,这个问题问得有点俗,我没有斗争,我真的没有斗争。我从来就没有想过要留在那儿。我是5月份做完博士论文答辩,在瑞士论文要答辩两次,7月份,又做了一次公众答辩,面向整个社会的,我8月份就回国了,因此,我没有斗争。关键是,我还有一个很特殊的情况。我的父亲,是在抗战时期参加革命的,后来当了一个小干部,在"文化大革命"的时候被"造反派"打死了。而我出国的时候,我夫人也在国外。当时是我先走,她后走。我夫人到了瑞士以后就跟我说了这个传言:有人断言我们肯定不回去了。我讲,咱们不要去解释,现在去解释没任何作用,等到回去以后,到单位的大门口一站,一切流言蜚语就都没有了。因为我相信,尽管"文化大革命"那么混乱,很多老同志都死于那种情况下,但是我总觉得我们的国家是个伟大的国家,我们的民族是个伟大的民族。我们党,我们的国家,我们这个民族,完全有能力自身净化,能够克服自己所犯的错误,能够克服我们前进道路上的困难。因此,我五年一学完,做完博士论文,马上就回来了。

国外好,但是金屋、银屋,不如我的茅草屋,茅草屋是我自己的家。我这里不想批判什么人,我们有很多留学生在国外,现在或将来也有很多同学要出去。我主张大家有机会出去走走,学一点先进的东西,但是有一种观点我很不赞同:国内太穷,如果回来的话,可能连实验室也没有,住房又很小。虽然说的都是事实,但我问你,国家花了那么大的力量送你出去学习,你却说国家困难,条件不好,我先待在美国,难道你要等到别人建设好了再回来吗?首先,无论哪一天回来参加建设,都应该是受欢迎的。但是我个人认为,作为一个有真心的人，你是这个国家的一员、这个民族的一员，难道等别人把条件创造好了，你才来干吗？你为什么不来改变这种状况呢？我们有很多同志是这么做的，我认为，这就是爱国主义精神。有了这种爱国主义精神，人的根就能扎得比较深；心呢，就能够稳。

在20世纪60年代，中国人发展航天事业的时候，老一点的同志都知道，要勒紧裤腰带。陈毅元帅说，把裤子当掉，也要搞！勒紧裤腰带，要发展我们的原子弹，发展我们的氢弹，发展我们的导弹——原子弹和氢弹算一弹，叫核弹，第二弹是导弹，即"两弹一星"。陈毅元帅当时任外交部部长，还说，没有这个东西，他这个外交部部长说话不硬气！因此，我们孕育出了航天精神。航天精神是周总理亲自总结的，三句话：热爱祖国，无私奉献；自力更生，艰苦奋斗；大力协同，勇于攀登。我们老一辈的航天人就是这么过来的。我们五院——空间技术研究院，有着"863"计划的创始人杨嘉墀先生，有我国"863"计划第一任空间首席专家屠善澄先生。杨先生已经去世了，去世的时候87岁。我们现在的王希季先生也是80多岁，他每天早上上班都比年轻人到得早；该加班，也加班。他们都是20世纪50年代从美国回来的。还有钱学森先生，钱老是我们中国空间技术研究院的第一任院长。钱老有一个手托腮的沉思状半身铜像，立在我们院门口。这些前辈就给我们树立了一个很好的榜样，他们是怎么热爱祖国、无私奉献的，后来，在搞载人航天的时候，我们又发扬光大了航天精神。江总书记给我们总结了四个"特别"，说我们航天人，"特别能吃苦，特别能攻关，特别能战斗，特别能奉献"。我们就是秉承航天精神和四个"特别"的载人航天精神来搞我们"嫦娥一号"的工程的，没有这种精神的支配，我们不可能用三年多的时间来完成这个任务。

我们在北京，已经是非常幸福了，可是我们有很多航天人是在戈壁大沙漠。在这些地方，都是高科技单位，有很多大学生，很多还是名牌大学的大学生，他们大学毕业就到山沟里面去，一干就是几十年。在那里，他们要干一辈子，那儿没有很好的中学，教育也是问题，他们的子女到哪儿去上学呢？没有很好的中学，他们就考不上大学。人要结婚，这是人之常情，结了婚，你要不去部队，夫妻就长期分居；去了，在山沟里面，在沙漠里面，怎么给他（她）

找工作？因此在我们这个行业，我们在北京的人是很幸福的；在山沟沙漠里面的同志们，他们要献出自己的青春，还要献出自己的子孙。如果你们将来有机会去酒泉基地，去山西岢岚基地等，你们都会看到有一个墓地，在这个墓地里面长眠着历年来为航天事业而献身的同志。其中，有在戈壁沙漠里巡逻迷失了方向而集体牺牲的战士们；有在卫星测试爆炸现场献出自己生命的同志。"神舟"飞船非常漂亮，可是大家知道吗？我们试验第一艘"神舟"飞船的时候，我们试验队的队长，一位四十多岁的、很有前途的年轻人就牺牲在戈壁大沙漠里面。因此，我们不要忘记这些同志，是他们给我们对航天精神和"两弹一星"的精神做了一个最好的注解。我想，这就是我理解的爱国主义精神，是这种爱国主义的精神在激发着我们。

（二）积极向上的精神

除了爱国主义精神，这支团队必须还有积极向上的精神。目前社会处在一个大转型时期，应该讲，这是一件好事。但是，同样应该看到，还有另外一个方面：诱惑很多。当时我们大学毕业分配，分到哪里就到哪里。社会发展到现在，外面的世界很精彩，机会很多，人们可以双向选择；再加上现在许多年轻人都是独生子女，家庭生活条件很好，处于一种比较优越的环境，尤其在浙江宁波地区，经济比较发达，生活水平也比较高，为个人的发展提供了一个很好的条件。但我们也要看到它的负面影响，可能会使一些青年同志认识上产生偏差。我们是生活在社会之中，我们要每天接触外面的世界，因此怎么让我们这支团队始终保持一种积极向上的精神，就成为我们这些老同志一个重要的工作任务。所幸的是，我们这支队伍确确实实保持了一种积极向上的精神。我想，一种积极向上的精神其实很简单：锁定一个目标。锁定一个目标以后，就要不懈努力去做它，对外面的任何诱惑视而不见。

我讲讲我自己。我是浙江省湖州中学毕业的。高中毕业的时候，我们要填五个志愿，我的前面几个志愿全是航空。为什么？我父亲参加过革命，到过朝鲜，跟美国人打过仗。我们虽然取得了朝鲜战争的胜利，但是我们的损失非常大。因为我们入朝的时候，装备很差，尤其是没有空军。我们白天不能行军，美国人的飞机在头上，运输线被美国人炸得七零八落。因此，我想学航空。我的第五志愿才是浙江大学，但后来被浙大录取了。到了大学毕业的时候，我知道我被分配在北京，很不满意。为什么？因为我想去新疆的马兰基地，就是我们的核试验基地，或者是去酒泉的发射基地，但都没有被分配去。后来我才知道是因为当时我的父亲正在受批判，政治条件有一点点问题，就没有让我去那个地方，但我是希望去的。我觉得投身于国防，是最光荣的。后来，算是一种缘分，我干了航天。干了航天，我就有一个信念：航天是一个国家利益的行业，它所干的每一件事情，都是和国家、政治相结合，和经济相结合，和维护我们的主权相结合。无论是在国防上、政治上，壮国威、壮军威上，我们航天人都是要为它去做贡献的。有了这么一个基本思想，干上一辈子也不离开它。那么大家会问，你经得起诱惑吗？我说，我经得起诱惑，而且有证据。我这里举个例子，过去咱们中国只有两个股票交易所：一个是深圳，一个是上海。过去做股票是打电话。你电话打进去了，可能就做成了。后来发现这个不行，深圳交易所在全国范围内找合作伙伴，找到了我们。我作为第一任设计师，帮深交所搞了一个系统，叫VSAT（Very Small Aperture Terminal，甚小口径的终端系统）系统。也就是说，把深交所的各个业务和计算机网络、卫星连接起来，在全国各地每一个做交易的地方，也包括宁波，让每一个股民做股票的时候通过计算机。通过计算机的好处有很多，更好的是，它不是凭电话打进去，电话打进去，你就占住线了。那么这种情况怎么办？我们在卫星信道里面把一个信息，比方说，这个信息是一千个比特，分成了五百份，每一份就是两个比特。这样，给你发送两个比特，给拉萨也发送两个比特，到了深交所以后，再进行撮合。这样可以使每个股民做股票的机会均等，而且空中传输时间非常快，这里面有很多技术，不具体讲了。这个项目做得很好，获得了科技进步一等奖。当时我就是这个股票交易所的国家卫星通信系统的第一任设计师。这个项目从1992年开始搞，1995年投入运行。现在深交所的卫星股票的交易系统是全亚洲最大的，9 000个站。项目完成以后，深交所希望我到他们那里去，1993年我的工资大概是1 000多块钱，当时深交所给出的年薪是40万元，用40万元的价格来跟我们院谈判：让叶总到深交所当总工程师。我谈都没有谈，而且没有斗争。因为既然已经锁定航天这个目标,要为航天事业做事情,那么,就要一心做到底。我现在很庆幸,当时没有被40万元所吸引,我算了一笔账,算给大家看,大家看我这个账算得是不是有点傻:当时是40万,就算后来涨了,涨到50万,到现在算十年,一年挣50万,十年就是500万。那么我在这十年当中干了些什么事情呢?第一,我曾经搞过一个"中国资源二号"卫星,实现了"三星高照",使我们国家第一次有三颗同样的卫星在天上运行,发挥了很好的作用。第二,完成了"嫦娥一号",这是第三个里程碑。我想问一下大家,一个人挣了五百万,和替国家建立了一个非常重要的"三星高照"系统以及完成了一个第三个里程碑,你们选哪一个,哪个值?我认为我的选择是对的!

(三)团队精神

团队,必须要有团队精神。人是社会的人,但是,人是离不开集体的。一个伟大的事业是要靠集体来完成的;个人努力只是其中很小的一部分。一个团队搞好了,我们的事业才能搞好。尤其是我们航天,它是个系统工程。我们要完成"嫦娥一号",要有卫星系统、火箭系统、发射场系统、测控系统、应用系统等。今天早上一个记者问:"你们有多少人?"我说,回答不上来。说大了,千百万人,因为我们的很多工作是要靠全国人民来做的。说小了,核心当然不多。我们一个卫星有结构、热控、自导导航控制、供配电、测控、有效载荷、总体等,缺了哪一个分系统,卫星都搞不成。卫星上有400多台仪器,7万多个元器件,32台计算机。任何一个东西出了问题,卫星都要完蛋。因此我们搞航天的人有一个非常正确的算法:100−1=0。如果说我们已经完成了"绝大部分"任务,"基本"很好,在我们这儿,这句话是没有用的。一百件事情里,有一件没有完成,整个工作就是零。我们只有依靠团队精神,才能把每一件事情做好。每一件事情都做好,靠哪个人都不行,要靠一种"团队"。因此,我们中国空间技术(研究)院,提炼了一个我们自己的文化,叫作要用生命来铸造辉煌!那不是说用工作来铸造而要用"生命"来铸造辉煌。因为事实证明:你没有这么一种精神,你是铸就不了一个辉煌的工作的。那么这个团队,怎么形成?我们有自己的文化,就是用事业吸引人才,用工作来锻炼人才,用机制来激励人才和用文化来凝聚人才。大家知道,在很长一段时间里，有一种说法：搞导弹的不如卖茶叶蛋的。当时这个说法很普遍，因为我们的收入很低，工作也很辛苦。这些年来，我们的收入在逐步提高，生活条件也在逐步改善。但是同样水平的人，如果到外企去、到地方去，他的收入会更高。因为经过航天锻炼的人，他们的工作能力、思维能力和动手能力都是很强的。我曾经想定量地来衡量一次，我有个基本估计，在我们这样的系统，只要我们的收入能够达到外面的外企、合资企业的百分之五六十，剩下来的百分之三四十，就是靠航天精神，就是靠团队精神在支撑。因此在我们这个团队里，每一个人都甘做一颗小棋子，而每一颗小棋子又都是一个全局。我现在举一个"嫦娥一号"在靶场发生的例子，是个非常惊险的例子。在靶场测试的时候，当时"嫦娥一号"卫星是空运的，先要在北京用汽车运到南苑军用机场，在南苑机场把卫星装上飞机，飞机飞到西昌机场降落的时候撞击还是蛮厉害的，然后又从西昌机场运到大山里头。经过这样运输以后，我们要对卫星做全面的检查，其中有一个很重要的设备，叫"应答机"，就是通过它来跟地面进行对话的，当然不是人讲话，是数字信号。我们有一位工人去检查的时候就发现有一个高频插头的螺母有点松动，他就报告给我了。这在我们那儿就是不得了的事了，这个插头螺母松动，松动了多少呢？这个螺母是五扣，松动了一扣。你不仔细摸，摸不出。就是这么一件事情，如果这个工人检查的时候不仔细，放过它，很可能在发射过程当中这个螺母再进一步松动。如果这个插头脱落下来，那么卫星通信将会中断。由于他发现了这个问题，我们就要处理，我们的处理很严格，叫"归零"。最后我们查出来，是承担这个设备的单位在最后的两道工序当中，操作的人员没有按照操作工艺用力矩扳手拧紧，而且没有按照最后的要求用点胶把它给封死。为了这件事情，我们把整个卫星拆掉，将所有有螺钉螺母的地方全部检查一遍。这件事情如果没有查出来，如果上了天，发生了问题，一百减一，就是等于零，但由于这位同志工作的认真，一百减了一，他又加了一，又等于一百。从这件小事可以看出，全局当中的一点小问题，就会导致失败。所以说，只有靠这种团队精神，才能够把工作做好。一颗卫星是一个大系统，下面有多个分系统，每个分系统又有很多单机。我们应时时刻刻想到自己是这个团队的一

分子,所以说,没有这种团队的精神,只想干自己的事情,不管别人的事情,不为集体着想,那是肯定完不成"嫦娥一号"这么一个重大任务的,这是一个大协作的任务。而且这种团队精神,不但体现在我们内部,和外面也有关系。所有的协作配套单位、元器件的提供单位都要有这种精神。刚才在外面的时候,有几个孩子拿这个(指卫星模型)问我,我跟他讲,这个太阳翼,上天的时候不是这样子的。如果是这样的话,火箭是没法装的(卫星模型的太阳翼是展开的),它是三块,是折起来的。到后来,它不是要弹开来嘛,我用七个螺钉把它固定住的,然后在螺钉底下都装了一个爆炸装置,一个火工品。到了天上以后,要按一定的顺序炸开。因此,在西昌发射的时候,负责火箭的同志已经在欢呼了——打上去了,我还没有欢呼,我就在计算机那儿看,就看这个螺钉,"嘣",好,炸了一个,炸了7个以后我很高兴,这个太阳翼就展开了。这个火工品,是四川的一个兄弟单位提供给我们的,它是没法试验的,只能用一次,一次有效。你想想看,光这个太阳翼上就有14个火工品,有一个失效,这个太阳翼就展不开。因此,提供火工品的单位是要绝对保证它的这个火工品要百分之一百可靠的。所以我讲,搞这么一个大型的工程,"团队精神"是必不可少的,个人在这个团队当中才能成长。

"嫦娥一号"成功以后,国家给予了我们很高的奖励。党中央在人民大会堂开了庆功大会,我代表科研工作者在大会上做了发言。现在"嫦娥一号"正在申报今年的国家科技进步特等奖;然后,以最快的速度,全国总工会给了我们一批全国"五一劳动奖章";全国妇联给了我们"三八"集体单位,"三八"红旗手;团中央给了我们"五四"青年奖状、"五四"个人奖,我们这个团队被评为去年全国的"创新团队"。我们有100多个人得到了人事部、中国科学院、总装备部、国防科工委等的联合表彰。我这里不是说得到了表彰就怎么样,我这是讲,当你个人在这个团队当中尽了自己的努力,这个团队取得成功的同时也是你个人的自我价值得到实现和能力得到充分展现的时候,没这么一个团队做依靠,你得不到这些,也做不成这些。

(四)奉献精神

奉献,从小事做起。我觉得每一个人,将来可能都会做很大的事情,但是，一定要有个踏实苦干的精神。社会发展很快，有许多良好的机遇和环境，能够造就各种人才。但是，各种人才的成长绝不是说一天两天就行的，都要通过一个长期的积累。要做到安心从小事做起，踏实苦干。这样的例子很多，惠普公司是从车库开始做起的。现在，我观察到有这么一种现象，很多人愿意一上来就做大事，不愿意做小事。很多人，也包括在我们单位，愿意做点研究性的事情，不愿意去做一些操作的事情。很多人愿意在上层机关做一些管理的事情和指挥别人的事情，不愿意在基层得到磨炼。还有很多人愿意三天两头做个新东西，不愿意去做重复性的事情。也有不少的人干了没几天，职务没有得到提升，薪水没得到增加，就满腹牢骚，就要跳槽，我觉得这都不可取。我认为，要安心做一些小事，要安心在基层做，安心做些操作性的事情，要沉下去。我给我的硕士、博士生上课，首先讲的是，到我们航天来，要有这么一种精神，要沉得下去。沉多少时间呢？三五年、七八年，好好地磨炼自己，从小事做起，锻炼自己，培养自己，从这些小事情、基层的事情、操作的事情当中吸取各种知识，来培养和熏陶航天人的一种文化，这样才能在工作当中体现自己的才干，一步一步地从一个普通的设计师做到主管设计师，做到副主任设计师，做到主任设计师，不是一上来你就可以做的。我的副总设计师30多岁，很年轻，但他也是一步步走过来的，是踏踏实实在那儿干的。只有踏踏实实地做许多小事情，沉下心来，甘于做这些事情，积累起来，你才能被人们所公认。是金子，早晚要闪光。干了三年，不满意，跳单位，重新开始，别人还是不认识你，再跳一个单位，两次一跳，你年龄也不行了。如果你安安心心地做一件事情，越积越厚，到了一定时候，你就能够跨越，你的才能就会被大家所公认，就可以委以你重任，就可以挑起重担。我们航天就是这么培养人的。大家知道，我们"神舟"一号到五号的总设计师是戚发轫院士，总指挥是袁家军同志。袁家军同志和咱们宁波的巴音书记很熟悉，都是全国青联的，当总指挥的时候，才30多岁，后来当了我们的院长，现在当了我们集团公司的副总经理，中央候补委员，今年也不过42岁。"神舟六号"的总设计师张柏楠同志44岁，总指挥尚志同志今年42岁。前不久，我国替尼日利亚打了一颗卫星，打得非常成功，总设计师42岁。我们的"嫦娥二号"、月球探测工程二期的两位总师,一位42岁,一位37岁。这些人都是通过七八年的积累,然后才走上这样的岗位,因为他安心先做这些小事情。我们航天有这么个特点:细节决定成败。我们航天有成功,也有失败。所有的失败,都是失败在细节上。因此,我给我的每一个主任设计师送了一本书,是汪中求先生写的——《细节决定成败》,就是强调要从小事情着手,要注重点点滴滴。一定要安心做一件能够得到大家公认的事情,不要一下就想做精英。这次政协开会,我们这个组有好几位大学校长,在会上讨论了教育的问题。清华大学顾秉林校长、中南大学的黄伯云校长、北京工业大学的张泽副校长,都是院士。顾秉林校长的发言,他的观点挺有意思。他说:"第一,我支持扩招;第二,我清华大学绝不扩招。"为什么?他说,我国的高等教育现在一定要从精英教育走到大众教育。在全国,大学要实行大众教学,但是必须有几个大学是培养精英的,清华的任务就是培养精英,因此清华不扩招。我从中得出一个结论:要一定先安心做好大众,先做好大众,才能成为精英。

我认为,在我们航天团队里头,爱国主义精神、积极向上的精神、团队精神和甘于从小事做起的奉献精神,就是一个航天人所应该有的素质。

原载 2008年《宁波大学学报》第6期

27. 我的中国梦

国家博物馆中热展的"复兴之路"完整地展现了中国如何从一个贫穷落后、受人欺负的旧中国发展到当今水平,在世界上举足轻重、话语权越来越大的历史。"中国梦"已成为全国人民、全世界华人的共识。在展览的最后一部分,展出了当前中国的科技成果,其中就有"嫦娥一号",特别是有一份原始文件,它是"嫦娥一号"发射前由发射场指挥长(基地司令)、两位副指挥长(基地政委、副司令、火箭总指挥)及我(副指挥长、卫星总师、总指挥)联合签署的任务书。这是一个历史的见证:中国人向月球进军了!它是中国复兴的重要标志,是我的自豪,也是对我的鞭策。

航天梦无疑是中国梦的一个重要组成。去年青年节时,习总书记在我们单位接见了全国优秀青年代表,"嫦娥"队伍的杰出青年、"嫦娥"三号总师孙泽洲同志代表全国科技青年做了"实现航天梦"的发言。航天梦实现必然极大地鼓舞全国人民、激发民族自豪感,凝聚世界华人力量,推动科技水平的提升,带动多个经济领域的发展;它一定会惠及民生、造福于百姓!我的中国梦就是在全国人民的关心支持下,与航天队伍的同事们一起,努力工作,为实现我国的航天梦做出努力;研制和发射更多的应用卫星服务社会、经济、国防;建立我国自己的空间站,让我们的科学家在太空做实验;继续实施无人探月工程,发射"嫦娥五号",完成采样返回任务,不久后的一天,实现中国的载人登月,再向行星际探测进军!

原载 2014年《湖州宣传》第7期

28. 眼睛为之一亮
—— 读《胜迹之光》有感

湖州市委宣传部惠寄的《胜迹之光——湖州市爱国主义教育基地》一书,我利用这个周末一口气读了一遍,深有感触。

我虽不是湖州人,但与湖州有很深的渊源。我父亲所在的部队20军某师1956年就到了三天门,那时部队还没有营房,我那年暑假就是在三天门不远的一个村子里度过的。一直到1963年,所有寒暑假都是在湖州的三天门、黄芝山、白雀等地度过,而其中从1958年夏至1962年夏整整四年则完全住在湖州,就读于湖州一中和湖州中学。念书期间及毕业后,也多次去过湖州,那时我舅母就在嘉兴地委工作,住在黄沙路。尤其是近十年来,每次去湖州,都得到市委领导的接见和有关部门的接待,得到湖州中学的领导和学友的关心与支持。就连素不相识的普通市民也给予了我真诚的爱护。有一位叫柏迅英的同志,就把他从旧货市场上淘来的我的初中毕业证书,复印后将复印件及他有感而写的文章(《偶然的发现》)寄给了我。这些都令我十分感动,也促使我对湖州有了更深的情感和希望了解更多情况的欲望。

市委宣传部主办的《湖州宣传》我是每期都收到的,从中了解了不少我过去不知的或不全的信息以及湖州市今日的变化与发展。《笔墨江南——清丽

湖州》这一套DVD使我对湖州这座江南名城又有了更多的视觉享受。张前方同志去年寄给我的关于陈英士先烈和沈尹默先生的书使我学习到许多过去所不了解的知识。这两本书现在远借给上海航天技术研究院的张玉花同志,她是湖州人,二中毕业生,现为"嫦娥三号"探测器副总师。而《胜迹之光》一书汇集了我们湖州市有关爱国主义教育基地的情况。读了它,我对湖州有了更系统、更全面的认识,眼睛为之一亮。正如书序所言:"湖州,她不仅是丝绸之府、鱼米之乡、文物之邦,同时她也历史悠久、文化积淀丰厚、名人荟萃、爱国主义教育资源丰富、蕴含深刻!"这也是我读后最深的体会。

　　书中多节提到新四军及抗日,我也是一个新四军的子弟。73011部队现在所在地,过去是20军驻地,我也住过多年;钱壮飞是我湖中的老学长,今年4月我随全国政协文史委去遵义调研博物馆建设时,还特意在"四渡赤水纪念馆"中钱壮飞烈士的遗像前照了一张照片(他就是在四渡赤水过程中英勇牺牲的);上中学时我们经常在道场山、英士坟附近的学校农田中劳动;美丽的莲花庄就在当年读书的学校旁边;中学时或参加"双抢""三秋",或修建铁路,足迹曾至双林、织里、妙西、长超等乡镇;德清、长兴都曾去过,高中同学姚兴荣在德清当过常务副县长,小学同学在德清邮电局工作;1964年在浙江海宁搞"四清"时的不少同工作队的同志就来自长兴泗安公社;飞英塔、钱山漾都是年轻时游历过的地方;唯独没去过安吉,但那儿的竹海已扎根于心中,前几天还曾和湖州电视台副台长沈岸同志谈及想去那儿的乡下小住两天……所以读起来十分亲切,加之作者的精彩文笔,使得自己激活的记忆更加鲜明、更加生动,信息丰富和思想认识又上了一层。

　　但到底我们湖州的"家底"太丰富了,书中介绍的不少英烈遗迹、名士胜地、文博精彩、工程巨作都未曾去过,甚至未听过,只好先从这本书中领略一番,待今后有机会再去湖州时一定要择其中之偏爱亲身体会一番,想必一定会又添新知识,萌生新感悟!

原载　2011年《湖州宣传》第8期

29. 嫦娥队伍的诗人情怀

沁园春　火把节

"嫦娥二号"卫星总师/总指挥顾问　叶培建院士

嫦娥再翔,

来到大凉,

火把节到。

望近山远坡,

火龙闪亮。

顽童戏耍,

男女颜笑,

杀猪宰鸡,

豪饮聚会,

日子一年一年好。

看民居,

白墙民族画[1]。

愈加美妙。

风景这边独好,

塔架村寨蓝天云高。

老中青和少,

盛装起舞,

原汁原味[2],

何处能瞧。

昔日深山,

飞出凤凰，
启蒙希望小学校[3]。
向前看，
彝寨定发展，
再现新貌。

注释：

[1] 由高速路至发射基地两边民居皆黑瓦白墙，绘彝族风格彩画，整齐而漂亮。

[2] 寨中歌舞纯原生态，不经任何编导加工，原汁原味，古朴而热烈。

[3] 近年来教育发展，寨中已经出了一些大学生，附近寨中还有留学生，但他们所受的启蒙教育都是在山中条件非常简陋的希望小学。

原载 2010年《太空探索》第11期

30. 寄语"嫦娥二号"

三年了，又来到了月亮城。飞机抵达西昌，黄江川总师亲自来机场接机，深为感谢！到达时晚餐，正值院的李开民书记来视察工作，举行会餐，气氛热烈，队伍精神状态面貌很好。敬酒之中，发现新面孔很多，一方面说明我们事业后继有人，另一方面深感队伍之年轻，还需实战之磨炼。

三年前，我们在这儿送走了"嫦娥一号"，她恋恋不舍地绕着家乡地球转了七天，然后潇潇洒洒地飞行了114个小时，到了离月宫200千米的地方，深情地观察着月亮达一年之久。今天，这儿的山显得更绿，水流得更欢，路旁农居更加漂亮。我们将要送"嫦娥二号"奔月，这一次她略显急迫，不再绕地球转了，而是直奔月亮。为了更清楚地看看月亮，她要比她大姐走得稍快些，离月亮也更近些。她对我们说："你们要把我梳妆打扮好呵！"

梳妆打扮"嫦娥"二姑娘，就靠大家的本事了。尽管她经过了几年的打造，已是非常健康、美丽，但是要保证她一路顺风，平平安安地离开家乡奔赴月亮，出嫁前的梳理是最重要的一环：检查好身上每个部分是否正常、健康，手脚头颈是否灵活,衣服穿得是否合适,血液流动是否畅通,听说能力是否良好,路上食物供应是否充足……娘家人操心呀!操心还远远不够,关键是责任心、是工作的细心。我们已经送过"嫦娥一号",有了些经验,但二姑娘的性格与大姐还不太一样,参加梳妆打扮的人有不少也是第一次干这样细致的事,困难肯定会有,但是我们会精心操作,认真测试,确保她的状态最佳。

二姑娘要是成功地接近月亮,获取了最需要的信息,她的妹妹"嫦娥三号"就可能在不久的将来第一次落在月亮上,回到广寒宫中。她更年轻的妹妹五姑娘就有可能远嫁月宫,还能再回到娘家地球。二姑娘路途遥远,责任重大,我们这些娘家人一定要努力,努力,再努力,确保她的月亮之行圆满成功!那一天,为她庆祝的人将是全国的人民。

原载 2010年《太空探索》第11期

31. 我们有一个共同而自豪的名字:浙大人
——在浙江大学2010级新生入学典礼上的讲话

同学们:

晚上好!

衷心祝贺你们通过自己的勤奋努力,考上了我国最好的高等学府之一——浙江大学。从此,我们就有了一个共同而自豪的名字:浙大人。

当年,我们浙江大学无线电系无线电专业的75名毕业生当中,有十几个人和我一起跨进了由钱学森同志任院长的中国空间技术研究院,走进了航天人这支队伍。

作为一个老校友、老学长,借这个机会谈一点自己的体会,供你们思考。

现在的社会是个多元化的社会,社会上存在着多种思潮,宽容度也很高。人们都可以按着自己的理想去设定奋斗的目标,追求着人生的价值。我想说的是,在这芸芸众生中,还有这么一批人,他们相比较而言,虽然生活在同一片蓝天下,却更能够把自己的命运与国家的命运相联系,把自己的人生目标锁定在国家的需求之上。他们的信条是:"用成功报效祖国,用生命铸就辉

煌！"几十年来，他们的前辈发扬"热爱祖国、无私奉献，自力更生、奋发图强，大力协同、勇于登攀"的"两弹一星"精神，在极端困难的条件下，研发成功我国自己的原子弹、氢弹、导弹和卫星；并且乘胜前进，形成了具有中国特色的使用系统。

以卫星为例，我们已成功发射了一百多颗卫星，为国防建设和通信、气象、导航、国土资源、海洋、科学探测等国民经济领域发挥了巨大作用。比方说，这次在舟曲的自然灾害中，我们的遥感卫星就发挥着很大的作用。邓小平同志说：没有这些东西，我们中国就称不上一个有影响的大国；没有这些东西，我们就会挨打受欺负，丧失和平安宁的环境！

正是这些人，继承发扬了老一辈的光荣传统，在新的时期造就了"特别能吃苦，特别能攻关，特别能战斗，特别能奉献"的精神，用短短十余年的时间，就成功实现了中国人的飞天梦。接着，又实现了多人多天载人飞行和航天员出舱活动的壮举。还是这些人，又再接再厉，完全以青年骨干为队伍，发扬光大上述两种精神，特别强调"甘于从小事做起和充分发挥团队作用"的青年团队精神，攻克难关，勇于创新，一举圆满实现了中国第一次无人探月工程，获取了大量的、丰硕的科学成果。但他们没有停止前进的脚步，在全国人民的大力支持下，这支"70后""80后"占了大半壁江山的队伍，在努力奋斗去争取更大的胜利！

不久的将来，天空中会有更多的中国星，为中国，甚至为世界各国提供各种服务；中国将会发射自己的空间实验室和空间站，实现太空的交会对接；中国也会按计划实现无人探月的后两步，落上月亮和采样返回；并择机飞向火星和其他星球，走向更远的深空。他们是谁？就是中国的航天人！这是一支和所有人一样，并非生活在真空之中，却又具备着特别的精神和行为准则的人！

诚然，国家的建设与社会的发展需要方方面面的人才。浙大历史悠久、学科齐全、基础雄厚，真心希望在这良好的氛围中，你们刻苦、踏实，掌握学习方法，打好自身基础，争取将来无论在什么岗位上发展，都有一个较高的起点。

而在这支队伍中,有不少浙大人的身影,他们在自己的岗位上发挥了自己的作用。有的已担当了卫星、火箭的总设计师、副总设计师、主任设计师,有的已担任各级领导,以浙大人的"求是"精神,踏实工作,做出了足可称道的贡献。但是,恕我直言,尽管浙大人在各行各业都有出色的表现,以浙江大学在全国高校中的规模和地位而言,我觉得如今浙大人在航天人这支队伍中的身影还是少了些。我真诚地希望你们将来在制定自己的人生目标时,站得更高,眼界更宽,会有更多的浙大人加入我们这支队伍中,这是个可以充分发挥你们的聪明才智和求是精神的大舞台。你们一定能为中国的航天事业,从而为国家主战场的建设与发展,为祖国壮国威、壮军威做出应有的贡献,甚至是重大的贡献!同时,也为自己的人生价值的体现弹奏出一首激昂的乐章。

原载 2010 年《浙大校友》第 3 期

32. 学习与奉献

人生历程

1945 年 1 月,我生于江苏省泰兴县(现为泰兴市)。泰兴即"随泰(州)而兴"之意。我的爷爷叶其光在当地算是一位知名人士,读过书,有些文化,种田为主,也经营过染坊、酒坊,都以失败告终;抗战前当过乡长,同情革命。所以我的父亲、叔叔、母亲都先后在抗战时投入了革命队伍,在地方上为党和抗日民主政权工作。1946 年,国民党大举进攻苏中解放区,父母都随军队北撤。我留在乡下,与外婆一起生活,所以外婆与我感情一直很深。直到 1952 年父亲抗美援朝从朝鲜归国,才把我从农村接出,从此随父亲部队的驻地在浙江调动而变动,先后就读于南京卫岗小学、杭州西湖小学、杭州四中、湖州一中和湖州中学,1962 年考入浙江大学无线电系。这一段时期,除在学校外,都生活在军营中,受到了不少影响。至今我仍然做事干脆、行动守时,当然也有些急躁,这些都与长期的军营生活有关。

1965年冬至1966年夏初,在浙江海宁斜桥新农大队参加"四清",旋于5月回校参加"文化大革命"。1968年被分配至当时的航天部北京卫星制造厂,随即去天津郊区赤土公社一带的38军农场接受再教育,直至1970年2月返回北京。从那时到1978年我都在做仪器仪表的计量工作。1978年考上国家计量院研究生,因当时航天部不主张人员出本系统学习,又考上北京控制工程研究所研究生,导师是鲍百容先生。同年考取出国留学生,考的是英语。杨嘉墀先生等老前辈考虑到那时中美之间航天技术差距较大,建议我去欧洲学习,我又去广州外语学院学习一段时间法语。从广州回北京后,一边在中科院研究生院学习,一边学习法语,同时联系出国。1980年7月赴瑞士读书,1985年获科学博士学位。8月回国,先在502所卫星敏感器研究室工作,继而去计算机研究室任主任。1988年12月,调入中国空间技术研究院任科技委常委、计算机副总师,后来分别担任过院长助理、计算机总师、"中国资源二号"卫星的副总师、总师兼总指挥、月球探测卫星的总师兼总指挥,首席专家等职务。带过不少博士生、硕士生,发表了几十篇论文,在中国空间科学学会、中国宇航学会等学会担任理事,享受政府特殊津贴。获得过国家科技进步一等奖等大奖以及航天基金奖,是国家自然科学基金委员会的专家,2003年当选为中科院院士。

学习与工作中经历的三个重要时期

回想起来,从小至今有三个时期对我的成长是极其重要的,那都是关键时刻,都可改变我的人生轨迹。

一是1962年由湖州中学考入浙江大学。那一年,因国家正处于严重的经济困难时期,高考的难度很大,我们不少农村的同学都被动员返乡而不允许参加高考。对于我来说,考上大学无疑是幸运的,特别是在浙大这样一所以"求是"为校风的学校,我不但学到了今后继续发展的基础知识,也受到扎扎实实学风的熏陶。那时教过我的许多老师至今记忆犹新:教电工的甘明道,教化学的李博达,教数学的梁文海等先生,他们的课讲得好极了。到上专业课时,从何志均、姚庆栋、张毓琨、叶秀清等老师那儿学到的就更多了。那时班上的学习风气很好，同学们互相帮助、互相促进，形成了一个很好的环境。即便在"文化大革命"中普遍存在着派性对立的情况下，我们班的同学都能友好相处。至今，我们班的同学经常聚会，大家都为良好的班风而自豪，这和当时的几任团支书、班长是分不开的，他们是施成水、黄光成、王南光和陈覃英。现在和我一同在北京的同一大班的同学就有十人，九人在航天战线，一人在部队工作。

二是在 1978 年，国家恢复招收研究生，我先考上国内研究生，又考上了出国研究生。我于 1980 年赴瑞士纳沙泰尔大学理学院微技术研究所学习，师从白朗地尼教授。瑞士是个小国家，但是个教育高度发达、教育制度十分严格的国家，出过多名诺贝尔奖获得者，爱因斯坦也在苏黎世高工工作多年。我所在的大学有 150 多年的历史，我国地质界的老前辈黄汲清先生就是 30 年代在该校获博士学位的，1981 年黄先生回过学校一次，我有幸陪他。我们是中国改革开放后的第一批赴瑞士留学生，刚去时，瑞士不承认我们的大学文凭，经过几个月的努力，通过了一系列考试，获取同等资格证书，然后继续攻博。当时我研究的方向是手写文字的计算机在线自动识别。1983 年，完成了关于西文、数字的自动识别论文一篇，学校颁发了证书，该论文可以等同法国的科学博士（法国当时还有更高级别的国家博士）。杨嘉墀老先生访瑞时特地来学校看过我，并考察了我的研究工作。以后我又留下来做了两年研究，完成了手写中文自动识别的论文。回国后，这篇论文的主要内容，经戴汝为院士的推荐在《自动化学报》上发表。我于 1985 年获瑞士的科学博士学位。这几年的学习，充分体会了瑞士人严谨的工作态度，高尚的敬业精神，做事只有"行"和"不行"、没有"差不多"的信条。同时，也充分利用了那儿的优越条件，从没有摸过计算机成长为一个较为熟悉信息处理领域的学者，掌握了大量新知识、新方法，并利用便利的国际交流条件，先后得到了不少国际知名学者的指导，如美国 Purdue 大学傅京孙教授、加拿大 Concordia 大学孙清夷教授、瑞士洛桑高工的 M. Kunt 教授等，他们的学识和学风都曾给予我很大的影响，到现在仍保留着傅先生给我的亲笔信。在瑞士的五年，是我学习非常刻苦的五年，当地的报纸《人民日报》及《神州学人》杂志对我那时的学习有过介绍。

这一段时间知识的积累、学习方法和技能的大幅度提高,以及培育了我遭遇困难时要坚定不移地向前进的勇气,都成了以后工作的基础和力量。

三是1992年,我在闵桂荣院士和有关领导的关心下,在中国空间技术研究院内做了工作调整。这一年,从主管计算机转到参与卫星型号研制,即从技术基础工作为主转移到空间技术的主战场。一开始,有不少同志认为我参与型号研制的实践较少,可能难以担当重任,这种担心是非常合理的。我以同志们的这种担心来告诫自己:虽然自己读了不少书,但型号方面的知识不多,要学习,学习,再学习!在后来的工程实践中,在闵桂荣院士、王希季院士、杨嘉墀院士、屠善澄院士的指导下,我非常注重向一切比我强的人学习,沉下去,到第一线去。把自己的理论知识和一些新的管理理念与实践结合起来,所以能较快地进入角色,熟悉业务,很好地完成了"中国资源二号"卫星系列的研制、发射和运行任务。由于这项任务十分重要,得到党和国家领导人的高度重视,从而我也有幸在工作过程中见到了来视察的江泽民主席等领导人,并与李鹏委员长、朱镕基总理、曾庆红副主席、李岚清副总理等人握手、交谈并照相留念。现在,在孙家栋院士的领导下,积极配合欧阳自远院士及有关部门,从事我国月球探测工程工作,担当"嫦娥一号"卫星的总师、总指挥,在技术与管理上,继承发扬过去的成功之处,还要争取有所创新。应该说,这一时期是我目前为止工作中成就最大的一个时期。我觉得形势的造就、老前辈的关心、各级领导的支持,加上个人的努力是最主要的因素。

其他几个时期的简况

除了上述三个重要时期之外,还应把其他几个时期的简况叙述一下,才能形成一个连贯的完整的自述。

一是小学到高中,我的小学在农村念了一年,然后在南京卫岗小学、杭州西湖小学分别学习了一年和四年。当时部队还没有稳定的驻地,全国办了不少部队子弟学校来解决孩子的上学问题,上述两校均属于此类学校。学生全部住校,教书有老师,生活有阿姨照顾,基本上是军事化生活。小学同学中最知名的人是林彪之女林豆豆。印象最深的老师是我多年的班主任、教语文的朱寿同老师，他后来调至中学工作了，在杭州念大学时和出国归来后都去拜访过他。初中先在杭四中念了一年，然后在"大跃进"年代跳了一级，在湖州一中读完了初三，保送进入杭嘉湖平原的一所名校——浙江省立湖州中学。高中三年正逢国家经济困难，边劳动、边学习度过了三年。由于湖中老师的高水平教育，虽然生活艰难，但打的基础很扎实。

另一个时期是大学毕业后至出国前这一段，先是和当时的全国大学毕业生一样，在天津郊区的部队农场劳动，在我国第一颗人造卫星上天前的几个月，回到卫星总装厂。1970—1978年从事电学计量工作，主攻数字化仪表，在当时普遍轻视技术工作的气氛下，我还能认真钻研，努力工作，发表了几篇文章，翻译了不少外文资料，并主讲了几期数字仪表训练班，在军工口电学计量领域有一点影响。

再一个就是1985年出国归来至1992年负责卫星型号研制之前，这期间主要从事信息处理和计算机普及应用工作。完成了若干研究项目，获得了几个部级奖项，这些工作对提高空间飞行器，包括载人航天器的计算机辅助设计、制造和网络建设水平做了一些贡献。同时，发挥自己对计算机和卫星两方面都有所了解的长处，对VSAT工程的应用，尤其是在证券交易、水利监测方面的应用做了不少开拓性工作，经济效益很好。

最为深刻的体会

人生道路漫长，会遇到许多事情，会有阳光，也会有乌云。我从自身的历程中，得到最为深刻的一点体会就是：在任何艰难困苦的时刻，无论是政治上、工作上、生活上，一定要坚信一点，那就是放眼未来，不被眼前的困难打垮，相信通过努力，一定会取得最后的胜利。我说这话，是有亲身的、刻骨铭心的体会的。

我父亲叶蓬勃早年求学于江苏省黄渡师范（无锡附近），抗战时参加革命，投身于民主政权下的教育工作，利用自家财产办校育人。后转入解放军，南征北战，参与渡江战役、解放上海，继而入朝抗击美帝国主义，和平时期长

走在路上

期驻守浙江沿海,1964年全国大办政治部,他转业至南京某军工厂担任政治工作领导,不幸在"文化大革命"中于1971年4月惨遭迫害致死,1978年平反昭雪。在事件发生时,我母亲周忠秀,一个参加革命多年的老同志非常悲痛,她当时自己也在挨批斗。家中的政治环境非常恶劣,经济上很紧张,我还有一个外婆需要扶养,弟弟插队在农村,妹妹尚小,我妻子正生孩子,方方面面非常艰难。在这样的时刻,我作为长子有责任挑起全家的重担,最重要的是给全家以信念。我当时就对母亲说,父亲的问题不是他一个人的问题,是时代的问题,但这个时代不会长,多则七八年,少则三五年,问题一定会解决,我们一定要坚持下去。不出所料,1971年9月林彪反党集团倒台,1976年"四人帮"倒台,中国的政治形势起了很大变化,我们家人和全国人民一样都获得一个新的政治环境。那一段日子,我在安排了老人和孩子的生活之后,每月仅剩十余元生活费,且政治上压力很大,但能够较乐观地生活、工作和学习,从而在1978年恢复研究生考试时,能顺利地考取国内和国外的研究生,就是靠的一个信念:我们的党、国家、人民是伟大的,我们一定会依靠自己的力量净化自己,历史一定不会倒退。我母亲到现在还常说我有远见。当然我也非常感谢那时我的基层领导,如当时的党支部书记黎华同志及其他同志始终关心我、帮助我。

再说一个工作中的例子。我1992年以后相继担任"中国资源二号"卫星的副总设计师、总设计师兼总指挥,面临的是一颗全新的、高水平的传输型对地遥感卫星。这颗星作用重大,因而压力巨大,而且在技术上有七大难点需攻关,在管理上有若干做法要改革,研制过程中失败与问题接连不断,常常弄得心力交瘁,几乎想打退堂鼓。每当这时,我就鼓励自己:"一百里的路程走了九十九,我们的目的地就在前头。"咬紧牙关,依靠集体,付出百倍的努力,经过近十年的奋战,终于迎来胜利。作为一名领导者,在克服困难时应亲为表率。卫星的相机需要进行航空校飞,由于相机体积大,再加各种辅助设备和平台都要装入飞机,就把一架飞机内部原有装备拆空,大大地改造了一番,改完后大家对飞机的安全仍很担心。作为试验的组织者,我就自己带头上飞机飞了第一架次,一下子就消除了大家的担心,使试验顺利进行。

我今年还不到 60 岁，在院士群体中算是比较年轻的，今后还可以做很多工作。老一辈科学家已经给我们树立了良好的榜样，温家宝总理在第十二次院士大会的报告中深切缅怀了许多功勋卓著的老一辈科学家，他们的路就是我努力要走的路，我要和他们一样，奉献、奉献、再奉献，争取再为国家的航天事业做一些成绩，对得起人民给予的荣誉，做中华民族的好儿子！

原载 2005 年《科学的道路》上海教育出版社

33. 叶培建：留学瑞士

瑞士是一个联邦制国家，20 世纪 80 年代初全国拥有 10 所大学，2 所联邦大学 [苏黎世联邦高等工业学院（ETHZ，在德语区）、洛桑联邦高等工业学院（EPFL，在法语区）]，8 所州立综合性大学，其中就包括我所心仪的纳沙泰尔大学。80 年代初我申请的是纳沙泰尔大学下属的微技术研究所，白朗地尼教授在那里从事电子方面的科学研究。我给他去了一封信介绍了我的基本情况，他很快就回信了，热情洋溢地欢迎我去纳沙泰尔大学留学。收到这封邀请信以后，我就开始办理出国手续。

1980 年 7 月，我和其他 6 位同志一起乘飞机远赴万里之遥的欧洲中南部国家——瑞士。当时飞瑞士的机型是波音 707 客机，这种小型民用客机只能运载一百多人。飞机从北京起飞，途中经停我国的乌鲁木齐、巴基斯坦的卡拉奇以及罗马尼亚首都布加勒斯特，最后飞抵瑞士的第一大城市苏黎世。当飞机从我国西部边陲——新疆喀什上空呼啸而过后，鸟瞰地面，海拔高达 4 700 米的红其拉甫山清晰可见。这时乘务员用广播告诉我们，红其拉甫山口是中国与巴基斯坦、阿富汗、塔吉克斯坦的交界地，是中国最西的国土，竖立着中国国界碑。沿此国境线南下便是巴基斯坦和印度的国土。红其拉甫山脊在我们的视线中越来越模糊，飞机穿越中国国境线上空的那一刻，我是那样的不舍。当时国家的经济比较困难，教育部只能为我们每人提供 1 美元的旅途资助。对我们来说，国境线就仿佛生命线。一别三年如此漫长，是游子离开祖国的孤独，是行囊里珍藏的一抔乡土，是烈酒般灼烧的乡愁，也是矢

志不渝的赤子情怀。

到达苏黎世的当晚,大使馆开车把我们一行送到距瑞士首都伯尔尼不远的一个小镇,在大使馆办的招待所里安顿了下来,飞机的机组人员也和我们住在一起。由于时差,头天晚上大家都睡不着。那时候苏黎世至北京的航班每周只有一次,大家便都忙着写信请乘务员带回北京邮寄,以便节约不菲的邮资。可是我的随身行李不知怎的全都丢了,信纸和信封也都没了,情绪挺低落,颇有些"苍茫去乡国,无事不伤情"的味道。第二天,大使馆给每人发了一些教育补助,瑞士的物价很高,但中国大使馆内部的小商店价格相对优惠,大家就用这笔不太丰厚的经费在大使馆里添置了一点必需品,例如字典和录音机。当时我也买了一部录音机,并把离开祖国时的所思所想、丢行李的前前后后以及刚到国外的感受都记录了下来。这盘我自己录制的磁带和家信被机组人员一起捎回了北京,后来我才知道,每当家人想念我的时候,总要播放这盘录音带聊以慰藉。

我们一行7人在招待所住的3天里,有专人向我们介绍瑞士的风土人情、外事纪律等。第四天,大使馆又把我们送到了位于瑞士西部的城市弗里堡。当时正值暑假,瑞士的大学都还没有开学,我们去弗里堡的主要任务就是强化法语。

瑞士国土面积较小,是一个联邦立宪制国家。瑞士联邦有26个州,尽管各州必须服从联邦管理,但都拥有各自的宪法、政府、议会以及法律,享有很大的自主管理权。26个州中有的历史悠久,有的则是新近加入的。最年轻的汝拉州1979年才从伯尔尼州分离出来。瑞士虽小却非常富庶,一直享有"欧洲最富"的美名。可是瑞士人富而不露、富而不奢,生活中都很勤俭朴素,让人肃然起敬。瑞士的湖光山色也很美丽,到处风景如画,被誉为"欧洲的花园"。然而,瑞士不是一天建成的,并不是天生如此。

历史上的瑞士曾经非常贫穷落后。15世纪到19世纪,瑞士男子因为苦于生计,纷纷沦为欧洲各国的雇佣兵。战场上代表不同阵营、兵戎相见的瑞士雇佣兵常常来自一个村子。瑞士境内多山、交通闭塞,也没有任何矿产资源,200年前一片穷山恶水。我的老师告诉我,他的祖父母是吃土豆长大的,偶尔才能吃到面包；他的父母生活也不是富如今日，当时吃一回鸡肉就很奢侈。"瑞士没有资源，我们有的只是两只手。"这是瑞士人的名言，他们正是依靠自己的勤劳，才把瑞士建成了今日的模样。除此之外，我认为社会稳定、教育高度发达也是瑞士繁荣的关键因素。反思瑞士的发展史，我们得到启示：一个国家要想跻身世界前列，必须付出艰辛的努力，任何国家的发展都要经历一个过程。

瑞士经济获得腾飞，其四大经济支柱功不可没。一是机械工业，瑞士的精密仪表、精密机床等工业非常发达，瑞士手表在中国久负盛名，而手表制造业就主要集中在我所在的日内瓦、纳沙泰尔一带；二是化学工业，主要集中在巴塞尔一带；瑞士银行业繁荣，首都伯尔尼是瑞士的金融业中心，经过战后的飞速发展，它已经成为仅次于英国伦敦的欧洲第二大金融中心；旅游业也是瑞士国民经济的中流砥柱，每年吸引数以百万计的外国游客，日内瓦素有"国际城"之称。

深处欧洲腹地，瑞士东邻奥地利及列支敦士登，南接意大利，西界法国，北面德国。瑞士有三种官方语言：伯尔尼、苏黎世和巴塞尔等地讲德语；洛桑、日内瓦、纳沙泰尔等地讲法语；南部卢加诺等地则大多讲意大利语，瑞士联邦的正式文件、电视、电台、报纸等都要采用以上三种文字。东南部还有少数地区通行拉丁罗曼语，在大学里英语当然也很普遍。

我所在的弗里堡州，首府也叫弗里堡，是法语区和德语区的交界处。这个州的居民不论对德语还是法语都相当熟稔，语言环境得天独厚。我们一行7人以及前几个月到达瑞士的近20名中国学生，在中国驻瑞士大使馆的安排下，到弗里堡大学（University of Fribourg in Switzerland）语言中心接受法语和德语强化训练。

大使馆统一替我们交食宿费，每个月还发给每人40法郎的零用钱。周一到周五我们便在学校食堂集体就餐，每天的伙食费是10法郎，当然全是西餐。周六和周日可以不在学校就餐，但退伙的时候只能返还7法郎。即便是这样，中国留学生还是很喜欢周末退伙，因为自己做饭能省下不少钱。瑞士的物价虽高，但同比换算，超市的东西并不是很贵，牛奶、鸡蛋、鸡肉、菠菜等副

食品价格相对低廉。我们的集体宿舍也有公用厨房,心灵手巧的中国留学生仅用鸡肉、菠菜、米饭、面条等简单的原材料就能变换出很多花样,周末两天每人平均才只花五六法郎,相当经济实惠,与国内相比,我们吃得也算是比较丰盛了。

弗里堡大学是法语区大学和德语区大学间的桥梁,它的语言中心声名远扬。世界各地的语言生纷至沓来,当然也不乏中国人。记得到达学校的当晚,我刚找到自己的房间安顿下来,突然传来一阵敲门声。"你是从中国来的吗?"门口突然传来一个女孩子的声音,说的竟然是中国话!我疑惑地打开门一看,一个娇小玲珑的女孩微笑着,手里还端了口锅,她自我介绍道:"我叫谢美华,是从台湾来的。怕你们第一天吃不惯西餐,我给你们做了一点馄饨。"原来她是来自台湾辅仁大学的留学生,现在弗里堡大学学习法语。在千里之外的瑞士遇到中国同胞,我们都非常激动。后来我又认识了其他几位台湾同学,还发现学校的图书馆里竟有不少台湾杂志。来自祖国大陆和宝岛的中国人跨越千山万水,在海外齐聚一堂,总有谈不完的话题。但我也发现,由于几十年的隔阂,双方都对彼此知之甚少,甚至在脑中存有一些错误的信息。但同为中国人,我们血脉相连、心灵相通,随着交往的深入,台湾同学们更多了解了大陆,我们也更多了解了台湾。

除了台湾朋友,我还在弗里堡结识了一位特别的瑞士朋友,他的中文名字叫周铎勉,会讲中文,尤其爱好中国文化,曾在瑞士驻中国大使馆工作过。周铎勉常热情地邀请我去他家吃饭,还向我展示他精心收藏的中文书籍和东方艺术品。1985年我学成归国后,没想到再度重逢会是在首都北京,而这一次他竟是作为瑞士驻中国大使来的。他再次热情地邀请我和夫人去家里吃饭。诚如杜诗所述:"人生不相见,动如参与商。今夕复何夕,共此灯烛光。"

1980年10月,瑞士各大高等院校纷纷开学。我便离开弗里堡,正式来到纳沙泰尔大学微技术研究所学习。纳沙泰尔州位于瑞士的西部,东邻瑞士本土最大的湖泊——纳沙泰尔湖,西靠雄伟的汝拉山脉的肖蒙山,苍山翠湖,景色非常秀美。这个州的经济也非常繁荣,其发达的钟表业是整个瑞士的骄傲。纳沙泰尔大学成立于1838年,是瑞士著名的综合性州立大学之一,我国享有盛名的地质学家黄汲清院士也是纳沙泰尔大学的校友，30年代他曾在此获得了博士学位。纳沙泰尔大学的各幢建筑分布在城市的不同地点，不像国内大学校园那样形成一个全包围的聚落。纳沙泰尔大学本部大楼坐落在城市最主要的街道——三月一号大街上，而文学院、理学院和几处校舍则都散居在不同的地方。我住的公寓是主要的校舍之一，紧邻纳沙泰尔湖畔和我所在的研究所。

进入纳沙泰尔大学微技术研究所以后，我师从白朗地尼教授。但刚一开学，我就遇到了一个棘手的问题——过去纳沙泰尔大学和中国在学术方面缺乏交流，因此并不承认我在国内浙江大学所取得的学士学位。我必须首先通过瑞士的大学资格考试，获得等同证书，然后才能获得攻读博士学位候选人的资格。

信号与系统、电子电路、数字信号三门课是学校指定的必考科目，准备考试期间我还学习了计算机语言、模糊数学等其他科目。曾子曰："士不可不弘毅，任重而道远。"整整9个月的时间，我把全身心都扑在学业上，最终完成了全部科目的考试。瑞士大学评分制为6分制，6分最高，而我得到的平均分是5.5分。顺利通过考试后，纳沙泰尔大学给我颁发了一张证书，大意是：中华人民共和国叶培建先生已通过相关考试，他浙江大学的学位是有效的，我们予以承认，并允许其攻读博士学位。从此我便开始了博士生的学习，这可以说是我一生之中最勤勉的一段时期。

对我来说，最大的困难首先是语言关。虽然先前曾在弗里堡大学突击过三个月的法语，但我毕竟是初学，要听懂老师的授课内容还是很吃力的。下课以后我总要借老师的讲义复印，通过自学慢慢咀嚼消化。与此同时，我还要不断地自我调适以融入全新的学习环境。虽然我已获得国内的学士学位，但国内外所用的教程毕竟不一样，这也是我学习上的一个障碍。除此之外，国内外大学的考试形式亦不相同，瑞士大学考试以口试为主，笔试反而为辅，考试时最讲求灵活变通，与国内恰恰相反。平日里我舍不得浪费一分一秒的时间，别的学生去酒吧休闲消遣的时候，我依然伏案苦读，为的就是能迎头赶上。天道酬勤，功夫不负有心人，这段苦读的日子换来了外语和专业课水平的节节提升。

1982年，当地报纸还特地报道了我的故事，题目就叫"一个北京人看瑞士"。当时外国记者好奇地询问我："叶，你为什么不去玩，甚至也不去喝咖啡？"

我告诉他,中国的经济还比较落后,中华民族复兴任重道远。出国前,时任教育部副部长的高沂同志曾和我们留学生进行恳谈,其间他语重心长地教育我们:"你们知道中国有多少年轻人?这其中又有多少人能够上大学,多少人能够出国留学呢?你们每个留学生一个月就要花费700瑞士法郎,按当时的比价折合约600块人民币。国内大学生毕业后的工资是多少?一个月才有56块!需要多少工人、农民辛勤的劳动才能创造出外汇供你们出国留学?"高部长的谆谆教诲让我感悟到自己的责任之重,也激励了我的斗志。在纳沙泰尔大学的学习虽艰苦异常,但是男儿不苦不勤不能成业,我亦盟心矢志日夕自励,反倒觉得虽苦犹甘。后来,中国驻瑞士大使馆也对我进行了采访,并在《人民日报》上发表文章表扬了我和其他几名中国留学生。翌日,中国落地海外的电台节目中也播出了这篇报道。

相关课程的学习不久就结束了,我也迈入攻读博士学位的阶段。瑞士的学位制度中不设硕士学位,大学毕业就相当于国内的硕士,接下来便是瑞士的科学博士。短短三年时间的学习并不足以拿到瑞士科学博士学位,但当时国家只为我提供了三年的奖学金。相比之下,当时法国的学制更为灵活变通:大学毕业可获硕士学位,继续深造即可获得法国的科学博士,最高学位则为国家博士,还为外国留学生设立了"大学博士"这一仅需两年就可拿下的学位。为解决现实问题,我便决定用三年时间先作一篇论文,并获得瑞士颁发的相当于法国科学博士等级的证书。当时我在纳沙泰尔大学所作的论文题目是"手写字符和数字的计算机自动识别",所谓字符,即包括了英文的大、小写。我用了三年时间写完了论文,顺利获得了等同证书。

获得等同证书后,学校决定安排我进入研究所工作。从1983年7月至1985年7月,我便在微技术研究所担任助教,同时攻读瑞士的科学博士学位。为了不耽误学业,我只负责半个助教的工作,因此也只领取半份薪水。我在研究所一待又是两年,其间我又着手写了一篇论文——《手写中文的计算机实时自动识别》。

我的论文主要是针对当时计算机输入中文比较烦琐的现状,力图推陈出新简化输入方法。这篇论文里还是有些新东西值得称道的,比方说当时很多计算机识别很讲究笔画的输入顺序，而在我开发的这套软件中，笔画顺序不受限，连笔和不连笔亦不受限。为此，我还得到了国际上一些从事中文研究的学者的赞扬。在我论文的评阅人当中，最重要的人物就是傅京孙（K. S. Fu）先生，傅先生是美国普渡大学（Purdue University）教授，国际模式识别和人工智能方面的顶尖专家。我的论文得到了他较高的评价，至今我还悉心收藏着他写给我的手札。我的另外一位论文评阅人是加拿大协和大学（Concordia University）的孙清夷（Sun. C. Y）教授，他也是国际上中文信息处理的知名专家。除了他们二位，洛桑高工的肯特（M. Kunt）教授、我的导师白朗地尼教授以及实验室主任于格里先生（H. Hugli）也参加了我的论文评审。

1984年夏天，我国"863计划"倡导人之一杨嘉墀院士去瑞士的时候，还专程赶到研究所看望了我，关切地询问了我的研究工作。我的论文是在1985年5月完成答辩的，一个月后我按照瑞士的规矩举行了论文的公开陈述（public presentation）。中国驻瑞士大使馆的刘瑞亭参赞及有关官员也特意赶来赴会。会上我就论文进行了公众讲演，会后还举行了酒会，晚上举行了晚宴。刘参赞和很多人亦都参加了晚宴。这次晚宴我是和一位同窗——我的阿尔及利亚好朋友穆克德姆（A. Mokedem）一起举行的，所以费用也由我俩共同分担。随后，经校方批准，论文准予印刷出版。至此，我终于获得了瑞士科学博士学位，没有做任何"走与留的思想斗争"，一心归国，于同年8月回国。

从1980年10月到1985年8月，我先后在纳沙泰尔大学微技术研究所求学、工作，与恩师白朗地尼及各位同窗都结下了深厚的情谊。书生意气，挥斥方遒，那段美好的生活犹在昨日。最令我难忘的人莫过于我的导师白朗地尼教授。老先生是典型的瑞士人，骨子里有一股"君子之交淡如水"的民族性格。过去老先生是很少请别人去家里吃饭的，但他却经常邀请我和夫人到家里吃饭。受到导师如此的款待，对学生来说真是莫大的荣幸。连瑞士同学都戏称我为"susu"，就是很受宠的意思。

1982年2月左右，因为恩师鼎力相助，我的夫人也来到瑞士，并在研究所学习进修。研究所为我夫人提供了留学的全部费用，也为我们在生活上排忧解难。但非常遗憾的是，1985年我回国，次年，白朗地尼先生的夫人遭遇

车祸不幸去世了,如今只有一双儿女常伴老先生膝下。

人生天地之间,若白驹过隙,倏忽即逝。五年的留学生活转瞬即逝,收获满满却也艰苦卓绝。1985年8月,我离开瑞士回到深深眷恋的故土,从此掀开了人生另一艰苦奋斗、竭力奉献的篇章。

有人问我留学欧洲最大的收获是什么,我认为是学到了西方科学工作者们严谨的态度。瑞士人惜时如金、讲信重诺、严谨不苟,就像他们生产的手表一样精密运转、分毫不差。相比之下,一些国人做事马马虎虎、说话模棱两可,这样的态度是绝对不可取的。《礼记》有云:"谨于言而慎于行。"套用在我今日的工作中,就是精益求精、绝不含糊的治学品格。我觉得在瑞士人、德国人的字典里,压根儿不存在"差不多"这三个字。他们一丝不苟的治学风范至今仍对我有着很大的影响——行就是行,不行就是不行,差一点儿也不行。科学的道路上只有严谨才是真谛,不仅要精益求精,更要至善至美。

原载 2012年3月《共和国院士回忆录(一)》 东方出版中心

34. 外婆·李秀河

我出生在泰兴海潮子村,但在八岁离开泰兴前的幼孩时代,基本上是在外婆家,现根思乡李秀河村度过的。在我的印象中,这是一个普通乡村,又很有"特色"。它位于两泰官河和古马干河（那时古马干河没有现在这么宽）的交汇处，以两泰官河为界分为河东、河西两部分，村中人家基本沿古马干河分布，河西人家多些。在20世纪50年代初，河中就有泰州至泰兴的小火轮驶行，每经过村子时，就可听到马达声和汽笛鸣叫。村中离我家不远，还有一个小型的榨油厂，经常发出机器轰鸣声，也就能闻到花生油香和柴油的味道，有时我还会站在机器旁，看皮带轮来回转动，甚是有趣。这就是我见识最早的"现代"机械设备。在我三外公家中，还办着一个小小的邮电所，三外公既是邮递员也是所里的工作人员，似乎还有一架门数极少的接插式电话交换机，他一生的职业就是当地的乡邮员。

村子是一个农业村，人员基本务农，但因处在交通便利之处，也是一个小小的集镇。我们家在河东，各家房子基本沿古马干河一字排开。两泰官河上有一座大石拱桥横跨东西，在小时候的我的眼里很是雄伟，可惜后来在大水发作时被冲垮了，要保留至今也应是一文物了。桥东第一家姓王，第二家也姓王，开着一个丸药铺，放在竹筛中卖一些自制的丸药。第三家就是我外婆家，因外公是个盲人，无劳动力，外婆一个人种几亩田难以维持生计，房子的前面部分让给表舅开杂货铺，卖些日用品。乡下常用的包点心的黄纸被捆成梯形，捆扎纸绳被缠绕在一个吊起的轮轴上，用时往下一拽，很是方便。大门口还有一个炉子，有个人做金刚脐（一种类似蛋糕的食品）、烧饼卖，有时还有一个肉摊卖肉。家后面有一空场，场上生长着一棵大皂荚树，很是茂盛。逢集时，大皂荚树下的空场是个买卖猪的市场。50年代中期泰兴修水利，拓宽古马干河，沿河房子都拆迁了。由于我外婆随母亲去了浙江，老屋也就没了。第四家姓黄，老爷子做生意很精明，开着一个杂货铺，还有一台人力轧面机，为乡亲们轧面条。第五家就是我三外公家了，再过去就是油坊。而河西有一座小小的庙宇，桥头有一肉铺，印象中还有一个小饭馆。我上小学时，要先过桥，再经过这个小饭馆向西去李秀河小学上一年级，那时的老师姓杨。这儿的人重教育，据县志记载，李秀河在光绪三十三年就建立了公立毓秀小学（那时属毓秀乡），很有点历史。20世纪六七十年代，桥西头有一个规模不小的供销合作社，我三外公的女儿就在这里工作。这村算是一个较"发达"的地方，

所以在较长时间里，它也是乡政府、公社机关的驻地。1978年夏，我回乡接亲友去南京参加我父亲平反会时，还在公社的招待所住过一夜。

　　随着年龄的增大，中间有几次回乡，从长辈和亲友那儿知道了关于村子更多的事，愈发感到这个村子有故事。小小的村子，出过不少人物：有民国时的县长；有国民党的军参谋长；也有被称为光明使者的眼科名医李希贤先生，他曾留学日本千叶医科大学，在日本人占领泰兴并扫荡李秀河时，曾挺身而出，以日语和日军交涉，避免了村子遭殃。他的医术高明，医治了许多人，李秀河村也被叫作"光明村"。解放战争时，村子由于既离国民党统治中心南京、上海不远，又离老根据地很近，国共两党的斗争在村中也就有激烈的表现。村中既有倾向国民党的人，他们后来有人去了台湾和海外，当然在改革开放后又都有机会回到了故乡，实现了多年的夙愿；也有很多参加共产党的人，好像桥东第一家王姓人家很早就有人参加了新四军所属的陈玉生部队。我母亲1944年就在父亲的影响下参加了革命，1946年把我留给了外婆，随军北撤，直至大军渡江前才有机会路过家看看我，而我当时"不认她"，说家里来了个当兵的，身上有虱子。离李秀河仅有两里地的羊货郎店，是解放战争的一级战斗英雄、抗美援朝的特级战斗英雄杨根思的故乡，我父母和他是一个部队的，我小姑母家就在"杨根思烈士陵园"侧旁。60年代上浙江大学时，我们三分部和守卫钱塘江大桥的"杨根思连"相距很近，那时该连所在的58师的师长刘锡文叔叔也是我们泰兴人。我还有个本家舅舅，叫周震，在部队北撤以后，他作为武工队队长坚持在地方，进行艰苦斗争，也曾参与了泰兴历史上著名的姚家庄突围战（1946年3月17日）。张鹏举、叶悌青两位县领导就是分别在这次战斗中被俘后惨遭杀害以及在突围中牺牲的。后来舅舅一直在部队工作，直至以铁道兵华东地区指挥部政委之身离休在上海。我前面提到的黄姓邻居，他儿子黄文俊是我发小、小学同学，后来读书、参军，退休前为总参气象局正师级高工，现家在北京，离我家步行也就15分钟。发小老了住这么近真是一种缘分。新一代人中有在中科院声学所做研究员的，还有我三外公的一个外孙女，从北京邮电学院硕士毕业后在北京一个研究院工作。其他一定还有不少人，所以我想，如果有哪个有心人来收集、挖掘这个村的历史和故事，说不定也可写出一部丰富的，有历史、有人物的文学作品。

外婆的娘家是离李秀河不远的大新庄子，我父亲在抗战时曾在该庄小学做过校长。外婆年轻时来外公家相亲，因外公在自家环境熟悉、行动自如，外婆并未看出他是盲人，待成亲时才知真相，但已晚矣！在那封建时代，也只好苦撑下去，自己种田，忙不过来就请人帮忙，当然要付工钱，最终收获无几，幸好靠出租房屋补贴家用。外婆千苦万苦支持我母亲上学，为她以后参加革命工作提供了一定条件。母亲随军北撤后，外婆把我从爷爷奶奶家接回家抚养，一人照看着外公和我。因我父母都参加革命，也曾遭国民党部队来家搜查、盘问，得乡亲周旋、帮助，才得以脱险。50年代初，母亲患肺结核，那时刚解放，部队也无条件医治，就把她送回家中，外婆卖了地买了特效药盘尼西林救活了她。我记得我在杭州上小学时，她一个不识字的农村妇女，仅凭几张写了地址的信封和一双小脚，就一人从江苏到杭州来看我，还带了花生来，然后又远赴宁波去寻找母亲。当时我小，不懂什么，后来想想，是一种什么力量支撑她多次乘船倒车，几经辗转，做到这些？完全是一种爱的力量。"大跃进"时，修水利拆迁了原房，她没有向政府要求什么，就一直随我父母生活，帮助料理家务，也曾照看我的儿子，那时她已76岁了。"文化大革命"中由于父亲被批斗、迫害致死，母亲被审查，政治和经济状况都极差，她老人家也过着提心吊胆的日子和清贫的生活。我现在想想那时回家看到外婆和母亲生活凄凉的气氛和艰难的日子，心中都感到痛心。

1993年，她老人家以96岁高龄无疾仙去，次年我们把她的骨灰安葬在南京晓庄附近的一座山坡上。安葬那天我思绪万千，立就挽词一首。现将《周氏李章英骨灰安葬仪式祭词》记录如下：

先外婆，周氏李章英，江苏泰兴人。一生勤俭辛劳，温良谦让，可谓中国老辈妇女之典范。先是支持母亲参加革命，独立承担家庭重担，又救母亲于重病之中，继而抚育孙、重孙两辈人，操持家务，恩泽三代，功不可没。"大跃进"年代，为支持家乡水利建设，深明大义，毁家拆房，利于集体，传为美谈。我辈能有今日，不敢忘其恩也！

呜呼！先外婆以 96 岁之高龄，乘鹤西去。今清明之际，母亲率我等后辈，移骨灰安葬于虎踞龙盘之青山。隔江可望苏北故乡，下山即达生前久居之处，您可安息了。

叶院士题注：不知家乡《印象泰兴》杂志能否刊载我这个游子的思乡思人之作？

2015 年 2 月写于北京

原载　2015 年《印象泰兴》第 48 期

35. 父亲抗战中的教育生涯

父亲为数极少的文字遗物中，却有一篇完整的、写于 1952 年的思想总结。那是写给组织的总结，其中涉及的人物、事情都是十分严肃的，因而是真实可信的。在这篇总结中，有很大篇幅描述的是他抗战前和抗战中所经历的读书与办学经历，恰恰从一个角度反映了那个时代泰兴地区的抗日教育工作和一个乡村知识分子参加革命的历程。我把有关部分整理出来，所述事件基本是原文原话，只是为顺畅做了些注脚和文字修改。这些或许对研究泰兴那个时期的历史，特别是国共双方抗战教育史有所帮助。在当时非常困难的条件下，前辈们的教育实践，也可能会对我们今天的教育工作有所启发。

父亲叶蓬勃，原名叶荣生，1919 年 9 月出生于泰兴海潮子。经过八年的私塾学习，又在宣堡的泰兴第二高等小学学习了两年，考虑到家庭经济不好，经同学常春元[①]介绍，于 1936 年秋考入收费低廉的江苏省立黄渡乡村师范学校，那年 900 多人报考才录取了 90 名正取生。那个学校的课程，没有英语，但开设了教育理论、教育心理学、教材教法、农村经济及合作教育测断和统计，其他课程类同初中。不久，抗日战争爆发、上海沦陷，该校在沪宁线靠近上海一侧，校舍被日机炸毁，后一度迁校到无锡南门外南桥镇，不久无锡又沦陷，学校给学生发转学证书后宣告解散，父亲只好回到泰兴乡下。

1937 年冬，那时泰兴还未沦陷，父亲和邻村同学蔡蓝乡[②]合办了一所民间夜校，教材是当时教育局发的民众千字本，主要是宣传抗日，搞了二十几个晚上，灯油费无法解决，学员们也为生活所迫，愈来愈少，就此停办。1938年3月，泰兴县城里，由因战乱失业在家的一些中等学校教师兴办了一所泰兴中等补习学校，分高中、初中、师范三部，家里为不让我父亲辍学，典衣卖物地让他去，凭转学证书，参加师范二年级的学习。校长是全君樵先生，他原是江苏省立吴江乡师校长，泰兴城人。补习四个月后，当时的江苏省政府在苏北淮安成立了省立崔家堡临时乡村师范学校，父亲又去那儿参加编级测试，进入三年级，八月份开始学习。读了一个学期，淮安沦陷，学校又迁到高邮临泽镇，后因宝应将要失守又迁到临泽北的一个村子。当时学校里有进步力量，有时有散发的进步宣传品，父亲知道了一些关于党的知识。当时要好的同学有钱厚蔼[3]等人。

  1940年暑期，结束了学校生活，父亲带着毕业证书向教育局请求了好几次（这时泰兴县城已沦陷，国民党县教育局搬在乡下办公），被分配在自己的家乡焦家初级小学教书，学校只有三十几个学生，他一个人既是教员又是校长。甫出学校的毕业生，带着一股朝气，又在抗日的大形势下，他同时回想自己过去读书的困难，看到地方上至今还没有一所好的学校，在造福地方、宣传抗日、培养本土人才、为个人争取名望的思想指导下，他要把这所学校办好的决心是很坚定的。因此，第一学期就动员了八九十名学生，从原来的一个班增加到两个班，而教育局只拨一个班的经费、薪金及办公费，每月共二十多元。在经费无着的情况下，他把自己的薪金一部分分给助教，一部分充公作办公之用，还对许多贫苦子弟完全减免学费，在授课方面也非常认真。经过这一学期的实际努力，学校举行了学生成绩展览会、家长座谈会等，威信渐渐树立起来，大家认识到在这个学校既能学习抗日道理，又能学好文化，不但本村的儿童来入学，附近一些庄子的儿童也来就学，离家远的儿童就找亲戚关系寄住。1941年春开学时，学生达一百二十余人，从原有的两个班增加到三个班，这时最困难的问题是经济没有来源。我听老人们说起，他还变卖了一些家产，拆用了一个庙宇的部分材料来补充教室和改善教学条件。1940年，新四军已东进至黄桥。此时新四军进入我们家乡，抗日民主政权建

立（县政府设在黄桥）。抗日政府对教育很重视，通知原有学校进行登记，接管了全部学校，并根据实际班级数供给经费，从此我们这所学校就在抗日民主政府领导下了，因此学校有了更进一步的发展与办好的可能。到了同年的秋天，学生增到近200人，学级增加到四级，同时增加了高级班，由初小改为高小，那时高级班学生有不少已是青少年的年龄了。学校在地方群众的倡议和支持下，新建立了部分校舍，补充了教具，原来没有基础的学校至此已具规模。高级班毕业了一些同学，由于在校接受了许多抗日思想教育，大部分陆续参加了革命工作。我每次回乡时，当地的许多人都会向我回忆并称赞这所学校。五六十年代我也曾见过一些父亲当年的学生，他们已成长为在北京、杭州、泰兴等地工作的县团级干部。

在此期间，由于是民主政府领导下办的学校，父亲能经常看到党、革命政权的报纸、杂志、书籍，如《江潮报》（分区报纸）等，并实际看到我党抗日的决心、减租减息政策及军队的严明纪律。有次去黄桥时，他又遇见了原在乡师的同学杜敏家和张正培（在校时比他高一级），看到他们都已参加了革命组织，由此在思想上开始对党有了更新的认识。当时他经常想，如果没有革命政权就不能培养这么多的人才，苏中抗日形势就不会这样好。如没有革命政权这样重视教育，他们庄子的这所学校，就不可能办成抗日学校，而且由初级办到高级；受资格所限，他一个乡师生也不可能做个高小校长；没有减租减息，家庭所负债务也永远偿还不了。这些想法虽然夹杂着一些个人主义意识，但在当时的思想方法和认识水平下，的确是他初步认识党、相信党、拥护党和愿意参加革命组织的思想基础。

与此同时，由于参加了一些抗日的、进步的教育界活动，如开教职会、参观等，认识了一些教育界同行，后来有的就成为熟识的朋友。这些朋友中，大部分是进步的，有些是共产党员，但也有伪装者，有两个人后来被政府发觉是国民党特务分子，这也提高了他的斗争意识和经验。

父亲在总结中对他思想上的进步这样写道：由于家境贫寒，求学之路艰难，不可能在学校读书时与富家子弟相比，生活相差悬殊，这些情况就使他对旧社会的现实引起了不满情绪，决定了他有一定革命性。我军进入泰兴后，建立了民主政权领导抗日,领导教育事业,他参与其中,组织上又在各方面给他很多教育,使他有机会接受许多新事物,因而在主、客观上为他走向革命提供了条件,产生了要参加党组织的强烈愿望。

鉴于学校的成就,父亲在这段时间的表现很突出,尤其是在抗日教育、人才培养和对党的认识方面。1943年,抗日政府任命他为泰兴城区文教辅导员兼中心小学校长。城区边沿属伪区,泰兴城内又有鬼子,敌伪常有袭扰,对敌斗争形势紧张而艰苦。作为抗日的教育干部,除要坚持抗日民主教育工作外,还要根据上级的要求,经常深入临近敌伪据点的地区去检查学校教育情况,配合中心任务,如动员参军、征收公粮,动员反扫荡,组训民兵等。他当时都能完成得很好,并在此期间提出入党要求。那年暑期,县教育科举办了暑期教研会,集中了全县较为优秀的教师和区的文教干部进行学习,总结上半年工作,布置了下半年工作。经过这次学习,父亲入党决心更大,工作更积极。年底,张梯高与郭让两同志介绍我父亲入党,填好志愿书后,县委黄扑同志又谈过话。后不久,郭、黄两同志在临近敌伪据点工作时被敌捕去,他的第一次入党申请就搁置了,由于是战争年代,这一搁置就是几个月。虽然搁置时间较长,但他争取入党的决心丝毫未减,坚信只要真心诚意地革命,真金不怕火炼,总有一天会光荣入党的。党为了培养他,在1944年又给了他学习机会:5月份,他参加了全县教师训练班。训练是由汪酋庆、赵颖萍两同志负责的,时间约一个月,学习主要内容是革命人生观问题,以达到改造思想的目的。这次学习结业时,父亲参加了泰兴国民教育改进社并任理事,负责该社宣传股工作。结业以后,6月份,他出席了苏中教育会议,这次会议历时约两个月。会议主持人是苏中行政公署文教处刘季平处长和秘书杭同志,会议主要是研究新民主主义教育的学制课程、教材等问题,并学习了毛主席《在延安文艺座谈会上的讲话》。这两次的学习前后共三个多月的时间,前者基本上解决了革命人生观问题,使他的政治思想获得提高。后者解决了新民主主义教育的立场、观点和业务问题,并于会议结束后,集体参加了苏中教育学会。8月份回到泰兴后,协助县文教科主持了教员训练班,贯彻了苏中教育会议精神。训练班结束后,9月被调任泰兴古溪区文教辅导员(后改为区文教股长)。

在古溪工作到1945年6月，升任县教育科督学。日本投降后，我军解放了泰兴城，父亲兼任城区教育股长。10月份分区成立了干校（苏中一分区干校在泰兴严徐庄，校长蒋俊基，政治处主任董铁山），组织上又决定派他去学习，到校后被编入文干队，并兼任分队长。主要以政治学习为主，学习了《论联合政府》，其次是业务学习。12月快毕业的时候，由中队长汪酉庆、党小组长徐軾两位同志介绍，他加入了中国共产党，并于12月10日参加了新党员入党仪式，从此他光荣地加入了党，获得了政治生命。干校毕业后，回到原工作岗位。1945年12月31日，国民党反动派撕毁了"双十协议"，以优势兵力，侵占了已被我们解放的泰兴城，父亲随政府县团转移到乡村打游击。

在此后的一段时间，苏中斗争形势十分紧张。他又发动学生积极支前、保障后勤，参加了苏中"七战七捷"的第一仗宣堡战役，接着又参加了轰轰烈烈的土改运动。到10月份形势更加严峻，党中央决定北撤一部分干部，父亲奉命北撤，并从此由地方转入军队，穿上军装，开始了军旅生涯。父亲先后参加了孟良崮战役、豫东战役、淮海战役、渡江战役以及抗美援朝等战斗，该总结就写于由朝鲜回国后的1952年。

① 常春元：泰兴新庄子人。黄渡乡村师范学生，比我父亲高一级，后参加革命。1949年后赴苏联学习，与一卫国战争中牺牲的苏军将军女儿结婚，回国后先后在武汉、南京的高校任领导工作。我曾见过他几次，他还赠给我苏联的纪念章作为小礼物。

② 蔡蓝乡：泰兴人，江苏省立吴江乡师学生，回乡后做私塾、种田，1947年被国民党还乡团杀害。

③ 钱厚蔼：泰兴雅周区人，20世纪70年代时我因公差去扬州师范学院化学系，巧遇钱厚蔼伯伯，他当时是系里的负责人。他可能因为我口音、长相、又姓叶，而问我是哪里人，当我说是泰兴人时，他问我认不认识叶荣生（我父亲），由于父亲当时已遭迫害去世，政治上未有结论，我未和他深谈，以后再未见面。

原载 2015年《印象泰兴》第51期

36. 架起太空的桥梁
——记中国空间事业的发展

中国空间技术研究院
谨以此文纪念尊敬的茅以升先生！

摘要：本文为纪念茅以升先生而作，通过介绍中国空间事业的发展，传达航天精神，普及航天精神。

关键词：里程碑；航天精神；重大工程

桥梁是连接陆地与江、河、湖、海的纽带，它拓展了人类在地球上的活动空间，对人类社会的发展而言意义非凡。在20世纪30年代，作为我国多学科卓越专家的茅以升先生，主持设计并组织修建了钱塘江公路铁路两用大桥，堪称中国铁路桥梁史上的一个里程碑。这座桥梁至今屹立在钱塘江上，服务于社会。想想现在一些刚建成一年，甚至在建的大桥都会轰然倒塌，后人们真是应该汗颜。

作为茅先生浙大人的后辈，中科院技术科学部的后辈，我从事的是空间飞行器领域的工作，我们的产品是空间飞行器，它也是桥，是人类在地球与太空之间建起的桥梁，为人类在宇宙的活动拓展空间，从地球走向太空。

1970年4月24日，我国成功发射第一颗人造地球卫星"东方红一号"，成为世界上第五个能够独立研制和发射人造卫星的国家，为中国航天史树起第一个里程碑；2003年10月15日，杨利伟同志乘坐"神舟五号"飞船遨游太空并于次日安全返回地面，使我国成为继俄罗斯、美国之后第三个独立掌握了载人航天技术的国家，树起了中国航天史上的第二个里程碑；2007年10月24日，"嫦娥一号"承载着中华民族千年的奔月梦想从西昌发射，绕月飞行，使我国成为世界上第五个能够独立自主地发射探月航天器的国家，在中国航天史上树起了第三个里程碑。

自"东方红一号"成功发射至今，我国共研制和发射了150多个空间飞行器，

走在路上

中国空间事业完成了从无到有、从试验阶段到应用的跨越，取得了举世瞩目的成就。我国的航天事业在以下八大领域中取得了一系列成绩。

1. 载人航天领域
2. 通信广播领域
3. 对地观测领域
4. 返回卫星领域
5. 导航定位领域
6. 空间科学领域
7. 小卫星和微小卫星领域
8. 探月工程领域

在取得这一系列成绩的过程中，我国的空间事业建立了可持续发展的基础配套设施，在北京、天津、西安、兰州等地建设了空间飞行器研发生产基地。同时培养和造就了一支思想过硬、技术过硬的以青年人为骨干的航天人才队伍，铸就了航天"三大精神"。

回首往事，1949年后，我国经济力量和工业基础薄弱、科学技术落后、管理经验缺乏，正是在这种极端艰苦的条件下，在聂荣臻等老一辈无产阶级革命家的领导下，中国的航天人开创出了一条以"自力更生、艰苦奋斗，大力协同、无私奉献，严谨务实、勇于登攀"的航天传统精神为指引的航天之路。经过艰苦卓绝的发展，取得了"两弹一星"成功发射的丰功伟绩，正如邓小平同志所言：如果没有"两弹一星"，也就没有中国今天的大国地位。在1999年国庆前夕，党中央、国务院、中央军委在京隆重表彰为研制"两弹一星"做出突出贡献的23位科技专家，其中就有我们中国空间技术研究院的老院长钱学森以及杨嘉墀、王希季、孙家栋等老先生。也就是在那时，江泽民总书记精辟阐述了"热爱祖国、无私奉献，自力更生、艰苦奋斗，大力协调、勇于攀登"的"两弹一星"精神，指出"两弹一星"精神是爱国主义、集体主义、社会主义精神和科学精神的集中体现。进入20世纪，从90年代初到21世纪，广大航天工作者在载人航天工程中不断奋战，实现了载人航天飞行圆满成功。在这个过程中，航天科技队伍成长为一支"特别能吃苦、特别能战斗、特别能攻关、特别能奉献"的优秀人才队伍。而以这"四个特别"为核心的"载人航天精神"则被誉为航天人对爱国的集中诠释。

展望未来,中国的航天事业将继续稳步发展,完成从航天大国向航天强国的蜕变。航天的发展将带动各学科、各领域多项技术的发展和突破,这些技术将会应用于社会发展建设中。我们的各类军用飞行器将为国防带来更加可靠的支持,民用卫星将会得到更大支持与发展,全面服务于社会;具有牵引性和代表性的各项重大工程也陆续开展,扎实推进。

下面简要介绍一下中国空间事业发展中的几个重大工程。

一、载人航天工程

中国载人航天工程按计划分三步来实施。

载人航天一期工程,发射无人和载人飞船,完成"神舟一号"至"神舟六号"的发射任务,"神舟五号"飞船实现了载人航天飞行,而"神舟六号"飞船则实现了多人多天的突破。

载人航天二期工程,继续突破载人航天的基本技术,航天员出舱行走(于2008年成功发射"神舟七号"完成)、飞船与空间舱的交会对接(于2011年成功发射"天宫一号""神舟八号",并完成无人空间交会对接)。在突破这些技术的基础上,发射短期有人照料的空间实验室,建成完整配套的空间工程系统。2012年"神舟九号"完成了载人空间交会对接任务,明年会继续发射"神舟十号"等后续飞行器,并在飞船工程的基础上发射长期运行、短期有人照料的空间实验室,开展应用试验。

载人航天三期工程,建立永久性的空间试验室,建成中国的空间工程系统,航天员和科学家可以来往于地球与空间站,进行较大规模的空间科学实验。三期工程目标是完成建造和运营多舱段组合的近地载人空间站,在2020年左右,完成空间实验室、60吨左右空间站和货运飞船三个载人航天器平台的建设任务。

二、探月工程

中国的无人探月工程分为"绕""落""回"三个阶段。

第一期绕月工程,于2007年发射探月卫星"嫦娥一号",对月球表面环境、

地貌、地形、地质构造与物理场进行探测。"嫦娥一号"成功发射,圆满完成绕月任务和科学探测,并且精确受控撞月,取得了一批丰富成果。

第二期工程目标是研制和发射飞行器,以软着陆的方式降落在月球上进行探测。2010年,二期工程先导星"嫦娥二号"成功发射,实现了直接地月轨道转移等六大工程目标,完成虹湾地区月面成像,扩展任务丰富多彩:完成了在拉格朗日2点的空间探测任务后,现在正飞向1 000万千米的远方,争取明年与一颗小行星在茫茫太空实现交会与探测。2013年,将完成"嫦娥三号"发射任务,实现软着陆和就位探测,采用月球巡视车,实现月面巡视。2014年,还要完成"嫦娥四号"的发射任务。

第三期工程目标是采样返回,将用新研制的"长征五号"大火箭,在海南发射场同时把着陆器、轨道器、上升器及返回器发射至月球轨道。轨返组合体绕月飞行,着陆上升器组合体落月、采样。上升器月面起飞与轨返组合体交会对接,把采样样品转移至返回器,上升器分离。轨返组合体返回地球,在距地球6 000千米处返回器与轨道器分离,携样品返回地球。此项工程约在2017年首飞。

三、中国卫星导航系统

北斗导航系统按照"质量、安全、应用、效益"的总要求,按照"三步走"的发展战略稳步推进。

第一代卫星导航系统,于2000年完成了"北斗一号"01星和02星的发射,建成我国第一代双星导航定位系统,实现重点区域20米精度定位,使中国成为世界上第三个拥有自主卫星导航系统的国家。2003年完成了"北斗一号"03星的发射。

第二代卫星导航系统一期,建设北斗卫星导航系统,系统由5颗地球静止轨道卫星(GEO)、3颗倾斜地球同步轨道卫星(ISGO)和4颗中轨卫星(MEO)组成星座。2010年完成最简系统建设,2011年建成基本系统,2012年完成星座组网运行,形成覆盖亚太大部分地区的服务能力,供区域导航应用。

第二代卫星导航系统二期,北斗卫星导航系统形成全球覆盖能力,系统由3颗地球静止轨道卫星(GEO)、3颗地球同步轨道卫星(ISGO)和24颗中轨卫星（MEO）组成星座，具有星座自主导航功能。2014年左右，完成全球系统2颗ISGO、2颗MEO试验星的研制与发射组网。2020年前，完成系统建设。

四、高分辨率对地观测系统

该系统紧紧围绕建立我国战略性空间基础设施的目标，统筹建设天基、临近空间、航空、数据中心和应用五大系统，构建天、空、地三个层次观测平台，满足国家经济建设、社会发展需求。高分辨率对地观测系统的目标是建成覆盖可见光、红外、多光谱、超光谱、微波等观测谱段的，中高低轨道结合的，具有全天时、全天候、全球观测能力的大气、陆地、海洋先进观测体系。预计2020年完成工程建设任务。

在发展以上几个重大专项的同时，我们必须在新型、大型、重型、适应性强的运载火箭方面取得关键性突破。海南文昌航天发射基地的建设也在进行当中。在CZ-5运载火箭和文昌基地问世后，我们在20~30年间将会实现大载荷量"低地球轨道"（LEO）和"同步轨道"（GEO）任务的需求。中国将具备将1.2吨乃至5吨有效载荷送入近地轨道，将1.8~14吨有效载荷送入地球同步转移轨道的能力；也可发射20吨级长期有人照料的空间站、大型空间望远镜、返回式月球探测器、深空探测器、超重型应用卫星等。

在2011年12月29日，国务院新闻办公室在京正式发布了《2011年中国的航天》白皮书，其中阐述了中国航天要进行深空探测研究、行星际探测、启动载人登月的关键技术研究等。同时强调了中国政府把发展航天事业作为国家整体发展战略的重要组成部分，始终坚持为了和平目的探索和利用外层空间。

感谢全国人民关心、支持中国的航天事业，没有全国人民的支持，中国的航天也无法取得今日的成绩。记得执行"嫦娥一号"发射任务时，我和试验队成员从北京乘飞机经停成都前往西昌卫星发射基地，由于航空公司的临时航班变动，取消了原航班。在得知我们要执行月球探测器发射任务的情况后，改派了航班，因飞机可乘人员多于试验队员，也放行了部分乘客。在这过程中，航空公司方面发生失误，持票登机乘客多于舱位数3人，当时航班的机

长在飞机上征询乘客意见,将情况介绍后,让人感动的是,很多乘客立刻拿起自己的行李下机,将位置空出,他们说:我们把位置让给试验队员,就是为中国航天做贡献,我们平时想为中国航天事业添砖加瓦都没有机会,这次坐飞机居然坐出来这个机会,我们推迟行程都高兴。就是这么朴实的话,就是这么真诚的帮助。这些人的心声反映了中国人民对航天事业的关心,可以说,没有人民的关心,也没有今天中国的航天大国地位。

中国航天事业的发展还有很长的路要走,如何完成从航天大国向航天强国的蜕变还需要经过一两代人的努力,但是请全国人民放心,我们航天人一定会给全国人民交一份满意的答卷:架好通向太空之桥,而且这桥也一定会如茅先生设计的大桥一样壮观、结实。

原载 2012年9月《"科学与中国"院士专家巡讲团10周年纪念杭州报告会暨钱塘江大桥通车75周年纪念会报告文集》

第四篇
照片中的历史

照片中的历史

2008年　全国政协会议　叶培建

1 家庭·童年·少年·青年

爷爷叶其光

1981年　深爱的外婆

1950年　父亲

1951年　与堂兄在老家（左）

1952年　叶培建

照片中的历史

1952年　与母亲在一起

1953年　与父亲在一起　浙江萧山

1954年　奶奶、父亲、母亲、四叔、弟弟

1955年　与弟弟卫建合影

1959年　初中毕业照

1961年　高二年级团支部合影

照片中的历史

1961年　全家福　浙江湖州

1962年　高中三年级团支部合影（后排右二）

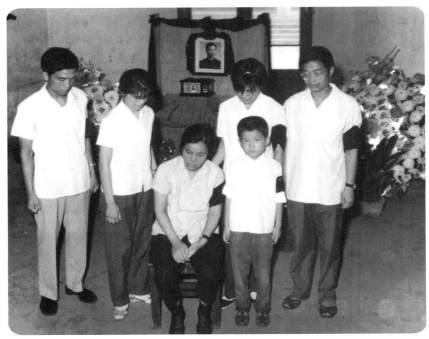

1978年　南京　父亲叶蓬勃平反昭雪骨灰安放仪式上家人无比悲痛

1979年　南京　出国学习前的全家福

照片中的历史

1980年　母亲与儿子

1981年　南京　夫人与儿子

1982年　回国探亲时与郑州三叔一家

2005年　重返湖州中学

2007年　小时候生活的家乡老屋

照片中的历史

2007年　杭州　小学同学毕业50周年聚会时与女同学合影

2007年　杭州　大学同学毕业40周年聚会

2007年1月　清东陵　与夫人合影

2007年1月　密云数据接收站天线　家人合影

2009年10月　南京　家人合影

照片中的历史

2017年8月　大连　参加军委政治工作部军队领军人才带教活动

2009年5月　京郊　与夫人合影

2018年4月　南京　母亲

2 学习·工作·生活

1967年　杭州　钱塘江畔　浙大三分部

1970年　天津东郊　一排四班　38军农场（后排右三）

照片中的历史

1979年　广州外语学院　出国前外语训练班（后左一）

1981年　瑞士所住宿舍前

1981年　在巴黎周总理住过的旅馆前

1981年　与导师白朗地尼教授一起

1981年　瑞士　招待在路上相逢的两个华人姑娘

1982年　与夫人在瑞士纳沙泰尔大学微技术研究所前

照片中的历史

1982年　与夫人在瑞士巴塞尔博览会招待会上

1983年　夫人在瑞士街头

1984年　与瑞士友人弗朗索瓦的孪生子女在一起

1985年 瑞士 论文答辩会上

1985年 论文答辩后,恩师白朗地尼(右二)夫妇、肯特教授举杯祝贺

1985年 博士论文通过后,驻瑞士使馆刘参赞、大学理学院院长合影

照片中的历史

1985年　获博士学位后，使馆工作人员、学校同事、好友的宴会上

1992年　与老院长、两院院士闵桂荣在扬州

1992年　中央党校学习同组同学合影（左三）

2004年　山西岢岚　看望山区希望小学的孩子

照片中的历史

2000年5月　与徐福祥、李祖洪迎接领导检查工作

2000年6月　机关领导为出征送行

2000年 "中国资源二号01星"发射前与火箭总师的最后一次磋商

发射前自信的微笑,与工程总师、发射总师在一起

照片中的历史

在发射塔前,与其他老总合影

2002年 在"中国资源二号02星"发射塔前

2004年 在卫星测试现场("中国资源二号"03星)

2006年 在《航天报》创刊20周年晚会上回答吴小莉、白岩松的问题

与良师、"863计划"倡导者之一、"两弹一星"元勋杨嘉墀院士

照片中的历史

2001年　澳大利亚防务展　在悉尼大歌剧院前

2003年　与航天英雄杨利伟合影

2005年　在卫星测试现场

2006年 "嫦娥一号"卫星工作会

2006年 陪孙家栋总师检查现场

2007年 "嫦娥一号"班前会

照片中的历史

2007年 在"嫦娥一号"工作流程表上标注工作进展

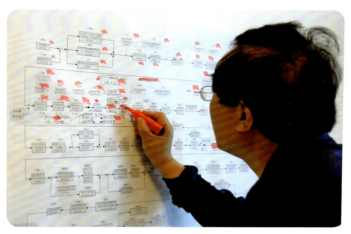

2007年 "嫦娥一号"发射前与火箭总师作最后的磋商

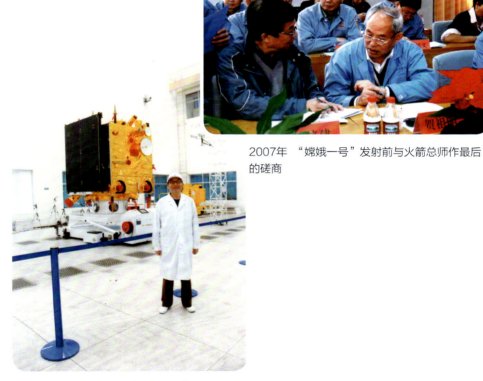

2007年 与即将升空的"嫦娥一号"合影

2007年12月12日　人民大会堂　在庆祝我国首次月球探测工程圆满成功大会上讲话

2007年　与孙家栋总师做客中央电视台

照片中的历史

在北京航天城展览大厅接受CCTV采访

2005年"神六"发射之际在酒泉基地的大漠中

2005年 "神六"发射之际在酒泉基地胡杨树前

2010年,北京航天城"嫦娥二号"成功后胜利归来(左二)

2009年 "嫦娥二号"电测动员会

2010年 "嫦娥二号"班前会

2013年 "嫦娥三号"发射期间 在卫星厂房

2014年 主持具体技术研讨

2014年 "嫦娥5T"与飞控专家组一起讨论工作

2014年 见证"嫦娥5T"返回器回到航天城

走在路上

2008年　全国政协十一届一次会议

照片中的历史

2009年　全国政协十一届二次会议，与同是来自航天的马兴瑞、梁晓虹委员商议提案(中)

2010年　全国政协十一届三次会议

2010年　航天高技术论坛

2011年　全国政协十一届四次会议

2017年　全国政协十二届五次会议　与包为民委员讨论提案

照片中的历史

2012年 浙江人文大讲堂

2013年 在北京首届月球探测与深空探测国际论坛上作论坛主报告

2017年　杭州　崇文实验学校讲座

2010年　迎接瑞典国王古斯塔夫访问中国空间技术研究院

照片中的历史

2010年　与汪文华委员交流观看《曲苑杂坛》的感受

2011年　青杠坡红军战场遗址　参加政协文史与学习委员会考察

2011年　遵义会议纪念馆　参加政协文史与学习委员会考察

2016年3月　澳门科技大学　荣誉博士授予典礼

照片中的历史

2016年11月　香港理工大学　荣誉博士授予典礼

2017年5月　叶培建星命名仪式

3 其他

1967年 杭州 浙江大学校友（中间左一）

1990年 陪张国富（后左二）去香港考察信息化

照片中的历史

1992年　率王中阳（前右一）等人赴法国培训

1995年10月　马来西亚吉隆坡　与皇宫卫兵合影

走在路上

1997年1月 廊坊 徐福祥、朱爱康、李祖洪、马兴瑞、杨保华、薛利、林华宝、范本尧等同志为我过生日

1997年2月 北京沙河机场 为"中国资源二号"相机进行校飞和乌崇德同志一起飞第一个航次

照片中的历史

1997年　北京　五院科技委电子组年会

1998年11月　珠海　第一届航展与顾伯清（右一）

1998年　北京　陪梁思礼院士（中弯腰者）指导CAD、CAM

2000年　北京　与"中国资源二号"相机的几位主任设计师合影（左一为乌崇德同志）

照片中的历史

2001年1月　巴黎圣母院　与谢军合影

2001年　杭州　"中国资源二号"总结会　与李祖洪、杨克非合影

2002年5月　无锡　与王希季（中）、屠善澄（右五）等专家合影

2003年12月　杭州浙大　与在杭同学一起为教过我们的老师献花

版权专有 侵权必究

图书在版编目（CIP）数据

走在路上 / 叶培建著. —北京：北京理工大学出版社，2018.10（2021.3重印）
ISBN 978-7-5682-6002-2

Ⅰ. ①走⋯ Ⅱ. ①叶⋯ Ⅲ. ①中国文学–当代文学–作品综合集
Ⅳ. ①I217.2

中国版本图书馆 CIP 数据核字（2018）第 172941 号

出版发行 /	北京理工大学出版社有限责任公司
社　　址 /	北京市海淀区中关村南大街 5 号
邮　　编 /	100081
电　　话 /	（010）68914775（总编室）
	（010）82562903（教材售后服务热线）
	（010）68948351（其他图书服务热线）
网　　址 /	http://www.bitpress.com.cn
经　　销 /	全国各地新华书店
印　　刷 /	北京地大彩印有限公司
开　　本 /	710 毫米×1000 毫米　1/16
印　　张 /	36.5
字　　数 /	510 千字
版　　次 /	2018 年 10 月第 1 版　2021 年 3 月第 3 次印刷
定　　价 /	98.00 元

策划编辑 / 李炳泉
责任编辑 / 申玉琴
责任校对 / 周瑞红
责任印制 / 王美丽

图书出现印装质量问题，请拨打售后服务热线，本社负责调换